BASTEI
LÜBBE

James A. Michener
im Bastei Lübbe Taschenbuch:

11810: Alaska
11960: Karibik
11979: Der Adler und der Rabe
12023: Klondike
12240: Dresden, Pennsylvania
12604: Mexiko
12700: Die Welt ist mein Zuhause
12804: Sayonara

JAMES A. MICHENER

ENDSTATION FLORIDA

Aus dem Amerikanischen
von Joachim Pente

Mit Illustrationen
von
Axel Bertram

BASTEI LÜBBE

BASTEI-LÜBBE-TASCHENBUCH
Band 12968

Erste Auflage: Juli 1999
Zweite Auflage: August 1999

Originaltitel: RECESSIONAL
Originalverlag: Random House, Inc., New York/Random House of Canada Limited, Toronto

Lizenzausgabe im Bastei-Verlag Gustav H. Lübbe GmbH & Co., Bergisch Gladbach
Einbandgestaltung: Quadro-Grafik, Bensberg
Titelfoto: photonica
Satz: Kremerdruck GmbH, Lindlar-Hartegasse
Druck und Verarbeitung: Ebner Ulm
Printed in Germany
ISBN 3-404-12968-7

ANKUNFT

Der eisige Blizzard, der am letzten Tag des Jahres vom Michigansee hereinheulte und Chicago mit einer weißen Graupelschicht überzog, stürzte sich mit besonders heftiger Wut auf den Boul Mich, jene berühmte Prachtstraße, die das Schaufenster der »Windigen Stadt« darstellt, wie Chicago oft genannt wird. Hier standen das ungeheuer reiche Art Institute und die großen Hotels, in denen die Leute aus dem Mittleren Westen abstiegen, wenn sie Weltstadtatmosphäre schnuppern wollten. Geschäftsleute kamen zu den hier ansässigen Banken und Handelszentren, um ihre diversen Geschäfte abzuwickeln, Einkaufslustige, um die eleganten Geschäfte zu besuchen, andere, um durch die prachtvollen Museen zu bummeln.

Der offizielle Name des breiten Prachtboulevards war Michigan Avenue, aber die frühen Chicagoer hatten ihre Hauptstraße stolz und selbstbewußt nach dem berühmten Vorbild Boulevard Saint Michel in Paris »Boul Mich« getauft, und der Name hatte sich eingebürgert. Im Sommer wirkten die ausgedehnten Grünanlagen des Grant Park, der sich zwischen dem Boul Mich und dem Michigansee erstreckte, geradezu ländlich beschaulich, aber an diesem dunklen Dezembermorgen war die vom Blizzard gepeitschte Prachtstraße ein höchst unwirtlicher, abschreckender Ort, auf den sich nur die ganz Tapferen wagten. Der Boulevard war von einer dicken Zuckergußschicht aus Graupel überzogen, die mit den Juwelen in den Schaufenstern und Vitrinen der Geschäfte um die Wette glitzerte und funkelte. Sie lag so dick und schwer auf dem Boulevard, und der Wind, der vom See her blies, war so stark, daß die Behörden provisorische Geländer aus Stangen und gespannten Seilen hatten aufstellen lassen, die es den Fußgängern ermöglichten, sich gleichsam am Bürgersteig entlangzuhangeln, ohne von den eisigen Böen in die Schaufensterfronten oder auf die Straße geweht zu werden.

Ein paar Verwegene schienen sich in den Fährnissen des Sturmes richtig wohlzufühlen: zielstrebig stapften sie voran, als wären sie gegen die Eisesglätte unter ihren Füßen gleichsam gefeit, doch selbst sie griffen hastig nach den schützenden Halteseilen, wenn sie ohne Vorwarnung von einer Bö gepackt wurden. Die Frauen, denen der Wind die Röcke und Mäntel gegen die Knie preßte, so daß sie wie Fahnen um ihre Beine flatterten, zogen sich in die sichereren Straßen – Wabash, State oder Dearborn – zurück, die parallel zum Boul Mich verliefen, weiter landeinwärts, wo das Gehen leichter fiel, solange man vorsichtig »navigierte«.

Um halb zehn an diesem winterlichen Vormittag bahnte sich ein schlanker junger Mann Mitte Dreißig vorsichtig seinen Weg den Boul Mich hinunter Richtung Süden. Als er versuchte, die Monroe Street zu überqueren, wurde er vom Wind so weit nach rechts geweht, daß er sich abseits des Boul Mich wiederfand; doch mit einer zusätzlichen Kraftanstrengung kämpfte er sich wieder zurück auf den Boulevard und rettete sich in den schützenden Windschatten des Art Institute.

»Ich hab' dich viel zu selten besucht«, entschuldigte er sich beim Eingangsportal, als er einen Moment innehielt, um Atem zu schöpfen, »und jetzt werd' ich nie mehr die Chance dazu haben. So ein Mist.«

Mit frischer Kraft verließ er den Schutz des Museums. Er zog sich den Kragen seines Mantels noch ein wenig fester um den Hals und hielt ihn dort mit der rechten Hand fest, während er mit der linken das Seil umfaßte. So tastete er sich weiter den Boulevard hinunter bis zum *Van Buren* und dann zum *Congress Hotel*, wo die Reihe der Luxushotels begann.

Als er schließlich das *Sparkman Towers* erreichte, war er so erschöpft, daß er nicht wie ein normaler Besucher durch den Haupteingang hineinging, sondern sich vom Wind durch die kleine Seitentür hineinschieben ließ, die einzige, die während solcher Stürme offengelassen wurde. Einmal im sicheren Schutz des Gebäudes angelangt, ließ er sich erst einmal in einen Polstersessel fallen, um zu Atem zu kommen und sein wild pochendes Herz zur Ruhe kommen zu lassen. Als er seinen Puls fühlte, wie er es stets nach schweren körperlichen Anstrengungen tat, stellte er zu seiner Zufriedenheit fest, daß dieser lediglich auf hundertzehn gestiegen und bereits auf dem besten Wege war, sich wieder auf seine Normalfrequenz von achtzig Schlägen pro Minute einzupendeln. Nach ein paar Minuten bereits fühlte er sich gerüstet für das lebenswichtige Gespräch, dessentwegen er hierhergekommen war, doch bevor er die Empfangsdame finden konnte, sprach ihn der Hotelportier an, der vernünftig genug gewesen war, seinen Arbeitsplatz ins Innere des Hotels zu verlagern.

»Ganz schön schlimm da draußen, was?« Der Hotelportier war ein jovialer Bursche in den Fünfzigern, übergewichtig, aber auch überreich gesegnet mit irischem Charme und einem gewinnenden Lächeln.

»Das kann man wohl sagen. Wenn sie die Seile nicht gespannt hätten, hätte ich es nie und nimmer bis hierher geschafft.«

»Und um wen zu treffen, haben Sie sich bei diesem Wetter vor die Tür gewagt?«

»John Taggart. Ich glaube, er erwartet mich.«

»An einem Samstagmorgen, bei so einem Wetter?«

»Ich schätze, er ist genauso gespannt darauf, mich zu sehen, wie ich ihn – Sauwetter hin, Sauwetter her.«

»Und wen darf ich melden?«

»Andy Zorn. Dr. Andy Zorn.«

»Sie sind Arzt? Jetzt sagen Sie mir nicht, Sie machen Hausbesuche.«

»Nur an schönen Tagen wie heute, wenn es eine Lust ist, draußen spazierenzugehen.«

Der Pförtner geleitete ihn zu dem kleinen, blitzblanken Tisch, der als Empfangsschalter diente. »Dr. Andy Zorn für Mr. Taggart. Er sagt, er hat einen Termin.«

»Ganz recht«, sagte die junge Frau in dem schmucken Business-Kostüm. »Mr. Taggart hat vor ein paar Minuten angerufen. Er sagte, er erwarte Sie, aber er bezweifle, daß Sie es bei diesem Wetter schaffen würden, herzukommen. Er sagte, ich solle Sie sofort zu ihm raufbringen, Dr. Zorn.« Sie geleitete ihn zu den Aufzügen. Von den acht, die zur Verfügung standen, wählte sie einen bestimmten aus, einen reservierten, für den sie einen Spezialschlüssel besaß.

John Taggart, ein bedeutender Chicagoer Geschäftsmann, der sein Geld in Seniorenheime im ganzen Land investierte, hatte sowohl seine Privatwohnung als auch sein Büro, zwei separate Zimmerfluchten, im dreiundzwanzigsten Stock des *Sparkman Towers*. Auf der Tür zu seinem Apartment stand nur die Nummer: 2300. Sein Büro trug überhaupt keine Nummer; es hing lediglich ein kleines Messingschild an der Wand; darauf stand in eleganten Lettern, die so klein waren, daß man sie aus der Entfernung kaum entziffern konnte: JOHN TAGGART ENTERPRISES.

Die Empfangsdame klopfte nicht an, sondern trat direkt in das Büro, als sei sie dort gewissermaßen zu Hause, und führte Zorn geradewegs in das »Allerheiligste«. Hinter einem großen Eichenschreibtisch saß ein etwa fünfzigjähriger Mann in einem eleganten Trainingsdress, bestehend aus einem breit gerippten grauen Rollkragenpullover und einer dazu passenden Hose in einem Grau, das eine Spur dunkler war. Überraschenderweise trug er um die Stirn ein Schweißband aus grobem, ungeschnittenem Samt, das er nicht abstreifte, als er sich erhob und Dr. Zorn die Hand zur Begrüßung entgegenstreckte.

»Als ich heute morgen aus dem Fenster geschaut habe und den Blizzard sah, da hab' ich gesagt: ›Heute kommt er bestimmt nicht.‹ Und dann bin ich nach unten in den Fitnessraum gegangen, um meine Übungen zu machen.« Er strich sich stolz mit beiden Händen über den flachen Bauch.

»Aber es ist sehr wichtig, daß ich Sie sehe«, sagte Zorn, während Mr. Taggart die Empfangsdame zur Tür begleitete und sagte: »Vielen Dank, Beth, daß Sie ihn raufgebracht haben.« Er wandte sich wieder Zorn zu. »Ja, die Sache drängt, in der Tat. Für Sie ebenso wie für mich.«

Während der nächsten Augenblicke musterte Taggart seinen Besucher wortlos. Die freie Stelle in seinem riesigen Unternehmen war von allerhöchster Wichtigkeit, und der neue Manager sollte ein möglichst noch recht junger Mann mit außergewöhnlichen Fähigkeiten sein. Tampa war das Flaggschiff von Taggart Enterprises, aber es war in schwere See geraten. Was Taggart bei seiner Musterung dieses Mannes sah, den er bis zu diesem Moment noch nicht persönlich kennengelernt hatte, war ein Arzt von fünfunddreißig Jahren, mittlerer Größe, nicht übergewichtig, bei offensichtlich guter Gesundheit und gekennzeichnet durch zwei attraktive Merkmale: Er hatte einen dichten Schopf ziegelroten Haars, der so aussah, als gehöre zu ihm einfach – und das tat es auch – ein gesundes Lausbubengesicht voller Sommersprossen und ein schelmisches Lächeln, das signalisierte: Ich nehme mich selbst nicht allzu ernst. Taggart wußte, daß er ein erfolgreicher Mediziner mit großem Können gewesen war, der in Schwierigkeiten geraten war und seinen Beruf aufgegeben hatte. Zorn stand zur Verfügung, um eine große Gesundheitseinrichtung zu leiten, und Taggart wollte ihn gern einstellen, aber er mußte wissen, mit was für einem Menschen er es zu tun hatte, nach all den Schlägen, die Zorn hatte einstecken müssen.

Er bedeutete Zorn, auf dem Sessel Platz zu nehmen, von dem man die beste Aussicht hatte, nämlich auf den Michigansee, und fragte: »Haben Sie schon gefrühstückt?« Als Zorn nickte, sagte er: »Gut. Ich auch, aber ich denke, ein Glas frisch gepreßten Orangensaft könnten wir jetzt beide sicher gut vertragen.« Er drückte eine Taste auf seiner Sprechanlage und bestellte die Getränke, und noch bevor sie gebracht wurden, kam er direkt auf den Kern des Problems zu sprechen, das sie zusammengeführt hatte.

»Wir brauchen uns gegenseitig, Zorn. Nach dem, was meine Leute mir erzählt haben, drängt sich mir der Eindruck auf, daß Sie von Chicago genug haben – besonders an einem Tag wie heute.«

»Vielleicht sollte man besser sagen, Chicago hat von mir genug.«

»Könnte sein.«

Als der Orangensaft kam, nahm Taggart dem Kellner die Gläser vom Tablett und bediente seinen Gast persönlich. Dann kehrte er zu seinem Sessel hinter dem Schreibtisch zurück, setzte sich und starrte eine Weile auf sein eigenes Glas. Dann preßte er die Fäuste zusammen, hob die Ellenbogen so weit, daß seine Arme parallel zum Boden waren, und spannte die Muskeln drei- oder viermal zu einer isometrischen Übung, die damit endete, daß er die ausgestreckten Fäuste scharf zurück gegen seinen Brustkorb preßte, so als versuche er, sich selbst auszuknocken. Dann nahm er einen tiefen Zug aus seinem Glas.

»Dr. Zorn, Sie waren in der Leichtathletikmannschaft Ihrer High-School. Es ist für einen Mann immer von Vorteil, wenn er einmal Leichtathlet gewesen ist. Da lernt er zu gewinnen.« Er hielt inne und schaute dem Doktor direkt in die Augen. »Und bei dem Spiel, an dem ich teilnehme und in das Sie einsteigen wollen, geht es auch darum, wie wir gewinnen und warum andere verlieren und wie wir ihre Niederlagen in unsere Siege umwandeln. Um nichts anderes geht es – nicht um Geld, nicht um Gesundheit, nicht um Altersruhestand. Es geht ums Gewinnen – das dürfen Sie niemals vergessen.«

Er führte Zorn zu einem Alkoven, dessen Wände mit Tabellen und Schautafeln vollgehängt waren, die eine vollständige Übersicht über Taggart Enterprises gaben. Eine Wand wurde beherrscht von einer riesigen Luftaufnahme einer Gruppe von Gebäuden, die von einem gepflegten Grundstück umgeben war; eine andere von einer großen Karte der Vereinigten Staaten, die mit mehr als fünfzig Stecknadeln gespickt war – jede mit einem Kopf von jeweils einer von drei Farben: rot, blau und schwarz. Sie waren ziemlich gleichmäßig über die gesamten Vereinigten Staaten verteilt, mit etwas stärkeren Konzentrationen in Neuengland und in der Gegend um Seattle.

»Was schätzen Sie, wie viele das sind?« fragte Taggart.

»Über fünfzig.«

»Siebenundachtzig. Und können Sie erkennen, worin sie sich voneinander unterscheiden?«

»Ich sehe die drei Farben. Übersehe ich vielleicht irgend etwas?«

»Achten Sie mal auf die Formen der Nadeln«, sagte Taggart. Und als Zorn genauer hinschaute, fiel ihm auf, daß ungeachtet der Farbe der einzelnen Nadeln ihre Köpfe unterschiedlich geformt waren, nämlich rund, viereckig oder dreieckig. »Was Sie hier sehen, ist eine Übersicht über unser gesamtes Unternehmen. Wenn Sie bei uns arbeiten, müssen Sie sich damit vertraut machen, insbesondere mit den unterschiedlichen Formen, die nicht so leicht zu erkennen oder zu verstehen sind.« Er nahm eine Handvoll Nadeln aus einem Kästchen auf dem Schreibtisch und gab sie eine nach der anderen Zorn, wobei er erklärte: »Viereckig bedeutet: Wir besitzen das gesamte Unternehmen, wir tragen den Verlust, wir streichen den Gewinn ein. Rund bedeutet: Wir teilen uns das Unternehmen zur Hälfte mit örtlichen Finanziers. Dreieckig: Örtliche Finanziers besitzen mindestens neunzig Prozent, wir haben zehn oder weniger, aber sie geben uns einen profitablen Managervertrag.« Er hielt inne, dann sagte er langsam, wobei er zur Unterstreichung seiner Worte bei jeder Silbe auf den Tisch klopfte: »So-lan-ge-wir-Gewin-ne-ma-chen.« Er lehnte sich zurück und schaute Zorn erneut ins Gesicht. »Drei Monate hintereinander Verlust, und die Eigner können den Vertrag widerrufen – und sie machen von diesem Recht Gebrauch.«

Er schüttelte die restlichen Nadeln in seiner Hand hin und her und fragte: »Was habe ich Ihnen gerade gesagt?« Und Zorn machte ihm offensichtlich Freude mit seiner kurzen Antwort: »Einige besitzen Sie zu hundert Prozent; an anderen sind Sie zu fünfzig Prozent beteiligt; bei wieder anderen haben Sie lediglich einen Managervertrag.«

»Das habe ich so nicht gesagt.«

Zorn, der sehr wohl wußte, daß er sich verkürzt ausgedrückt hatte, sagte: »Auch bei den dreieckigen haben Sie eine kleine Beteiligung behalten.«

»Warum sprechen Sie von ›behalten‹? Ich habe nicht gesagt *behalten.*«

»Ich nehme an, Sie bauen die Einrichtung entweder selbst oder zumindest unter Ihrer Leitung und verkaufen dann das Eigentumsrecht an örtliche Investoren.«

»Sie begreifen schnell, Doktor, aber die Kopfschmerzen halten uns nachts wach. Schwarz bedeutet, unabhängig davon, wer die Einrichtung besitzt, sie macht gute Gewinne. Blau bedeutet, sie trägt sich, aber viel mehr auch nicht, und manchmal auch nur so gerade eben. Rot bedeutet, wie Sie sich sicher schon gedacht haben, sie ist am Ende des Monats – und womöglich sogar am Ende des Quartals – in den Miesen.«

»Nun ja, Sie haben wohl ein paar rote, aber die sind gut verteilt.«

»Was meinen Sie damit?«

»Das ist beruhigend. Es bedeutet, daß nicht gleich eine ganze Region im Minus ist. Nur die eine oder andere schlecht geführte Einrichtung.«

Der allgewaltige Herrscher über Taggart Enterprises – ein Unternehmen, das alles in allem gut dreihundertfünfzig Millionen Dollar wert war – schien jetzt das Interesse an den statistischen Daten seines Imperiums zu verlieren; seine eigentliche Sorge galt den intellektuellen Aspekten seines gewaltigen Unternehmens, und hier wiederum im besonderen dem Funktionieren jeder einzelnen Einheit. Er nahm von einem anderen Teil des Tisches drei Holzklötze von abnehmender Größe, stellte den größten davon vor Zorn und sagte mit leiser Stimme, so als berühre das, was er jetzt sagen wollte, direkt den Lebensnerv einer möglichen Taggart-Zorn-Partnerschaft: »Alles, was bis jetzt gewesen ist, war nicht mehr als Spielerei. Jetzt kommen wir zur Realität. Jedes unserer Zentren besteht im wesentlichen aus drei Teilen, von denen jeder genauso wichtig ist wie die anderen zwei. Ihre Aufgabe ist es, die drei Komponenten im Gleichgewicht zu halten, denn nur dann machen wir Gewinne.«

Auf den größten Klotz tippend, sagte er: »Dieser dicke hier ist das Zentrum unserer Anstrengungen. Er steht für das große Gebäude, in dem normale Leute, die bei guter Gesundheit sind, das traditionelle Leben eines Ruheständlers führen. Eine volle Mahlzeit pro Tag – oder vielleicht auch zwei oder drei, je nachdem, welchen Plan sie für sich ausgewählt haben. Teuer, aber mit einem hohen Gegenwert, weil es sicher und geregelt ist. Die Kosten für den Bewohner liegen bei ungefähr zweiundzwanzigtausend Dollar pro Jahr, nachdem er sich eingekauft hat. Der nächste Klotz, der etwas kleinere, stellt das Zentrum für Leben mit Betreuung dar, in das Sie reingehen, wenn Sie sich ein Bein brechen oder operiert werden müssen oder Hilfe beim Ankleiden oder Essen benötigen. Kostet so um die zweitausend pro Monat.« Er schob den Klotz Zorn zu und sagte: »Das ist der, der uns Magenschmerzen macht. Wie schafft man es, daß er möglichst ständig voll belegt ist? Eine sehr schwierige Aufgabe, weil wir den Leuten aus dem großen Gebäude zugesichert haben, daß sie Anspruch auf einen Platz im Betreuungscenter haben, wann immer sie ihn benötigen. Also müssen Sie schon einmal acht bis zehn Betten ständig für unsere eigenen Leute zur Verfügung halten. Das bedeutet aber, daß Sie die restlichen Betten mit Kranken füllen müssen, die wir von draußen reinnehmen – mit gutem Profit – und manchmal für längere Verweildauer.«

Er tippte auf den Klotz und fragte: »Ist Ihnen das Problem klar? Die Verwaltung des Betreuungszentrums ist ein Balanceakt, den manche unserer Manager großartig hinkriegen. Ich erwäge, Sie als Manager für *The Palms* einzustellen, unser Flaggschiff, ein wunderschönes Center in Tampa, Florida, da ich Grund zu der Annahme habe, daß Sie das Zeug haben, diese Einrichtung profitabel zu verwalten.«

Fast ohne Übergang schob er den kleinsten Klotz vor Zorn und legte ihn rasch wieder beiseite. »Rundum-Intensivbetreuung. Häuser, in die Sterbende oder Todgeweihte kommen – oder von ihren Verwandten eingeliefert werden –, um unter würdigen Umständen ihr Leben ausklingen zu lassen, wobei wir ihnen, so gut wir können, zur Seite stehen.«

»Ein Hospiz?« fragte Zorn. Taggart runzelte die Stirn und erwiderte: »Wir verwenden dieses Wort nie, und wir untersagen jedem, der mit der Einrichtung zu tun hat, es zu benutzen. Es ist häßlich, furchteinflößend und klingt nach Tod.«

»Nach dem zu urteilen, wie Sie sich ausgedrückt haben, dürfte es keine Schwierigkeit darstellen, es jederzeit voll auszulasten.«

»Stimmt. Es bietet einen wichtigen Service. Kranke und hinfällige Menschen brauchen es. Familien brauchen es. Es bringt uns echtes Geld ein.«

Er nahm die drei Klötze und fügte sie zu einem ordentlichen Ganzen zusammen. »Ihre drei Klötze müssen zusammenarbeiten, aber in gewissem Sinn sind es separate Einheiten. Von hundert normalen Menschen, die in der Ruhestandseinrichtung wohnen, werden einige in das Betreuungscenter überwechseln, und von diesen wiederum werden einige schließlich in der Intensivpflege enden. Eine schöne, christliche Art, ein Leben zu beschließen, eine anständige, friedliche Weise, dem entgegenzutreten, dem wir alle eines Tages entgegentreten müssen: dem Tod – unserem eigenen Tod, dem Tod unseres Lebenspartners, dem Tod unserer Eltern.«

Er berührte jeden der drei Klötze und lächelte Zorn an. »Ist Ihnen etwas an den Klötzen aufgefallen, Doktor Zorn?«

»Sie sind schwarz.«

»Und das bedeutet?«

»Sie sind rentabel.«

»Das hoffe ich.«

Taggart trat einen Schritt zurück. »Dr. Zorn, unsere Leute haben sich Ihnen gegenüber nur ganz allgemein ausgedrückt. Ich verrate kein Geheimnis, wenn ich Ihnen sage, daß sie Ihnen die besten Noten ausgestellt haben. Wir möchten Sie haben, und wir möchten Sie für eine ganz bestimmte Einrichtung haben, für eine schwierige. Schauen Sie einmal her.« Er zeigte an der Karte auf eine Stecknadel mit rotem, viereckigem Kopf, die eines seiner größeren Objekte kennzeichnete.

»Was sagt Ihnen die Stecknadel?«

»Der viereckige Kopf sagt, daß Ihnen die Einrichtung zu hundert Prozent gehört. Die Farbe rot sagt mir, daß sie rote Zahlen schreibt.«

»Und was noch?«

»Daß, wenn ich dort hingehe, das Rot sich in Schwarz verwandeln muß – sonst ...«

Taggart grinste vergnügt und legte einen seiner muskulösen Arme um die Schultern des Arztes. »Sie haben erkannt, worum es geht, und ich bin sicher, daß Sie es schaffen.«

Er ging an seinen Schreibtisch zurück und fand, was er suchte. »Es war dieser vertrauliche Bericht von einem Ihrer Kollegen, der uns darauf aufmerksam machte, daß Sie vielleicht genau das haben würden, was wir brauchen: ›Andy war Geburtshelfer in unserer Klinik, und seine Verantwortung endete mit der erfolgreichen Entbindung des Neugeborenen. Aber er liebte Kinder so sehr, daß er immer in unseren Pädiatrie-Flügel hinüberwanderte, um nach, wie er es nannte, »seinen Kindern« zu schauen. Er war tief verletzt, als die Eltern von zweien jener Kinder ihn Jahre nach der Geburt wegen ärztlicher Kunstfehler verklagten. Kurz darauf verließ er uns.‹«

Taggart sagte: »Wenn Sie vergleichbare Sympathie für ältere Menschen an den Tag legen können, wären Sie für uns von unschätzbarem Wert.« Er schlug vor, daß sie in das geräumigere äußere Büro zurückkehrten, wo er Suppe und Sandwiches für sie beide bestellte. Während sie warteten, betrachteten die beiden Männer den vom Sturm aufgewühlten See, und Taggart sagte: »Normalerweise legt sich ein Sturm wie dieser gegen Mittag. Wie spät ist es?«

»Zwanzig nach elf.«

»Sie werden sehen, in vierzig Minuten wird der Graupelschauer aufhören.«

Als die Suppe und die Sandwiches zusammen mit zwei Gläsern Magermilch und zwei Bechern Erdbeerjoghurt hereingebracht wurden, begannen die beiden Männer ein schmackhaftes, nahrhaftes Mittagessen. Taggart sagte: »Meinen Einstieg ins Gesundheitswesen begann ich mit Vorträgen über die Vorzüge von Vollkornbrot, entrahmter Milch und Joghurt. Die Philosophie, die hinter diesen Vorträgen steht, ist immer noch die Basis meines Imperiums.«

Während sie aßen, sagte Taggart: »Wenn Sie vorhin genau hingehört haben, dann werden Sie gemerkt haben, daß ich keinesfalls gesagt habe, ich biete Ihnen diese Stelle an. Ich habe gesagt, Sie scheinen mir geeignet zu sein. Zum jetzigen Stadium wissen Sie eine Menge über mich – oder zumindest über meine Aktivitäten, aber ich weiß noch nicht genug über Sie. Sind Sie bereit, mir ein paar direkte Fragen zu beantworten?«

»Ich will diesen Job. Schießen Sie los.«

»Wie kam es zu Ihren zwei Prozessen? Was genau ist eigentlich damals passiert?«

»Ich half einer Frau, einen prachtvollen, gesunden, normalen Sohn ohne Komplikationen zur Welt zu bringen. Fünf Jahre später ging irgend etwas schief mit dem Jungen, und sie nahm sich einen Anwalt, der das Gericht zu der Überzeugung brachte, daß ich fünf Jahre zuvor einen Kunstfehler gemacht hätte. Keine Beweise, lediglich Vermutungen und Spekulationen – aber das Gericht war beeindruckt.« Er zuckte leicht zusammen, als er an den Fall zurückdachte: »Das Gericht befand mich für schuldig. Die Frau bekam eine hohe Entschädigung, und ich bekam eine Abmahnung von meiner Versicherung, ich stände ab sofort unter Aufsicht.«

»Und der zweite Fall?«

»Derselbe Anwalt, nur war es dieses Mal acht Jahre später. Er wies nach, daß ich einen Fehler begangen hatte, schindete eine beträchtliche Entschädigung heraus, und meine Versicherung wollte mir den Vertrag kündigen. Als ich sie bat, mich weiterzuversichern, verdreifachten sie meine Police, worauf ich sagte: ›Ihr könnt mich mal!‹ Und das war der Zeitpunkt, wo ich mich an Ihre Leute wandte.«

»Tut es Ihnen leid, daß Sie aufgehört haben zu praktizieren?«

»Und wie. Ich war ein guter Geburtshelfer. Aber wenn irgendwelche Winkeladvokaten daherkommen und die Wahrheit so verdrehen können, daß Ihre beste Arbeit zu Ihrem schlimmsten Feind wird, dann ist der Augenblick gekommen, wo Sie sagen: ›Jetzt langt's mir!‹«

»Waren Sie ein guter Arzt?«

»Ja. Fragen Sie die fünf anderen Geburtshelfer und Kinderärzte, die zu unserer kleinen Klinik gehörten.«

»Das haben wir getan. Sie bestätigten, daß Sie ein erstklassiger Arzt waren. Sie ließen Sie nicht gern ziehen.« Taggart blickte auf einige Papiere, die er an den Eßtisch mitgenommen hatte, und fragte: »Waren Sie auch gut, was den geschäftlichen Teil der Sache anbelangte? Das wäre natürlich für uns auch wichtig.«

»Haben meine Kollegen Ihnen nicht gesagt, daß sie mich dafür auswählten, den geschäftlichen Teil unserer Klinik zu managen?«

»Doch, das haben sie«, sagte Taggart. »Ich wollte mir nur ein vollständiges Bild von Ihrem eigenen Engagement machen.«

»Es ist sehr hoch, Mr. Taggart. Ich hasse es, zu versagen. Ich halte die Dinge gerne in Ordnung.«

Offensichtlich gefiel Taggart diese Antwort, aber er war mit seinen Fragen noch nicht am Ende. »Haben die Prozesse Sie so sehr verbittert, daß es Ihnen schwerfallen würde, kooperativ mit anderen Leuten zusammenzuarbeiten?«

Zorn wurde fast wütend, doch im letzten Moment mäßigte er seinen Ton und sagte leise: »Zum Teufel mit den Prozessen. Zum Teufel mit den Versicherungen. Ich habe mich bei Ihnen um eine Stelle beworben, weil ich voll und ganz dazu bereit bin, einen Neuanfang zu machen.«

»Meinen Sie das wirklich so, oder sagen Sie das nur so?«

Zum erstenmal, seit er sein ärmliches Hotelzimmer verlassen hatte, um dem Blizzard zu trotzen, lächelte Andy Zorn. Dann lachte er erst leise in sich hinein, und dann lachte er laut. »Mr. Taggart, wenn Sie mich nehmen, dann kriegen Sie sozusagen ein Doppelpack. Einen Mann, den Sie in Ihren Annoncen als ›unseren Anstaltsarzt‹ vorstellen können, und einen Mann, der ein Geschäft zu führen versteht. Zwei Fachkräfte zum Preis von einer. Sie wären ein Narr, wenn Sie mich nicht nehmen würden, und nach diesem Gespräch weiß ich, daß wir zusammenarbeiten können.« Das Lachen bewirkte eine Veränderung in ihm. Er war nicht mehr bloß ein fünfunddreißig Jahre alter Arzt, dem vor Gericht übel mitgespielt worden war; er war ein quicklebendiger, hoch motivierter Mann mit einem scharfen Verstand und im Vollbesitz seiner Kräfte, der Taggart zunehmend besser gefiel.

Zorn lehnte sich zurück und schaute aus einem anderen Fenster, durch das er die Innenstadt von Chicago sehen konnte, wo die Klinik war, in der er gearbeitet hatte. Er sagte nachdenklich und ohne Feindseligkeit: »Es ist wirklich erstaunlich, daß unsere Gesellschaft es zuläßt, daß ein gewissenloses System junge Ärzte wie mich aus einem Gebiet wie der Geburtshilfe verjagt, wo wir doch so dringend gebraucht werden. Allein hier in Chicago haben sechs Kollegen in meinem Alter den Dienst quittiert. Sie gehen entweder ganz aus der Medizin raus oder qualifizieren sich für andere Fachbereiche. Viele Frauen suchen vergeblich nach einem Geburtshelfer. Welch idiotische Art, ein medizinisches System zu betreiben – mit Angst, Lügen und Falschaussagen vor Gericht.«

»Ich habe Ihre beiden Fälle sorgfältig recherchieren lassen, Andy. Da wir im Gesundheitsgeschäft tätig sind, konnten wir es uns nicht leisten, auch nur das geringste Risiko einzugehen. Die Zeugenaussagen gegen Sie waren eindeutig falsch. Der Richter war voreingenommen bei allem, was er tat. Und die Urteile waren skandalös. Ich glaube, es war eine kluge Entscheidung von Ihnen, die Brocken hinzuwerfen.« Doch dann nahm seine Stimme erneut einen anderen Klang an. »Was ist mit Ihrer Scheidung? Wie ich höre, war sie ziemlich schlimm.«

»Sie hatte ihre Gründe. Die Schuld lag hauptsächlich bei mir. Ich hatte nur Augen für den Erfolg unserer Klinik.«

»Es gibt gute und schlechte Scheidungen. Ich weiß, wovon ich rede. Und die guten sind die, die mit Hauen und Stechen enden. Das beweist, daß sie gerechtfertigt waren.«

»Dann können Sie meine als gut einstufen.«

»Aber sie hat keinen Frauenfeind aus Ihnen gemacht? Wenn Sie die Stelle in Florida übernehmen, werden zwei Drittel Ihrer Klientel Frauen sein.«

»Als der Affe von meinem Rücken runtergeklettert ist, hat er mein Gehirn nicht mitgenommen.«

»Würden Sie noch einmal heiraten? Wir finden, daß unsere Manager besser sind, wenn sie verheiratet sind.«

»Dafür ist es wohl noch zu früh. Aber es heißt, man soll niemals nie sagen.«

Plötzlich wurde Taggart der Philosoph des Ruhestandswesens. »Wir haben zuverlässige statistische Daten aus unseren Einrichtungen. Siebzigjährige Männer, die mit einer Ehefrau in unsere Zentren kommen, leben im Durchschnitt drei Jahre länger als griesgrämige Witwer.« Er schwieg einen Moment, dann sagte er ernst: »Ich nehme an, Sie wissen, daß die Arten von Fragen, die ich Ihnen gestellt habe, nicht zulässig sind. Ein potentieller Arbeitgeber darf nicht so tief bohren und derart persönliche Fragen stellen, wenn er jemanden für eine Stelle in Betracht zieht.«

»Das hat man uns bereits in der Klinik eingeschärft: Fragen nach der Rasse, der Religion, den familiären Verhältnissen – allesamt verboten. Aber bei einem Posten wie dem, für den Sie mich in Erwägung ziehen, wäre es geradezu sträflich von Ihnen, wenn Sie mir diese Fragen nicht stellen würden.«

»Das heißt also, Sie geben mir grünes Licht?«

»Tun Sie sich keinen Zwang an. Ich will den Posten.«

Taggart kramte in seinen Papieren herum, zog eines aus dem Stapel heraus, studierte es und sagte: »Könnten Sie mir etwas über Ihren familiären Hintergrund erzählen?«

»Meine Mutter ist eine sentimentale irische Katholikin aus

der Grafschaft Kerry. Mein Vater ist ein praktisch und realistisch denkender und handelnder deutscher Lutheraner aus Schwaben.«

»Wie kommen sie miteinander aus?«

»Famos. Sie würden sie sofort mögen. Mutter hat mich nach zwei katholischen Heiligen Mark Andrew genannt, aber Vater bestand darauf, mich Andy zu nennen. Ich machte meinen Abschluß auf dem College unter diesem Namen und meinen Doktor ebenso. Es ist mein Name.«

»Und wo stehen Sie?«

»In puncto Religion, meinen Sie?« Zorn zögerte nun doch einen Moment, um dieses Eindringen in seine Intimsphäre zu verdauen, dann sagte er schlicht: »Ich strebe danach, ein moralischer Mensch zu sein – ein Christ halt.«

Taggart streckte ihm seine prankenartige Rechte hin: »Andy, Sie haben die Stelle – Direktor von *The Palms*. Ich kann mir nicht vorstellen, daß Sie es nicht schaffen. Ihr Anfangsgehalt ist fünfundsechzig, und von dem Monat an, in dem Sie mir melden, daß Sie schwarze Zahlen schreiben, kriegen Sie eine Erhöhung.«

»Wer ist mein Ansprechpartner in Tampa?«

»Kenneth Krenek, unsere Nummer zwei. Er führt seit dem Übergang die Geschäfte dort.«

»Wird er was dagegen haben, daß ich dort aufkreuze?«

»Ken?« Taggart lehnte sich zurück, und ein freundliches Lächeln trat auf sein großes Gesicht. »Ken Krenek ist ein liebenswerter Kerl, der geborene zweite Mann. Ken und was gegen Sie haben? Dr. Zorn, Ken liegt mir ständig in den Ohren: ›Wann kriegen wir endlich unseren neuen Manager, Mr. Taggart? Wir warten.‹ Er kann es gar nicht abwarten, daß Sie endlich anfangen, damit er endlich keine wichtigen Entscheidungen mehr zu treffen braucht.«

»Wie ist er so?«

»Ungefähr mein Alter, sandfarbene Haare, eine Frisur, mit der er aussieht wie ein kleiner Junge, untersetzt, ein Mann mit einem unerschütterlichen Optimismus. Machen Sie ihn zu Ihrem

Mann, und vielleicht können wir drei – Sie, er und ich – unser Center in Tampa in die Gewinnzone bringen.«

»Es bedeutet mir sehr viel – wieder als richtiger Arzt zu arbeiten.«

Taggart runzelte die Stirn und erhob sich. Er nahm Andy beim Arm und führte ihn zu einer Couch, wo sie nebeneinander sitzen konnten. »Jetzt kommen wir zum schwierigen Teil, Andy. Meine Leute waren nicht befugt, hierüber zu sprechen, aber ich muß es. Wir stellen Sie nicht als Arzt in *The Palms* ein, obwohl Sie ausgebildeter Mediziner sind. Und wir wollen nicht, daß Sie irgendwelche Prüfungen ablegen, um sich für Ihre Lizenz in Florida zu qualifizieren. Sie sollen unser Verwaltungsdirektor und Leiter der medizinischen Dienste sein, mehr nicht. Wir brauchen Sie, um unserer Einrichtung dort unten einen Anstrich von Klasse zu geben: ›Dr. Zorn – medizinischer Leiter.‹ Aber wenn ein Bewohner der Einrichtung eine Aspirin braucht oder sich einen Finger verrenkt, schauen Sie sich das Problem nicht einmal an. Sie überweisen den Patienten an einen ortsansässigen Arzt.«

»Auch die aus dem Betreuungscenter und der Intensivpflege?« fragte Zorn, bemüht, seine Enttäuschung zu verbergen.

»Gerade die – und zwar aus einem Grund, der Ihnen sofort einleuchten wird. Es ist für uns lebenswichtig, daß wir uns mit den Ärzten vor Ort gut stellen, weil sie es sind, die hilfsbedürftigen Patienten dazu raten, in unsere zwei Gesundheitszentren zu ziehen. Behalten Sie stets im Hinterkopf, daß mehr als siebzig Prozent unserer Patienten in den beiden Häusern von draußen hereinkommen. Und mehr als siebzig Prozent unserer Gewinne, die es uns ermöglichen, den gesamten Komplex am Leben zu erhalten, stammen von ihnen.«

»Warum geben Sie sich dann überhaupt mit dem Seniorenheim ab?«

»Weil es prestigeträchtig ist. Und aus noch einem anderen verdammt guten Grund. Einrichtungen, die nur Privatkliniken betreiben, geht es überall in diesem Land schlecht: Sie behandeln ihre Patienten unmenschlich und gehen schließlich pleite. Wir haben bewiesen, daß Sechzig- und Siebzigjährige, die mit Älteren, Achtzig- und Neunzigjährigen, zusammenleben, die ideale Mischung sind. Die eine Gruppe hilft, die andere zu ermutigen, und die andere hilft, für die eine zu bezahlen.«

Der Sturm draußen tat genau das, was Taggart vorausgesagt hatte: Um Viertel vor zwölf flaute der Blizzard ab, der Graupel hörte auf, die Straßen unten wurden wieder passierbar, und sogar auf dem Boul Mich entlang des Seeufers schien der Wind sich zu legen. »Ich bin froh, daß das Wetter sich wieder beruhigt hat«, sagte Zorn. »Ich hatte vor, Chicago heute nachmittag zu verlassen. Habe meinen kleinen Anhänger schon gepackt.«

»Um wohin zu fahren?«

»Dorthin, wo immer Sie mich hingeschickt hätten.«

»Sie wußten, daß ich Sie einstellen würde?«

»Ja. Ich habe Ihnen eine Menge zu bieten, Mr. Taggart.« Erneut folgte der Dreistufen-Prozeß: ein Lächeln, ein leises In-sich-hinein-Lachen, dann lautes Lachen. »Aber ich hätte mir nicht träumen lassen, daß ich ein Arzt ohne ›medizinischen Geschäftsbereich‹ werden sollte«, fügte er mit Wehmut hinzu.

»Die Anwälte haben diese Entscheidung für Sie getroffen. Als ich von Ihrer Situation erfuhr, beschloß ich, Sie dort einzusetzen, wo Sie Ihre Fähigkeiten am besten zur Geltung bringen können. Außerdem werden Sie in *The Palms* wenig Verwendung für Ihre Fähigkeiten als Geburtshelfer finden. Das Durchschnittsalter unserer weiblichen Gäste ist zweiundsiebzig.« Als Andy lachte, fragte Taggart: »Wollen Sie wirklich jetzt schon aufbrechen? Auf diesen vereisten Straßen?«

»Schauen Sie doch. Der Verkehr kommt schon wieder in Gang. Bis um eins werden die Autostraßen von den großen Trucks trockengefahren sein. Ein Arzt wie ich, der viel mit dem Auto unterwegs ist, weiß das zu schätzen.«

Er hatte eigentlich vor, an diesem Punkt aufzubrechen, aber Taggart hielt ihn noch einen Moment fest. Er ging zurück in die Nische, wo er die drei Klötze vom Tisch nahm. »Ihre Aufgabe wird es sein, diese drei ordentlich in der Luft zu halten.« Und während er erst einen Klotz und dann den anderen in die Luft warf, sagte er: »Ruhestand, Betreuung, Intensivpflege. Halten Sie sie im Gleichgewicht und immer schön oben.« Sprach's und jonglierte mit den drei Klötzen, so flink und geschickt, daß sie einen Moment lang alle drei gleichzeitig in der Luft hingen. Und Andy, der schon auf dem Weg zum Fahrstuhl war, versprach: »Ich werd's versuchen.«

ALS ANDY in das ärmliche Hotel zurückkam, in das er nach der Schließung seiner medizinischen Praxis und seiner Scheidung gezogen war, ging er geradewegs zur Rezeption, beglich seine Rechnung und verabschiedete sich von der freundlichen Besitzerin, die für ihn gesorgt hatte. Dann ging er nach draußen auf den Parkplatz, um zum dritten- und letztenmal die Kupplung zu überprüfen, welche den Anhänger, den er sich gemietet hatte, mit seiner Limousine verband, einem der wenigen Dinge, die ihm nach der Scheidung geblieben waren. Genauso sorgfältig in solch technischen Dingen, wie er es in seiner medizinischen Praxis gewesen war, wo er nichts dem Zufall oder spontanen Entscheidungen überließ, trat er gegen jeden der sechs Reifen, die ihn nach Florida bringen mußten, und befand, daß sie genau den richtigen Druck hatten. Auf vereisten Straßen ist es besser, wenn sie nicht ganz so hart aufgepumpt sind. Sorgt für besseren Reibungsdruck.

Er nahm seinen Platz hinter dem Lenkrad ein und sagte laut: »Auf geht's.« Vorsichtig steuerte er sein Gespann von dem vereisten Parkplatz auf den breiten Jackson Boulevard, dessen Fahrbahn inzwischen schon fast wieder trocken war. Er fuhr langsam Richtung Osten zum Lake Shore Drive, der ebenfalls mittlerweile eisfrei sein würde, und als er gerade im Begriff war, sich nach rechts in den tosenden Verkehr einzufädeln, der auf dieser Straße herrschte, da durchlebte er einen Moment der Freude vergleichbar denen, die er als kleiner Junge empfunden hatte. "Ist es nicht toll! Von dem Augenblick an, wo ich auf die Route 41 komme, brauche ich nicht einmal mehr nach links oder nach rechts abzubiegen, bis ich Tampa und meine neue Heimat erreicht habe! Route 41, ich komme! Sei gut zu mir!«

Der Zeitplan, den er in aller Eile ausgearbeitet hatte, als er erfuhr, daß es nach Florida gehen würde, verlangte, daß er es an diesem ersten Abend bis Evansville, Indiana, schaffte. Es war eine Strecke von fast dreihundert Meilen, aber seit seiner High-School-Zeit war er es gewohnt, fünf- oder sechshundert Meilen an einem Stück zurückzulegen, und das notfalls auch allein, wenn keiner von seinen Kameraden in Denver Zeit und Lust gehabt hatte, mitzufahren und sich mit ihm beim Fahren abzulösen. Wenn er in jenen aufregenden Zeiten nach Städten wie Seattle, Los Angeles oder Chicago gefahren war, hatte er immer so lange hinter dem Steuer gesessen, bis er die ersten Anzeichen von Müdigkeit gespürt hatte. Dann war er auf den Seitenstreifen gefahren, hatte alle Türen von innen verriegelt und alle Fenster bis auf einen kleinen Spalt hochgedreht, sich quer auf den Rücksitz gelegt und ein paar Stündchen geschlafen. Wenn er dann aufgewacht war, hatte er sich wieder so frisch gefühlt, daß es ihm nichts ausgemacht hatte, den Rest der Etappe an einem Stück herunterzureißen. Er hatte sich angewöhnt, immer erst in der dritten Nacht ein Motel aufzusuchen, wenn er das Gefühl hatte, daß sein Körper eine ausgiebige Erholungspause in einem richtigen Bett brauchte.

Vorsichtig testete er jetzt erst einmal den Zustand der Straße, die von dem Graupelsturm so tüchtig eingedeckt worden war, und stellte fest, daß sein Gespann tadellos auf die Bremse ansprach, ohne übermäßig ins Schlingern zu geraten. Wenn alles gut geht, dachte er, müßte ich es eigentlich ohne Probleme schaffen, Evansville vor Mitternacht zu erreichen.

Als das Schild mit der Aufschrift WILLKOMMEN IN INDIANA auftauchte, winkte er fröhlich und rief: »Lebe wohl, Chicago!« Dann machte er eine obszöne Geste und fügte hinzu: »Leck mich!« Er war auf dem Weg nach Florida.

Doch er war erst ein paar Augenblicke in Indiana, als er, einem plötzlichen Impuls folgend, auf den Seitenstreifen ausscherte, sein Gespann zum Stehen brachte und das Gesicht in den Händen vergrub. Schlagartig war aller Übermut von ihm abgefallen. Leise sagte er zu sich selbst: »Ich habe in Chicago ein Paradies verloren. Einen tollen Job – in einer der besten Kliniken am Platz. Und die wunderbaren Mütter und Babys, die sich auf mich verlassen haben, mir vertraut haben. Ein stetig anwachsendes Bankkonto und eine wunderschöne Frau. Wie konnte sich das nur alles so schnell in Luft auflösen?«

Wie erstarrt hinter dem Steuer verharrend, preßte er die Handballen gegen die Schläfen und murmelte: »Ein Arzt ohne Instrumente. Ein Spezialist ohne eine Praxis. Keine Frau mehr, und genau hundertachtzig Dollar in der Tasche. Zorn, du hast dein Leben ganz schön vermasselt.«

Doch dann straffte er sich, und seine Finger schlossen sich fest um das Lenkrad. »So, Schluß jetzt mit dem Gejammer! Du fängst jetzt noch einmal mit frischer Kraft ganz von vorn an. Wie durch ein Wunder hast du eine zweite Chance gekriegt. Du verdienst gutes Geld, und – wer weiß? – vielleicht kannst du ja sogar irgendeines schönen Tages wieder als Arzt praktizieren.«

Er ließ den Motor wieder an, lenkte sein Gespann zurück auf den Highway und sagte beschwörend zu sich selbst: »Ein neues Jahr fängt an – und ein neues Leben!«

Fünfzig Meilen weiter südlich auf der Route 41 war die Fahrbahn vom Schwerlastverkehr trockengefahren, und er beschleunigte den Wagen auf sechzig Meilen pro Stunde. Dennoch beobachtete er sorgfältig die vor ihm fahrenden Autos, damit er sofort mit der Geschwindigkeit heruntergehen konnte, falls es doch noch einmal glatt werden sollte. Mit dem voll beladenen Anhänger im Nacken mußte er plötzliche Vollbremsungen möglichst vermeiden.

Das Tageslicht war bereits im Schwinden begriffen, als er die Abzweigung zur Interstate 65 erreichte, die ihn um Terre Haute herumführen und schließlich nach Evansville bringen würde, wo er aller Voraussicht nach ein freies Motelzimmer finden würde, da der Schneesturm sicher viele Autofahrer davon abgehalten hatte, die Interstate-Highways zu benutzen. Als sich klar abzeichnete, daß er sein Etappenziel weit vor Mitternacht erreichen würde, lehnte er sich entspannt in seinen Sitz zurück, lauschte den Programmen der diversen UKW-Stationen, durch deren Sendebereich er kam, und sang laut mit, wenn sie einen Song spielten, den er kannte.

Wie er es erwartet hatte, gab es gleich im ersten Motel in Evansville, das er ansteuerte, ein freies Zimmer, und für dreißig Dollar bekam er ein heißes Bad, ein gutes Bett und einen ordentlichen Kaffee, so daß er, als er am Neujahrsmorgen weiterfuhr, vor frischer Energie nur so strotzte. Vor ihm lag eine ziemlich freie Strecke, und bis Atlanta waren es nur noch vierhundert Meilen. Doch als er sich auf seiner Fahrt durch Tennessee Nashville näherte, hörte er im Autoradio die Warnung: »Achtung Autofahrer! Fahren Sie bitte auf den gebirgigen Abschnitten der Route 41 zwischen Nashville und Chattanooga besonders vorsichtig. Dort herrscht nach dem gestrigen Blizzard noch immer stellenweise Glatteis. Passen Sie bitte Ihre Geschwindigkeit den Straßenverhältnissen an!« Er mußte grinsen und sagte leise zu sich: »Ihr habt keine Ahnung, was Eis ist, solange ihr euch nicht an Halteseilen den Boul Mich entlanggehangelt habt!«

Aber er ging trotzdem vom Gas, denn in den letzten Jahren hatte er oft genug im Fernsehen die erschreckenden Bilder von Massenkarambolagen bei Nebel oder Schneesturm gesehen, und er wußte, daß selbst vorsichtige Autofahrer nicht gegen Auffahrunfälle gefeit waren.

Wie er so mit verringerter Geschwindigkeit vor sich hin fuhr, sah er plötzlich, als er in der hügeligen Gegend westlich von Chattanooga aus einer Kurve kam, wie der zweite Wagen vor ihm plötzlich ins Schleudern kam, dem Fahrer außer Kontrolle geriet, sich um 180 Grad drehte und rückwärts weiterrutschte. Und in hilflosem Entsetzen mußte er mit ansehen, wie das Fahrzeug langsam, aber unausweichlich auf drei andere, ineinander verkeilte

Fahrzeuge zuhielt, die in die gleiche Richtung geschlittert und in ein riesiges Gewirr aus Dutzenden von über- und ineinandergestauchten Wagen gekracht waren. Auch auf der Gegenfahrbahn war es zu einer Massenkarambolage gekommen. Einige Fahrzeuge waren über den Mittelstreifen geschleudert und in die Autos auf seiner Fahrbahn hineingeprallt.

Im selben Moment, in dem Andy begriff, daß er in höchster Gefahr war, sah er auch schon den einzig möglichen Ausweichweg. Zu seiner Rechten war eine sanft abfallende Böschung. Fest davon überzeugt, daß er ansonsten in das Knäuel aus ineinander verkeilten Fahrzeugen vor ihm krachen und im nächsten Moment von den Wagen hinter ihm gerammt werden würde, riß er das Lenkrad scharf nach rechts herum. Seine Vorderräder sprachen jedoch nicht auf die Lenkung an, und er rutschte unerbittlich weiter, geradewegs auf die Unfallstelle zu. Er lenkte kurz gegen, riß das Steuer abermals nach rechts, und diesmal, einen Wimpernschlag, bevor er das Fahrzeug vor ihm gerammt hätte, schwenkte seine Limousine mit dem schweren Anhänger im Schlepptau nach rechts und rutschte die Böschung hinunter, wo sie nach ein paar Metern zum Stehen kam. Um Haaresbreite war er dem Unheil entkommen!

Doch von seiner sicheren Warte abseits der Straße sah er jetzt die Katastrophe, die sich nur wenige Meter entfernt auf dem Highway abspielte. Ein riesiger dreiachsiger Sattelschlepper – das gesamte Gespann war bestimmt fünfundzwanzig Meter lang – kam von Westen her angedonnert, geriet ins Schleudern und krachte mit ungeheurer Wucht in das Knäuel aus ineinander verkeilten Fahrzeugen, einige von ihnen regelrecht unter seinem tonnenschweren Gewicht plattwalzend. Entsetzt stieß Andy hervor: »Mein Gott! Genau da, wo ich gewesen wäre!« Aber als Arzt verspürte er den zwingenden Impuls, nicht bloß untätig aus sicherer Distanz der Katastrophe zuzuschauen, sondern sich mitten in das Schlachtfeld zu begeben und zu helfen, Leben zu retten.

Doch bevor er die Böschung hinaufklimmen konnte, faßte ihn lähmendes Entsetzen angesichts dessen, was an neuem Unheil von Westen her nahte: Ein riesiger Transporter mit zwei Decks voller Neufahrzeuge kam mit beträchtlicher Geschwindigkeit herangedonnert. Einige Männer, die es geschafft hatten, sich aus ihren Fahrzeugen zu befreien, rannten auf dem Highway zurück, dem herandonnernden Koloß entgegen, schwenkten wild die Arme und schrien: »Halt! Halt!« Doch da der Fahrer das hinter der Kurve lauernde Chaos nicht sehen konnte, mißdeutete er ihre verzweifelten Signale als die von verängstigten Fremden, die nicht wußten, wie man bei schlechtem Wetter auf Highways in Tennessee Auto fährt. Statt seine Fahrt zu verlangsamen, beschleunigte er noch stärker, um nur ja nicht die Gewalt über sein gigantisches Gespann zu verlieren. Als Zorn ihn heranrasen sah, mußte er an einen Begriff aus dem Physikunterricht auf der High-School denken: »Mein Gott, die kinetische Energie, die dieses Monstrum haben muß!« Er wußte, daß der gewaltige Vorwärtsschub, den das Ungetüm mit seiner tonnenschweren Ladung hatte, selbst durch eine Steinmauer kaum gebremst werden konnte, und er schrie verzweifelt »Nein! Nein!«, als der Autotransporter mit voller Wucht auf den Sattelschlepper prallte, der auf die Seite gekippt war und mehrere Fahrzeuge aus dem Knäuel unter sich begraben hatte. Mit einem mörderischen Krachen brach der schleudernde Transporter durch den Aufbau des umgestürzten Aufliegers, donnerte über ihn hinweg und geriet sofort in Brand. Der Auflieger fing ebenfalls Feuer. Die in ihren Fahrzeugen unter dem umgekippten Auflieger eingeklemmten Menschen würden elend verbrennen.

In hilfloser Ohnmacht mußte Zorn mit ansehen, wie die Flammen auf die zermalmten Fahrzeuge übergriffen und die Unfallstelle in ein einziges prasselndes Inferno hüllten. Wenn er sich in diese Flammenhölle begab, in der Hoffnung, Leben zu retten, würde er nur sein eigenes aufs Spiel setzen.

Als er die Böschung weiter hinaufkletterte, um zu sehen, ob er vielleicht doch noch irgend etwas ausrichten konnte, sah er, wie eine junge Frau in einem Sportwagen auf die Unfallstelle zugeschlittert kam und verzweifelt versuchte, das gleiche zu machen, was er kurz zuvor gemacht hatte: auszuscheren und über die Böschung auszuweichen. Doch anders als er fand sie keine Lücke. Sie rutschte in drei weitere Neuankömmlinge, die sich in der Zwischenzeit hinter dem brennenden Autotransporter aufgetürmt hatten, und war offensichtlich stocksauer ob des Mißgeschicks, für das sie ja nun wirklich nichts konnte. Sie stieg aus ihrem zerbeulten Fahrzeug, und verwirrt und offenbar unter Schock stehend angesichts des qualmenden Chaos um sie herum, stolperte sie vorwärts zwischen ihr Fahrzeug und das, auf das sie aufgefahren war. Zorn, der sah, in welche Gefahr sie sich begab, schrie: »Nein! Gehen Sie weg da!« Sie hörte sein verzweifeltes Schreien und wandte sich um, um zu schauen, von wem es gekommen war. »Mein Gott!« schrie Zorn, als im selben Moment ein schwerer Lincoln mit voller Geschwindigkeit hinter der Kurve auftauchte und nahezu ungebremst auf den Sportwagen des Mädchens auffuhr. Er schob den kleinen Wagen vorwärts, als wäre er ein Spielzeug, und drückte ihn gegen den davor, so daß die Beine des Mädchens zwischen den Stoßstangen der beiden Fahrzeuge eingeklemmt wurden.

Als Zorn die junge Frau erreichte, war sie immer noch zwischen den beiden Wagen eingeklemmt; sie war bei Bewußtsein, und ihr war klar, daß sie verletzt war, jedoch noch nicht, wie schwer. Zorn wußte, daß jetzt alles davon abhing, sie aus dem Wrack zu befreien, damit er ihre Verletzung sofort versorgen konnte – wenngleich er sich fast davor fürchtete, zu sehen, wie schwer die Quetschung war. Er schrie einigen Männern zu: »Helft mir!« Zwei junge Männer, denen offenbar nicht bewußt war, daß sie in der gleichen Gefahr schwebten wie das Mädchen, von nachfolgenden Wagen eingequetscht zu werden, sprangen ihm zu Hilfe, und mit einem verzweifelten Hauruck stemmten sie ihren Wagen so weit zurück, daß die junge Frau herausgezogen werden konnte. Als sie sah, daß ihre Unterschenkel durch die Wucht des Aufpralls von den stählernen Stoßstangen ihres eigenen Wagens regelrecht abgezwackt worden waren, wie von einer Kneifzange, fiel sie in Ohnmacht.

Zorn fiel der Arztkoffer ein, den er immer in seinem Wagen dabei hatte. Er warf einem der jungen Männer seinen Wagenschlüssel zu und schrie: »Ich bin Arzt! Holen Sie meine Tasche aus dem Kofferraum! Rasch!« Noch bevor der Mann mit dem Koffer zurück war, hatte Zorn schon das Kleid des Mädchens in Streifen gerissen. »Hol jemand einen Ast!« schrie er. »Nein, zwei!« Ein Mann rannte los, brach zwei Äste von einem Baum ab und brachte sie ihm. Zorn benutzte sie als Knebel und band mit Hilfe der Stoffetzen ihre Beine oberhalb der Knie ab, um die Blutung zu stoppen.

Er gab die junge Frau, die zum Glück immer noch bewußtlos war, in die Obhut von zwei Frauen aus den anderen Wracks, ging zurück zu dem Sportwagen, um die beiden Beine zu bergen, da er wußte, daß die Chirurgen beim Annähen abgerissener Gliedmaßen oft wahre Wunder vollbrachten. Doch als er sah, daß die Beine regelrecht plattgequetscht worden waren, wußte er sofort, daß die Blutgefäße und Nervenstränge völlig zerstört sein mußten. Sie wieder anzunähen war ein aussichtsloses Unterfangen; also ließ er sie liegen, wo sie waren.

Es dauerte zwanzig Minuten, bis der erste Hubschrauber eintraf. Er gehörte einem Fernsehsender aus Nashville und hatte keine medizinische Ausrüstung an Bord, sandte aber über Funk einen Notruf an alle Rettungsdienste in der Region. Nachdem er die Unfallstelle zehn Minuten lang gefilmt hatte, verschwand er wieder, und bald darauf tauchte der erste Rettungshubschrauber auf. Andy war an seiner Tür, noch ehe der Rotor zum Stillstand gekommen war. »Ich bin Arzt. Wir haben hier ein Mädchen, das beide Beine verloren hat. Sie muß als erste weg.« Und als die Sanitäter ihren Zustand sahen und die improvisierten Aderpressen, machten sie sofort Platz für sie und für Andy.

Während des kurzen Fluges zu einem Krankenhaus in Chattanooga erwachte das Mädchen aus der Ohnmacht und schaute Andy mit kläglichem Blick an. »Meine Beine – sind sie ab?« Andy wußte, daß das wichtigste, was sie in diesem ersten Moment nach der Wiedererlangung des Bewußtseins brauchte, Trost und

Zuspruch war. Er nahm ihre Hände und sprach über das laute Brummen des Helikopters hinweg: »Die beste Nachricht ist, Sie werden überleben. Dafür haben Freunde gesorgt.« Als daraufhin entsetzliche Furcht in ihr Gesicht trat, ließ er eine ihrer Hände los und schob die freie Hand unter ihr Kinn. »Sicher, es wird sich Einschneidendes in Ihrem Leben ändern, aber ich verspreche Ihnen, Sie werden ein langes und schönes Leben haben.« Er sah, daß sie noch immer zitterte. »Auf Ihrer Hochzeit werde ich Sie um einen Tanz bitten. Ja, Sie werden wieder tanzen können.« Und er strich ihr zärtlich das Haar aus der Stirn.

Dies hatte genau die Wirkung, die er erreichen wollte, denn mit zitternder Stimme fragte sie: »Ist es ein Totalschaden?« Und ihm wurde bewußt, daß sie in ihrem Schock von ihrem Auto sprach.

»Ihr Wagen ja – aber Sie nicht. Sie werden wieder Auto fahren können.« Sie versuchte, sich über diese optimistische Prognose zu freuen, aber sie wurde überwältigt von einer Woge von Schmerz und verlor erneut das Bewußtsein.

IN DER KLINIK ließ Dr. Zembright, ein älterer Orthopäde, der bereits vom Hubschrauber aus alarmiert worden war, das Mädchen sofort in einen Operationssaal bringen, wo er Zorn für die präzise Anbringung der beiden Aderpressen lobte. »Sie haben einen Erste-Hilfe-Kurs mitgemacht?«

»Ich bin selbst Arzt. Aus Chicago.«

Als die bewußtlose junge Frau versorgt war – Dr. Zembright hatte die Beinstümpfe desinfiziert und mit Antibiotika behandelt –, nahm der Orthopäde Zorn in ein Privatbüro mit, wo ein Gespräch stattfand, das der junge Arzt niemals vergessen würde. »Die Maßnahmen, die Sie an der Unfallstelle getroffen haben, haben der jungen Frau wahrscheinlich die Knie gerettet.« Der ältere Mann spürte, daß der immer noch betroffene Zorn Bestätigung und Aufmunterung brauchte. »Sie wird sich dafür in den kommenden Jahren millionenfach bei Ihnen bedanken. Wenn nämlich die Knie erhalten sind, ist alles einfacher.«

»Es war die Hölle da draußen. Ich stand vielleicht acht, neun Meter von der Unfallstelle entfernt und mußte tatenlos mit ansehen, wie ein LKW nach dem anderen in den Blechhaufen krachte. Es war ein regelrechtes Blutbad.«

»Wie wär's mit einem Whiskey?«

»Ich rühre zwar nur selten harte Sachen an, aber jetzt könnte ich wirklich einen brauchen. Und dann muß ich zurück und mich um meinen Wagen kümmern.«

»Sie haben ihn an der Unfallstelle zurückgelassen?«

»Ich hab' ihn die Böschung runter gelenkt. Sie wären überrascht, wie hilfsbereit alle waren, als es darum ging, die Verletzten aus den brennenden Wagen zu ziehen. Ein junger Bursche, der mir dabei geholfen hat, das Mädchen rauszuziehen, versprach mir, auf meinen Wagen und den Hänger aufzupassen. Er wollte, daß ich bei ihr bleibe. Er hat meine Schlüssel.«

Zembright, der genügend Erfahrung mit Schockpatienten hatte, um zu wissen, daß Zorn sich hart am Rande der Hysterie bewegte, schenkte ihm einen Doppelten aus seiner eisernen Reserve ein, und die beiden Männer lehnten sich einen Moment zurück, während draußen das Sirenengeheul der Krankenwagen nahte, welche die Verletzten von der Unfallstelle zur Klinik brachten. Andy kippte seinen Whiskey in einem Zug herunter und mußte husten.

Der Ältere sagte: »Nach allem, was Sie mir berichtet haben, haben Sie wohl die Rolle des Guten Samariters gespielt.«

»Ich habe das getan, was Sie auch getan hätten.«

»Wahrscheinlich mehr. Aber als älterer und weiserer Mann hätte ich noch etwas anderes getan, das Sie nicht getan haben.«

»Was habe ich vergessen? Wird es ihr schaden?«

Zembright lehnte sich zurück und lächelte. »Ihr? Nein. Aber vielleicht Ihnen.«

»Was meinen Sie damit?«

»Ich bin sicher, daß ich genau wie Sie versucht hätte zu helfen, wenn ich zufällig gerade vorbeigefahren wäre, aber da ich weiß, was danach kommt, hätte ich mich sofort danach aus dem Staub gemacht.«

»Warum?«

»Weil ich durch bittere Erfahrung gelernt habe, daß ein paar Monate nachdem Sie jemandem durch Ihre fachkundige und rechtzeitige Hilfe am Unfallort das Leben gerettet haben, der Sauhund sich einen schmierigen Winkeladvokaten nimmt und Sie dafür verklagt, daß Sie nicht irgend etwas anderes unternommen haben, das seiner Meinung nach besser für ihn gewesen wäre. Und statt als Guter Samariter wie bei Lukas gefeiert zu werden, finden Sie sich unversehens vor Gericht wieder und werden dafür verurteilt, daß Sie der Person, statt ihr zu helfen, durch Ihr ungebetenes und unsachgemäßes Eingreifen bleibenden Schaden zugefügt haben.«

Zorn, der wahrlich guten Grund hatte, zu glauben, was Zembright ihm da erzählte, fragte: »Und was hätten Sie an meiner Stelle getan?«

»Das gleiche, was Sie getan haben, aber danach hätte ich mich sofort aus dem Staub gemacht. Ich hätte niemandem meinen Namen genannt. Ich hätte zu dem gesamten Vorfall meinen Mund gehalten und niemandem erlaubt, mich zum Helden hochzustilisieren. Haben Sie unseren Leuten Ihren Namen genannt, als die Sanitäter Sie und das Mädchen hierherbrachten?«

»Nein.«

»Ich werde vergessen, daß ich ihn gehört habe. Was ist mit dem Mann, dem Sie Ihre Wagenschlüssel gegeben haben?«

»Dem habe ich ihn ganz sicher nicht gesagt.«

»Aber er könnte ihn womöglich in den Papieren im Auto finden.«

»Nur wenn er rumschnüffelt.«

Dr. Zembright lehnte sich zurück, betrachtete sein Whiskeyglas, trank es leer und sagte: »Junger Freund, lassen Sie sich von einem alten Hasen einen Rat geben: Bringen Sie Ihren Hintern in Sicherheit, und hoffen Sie darauf, daß die Patientin am Leben bleibt. Ich selbst bin fein raus. Wenn die Angehörigen des Mädchens versuchen, mich zu verklagen, kann ich mit bestem Gewissen behaupten: ›Irgendein Stümper hat sie an der Unfallstelle unsachgemäß behandelt.‹ Ich wasche meine Hände in Unschuld.«

Zorn lächelte wehmütig. »Ich war in der Geburtshilfe tätig. Ich wurde Opfer von zwei völlig unbegründeten Kunstfehlerverfahren, bei denen sich der Anwalt der Gegenpartei die Schadensersatzsumme mit der Familie teilte. Ich gab meine Praxis auf, weil ich die Lügen und die Falschaussagen und die Nachstellungen nicht mehr ertragen konnte. Jetzt bin ich unterwegs zu einem neuen, nichtmedizinischen Posten in –«

»Sagen Sie mir nicht, wo!« fiel Zembright ihm rasch ins Wort. »Je weniger ich über Sie weiß, desto besser. Sie haben das Mädchen niemals angerührt. Sie haben es niemals hierhergebracht. Sie haben mich nie gesehen, und ich habe Sie nie gesehen. Noch ein Glas?«

»Das eine war schon zuviel.« Als Zorn das Büro verließ, sagte er zu dem Orthopäden: »Helfen Sie ihr. Ich stand etwa so weit von ihr entfernt wie jetzt von Ihnen, als sie an sich runterschaute und sah, daß sie beide Beine verloren hatte. So was hängt Ihnen Ihr Leben lang nach.«

»Machen Sie's gut, Samariter.«

Der zynische Rat des Älteren verfehlte seine Wirkung auf Zorn nicht. Wenn ein so alter und erfahrener Spezialist darüber bekümmert sein kann, wie die Gesellschaft Mediziner behandelt, dachte er, dann war es vielleicht gar nicht so dumm von mir, daß ich diesen Beruf aufgegeben habe. Doch er konnte diese billige Entschuldigung für seinen ungestümen Abschied von Chicago nicht akzeptieren: »Nein, ich hatte mich mit Leib und Seele für den Arztberuf entschieden, und beim ersten Anzeichen von Schwierigkeiten habe ich die Flinte ins Korn geworfen.«

Als er an den Schauplatz der Katastrophe zurückkam, stellte er sich neben sein Gespann und überlegte ernsthaft, ob er wirklich nach Süden zu seiner neuen Stelle weiterfahren sollte. Plötzlich schlug er sich mit der flachen Hand an die Stirn: »Schluß jetzt, Zorn. Schluß jetzt mit deinem Gejammer und deiner Unentschlossenheit. Ich schwöre hiermit feierlich, daß ich meine Einrichtung zum größten Goldesel der Taggart-Kette machen werde. Und eines schönen Tages praktiziere ich vielleicht wieder als richtiger Arzt.«

Wie die meisten Nordstaatler, die nach Florida fuhren, glaubte auch Andy, als er Valdosta, Georgia, hinter sich gelassen hatte, daß er praktisch schon mitten in Florida war und sein Ziel, in diesem Fall Tampa, nur noch wenige Meilen entfernt sein konnte. Doch als er auf seiner Karte nachschaute, stellte er fest, daß er noch gut zweihundert Meilen vor sich hatte. Also fuhr er bis zum Anbruch der Nacht weiter, und als er müde wurde, legte er eine Pause am Straßenrand ein und schlief eine Weile hinter dem Steuer. Doch das beständige Geräusch der vorbeifahrenden Wagen ließ ihn keinen rechten Schlaf finden, und aufgewühlt, wie er war, kehrte er im Traum immer wieder an den Schauplatz jenes schrecklichen Unfalls westlich von Chattanooga zurück. Und als – in der Realität – ein riesiger Tanklastwagen an ihm vorbeidonnerte, schrak er mit einem Angstschrei auf den Lippen aus seinem unruhigen Halbschlaf hoch, jeden Augenblick damit rechnend, daß er auf der eisglatten Fahrbahn – die natürlich nur in seinem Alptraum existierte – ins Rutschen geriet und in die Unfallstelle krachte. Erschrocken über die Heftigkeit seiner Reaktion, sagte er sich: »Ich sehe lieber zu, daß ich was Warmes in den Magen kriege, sonst fange ich noch echt an zu spinnen.« Nach ein paar Pfannkuchen und einigen Tassen heißen Kaffees in einer Raststätte fühlte er sich schon wieder besser und setzte seine Fahrt fort.

Als er kurz nach acht Uhr am Morgen des 2. Januar die Außenbezirke von Tampa erreichte, legte er abermals eine Kaffeepause ein und ließ sich den Weg nach *The Palms* erklären: »Bleiben Sie auf der Route 41, immer geradeaus, durch Tampa hindurch, bis Sie wieder auf freies Gelände kommen; unmittelbar danach kommt ein wundervoller Zypressensumpf – das heißt, wenn Sie Sümpfe mögen. Überqueren Sie einen kleinen Fluß, und Sie kommen in eine kleine Stadt. Achten Sie auf die Straßennummern; wenn Sie zur 117. Straße kommen, biegen Sie scharf nach rechts ab. Geradeaus weiter ist Ihr Ziel, aber nehmen Sie genug Geld mit. Es ist dort nicht billig.«

Ausgestattet mit diesen hilfreichen Informationen, blieb er auf dem Superhighway bis zur Stadtgrenze von Tampa, wo ein Begrüßungsschild ihn an einen Witz erinnerte, den er einmal in Chicago gehört hatte: »Florida ist Gottes Wartezimmer.« Auf diesem Schild stand: SIE BETRETEN JETZT GOTTES PARADIES. DAS O'NEILL-KREMATORIUM. VOLLSERVICE $475.

Als er abbremste, um sich zu vergewissern, daß das Schild kein Ulk war, löste er sofort ein Hupkonzert von den Autofahrern aus, die auf dem Weg in die Stadt waren. Er fuhr rechts ran, winkte sie mit einem entschuldigenden Lächeln vorbei und murmelte leise zu sich selbst: »Willkommen, in der Tat. Die halten hier wirklich mit nichts hinterm Berg.« Er war jetzt nur mehr vier Meilen von seiner künftigen Wirkungsstätte entfernt. Der Himmel strahlte in leuchtendem Blau; Palmen wiegten sich in der sanften Brise; und der Blizzard vom Michigansee lag tausend Meilen hinter ihm. Er winkte dem attraktiven Angebot des Krematoriums schmunzelnd einen Gruß zu und fuhr weiter, seiner neuen Heimat entgegen.

KURZ NACHDEM er eine Brücke über den kleinen Fluß überquert hatte, entdeckte Dr. Zorn die 117. Straße. Wie man es ihm gesagt hatte, bog er scharf nach rechts ab und folgte dem Fluß Richtung Westen. Doch schon bald wandte er den Blick von der hübschen Wasserstraße ab, denn an ihrem Ufer stand eine Reihe immens hoher Palmen, die anders waren als alle, die er je gesehen hatte, selbst in Büchern. Mehr als fünfundzwanzig Meter hoch, waren sie allesamt bis zu zwei Dritteln ihrer Höhe völlig bar von Ästen und selbst kleinen Zweigen;

in jenem unteren Teil bestanden sie einzig aus schlanken, zerbrechlich aussehenden Stämmen, die sich kerzengerade, ohne die geringste Abweichung nach links oder rechts, in die Höhe reckten. Den Wipfel eines jeden Baumes bildete eine grüne Krone aus typischen Palmwedeln, die jedoch so spärlich ausfielen, daß sie fast wie Schuppen auf einem Kahlkopf anmuteten. Unter den Wedeln, in fast fünfundzwanzig Metern Höhe, bot sich dem Auge des Betrachters ein geradezu bizarrer Anblick: ein dünner Quirl aus pechschwarzen abgestorbenen Wedeln, die strahlenförmig nach allen Seiten abstanden wie die Halskrause einer elisabethanischen Hofdame. Unter diesem Kranz jedoch war das kurioseste Ding von allen, ein riesiges Knäuel von wettergegerbten toten Palmblättern, von graubrauner Farbe und von der Form eines Halbovals: oben breit, nach unten hin sich verjüngend, als trage der Baum eine gewaltige Tournüre auf der Basis eines braunen Drahtgeflechts.

Die verrücktesten Bäume, die ich je gesehen habe, dachte Zorn, und er hielt sein Gespann an, um sie sich ein wenig genauer anzuschauen. Wirklich, verrückt! Nackt bis zum Bauchnabel, dann dieser riesige Bausch, dann die Halskrause aus schwarzen Perlen und schließlich zur Krönung diese alberne Frisur! Er blickte den Weg hinunter und sah, daß mehr als ein Dutzend weitere turmhohe Palmen, jede ein Duplikat dieser ersten, in einer Reihe standen, einer Marschkolonne gleich, die ihn gleichsam hingeleitete zu dem Heim, in dem er arbeiten würde.

»Also«, sagte er mit einem Kopfschütteln, »mit dieser schmucken Parade darf die Einrichtung sich wirklich mit Fug und Recht *The Palms* nennen.«

Etwas Rotes zu seiner Linken zog seinen Blick an, und als er sich von den Palmen abwandte, um es sich anzuschauen, sah er, daß es eine Reihe seltsamer tropischer Büsche war, die ebenfalls die Straße säumten – jeder von ihnen zweieinhalb bis drei Meter hoch, extrem breit und mit dichtem grünen Blattwerk bedeckt, das gesprenkelt war von dicken Büscheln hellroter Beeren. Was für schöne Büsche, dachte er. So was hab' ich noch nie gesehen!

Als er sich dem Ende der Zufahrt näherte, wurde er begrüßt von einem imposanten Bauwerk aus rötlichem Stein: einer riesigen Toreinfahrt, die aus zwei spitzen Türmen bestand, von denen eine aus dem gleichen Stein gebaute Mauer ausging. Die Mauer war gut zwei Meter hoch und umfriedete ein beträchtliches Areal gepflegten Rasens, in dessen Mitte das einzige, vieleckige Gebäude des Anwesens stand. Mit diesem Tor und diesen Mauern mutet es wie eine mittelalterliche Festung an, dachte Zorn. In einem solchen Altersruhesitz konnte man sich wahrlich wohl fühlen. Dann stellte er fest, daß er etwas Wichtiges übersehen hatte, etwas, das gleichsam eine Verbindung zur Zentrale in Chicago herstellte: in die Fassade des rechten Turmes war eine ziemlich kleine Messingtafel eingelassen, auf der in erhabenen Lettern, kaum größer als die auf der Wand neben Mr. Taggarts Bürotür, zwei nüchterne Worte standen: THE PALMS.

Auf das schmucklose Schild blickend, sagte Zorn sich: Der Chef steht offenbar nicht auf protziger Selbstdarstellung. Doch dann überlegte er: Halt! Wenn man das ganze Ensemble betrachtet – die Bäume, das Tor, die Mauer – dann summiert es sich zu einer klaren Aussage: Klasse – dieses Haus hat Stil. Mein Job wird es sein, dies alles zu erhalten, es aber gleichzeitig rentabel zu machen.

Gleich hinter dem Tor kam er auf einen ovalen Zufahrtsweg, der sich zuerst nach rechts wandte, dann unter einem Vorbau hindurch zum Hauptportal nach links, wo ein weiterer Vorbau zum Pflegebereich führte, und schließlich durch das Tor zum Ausgang. Das Areal im Innern dieses Ovals war auf das Penibelste bepflanzt und gepflegt. Nahe dem Eingang zum Hauptgebäude stand eine Gruppe Krotonbüsche in unterschiedlichen Farben. Der Eindruck von gepflegter Eleganz wurde freilich ein wenig getrübt durch die großen asphaltierten Parkplätze, die fast jeden Zentimeter der verfügbaren Fläche bedeckten und die mit Autos vollgeparkt waren, darunter viele teure europäische Fabrikate.

Als er versuchte, sein Gespann rückwärts auf einen freien, vermeintlich für Besucher reservierten Parkplatz zu setzen, kam eine ältliche Frau mit blauweißem, elegant frisiertem Haar aus dem Haupteingang geschossen, fuchtelte mit ihrem Stock in der Luft herum und schrie mit einer unerwartet rauhen Stimme: »Halt! Halt! Das ist *mein* Parkplatz, junger Mann! Fahren Sie sofort Ihre Karre da weg!«

Erschrocken über die Heftigkeit ihrer Attacke, reagierte Zorn konfus. Statt seinen Wagen wieder vorzuziehen und von dem Privatparkplatz herunterzufahren, setzte er weiter zurück, was die erzürnte alte Dame natürlich als Mißachtung ihres Protests interpretierte. Sie begann mit ihrem Krückstock auf seinen linken Kotflügel einzudreschen und keifte dabei wütend: »Hauen Sie hier ab, aber dalli! Verschwinden Sie sofort mit Ihrem Schrotthaufen von *meinem* Parkplatz!«

Noch immer ein wenig konsterniert ob der furiosen Attacke der Alten, legte Zorn den Vorwärtsgang ein, doch in seiner Hast trat er so fest aufs Gaspedal, daß das Gespann einen regelrechten Satz nach vorn machte, als versuche er, die Frau über den Haufen zu fahren. Sie kreischte: »Er will mich umbringen!« und hüpfte erschrocken zurück, was sie freilich nicht daran hinderte, weiter mit ihrem Krückstock auf seinen Kotflügel einzuschlagen.

Aufgeschreckt durch den Lärm und das Gekeife, kamen jetzt Leute vom Personal aus dem Hauptgebäude nach draußen gerannt, um zu schauen, in was für eine Bredouille die alte Dame diesmal wieder geraten war; denn sie hatten die Erfahrung gemacht, daß die ›Gräfin‹, wie sie allgemein genannt wurde, von einer Katastrophe in die andere stolperte. Ihr Zimmer lag im Erdgeschoß und bot direkten Blick auf das Oval, und von ihrem Fenster aus konnte sie die Parklücke beobachten, in der sie normalerweise ihren stets auf Hochglanz polierten grauen Bentley parkte. Wenn ein Lieferant oder Botenjunge es einmal wagte, dort zu parken, wenn ihr Wagen in der Werkstatt war – was recht häufig vorkam –, dann konnte man jede Wette darauf abschließen, daß sie herausgestürzt kam, mit ihrem Krückstock auf den Wagen einprügelte und den armen Kerl zum hastigen Rückzug zwang. Darüber hinaus hatte sie stets ein waches Auge für streunende Hunde, die es wagten, »ihr« Oval zu betreten, denn sie war dessen oberster Hüter.

Der erste, der sie diesmal erreichte, war ein fülliger, ziemlich nervöser Mann Mitte Fünfzig, der einen Anzug mit Weste und einen gestreßt wirkenden Gesichtsausdruck trug. Er rannte zu der Gräfin, die immer noch Zorns Kotflügel mit ihrem Stock malträtierte, und schrie mit bebender Stimme: *»Sir!«*

»Ich versuche ja rauszufahren«, rief Zorn hilflos, »aber sie läßt mich nicht!«

»Und wer sind Sie?« fragte der Mann, während er versuchte, die Frau wegzuziehen.

»Dr. Zorn. Mr. Taggart hat mich doch sicher avisiert –«

Als der Mann den Namen hörte, nahm seine Stimme schlagartig einen unterwürfigen Klang an: »Madam! Madam! Das ist unser neuer Direktor, Dr. Zorn!«

Als die Frau das Wort *Doktor* hörte, schien es, als hätte jemand eine riesige Lampe in ihrem Hirn angeknipst. Ein Lächeln huschte über ihr eben noch grimmiges Gesicht. »Ach, dann sind Sie also der neue Mann, von dem wir gehört haben. Wurde auch höchste Zeit, daß einer hierherkommt und diesen Saustall in Ordnung bringt!« Ihr Gesicht verdüsterte sich erneut, aber diesmal galt ihr grimmiger Blick dem beleibten Mann vom Personal, der versucht hatte, sie zu besänftigen.

»Ich bin Kenneth Krenek, wie Sie sich wahrscheinlich schon gedacht haben«, sagte der Mann, »und diese freundliche Dame hier ist Mrs. Francine Dart Elmore aus Boston, die wir respektvoll ›die Gräfin‹ nennen. Sie wohnt da vorn in dem Zimmer mit dem Erkerfenster, und sie paßt auf, daß es im Oval immer ordnungsgemäß zugeht. Sie ist eine große, nicht mehr wegzudenkende Bereicherung für unsere Einrichtung, Dr. Zorn, und Sie werden froh sein, daß Sie sie haben.«

»Und versuchen Sie gar nicht erst, irgendwelche dummen Mätzchen zu machen«, sagte die Frau, während sie sich umwandte, um in ihr Zimmer zurückzugehen. »Ich hab' nämlich unter meinem Kopfkissen immer einen geladenen Revolver liegen.«

»Das stimmt«, bestätigte Mr. Krenek. »Wir haben versucht, ihn ihr wegzunehmen, aber sie sagt –«

»Wenn eine Frau alleine im Parterre wohnt, wo jeder, der durch das Tor kommt, sofort ohne Probleme rein kann, dann braucht sie eine Waffe, und ich habe eine. Und ich kann auch damit umgehen!«

Als die Gräfin weg war, sagte Krenek dem Doktor, wo er sein Gespann parken könne: »Sie werden rasch merken, daß Ihr wichtigstes Amt hier – das heißt, das, das Ihnen am meisten Ärger machen wird – darin besteht, genügend Parkplätze für die Heiminsassen zu finden.« Mit einer schweifenden Armbewegung zeigte er auf die Autos, die überall eingezwängt standen. »Und genauso schwierig ist es, jedem einen Platz zu geben, von dem aus er bequem zu einer der Türen gelangt. Ich versuche das nun schon vergeblich seit elf Jahren.« Er hielt abrupt inne, lachte und zeigte auf das offene Erkerfenster, durch das die Gräfin sie beobachtete. Er hob seine Stimme so, daß sie ihn hören konnte, und sagte zu Zorn: »Also, denken Sie dran: wenn Sie versuchen, ihr ihren Parkplatz wegzunehmen, erschießt sie Sie mit ihrem Revolver.« Worauf die Gräfin laut rief: »Ja, das würde ich!«

Sie gingen in das Hauptgebäude und setzten sich in Kreneks bescheidenes Büro. »Dr. Zorn«, sagte Krenek, »Sie sollen wissen, daß mir klar ist, daß Sie hier runtergeschickt worden sind, um diese Einrichtung auf Vordermann zu bringen. Mir war von Anfang an bewußt, daß ich lediglich als Interimsmanager vorgesehen war. Mr. Taggart hat heute früh angerufen und mich instruiert. Sie sollen als Dr. Zorn angekündigt werden, aber Sie werden keine medizinischen Pflichten im eigentlichen Sinn haben. Sie sind hier der Direktor. Ich bin bekannt dafür, daß ich ein Mann fürs Detail bin, Dr. Zorn, und Sie können sich darauf verlassen, daß ich Ihre Anweisungen ausführen werde. Aber ich bin nicht dafür zuständig, daß alle Leute hier glücklich und zufrieden sind, und auch nicht dafür, neue reinzuholen, damit die Betten ausgelastet sind. Das wird Ihr Job sein.«

»Erzählen Sie mir alles, was ich wissen muß, Krenek. Das Büro in Chicago äußerte sich sehr positiv über Sie und sagte mir, Sie seien unersetzlich und wüßten stets, welche Knöpfe man drücken muß.«

Krenek wurde rot. »Ich hoffe, die wissen, wovon sie reden. Wir haben Sie wirklich schon sehnlichst erwartet, Dr. Zorn.« Dann sagte er ehrerbietig: »Möchten Sie, daß ich Sie ein bißchen herumführe, während wir uns unterhalten?«

»Gute Idee. Gehen wir.«

Da Krenek bereits seit der Erbauungsphase in *The Palms* arbeitete, erwies er sich natürlich als kundiger Führer: »In diesem Hauptgebäude hier, das wir übrigens ›Gemeinschaftshaus‹ nennen, haben wir sieben Stockwerke. Im ersten befinden sich hauptsächlich Büros. An jedem Ende sind zwei Aufzüge. Jedes der oberen Stockwerke hat einundzwanzig Apartments, das macht insgesamt einhundertsechsundzwanzig. Dazu kommen elf Einzelzimmer im Erdgeschoß. Wenn wir jedes Apartment mit zwei Personen belegt hätten, dann hätten wir eine Gesamtzahl von zweihundertzweiundfünfzig Personen, plus die elf Einzelzimmer; tatsächlich jedoch haben wir gerade mal die Hälfte davon.«

»Läuft der Laden so schlecht?«

»Nein! Überhaupt nicht! Wir liegen in etwa im Plansoll.« Zorn wußte, daß das nicht so ganz stimmte, hatte er doch in Chicago die Stecknadel mit dem roten Kopf gesehen. Aber er ließ Krenek weiterreden. »Sie müssen jedoch bedenken«, fuhr der Verwalter fort, »daß etwa die Hälfte der Apartments lediglich mit einer Person belegt ist, in der Regel mit einer Witwe. Hinzu kommen drei Zimmer, die wir an Freunde oder Verwandte unserer Heimbewohner vermieten, wenn diese zu Besuch kommen. Wir könnten vielleicht noch drei, vier weitere Bewerber aufnehmen, aber damit hat es sich dann auch schon.« Zorn fragte sich, wo die Defizite lagen.

Als sie das Ende des langen, hübsch ausgestalteten Erdgeschoßkorridors erreichten, schlug Krenek vor, zum siebten Stock hinaufzufahren, und von oben wies er Zorn auf die Besonderheit hin, die *The Palms* von den vielen anderen Altenheimen in Florida abhob: »Wenn Sie nach unten schauen, werden Sie sehen, daß an dieser Stelle das Land in den Fluß hineinragt und eine Halbinsel bildet. Wir haben an allen Seiten direkt am Wasser gebaut. Das bedeutet, daß wir auf jedem Stockwerk drei Suiten auf der sogenannten ›Halbinsel‹ haben, mit direktem Blick aufs Wasser also, und zwar von allen Fenstern aus.« Bestrebt, seinem neuen Chef gleich die Eleganz dieser Apartments vorzuführen, ging er zu einem Flurtelefon und wählte die Nummer der mittleren Suite auf der siebten Etage. »Chris, hier spricht Krenek. Entschuldigen Sie, daß ich Sie so überfalle, aber ich bin hier mit Dr. Zorn, unserem neuen Mann aus Chicago. Ja, genau. Ist gerade angekommen, und da wollte ich ihm mal ein Apartment zeigen. Ich möchte gerne mit unserem besten anfangen. Könnte ich gleich mal mit ihm vorbeikommen? Ob Esther es erlaubt?«

Als zur Antwort ein herzliches »Aber sicher doch!« aus dem Hörer scholl, ging Krenek voran zur mittleren Tür des elegant geformten Kreises am Ende der Halbinsel. Die Tür ging auf, und die Bewohner begrüßten ihn herzlich.

Andy wurde schnell klar, daß Ken Krenek ein weitaus gescheiterer Mann war, als er gedacht hatte, denn er hatte es so arrangiert, daß die ersten Bewohner von *The Palms*, die sein neuer Chef kennenlernen würde, eines der bemerkenswertesten und eindrucksvollsten Paare des ganzen Centers waren. Mr. Mallory, neunundachtzig Jahre alt, war ein Bankier aus dem Mittleren Westen, der durch kluge Finanzgeschäfte ein kleines Vermögen gemacht hatte; aber gleichzeitig war er auch ein Bonvivant, der es liebte, Gäste um sich zu haben, und der für sein Leben gerne in Tanzlokale ging, wo er und seine zierliche siebenundachtzigjährige Frau nicht nur den größten Teil der neuesten Tänze mitmachten, sondern die Zuschauer auch mit ihren gekonnten Darbietungen der alten Tänze wie Charleston und dergleichen entzückten. Beide waren, wie Andy bald feststellen würde, unerschöpfliche Energiebündel, und mit ihrer ganzen Art ließen sie keinen Zweifel daran aufkommen, daß sie beabsichtigten, dies auch bis in ihr nächstes Lebensjahrzehnt hinein zu bleiben.

Andy, der ihnen zum erstenmal begegnete, dachte: Die zwei sind genau die Art von Leuten, die ich hier erwartet habe – wohlerzogen, haben stets auf der Sonnenseite des Lebens gestanden und wahrscheinlich nie in ihrem Leben Geldsorgen gehabt. Aber Krenek zog ihm diesen Zahn schnell: Chris Mallory hatte sich mit Abendkursen für das Universitätsstudium qualifiziert und als junger Mann in verschiedenen Geschäftszweigen betätigt, bis er schließlich Direktor einer größeren Bank mit acht oder neun Filialen geworden war. Er fuhr jetzt einen zweitürigen Pontiac, aber seine Frau hatte hartnäckig darauf bestanden, daß sie sich einen Viertürer zulegten, damit sich, wenn sie andere Paare mitnahmen, die andere Frau nicht die Frisur ruinierte, wenn sie sich durch die Vordertür auf den Rücksitz zwängte. Er hatte ihr – nicht ganz wahrheitsgetreu – gesagt, er glaube schon, daß sie sich einen Viertürer leisten könnten, und sie hatte einen Cadillac gekauft. Aber er hatte nicht die Absicht, seinen Zweitürer abzugeben. Er liebte dessen Kompaktheit und Wendigkeit.

Er hatte seine Frau Esther, die jeder in *The Palms* stets nur »Es« nannte, kennengelernt, als sie als Kassiererin in der Geschäftsstelle seiner Bank in Sheboygan arbeitete, und nachdem er mehrfach erlebt hatte, wie hervorragend sie mit den Kunden umging, hatte er zahllose Vorwände für Inspektionsbesuche in der Filiale in Sheboygan gefunden. Am Ende eines dieser ausgedehnten Besuche hatte sie gesagt: »Mr. Mallory, wenn Sie vorhaben, mir irgendwann einen Heiratsantrag zu machen, warum tun Sie es dann nicht jetzt sofort, damit wir gleich anfangen können, unsere Familie zu gründen?« Er hatte erwidert, als hätte sie um ein Darlehen nachgesucht: »Ich denke, das könnte ein sehr vernünftiger Schritt sein«, aber einen förmlichen Heiratsantrag hatte er ihr erst ein Weilchen später gemacht, da er überzeugt war, daß ein Bankier niemals voreilig Entscheidungen treffen sollte. Viele Jahre später, als er das Debakel sah, in das Bankleute das Land durch unvorsichtige Kreditvergabepraktiken gestürzt hatten, knurrte er: »Denen sollte man den Hintern mit der Reitgerte versohlen!«

Beide Mallorys gaben zu, daß sein Erfolg beim Aufbau eines Bankimperiums zum großen Teil Mrs. Mallorys Geschäftssinn zuzuschreiben war. Sie liebte es, mit dem, was sie zum Abschluß eines jeden Geschäftsjahres an überschüssigen Mitteln hatten, zu spekulieren. Ihr feines Gespür für neue Entwicklungen auf dem nationalen Finanzmarkt, gepaart mit Mr. Mallorys Weitsicht und Nüchternheit beim Einschätzen besonderer Situationen, hatte sie zu einem formidablen Team gemacht, dessen Vermögen nicht spektakulär, aber mit absoluter Sicherheit und Stetigkeit wuchs. Unter den zahlreichen gutbetuchten Ehepaaren in *The Palms* waren sie unstreitig das wohlhabendste. Außerdem waren die Mallorys mit Abstand die besten Tänzer und die spendabelsten Gastgeber.

Sie waren seit einundsechzig Jahren glücklich verheiratet, und als sie auf die Achtzig zugegangen waren, hatte Mrs. Mallory, die es leid gewesen war, ein großes Haus in einer Gegend mit rauhem Klima zu bestellen, gesagt: »Laß uns diesem unwirtlichen Wisconsin mit seinem höllischen Winter den Rücken kehren und unser Leben noch ein bißchen genießen.« Es Mallory hatte ein »Suchkomitee«, bestehend aus ihren Geschäftsfreunden, gebeten, sich ein wenig umzuhören, und die hatten ihnen übereinstimmend die Westküste von Florida empfohlen. Als Es und ihr Mann den Bauplan von *The Palms* gesehen hatten, hatten sie sich sofort das größte Apartment auf der obersten Etage des Halbinselflügels gesichert.

Von ihrem Balkon aus, auf den sie ihre Besucher führten, als der Rundgang durch die Wohnung beendet war, konnte Zorn zu seiner Rechten die kleinere Wasserstraße sehen, die als »der Fluß« bezeichnet wurde, und zu seiner Linken das Gebiet, wo sie sich verbreiterte und zu einem weitflächigen, »der Kanal« genannten Gewässer wurde, das auf der Westseite von einer Kette aus kleinen Inseln geschützt wurde, auf denen hübsche flache Häuser standen. »Wenn vom Golf von Mexiko ein Sturm hereinbläst«, sagte Mr. Mallory, »kriegen diese Inseln kräftig was ab. Dann steht das Wasser in den Häusern einen dreiviertel Meter hoch. Bei uns hingegen, dadurch daß wir uns quasi hinter den Inseln verstecken, geht es immer ziemlich glimpflich ab.«

Mrs. Mallory, welche die Natur an diesem Ort liebte, deutete über den Fluß auf ein Dickicht aus im Wasser stehenden Bäumen, zottigen Büschen, Ranken und schlammigen Untiefen. »Das ist unser Zypressensumpf, eine ideale Niststätte für Vögel. Ein paar Wege führen dort hindurch, aber es tummeln sich dort auch jede Menge Moskitos und Schlangen. Am besten, Sie halten sich von dort fern.«

Während sie sprach, schlenderte Zorn zur Ostseite ihres Balkons. »Wie heißen diese außergewöhnlichen Bäume, die ich bei meiner Ankunft gesehen habe? Können das Palmen sein, wie der Name dieses Ortes sagt?«

»Es sind auf jeden Fall Palmen«, sagte Mr. Mallory, »aber es sind in der Tat seltene Exemplare. Am besten, Sie fragen Laura Oliphant, die nette Dame im ersten Stock, unsere gute Seele. Sie weiß alles über die Natur und gibt ihr Wissen gerne weiter.«

Auf dem Gang durch die Flure zum Betreuungs- und Intensivpflege-Trakt des Gebäudes hielt Krenek erneut an einem Wandtelefon und fragte Ms. Oliphant, ob er ihr den neuen Direktor vorstellen dürfe; er wolle sie nach den seltsamen Palmen fragen, welche die beiden Zufahrtswege säumten. Sie willigte sofort ein. Zorn fragte sich verwundert, wo wohl die zweite Zufahrt sein mochte.

Bevor sie ihre Tür erreichten, sagte Krenek leise zu ihm: »Sie wohnt in unserem billigsten Apartment, hat nicht viel Geld, ist aber eine der wertvollsten Insassen, die wir haben. Die Leute nennen sie ›unsere gute Seele‹, da sie sozusagen das moralische Gewissen unseres Hauses ist. Sie hat ihre Lebensaufgabe immer darin gesehen, die Dinge besser zu machen, als sie es sind.« Er schmunzelte. »Aber sie ist beileibe keine Träumerin. Von dem Augenblick an, wo sie Sie kennenlernt, sorgt sie dafür, daß *Sie* die schwere Arbeit machen. Mir wird immer ganz mulmig, wenn ich sie kommen sehe, weil das meist bedeutet, daß sie irgendeinen neuen Job für mich hat.« Trotz alledem, fiel Andy auf, klopfte Ken mit echter Begeisterung an die Tür, als sei er sicher, daß sein neuer Chef im Begriff war, eine Frau von außergewöhnlichen Fähigkeiten und Eigenschaften kennenzulernen.

Als sie darauf warteten, daß die Tür geöffnet wurde, fragte Zorn: »Habe ich das richtig gehört: Sie nennen sie ›Miz‹ Oliphant?«, und Krenek erklärte: »Sie besteht darauf. Sie war eine Vorkämpferin in der Frauenrechtsbewegung.«

Ms. Oliphant begrüßte sie und führte sie in ihr Apartment, dem man in der Tat sofort ansah, daß es eines der preiswertesten auf der Rückseite des Gebäudes war. Gleichwohl bot es ausreichend Platz und lag geradezu ideal, da es auf eine kleine Terrasse hinausführte, die direkt am Kanal lag, wo Privatboote aller Art und Größe so dicht vorbeifuhren, daß man das Gefühl hatte, sie mit Händen greifen zu können. »Es ist eigens für Laura so eingerichtet worden«, sagte Krenek, als sie der alten Dame gegenüber Platz genommen hatten. »Sie hat vor nicht allzu langer Zeit beide Hüftgelenke erneuert bekommen, und sie wollte ein Apartment in Parterre, damit sie direkt auf die Terrasse gehen und ihre künstlichen Hüftgelenke trainieren konnte. Sie haben das wunderbar hingekriegt, nicht wahr?«

»Ich fühle mich jedenfalls nicht eingesperrt, das steht fest.«

»Was war es?« fragte Zorn. »Arthritis?«

»Ja. Übrigens, kennen Sie den von dem Mann aus Georgia, der gesagt hat: ›Mein Freund Oliver hat erfahren, daß seine Frau mit Arthuritis im Bett war, und er hat geschworen, wenn er rauskriegen würde, wo dieser Arthur wohnt, würde er ihn erschießen?‹ Letztes Jahr wollte ich ihn auch erschießen, aber diese Hüftoperation ist wirklich sensationell. Und ich war fünfundsiebzig, als ich operiert wurde.«

Sie entschuldigte sich für einen Moment, um ihren Gästen einen Begrüßungstrunk zu machen, und als sie aufstand, hatte Andy die Gelegenheit, sie sich etwas genauer anzuschauen. Sie war mittelgroß, von hagerer Gestalt und sehr zielstrebig in ihrer Gestik, so als wolle sie nicht eine Minute ihrer Zeit vergeuden. Sie hatte prachtvolles, dichtes graues Haar, das sie sich zu einem schmucken Bubikopf hatte schneiden lassen. Als sie aus der Küchenecke ihres Zimmers zurückkam, trug sie ein Silbertablett, auf dem drei elegant geformte Gläser mit einem blaßroten Wein standen.

»Er heißt ›Blush‹«, sagte sie, als wäre das eine Bezeichnung von mindestens der gleichen Aussagekraft wie Portwein oder Sherry. Krenek erklärte: »Es ist ein ganz normaler Rosé eines kalifornischen Winzers, aber unsere Damen nennen ihn gern Blush, weil sie finden, daß ihm das irgendwie Würde verleiht.« Worauf Laura zurückschoß: »Sie halten den Mund, Kenneth, sonst kriegen Sie keinen ab.«

Krenek nahm einen kräftigen Schluck von dem Wein, erklärte ihn für ausgezeichnet und sagte: »Dr. Zorn hat die Mallorys nach dem Namen unserer berühmten Palmen gefragt, aber keiner von uns konnte sich daran erinnern, weil wir eigentlich keine ›Baummenschen‹ sind.«

Ms. Oliphant nahm ein Handbuch vom Regal, blätterte darin, bis sie das Kapitel über die Palmen gefunden hatte, und las vor: »›Florida kann mit elf einheimischen Palmenarten aufwarten, darunter alle berühmten mit Ausnahme der spektakulären afrikanischen Traveler's Palm mit ihren fächerartigen Wedeln.‹« Den Blick auf Zorn wendend, sagte sie: »Also könnten unsere bemerkenswerten Exemplare fast alles in diesem Buch sein; tatsächlich aber sind sie einzigartig.« Sie zeigte ihm eine exakte Zeichnung von den Bäumen, die er bei seiner Ankunft bestaunt hatte. »Ich bin sicher, Sie haben die hervorstechenden Merkmale wahrgenommen.« Er bemerkte, daß sie voller Eifer sprach, beseelt von einem professionellen Interesse, andere aufzuklären. »Es ist die Washingtonia. Das ist ihr richtiger Name, aber keiner kann mir sagen, wie sie an diesen Namen geraten ist. Sie ist ein wundervoller Baum, aber sie ist nicht in Florida heimisch!«

Ms. Oliphant erhob sich, marschierte zu ihrer Tür und führte die beiden auf ihre private Terrasse, ohne ihren Stock zu benutzen. Voller Bewunderung fragte Zorn: »Wie lange ist Ihre Operation her?« Und als sie antwortete: »Drei Monate«, sagte er: »Das grenzt wirklich an ein Wunder. Ich kenne starke Männer, die noch sechs Monate nach der Operation Angst haben, ohne Stock zu gehen.« Sie erwiderte: »So lange konnte ich nicht warten.« Sie war die erste Person, die er in *The Palms* kennengelernt hatte, welche als Patientin im eigentlichen Sinne bezeichnet werden konnte, und zu sehen, wie sie mit solchem Elan umherspazierte, machte ihm Mut.

Als sie draußen auf der Terrasse waren, zeigte sie nach Süden, und dort, längs dem Ufer des Kanals mit seinen kleinen Booten, stand die zweite Reihe der erstaunlichen Palmen. Wie eine Riege Tambourmajore auf Stelzen, dachte Zorn. Doch so sehr er sie auch bewunderte, er konnte nicht verstehen, warum die Bäume diese eigenartige schwarze Halskrause hatten. »Ganz einfach«, erklärte Ms. Oliphant. »Sie sehen, daß die Wedel ganz oben an der Krone grün sind, und die in dem Gewirr darunter braun. Noch vor einem Jahr waren die schwarzen in der Mitte lebendig und grün. Wie alles andere in der Natur auch, sind sie mit der Zeit abgestorben und haben sich schwarz verfärbt. Aber sie besaßen trotzdem noch immer genügend Kraft, um waagerecht nach außen zu ragen, wie bei einem Quirl. Wenn sie auch den letzten Saft verlieren, verfärben sie sich braun und werden zu einem Teil des struppigen Wirrwarrs darunter.«

Zorn war beeindruckt von ihrem Kenntnisreichtum. »Ihre Fähigkeit, Dinge zu erklären, erstaunt mich. Ich kannte Collegeprofessoren –«

»Ich war Direktorin einer privaten Eliteschule für Mädchen. Bei denen müssen Sie diese Fähigkeit besitzen, sonst sind Sie aufgeschmissen.« Sie hielt einen Moment inne, dann sagte sie lachend: »Junge Mädchen sind oft viel wißbegieriger als gleichaltrige Jungs.«

»Ich bin fasziniert von dieser eigentümlichen Form, die aussieht wie eine auf dem Kopf stehende Träne«, sagte Zorn. »Bleibt dieses Knäuel für immer bestehen?«

»Wenn seine Zeit gekommen ist, geht der ganze Baum ein. Seine Wurzeln können ihn nicht mehr ernähren. Irgendwann wird er von einem Sturm entwurzelt, und vorbei ist's mit seiner erhabenen Größe. Selbst die abgestorbenen Wedel sterben noch einmal.« Sie sagte dies jedoch nicht mit trauriger Stimme, denn während sie sprach, drehte sie sich um und zeigte auf den Rand von etwas, das aussah wie ein niedriger Dschungel, und dort schickte sich eine Washingtonia von noch nicht einmal einem Meter Höhe gerade an, ihre lange Kletterpartie zu den Sternen in Angriff zu nehmen. »Jetzt hat sie noch fünfundzwanzig Meter vor sich«, sagte Ms. Oliphant fröhlich, »aber bis sie es endlich geschafft hat, werden noch ein paar Jährchen ins Land gehen.« Sie hielt abermals inne, betrachtete einen Moment lang versonnen den aufstrebenden kleinen Baum und sagte schließlich: »Natürlich wird dann von uns keiner mehr da sein, um ihren Sieg zu bejubeln.«

DR. ZORN WAR gespannt darauf, das Krankenhaus zu sehen, doch als er dieses Wort benutzte, korrigierte ihn Krenek: »Wir sagen nie ›Krankenhaus‹. Bei den meisten von Taggarts Einrichtungen gibt es diese Doppelfunktion: Betreuung und Intensivpflege. Beide sind Teil desselben Gebäudes.« Er geleitete Zorn aus dem Hauptflügel in das Oval, so daß Zorn sich dem anderen Flügel nähern konnte, als ob er ein Besucher wäre, der die Einrichtung besichtigen wollte. In die Mauer neben dem Eingang war eine kleine Tafel mit der Aufschrift BETREUUNGSCENTER eingelassen, und im Innern war ein hübsch gestalteter Empfangsbereich, der so gehalten war, daß er Besuchern das Gefühl vermittelte, daß sie einen Ort betreten hatten, der wirklich voll und ganz ihrem Wohlbefinden gewidmet war. Die Empfangsdame trug eine Schwesterntracht. Auf den Tischen lagen medizinische Zeitschriften, und große, gut lesbare Schilder wiesen zu den Behandlungsräumen der Ärzte, Rehabilitationskliniken und dem Zimmer der Diätassistentin. Ebenfalls hier untergebracht waren bestimmte Geschäftsbüros für die gesamte Einrichtung, die für Gesundheitsdienste zuständig waren und für Wagenreservierungen für Bewohner, die im nahegelegenen Shopping-Center einkaufen oder Ärzte außerhalb von *The Palms* aufsuchen wollten.

Bei einem Kaffee, zu dem Krenek Zorn in einem der Büros einlud, klärte er ihn über eine wichtige Besonderheit der Einrichtung auf: »Nach einer gesetzlichen Bestimmung von Florida, welche die Ärzteschaft selbst zu ihrem eigenen Schutz erwirkt hat, darf niemand aus unserer Einrichtung, nicht einmal Sie als medizinischer Berater, auch nur ein Aspirin ausgeben oder verschreiben oder einen gebrochenen Finger schienen und schon gar nicht eine ernsthafte Erkrankung behandeln.«

»Was muß ich in einem solchen Fall tun?«

»Sie müssen dem Patienten empfehlen, sich mit seinem Hausarzt in Verbindung zu setzen. Eine ganze Anzahl von ihnen, etwa zwanzig, praktizieren hier in der Nähe. Der betreffende Arzt muß die Diagnose stellen und die Behandlung festlegen. Er allein kann die Empfehlung aussprechen, daß ein Patient in die Einrichtungen unseres Betreuungscenters oder in eines der örtlichen Krankenhäuser eingewiesen wird.«

»Ich dachte, die Idee sei, daß jeder im Hauptgebäude, der krank wird, automatisch in dieses Gebäude überstellt wird.«

»Nur nach Anweisung des Arztes – eines Arztes von außerhalb.«

Zorn dachte einen Moment darüber nach, dann sagte er: »Dann wäre also unsere Anzeige, in der wir mit der umfassenden Gesundheitsfürsorge werben –«

»Irreführend. Richtig.«

Wieder fiel Zorn in nachdenkliches Schweigen. »Sind das eherne Regeln?«

»Ja. Zum Schutz der örtlichen Ärzteschaft.« Nachdem er das gesagt hatte, fügte Krenek noch schnell hinzu: »Und auch, um uns vor Prozessen zu schützen, falls unsere Ärzte falsche Diagnosen stellen oder falsche Medikationen anordnen sollten. Das Gesetz schützt uns ebenso sehr, wie es die Ärzte am Ort unterstützt.«

»Warum machen wir das in unseren Anzeigen nicht deutlich?«

»Weil die Leute, die zu uns kommen, das Gefühl haben möchten, daß sie für den Rest ihres Lebens gut aufgehoben sind. Das sind sie natürlich auch, aber unter anderen Regeln und Bestimmungen, als sie gedacht haben.«

»Aber ist das nicht eigentlich Betrug?«

»Schon – aber doch ein harmloser, der niemandem schadet.«

»Außer im Portemonnaie.«

»Nichts in diesem Leben, das irgendwas taugt, ist billig. Schon gar nicht das amerikanische Gesundheitssystem.« Bevor Andy ihn unterbrechen konnte, fügte Krenek hinzu: »In *The Palms* zu wohnen, ist nicht billig, Doktor Zorn. Unsere Insassen können sich medizinische Betreuung leisten, und wir sorgen dafür, daß sie die bestmögliche bekommen.«

»Zu unseren Bedingungen?«

»Zu den Bedingungen des Staates. Gesundheitsfürsorge für ältere Menschen ist ein großes Geschäft in Florida, und jeder ist sorgfältig darauf bedacht, seinen Anteil am großen Kuchen zu behaupten.«

Als Krenek ans Telefon gerufen wurde, dachte Andy über seine überraschende Situation nach: »Hier steh' ich nun, ein approbierter Arzt mit diesen hervorragenden Einrichtungen zu meiner Verfügung, und darf weder sie noch meine eigenen Fähigkeiten einsetzen. Da hab' ich mich schon auf was Verrücktes eingelassen.«

Doch als Krenek zurückkam und seine Führung durch die Einrichtungen des Betreuungscenters fortsetzte, da registrierte Andy mit wachsender Anerkennung, wie sauber und ordentlich alles war, wie attraktiv die einzelnen Zimmer ausgestattet waren, wie warm und behaglich die Gemeinschaftsräume waren und wie gemütlich das kleine, hübsch eingerichtete Eßzimmer. Es war, vermutete er, ein Teil des größeren Gebäudes, in dem man mit allem Komfort und bestens umsorgt wohnen konnte, während man sich von einer Operation erholte oder einen Beinbruch auskurierte. »Es ist nicht als dauerhafter Wohnsitz konzipiert, müssen Sie wissen«, sagte Krenek. »Rein und raus, so lautet das Motto hier, mit der Betonung auf Rehabilitation. Aber wir unternehmen große Anstrengungen, um es den Patienten für die Zeit ihrer Genesung so angenehm wie möglich zu machen.«

Die Überzeugungskraft, die in diesen Worten lag, erhielt jäh einen Dämpfer, als eine der Türen, die zu einem Privatzimmer auf der zweiten Etage führten, mit einem Ruck aufflog und eine gut aussehende Frau in den Siebzigern auf den Flur gestürmt kam. Ihre schlanke, gepflegte Erscheinung zeugte von langjähriger gesunder Lebensweise und der freien Verfügbarkeit von viel Geld für Garderobe. Was freilich alles andere an ihr überragte, war ihr Gesicht – ein Gesicht von exquisiter, porzellanhafter Schönheit, geprägt von den klassischen Linien einer griechischen Skulptur und umrahmt von silberweißem Haar. Sie war eine Spur größer als die Durchschnittsfrau, jedoch viel schlanker, und man stellte sich unwillkürlich vor, sie in wallende Gewänder aus einem romantischen Zeitalter gehüllt zu sehen, wie sie in lauschiger Abendstunde vor einem flackernden Kamin in der großen Halle eines Schlosses saß. Sie sah aus wie der Typ von Frau, dem Zorn nicht oft begegnet war, während er in Chicago seiner medizinischen Tätigkeit nachging.

In völligem Widerspruch zu ihrer edlen, ätherischen Erscheinung begann diese feingliedrige Schönheit jetzt, Krenek mit Vehemenz zu attackieren. Mit dem schrillen, keifenden Organ einer zänkischen Vorstadtvettel beschuldigte sie ihn, ihr nachzuspionieren, sie ständig herunterzumachen und mit allen miesen Tricks zu versuchen, an ihr Geld zu kommen. Das waren üble Anschuldigungen gegen einen Mann, dessen Aufgabe es war, ihr das Leben so leicht, sicher und angenehm wie möglich zu machen, und Zorn war verblüfft, daß derartige Vorwürfe sich hatten ansammeln können, ohne die Aufmerksamkeit von jemandem zu erregen, der genügend Autorität besaß, um sie richtigzustellen. Bevor er intervenieren und die Rasende nach Details fragen konnte, besonders was den angeblichen Diebstahl des Geldes betraf, sah er zu seiner Überraschung, wie Krenek ihr ruhig ins Gesicht sah und leise und gefaßt sagte: »Ich weiß, Mrs. Duggan, diese Dinge müssen Sie sehr aufregen, aber ich habe heute nachmittag eine Besprechung mit Scotland Yard, und sie haben zugesagt, diesen empörenden Vorfällen auf den Grund zu gehen und sie rückhaltlos aufzuklären. Und wenn Sie denn jetzt so freundlich sein wollen, bis nach dem Mittagessen auf Ihrem Zimmer zu warten –«

»Danke, Dr. Penobscott. Ich weiß, daß ich mich immer darauf verlassen kann, daß Sie mir helfen.« Plötzlich wandte sie sich zu Zorn um und fuhr ihn an: »Aber Sie, Sie werden aufgehängt, wenn Ihr Benehmen ans Licht kommt!« Sie starrte ihn mit einem dermaßen wilden, zornlodernden Blick an, daß Andy unwillkürlich zurückwich, aus Angst, sie könne jeden Moment mit ihren langen, blaßrosa lackierten Fingernägeln auf ihn losgehen, um ihm das Gesicht zu zerkratzen.

Doch dann verstummte sie plötzlich – doch nicht, weil Krenek irgend etwas gemacht hätte, sondern wegen etwas, das sie über Zorns Schulter hinweg sah. Aus dem Aufzug, der Besucher ins Betreuungscenter brachte, trat ein Mann von Mitte Siebzig, der in dem noblen Ambiente ziemlich deplaziert wirkte; seine platte, offenbar mehrfach von Fäusten demolierte Blumenkohlnase verlieh ihm das Aussehen eines Kirmesboxers, der in Kaschemmen und drittklassigen Bars herumhing und seinem Publikum Schattenboxkämpfe mit imaginären Gegnern vorführte. Er war kleiner als die elegante Dame, auf die er zutrat, hatte dünnes, strähniges Haar und wäßrige Augen, aber ein entschiedenes Auftreten. Er drängte sich unter Einsatz seines Ellenbogens unsanft an Zorn vorbei, nickte Krenek zu, nahm die Frau bei der Hand und sagte so sanft und leise, wie seine whiskeygegerbte Stimme es zuließ: »Es ist alles in Ordnung, Liebling. Ich bin gekommen, um dich zum Lunch abzuholen.«

Mit einer Grazie, die sie sich durch die Teilnahme an unzähligen Ballabenden der New Yorker Society erworben hatte, nahm sie seinen dargebotenen Arm an, schenkte den beiden Männern, die sie eben noch wüst beschimpft hatte, ein huldvolles Lächeln und ließ sich von dem boxernasigen kleinen Mann zur Aufzugtür geleiten. Doch kurz davor blieb sie plötzlich stehen, fuhr abrupt herum und keifte den Mann an: »Mistkerl! Du hast mir mein ganzes Geld gestohlen! Warte nur, wenn Scotland Yard erst hier ist, wirst du hängen!« Sie stieß ihn beiseite und trat in den Aufzug, wobei sie ihn weiter mit wüsten Beschimpfungen überhäufte.

Als der Aufzug mitsamt dem Paar entschwunden war, sagte Krenek leise: »Das ist Marjorie Duggan. Als Marjorie Bates Lambert war sie einst eine der Königinnen der feinen Gesellschaft von Manhattan. Ihr Mann besaß vier große Kaufhäuser an der Ostküste. Als er starb, heiratete sie zum großen Erstaunen aller Muley Duggan, den Mann, den Sie gerade gesehen haben. Er war der Boß eines Fuhrunternehmens gewesen, das Mr. Lambert zur Belieferung seiner Kaufhäuser benutzt hatte. Sie muß Muleys derbe Art erfrischend gefunden haben nach dem steifen High-Society-Gehabe von Mr. Lambert und seinem Zweig der Familie. Jedenfalls heiratete sie Muley, und ich glaube, sie waren auch sehr glücklich. Nun ja, kein Wunder, wenn man soviel Geld hat und sich ein Leben in Saus und Braus leisten kann.«

»Und dann?«

»Alzheimer.«

»Damit werden Sie an einem Ort wie diesem wohl häufig konfrontiert werden, denke ich. In meiner bisherigen Praxis habe ich noch keinen Fall von Alzheimer erlebt.«

»Wir werden ständig damit konfrontiert. Und manchmal bricht es einem fast das Herz. Menschen, die Sie kennen, die wunderbar waren, lebendig, witzig, engagiert, die ihr Leben voll im Griff hatten. Und plötzlich bauen sie ab, werden vergeßlich, desorientiert, kriegen nichts mehr mit. Ihr Verstand setzt völlig aus, aber ihr Körper behält seine Kraft, scheint manchmal sogar regelrecht wieder aufzublühen, weil er unter keinerlei Spannung mehr steht.«

»Das muß zu bizarren Krankheitsbildern führen.«

»Das tut es in der Tat. Wenn wir eine Alzheimer-Patientin von draußen aufnehmen, die noch nie bei uns im anderen Gebäude war, denken wir oft: ›Diese arme Frau müßte eigentlich geradewegs in die dritte Etage. Lange wird sie's bestimmt nicht mehr machen.‹ Doch sie kommt auf diese Station, erhält gute Betreuung, gutes Essen, lebt in angenehmer Umgebung, und sie scheint für eine Weile wieder richtig aufzublühen. Ihr Geist verfällt immer mehr, aber ihr Körper bleibt relativ kräftig, und uns wird klar, daß sie möglicherweise noch Jahre hier verbringen wird, in einem Zustand zunehmender geistiger Umnachtung bei vergleichsweise guter körperlicher Konstitution, und der Tod weigert sich einfach, bei ihr anzuklopfen.«

»Kriegen mehr Frauen Alzheimer als Männer?«

»Es hält sich die Waage.«

Krenek erzählte ihm, daß in *The Palms* drei Familien mit Alzheimer lebten, bei denen der erkrankte Teil im Betreuungscenter untergebracht war, während der gesunde Partner weiter im Gemeinschaftshaus wohnte. »Bei zwei der Fälle ist es die Frau, die hier wohnt.«

»Wie geht so was üblicherweise aus?«

»Es ist nicht ungewöhnlich, daß der gesunde Partner zuerst stirbt, ausgelaugt durch den enormen Streß, den es mit sich bringt, ständig für den erkrankten Partner zu sorgen. Es ist so, als ob der gesunde Partner kapitulieren würde, nach dem Motto: Ich kann einfach nicht mehr, bin fertig, kaputt, am Ende. Ein Leben unter solchen Umständen hat einfach keinen Sinn mehr.«

»Und was geschieht dann mit dem Alzheimer-Patienten?«

»Bei Patienten auf unserem Niveau – und ich meine damit das wirtschaftliche – hat der gesunde Partner in aller Regel vorgesorgt und Vorkehrungen getroffen, daß sein Partner beziehungsweise seine Partnerin, auch weiterhin volle Rundum-Intensivbetreuung erhält. Und so lebt der oder die Liebste, die gestorben ist, ohne zu sterben, immer noch weiter, in völliger geistiger Umnachtung. Und eines Tages, am Ende des Weges angekommen, stirbt sie dann auch, still und leise, wahrscheinlich, ohne zu wissen, was da mit ihr geschieht.« Er verstummte, blickte aus dem Fenster und sagte: »Wenn Sie mit Alzheimer-Familien arbeiten, dann lernen Sie, was Liebe ist, was Grauen und Entsetzen sein können und was Sein und Nichtsein im Leben bedeuten kann.«

»Die Leute, die damit konfrontiert sind, müssen doch bestimmt von Zeit zu Zeit an Sterbehilfe denken, könnte ich mir vorstellen.«

»Nicht in dieser Einrichtung. Dieser Begriff ist tabu.« Seine Stimme wurde ernst: »Sie müssen begreifen, Doktor Zorn, daß die Alzheimer-Patienten immer noch lebendige Menschen sind. Es gibt keinen Grund, warum man ihrem Leben ein Ende setzen sollte, bloß weil ihr Hirn nicht mehr richtig funktioniert. Schläfern Sie einen Diabetiker ein, weil er ein Bein verloren hat? Oder vielleicht sogar zwei?«

Bei der Erwähnung von verlorenen Beinen fühlte sich Zorn plötzlich ganz elend, überwältigt von der Erinnerung an die schreckliche Szene, wie er vor dem Mädchen kniete, dem die Beine abgequetscht worden waren. Er streckte hastig den Arm aus, um Halt zu finden, und schaute aus dem Fenster. »Sind Sie in Ordnung, Doktor?« fragte Krenek besorgt.

»Ja ... Ich habe mich gerade gefragt, wie Sie wohl diese roten Büsche nennen, die wir gesehen haben, als wir die Auffahrt raufgingen. Die da unten meine ich.«

»Man hat es mir schon ein halbes dutzendmal gesagt, aber ich vergess' es immer wieder – wir hätten Ms. Oliphant fragen sollen. Ich werde sie jetzt anrufen und mir diesmal aufschreiben, was sie mir sagt. Ich werde nämlich ständig von Besuchern nach diesen Büschen gefragt.« Er ging zu einem Telefon, das neben dem Eingang zum Speisezimmer hing. »Laura, ich weiß, ich hätte Sie fragen sollen, als wir vorhin bei Ihnen waren. Wie heißen doch gleich noch diese Büsche mit den roten Beeren entlang unserer Auffahrt? Ja, ich weiß, es war irgendwas mit ›brasilianisch‹. Brasilianischer Pfefferbaum – und Sie sagen, es ist ein Schädling? Vom Staat verboten? Man darf ihn nicht in seinem Garten oder an irgendeinem öffentlichen Ort anpflanzen. Aber auf unserem Land sieht er toll aus.«

Als er wieder eingehängt hatte, sagte er: »Nun, Sie haben es ja selbst gehört. Es ist der Brasilianische Pfefferbaum.« Aber Zorn hatte es nicht gehört, und er hörte auch jetzt nichts. Voller Schmerz erinnerte er sich an ein schönes Mädchen Anfang Zwanzig, das in seinen Armen ohnmächtig geworden war, und er verspürte ein ungeheures Bedürfnis, nach Chattanooga zurückzufliegen und zu sehen, wie es ihr ging. Doch dann dachte er an Dr. Zembrights klugen Rat, sich von ihr fernzuhalten, um ja nicht mit irgendwelchen Schadensersatzklagen konfrontiert zu werden, und er verbannte den Gedanken wieder aus seinem Kopf, doch er sandte ein stilles Stoßgebet zum Himmel: »Lieber Gott, gib ihr den Mut und die Kraft, das durchzustehen.« Und er fragte sich, ob sie in der Lage sein würde, die erstaunlich wirkungsvollen modernen Prothesen zu benutzen.

Als sie das Betreuungscenter verließen, um zum obersten Stockwerk hinaufzugehen, sagte Krenek: »Mitarbeiter, die neu bei uns anfangen, nennen den dritten Stock manchmal zum Spaß ›die Endstation‹. Aber wir machen ihnen rasch klar, daß wir derartige Flapsigkeiten nicht dulden. Wir erlauben auch nicht die Benutzung des Begriffs ›Hospiz‹.«

»Ich weiß«, sagte Zorn. »Es heißt Intensivpflege. Aber intensiv bis zum Tod?«

Als sie in die sonnendurchflutete, makellos saubere Halle mit ihren bunten Tapeten, ihren bequemen Stühlen und ihren gemütlichen Ecken kamen, sagte Krenek: »Die Amerikaner haben ein gestörtes Verhältnis zum Tod. Die ganze Nation bis hinauf zum Obersten Gerichtshof hat eine Todesangst vor dem simplen Vorgang des Sterbens. Wir können den Tod nicht definieren. Wir können ihn nicht vorhersagen, keine Vorsorge gegen ihn treffen. Wir können Familienangehörigen keine Anleitung dafür geben, wie sie auf ihn reagieren sollen. Hier oben verstecken wir seine allgegenwärtige Präsenz schamhaft hinter dem Euphemismus ›Intensivpflege‹.«

Er führte Zorn zu einem großen Fenster, von dem aus die Patienten an ihren letzten Lebenstagen ein hübsches Stück Natur sehen konnten. »Da haben Sie das Leben: die Palmen, die Sie so beeindruckt haben, der Kanal mit den vielen kleinen Booten, die vorbeifahren, und das prächtige Stück Savanne. Man könnte fast das Gefühl haben, in Afrika zu sein.«

»Savanne?«

»Ja. Ich glaube, das ist der wissenschaftlich korrekte Name für ausgedehntes Grasland mit vereinzelten Baumgruppen. Wie auch immer, so hat es jedenfalls jemand bezeichnet, bevor wir hierherkamen, und der Name gefällt uns.«

»Darf man da durchgehen?«

»Aber ja! Es ist eine unserer Attraktionen, welche die Bewohner am meisten schätzen. Es gibt einen Fußweg, der am Kanal entlangführt. Er ist markiert durch die Palmen, und Sie können etwa eine Meile weit gehen. Manche tun das auch.«

»Gehört das Gelände uns?«

»Zu einem gewissen Teil, aber der größere Teil gehört einer Kirche. Es ist als Land nicht viel wert – unter landwirtschaftlichen Aspekten betrachtet –, aber es liegt so schön am Wasser, und das macht es eigentlich unbezahlbar. Die Unternehmungslustigen unter unseren Bewohnern sehen darin eine der wertvollsten Attraktionen von *The Palms*.«

»Könnten Sie mir wohl zeigen, wie man zu diesem Fußweg gelangt?«

»Gehen Sie bis zum hinteren Ende des Hauptgebäudes, dann durch die Tür raus und links.«

Als Zorn das Gemeinschaftshaus verließ und sich nach Süden in Richtung Savanne wandte, sah er sofort, was für ein bemerkenswerter Ort *The Palms* war, denn zu seiner Linken – im Osten also – war der Swimmingpool, während zu seiner Rechten die prachtvollen Palmen standen, bis zu dreißig Meter hoch. In dem freien Raum zwischen den Stämmen hatte er einen wunderschönen Ausblick auf den Kanal und dessen reiches Vogelleben. Er konnte Pelikane sehen, die nach Fischen tauchten, und langbeinige, ihm unbekannte Vögel, zum Teil weiß, zum Teil schwarz, die ebenfalls zu fischen schienen, jedoch auf ihre eigene Art, indem sie regungslos darauf warteten, daß die Fische zu ihnen kamen.

Umgeben von dieser wunderbaren Natur, fühlte Andy, wie ihn neue Kraft durchströmte.

Er hatte sich vielleicht zweihundert Meter von *The Palms* entfernt, als er einem älteren Schwarzen begegnete, der auf einem vierbeinigen Klappschemel hockte und eine lange Angelrute manövrierte, deren mit einem Köder versehenen Haken er weit nach draußen ins Wasser hielt. »Na? Klappt's?« fragte Andy, und der Mann drehte sich auf seinem Schemel um. »So wie immer«, erwiderte er. »Normalerweise erwische ich einen oder zwei kleine.«

»Was machen Sie mit ihnen? Braten Sie sie?«

»Aber nicht doch! Ich wohne da drüben in *The Palms*. Die Köche dort wüßten überhaupt nicht, was sie mit einem Fisch anfangen sollen, der nicht aus der Tiefkühltruhe kommt. Deren Spezialität sind Fleisch und Kartoffeln.«

»Ich werde ab jetzt auch in *The Palms* wohnen. Ich fange dort demnächst an. Andy Zorn ist mein Name.«

Der Angler fixierte seine Rute mit Hilfe zweier großer Steine, erhob sich von seinem Schemel und streckte die Hand aus. »Ich bin Lincoln Noble, Bundesrichter aus dem St.-Louis-Distrikt, natürlich jetzt im Ruhestand.«

Während er sprach, flogen vier der langbeinigen Vögel, an denen Andy eben vorbeigekommen war, herbei und scharten sich um den alten Herrn. Sie hatten gelernt, daß er ihr Freund war und daß er, wenn er mit dem Fischen fertig war, ihnen seinen Fang hinwerfen würde. Er war sozusagen ihr Proviantschiff am Kanal, und sie rangelten sich jetzt um möglichst günstige Positionen – zwei sehr große nahezu schwarze Vögel und zwei etwas kleinere, schlanke mit schneeweißem Gefieder. »Das sind meine Reiher«, sagte Noble, auf das erste Paar deutend. »Victor und Victoria. Und die weißen, die Silberreiher, nenne ich meine Prinzessinnen. Sind sie nicht wunderschön?« Jetzt, da Zorn sich die Vögel genauer anschaute, bemerkte er ihre unglaublich dünnen Beine, die lang waren wie Schilfrohr in einem Sumpf, ihr schönes Gefieder und ihre anmutig geschwungenen, langen Hälse, und ihm wurde klar, daß er beim ersten Hinsehen ihre Schönheit gar nicht richtig wahrgenommen hatte.

Die vier Vögel hatten aus der Erfahrung von Generationen vor ihnen gelernt, wie sie sich in sicherem Abstand von jedem anderen Lebewesen zu halten hatten, einem Abstand, der es ihnen erlauben würde, unverzüglich aufzustieben und wegzufliegen, und sie beherzigten diese Regel auch bis zu dem Moment, wo Richter Noble seine Angelrute einholte, um seinen Tagesfang zu bergen. Da ließen sie alle Vorsicht fahren und drängten sich so nahe heran, daß er sie fast berühren konnte, und als er ihnen seine Fische einen nach dem anderen vorwarf, reckten sie ihre langen Hälse und verblüffend langen Schnäbel vor, um die Beute aufzuschnappen.

»Oh!« rief der Richter, als die Vögel näher kamen. »Sind sie nicht ein köstliches Quartett?« Doch Zorn gab keine Antwort, denn einer der weißen Silberreiher hatte sich keck so nahe vorgewagt, daß er fast seine Schuhspitzen berührte, und einen Moment lang, bis er den Leckerbissen sicher errafft hatte, blickte der Vogel auf, dem Doktor direkt in die Augen, und es schien fast so, als grinse er ihn schelmisch an, während er sich daran machte, den Fisch zu verschlingen.

»Wie hießen die Vögel doch gleich?« fragte Zorn, und der Richter wiederholte: »Blaureiher und Silberreiher.«

»Und welche sind Ihre speziellen Freunde?«

»Immer die, die sich an dem Tag am dichtesten herantrauen. Aber habe ich nicht einen wunderbaren Fundus, aus dem ich wählen kann?« Bevor Zorn antworten konnte, rief der Richter, der zum Kanal gewandt stand, laut: »Da kommt er! Der beste von allen!« Und auf dem Wasser zu Füßen des Fischers landete mit einem mächtigen Platscher ein riesiger Vogel, der im Vergleich zu den Reihern, die schlank und schnittig wie Rennwagen wirkten, geradezu wie ein Lastwagen anmutete. Es war ein Pelikan, plump, ungeschlacht und von geradezu grotesker Häßlichkeit mit seinem gigantischen gefiederten Rumpf und seinem gewaltigen Schnabel, dessen »Scharnier« so weit hinten in seinem Kopf saß, daß man hätte meinen können, er könne glatt ein kleines Motorrad darin verschwinden lassen.

»Er heißt Rowdy«, stellte der Richter Andy seinen gefiederten Freund vor, »und wenn ich ihm nicht einen Fisch reserviert hätte, dann hätte er mich ordentlich ausgeschimpft.« Obwohl es so aussah, als würde er mindestens einen Fisch abkriegen, gab der Pelikan wütende Grunz- und Knurrlaute von sich, als er sich seinem Freund näherte. Er sah fast so aus wie die Karikatur eines Vogels, und als Zorn ihn herumwatscheln sah wie einen aufgeblasenen General, der eine Parade überwacht, schloß er ihn intuitiv ins Herz. Der Pelikan öffnete seinen gewaltigen Schnabel, in den der Richter seinen letzten Fisch hineinwarf, und nachdem er einen kurzen Verdauungstanz aufgeführt hatte, erhob sich Rowdy einen Meter in die Luft und flog zurück zum Kanal, wo er mit einem mächtigen Platscher landete, der einem Flußpferd alle Ehre gemacht hätte.

Richter Noble, fertig mit seinem Tagwerk, klappte seinen Schemel zusammen, klemmte ihn sich unter den Arm, legte sich die Angel über die andere Schulter, sagte Dr. Zorn auf Wiedersehen und marschierte zurück zu seinem Domizil. Andy fuhr mit seiner Erkundung der Savanne fort. Nachdem er ein Stück gegangen war, kam er an eine kleine Öffnung in dem Dickicht aus üppig wucherndem Gras, niedrigen Sträuchern und ineinander verflochtenen Ästen und Zweigen, und kühn tauchte er in die Wildnis ein.

Umgeben von dicht wucherndem graugrünen Buschwerk, hohem, hartem Gras und vereinzelt stehenden niedrigen Bäumen, hatte er eine der seltsamsten Empfindungen seines Lebens. Er war plötzlich wieder ein kleiner Junge in einem Vorort von Denver, und sein Vater kam mit der aufregenden Nachricht von der Arbeit nach Hause: »Andy, in dem Kino in der Seitenstraße von der Larimer Street läuft ein wunderschöner alter Film, der ganz besonders gut für Kinder geeignet ist, und du mußt unbedingt mit mir kommen und ihn sehen. Ich habe ihn vor Jahren gesehen, und es kommen in ihm mehr wilde Tiere vor als in jedem anderen

Film, der je gedreht worden ist.« Als Andy wissen wollte, wie der Film hieß, denn er war skeptisch, was Empfehlungen seines Vaters anging – gewöhnlich waren die Filme zu kompliziert für ihn – sagte sein Vater: »*Trader Horn*. Er handelt von einem Abenteuer in Afrika, und es kommen darin ganz viele Löwen, Krokodile, Giraffen und Zebras vor. Ich hab' ihn, wie gesagt, vor vielen Jahren gesehen, und ich habe ihn nie vergessen.« Jetzt, viele Jahre später, konnte Andy noch immer das Plakat vor sich sehen, das er sich damals angeschaut hatte, während sein Vater die Karten gekauft hatte. Es war ein tolles Plakat gewesen, riesengroß und in knalligen Farben, mit einer afrikanischen Dschungellandschaft voller exotischer Tiere. TRADER HORN – DAS EPOS DER WILDNIS hatte darauf gestanden. Und er sah noch immer die Namen der beiden Hauptdarsteller vor sich: Harry Carey und Edwina Booth. Auf dem Plakat hatte sie nur ganz wenig an, wurde von Löwen bedroht und war unglaublich schön.

An vieles aus dem Film konnte er sich nicht mehr erinnern – die vielen exotischen Tiere waren drin vorgekommen, wie vom Vater versprochen –, aber Edwina Booth war ihm immer noch ganz deutlich präsent. Sie war in dem Film eine eindrucksvolle Heldin gewesen, aber was seine Phantasie gefangengenommen hatte, war das, was passiert war, nachdem der Film gedreht worden war. In den Zeitungen hatte gestanden, daß sie während ihrer heroischen Arbeit in Afrika entweder einen furchtbaren Sonnenstich erlitten oder sich irgendeine schwere Krankheit zugezogen hatte, die sie daran hindern würde, einen weiteren Film zu machen – und sie hatte in der Tat auch nie wieder in einem Film mitgespielt. Noch Jahre danach hatte er sich oft dabei ertappt, wie er über das Schicksal von Edwina Booth grübelte: »Warum konnte nicht irgendein Doktor sie retten? Warum hat man sie nicht in ein ordentliches Krankenhaus gebracht, wo die Krankenschwestern ...« Oft hatte er darüber herumspekuliert, wie *er* den Fall behandelt hätte, und dann hatte er sich im Geiste vor sich gesehen, wie er, in einen blendendweißen Arztkittel gekleidet, seinen staunenden Assistenzärzten und OP-Schwestern eine

Serie von knappen, präzisen Anweisungen gab. Es war nicht übertrieben, wenn er behauptete, er sei Arzt geworden, um gerüstet zu sein, das Leben irgendeiner künftigen Edwina Booth zu retten, sollte sie zufällig in das Krankenhaus gebracht werden, in dem er arbeitete.

Und so kam es, daß er an diesem späten Nachmittag nicht eine ungezähmte Ecke von Florida erkundete, sondern den afrikanischen Dschungel, wo es durchaus möglich sein mochte, hinter dem dichten Gebüsch dort drüben auf Harry Carey und Edwina Booth zu treffen und sich ihnen nützlich zu machen. Immer weiter ging er, vorbei an den jungen Washingtonia-Palmen, vorbei an den verstreut stehenden brasilianischen Pfefferbäumen mit ihren leuchtenden Beeren und in ein Land, das so wild und rauh war, als wäre er wirklich im Herzen Afrikas. Und er war fasziniert.

Die Sonne war schon tief am Januarhimmel gesunken, als er auf etwas Bezauberndes stieß: einen kleinen ovalen Teich, gefüllt mit Wasser von einer Beschaffenheit, wie er es nie zuvor gesehen hatte. Es war grün, aber nicht das Grün eines stehenden, algenüberwucherten Pfuhls. Es war ein leuchtendes Smaragdgrün, das schönste, das er jemals gesehen hatte, ein schillerndes, funkelndes Grün, wie man es allenfalls in einem magischen Traum zu sehen bekam. Als er sich hinunterbeugte, um es aus größerer Nähe zu studieren, sah er, daß es sich aus Millionen winziger Punkte von irgend etwas zusammensetzte – Knospen vielleicht, Spitzen von Unterwasserpflanzen. Doch woraus auch immer sie bestanden, in der Masse boten sie einen prächtigen Anblick.

Er merkte nicht, daß er, während er so an dem Teich kniete, nicht allein war. Wenige Meter westlich von ihm, in Richtung des Kanals und tief im Gebüsch verborgen, lag eine riesige Klapperschlange, gut zweieinhalb Meter lang und dick wie ein Fußball. Die Schlange lebte seit mehr als zwanzig Jahren dicht an ihrem angestammten Wasserreservoir mit seinen sorglosen Mäusen und Eichhörnchen, und hin und wieder während dieser zwanzig Jahre hatte sie große und fremdartige Tiere wie Doktor Zorn an den Tümpel kommen sehen. Da sie diese Tiere nie angegriffen hatte, konnten sie von ihrer Gegenwart nichts gewußt haben, was sie freilich nicht davon abhielt, daß sie immer, wenn sich eines dieser Tiere näherte, sich aufrichtete und die aus hornartigen Knöpfen bestehende Rassel an ihrem Schwanz betätigte, um den Eindringling zu warnen, daß sie gerüstet war, sich zu verteidigen. Zum Glück für die Eindringlinge war dies niemals nötig gewesen.

Viele Jahre zuvor hatte sich eines Morgens, als noch der Tau auf den Blättern der Büsche in der Nähe des Teiches lag, eine junge Frau, fast noch ein Mädchen, in Shorts und schweren Stiefeln in der Savanne verirrt und hatte sich laut einen Weg durch das Dickicht gebahnt, in der Hoffnung, irgendeinen Pfad zu finden, der sie zurück zum Kanal und seinem Fußweg führen würde. *The Palms* hatte es damals noch nicht gegeben, also konnte sie das Gebäude nicht zur Orientierung benutzen, aber sie hatte einen gut ausgeprägten Ortssinn, der ihr ungefähr sagte, wo Westen und damit der Kanal lag.

Also war sie, nachdem sie einen Moment stehengeblieben war, um den außergewöhnlichen grünen Tümpel zu bewundern, weiter Richtung Westen gegangen, und ihre schweren Stiefel hatten sie ganz nahe an die zum Angriff bereite Klapperschlange getragen. Wäre sie nur einen Schritt weiter in diese Richtung gegangen, dann hätte die Schlange mit ihrer geballten Ladung tödlichen Giftes zugestoßen, und die junge Frau wäre gestorben, noch ehe sie auch nur um Hilfe hätte rufen können. Zu ihrem Glück setzte sie ihren Fuß nur wenige Zentimeter vor diese todbringende Markierungslinie; sie war jedoch so nahe herangekommen, daß die Schlange sich genötigt gefühlt hatte, eine Warnung auszustoßen. Sie wollte dieses fremdartige Wesen, das so viel größer war als ihre üblichen Opfer, nicht angreifen, aber sie war darauf vorbereitet, es zu tun, wenn es sich auch nur einen Schritt weiter vorwagte. Dementsprechend war ihr Gerassel so laut und eindringlich, daß das Mädchen vor Schreck erstarrte; es wußte nicht, was das für ein Geräusch war, noch, wo es herkam, aber spürte instinktiv, daß es eine Warnung vor irgendeiner ernsten Gefahr darstellte.

Auf der Suche nach einer Erklärung schaute das Mädchen nach unten und sah die riesige Schlange direkt vor sich liegen, wie eine Feder gespannt, bereit, zuzustoßen, die Schwanzspitze hoch aufgerichtet und wild rasselnd. Die Schlange sah das Mädchen, und einen qualvollen Moment lang starrten sich beide in die Augen. Dann zog das Mädchen vorsichtig seinen Fuß zurück, was die Schlange dazu ermutigte, ihr Klappern einzustellen. Langsam und behutsam, wenn auch mit wild klopfendem Herzen, wich das Mädchen von dem Tümpel und der Schlange zurück.

Als das Mädchen schließlich seine Leute wiederfand, berichtete es ihnen atemlos: »Mein Gott, hab' ich einen Schrecken gekriegt! Ich schaute nach unten in die Büsche, und da sah ich sie, die größte Klapperschlange, die je einer gesehen hat!« Und sie bildete mit beiden Daumen und Zeigefingern einen Kreis von der Größe eines Fußballes, um den Umfang der Schlange, die sie gerade gesehen hatte, wiederzugeben. Die jungen Männer in ihrer Gruppe lachten und sagten, das sei eine maßlose Übertreibung. »Keine Schlange außer einer Python erreicht so einen Umfang.« Wahrscheinlich, so meinte einer, habe sie nur eine harmlose Strumpfbandschlange gesehen und sich ins Bockshorn jagen lassen. Das Mädchen verzichtete darauf, zu widersprechen. Sie wußte, daß es ihr nichts einbrachte, wenn sie jungen Männern widersprach, die überzeugt davon waren, mehr zu wissen als sie. Aber sie hatte die Schlange mit eigenen Augen gesehen; in jenem schrecklichen, zeitlupenhaft in die Länge gezogenen Moment, als sie und die Schlange sich gegenseitig anstarrten, hatte sie genug Zeit gehabt, sich ein Bild von ihrer Größe zu machen, und sie wußte, daß sie immer noch neben dem smaragdgrünen Tümpel lag.

Als Dr. Zorn sich von dem Tümpel abwandte, wußte er ziemlich genau, wo der Kanal war, und sein Weg führte ihn wieder weg vom Unterschlupf der Klapperschlange. Die Schlange hatte kein Geräusch gemacht, und der Doktor hatte nicht durch plumpes Verhalten den Frieden gestört. Unbehelligt ging er weiter, bahnte sich seinen Weg durch die Savanne, die Edwina Booth zum Verhängnis geworden war, und gelangte schließlich wieder auf den Fußweg, der zurück zu *The Palms* führte.

In seinem neuen Zuhause angekommen, sagte er begeistert zu Krenek: »Es wird mir hier gefallen. Interessante Bewohner. Verantwortungsbewußte Gesundheitsfürsorge. Gepflegte Gebäude und ein faszinierendes Stück unzerstörter Savanne direkt vor der Tür. Drei wunderschöne Vögel haben mich willkommen geheißen – Blaureiher, Silberreiher und ein halb betrunkener Pelikan.« Er lud seine Sachen aus dem Anhänger aus und trug sie in das möblierte Apartment, das Krenek ihm zugewiesen hatte. Voller Tatendrang sah er seinen neuen Herausforderungen in *The Palms* entgegen.

AN SEINEM ERSTEN vollen Arbeitstag in *The Palms* erschien der neue Direktor früh in seinem neuen Büro. Es war sehr geräumig, und es vermittelte ihm das Gefühl, im Zentrum des Geschehens zu sitzen, an der Schaltstelle sozusagen. Kenneth Krenek, der neunzehn Jahre älter war als er, wartete dienstbeflissen darauf, seine Anweisungen entgegenzunehmen, wie die Einrichtung von nun an geführt werden sollte, aber Zorn war nicht der Typ von Mann, der zu diktatorischem Führungsstil neigte. »Sagen Sie ›Andy‹ zu mir, und ich nenne Sie ›Ken‹, okay? Und ich muß das meiste von dem wissen, was Sie wissen.«

»In Ordnung. Im Büro reden wir uns mit Vornamen an, aber vor dem Personal und erst recht vor Besuchern, welche die Einrichtung inspizieren wollen, werd' ich Sie ›Dr. Zorn‹ ansprechen. Das macht Eindruck auf die Leute.«

Ohne dazu aufgefordert zu werden, zog er sich einen Stuhl heran und sagte: »Andy, *The Palms* hat sich bis jetzt eines ziemlich guten Rufs erfreut, und wir müssen alles tun, was in unserer Macht steht, um dieses Renommee noch weiter auszubauen. Dies ist eine Einrichtung ersten Ranges, nicht unbedingt vom Preis her – da gibt es andere, die teurer sind –, aber vom Service, und wir müssen dafür sorgen, daß das so bleibt.«

»Das habe ich Mr. Taggart versprochen, aber ich brauche Ihren Rat, wenn ich anfange, Fehler zu machen.«

»Sie verstehen das Grundprinzip einer Einrichtung wie dieser? Locken Sie sie mit einem feinen Ambiente, gutem Service, gutem Essen und guter Lebensqualität. Das wäre das Gemeinschaftshaus hier. Als nächstes hole Rehabilitationspatienten aus den örtlichen Krankenhäusern für das Betreuungscenter rein. Sei sehr, sehr nett zu den Krankenhäusern. Sie bekommen alles, was sie wollen, denn von ihren Überweisungen leben wir. Und dann ist da noch der dritte Stock, die Intensivpflege, wo sie in den letzten Stadien ihres Lebens reinkommen – mehr als die Hälfte von draußen.«

»Ist es meine Aufgabe, dafür zu sorgen, daß diese beiden Abteilungen ausgelastet sind?«

»Da müssen wir alle dran arbeiten. Miss Foxworth wird Sie stets über die Belegungsstärke und die Gewinn-und-Verlust-Situation auf dem laufenden halten. Sie ist unsere Buchhalterin und eine wahre Magierin, was Zahlen betrifft. Vertrauen Sie ihr, und verlassen Sie sich ganz auf sie.« Andy nickte.

»Sie müssen wissen, daß ein großer Teil unseres guten Namens von dem herrührt, was die Bewohner des Gemeinschaftshauses über uns sagen. Also müssen Sie sie stets bei Laune halten. Es gibt da aber immer noch ein spezielles Problem, auf das Sie nie kommen würden. Die Namen! Jedes Apartment, hab' ich manchmal das Gefühl, hat seine eigenen Vorlieben, was die Art und Weise anbetrifft, wie die Bewohner angeredet werden möchten. Bei St. Près heißt es ›Herr Botschafter‹. Ich glaube, er wäre ziemlich pikiert, wenn einer es wagen würde, ihn mit ›Richard‹ anzureden. Und Jiménez, unser Grande aus Südamerika, würde wahrscheinlich in Ohnmacht fallen, wenn Sie ihn mit ›Raúl‹ ansprechen würden. Muley Duggan ist natürlich für alle stets nur ›Muley‹, und Mrs. Elmore ist es tatsächlich lieber, wenn sie mit ›Gräfin‹

angeredet wird. Präsident Armitage wird gewöhnlich mit seinem Titel angeredet, obwohl er schon seit Jahren keiner mehr ist. Unseren farbigen Juristen nennt jeder nur ›Richter Noble‹, und so will er es auch. Die Mallorys jedoch, Chris und Esther, möchten gerne beim Vornamen genannt werden, obwohl sie beide Millionäre sind.

Wir stecken unsere Nase nicht in die finanziellen Verhältnisse unserer Bewohner, und wenn ich Ihnen die Liste der Leute zeige, für die Miss Foxworth stillschweigend die Kosten gesenkt hat, weil irgendwelche Investitionen fehlgeschlagen oder irgendwelche Dividenden gekürzt worden sind, würden Sie staunen. Mr. Taggart ist in diesem Punkt immer sehr großzügig verfahren. Er predigt uns: ›Wenn wir zehn Jahre lang hohe Mieten von einem Ehepaar einnehmen, dann müssen wir es uns auch leisten können, wenn der Ehemann stirbt oder das Vermögen aufgezehrt ist, jemanden für die letzten Jahre seines Lebens zu einer geringeren Miete mit durchzuschleppen – auf die Gefahr hin, daß die trauernde Witwe mit achtundneunzig noch immer hier rumhängt.‹«

Als er das sagte, begann er zu grinsen. »Ich glaube, wir holen jetzt besser gleich mal Miss Foxworth rein, damit sie Ihnen den finanziellen Sumpf erklären kann, in dem wir operieren. Alles legal, alles fair gegenüber den Bewohnern. Aber auch irrsinnig kompliziert.«

Während der Wartepause, die sich anschloß, erklärte er: »Miss Foxworth und ich arbeiten seit elf Jahren hier. Wir haben den Bau für Mr. Taggart beaufsichtigt, und wir hängen beide mit dem Herzen an dieser Einrichtung und wollen, daß sie floriert. Wir werden Sie bei allem, was Sie tun, nach Kräften unterstützen.«

Miss Foxworth war eine dünne, kantige Frau von Anfang Fünfzig mit straff nach hinten gezurrten Haaren, die ihr etwas Strenges verliehen. Die Strenge wurde jedoch gemildert durch ein schalkhaftes Lächeln, das sie in die Lage versetzte, über die Widersprüche, mit denen sie arbeitete, zu lachen. Sie streckte ihre rechte Hand aus und griff fest die von Zorn. »Willkommen in einer unserer besten Einrichtungen. Unsere Aufgabe ist es, alles dafür zu tun, daß es so bleibt, oder, wenn möglich, unseren Ruf sogar noch zu verbessern. Zögern Sie nicht, neue Wege zu gehen; ich werde Sie dabei, so gut ich kann, finanziell unterstützen.« Dann gab sie einen Grunzlaut von sich und sagte mit kratziger Stimme: »Aber wir werden uns nichts gegenseitig vormachen. Der große böse Wolf in Chicago wird die Bilanzen sehr sorgfältig prüfen. Und ich werde das auch tun. Und Sie auch, Doktor, wenn Sie so smart sind, wie die anderen sagen.«

Auf Kreneks Anregung hin erläuterte sie die verschiedenen Aspekte eines Seniorenheimes in Florida. »Im Gemeinschaftshaus haben wir eine ausgeglichene Bilanz, profitieren aber von unserem glänzenden Ruf. In der Betreuung machen wir Verluste, keine schweren, aber doch solche, daß es uns stört. Und in der Intensivpflege können wir einen dicken Batzen Geld verdienen, wenn wir es schaffen, daß alle Betten immer gut belegt sind. Was wir uns von Ihnen erhoffen, ist, daß Sie es schaffen, die Bilanzen aller drei Bereiche zu verbessern. Und wir glauben, daß sich das machen läßt.« Sie musterte ihn eindringlich und sagte dann: »Ihr Vorgänger war ein großartiger Bursche, der mit jedem gut konnte außer mit mir, weil ich nämlich erkannte, daß er diese Einrichtung geradewegs in die Pleite wirtschaftete. Ich bin sicher, daß Sie nicht so dumm sein werden.«

Als nächstes erklärte sie die Preispolitik des Gemeinschaftshauses. »Wir sind wie jedes andere Ruhestandsheim im Land. Unsere Preisstruktur ist auf die individuellen Bedürfnisse der einzelnen Bewohner zugeschnitten. Die erste Option ist die, welche die ersten Ruhestandseinrichtungen berühmt gemacht hat. Sie geben uns Ihr gesamtes Vermögen plus Ihre Ruhestandseinkünfte einschließlich Pensionen, und wir kümmern uns um Sie und pflegen Sie bis an Ihr Lebensende, und Ihre Erben bekommen nichts zurück. Ein verlockender Deal in den frühen Jahren, bis Einrichtungen dieser Art die Erkenntnis machen mußten, daß mit guter Gesundheitsfürsorge, gesunder Diät und einem sorgenfreien Dasein mit allem Komfort die Leute länger lebten als erwartet, und die Center anfingen, bankrott zu gehen. Und die alten Leute fanden sich unversehens auf der Straße wieder. Ich arbeitete seinerzeit in so einer Institution, und es war eine echte Tragödie. Wir bieten deshalb jetzt drei Standardpakete an. Bei allen dreien fangen Sie so an, daß Sie erst einmal zweihundertfünfzigtausend Dollar für die Luxussuiten zahlen – für die Einzimmer-Apartments entsprechend weniger. Und dann zahlen Sie eine beträchtliche Monatssumme – sagen wir, achtzehnhundert Dollar – bis zu Ihrem Ableben. Ihre Erben bekommen dann achtzig Prozent Ihrer ursprünglichen Investitionen zurückgezahlt. Eine tolle Sache für Insassen mit Kindern und Enkelkindern. Typ zwo, die gleiche Einstandszahlung, aber eine niedrigere Monatsrate, und fünfzig Prozent Rückerstattung bei Ihrem Hinscheiden. Typ drei, ebenfalls eine Viertelmillion Einlage, eine weit niedrigere monatliche Rate, und fünfundzwanzig Prozent Rückerstattung.«

»Was ist am besten für uns, und was ist am besten für den Klienten?«

»Wir benutzen niemals den Begriff ›Klient‹. Klingt zu juristisch. Ich kann Ihnen versichern, Doktor, es läuft unterm Strich alles auf dasselbe hinaus. Wir sind in dem Punkt wie ein Versicherungsunternehmen. Wenn wir uns nicht an die Statistiken der *American Actuarial Tables* halten, die Auskunft über die Lebensspanne amerikanischer Männer und Frauen geben, gehen wir pleite. Wie alt sind Sie, Doktor? Fünfunddreißig? Sie haben eine wahrscheinliche Lebenserwartung von noch einmal 39,7 Jahren. Wenn Sie also heute in *The Palms* einziehen würden, als zahlender Bewohner – was wir nicht machen würden, da Sie viel zu jung sind –, könnten wir einen sehr attraktiven Deal für Sie arrangieren, weil Sie uns für jedes dieser neununddreißig Jahre bezahlen würden.«

Sie sah Zorn an, als wolle sie abschätzen, ob er helle genug war, zu begreifen, was sie gesagt hatte, dann sagte sie lachend: »In den alten Zeiten, als es noch nach dem Motto ging: ›Geben Sie uns alles, und wir werden Sie für den Rest Ihres Lebens umsorgen‹, ging das geflügelte Wort um: ›Was wir brauchen, sind alte Leute, die zu uns kommen, wenn sie in den Sechzigern und gesund sind, so daß ihre Arztrechnungen nicht hoch sind, und die dann den Anstand besitzen, uns mit zweiundachtzig zu verlassen, damit wir ihre Zimmer neu vermieten können.‹«

»Was, würden Sie sagen, wäre heute das Optimum?« fragte Zorn, und ihre Antwort kam wie aus der Pistole geschossen: »Mir ist am liebsten, wenn sie mit fünfundsechzig zu uns kommen, so daß sie *The Palms* noch ausgiebig genießen können, und sich mit achtundachtzig verabschieden, bevor ihre Arztrechnungen anfangen, in die Höhe zu schnellen.«

»Fünfundsechzig erscheint mir schrecklich jung«, sagte Zorn, aber sie erwiderte: »Fragen Sie unsere Leute. Viele von ihnen sagen zu mir: ›Roberta, mein Mann und ich hätten zehn Jahre früher hierherkommen sollen. Das wäre das einzig Vernünftige gewesen.‹« Sie lachte, und ihre leuchtenden Augen verrieten, daß sie nur einen Teil der Wahrheit wiedergab. »Ich lasse hierbei natürlich die Paare außer Acht, die uns einen oder zwei Monate ausprobieren und dann wieder die Flucht ergreifen, wobei dann entweder er oder sie schwört: ›Ich werde nie wieder auch nur einen Fuß in eines dieser Gefängnisse setzen!‹

Aber im Ernst, Dr. Zorn«, fuhr sie fort, »mir fallen auf Anhieb ein Dutzend oder mehr Ehepaare ein, die anfangs total unterschiedlicher Meinung zu diesem Thema waren, und die jetzt zugeben, daß es das Beste war, was sie je gemacht haben.«

Als sie sich anschickte, das Büro wieder zu verlassen, den furchteinflößenden Packen von Akten über die finanziellen Angelegenheiten von *The Palms* auf dem Arm, rief Zorn: »Ach bitte, bleiben Sie doch noch einen Moment, Miss Foxworth. Und, Ken, würde es Ihnen was ausmachen, wenn Sie uns einen Moment allein ließen?« Als Ken draußen war, lächelte Andy und fragte: »Einmal angenommen, Sie, mit Ihren ganzen Zahlen und all Ihrem Wissen, wären in meiner Situation? Welche Schritte würden Sie unternehmen, um diese Einrichtung wieder auf Vordermann zu bringen, wieder in die Gewinnzone zu kommen?«

Geschmeichelt darüber, daß sie endlich einmal als Gleichberechtigte um Rat gebeten wurde, blickte sie hinunter auf ihre

Hände, lehnte sich zurück und überlegte einen Moment. Dann sagte sie: »Ich würde alles in meinen Kräften Stehende tun, um die Apartments des Gemeinschaftshauses vollzukriegen, aber das ist nicht Ihr wirkliches Problem. Sie müssen mehr Betten in der Betreuung vollkriegen. Dort sind die Profite verborgen. Die Intensivpflege füllt sich von allein.«

»Und wo krieg' ich die zusätzlichen Belegungen für die Betreuung her?«

»Das weiß ich, ehrlich gesagt, auch nicht. Werbung bringt nichts. Das haben wir schon versucht. Aber eines weiß ich: Mundpropaganda macht unheimlich was aus. Sie müssen also dafür sorgen, daß man über diese Einrichtung spricht. Sie müssen Dinge machen, die Aufmerksamkeit erregen.«

»Zum Beispiel?«

»Das ist Ihr Problem.« Sie lächelte. »Genau dafür bekommen Sie Ihr Fünfundsechzigtausend-Dollar-Jahresgehalt von Mr. Taggart.« Als seine Kinnlade herunterfiel, lächelte sie ein zweites Mal. »Und nach dem, was Chicago uns sagt, sind Sie der Mann, der den Laden in Schwung bringt.«

Als Krenek, nachdem sie gegangen war, wieder in das Büro zurückkam, hielt er es für angebracht, Zorn wissen zu lassen, daß er große Stücke auf die Buchhalterin hielt. »Sie ist ein wahres Genie im Umgang mit Zahlen. Einmal hat sie eine Studie von unseren hundertsechsundachtzig Insassen über ein Jahr angefertigt und ausgerechnet, wie viele Todesfälle statistisch gesehen in jedem einzelnen Monat der darauffolgenden drei Jahre passieren würden. Sie führte sorgfältig Buch und sagte mir im Oktober jenes Jahres, daß sie voll im ›Soll‹ sei, aber der November erwies sich als ein ungewöhnlich ›gesunder‹ Monat, und zu Thanksgiving waren ihre Zahlen total daneben, weil niemand gestorben war. Aber dann überfraßen sich mehrere Bewohner bei unserem großen Truthahnfest, und sowohl am neunundzwanzigsten als auch am dreißigsten starb jemand unerwartet. Am ersten Dezember erschien sie in meinem Büro und wedelte triumphierend mit ihrer Strichliste. ›Wir haben es geschafft, genau, wie die Zahlen es vorausgesagt haben.‹ Aber ist Ihnen aufgefallen, daß sie niemals das Wort ›sterben‹ benutzt? Sie ›verlassen uns‹ oder ›scheiden dahin‹ oder ›kommen in den Himmel.‹« An dieser Stelle schnippte er mit den Fingern und bat Zorn, in Miss Foxworths Büro anzurufen und sie zu bitten, mit ihrem Johnny-Carson-Video rüberzukommen. »Das wird Ihnen gefallen. Es ist wahnsinnig lustig.« Andy protestierte: »Ich habe jetzt wirklich keine Zeit für eine halbe Stunde Komödie«, aber Krenek meinte: »Es dauert bloß ein paar Minuten. Höchst aufschlußreich für unsere Arbeit hier in dieser Einrichtung.«

Als Miss Foxworth ihre Kassette in den Videorecorder schob, sah Zorn auf dem Bildschirm ein herrliches Bild von Johnny Carson in einer seiner berühmten Parodien. Er mimte darin den Chefherausgeber eines gewaltigen Nachschlagewerks, das eine ungeheure Anzahl von Synonymen für jedes erdenkliche Wort enthielt. Die Szene spielte auf einem Friedhof. Ganz in feierliches Schwarz gekleidet, hielt er eine Trauerrede vor seinen Mitarbeitern: »Wir sind heute hier zusammengekommen, um einem der großartigsten Redakteure, die wir je hatten, die letzte Ehre zu erweisen. Gregory ist letzte Nacht von uns gegangen. Er ist dahingeschieden. Er hat sein Leben ausgehaucht, seinen letzten Atemzug getan, sein letztes Stündlein hat geschlagen, er hat sich zu einer letzten langen Reise aufgemacht.« Nachdem er fünfzehn eitere betuliche Euphemismen ähnlichen Kalibers aufgesagt atte, ging er zur Umgangssprache über: »Und so hat der gute alte egory nun den Löffel abgegeben, das Zeitliche gesegnet, ins as gebissen, seine Papiere abgeholt«, und dergleichen Umreibungen von der etwas rustikaleren Art. Und gerade als Zorn te, die Litanei wäre beendet, ging Carson zu den Sprüchen der ganz derben Art über und ratterte los: »Unser geliebter ory ist abgekratzt, abgenippelt, über den Jordan gegangen, n Arsch zugekniffen, und jetzt guckt er sich die Kartoffeln ten an, liegt er in der Kiste, spielt er mit den Engeln Skat, er den Spargel nach oben.« Es war eine bravouröse Dar-, eine von Carsons besten, und Zorn sagte zu Miss

Foxworth: »Verlieren Sie das Video bloß nicht. Wir könnten es vielleicht noch bitter nötig haben, wenn die Lage hier zu heikel wird.«

In dem Moment, als Miss Foxworth hinausging, kam eine riesenhafte Schwarze herein, die Zorn noch nicht kennengelernt hatte, in der er aber sofort die Oberschwester, Nora Varney, vermutete. Als die beiden Frauen sich begegneten – die Schwester drehte sich ein Stück seitwärts, denn sie wußte, daß sie nicht beide gleichzeitig durch die Tür passen würden –, hatte Andy das deutliche Gefühl, daß diese beiden Frauen sich gut leiden konnten und daß sie echte Partnerinnen in *The Palms* waren.

Nora Varney nahm auf dem Stuhl Platz, den Dr. Zorn ihr anbot, und schaute ihn mit dem festen, warmen Blick an, den die Bewohner von *The Palms* so sehr an ihr mochten. In dem Moment wußte Zorn instinktiv, daß er als seine Hauptverbündete eine Frau hatte, die zur Krankenschwester und Trostspenderin geboren war. »Man sagt mir, Sie seien die gute Seele dieses Hauses, Schwester Varney. Ich werde Ihre Hilfe brauchen, denn ich bin von Mr. Taggart hier heruntergeschickt worden, um diese Einrichtung in Schwung zu bringen, und das kann ich nur schaffen, wenn Sie und Mr. Krenek und Miss Foxworth mir mit Rat und Tat zur Seite stehen. Erzählen Sie mir ein bißchen von sich. Wo sind Sie aufgewachsen?«

»In einer Kleinstadt in Alabama.«

»Und wo haben Sie die Schwesternschule besucht?«

»In einer etwas größeren Stadt in Alabama.«

»Und wie sind Sie hier runter gekommen?«

»Man hat uns glauben gemacht, die Straßen hier seien mit Diamanten gepflastert. Ich setzte mich daraufhin in einen Bus und fuhr runter, um es mir anzusehen.«

»Ich sehe keine Diamanten an Ihren Fingern.«

Sie lachte unbefangen. »Es gibt welche, aber ich habe sie noch nicht gefunden.« Je länger sie sich unterhielten, desto mehr war Zorn beeindruckt von ihrem Humor und ihrer klaren, wohlartikulierten Sprache. Wenn man ihr breites Gesicht sah, hätte man erwartet, daß sie den typischen Farbigendialekt spricht, aber davon war nicht das geringste zu hören, und Zorn fragte neugierig: »Haben Sie sich ganz bewußt angewöhnt, ohne Akzent zu sprechen?« Und sie erklärte: »Als ich vor dreißig Jahren zum Arbeiten hierher nach Florida kam, fanden Weiße, die aus dem Norden hierher zu Besuch kamen, es pittoresk, wenn ich mit einem breiten Alabama-Akzent sprach – und ich hatte einen der besten. Den hab' ich übrigens noch immer. Aber ich lernte sehr schnell, daß ich, solange ich an diesem Akzent festhielt, nur als Hinterwäldlerin akzeptiert wurde, als ›Dienstbotin‹, vornehm ausgedrückt – pittoresk, aber nicht weiter ernst zu nehmen. Also gewöhnte ich mir diesen ›Yessir,-Master‹-Unsinn ab und verwandelte mich in eine ›richtige‹ Oberschwester.« Sie fing an zu lachen, und ihr breites schwarzes Gesicht leuchtete vor Schalkhaftigkeit. »Manchmal passiert es, daß Fremde, die zur Besichtigung hierher kommen, mit mir im Dialekt der Schwarzen sprechen, um mir die Befangenheit zu nehmen. Ich nehme ihnen das niemals übel, aber ich antworte in vollständigen Sätzen und mit einem Akzent wie dem Ihren, und dann kapieren sie – besonders, wenn sie vorhaben, hier einzuziehen, und merken, daß sie vieles von dem, was sie wollen, über mich bekommen.«

Sie dachte einen Moment nach und fügte dann hinzu: »Aber abends, wenn ich mit alten Freunden oder mit meiner Familie zusammen bin, dann red' ich mit ihnen, wie mir der Schnabel gewachsen ist. Und auch tagsüber, wenn ich irgendwas besonders betonen will, verfall' ich manchmal, ohne verlegen zu werden, in meinen Heimatdialekt, aber ich habe die Jahre an der Schwesternschule nicht verschwendet.« Dann, offenbar in dem Gefühl, daß sie vielleicht zuviel über sich redete, fügte sie hinzu: »Aber eine Redensart, die in unserer achtköpfigen Familie oft benutzt wurde, benutze ich noch heute. Sie erscheint mir richtig, weil meine Mutter mich mit diesen Worten so viel über die Menschen lehrte. ›Nora‹, sagte sie immer, ›Nora, du muß' lern'n, daß alle Menschen ihre eigene Art ha'm, Dinge zu tun. Wennste sie respektiers', brauchste nich' dagegen zu kämpfen.‹ Ich zitiere es noch heute gern: ›Alle Menschen ha'm ihre eigene Art.‹ Er ist mein Band zur Heimat.«

»Behalten Sie ihn bei. Nun, welchen Rat können Sie mir geben, der mir meinen Job leichter machen könnte?«

»In meinem Job höre ich die Klagen der Bewohner, und was sie niemals tolerieren würden, ist schlechtes Essen oder schlechter Service im Speiseraum. Bedenken Sie, Dr. Zorn –«

»Mrs. Varney, Sie sind alt genug, um meine Mutter sein zu können. Ich heiße Andy.«

»Bedenken Sie, sie sind nur einmal am Tag im Speiseraum, die meisten von ihnen jedenfalls, und es ist für sie immer ein besonderer Anlaß. Wenn Sie zulassen, daß die Köche und das Bedienungspersonal schlampig arbeiten, macht sich sehr schnell Unzufriedenheit unter den Leuten breit.«

»Und – was noch?«

»Der Teil des Gebäudes, den wir ›Betreuung und Intensivpflege‹ nennen – und nennen Sie ihn niemals ›das Krankenhaus‹ oder ›die Klinik‹ – ist mein Reich. Dort verdienen wir das große Geld. Wenn ich also zu Ihnen komme und sage: ›Dr. Zorn, der Flur im Betreuungscenter könnte mal wieder einen neuen Anstrich vertragen‹, dann lehnen Sie den Antrag nicht kurzerhand ab. Ich denke dann nämlich nicht an meine eigenen Wünsche. Ich denke dann: ›Die letzten beiden Besucher, die hierhergekommen sind, um zu sehen, ob sie ihre Mutter bei uns unterbringen sollen, haben naserümpfend registriert, daß im Flur die Farbe von der Wand abblättert.‹ Es kann sein, daß ich diesen neuen Anstrich dringend brauche, aber ich erwarte nicht, daß Sie sofort grünes Licht geben. Aber ich erwarte, daß Sie sich die Sache selbst anschauen und versuchen, das Geld irgendwo aufzutreiben.«

Er fragte sie, auf welche anderen Reibungspunkte er achten sollte, und sie antwortete zu seiner Überraschung: »Sie müssen sehr diplomatisch bei unserem Hausmediziner Dr. Farquhar sein. Das Verhältnis zwischen ihm und Ihnen ist niemals klar definiert worden, weder hier noch anderswo. Er ist ungeheuer wichtig und äußerst hilfsbereit, aber er braucht nicht auf Ihr Nicken hin zu springen. Sie dürfen ihn nicht behandeln, als wäre er Ihr Angestellter. Er ist eher so etwas wie ein Vertrauensmann. Beraten Sie sich mit ihm, aber versuchen Sie nicht, ihm Anweisungen zu geben, denn das wird er sich nicht gefallen lassen, und wenn Sie es sich mit ihm verderben, kann er uns alle ruinieren. Bei mir oder Mr. Krenek brauchen Sie keine Klimmzüge zu machen, aber zu ihm *müssen* Sie nett sein, denn er ist derjenige, der die Beziehungen zu den Krankenhäusern pflegt, Leute auf uns aufmerksam macht und das Haus in Ordnung hält. Ich will mal so sagen: Als Oberschwester könnte ich existieren, wenn wir beide, Sie und ich, uns nicht ausstehen könnten, aber ich könnte die medizinische Abteilung nicht in Schwung halten, wenn Dr. Farquhar entscheiden würde, daß sie nichts taugt.«

»Ist er der bestmögliche Mann für den Job?«

»Er ist ein Heiliger. Ein Mann von ungeheuer einnehmendem Wesen. Außerdem ist er ein sehr guter Arzt – ein Mann, auf den Sie sich verlassen können.«

Als es so aussah, als käme das Gespräch allmählich zum Ende, machte Zorn, der nicht bereit war, diese kluge, interessante Frau mit ihrem unschätzbaren Insiderwissen so rasch wieder gehen zu lassen, den Vorschlag: »Wie wär's, wenn Sie mich mal ein bißchen in Ihrem Reich herumführen würden?« Sie willigte ein, und die beiden gingen gemeinsam den Flur hinunter, der zur medizinischen Abteilung führte.

Als sie im zweiten Stock ankamen, konnte Andy sofort sehen, daß Schwester Varney ihren Laden im Griff hatte, aber auf eine angenehme, gütige Art, denn während sie durch die Flure ging, sprach sie in freundlichem und aufmunterndem Ton mit den Schwestern, stellte sie dem neuen Direktor vor und ermutigte sie bei ihrer Arbeit. Vor fast jeder Tür blieb sie stehen, schaute kurz rein und wechselte ein paar Worte mit denen, die im Zimmer waren, wobei sie die meisten Leute mit dem Vornamen anredete. Es war offensichtlich, daß sie ihre Abteilung kannte und mit ihren Problemen wohlvertraut war.

Doch als sie und Zorn in den dritten Stock kamen, der die Intensivpflege beherbergte, spürte Andy einen viel höheren Grad von Spannung, geradezu handgreiflich verkörpert durch die Stationsschwester, eine Weiße namens Edna Grimes, die sich mit der grimmigen Miene einer Gefängniswärterin durch die Flure bewegte. Zorn sagte leise: »Sie scheint ihren Beruf nicht gerade zu lieben.« Aber Nora korrigierte ihn sofort: »Sie ist äußerst fähig. Ich kann mich hundertprozentig auf sie verlassen.« Zorn dachte, daß dieser Typ von Personal vielleicht notwendig war; denn hier, in der Intensivpflege, lagen die schwierigeren Patienten mit den ernsteren Gebrechen. Ein schlagendes Beispiel hierfür – und für die unterschiedliche Art, in der Schwester Grimes und Oberschwester Varney mit schwierigen Fällen umgingen – konnte er gleich darauf aus erster Hand miterleben, als sie plötzlich ein lautes Spektakel vernahmen und in eines der Zimmer schauten, zu dem Schwester Grimes beim ersten Anzeichen von Problemen gehastet war.

Ein Mr. Richards, achtundachtzig und kaum mehr als fünfzig Kilo schwer, hatte einen Koller und machte einen ganz schönen Wirbel für ein so mickriges Kerlchen. Schwester Grimes hatte ihn bereits am Ärmel gepackt und versuchte ihn zu bändigen, aber Nora ging dazwischen und herrschte ihn ziemlich grob an: »He! Was soll der Aufruhr?«

»Man hat mir meine Zeitung weggenommen! Ich will meine Zeitung wiederhaben! Sie ist das einzige, was mir noch Spaß macht, und man hat sie mir weggenommen!«

»Wovon redet er?« fragte Nora, und Schwester Grimes sagte: »Die Putzfrauen haben sie wohl auf dem Boden liegen sehen und in den Müll geworfen.«

»Kein Wunder, daß Sie aufgebracht sind«, sagte Nora zu dem wütenden kleinen Kerl. »Das wäre ich auch, wenn man mir meine Zeitung wegnehmen würde, bevor ich sie gelesen habe.« Sie griff zum Hörer seines Telefons, wählte die Nummer ihres Büros und sagte: »Jane, seien Sie so gut und bringen Sie meine Zeitung von heute auf Zimmer 326 rauf.« Das geschah wenige

Minuten später, doch nachdem Mr. Richards einen kurzen Blick auf die Zeitung geworfen hatte, schmiß er sie verärgert auf den Boden. »Das ist die Tampaer Zeitung!« rief er wütend. »Ich will meine Zeitung, die von St. Petersburg. Die hat mehr Auslandsmeldungen.« Nora rief erneut ihr Büro an. »Sagen Sie Sam, er soll rasch zum Shopping-Center rüberfahren und Mr. Richards eine St. Petersburger Zeitung von heute kaufen. Nehmen Sie das Geld aus der Kaffeekasse.« Während sie warteten, setzte sich Nora aufs Bett neben Mr. Richards und sagte zu ihm: »Wenn Sie noch mal so einen Aufstand machen, Freundchen, verhau' ich Sie.« Er ließ seinen Blick an ihrer riesenhaften Gestalt emporschweifen und sagte: »Das trau' ich Ihnen glatt zu. Aber ich will trotzdem meine Zeitung.«

»Haben Sie nicht zugehört? Ich habe gerade Sam losgeschickt, Ihnen eine zu holen!« Darauf erwiderte er trotzig: »Aber glauben Sie ja nicht, daß ich die bezahle!«

»Mr. Richards, mein lieber Freund, ich habe sie bereits bezahlt. Sie hatten guten Grund, sich zu ärgern, aber jetzt lassen Sie endlich Luft ab, sonst verhau' ich Sie wirklich.« Er sah sie an und lächelte, und als Sam mit der Zeitung hereinkam, nahm Richards sie entgegen, bedankte sich bei ihm und sagte zu Nora und Zorn: »In meinem richtigen Leben habe ich viel in Übersee gearbeitet: Arabien, Pakistan, Kongo, Mexiko – wo immer Öl unter der Erde lag, da war ich. Danke.«

Doch selbst Noras lockere Art wich deutlich sichtbarer Spannung, als sie sich Zimmer 312 näherten, wo sie vor der Tür stehenblieb. »Was Sie jetzt sehen, ist die härteste Seite unseres Berufs, Andy. Die Frau, die in diesem Zimmer liegt, Mrs. Carlson, ist praktisch tot, aber es gibt keine legale Möglichkeit, irgend etwas zu tun, das ihr Leiden verkürzen würde, zum Beispiel die lebenserhaltenden Geräte abzuschalten oder die medizinische Behandlung einzustellen, um ihr so die Möglichkeit zu geben, eines natürlichen Todes zu sterben.«

»Weiß sie, daß es zu Ende geht?«

»Nein. Sie liegt seit mehr als einem Jahr im Koma. Seit dieser

Zeit weiß sie nicht, wer sie ist oder wer sie war oder wie die Leute heißen, die sie besucht haben. Sie vegetiert nur noch dahin, und ich will, daß Sie einmal sehen, wie sie am Leben gehalten wird.« Nora führte ihn in das Zimmer, wo, umgeben von hochkomplizierten Apparaturen mit blinkenden Lichtern, unzähligen Drähten und durchsichtigen Schläuchen, Mrs. Carlson bleich und passiv und wundgelegen vor sich hin dämmerte. Es war sowohl ein Wunder als auch eine Travestie der modernen Medizin. Sie wurde am Leben gehalten, ohne daß ihr Hirn oder ihre Nervenzentren Impulse für die unterschiedlichen Körperfunktionen aussandten; an ihre Stelle waren Maschinen getreten.

Nora sagte in bewußt emotionslos gehaltenem Ton: »Wir sind durch das Gesetz und die Gebote der Ethik und den hippokratischen Eid verpflichtet, sie am Leben zu halten, solange wir können, und die Medizin liefert eine wunderbare Lösung nach der andern für dieses Problem. Ihr Arzt, Dr. Ambedkar, ein Inder – Sie werden ihn kennenlernen –, ist ein erstklassiger Mann. Er hat die Geräte, die sie am Leben halten, eingerichtet, und ich vermute, er betrachtet Mrs. Carlson als sein Meisterstück.«

»Und was hat das Ganze bis jetzt gekostet?«

»Alles zusammengerechnet, Außenkosten plus unsere Kosten plus die für die Ärzte – sie braucht mehrere –, ungefähr zweihunderttausend Dollar.«

»Sie befürworten eine solche Vorgehensweise doch gewiß nicht, oder?«

»Ich bin eine staatlich lizensierte Krankenschwester, die durch ihren Eid gebunden ist, und lassen Sie mich Ihnen einen ganz ernsten Rat geben, Doktor: Verstoßen Sie weder durch Wort noch durch Tat noch durch auch nur die leiseste Andeutung gegen die gesetzlichen Bestimmungen, sonst zerstören Sie nicht nur Ihre Karriere, sondern auch die Existenz von *The Palms*. Es ist unsere absolute Pflicht, sie am Leben zu erhalten.«

»Aber gibt es denn nicht so etwas wie eine freie Willenserklärung? Die den Ärzten das Recht gibt, in Fällen wie diesem die lebenserhaltenden Maßnahmen einzustellen?«

»Die gibt es. Aber sie hat keine solche Erklärung unterschrieben. Und selbst wenn eine solche Erklärung vorliegt, müssen wir immer damit rechnen, daß das Gericht sie aufgrund irgendeines Formfehlers für ungültig erklärt. Wir bewegen uns hier auf sehr heiklem Terrain, Dr. Zorn, und Sie müssen höllisch aufpassen, daß Sie nicht unversehens auf der Nase liegen. Im übrigen haben Sie sich über die Probleme auf dieser Etage ohnehin nicht zu äußern. Anweisungen kann allein Dr. Farquhar geben, und der ist extrem pingelig in puncto lebenserhaltenden Maßnahmen. Versuchen Sie also nicht, sich einzumischen. Das kann nur zu Unglück führen.«

Die beiden standen an Mrs. Carlsons Bett, während sie diese Unterhaltung führten, aber die hörte ihre Argumente nicht, obwohl sie ihr persönliches Schicksal betrafen; noch hatte sie während der letzten fünfzehn Monate irgend etwas gehört – eine Geisel der Wunder der modernen Medizin.

NACHDEM DR. ZORN seine Antritts-Rundgänge durch sein neues Reich absolviert hatte, hatte er rasch gelernt, daß das Gemeinschaftshaus, der Ruhestandsbereich von *The Palms*, zwei Fixpunkte besaß, um die sich das Leben drehte. Der erste war die Empfangstheke am Haupteingang, von der aus Nachrichten, die Post und Telefonanrufe an ihre jeweiligen Adressaten weitergegeben wurden. Eine Afroamerikanerin mit einem IQ um die 200 und von unerschütterlicher Gemütsruhe war Chefin dieser Schaltzentrale, und sie führte ein eisernes Regiment über Briefträger, Paketboten und Bewohner. Sie hieß Delia, und sowohl Dr. Zorn als auch Mr. Krenek beugten sich ihrer Autorität, wenn es um die ordnungsgemäße Abwicklung und Verwaltung des ein- und ausgehenden Verkehrs von und zum Gemeinschaftshaus ging. Sie managte etwa fünfzig Krisen pro Stunde und schaffte es, die meisten davon zu lösen, ohne die Ruhe zu verlieren.

Der andere Brennpunkt war der Speisesaal, ein geräumiges, wohlorganisiertes Areal mit dreißig Tischen und großen Fenstern, die den Blick sowohl nach Süden auf den Pool als auch nach Westen auf den Kanal freigaben. Aufgrund seines dicken Teppichbodens und der reichlichen Verwendung von Dämmaterial war er ein sehr leiser Raum, ein Eindruck, der durch die dezenten Pastelltöne, die in seiner Ausstattung vorherrschten, noch unterstrichen wurde. Die Tische waren aus robustem Eichenholz, und an jedem standen vier Stühle. Da an einem Tisch nicht mehr als vier Speisegäste sitzen konnten, fanden folglich nicht mehr als hundertzwanzig Personen im Speisesaal Platz. Ein langer Tisch in der Nähe des Eingangs bot Platz für zehn weitere Gäste. Aber da *The Palms* mehrere hundert Bewohner beherbergte, mußte es noch einen zusätzlichen Speiseraum geben. Dieser war jedoch kleiner und wurde lediglich von den Bewohnern genutzt, die früh, um fünf Uhr oder auch schon um halb fünf, zu Abend aßen.

Der Speisesaal öffnete um halb sechs, zu einer Uhrzeit, über die sich fast jeder Neuankömmling beschwerte, an die man sich aber in der Regel rasch gewöhnte. Man aß in *The Palms* früh zu Abend, oder man aß auf seinem Zimmer. Natürlich gab es auch Frühstück und Mittagessen, aber da in der Monatsgebühr nur eine Mahlzeit pro Tag enthalten war, entschied sich fast jeder für das Abendessen, so daß der Haupt-Speisesaal abends gewöhnlich bis auf den letzten Platz gefüllt war.

Der Saal erwachte jeden Werktag um Viertel nach fünf zum Leben, wenn die ersten hungrigen Gäste sich frühzeitig anstellten, um sich die besten Plätze und eine noch heiße Mahlzeit zu sichern. Spätestens um zehn vor sechs war der Saal dann proppenvoll. Zusätzlich zu seinen geschmackvollen mediterranen Dekorationen war der Raum gefüllt mit, wie eine alte Dame es ausdrückte, »diesen bewundernswerten High-School-Mädchen und Jungen, die das Essen servieren«. Wie Zorn erfuhr, hatte *The Palms* eine Abmachung mit zwei nahe gelegenen High-Schools, nach der ältere Schüler, die eine Ausbildung für einen gastronomischen Beruf absolvierten, an sechs Abenden in der Woche ein bezahltes Praktikum als Kellner und Kellnerinnen machten. Mit dem Geld, das sie dabei verdienten, konnten sie dann einen großen Teil der anfallenden Unterrichtskosten für das erste Jahr an einem der Junior Colleges in der Umgebung bestreiten. Sie waren durchweg nette Mädchen und Burschen im Alter von siebzehn oder achtzehn Jahren, und sie erhielten vom Personal von *The Palms* eine gute praktische Ausbildung. Die jungen Leute merkten sich überraschend schnell die Namen der Hausbewohner, die daraufhin ihrerseits den Ehrgeiz entwickelten, die Namen der Mädchen und Jungen auswendig zu lernen, so daß die Atmosphäre im Speisesaal eher an ein Familientreffen als an die in einem Restaurant erinnerte.

Eine feste Sitzordnung gab es nicht; die Hausbewohner konnten sich dort hinsetzen, wo sie wollten, was zur Folge hatte, daß man fast jeden Abend mit anderen Leuten an einem Tisch zusammensaß und speiste. Gewöhnlich fügte es sich so, daß zwei Ehepaare an einem Tisch saßen, aber da es viele Witwer und Witwen gab, konnte es sein, daß sich vier Singles an einem Tisch zusammenfanden, und das mußten nicht unbedingt jedesmal zwei Männer und zwei Frauen sein. Es konnte unterschiedliche Konstellationen geben, was die Sache spannend machte. Und dann gab es da ja auch noch den langen Tisch an der Westtür; dort fanden sich oft Alleinstehende zusammen, um in kameradschaftlicher Atmosphäre miteinander zu speisen.

»Der Saal schaut so nüchtern aus«, sagte Zorn nach seinem dritten Inspektionsgang zu Krenek, »daß wir während der ganzen Woche Blumen auf einzelnen Tischen stehen haben sollten.« Darauf wandte Ken ein: »Aber das würde einiges kosten«, worauf Zorn erwiderte: »Nehmen Sie's aus meinem Etat für besondere Ausgaben.« Fortan wirkte der Saal noch einladender.

Schon bei seinem ersten Rundgang durch den Saal war Andy eine kleine Merkwürdigkeit aufgefallen: Alle Tische, die Vierertische wie der lange Zehnertisch, die Nummer 29, waren viereckig. Tisch Nummer 4 jedoch, der in der äußersten Südostecke des Saales stand, war rund. Andy überlegte, welcher Zweck dahinter stecken mochte. Fünf Personen fanden an diesem Tisch Platz, aber an den meisten Abenden saßen an ihm lediglich vier Speisegäste, die – ganz wie die an den meisten anderen Tischen – den Eindruck einer gemischten Gesellschaft machten. An manchen Abenden freilich fanden sich jeweils dieselben vier Männer an diesem Tisch ein, und in der Regel machten sie den Eindruck, als seien sie in angeregte Unterhaltung vertieft.

Außerstande, das System, das sich offenbar hinter dieser Sitzordnung verbarg, zu entdecken, fragte Zorn schließlich Krenek, als sie an einer günstigen Stelle standen, an der sie von dem Tisch aus nicht gesehen werden konnten: »Was hat es eigentlich mit Tisch Nummer 4 auf sich?« Worauf der Verwalter mit einem Schmunzeln antwortete: »Man könnte diesen Tisch den Stolz von *The Palms* nennen. Die vier Männer, die oft dort sitzen, sind unsere *Tertulia.*«

»Unsere *was?*«

»Ein spanisches Wort. Der großgewachsene, distinguiert aussehende Herr, der immer in der Ecke sitzt und die Diskussion leitet, ist der kolumbianische Gentleman, von dem ich Ihnen erzählt habe, Raúl Jiménez, vormals ein angesehener Zeitungsverleger in Bogotá. Hat viele Medaillen und Preise gewonnen, auch international.« Zorn studierte den hageren, ernst dreinblickenden Ausländer, einen vornehmen Herrn mit einem sauber gestutzten Ziegenbart. Er hätte aus einem Gemälde von Velázquez entsprungen sein können, so durch und durch spanisch mutete er an – ein Grande vom königlichen Hof. Seine Haltung war steif und aufrecht.

»Warum ist er in die USA gekommen?« fragte Zorn, und Krenek antwortete leise: »Er mußte ins Exil gehen. Als er aus Kolumbien verjagt wurde, bot ihm Harvard eine Professur für hispanische Kultur an. Seine reizende Frau Felícita kam mit ihm, als er in den Ruhestand ging. Sie speisen gewöhnlich gemeinsam – außer wenn er die Tertulia zusammenruft.«

»Und was ist das nun, diese Tertulia?«

»Ein altes spanisches Wort; es bedeutet soviel wie: ein informeller Club, der sich mehr oder weniger regelmäßig am Ecktisch eines Restaurants oder einer Bar zusammenfindet. Acht, zehn Männer von gewisser lokaler Bedeutung, die gern über Politik, Poesie und Philosophie diskutieren. Die klassischen Themen!«

»Und die anderen Männer? Sind sie Stammgäste?«

»Ja – und man könnte sagen, sie sind die Intellektuellen unserer Einrichtung, die, deren Ruf über Florida hinausgeht.«

»Zum Beispiel?«

»Ich gehe sie mal der Reihe nach durch, im entgegengesetzten Uhrzeigersinn: Der große muskulöse Mann mit dem dichten grauen Haar, das ist Senator Stanley Raborn, der Silberfuchs der Prärie. Republikaner aus Nebraska, ein großer Redner wie der alte, ebenfalls aus Nebraska stammende William Jennings Bryan. Er wird noch oft zu politischen Versammlungen in Washington oder Städten wie Chicago oder Los Angeles eingeladen. Wurde dreimal als möglicher Vizepräsident gehandelt. Er sollte als Goldwaters Vizepräsident kandidieren, aber dann verzichtete Barry aus wahltaktischen Gründen auf ihn – man rechnete sich mit einer geographisch besser ausgewogenen Mannschaft größere Chancen aus – und nahm diesen Kongreßabgeordneten aus New York. Ein schwerer Fehler meiner Meinung nach.«

»Er scheint ein harter Knochen zu sein.«

»Und ob er das ist. Er kann aber auch stinkfreundlich sein, besonders wenn er vorhat, einen fertigzumachen. Unterschätzen Sie den Senator nur ja nicht.«

»Ich werde auf der Hut sein.«

»Der gutaussehende Mann mit der Glatze rechts von ihm, der so aussieht wie ein englischer Duke oder der Colonel eines schottischen Regiments, das ist Botschafter Richard St. Près. Er hat in vielen Ländern gewirkt, aber einen Namen hat er sich in Afrika gemacht. Ich hab' vergessen, was er gemacht hat, aber es hat mehrere Artikel über ihn gegeben. Sehr couragiert. Er ist wichtig und hoch angesehen, aber jetzt im Ruhestand.«

Zorn sagte leise: »Es wäre bestimmt interessant, seine Geschichten über diplomatische Intrigen zu hören.«

»Der letzte im Bunde ist der Mann, den alle hier lieben. Präsident Henry Armitage von einem kleinen College in Iowa. Behandelt uns alle so, als wären wir seine Studenten, und ist erst dann zufrieden, wenn er sich davon überzeugt hat, daß es uns allen gut geht.«

»Er sieht aus wie Edmund Gwenn in dem Weihnachtsfilm, der bei Macy's spielt«, bemerkte Zorn, und Krenek bestätigte: »Da liegen Sie gar nicht mal so falsch mit Ihrer Beobachtung. Er spielt nämlich jedes Jahr hier bei uns und in einer der Grundschulen im Ort den Nikolaus.«

Inspiriert durch das Beispiel des jovialen Präsidenten, bekam Zorn selbst fürsorgliche Gefühle für seine Schutzbefohlenen. »Und sie essen ganz allein?« fragte er Krenek. »Haben sie keine Frauen?«

»Jiménez und der Senator ja, St. Près und der Collegepräsident nein. Aber soviel ich weiß, ermuntern die Ehefrauen ihre Männer sogar dazu, an den Treffen der Tertulia teilzunehmen. Sie sagen, ihre Männer bräuchten die Diskussion, um sich geistig in Schwung zu halten.«

»Diskutieren sie über feste Themen?«

»Um Gottes willen, nein! An ihrem Tisch haben fünf Leute Platz. Das gibt ihnen die Möglichkeit, einen interessanten Gast oder einen Mitbewohner einzuladen, der etwas Geistreiches beizusteuern hat und so frischen Wind in die Runde bringt. Sie sind ihnen bestimmt jederzeit willkommen. Warten Sie, ich hol' Ihnen rasch einen Stuhl.«

Und so fand sich Dr. Zorn unversehens inmitten der Tertulia wieder, zwischen Präsident Armitage und Raúl Jiménez sitzend. Das Thema, über das sie sich unterhielten, war eines, das sie schon seit längerer Zeit beschäftigte und auf das sie immer wieder zu sprechen kamen, denn es war ein Thema, das für Männer ihres vorgerückten Alters – sie waren alle schon über siebzig – von großem Interesse war.

»Wir ringen gerade mit dem häßlichen Wort ›Triage‹«, erklärte der Senator. »Können wir es uns noch leisten, erstklassige medizinische Versorgung für jeden im Land zu gewährleisten, der sie haben will, oder werden wir uns über kurz oder lang gezwungen sehen, die kostspieligen neuen Apparate wie den Kernspintomographen und teure Behandlungsmethoden wie Bypass-Operationen zu rationieren?«

Bevor Zorn etwas darauf erwidern konnte, sagte Jiménez: »Wir haben gehört, Sie sind Arzt. Ihre fachkundige Meinung würde uns interessieren.«

»Ich besitze keine für Florida gültige Lizenz, müssen Sie wissen. Aber ich habe in Chicago als Geburtshelfer praktiziert, und das Problem, das Sie gerade angesprochen haben, war natürlich ständig ein Thema – am Beginn des Lebens, nicht am Ende, wo man eher über die kostspieligen Verfahren Bescheid weiß.«

»Was könnte das für eine Situation gewesen sein, in der ein Geburtshelfer sich mit dem Problem der Triage konfrontiert sieht?« fragte Präsident Armitage, und Zorn erklärte: »Ich hatte fast täglich damit zu tun. Nehmen wir einmal den folgenden Fall: Eine unverheiratete Sechzehnjährige, die mit AIDS infiziert ist und darüber hinaus auch noch Alkoholikerin ist, bekommt ein Baby. Das Baby ist eine Frühgeburt – ich habe Dutzende solcher Fälle gehabt. Das Kind ist doppelt gefährdet – AIDS *und* Alkoholismus – und hat nur eine ganz geringe Chance zu überleben, beziehungsweise, ein menschenwürdiges Leben zu führen, *so* es denn überlebt. Trotzdem geben wir zweihunderttausend Dollar Steuergelder aus, um es am Leben zu halten, wohl wissend, daß es wahrscheinlich sein elftes Lebensjahr nicht mehr erreichen wird. Ist das sinnvoll?«

Eifrig machten sich die Männer daran, diese für sie neue Information auseinanderzupflücken, denn bis dahin hatten sie ihr Augenmerk hauptsächlich auf Probleme gerichtet, mit denen alte Leute konfrontiert wurden. Präsident Armitage bemerkte: »In diesem Fall scheint mir die Entscheidung ziemlich leicht zu fällen. Sie treiben den Fötus vor der Geburt ab.«

»Das wäre wohl ein bißchen zu voreilig«, sagte Zorn, sich ganz in den liberalen Geist der Tertulia einfügend, wo Meinungen vertreten und zurückgewiesen werden konnten, ohne daß die Betroffenen gleich beleidigt waren. »Die Entscheidung kann sehr schwierig werden, wenn die Anzeichen nicht hundertprozentig eindeutig sind.«

»Aber die Sachlage erscheint so eindeutig«, beharrte Armitage. »Das Baby ist verdammt – es wird sich niemals eines normalen Lebens erfreuen können«, worauf Zorn erwiderte: »Aber jeder Geburtshelfer weiß, daß selbst eine infizierte Mutter manchmal ein ganz normales Kind zur Welt bringt. Man setzt niemals einem Leben auf reinen Verdacht hin ein Ende.«

»Das tut man allerdings nicht«, stimmte Jiménez ihm zu. »Doktor, ich beglückwünsche Sie zu Ihrem gesunden Menschenverstand.«

Präsident Armitage, der entschlossen war, das Streitgespräch auf Alternativen beschränkt zu halten, die sich normalen Menschen im wirklichen Leben stellen, sagte: »Aber Sie werden doch gewiß in Ihrer Praxis Situationen gehabt haben, in denen normale Leute vor Entscheidungen gestellt waren, die Angst hervorriefen. Erzählen Sie uns doch mal von solch einer.«

Zorn dachte einen Augenblick nach, dann fragte er: »Ich nehme an, Sie wissen von dem Wunder der Amniocentese?«

»Ja«, sagte Raborn. »Wir hatten einmal ein Senatshearing über Verfahren dieser Art. Man kann der Gebärmutter Flüssigkeit entnehmen und genetische Abnormitäten beim Ungeborenen erkennen.«

»Korrekt. Jetzt möchte ich einmal, daß Sie sich vorstellen, Sie wären ein jungverheirateter Mann, dessen Frau zum erstenmal schwanger ist. Aber in Ihrer Familie gibt es eine verdächtige Häufigkeit von irregulären Geburten. Um sicherzugehen, führen wir den Test durch und stellen fest, daß der Fötus ein zusätzliches Chromosom einundzwanzig hat. Downs Syndrom. Ein solches Baby kann in einer Familie unheimliches Leid hervorrufen.«

Jiménez, der ein frommer Katholik war, protestierte: »Das muß aber nicht zwangsläufig so sein, Doktor. Ich habe mehrere Familien kennengelernt, die solche Babys großgezogen und dabei ein Gefühl von tiefer Freude und großem Glück gefunden haben.«

»Das will ich ja nicht bestreiten«, sagte Zorn. »Aber das Kind stirbt gewöhnlich mit Anfang Zwanzig, nachdem es zuvor einen enormen Aufwand an finanziellem Einsatz wie an emotionaler Energie verursacht hat. Ist das die doppelte Investition wirklich wert? Ein Leben zu retten, das nie ein wirkliches Leben werden kann?«

»Völlig ungerechtfertigt«, blaffte Präsident Armitage, der trotz seiner nikolaushaften Erscheinung ein unsentimentaler Realist war. »Ich bin überrascht, daß Sie diese Frage überhaupt aufwerfen.«

»Ich habe das aus zwei Gründen getan. Erstens: der Test ist nicht hundertprozentig zuverlässig. Was, wenn Sie nun ein Kind zum Tode verurteilen, das vielleicht völlig normal geworden wäre? Und zweitens wäre da noch der religiöse Faktor.«

»Wie sollen wir das verstehen?« fragte Armitage, und Zorn erklärte es ihnen. »Wenn ein Paar seiner ersten Schwangerschaft gegenübersteht, dann empfindet es das alles als eine sehr mysteriöse Angelegenheit. Und es neigt unwillkürlich dazu, religiöser zu werden, besonders die Frau. Die Schwangerschaft ist gleichsam Gottes Segen auf ihrer Vereinigung, und es entsteht der starke Wunsch, sein Urteil anzunehmen: ›Wenn Gott uns ein behindertes Kind schenkt, dann tut er das aus irgendeinem tieferen Grund, der uns verborgen bleibt.‹ Und also lassen sie es zu, daß das Baby geboren wird, und in mehr als der Hälfte aller Fälle ist es schwer zurückgeblieben.« Er beendete seinen Satz mit ganz leiser Stimme, und für einen Moment herrschte Schweigen am Tisch.

Senator Raborn, der in seinem politischen Leben als gefürchteter Fragesteller stets dafür gekämpft hatte, klare und einfache Antworten zu bekommen, fragte: »Und was bedeutet das nun für das Paar? Mit welchem Problem sieht es sich konfrontiert?«

»Ob es die Schwangerschaft abbrechen soll.«

»Nein, nein!« protestierte Jiménez. »Ich bin gegen Abtreibung!«

»Ich auch«, sagte Zorn. »Bei normal verlaufenden Schwangerschaften. Wenn das Paar nicht aufgepaßt hat und nun darin die einfachste Lösung sieht. Oder wenn sie als eine Form der Geburtenkontrolle fungiert. Aber in diesem Fall wäre es eine therapeutische Schwangerschaftsunterbrechung, aus medizinischer Verantwortung heraus.«

»Ich bin dafür«, sagte Senator Raborn. »Es scheint mir die praktischste Lösung zu sein, den Unfall der Natur zu korrigieren.«

»Gott macht keine Fehler«, sagte Jiménez. »Ein mongoloides Kind kann einer Familie ungeheuer viel Liebe bringen. Eltern und Geschwister verbünden sich, das unglückselige Geschöpf zu nähren und großzuziehen, und indem sie das tun, werden sie zu besseren Menschen.«

St. Près sagte leise: »Wenn man wie ich in den unterentwickelten Ländern Südamerikas und Afrikas gelebt und gearbeitet hat, dann sieht man die therapeutische Abtreibung aus einem anderen Blickwinkel. Sie scheint der humanste Weg zu sein.«

»Eine Abtreibung ist niemals human!« beharrte standhaft Jiménez, dessen katholisches Erbe jetzt voll durchschlug. Alsdann legte er in der Manier eines Debattenredners die Hände flach auf die Tischplatte und brachte seiner Tertulia in Erinnerung: »Wir wollten doch eigentlich über Triage diskutieren. Wie sieht Ihre Einstellung als Mediziner dort aus, Doktor?« Er sprach den Titel mit der ganzen Hochachtung aus, welche die Menschen in den lateinamerikanischen Ländern gegenüber ihren Medizinern empfinden.

Zorn sagte: »Ich bin einer Meinung mit dem Senator. Schon allein aufgrund der immensen Kosten werden wir wohl nicht umhin kommen, im Gesundheitswesen einschneidende Rationierungen vorzunehmen. Und das führt uns in die heikle Situation, Werturteile fällen zu müssen, womit die schweren moralischen Dilemmata schon vorprogrammiert sind.«

»Wer wird solche Werturteile fällen?« fragte Präsident Armitage, und Raborn versetzte barsch: »Die Öffentlichkeit. Durch Diskussionen wie diese und öffentliche Äußerungen unserer Führer – einschließlich der Kirche und der Ökonomen –, werden wir einen Konsens erreichen.«

»Und wenn er erreicht ist«, sagte St. Près mit einem geradezu gnadenlosen Beharren darauf, sich der Wahrheit zu stellen, »werden siebzig Prozent der Operationen, die an Leuten wie uns in *The Palms* vorgenommen werden, für nicht unbedingt notwendig erklärt werden. Sie werden im regulären System verboten, aber auf dem Schwarzmarkt zu bekommen sein – aber nur von reichen Leuten, die sie sich leisten können.«

Diese Schlußfolgerung fand Armitage empörend, und er erwiderte mit beträchtlicher Vehemenz: »Dann rationieren Sie also das Gesundheitswesen nach rein finanziellen Maßstäben?«

»Ist es jemals anders gewesen?« insistierte St. Près. »Tun wir das nicht hier und jetzt auch? Sagen Sie, Dr. Zorn, könnte ein Ehepaar mit bescheidenen Einkünften Zugang zu dieser Einrichtung erlangen – und zu der hervorragenden Gesundheitsfürsorge, die Sie uns hier bieten?«

Zorn holte tief Luft, denn er wußte noch nicht, wieviel Macht und Einfluß der Botschafter in der Einrichtung besaß. Gleichwohl hatte er keine Angst zu antworten: »Es wird Sie vielleicht überraschen, Herr Botschafter, daß wir drei Witwen in Einzelzimmern wohnen haben, die früher, als ihre Männer noch lebten, in teuren Apartments gewohnt haben. Sie sind durch den Tod ihrer Männer in Not geraten, die armen Frauen. Ihre Männer waren nicht so wohlhabend, wie sie geglaubt hatten. Wir gehen davon aus, daß unser Unternehmen an einer solchen Familie gut verdient hat, solange der Mann noch lebte, und deshalb ziehen wir die Witwen zu einem geringen Preis mit durch – zu einem sehr geringen, kann ich Ihnen versichern.«

»Sie praktizieren sozusagen Ihre eigene Version von humanistischer Triage«, rief Präsident Armitage enthusiastisch, erfreut darüber, daß ihre Einrichtung so etwas wie ein Herz hatte, und St. Près konzedierte: »Ich nehme an, das ist die Art, auf die es letztlich immer laufen wird. Strenge Regeln, was die Prioritäten anbelangt, aber subtile, oft geheime Wege, diese Regeln zu umgehen.«

»Aber letzten Endes«, warnte der Senator, »wird es immer eine Frage der zur Verfügung stehenden Mittel sein. Irgendwann kommt der Punkt, an dem irgend jemand entscheiden muß, wer leben soll und wer der Natur ihren Lauf lassen muß.«

»Nehmen wir doch einmal einen ganz konkreten Fall, der jedem von uns passieren könnte«, sagte Armitage. »Wenn ich in meinem Wagen fahre – vorsichtig, nüchtern, den Blick aufmerksam auf den Verkehr gerichtet –, und plötzlich passiert etwas, das außerhalb meiner Kontrolle liegt – drei Kinder, die direkt vor mir über die Straße rennen, und ein älterer Mann mit Krückstock, der auf der anderen Seite der Fahrbahn über die Straße läuft, und ich muß im Sekundenbruchteil eine Entscheidung treffen, dann werde ich unweigerlich vor den Kindern ausscheren und instinktiv den alten Mann auf die Hörner nehmen. Er hat sein Leben gelebt. Die Kinder haben noch sechzig oder siebzig oder vielleicht sogar achtzig Jahre ihres Lebens vor sich, in denen sie theoretisch noch wahre Wunder vollbringen könnten.«

»In dem Fall ist die Wahl wirklich nicht schwer«, sagte Botschafter St. Près. »Drei Kinder – ein alter Mann. Machen wir aus den drei Kindern mal eines, von dem Sie nichts wissen. Und aus dem anonymen alten Mann einen alten Mann, der in einer wohlhabenden Gegend wohnt. Der möglicherweise ungeheuer viel Steuern gezahlt hat – und es womöglich immer noch tut. Wohin lassen Ihre Reflexe Sie den Wagen *dann* lenken?«

Armitages Antwort kam wie aus der Pistole geschossen. »Ich würde nicht eine Sekunde zögern. Ich würde den alten Mann überfahren. Und ich will Ihnen sagen, warum meine Reflexe auf diese Reaktion konditioniert sind. Als ich noch College-Präsident war, verlor ich niemals die Tatsache aus dem Auge, daß der junge Bursche, der gerade von der Farm kam und den Kopf noch voller großer Pläne hatte, eine Erscheinung war, die für mein College wichtiger war als irgendein sechzigjähriger Professor, dessen Träume längst erloschen waren. So bin ich konditioniert, und so werde ich immer reagieren – ganz automatisch.«

»Aber wenn der junge Collegestudent am Ende seines ersten

Studienjahres die Flinte ins Korn wirft«, ließ St. Près nicht locker, »und der tattrige alte Professor die Mittel besitzt, um Ihrer Schule zweihunderttausend Dollar zu hinterlassen, wenn ihm noch die Zeit vergönnt ist, sein Testament aufzusetzen – wenn Sie ihn also nicht umnieten – was dann?«

Präsident Armitage sagte ganz langsam: »Dann werden Debattierer wie Sie und Senatoren wie Raborn die neuen Verfahren zur Etablierung menschlicher Werte entwerfen, und möge Gott uns allen gnädig sein, denn dann wird die Menschheit der Habgier zum Opfer dargebracht worden sein.«

»Nein«, erwiderte der Senator mit ebenso beherrschter Stimme. »Das Budget, unentrinnbar vom Augenblick der Geburt bis zur Stunde des Todes, wird die Wertentscheidungen diktiert haben.«

Dr. Zorn, wenngleich beeindruckt sowohl von der Ernsthaftigkeit als auch von der Höflichkeit, mit der diese Männer sich auseinandersetzten, fand, daß es an der Zeit war, der Diskussion ein wenig von ihrer Schwere zu nehmen. Er wandte sich an den zu seiner Rechten sitzenden Jiménez und sagte jovial: »Mir ist aufgefallen, daß Sie immer auf dem Stuhl in der Ecke sitzen. Bringt Ihnen dieser Stuhl Glück?«

Der kolumbianische Intellektuelle gab eine Antwort, die ihn überraschte: »Zwei Gründe. Erstens: wenn ich hier sitze, kann ich die hübschen Serviererinnen beobachten, wenn sie durch unseren Speisesaal schweben. Und zweitens: wenn Sie eine Zeitung in Bogotá herausgegeben haben und häufig nach Medellín gekommen sind, haben Sie gelernt, stets mit dem Rücken zur Wand zu sitzen, und in einer Ecke wie dieser sitze ich sogar mit dem Rücken zu *zwei* Wänden. Doppelt genäht hält besser.«

Diese »Sitzung« der Tertulia von *The Palms* endete damit, daß die Mitglieder des Kreises ihrem neuen Manager versicherten, daß er jederzeit herzlich bei späteren Sitzungen willkommen sei, bei denen die Diskussion sich wahrscheinlich um weniger morbide Themen drehen würde.

In seiner dritten Arbeitswoche konnte Dr. Zorn einen ersten größeren Erfolg nach außen hin verbuchen, was ihn dazu ermunterte, zu Miss Foxworth zu sagen: »Vielleicht kriegen wir bald die Kurve.« Doch sie unkte nur: »Das hat mir noch jeder Ihrer Vorgänger zu irgendeinem frühen Zeitpunkt seiner Amtszeit gesagt, und noch jedesmal haben sich diese kurzfristigen Erfolge sehr bald als Strohfeuer erwiesen.«

»Aber dieser Fall zeigt, daß ich Zimmer verkaufen kann.« Er war zufällig auf Ken Krenek getroffen, als dieser gerade erfolglos versuchte, zwei älteren Ehepaaren aus Indiana klarzumachen, daß *The Palms* genau das Richtige für sie sei. Im Vorbeigehen sah Zorn den genervten Gesichtsausdruck der vier, und ihm war klar, daß sie ihren Besichtigungsrundgang sehr bald beenden würden. Still und leise gesellte er sich dem Quintett zu, erzählte den Besuchern, wie sehr ihm die landschaftlichen Schönheiten Indianas gefallen hatten, als er im nahe gelegenen Chicago gearbeitet hatte, und ließ ganz dezent die Namen von Botschafter St. Près und Senator Raborn einfließen: »Im Sitzungssaal des U.S.-Senats war Raborn ein wahrer Löwe der Rechtschaffenheit und der Initiator vieler guter Gesetze. Er und seine Frau wohnen in der Suite neben der, die Sie im Auge haben, Mr. Evans. Wenn er zufällig jetzt vorbeikäme, würde er Ihnen sagen, was für ein feines Haus *The Palms* ist.«

»Wohnen diese beiden Männer tatsächlich hier? Fest?«

»Aber ja doch«, sagte Andy, und sein ziegelrotes Haar glänzte im Sonnenlicht und sein rundes Gesicht strahlte vor Lächeln. »Also wirklich – wenn man vom Teufel spricht! Da kommt der Herr Botschafter ja!« Er begrüßte den reservierten Diplomaten mit großem Aufwand. »Herr Botschafter, diese guten Leute aus Indiana besichtigen gerade unsere Einrichtung. Ob Sie wohl so nett wären, ihnen zu bestätigen, wie wohl Sie sich bei uns fühlen?«

Die Leute aus Indiana erwiesen sich als so interessante Zeitgenossen, daß sich Botschafter St. Près nach einigen Augenblicken tatsächlich einen Stuhl heranzog. Und als Senator Raborn zufällig vorbeikam, auf der Suche nach dem Diplomaten, gesellte auch er sich zu dem Kreis, und vierzig Minuten später hatte Andy Zorn seine ersten zwei Apartments verkauft. Als sie das Geschäft schließlich miteinander besiegelten, sagten die vier Besucher zu Zorn: »Sie waren so hilfreich. Sie hatten so viele Antworten auf genau die Fragen, die uns am meisten beschäftigten. Ein Glück für uns, daß Sie zufällig vorbeikamen, weil, wenn Sie der Direktor sind …«

Andy nahm die Komplimente dankbar entgegen, bestätigten sie doch, was er Mr. Taggart versichert hatte: »Die Fähigkeiten, die mich in die Lage versetzt haben, ängstliche Mütter und verängstigte Kinder zu beruhigen, werden mir auch bei älteren Leuten eine große Hilfe sein.«

Was Andys zweiten Erfolg betraf, so begann er als eine Katastrophe an dem Tag nach dem Deal mit den Leuten aus Indiana, als Krenek und Miss Foxworth mit der schrecklichen Nachricht in sein Büro gestürmt kamen: »Die Mallorys ziehen wieder aus. Damit wird unsere größte Suite leer!«

Es stimmte. Das Millionärspaar hatte eine Umzugsfirma für acht Uhr früh zu seinem Apartment bestellt, um seine Möbel in ein neues Kondominium auf einer Insel im St.-Petersburg-Distrikt transportieren zu lassen. Als Andy in ihr Apartment kam, fand er es bereits zur Hälfte leergeräumt. Die Mallorys standen dabei und beaufsichtigten unbekümmert den Abtransport der restlichen Einrichtung.

»Meine lieben Freunde!« rief Zorn konsterniert. »Wie können Sie uns das antun? Hat es Ihnen denn bei uns nicht gefallen?«

»Wir finden, daß wir eigentlich noch nicht reif fürs Altersheim sind«, sagte Mr. Mallory. »Wir brauchen ein Haus ganz für uns – mit Stadtflair, so wie dieses neue, das wir gefunden haben. Ihre Anwälte können sich mit unseren ins Benehmen setzen und über die Höhe des Restbetrages verständigen, den Sie uns noch schulden.« Und damit entschwanden sie und ließen das Top-Apartment des Gemeinschaftshauses leer zurück.

Um vier Uhr nachmittags versammelte Zorn seinen Krisenstab um sich und fragte: »Was haben wir falsch gemacht, daß uns so ein Paradepaar wie die Mallorys den Rücken kehrt? Sie waren so freundlich zu mir an meinem ersten Tag hier. Ich hab' sie richtig gern gemocht, und dieser Rückschlag trifft mich hart.«

Während er sprach, schauten sich Krenek und Miss Foxworth an und unterdrückten nur mit Mühe ein Kichern, aber Schwester Varney war bereit, ihrem neuen Chef die Wahrheit zu sagen: »Dr. Andy, die Mallorys sind schon dreimal aus- und wieder eingezogen. Wenn sie hier sind, fühlen sie sich pudelwohl. Doch sobald sie irgendwo ein attraktives Privathaus sehen, kriegen sie das große Kribbeln und ziehen wieder aus. Sechs Wochen später sind sie dann wieder hier, und im nächsten Frühling zieht es sie mit Macht wieder weg.« Krenek und Miss Foxworth nickten bestätigend.

»Warum ärgern wir uns so mit ihnen herum? Wenn sie derart mit uns umspringen?«

Wieder war es Schwester Varney, welche die Antwort gab. »Jedesmal wenn sie uns fragen, ob sie wieder einziehen können, sagt Mr. Krenek: ›Zum Teufel mit ihnen!‹ Aber Miss Foxworth sieht in erster Linie das Geld.«

»Und was sagen Sie als jemand, der sie gut kennt?« fragte er die Oberschwester.

»Ich sage, daß in ungefähr sechs Wochen Mr. und Mrs. Chris Mallory in diesem Zimmer stehen und Sie bitten werden, sie wieder aufzunehmen.« Sie war eine weise Prophetin, denn fünf Wochen später kamen die Mallorys in ihrem Cadillac angerauscht, um Dr. Zorn mitzuteilen, daß die fünf Wochen auf der Insel ihnen gezeigt hätten, daß sie sich in *The Palms* wohl doch am wohlsten fühlten, und ob er es wohl einrichten könne, daß sie gleich wieder in ihr gewohntes Domizil einziehen könnten: »Das große auf der Halbinselseite von Stock sieben wäre genau das richtige für uns.« Und mit einem Lächeln, das so herzlich war, daß man damit die gesamte Westküste von Florida hätte erwärmen können, erinnerten sie Zorn daran, daß er in just jenem Apartment, bei ihnen, seine Dienstzeit in *The Palms* begonnen hatte. Und dann äußerten sie einen charmanten Spruch, der im Center Berühmtheit erlangen sollte: »Wir sind eigentlich nur wegen Ihnen zurückgekommen, Dr. Zorn. Sie verstehen es wirklich, diesen Laden von A bis Z zu führen.« Mrs. Mallory hielt inne, knuffte Krenek in die Rippen und fragte neckisch: »Na, haben Sie's nicht mitgekriegt? Von Andy bis Zorn.« Krenek guckte amüsiert weg, aber Miss Foxworth konnte ein Kichern nicht unterdrücken.

An diesem Punkt sagte Zorn: »Ich schlage vor, Sie beide warten einen Moment draußen, damit ich mich mit meinen Kollegen beraten kann, wie wir in diesem Fall verfahren sollen.« Als sich das liebenswerte Paar erhob, um hinauszugehen, ohne irgendwelchen Unmut ob dieser Behandlung zu zeigen, fühlte Zorn sich genötigt, ihnen zu versichern, daß er tief beeindruckt gewesen sei von der herzlichen Art und Weise, wie sie ihn an jenem Tag empfangen hatten. »Wir werden sehen, was wir machen können«, fügte er hinzu.

Als er mit seinen Mitarbeitern allein war, fragte er nach den besonderen Gründen, die Kreneks harschen Widerstand gegen die Wiederaufnahme der Mallorys rechtfertigen würden, und Krenek antwortete postwendend: »Sie treiben mich zum Wahnsinn. Das tun sie schon, solange ich hier bin. Anfangs konnten sie sich nie darüber einig werden, ob sie nun nach *The Palms* kommen sollten oder nicht. Er war anfangs derjenige, der sich mit Händen und Füßen sträubte. Er sei erst neunundsiebzig und habe kein Verlangen danach, sein Leben in – wie er sich ausdrückte – ›Gottes Lagerhaus‹ zu beenden.«

»Und seine Frau? Wie stand die dazu?«

»Sie war zwei Jahre jünger, siebenundsiebzig halt, und hatte absolut die Nase voll davon, ein großes Haus zu führen und seine Freunde zu bewirten.«

»Und sie setzte sich durch?«

»Ja. Sie zogen ein, zankten sich die ganze Zeit, nörgelten herum, machten den Leuten die Hölle heiß – und zogen wieder aus.«

»Aber sie kamen zurück?«

»Ja. Und jetzt war er es, der das bequeme Leben wollte, und sie war es, die ständig gegen die frühen Essenszeiten wetterte. Und wieder ging das große Gezanke los. Aber immer brachten sie ihren großen Cadillac mit. Sie liebten ihn. Sie sind verrückt nach Tanzen und nehmen oft Paare von hier zum Dinner nach Tampa mit. Sie gehen mindestens einmal die Woche abends tanzen.«

»Und warum sind sie dann das zweite Mal ausgezogen?«

»Sie sagten mir, sie wären sich beide darüber einig, daß sie noch zu jung für das beschauliche Leben von Ruheständlern wären. Sie wollten ihr eigenes kleines Apartment, ihre eigenen Essenszeiten, ihren Cadillac und ihre Tanzabende. Dieses Mal sollten Sie hart bleiben. Denn in sechs Monaten werden sie wieder ausziehen wollen – das ist so sicher wie das Amen in der Kirche. Das macht einfach zu viel Wirbel und zuviel Mühe, dieses ewige Hin und Her.«

»Aber Sie, Miss Foxworth, sagen, wir sollen sie wieder aufnehmen?«

»Jawohl. Sie wollen ihr großes Apartment wiederhaben, und ich glaube, ich kann einen satten Einkauf aushandeln. Sie sind steinreich, und ich glaube, sie werden sich drauf stürzen.«

»Haben sie keine Kinder, die Interesse daran haben, zu erfahren, was sie machen?« fragte Zorn, und Miss Foxworth antwortete: »Die Kinder – die inzwischen auch schon in den Fünfzigern sind – sind ein unangenehmes Volk. Sie unterschrieben bei den ersten beiden Malen die Verträge, und sie haben um jeden Cent gefeilscht. Das Gute an dem vorgeschlagenen Deal ist diesmal, daß die Kinder nicht beteiligt sind. Die alten Leutchen haben zu mir gesagt: ›Dies wird wahrscheinlich unser letztes Zuhause sein. Wir werden die Angelegenheit selbst regeln‹, und sie sind bereit zu unterschreiben.«

»Für wieviel?«

»Zweihundertfünfzigtausend Dollar für den Einkauf – plus die monatliche Gebühr. Das ist eine Menge Geld. Wenn ich nicht mit ihnen verhandeln kann, dann weiß ich, daß Sie es könnten. Sie sagten mir, einer der Gründe, warum sie zurück wollen, sei, daß Sie dem Laden Klasse eingehaucht hätten. Sie waren nie so recht glücklich mit Mr. Krenek.«

»Das beruht auf Gegenseitigkeit«, versetzte Ken Krenek. »Ich warne Sie, Andy; wenn Sie die beiden wieder reinlassen, werden Sie über kurz oder lang erneut vor demselben Problem stehen. Sie werden wieder raus wollen und ihr Geld zurückverlangen.«

Zorn, der das Gefühl hatte, daß er die Fakten und die vernünftigen, wenn auch konträren Meinungen von Krenek und Miss Foxworth verstand, bat Schwester Varney, die Mallorys wieder hereinzurufen. Als er das fröhliche Paar sah, das sich überhaupt nicht darüber bewußt war, daß es sich töricht verhalten hatte, mußte er lächeln, denn er mochte die beiden und war sicher, daß es für sie einen Platz in *The Palms* gab, wenn sie sich nur vernünftig benehmen würden.

Wie ein gütiger Schulmeister, der Schülern ins Gewissen redet, die zeitweilig vom Unterricht suspendiert waren, eröffnete er die Unterredung mit einer versöhnlichen Frage: »Warum möchtet ihr lieben Leute ein drittes Mal zurückkommen? Wo Sie uns doch zuvor mit solcher Geringschätzung verlassen haben!«

Mr. Mallory antwortete: »Uns ist klar geworden, daß alle unsere wirklichen Freunde hier sind. Wenn man auf die neunzig zugeht, sind da draußen nicht mehr allzu viele übrig.«

»Und Sie glauben, daß es diesmal von Dauer ist?«

Diesmal war es Mrs. Mallory, die antwortete. »Hier drinnen kann man immer jemanden finden, der mit einem Bridge spielt, und das ist da draußen gar nicht so leicht.«

»Sie sind wieder mit Ihrem Cadillac gekommen?«

»Von dem trennen wir uns nie«, sagte sie. »Und Chris hat immer noch seinen kleinen Pontiac. Stellen Sie sich einmal vor, wie aufgeschmissen Sie ohne Ihr Auto wären, wenn Sie die Nase von hier voll hätten und woanders hin wollten.«

»Das heißt also, daß Sie bereits jetzt, im selben Moment, wo Sie sich für eine Wiederaufnahme bewerben, schon wieder daran denken, daß Sie eines Tages womöglich wieder Fernweh bekommen?« fragte Zorn.

»Ich meinte doch, für Tagesausflüge. Langfristig gesehen, kann ich mir nicht vorstellen, daß wir uns irgendwo wohler fühlen könnten als hier.« Sie hielt einen Moment inne und fuhr dann fort: »Die Wahrheit ist, Dr. Zorn, er machte sich Sorgen darüber, wie wir seinen neunzigsten Geburtstag da draußen feiern sollten. Wer würde kommen? Alle unsere Freunde sind doch hier, sitzen fest und können nicht weg.«

»Soweit ich weiß, haben Sie Kinder und Enkelkinder. Sie würden doch ganz bestimmt kommen. Neunzig Jahre wird man ja nun nicht alle Tage.«

Chris Mallory antwortete traurig: »Sie sind nicht die Art von Leuten, die man zu seinem Geburtstag einladen würde. Sie sind schockiert – und sagen das auch ganz offen –, daß wir noch immer tanzen gehen. Um Ihnen die Wahrheit zu sagen, Dr. Zorn, wir fühlten uns einfach unwiderstehlich wieder hierhin zurückgezogen.«

Mrs. Mallory schaute Krenek an und lachte: »Geben wir es doch zu, Chris. Das Problem bei den beiden anderen Malen war, daß wir zu jung waren, um die guten Dinge, die wir hier hatten, richtig würdigen zu können. Jetzt, wo wir älter – und klüger – sind, erscheint uns alles hier viel anziehender als beim letztenmal. Darf ich davon ausgehen, Miss Foxworth, daß wir die schöne Suite mit den großen Fenstern, die wir früher hatten, wiederbekommen?«

»Das muß die Verwaltung entscheiden. Sie haben sich mit Ihrem ständigen Hin und Her nicht unbedingt beliebt gemacht, müssen Sie wissen.«

»Wir sprechen doch mit der Verwaltung, oder nicht?« fragte Mrs. Mallory und strahlte Dr. Zorn an. Ihr Mann sagte: »Wir wissen, daß Mr. Krenek gegen uns ist, aber Miss Foxworth weiß, daß wir pünktlich – und gut – bezahlen. Liegt die Entscheidung nicht bei Ihnen, Doktor?«

Zorn fand es nicht schwer, eine Entscheidung zu treffen. An die Mallorys gewandt, sagte er: »Ich mag Ihre Art. Eine Einrichtung wie die unsere profitiert von Ihrer Anwesenheit. Sie inspirieren unsere älteren Gäste, und, ganz offen gesagt, Sie inspirieren auch mich. Aber dieses Mal müssen Sie bleiben. Wir wollen die volle Miete für zwei Jahre im voraus.« Und unter dem Lächeln aller fügte er hinzu: »Ihr zwei seid mir schon wirklich zwei echte Jo-Jos, aber jetzt müßt ihr euch langsam mal zur Ruhe setzen.«

»Abgemacht!« sagte Mallory. »Mrs. Foxworth, bereiten Sie alles vor, und diesmal, das verspreche ich Ihnen, ist es was für auf Dauer.«

»Das ist nett von Ihnen, Mr. Mallory«, sagte Miss Foxworth, »aber für Ihr Versprechen können wir uns leider nichts kaufen. Sie verpflichten sich schriftlich, die Suite für zwei Jahre zu belegen, und zahlen vorab. Die, die Sie nicht die Jo-Jos nennen, nennen Sie die Tänzer, und wir wollen nicht, daß Sie gleich wieder von hier wegtanzen, sobald Ihnen irgendwas nicht in den Kram paßt.«

»In dem Maße, wie wir älter werden«, sagte Mallory, »werden wir auch toleranter. Und wenn drei solche Fachleute wie Sie dieses Haus in gutem Zustand halten, werden auch wir unser Teil dazu beitragen.«

Mit zufriedenem Lächeln schüttelten sie nacheinander allen die Hand. »Können wir unsere Möbel heute nachmittag rüberschaffen?« fragte Mrs. Mallory. »Da die Sachen ja alle schon zweimal hier gestanden haben, wissen wir, daß sie gut reinpassen.« Und dann fragte sie, ob sie auf dem Kopierer fünfzig Abzüge ihrer Einladung zur Willkommensparty machen lassen dürften. »Sie soll morgen nachmittag um drei steigen, und wir wollen alle unsere Nachbarn einladen und mit ihnen auf die Wiederkehr der guten alten Zeiten anstoßen.«

Als sie fort waren, sagte Zorn zu seinen Kollegen: »Mir ist ganz schwindlig. Sie haben mit diesem Paar wirklich was durchmachen müssen, was, Ken?«

Die Willkommensparty am nächsten Nachmittag erwies sich als ein Knaller. Weil zu viele Bewohner teilnehmen wollten – die Partys der Mallorys waren berühmt –, mußte sie vom Apartment der Mallorys in den Aufenthaltsbereich verlegt werden, wo zwei

Kellner, die als Bartender fungierten, so viele alkoholische Getränke ausgaben, daß ein neutraler Beobachter hätte glauben können, er nehme an einem großen Besäufnis teil.

Der Höhepunkt der Party kam, als Ken Krenek im Kostüm eines Küchenchefs erschien, um das Auftragen der Speisen zu zelebrieren. Es gab eine ausgezeichnete Pizza, Hähnchenschenkel, vietnamesische Teigrollen mit hauchdünner Kruste und Leber- und Satéspießchen. Zorn, der seinen gutbetuchten Klienten beim Vertilgen der Köstlichkeiten zuschaute, dachte: Wie schön, daß wir unsere eigenen kleinen Saturnalien haben. Doch seine Stimmung verdüsterte sich ein wenig, als er sah, daß die Witwen, die mit Pensionen oder Renten auskommen mußten, die kleiner waren als die der Mallorys, nicht tranken, sondern mit Sorgfalt die gesündesten Speisen wählten: »Sie bekommen ein Gratisfestmahl, also schlagen sie ordentlich zu, damit sie sich für heute eine zweite Mahlzeit sparen können.« Und er lächelte nachsichtig, als viele von ihnen verstohlen den einen oder anderen Happen in ihren Handtaschen verschwinden ließen. Er freute sich, daß in seinem Center sowohl für die Reichen als auch für die weniger gut Betuchten Platz war.

Dr. Zorn hatte nun eine Reihe von Triumphen genossen, indem er die beiden Paare aus Indiana dazu gebracht hatte, sich für das Gemeinschaftshaus anzumelden, und indem er die reichen Jo-Jos namens Mallory wieder in ihrem angestammten Apartment willkommen geheißen hatte, und das zu seinen Bedingungen. Aber er hatte noch nichts auf seinem eigentlichen Problemfeld erreicht, nämlich, die Betten in der Betreuung vollzukriegen.

Doch war er jetzt im Begriff, einen herausragenden Sieg auf diesem Feld zu erringen – nicht, weil er etwa einen besonderen Geistesblitz gehabt hätte, sondern weil ein Gebrauchtwagenhändler aus Sarasota dringend auf die Toilette mußte. Die glückliche Fügung nahm ihren Gang, als Andy wieder einmal in seinem Büro saß und nervös an den Nägeln kaute, angesichts eines Berichtes darüber, was *The Palms* für Werbeanzeigen für das Betreuungscenter ausgab und die mageren Ergebnisse, welche diese Annoncen zeigten. »Ken, es muß doch irgendwie eine effektivere Methode geben, Kunden für das Betreuungscenter zu gewinnen.«

»Man muß Präsenz in der Öffentlichkeit zeigen. Wer nicht wirbt, der stirbt.«

»Okay. Aber man muß es nicht auf die immer gleiche alte, abgedroschene Weise tun. Sagen Sie: Wer ist unsere ideale Zielgruppe?«

»Wofür? Daueraufenthalt im Gemeinschaftshaus oder vorübergehender Aufenthalt in Gesundheit?«

»Das Gemeinschaftshaus trägt sich selbst. Da können wir auf langfristiges Wachstum setzen. Unser Geld machen wir hier drüben in Gesundheit. Welche Klientel müssen wir ansprechen?«

Krenek dachte einen Moment nach, dann sagte er: »Die erste Voraussetzung ist: Es müssen Leute mit überdurchschnittlichem Einkommen sein – sogenannte Besserverdienende. Solide Verhältnisse, aber nicht reich genug, um sich private Betreuung rund um die Uhr leisten zu können. Ein Unfall ist passiert? Eine Operation wird notwendig? Ein vorübergehender Aufenthalt hier bei uns wäre in einem solchen Fall die Ideallösung.«

»Das weiß ich selbst. Aber erklären Sie mir, wer diese Leute sind.«

»Upper-Class, aber nicht Elite.«

»Und wie würden Sie diese Klientel charakterisieren?«

»Die Männer arbeiten im gehobenen Management. Sie sind Mitglied in Luncheon-Clubs wie Kiwanis. Sie spielen Golf. Und wenn ältere Familienangehörige wirklich hinfällig werden, zum Ende ihres Lebens hin, dann wollen sie sie in einer Einrichtung untergebracht wissen, wo sie gut aufgehoben sind und gut versorgt sind. Sie scheuen sich nicht, Geld auszugeben, besonders für Eltern, die gut zu ihnen gewesen sind. Sie lieben sie, aber sie wollen sie aus dem Haus haben.«

Andy dachte über etwas nach, das Krenek gesagt hatte. »Kiwanis, ist das nicht so was Ähnliches wie der Rotary Club? Welcher von beiden genießt das höhere Prestige?«

»Ich schätze, der Rotary Club, zumindest in diesem Teil von Florida.«

Ohne einen weiteren Kommentar sagte Zorn: »Wir werden Rotary Clubs dazu einladen, ihre Versammlungen hier bei uns abzuhalten. Wir locken sie mit Gratis-Abendessen.«

»Sie treffen sich aber mittags.«

»Um so besser. Mittagessen ist billiger.«

Und so wurde denn Zorns Plan in die Tat umgesetzt. Und er brachte von Beginn an Ergebnisse; denn als ihre neuen Gäste sahen, daß *The Palms* Stil und Klasse hatte, begannen sie, es Freunden weiterzuempfehlen, die Pflegeplätze für die älteren Mitglieder ihrer Familien suchten.

Die Vorgehensweise war denkbar einfach. Aus einem Verzeichnis der Rotary Clubs wählte Krenek einen aus der Nähe aus, rief die Geschäftsstelle an, sprach die Einladung aus und vereinbarte einen Termin. Und dann sagte Andy dem Küchenpersonal: »Mittwochmittag. Rotarier-Lunch. Sehr wichtig für uns – also legt euch ins Zeug. Ihr könnt mit Trinkgeld rechnen.« Erfreut über die Abwechslung und die Gelegenheit, einmal eine Ruhestandseinrichtung besichtigen zu können, brachten die Rotarier ihre Clubgeschäfte rasch hinter sich und lauschten Zorns kleinem, im lockeren Plauderton gehaltenem Vortrag über *The Palms*. Danach machten sie eine kurze Führung durch die Gesundheitseinrichtungen. Das Ganze dauerte nicht länger als achtzig Minuten, und das Essen kostete *The Palms* nicht einmal fünf Dollar pro Nase. Als die Männer mit dem Essen fertig waren, sahen sie eine Schachtel mit der Aufschrift FÜR UNSER FREUNDLICHES BEDIENUNGSPERSONAL, und viele warfen Dollarscheine hinein.

Zorns Strategie funktionierte. Zwar vermochte er nicht einen einzigen Fall vorzuweisen, wo ein Rotarier nach einer freien Mahlzeit ein Mitglied seiner Familie nach *The Palms* gebracht hatte, aber er wußte, daß die Männer mit anderen über die beiden Gesundheitsdienste sprachen, und mehrere Familien aus der Umgebung, die ältere Verwandte anmeldeten, bestätigten seine Vermutung. »Wir haben von Ihnen durch unseren Nachbarn gehört, der bei einem Ihrer Mittagessen hier war.« Nachdem Zorn und Krenek alles sorgfältig durchkalkuliert hatten, meldeten sie nach Chicago: »Die Aktion mit den Rotarier-Mittagessen macht sich bezahlt. Das Betreuungscenter beginnt langsam aufzublühen.« Eine dieser Versammlungen jedoch brachte eine unerwartete Überraschung mit sich.

Krenek hatte einen Club aus der Gegend von Sarasota eingeladen und war hochzufrieden mit der Zahl der offenbar gutbetuchten Männer, die der Einladung gefolgt waren. Die Versammlung nahm auch ihren üblichen Lauf, doch gerade als Dr. Zorn mit seinem kleinen Vortrag beginnen wollte, kam ein Rotarier, der mal eben austreten gegangen war, von der Toilette zurück und rief ganz aufgeregt: »He, Leute! Ratet mal, wem ich eben draußen auf dem Flur begegnet bin!« Im Schlepptau hatte er einen alten Mann von einzigartigem Erscheinungsbild; denn trotz seines vorgerückten Alters, seines leicht schleppenden Ganges und seines billigen Trainingsanzuges besaß er die schlanke Figur eines durchtrainierten Athleten, der nicht zugelassen hatte, daß er Fett ansetzte. Dr. Zorn kannte ihn bloß als Mr. Bixby, doch der Rotarier, der ihn entdeckt hatte, stellte ihn jetzt aufgeregt der Essensrunde vor: »Liebe Freunde, dieser Mann ist einer der besten Baseballspieler aller Zeiten, Buzz Bixby, Mitglied des unsterblichen Meisterteams der Philadelphia Athletics, das 1929, 1930 und 1931 den Titel gewann. Eine Computerstudie hat gerade eben erst entschieden, daß sie wahrscheinlich das beste Baseballteam aller Zeiten waren, und zwar in erster Linie wegen ihrer berühmten Pitcher.« Und dann ratterte er aus dem Stand die Namen jenes unvergleichlichen Aufgebots von Pitchern herunter: »Grove, Earnshaw, Walberg, Rommel, John Picus Quinn und Howard Ehmke.« Und bei jedem einzelnen Namen nickte der alte Mann beifällig, denn mit seiner Schlagkeule und seinem Handschuh hatte er ihnen dabei mitgeholfen, ihre Spiele zu gewinnen. »Und einer aus diesem unvergeßlichen Team war Buzz Bixby!«

»Wie ist er hierhergekommen?« zischelte Zorn Krenek zu, und Krenek erklärte: »Seine Anhänger entdeckten ihn völlig mittellos in einem Obdachlosenasyl. Sie warfen zusammen und kauften ihm einen lebenslangen Platz in einem unserer preiswerteren Ein-Zimmer-Apartments im Gemeinschaftshaus.«

»War er wirklich so gut?«

Krenek nickte. »Einer der besten.«

»Wie alt ist er?«

»An die neunzig, aber er hat sie noch immer alle beisammen.«

»Und wie gut er körperlich noch in Schuß ist!« sagte Zorn bewundernd. »Macht er uns irgendwelche Schwierigkeiten?«

»Er ist ein lieber Kerl. Jedermann schätzt ihn.«

Der Mann, der ihn auf dem Flur entdeckt hatte, stellte ihn jetzt förmlich vor: »Ich habe Buzz dazu überredet, uns von dem unvergeßlichen Nachmittag zu erzählen, an dem er Unsterblichkeit erlangte.«

Straff und leicht vornübergebeugt stehend, als warte er auf einen Wurf von einem Pitcher der Yankees, setzte der alte Mann zu seiner Schilderung jenes legendären Spieles an; es war, wie Zorn sehr rasch richtig einschätzte, eine einstudierte Rede. Ein Sportjournalist, der ihn bewunderte, war ins Archiv gegangen und hatte aus den diversen blumenreichen Schilderungen jenes Spiels aus längst vergangenen Zeiten ein in sich stimmiges, abgeschlossenes »Epos« verfaßt. Durch unzählige Wiederholung seiner Schilderung hatte Bixby gelernt, sie mit größtmöglicher Wirkung vorzutragen. Der Sportjournalist hatte ihm eines besonders eingeschärft: »Du darfst niemals prahlerisch klingen, Buzz. Die Fakten sprechen für sich; du kannst es dir also leisten, zurückhaltend zu beginnen und deine eigene Rolle bescheiden herunterzuspielen.«

»Wie soll ich das machen?« hatte Buzz gefragt.

»Du mußt so klingen, als wüßtest du selbst gar nicht, was für ein toller Spieler du bist. Das kann sehr wirkungsvoll sein. Fang genau so an, wie ich es dir aufgeschrieben habe, und du hast deine Zuhörer von der ersten Sekunde an für dich eingenommen.« Und auch jetzt, vor seinen Zuhörern in *The Palms*, hielt sich Buzz brav an seine Anweisungen: »Ein paar Leute, von denen man annehmen sollte, daß sie wissen, wovon sie reden, glauben, daß es das größte Spiel in der Geschichte des Baseballsports war, aber ich habe schon bessere im Fernsehen gesehen.« Er kannte die betroffenen Teams, das jeweilige Jahr und sogar die genauen Daten von denkwürdigen Begegnungen: »Bobby Thomsons One-Out-Homer gegen Ralph Branca, am Mittwoch, dem 3. Oktober 1951, mit dem er den Wimpel der National League gewann, oder dieses große Spiel aus der World Series, Boston gegen Cincinnati, das sechste Spiel, das am Dienstag, dem 6. Oktober 1975 stattfand, bei dem Carleton Fisk im elften Inning um die Bases herumtanzte. Aber das, wovon ich jetzt erzählen will, war das größte einzelne Inning, das es je im Baseball gegeben hat.« Die Wirkung dieser wohlgedrechselten Worte war ernüchternd, denn seine Zuhörer konnten sehen, daß der alte Mann die Absicht hatte, ernst genommen zu werden. Doch dann, sich einer Taktik bedienend, die er als effektiv erlebt hatte, wich er von den Worten ab, die der Sportjournalist für ihn geschrieben hatte, und verfiel in den Straßenjargon seiner Jugend.

»Ich werd' das nie vergessen. Columbus Day in Philadelphia, 1929. Die ganze Stadt im *World-Series*-Fieber. Die A's gegen die Cubs. Das Samstagspiel entscheidet alles. Gewinnen wir, bleiben wir an der Weltmeisterschaft dran; gewinnen die andern, machen sie den Durchmarsch.

Als ich aus der Haustür rauskomm' und zum Stadion fahren will, kommt der Zingarelli von nebenan aus seinem Sandwich-Shop raus und sagt: ›Buzz, du wirst heute ein großes Spiel machen.‹ Und ich frag' ihn: ›Bist du jetzt unter die Propheten gegangen, oder was?‹ Und er: ›Heute ist Columbus Day, hast du das vergessen? Wir Itaker sind heute alle in Hochform. Du wirst ein Riesenspiel machen.‹

Ich bedank' mich bei ihm, aber als das Spiel anfängt, denk'

ich: Dieser bekloppte Itaker hat doch keine Ahnung von nichts, weil wir ums Verrecken keine Leute auf die Base kriegen, geschweige denn ums Feld rum, zum Punkten, während Chicago einen Home Run nach dem andern hinlegt. Im vierten schaffen sie zwei, und im sechsten explodieren sie regelrecht und machen fünf. Und im siebten legen sie noch einen drauf, um uns zu zeigen, was für Pfeifen wir sind. Es steht acht zu null für sie. Und kein Anzeichen dafür, daß wir das Spiel noch herumreißen können. Ihr Pitcher Charley Root wirft nämlich keine Basebälle, der feuert regelrechte Geschosse ab. Die kommen so schnell, wir können sie nicht mal sehen, geschweige denn treffen. Das Spiel ist verloren, und wir stecken tief in der Patsche.«

An dieser Stelle in seiner Erinnerung an jenen historischen Tag, der in der Geschichte der World Series seinesgleichen suchte, ließ Buzz seinen ganzen Körper wie in Verzweiflung erschlaffen. Hände, Finger, Schultern, der Kopf: sie alle vermittelten plastisch den Schmerz eines Profisportlers, dessen Team hoffnungslos unterlegen ist, und er sah dermaßen unglücklich aus, daß Zorn Mitleid mit ihm empfand – ein feiner Kerl, der seine Chance auf die Weltmeisterschaft schwinden sah.

Doch mit einem Mal wurde alles wieder anders, denn er befand, er solle zu seiner vorformulierten Rede zurückkehren. Er reckte den Kopf hoch, schob energisch die Kinnlade vor, ließ die Augen blitzen und sprach erst mit leiser, dann dramatisch immer lauter werdender Stimme die Sätze, die er am liebsten mochte: »Aber unsere A's waren noch nicht tot. Langsam, wie ein Sommergewitter, das sich immer dunkler zusammenbraut, um schließlich mit rasender Wut loszubrechen, begannen wir unseren vor Selbstbewußtsein nur so strotzenden Gegner mit einer Entschlossenheit, wie man sie noch nie zuvor gesehen hatte, mürbe zu machen. Das Wunder nimmt langsam seinen Lauf – nicht dramatisch, so, daß es Chicago aufgeschreckt oder ihm angst gemacht hätte, bloß hier ein Kratzer und dort einer, und dann noch einer – bis sie schließlich – zu spät – merken, daß das Unwetter mit voller Wucht losgebrochen ist und sie mitten drin stecken.«

Wie er so dastand und erzählte, war er schon eine imponierende Gestalt. Dann, unvermittelt, schaltete er wieder auf seine eigene Sprache um. »Al Simmons schafft einen Home Run und sorgt dafür, daß wir wenigstens nicht zu null abgeschossen werden, aber es steht immer noch erst acht zu eins. Foxx schafft einen Hit. Bing Miller jagt einen durch die Mitte durch. Dann noch ein Scratch Hit, und ich schaff' zwei Bases und es steht nur noch acht zu zwei. Aber Chicago liegt natürlich noch immer weit vorne. Ich schieße einen Harten Richtung zweites, wo Rogers Hornsby, der größte Second Baseman aller Zeiten, steht. Er springt nach dem Ball und verfehlt ihn um einen Zoll. Wir schaffen zwei Runs. Acht vier nur noch. Und weiter geht's. Unsere Batter hauen einen Hit nach dem andern raus, und als ich zum zweitenmal in dem Inning mit Batten dran bin, haben wir wieder zwei Mann drauf, und diesmal hitte ich einen Texas Leaguer – Sie wissen schon, einen Kurzen knapp über das Infield hinaus. Nun gibt es in der ganzen Liga keinen Spieler, der einen Texas Leaguer besser töten könnte als Rogers Hornsby, aber diesmal kommt er einfach nicht schnell genug weg und verfehlt den Ball ein weiteres Mal um einen Zoll, und wieder batte ich uns zwei Runs nach Hause.

Am Ende dieses berühmten Innings haben wir zehn Runs auf dem Konto – unglaublich – und den Sieg in der Tasche. Und unser Glück hält an, denn am nächsten Tag gehen wir mit null zu zwo Rückstand ins neunte Inning, aber wie schon beim erstenmal starten wir eine Aufholjagd und gewinnen das Spiel mit drei zu zwei und beenden die Serie schließlich mit vier zu eins für uns.«

Als er sich diese wunderbaren Tage, als er zweiundzwanzig und Weltmeister war, wieder in die Erinnerung zurückrief, da hörte er auf, ein redseliger alter Geschichtenerzähler zu sein und beendete seine Schilderung mit einer effektvollen Parabel, die ihm der Sportjournalist in den Mund gelegt hatte: »Und so sehen wir, daß wir Spielzeuge des Schicksals sind. Der Zufall entscheidet über so vieles in unserem Leben, wie mein Beispiel beweist. Ich besitze Fotos von meinen zwei Hits in dem wilden Inning. Sie zeigen, wie

Hornsby meinen Aufsetzer um weniger als einen Zoll verfehlt und meinen Texas Leaguer ebenso knapp. Anderthalb Zoll zu seinen Gunsten, und ich bin der Dumme. Anderthalb Zoll zu meinen Gunsten, und ich lande in der Hall of Fame. Hopp oder top, es ist alles bloß eine Frage des Glücks.«

Das Leuchten verschwand wieder aus seinen Augen. Seine Stimme nahm wieder ihren charakteristischen Brummton an, und er war wieder ein Achtundachtzigjähriger, der seinen Lebensabend in einem Seniorenheim in Florida genoß, das ihm Fans bezahlt hatten, die fanden, daß ein bißchen von dem Glanz jenes lange zurückliegenden Columbus Day des Jahres 1929 auch auf sie gefallen war.

Obgleich Zorn von Bixbys Erzählung fasziniert war, war er nicht ganz glücklich darüber; denn der alte Haudegen hatte so lange geredet, daß Zorn keine Zeit mehr für seinen kleinen Werbevortrag über die Vorzüge von *The Palms* blieb. Aber das Mittagessen war trotzdem kein Verlust: Die Rotarier aus Sarasota erzählten so vielen ihrer Clubkollegen in Südflorida, daß der große Buzz Bixby in einem ziemlich guten Seniorenheim namens *The Palms* wohnte, daß die Clubs sich um Mittagessenstermine, an denen sie Gelegenheit hatten, sich Buzz' Geschichte anzuhören, regelrecht zu reißen begannen. So groß war die Nachfrage, daß Zorn sagen mußte: »Wir würden uns wirklich geehrt fühlen, aber wir können das nicht weiter umsonst machen.« Und die diversen Clubs bezahlten gern für ihr Mittagessen. Darüber hinaus organisierte Zorn ein Programm, das sicherstellte, daß ihm zum Ende des Mittagessens zehn Minuten Zeit blieben, in denen er seinen kleinen Vortrag über *The Palms* halten konnte. Im Laufe der Wochen stellte er fest, daß er Buzz so oft und so intensiv zugehört hatte, daß er die Rede praktisch auswendig konnte, und er ertappte sich des öfteren dabei, daß er sie aufsagte, während er seiner Arbeit nachging: »Ein paar Leute, von denen man annehmen sollte, daß sie wissen, wovon sie reden, glauben, daß es das größte Spiel in der Geschichte des Baseballsports war …« Also nahm er eine kleine Korrektur beim Ablauf der Veranstaltungen vor. Er sprach als erster und ließ kurz vor dem Ende Krenek hereinstürmen, der atemlos rief: »Dr. Zorn! Dringender Anruf aus Chicago!« Und draußen war er. Doch obwohl er und Krenek durchaus feststellen konnten, daß der Kundenzulauf aus Saratoga sich vergrößert hatte, konnte er in seinem Märzbericht Chicago noch nicht melden: »*The Palms* schreibt jetzt schwarze Zahlen.« Aber er würde am Ball bleiben.

EINE VON ANDY ZORNS beruhigendsten Erfahrungen, die er in *The Palms* machte, war, daß John Taggart ihm die Wahrheit über den Mann gesagt hatte, mit dem er zusammenarbeitete. Ken Krenek verfügte über die bemerkenswerte Fähigkeit, für die zu arbeiten, die über ihm standen. Er studierte ihre Gewohnheiten, ihre Vorlieben, ihre Marotten und Schwächen und ihre Ambitionen. Und dann fragte er sich: Was kann ich tun, um diesem Mann zu helfen, das Beste für uns beide zu erreichen? Er schien weder Eitelkeit noch Neid zu kennen.

Mit fünfundvierzig Jahren war er der Inbegriff von unverzichtbarer Hilfe, wie sie wohl am besten in dem wunderbaren Wort ›Faktotum‹ zum Ausdruck kommt. Ein stets lächelnder Pragmatiker, hatte er den Job, dafür zu sorgen, daß alle sich wohl fühlten, was bedeutete, daß er rund um die Uhr im Dienst war. Ein tropfender Wasserhahn um Mitternacht? Kein Problem – Ken, wie er allgemein genannt wurde, wird das schon machen. Ein Bus, der eine Viertelstunde Verspätung hat? Ein Anruf bei Ken – der wird schon einen Weg finden. Er sorgte für Quartier, wenn Hausbewohner Besuch von Verwandten bekamen, zauberte einen Zahnarzt oder einen Augenarzt herbei, wenn Not am Mann war, und arrangierte Touren zu Museen und Parks und anderen Sehenswürdigkeiten in der Region Tampa–St. Petersburg – Serviceleistungen, für die seine Gäste ihm stets dankbar Beifall zollten.

Aber er war auch zuständig für zwei Dinge, die ihm viele Proteste von seiten der Hausbewohner einbrachten: Er wies Parkplätze zu, eine undankbare Aufgabe, und er war verantwortlich für den gesamten Essensbereich, insbesondere für den reibungslosen Betrieb des Speisesaales. Da für die Mehrzahl der Bewohner nur eine Mahlzeit pro Tag serviert wurde, hätte man das Essensproblem eigentlich als ein eher sekundäres betrachten können. Doch das Gegenteil war der Fall: Es war eine stetige Herausforderung und ein ständiger Stein des Anstoßes.

In einem Seniorenheim in den Vereinigten Staaten – egal in welchem – einen Parkplatz zu finden, ist in der Regel ziemlich schwierig – und zwar aus mehreren Gründen. Erstens, die Leute, die in solche Einrichtungen ziehen, stammen in aller Regel aus Familien, die nicht gerade zu den ärmsten im Lande zählen, und verfügen daher meistens über zwei Autos. Bei der Errichtung der Heime ging man jedoch von der Voraussetzung aus, daß die Bewohner jedes einzelnen Apartments lediglich ein Auto besitzen. Hieraus ergibt sich ein grundlegendes Problem, das nicht so leicht zu lösen ist: Es gibt einfach nicht genügend Platz für all die vielen Autos, und der Versuch, ein Dutzend unerwarteter Neuankömmlinge noch irgendwo hineinzuquetschen, erweist sich als schier unlösbare Aufgabe. Zweitens wollen willensstarke Leute mit zwei schönen Autos in der Regel, daß sie Seite an Seite geparkt stehen, und erheben alle Arten von Protest, wenn eines der Autos einen günstigen Stellplatz zugewiesen bekommt und das andere mit einem Eckplatz auf irgendeinem abgelegenen Parkplatz vorliebnehmen muß. Drittens stellt in einer Einrichtung der gehobenen Klasse das Auto – oder die Autos – nicht nur das wertvollste, sondern auch das wichtigste Gut dar, welches das Paar mitbringt, weil Autos eine lebenswichtige Notwendigkeit für das tägliche Leben sind. Es gab mehrere Fälle, in denen Paare ausgezogen waren und ihr Geld zurückgefordert hatten, nur weil das Parkproblem nicht zu ihrer Zufriedenheit gelöst werden konnte.

Krenek sagte zu Zorn nach einem solchen ungelösten Konflikt: »Wir sollten unsere Prospekte nur noch an Leute mit einem Auto verschicken, und das sollte dann nach Möglichkeit auch nur ein europäischer Kleinwagen sein. Keine Cadillacs, keine Lincolns und schon gar keine Station Wagons in Langversion.« Dann machte er sich über seinen eigenen Vorschlag lustig. »Ich weiß, wir leben von Leuten, die zwei große Mercedesse oder Jaguars ihr eigen nennen, aber haben Sie schon einmal ernsthaft an die Möglichkeit gedacht, daß alle solche Häuser wie wir eines Tages vielleicht nicht mehr umhin kommen, dreistöckige Tiefgaragen zu bauen? Lachen Sie nicht; ich sehe langfristig wirklich keine andere Lösung.« Als Zorn darauf hinwies, daß sie ja noch das ganze unbebaute Land in der Savanne für Parkplätze zur Verfügung hätten, erwiderte Krenek: »Aber unsere Bewohner sind ältere Leute, die nicht mehr so gut zu Fuß sind. Die haben keine Lust, so weit zu ihren Autos zu laufen. Das ist wirklich eine blöde Sache mit den Parkplätzen, Andy, und ich sehe keine einfache Lösung; aber das schlimmste ist, ich sehe nicht mal eine komplizierte.«

Beim Organisieren des Essensbetriebes war Krenek mehr Erfolg beschieden. Selbst ein Gesundheitsfanatiker mit einer Vorliebe für Fisch, Geflügel, Gemüse, Salate und Vollkornbrot, bot er mit der Hilfe seines äußerst kooperativen Küchenpersonals eine Kost an, die sowohl abwechslungsreich als auch gesund war. Auf einer gedruckten, täglich wechselnden Speisekarte wurden zum Abendessen eine Suppe, ein Fleischgericht, ein Fischgang, drei Sorten Gemüse und – zur Freude fast aller – eine riesige Salatbar mit grünen Salaten, Tomatensalat, Mixed Pickles, Früchten, Croutons, Apfelkompott, Ananaswürfeln und anderen schmackhaften Dingen angeboten. Ein paar vergleichsweise enthaltsame Bewohner nahmen nur die Suppe, etwas Salat, den Nachtisch und ein großes Glas von einem der vielen Getränke zu sich, die jeden Abend serviert wurden. Einige der Männer mochten besonders die milde Limonade.

Man sollte eigentlich annehmen, daß es bei einer so abwechslungsreichen Kost – elf Tage hintereinander jeden Abend ein anderes Fleischgericht – nur wenig Beschwerden gab, doch sah sich Krenek von zwei ständig wiederkehrenden Protesten bombardiert, die mitunter sehr hitzig werden konnten. Der erste betraf die Essenszeiten. In Senioreneinrichtungen im ganzen Land – so auch in *The Palms* – war man zu dem Ergebnis gelangt, daß der ideale Zeitpunkt für das Abendessen halb sechs war, und zwar aus mehreren Gründen. Die Essensgäste waren ältere Leute und wollten keine ausgedehnten Abendessen. Viele von ihnen wollten um sieben die *MacNeil/Lehrer Newshour* im Fernsehen sehen. Die High-School-Studenten und -Studentinnen, die den Tischdienst versahen, wollten ebenfalls möglichst früh weg, um zu lernen oder ins Kino oder tanzen zu gehen oder sich mit Freunden zu treffen. Und das Küchenpersonal, insbesondere die Köche, wollte auch früh Feierabend haben.

Und es schien auch, daß die Leute, so sie sich erst einmal an die frühe Essenszeit gewöhnt hatten, alle damit einverstanden waren – außer einigen wenigen, die sich freilich lautstark vernehmbar machten. So klagte Señora Jiménez: »In Kolumbien waren wir um halb sechs oft gerade erst mit dem *Mittagessen* fertig! Das ist unzivilisiert!« Leute, die Europa bereist hatten, berichteten, daß sie in guten Restaurants ihr Abendessen oft erst um neun oder zehn eingenommen hätten, oder, in Restaurants wie *Horchers* in Madrid, sogar erst um elf. Den meisten Männern schien die frühe Essenszeit nichts auszumachen, aber ihre Frauen beschwerten sich so häufig, daß Dr. Zorn ihre Klagen an Krenek weitergeben mußte: »Ken, können wir mit den Essenszeiten nicht irgendwas machen?«

»Andy, ich gebe Ihnen mein Wort, halb sechs ist der beste Kompromiß.«

»Aber einige der Frauen –«

»Haben Sie sich schon mal die Schlange angeschaut, die sich vor dem Abendessen vor dem Speisesaal bildet? Wir gehen heute nachmittag mal runter und sehen, was passiert.« Und Zorn glaubte, er meine damit um halb sechs, aber Krenek korrigierte ihn: »Ich meine Viertel vor fünf – eine Dreiviertelstunde *früher*.« Sie trafen sich also zur vereinbarten Zeit und beobachteten unauffällig aus gewisser Distanz das Geschehen vor der Tür zum

Speisesaal. Bereits jetzt, eine Dreiviertelstunde vor der offiziellen Essenszeit, hatten sich einige der älteren Paare zum Abendessen eingefunden. Sie warteten auf Stühlen in der Nähe der Tür, um die ersten in der Schlange zu sein. Um fünf waren die ersten bereits im Speisesaal und reservierten sich die besten Plätze in Reichweite der Salatbar, und um Viertel nach fünf defilierten sie bereits an der Salatbar vorbei und schaufelten sich große Portionen von bestimmten Gerichten auf, die besonders begehrt waren, wie spanische Kichererbsen in milder Knoblauchsauce oder Maissalat. Als sich schließlich um halb sechs die Pforten des Speisesaales offiziell öffneten, waren einige der beliebten Salate bereits vollständig weggeputzt.

Zurück in Andys Büro, klärte Krenek ihn über die Realität der Essensversorgung in *The Palms* oder anderen Seniorenheimen auf: »Der wichtigste Augenblick des ganzen Tages für diese älteren Menschen ist das Abendessen. Sex ist für sie meist etwas, das der Vergangenheit angehört. Ins Kino gehen sie auch nicht mehr oft. Die Männer gehen nicht mehr zu Ballspielen. Das Abendessen wird so zum Höhepunkt des Tages. Ich bin sicher, wenn wir unser Abendessen um halb fünf ausgäben, würden sich die ersten schon um Viertel vor vier anstellen, und spätestens um vier wären die ersten Salate an der Salatbar abgeräumt.«

»Ich kann das nicht glauben.«

»Heute nachmittag haben Sie mir gesagt, Sie könnten nicht glauben, daß die Leute sich schon um fünf an der Salatbar aufstellen. Sie haben sie mit eigenen Augen gesehen.«

»Können wir denn nichts tun, damit die Klagen aufhören?«

»Andy, Sie sind nicht auf dem Land groß geworden. Eine Sache, die Sie dort draußen lernen, früh und auf schmerzhafte Weise, ist, daß man niemals in ein Wespennest sticht. Sie können daran vorbeigehen und es nicht anrühren, und nichts wird passieren. Aber wenn Sie mit einem Stock darin herumstochern, bricht die Hölle los. Auf unseren Fall übertragen: Wenn Sie die Abendessenszeit zur öffentlichen Diskussion stellen, werden Sie zehn Jahre vor Ihrer Zeit alt.«

»Sind wir denn gänzlich machtlos?«

»Ja. Man hat sich auf einen Kompromiß geeinigt. Es funktioniert. Nicht perfekt, aber es funktioniert. Also bitte, keinen Stich ins Wespennest.« Und Zorn versprach, von jeder weiteren Diskussion über dieses Thema Abstand zu nehmen.

Es geschah durch reinen Zufall, daß er auf einen anderen Aspekt von Kreneks zweitem Dauerproblem stieß. Eines Tages, als er an der Bürotür seines Assistenten vorbeikam, hörte er laute Stimmen. Eine Frau fragte in barschem Ton: »Warum kann sie nicht repariert werden?« Und während Krenek versuchte, sie zu besänftigen, sagte ein Mann wütend: »Wenn Sie gleich eine gescheite gekauft hätten, hätten Sie viel Geld gespart.« Sie waren so empört, daß er erst wartete, bis sie fort waren, ehe er in Kreneks Büro ging und fragte: »Was war denn da eben los, Ken? Worum ging's?«

Ken antwortete schüchtern: »Es war von Anfang an mein Fehler, und alles, was ich getan habe, um ihn auszubügeln, macht es nur noch schlimmer und läßt mich nur noch um so blöder dastehen. Sie haben sie ja gehört.«

»Dann klären Sie mich mal auf.«

»Ich bin ein Gesundheitsfanatiker, wie Sie ja wissen. Die meisten meiner Vorschläge sind dankbar angenommen worden. Die Leute mögen einfachere Nahrung, gut zubereitet, mit viel Grünzeug und wenig Cholesterin. Nun, und da hab ich halt entschieden, daß wir beim Nachtisch das Eis weglassen, weil es viel zuviel tierisches Fett enthält, und es durch Joghurt ersetzen, die gesündeste Süßspeise der Welt. Wir probierten es mit einem Produkt aus einem öffentlichen Milchhof, und die Bewohner fanden es ganz toll und meinten, es sei das beste, das sie je gehabt hätten. Aber die Nachfrage war so groß, daß ich dachte, wir könnten es uns auf Dauer nicht leisten, das fertige Produkt zu kaufen, und ich kam auf die glorreiche Idee, uns eine eigene Joghurtmaschine zuzulegen und die Rohprodukte, die in dieser exzellenten Nachspeise verarbeitet werden, zu kaufen.«

»Und? Wie ging's weiter?«

»Es funktionierte ausgezeichnet, ein voller Erfolg, und jetzt wollen alle zum Nachtisch Joghurt.«

»Und wieso dann jetzt diese Aufregung?«

»Ich hatte mich total verrechnet. Das Gerät, das wir hatten, war für zehn, fünfzehn Portionen ausgelegt. Aber der tatsächliche Bedarf lag bei hundertfünfzig Portionen. Das Gerät war pausenlos in Betrieb und ging kaputt. Wir ließen es reparieren. Es ging wieder kaputt. Daraufhin kauften wir ein neues Gerät. Es ist ebenfalls ständig kaputt.«

»Was meinen Sie mit: ›Es ist ständig kaputt‹? Löst es sich in seine Einzelteile auf oder was?«

»Nein. Das System bricht einfach zusammen. An einem Abend produziert es köstlichen, cremigen Joghurt. Am nächsten Abend spuckt es gesüßte Eis-Chips aus. Am darauffolgenden Abend kühlt es nicht, sondern produziert bloß süße Milch mit Zimmertemperatur. Und einen Abend später läuft es überhaupt nicht.«

An jenem Abend machte Zorn eine Runde durch den Speisesaal. An mehreren Tischen blieb er stehen und erkundigte sich nach dem Essen, und die Mehrzahl der Speisegäste sagte: »Das Essen ist erstklassig. Aber es gab heute abend keinen Joghurt.« Dies wurde allgemein als ein so großes Manko empfunden, daß Zorn daraufhin sofort in Kreneks Büro marschierte und ankündigte: »Ken, ich nehm' das mit der Joghurtmaschine selbst in die Hand. Wär' doch gelacht, wenn wir das nicht hinkriegen!« Und er notierte sich die Nummer des Herstellers.

Der Experte, den der Kundendienst vorbeischickte, war ein Mr. Richardson, sechzig Jahre alt und ein alter Hase im Milchgeschäft. »Ich habe fast mein ganzes Leben Eiskrem gemacht. Joghurt ist nichts anderes als eine moderne Variante, und Sie haben das beste Gerät, das es auf dem Markt gibt. Ein Knopfdruck hier, ein Knopfdruck dort, und Sie kriegen Spitzen-Joghurt – jedesmal.«

Er war bei weitem zu optimistisch. Nachdem er das Gerät überprüft und neu eingestellt hatte, arbeitete es zwei Abende lang perfekt, und die Speisegäste waren voll des Lobes, doch am dritten Abend produzierte es Eisbröckchen mit Geschmack, und am fünften Abend gab es vollends seinen Geist auf.

Nachdem Mr. Richardson wiedergekommen war und das Gerät repariert hatte, indem er bestimmte Teile ausgetauscht hatte, arbeitete es auch hervorragend – aber nur für die Hälfte der Speisegäste, nämlich die, die frühzeitig den Speisesaal stürmten. Die andere Hälfte, die, die sich an die vorgegebenen Essenszeiten hielten, bekamen weder Joghurt noch Eisklumpen mit Geschmack, sondern gingen leer aus – worauf die Klagen natürlich noch lauter wurden.

Doch Zorn wollte sich immer noch nicht geschlagen geben. Er probierte es erst mit einer anderen Maschine – mit kläglichem Ergebnis – und dann mit einer Meierei, die ihm eine fettarme Eiskrem mit niedrigem Cholesteringehalt verkaufte, welche die Speisegäste mit angewidertem Gesicht zurückgehen ließen. Sein nächster Vorschlag an den »Beschwerdeausschuß« zeugte von Erfindungsreichtum: »Ich habe einen Hersteller gefunden, der uns im Rahmen unseres Budgets eine richtige Eiskrem liefern wird – für diejenigen, welche die tierischen Fette vertragen können, und einen ausgezeichneten, nicht gefrorenen Joghurt.« Dieses System funktionierte eine Weile, ein Drei-Schichten-System sozusagen: die »Speisesaalstürmer« bekamen gut gekühlten Joghurt; die Nachzügler, die keine Diätkost brauchten, bekamen Eiskrem, und die, die Diätkost brauchten, kriegten Joghurt aus der Meierei.

Aber Zorn war noch immer nicht zufrieden. Eines Tages, als der Auslieferungsfahrer von der Meierei sagte: »Wir haben ein wunderbares Sorbet im Sortiment. Kostet weniger als Eiskrem. Echter Fruchtsaft, wenig Zucker, absolut frei von tierischen Fetten«, sah Zorn hierin die Lösung für seine Probleme und nahm das Sorbet mit auf die Abendkarte. Die Joghurtmaschine gab zwar auch weiterhin an zwei oder drei Abenden pro Woche den Geist auf, aber das Eis und das Sorbet waren stets vorrätig, und wenn Zorn jetzt seine abendliche Runde durch den Speisesaal machte, um sich nach dem Befinden seiner Schutzbefohlenen zu erkundigen, sagten weit mehr als die Hälfte: »Das Essen war ausgezeichnet. Und das Sorbet zum Nachtisch war ganz annehmbar. Wir hätten zwar lieber den gefrorenen Joghurt gehabt, aber das Mädchen hat gesagt, das Gerät würde mal wieder streiken.«

Als auf diese Weise eine Art Waffenstillstand erreicht war, so daß die Bewohner Ken Krenek nicht länger krasse Unfähigkeit vorwarfen, sagte Zorn zu seinem Assistenten: »Ein fairer Deal, Ken. Sie halten mir die Meckerfritzen an der Parkplatzfront in Schach, und ich gebe Ihnen Deckung an der Joghurtfront.«

UM ZU GEWÄHRLEISTEN, daß seine siebenundachtzig Ruhestands- und Gesundheitszentren stets auf dem neuesten Stand blieben, beschäftigte John Taggart ein Team von vier reisenden Bevollmächtigten, allesamt Experten für allgemeine Gesundheitsfürsorge, welche die Aufgabe hatten, ihn und seine Organisation über neue Entwicklungen auf dem Gebiet auf dem laufenden zu halten. Eine ihrer besonderen Aufgaben bestand darin, Taggart über potentielle neue Leute zu informieren, mit denen man vielleicht irgendeine der Einrichtungen verstärken konnte, die von der Zufuhr frischen Blutes und neuer Ideen profitieren konnten.

Der Bevollmächtigte, der für den größten Teil der Ostküste zuständig war, ein gewisser Wilmerding, stieß, als er einem unwahrscheinlich klingenden Gerücht in Georgia nachspürte, auf ein Phänomen, das er unverzüglich nach Chicago meldete:

> Auf verschiedenen Touren durch die Carolinas und Georgia, die ich in jüngster Zeit unternommen habe, kamen mir Berichte über einen Physiotherapeuten und seine Frau zu Ohren, die auf dem Gebiet der Rehabilitation wahre Wunder zu vollbringen scheinen. Der Mann soll es tatsächlich fertigbringen, Paraplegiker, Schlaganfallopfer und Leute mit verletzten Gliedmaßen so weit wiederherzustellen, daß sie ihren Bewe-

gungsapparat voll oder zumindest zufriedenstellend wieder beherrschen können. Außerdem verfügt er den Berichten nach über außergewöhnliche Fähigkeiten als Psychologe. Er stammt aus Georgia, ist groß und hager, und wohnt mit seiner Frau, einer kleinen, untersetzten Person, die ausgebildete Krankenschwester ist, in einer Kleinstadt. Wenn man die beiden nebeneinander stehen sieht, er links und sie rechts, fällt einem unwillkürlich die Zahl 10 ein.

Er heißt Bedford Yancey, sie Ella, und er erinnert mich an einen Mann, von dem mein Vater mir erzählte, der in den zwanziger und dreißiger Jahren eine bedeutende Rolle im Baseball spielte. Dieser wahre Hexer im Heilen von verdrehten Gelenken, steifen Wurfarmen und kaputten Knien hieß Knochenklempner Reese, und all die großen Teams schickten ihre verletzten Cracks in diese Kleinstadt in Ohio, damit Knochenklempner Reese sie wieder einsatzfähig machte. Er wirkte wahre Wunder, verlängerte die Karriere von Pitchern beträchtlich und war besonders geschickt, wenn ein Knochen und der mit ihm verbundene Muskel beide lädiert waren.

Bedford Yancey könnte ein direkter Nachkomme von Knochenklempner Reese sein, und tatsächlich nehmen die Leichtathletikteams aus der Gegend bereits seine Dienste in Anspruch. Aber er ist ebenso tüchtig bei normalen Krankenhausfällen, und die rauhe, aber herzliche Art, wie er seine Patienten behandelt, kommt bei den praktisch veranlagten Georgiern hervorragend an.

Ich habe schon früher darauf hingewiesen, Mr. Taggart, daß unser Haus in Tampa, *The Palms*, von der Einrichtung eines Rehabilitationsraumes, einer Art Gymnastikhalle mit physiotherapeutischen Geräten auf dem neuesten Stand, enorm profitieren könnte. Solche Geräte sind natürlich nicht billig, und ich habe meinem Schreiben Kostenvoranschläge von drei Firmen für ein komplettes System beigefügt. Ich empfehle Ihnen dringend, entweder Krenek oder unseren neuen Mann, Andy Zorn, nach Vidalia, Georgia, zu schicken – das liegt etwa auf halber Strecke zwischen Macon und Augusta –, damit sie sich Yancey und seine Frau einmal aus der Nähe anschauen, und sie gleich einzustellen, sofern wir sie zu einem vertretbaren Gehalt kriegen können, und sie dazu zu ermuntern, *The Palms* zu einem Rehabilitationszentrum für die Westküste Floridas zu machen – zu einem Preis, den wir überschauen können.

Als dieser Brief auf Taggarts Schreibtisch landete, rief er Wilmerding sofort an und führte mit ihm ein zwanzigminütiges Telefongespräch, wonach er dem Bericht des Mannes handschriftlich die Anweisung hinzufügte: »Zorn soll auf dem schnellsten Wege nach Georgia fahren, und falls die Yanceys wirklich so gut sind, wie behauptet wird, soll er sie sofort einstellen. Falls sie bei uns anfangen, sind Foxworth und Krenek hiermit ermächtigt, im Erdgeschoß einen Rehabilitationsraum einzurichten, mit Geräten auf dem neuesten Stand der Technik, aber vom preisgünstigsten Anbieter. John Taggart.«

Als Andy diese Instruktionen erhielt, schwang er sich sofort in seinen Wagen und sauste auf den guten Florida-Highways hinauf zur Grenze von Georgia und von dort aus weiter nach Vidalia. Hier erfuhr er, daß der Muskelexperte nicht in Vidalia selbst wohnte, sondern ein Stück weiter nördlich in einer ländlichen Kleinstadt an der Route 297.

Dort angekommen, machte er nach kurzer Suche die Yancey-Farm ausfindig, ein ziemlich heruntergekommenes Haus mit einer angrenzenden Scheune, die augenscheinlich ausgebessert und renoviert worden war. In der Küche des Hauses fand er Ella Yancey, eine kleine, dralle Frau, die ihn direkt in die Scheune führte, wo ihr Mann gerade mit einem Patienten arbeitete. Der Knochenklempner war etwa eins neunzig groß, dünn wie eine Bohnenstange und hatte einen wuscheligen roten Haarschopf. Er drehte und knetete gerade mit voller Konzentration den linken Arm eines jungen Mannes, der wie ein Bauernjunge ausschaute, aber ein hoffnungsvoller Pitcher der St. Louis Cardinals war, deren Mannschaft gerade in der Gegend trainierte.

Zorn wollte Yancey nicht bei seiner Arbeit stören und trat erst zu ihm, als dieser ihn mit einem Wink dazu aufforderte. Er stellte sich vor und fragte: »Erinnern Sie sich an einen Mr. Wilmerding aus Chicago, der sich in diesem Jahr ein paarmal mit Ihnen unterhalten hat?«

»Wie könnte ich den vergessen?« sagte Yancey, während er mit seinen großen Händen weiter den Arm des Baseballspielers massierte. »Soviel, wie der geredet hat.«

»Er hat mich zu Ihnen geschickt, damit ich Sie mir einmal ansehe.«

»Wegen der Sache, die er das letzte Mal angesprochen hat?«

»Ja. Sind Sie bereit, mit mir darüber zu reden?«

»Meinen Sie das wirklich ernst? Sind das auch nicht bloß leere Sprüche?«

»Ich habe eine ganze Reihe von Fotos mitgebracht, die ich Ihnen zeigen möchte. Das attraktivste Angebot, das Sie jemals kriegen werden.«

Ohne seine kräftigen Hände von den Armmuskeln des Pitchers zu lösen, nickte Yancey mit dem Kopf in die Richtung des Farmhauses und sagte: »Sprechen Sie zuerst mit Ella. Sie ist in solchen Dingen schlauer als ich.« Und Zorn ging zurück in die Küche.

Dort angekommen, sagte er direkt: »Mrs. Yancey, mein Name ist Dr. Andy Zorn. Ich bin eigens von Florida hier raufgekommen, um Ihnen und Ihrem Mann eine interessante und wichtige Tätigkeit im Gesundheitsbereich anzubieten.«

»Um was geht's?«

»Um das, was Ihr Mann bereits macht, aber auf einer dauerhafteren Grundlage. Man hat mir berichtet, Sie beide gehörten zu den besten Krankenpflegern – auf dem Gebiet der Rehabilitation. Ich möchte Ihnen das Angebot machen, in einer erstklassigen Einrichtung mitzuarbeiten und mit wunderbaren Leuten.«

»Was für Leute?« fragte sie argwöhnisch, und er zeigte ihr ein Foto, auf dem der gesamte Komplex von *The Palms* zu sehen war. »Sie würden in diesem schönen Gebäude arbeiten.«

Nachdem sie den imposanten Komplex eingehend betrachtet hatte, fragte sie: »Gehört es Ihnen?«

»Nein; es gehört meiner Firma.«

»Sind Sie pleite und suchen jetzt unsere Hilfe?«

Er lachte. »Mrs. Yancey –«

»Nennen Sie mich Ella.«

»Meine Firma besitzt siebenundachtzig dieser Pflegeeinrichtungen. Diese hier ist eine unserer besten.«

»Nach dem, was ich so im Fernsehen höre, sind es gerade die großen Firmen, die schwer zu kämpfen haben. Wir haben hier in Vidalia schon genug eigene Sorgen; da brauchen wir nicht noch die von anderen.« Trotzdem sah sie sich auch die anderen Fotos an, die Zorn mitgebracht hatte, um sich ein Bild von dem zu machen, was sie und ihren Mann in *The Palms* erwarten würde. Ganz besondere Aufmerksamkeit schenkte sie der Broschüre, in der alle Einrichtungen Taggarts im ganzen Land aufgeführt waren.

»Wie sind Sie ausgerechnet auf mich und Bedford für dieses Haus in Florida gekommen?«

»Weil ich dort arbeite. Ich bin der Geschäftsführer, und ich brauche ein Paar wie Sie beide zum Aufbau unseres Reha-Zentrums.«

»Wenn man die Ehepaare rechnet«, sagte sie, »würde ich schon sagen, daß wir eines der besten sind, zumindest in diesem Teil von Georgia.« Sie wandte sich wieder dem ersten Foto von *The Palms* zu und betrachtete es aus verschiedenen Blickwinkeln.

»Und Sie können mir versichern, daß es bereits gebaut ist? Es ist nicht bloß eine Zeichnung?«

»Es existiert wirklich. Sehen Sie doch die vielen Autos, die davor parken.«

»Die kann ein guter Zeichner auch malen, besser als ob sie echt wären.«

In diesem Moment kam Bedford von der Scheune herein, bei ihm der Baseball-Pitcher, den er behandelt hatte, und während der Pitcher seinen linken Arm wie zum Test vor und zurück bewegte, taten sich die vier an starkem Kaffee, fettem Speck und vorzüglichen Pfannkuchen mit pechschwarzem Zuckersirup gütlich. Andy war verblüfft, wie schnell die anderen drei das Frühstück verdrückten, und der Baseballspieler, der seine Reaktion bemerkte, sagte: »Wenn Sie den ganzen Morgen trainieren oder so massieren, wie Bedford es macht, dann brauchen Sie was Kräftiges im Magen, und das Gute an schwarzem Zuckerrübensirup ist, daß Sie förmlich spüren können, wie die Vitamine durch Ihre Adern strömen.« Sein Arm fühle sich wunderbar an, sagte er, aber er aß trotzdem mit der rechten Hand, um jede auch noch so geringe Belastung der lädierten Linken zu vermeiden.

Nachdem Ella den Tisch abgeräumt hatte, breitete sie die Fotos vor ihrem Mann und dem Baseballspieler auf dem Tisch aus und sagte: »Ich hab' Dr. Zorn ein bißchen geärgert, indem ich gesagt hab', das wären ja bloß Zeichnungen, aber er hat mir steif und fest versichert, daß Sie echt sind.« Und dann diskutierten sie in aller Offenheit über das Für und Wider eines Umzugs nach Florida – fort von der geliebten Freiheit von Bedfords Scheune und ihrem schlecht bezahlten Job im örtlichen Krankenhaus. Der Baseballspieler sagte: »Es liegt nun einmal in der menschlichen Natur, sich in der ersten Liga erproben zu wollen. Und Sie beide sind auf Ihrem Gebiet das Beste, was es gibt. Sie sind es sich selbst schuldig, diese Herausforderung anzunehmen.«

Schließlich sagte Bedford mit einer zurückhaltenden, bedächtigen Stimme, aus der ländliche Schlichtheit klang: »Hört sich so an, Ella, als ob wir uns besser in unseren Pickup setzen und da runterfahren sollten, um uns die Leutchen mal anzuschauen – und die Häuser natürlich.« Doch ehe hierüber weiter diskutiert werden konnte, erschien schon eine neue Patientin – ein vierzehnjähriges Mädchen, das sich den rechten Arm gebrochen hatte, als es bei einer Cheerleader-Übung mit anderen eine Pyramide gebildet hatte und heruntergefallen war. Wenn ihr Arm nicht voll wiederhergestellt wurde, würde sie ihr gesamtes Freshman-Jahr verlieren, was für sie eine echte Tragödie bedeutete.

Noch recht linkisch, aber bereits an der Schwelle zur Schönheit stehend, schien sie das Potential zu besitzen, eine erstklassige

Cheerleaderin zu werden, denn sie besaß Elan, Lebendigkeit und Charme. Wenn die Karriere als Cheerleaderin jetzt und in der nächsten Zukunft das Größte für sie sein würde, dann verdiente sie das beste, was der begabte Knochenklempner zu bieten hatte.

Andy war verblüfft und erfreut, zu sehen, wie Bedford, dieser hochaufgeschossene, schlaksige Mann mit den magischen Händen, es schaffte, sich in einen Achtzehnjährigen zu verwandeln, um sich der Ebene des Mädchens so weit wie möglich anzunähern. Er sprach anders, er zog den Kopf zwischen die Schultern und machte sich bewußt kleiner, ja er nahm sogar ihre Redeweise an. »Er paßt sich genau so an, wie ich es bei meinen Patienten immer getan habe«, sagte Andy zu sich selbst. »Gutes Zeichen. Er wäre genau der Richtige für unsere alten Leute.« Und er lächelte, als Bedford das Mädchen in seinen Behandlungsraum in der Scheune führte.

Als er mit der Behandlung fertig war und das Mädchen eine gewisse Beweglichkeit in seinem rechten Arm wiedererlangt hatte, kehrte Bedford in die Küche zurück, studierte seinen Terminkalender, bat Ella, den Patienten, die sich für die nächsten Tage bei ihm angesagt hatten, neue Termine zu geben, und riet ihr, ihre Termine ebenfalls abzusagen. Als sie fragte, warum, sagte er: »Wir fahren runter nach Florida und schauen uns dieses Zentrum mal genauer an. Wenn es wirklich so gut ist, wie der Mann sagt, wer weiß, vielleicht fangen wir dann ja da unten ein neues Leben an.«

Die Yanceys wollten die Fahrt gen Süden eigentlich in ihrem eigenen Pickup machen, aber Andy schlug vor, daß sie mit ihm fuhren und mit dem Flugzeug zurückflogen. »Ich bezahle Ihnen den Flug und die Fahrtkosten vom Flughafen zurück nach Hause«, versprach er, und die beiden willigten ein.

Es war eine Wahl, die sich lohnte, denn sie schätzten die Entfernung bis nach Tampa auf ungefähr dreihundert Meilen, und da jeder von ihnen ein erfahrener Fahrer war, konnten sie die Distanz nonstop bewältigen – bis auf kurze Pausen zum Austreten und Essen.

Während der Fahrt hatte Zorn Gelegenheit zu einem persönlichen Gespräch mit den beiden, und je mehr er von ihnen erfuhr, desto mehr wuchs seine Überzeugung, daß sie ein ganz besonderes Paar waren, eines, wie man es nur selten traf, mit einer rauhen Schale zwar, aber ausgebildet an ausgezeichneten Schulen und voller Lebensklugkeit. Sie waren mit Leib und Seele ihrem Beruf verschrieben, Menschen zu heilen, hatten ein einzigartiges Gespür für das, was machbar war, und ein lebendiges Interesse daran, ihren eigenen einzigartigen Beitrag zu leisten.

Sie kamen am frühen Nachmittag in Tampa an, und Andy bog gleich an der ersten Kreuzung von der Hauptstraße ab und fuhr langsam die prachtvolle Allee mit den Palmen und den brasilianischen Pfefferbäumen hinunter zu der Stelle, an der das mittelalterliche Tor, die Mauern und ein Teil des großen Gebäudes in Sicht kamen. »Das ist ein Haus, auf das man stolz sein kann, Mrs. Yancey. Der Flügel, in dem Sie arbeiten würden, Mr. Bedford – das ist der Bereich, in dem die Gesundheitsdienste untergebracht sind –, ist dort drüben links.«

Er ließ den beiden genügend Zeit, die ersten Eindrücke in sich aufzunehmen, und fuhr dann langsam um das Oval herum, bis er den Eingang zum Gesundheitsflügel erreichte. Er parkte seine Limousine auf dem Chefparkplatz und geleitete die Yanceys ins Innere des Hauses. Dort führte er sie geradewegs zu dem großen Raum, in dem unter der Leitung einer zwar mit Begeisterung zu Werke gehenden, aber völlig unzureichend ausgebildeten Krankenschwester bescheidene Versuche unternommen wurden, so etwas wie Rehabilitation zu betreiben.

Sie arbeitete gerade mit einer Einundachtzigjährigen aus dem Betreuungscenter, die eine Hüftoperation gehabt hatte, aber kaum Fortschritte machte, was die Wiedererlangung von Kraft und Beweglichkeit in ihrem linken Bein anbelangte. Einige Minuten lang beoabachtete Bedford die Übungen, zu denen die Krankenschwester ihre Patientin ermunterte, und schließlich konnte er nicht mehr umhin, höflich zu fragen: »Ob ich ihr wohl einen Kniff zeigen dürfte, den wir in Georgia mit ziemlichem Erfolg angewendet haben?« Ohne auf eine Antwort zu warten, trat er vor die alte Dame, und dann ging eine geradezu wundersame Verwandlung an ihm vor. Er beugte sich so weit hinunter, bis er ungefähr die gleiche Größe hatte wie die Frau. Die großen Hände, welche die Armmuskeln des Baseball-Pitchers so kraftvoll durchgewalkt hatten, wurden zu sanften, zärtlichen Werkzeugen des Heilens, und seine Worte waren solche des Trostes, gerichtet von einer reifen Persönlichkeit an eine andere. »Ma'am«, sagte er fast im Flüsterton, »ich habe Leute wie Sie schon oft gesehen, bestimmt schon hundertmal, und gewöhnlich nicht in einer so guten Verfassung, wie Sie es heute sind. Sie haben alle ihr Bein wieder voll bewegen und belasten können, und Sie werden das auch wieder können. Ich zeig' Ihnen, was Sie machen müssen.« Und dann begann er, auf die denkbar sanfteste Art – unterstützt von einem freundlichen Lächeln und einer leisen, einschmeichelnden Stimme – ihr lädiertes Bein zu bewegen, es zu Stellungen verdrehend, die sie nicht für möglich gehalten hätte. Als es vollkommen entspannt war, faßte er sie plötzlich bei beiden Händen, hob sie sanft in eine aufrechte Stellung und zog sie in einer Art linkischem Tanz mit sich, wobei er sie behutsam stützte, stets mit einem freundlichen Lächeln im Gesicht, und sie sich langsam vorwärtsbewegte – auf einem Bein, von dem sie befürchtet hatte, daß sie es womöglich nie wieder würde benutzen können. Am Ende ihres kleinen Tanzes war ihr blasses Gesicht gerötet vor freudiger Erregung. Er fing sie mit seinen kräftigen Armen auf und setzte sie behutsam wieder in ihren Sessel.

Zorn verfolgte das Ganze in stummer Bewunderung. Er hatte diesen großen rotköpfigen Mann aus Georgia jetzt in drei verschiedenen Rollen erlebt: als muskulösen Erwachsenen, der einen Profi-Baseballer durchwalkte; als einfühlsamen Freund eines Teenagers, der einem schönen Traum nachhing; und jetzt als den aufmunternden Gefährten einer alten Frau, die Angst davor hatte, für den Rest ihres Lebens an Krücken gehen zu müssen. In Yancey sah er die Art von Heiler, die er selbst gerne gewesen wäre. Ein paar Minuten später, als das Trio den zukünftigen Reha-

Raum besichtigte, wurde Andy Zorn mit Bedford Yancey und dessen Frau handelseinig. Er stellte ihnen nur eine einzige Bedingung: »Ich möchte, daß Sie dieses Haus zu einer erstklassigen Adresse machen.«

Die Folgen dieses Entschlusses sollten sich noch als weitreichend erweisen, wenn auch zunächst in einer Art, die Andy in dem Moment gar nicht vorhergesehen hatte. Denn als die Yanceys von Vidalia herunterzogen und das Reha-Zentrum aufbauten, behielten sie den Kontakt zu einigen der Profisportler, die Bedford in seiner Scheune behandelt hatte, bei. Als die Männer in Florida auftauchten – und gelegentlich auch eine der Tennisspielerinnen, die Bedford behandelt hatte –, bekam jeder nicht nur in *The Palms*, sondern auch in den Seniorenzentren der näheren und weiteren Umgebung bis hin nach Tarpon Springs im Norden und Sarasota im Süden Wind davon, und ältere Männer, die Sportfans waren, unternahmen regelrechte Pilgerfahrten nach *The Palms*, um die berühmten Quarterbacks, Außenfeldspieler und Basketballcenter einmal in Fleisch und Blut zu bestaunen.

So unglaublich es Zorn auch schien: Es gab tatsächlich ein paar Sportverrückte, die sich im Betreuungszentrum ein Zimmer mieten wollten, um nur ja zugegen zu sein, wenn irgendein großer Sportstar zur Behandlung in *The Palms* weilte. Einen solchen »Fantourismus« konnte und wollte Zorn natürlich gar nicht erst einreißen lassen, aber gegen eine andere, vernünftigere Reaktion hatte er natürlich nichts einzuwenden: Männer, die Yancey bei seiner Arbeit mit den Athleten zugeschaut hatten, erzählten ihren Freunden und Bekannten an der ganzen Westküste: »Dieses *The Palms* in Tampa ist eine Einrichtung der Spitzenklasse mit einem wahren Genie in der Reha-Abteilung. Wenn ich je wegen irgendwas Ernstem von zu Hause weg muß, werde ich alles daran setzen, einen Platz in *The Palms* zu kriegen.« Diese enthusiastische Werbung füllte zwar nicht alle leeren Betten in der Betreuung, aber es mieteten sich doch so viele Sportbegeisterte ein, daß das Defizit sich auf ein beinahe schon erträgliches Maß reduzierte. Zeitweilig schien es so, als wäre es nur noch eine Frage von

Wochen, bis die Betreuungsabteilung schwarze Zahlen schreiben würde, aber dazu reichte es denn dann doch nicht ganz. Miss Foxworth entdeckte jedoch ein ermutigendes Omen: »Wenn sie zu mir hereinkommen, um ihre Miete für die Betreuung zu zahlen, dann sagen drei, die Arbeit mit Bedford Yancey hätte ihnen großen Spaß gemacht, aber neun sagen: ›Die Krankenschwester aus der Reha, diese Ella aus Georgia, die hat heilende Hände.‹« Als dieses Vertrauensvotum sich herumsprach, kamen noch mehr Patienten von draußen, die spezieller Rehabilitation nach Hüftoperationen, Mastektomien und Sportverletzungen bedurften, und *The Palms* entwickelte sich mehr und mehr zu einem weithin bekannten Gesundheitszentrum.

NUN, DA ZORN DIESE Teillösung für die Leerstände in der Betreuung gefunden hatte, hatte er Zeit und Muße, sich um andere Probleme zu kümmern, und eines Tages wurde ihm bewußt, daß es ihn langsam, kaum merklich, ja geradezu subversiv wieder zurück zu seiner medizinischen Profession zog. Er war stets peinlich darauf bedacht gewesen, die Bewohner darüber in Kenntnis zu setzen, daß er nicht die erforderliche Zulassung besaß, um in Florida praktizieren zu dürfen, aber er konnte sie natürlich nicht daran hindern, ihm Fragen bezüglich ihres Gesundheitszustandes zu stellen. Wenn es sich um eine ernste Erkrankung handelte, verwies er den Bewohner unverzüglich an Dr. Farquhar, der befugt war, medizinischen Rat zu geben und Rezepte zu schreiben.

Als Laura Oliphant, die einstige Leiterin einer Eliteschule für Mädchen, mit einem der erschreckendsten Probleme, die eine Frau haben kann, zu ihm kam, mußte er ihr zuhören, und dies erst recht, als sie mit zitternden Händen und angsterfülltem Blick sagte: »Ich habe niemanden sonst, an den ich mich wenden könnte.«

»Was ist denn passiert?«

»Ich habe mich untersuchen lassen, und alle Tests sind positiv; die Diagnose steht fest: Ich habe eine Krebsgeschwulst in der linken Brust. Und jeder sagt mir was anderes, und ich weiß wirklich nicht mehr ein und aus; ich bin total durcheinander.« Ihre Hände zitterten.

Es erfüllte Zorn mit Trauer, diese Frau, die ihm bei ihrer ersten Begegnung so stark und selbstbewußt erschienen war, in einer so beklagenswerten, hilflosen Verfassung zu sehen. Fest entschlossen, sich nicht in medizinische Dinge einzumischen, sagte er mit tröstender Stimme: »Nun, Ms. Oliphant, da müssen Sie den Rat eines Fachmanns suchen. Wie Sie wissen, habe ich hier in Florida keine Befugnis, als Mediziner zu praktizieren. Ich kann Ihnen leider nicht –«

»Ich suche Ihren Rat als guter Freund. Sie verstehen etwas von diesen Dingen, ich nicht.« Sie senkte den Kopf und begann zu weinen, was er wohlweislich nicht zu unterbinden versuchte – er wußte, daß ihr die Erleichterung, die das Weinen brachte, gut tat. Nachdem sie eine Weile ihren Tränen freien Lauf gelassen hatte, gab sie sich einen Ruck, räusperte sich entschlossen, setzte sich aufrecht und sagte nüchtern: »Vor dreizehn Jahren wurde mir die rechte Brust komplett entfernt, und danach bekam ich eine sechsmonatige Bestrahlungstherapie.«

»Und Sie sind wieder voll genesen?« Sie nickte. Um sich abzusichern, schickte er nach Schwester Varney; sie sollte bei dem Gespräch dabeisein, damit sie später bestätigen konnte, daß er nicht als Mediziner tätig geworden war. »Ms. Oliphant erzählt mir, daß sie vor dreizehn Jahren eine Radikalamputation der rechten Brust hatte. Und jetzt hat man ihr eröffnet – und die Untersuchungen bestätigen die Diagnose –, daß sie eine Krebsgeschwulst in der linken Brust hat. Und sie fragt uns, was sie tun soll.«

»Sind Sie sicher, daß die Testergebnisse korrekt sind?« fragte Nora, und Ms. Oliphant sagte: »Ja, ich bin sicher, daß ich eine Geschwulst in der Brust habe.«

»Und was empfehlen Ihnen Ihre Ärzte?«

»Das ist ja das Problem. Von jedem Arzt, den ich konsultiere, höre ich etwas anderes. Ich war inzwischen bei sechs verschiedenen, und sie drücken sich alle um eine klare Antwort herum.«

»Sie waren bei sechs Ärzten?« fragte Nora.

»Ja, bei sechs. Dr. Farquhar hat mir gesagt: ›Wenn Sie vor dreizehn Jahren eine größere Geschwulst hatten und jetzt einen Knoten in der anderen Brust haben, dann muß man das ernst nehmen. Gehen Sie sofort zu Dr. Swain; der wird Ihnen sagen, wie wir am besten verfahren sollen.‹«

»Und sind Sie hingegangen?«

»Ja. Und er sagte zu mir: ›Wir haben zwei Möglichkeiten. Die eine ist, radikale Entfernung wie bei der ersten, und dann gibt es da noch diese neue Theorie – das heißt, eigentlich ist es viel mehr als eine Theorie, es funktioniert nämlich. Eine Partialektomie. Mit dieser Methode vermeiden wir einen massiven Eingriff. Wir gehen mit einer ganz kleinen Sonde rein, schneiden die Geschwulst heraus und sehen dann weiter. Aber erst einmal müssen wir wissen, ob es sich überhaupt um eine bösartige Geschwulst handelt.‹ Also schickte er mich zu einem Radiologen, der eine Röntgenaufnahme von dem Knötchen machte. Es sah bösartig aus, aber um ganz sicherzugehen, wollten sie alle, daß ich in die Chirurgie gehe und eine Biopsie vornehmen lasse. Das habe ich auch gemacht, und das Ergebnis war positiv. Es war eindeutig Krebs, wie beim erstenmal, nur war die Geschwulst diesmal kleiner. Die Ärzte stimmten alle darin überein, daß ich zwar Krebs hätte, daß dieser sich aber noch im Anfangsstadium befände. Eine Partialektomie mit einer Sonde sei durchaus nützlich und praktikabel, aber eine Totalamputation sei sicherer – die Wahrscheinlichkeit, auch wirklich alle befallenen Stellen zu erwischen, sei einfach größer. Doch bevor ich diese schwerwiegende Entscheidung fällen wollte, wollte ich erst noch einen weiteren Arzt konsultieren, einen Chirurgen, der Spezialist auf diesem Gebiet ist, und der sagte: ›Fünfzig-fünfzig‹, und dann erläuterte er mir noch einmal all das, was ich eh schon wußte, doch als ich ihn fragte, was ich denn nun tun sollte, da weigerte er sich, mir eine konkrete Antwort zu geben. Er sagte mir bloß, ich könne zwischen diesen beiden Alternativen wählen.«

»Wie ist der Stand jetzt?« fragte Zorn, und sie antwortete: »Sie stimmen alle dahingehend überein, daß es mehrere Möglichkeiten gibt, unter denen ich wählen kann. Totalamputation wie damals, beim ersten Mal, oder die viel einfachere Partialektomie mit anschließender Bestrahlung oder Chemotherapie. Bei der Chemotherapie werde ich zwar sämtliche Haare verlieren, aber das ist eine der Optionen. Danach dann eine konzentrierte Behandlung mit dem neuen Wundermittel Tamoxifen, das wahre Wunder beim Neutralisieren von Brustkrebsmetastasen wirken soll. Hört sich vielversprechend an, das Zeug soll auch ziemlich starke Nebenwirkungen haben. Ich weiß ehrlich nicht mehr, was ich machen soll.«

Als sowohl Zorn als auch Nora ihr versicherten, daß das so klinge, als hätte sie wirklich ihre Hausaufgaben gemacht, verzog sie das Gesicht und sagte: »Zu gut. Weil keiner mir sagen wollte, was am besten für mich sei, wandte ich mich schließlich an die beiden Männer, die mir vor dreizehn Jahren das Leben gerettet hatten. Ich rief sie nacheinander an, und was glauben Sie, haben Sie mir gesagt? Mein Chirurg, der mir damals die rechte Brust abgenommen hatte, sagte: ›Die jüngsten Forschungsergebnisse haben mich zu der Überzeugung gebracht, daß wir zu viel herausschneiden. Ich mache heutzutage Partialektomien mit anschließender hochdosierter Strahlentherapie, um eventuell übriggebliebene Krebszellen abzutöten.‹ Und mein Radiologe sagte: ›Ich mache diesen geballten Strahlenbeschuß heutzutage nicht mehr, Laura. Was ich Ihnen empfehle? Radikalamputation mit anschließender Chemotherapie.‹«

Sie streckte den beiden beschwörend die Hände entgegen und fragte: »Was soll ich nun also machen?« Und Zorn sagte: »Damit Frauen wie Ihnen, die gewissermaßen wie hilflose Schiffbrüchige ohne Radar und ohne Lotsen in der amerikanischen Medizin herumdriften, geholfen werden kann, ist ein neues Fachgebiet auf der medizinischen Szene aufgetaucht. Die Onkologie.«

»Und was in aller Welt macht ein Onkologe?«

»Er ist der Schiedsrichter. Studiert alle Berichte über Ihren Fall, hört sich die widerstreitenden Meinungen an, wägt alle Für und Wider ab und sagt Ihnen schließlich, was seiner Meinung nach für Sie das Beste ist.«

»Und wo find' ich einen?«

»Ich werde Dr. Farquhar bitten, Sie an einen zu überweisen. Es muß mehrere in der Gegend geben.« Und als Andy sich mit seinem Hausmediziner beriet – nicht als Arzt, sondern in seiner Eigenschaft als Direktor –, konnte ihm Farquhar drei vertrauenswürdige und tüchtige Onkologen empfehlen.

»Zu welchem würden Sie gehen, wenn es um Ihre eigene Frau ginge?« fragte Andy, und die Antwort kam wie aus der Pistole geschossen: »Zu Dr. Sam Bailey. Praktiziert hier in Tampa. Es gibt keinen besseren.«

Als der Termin vereinbart wurde, an dem Laura Oliphant, sechsundsiebzig Jahre alt, Dr. Bailey aufsuchen sollte, bestand sie darauf, daß Dr. Zorn sie begleitete. Dr. Bailey, ein Mann von Mitte Vierzig, war nicht erbaut von der Vorstellung, daß ein weiterer Arzt dem Beratungsgespräch beiwohnen sollte, doch Zorn erklärte, daß er Ms. Oliphant nicht als Arzt, sondern lediglich in seiner Eigenschaft als Direktor von *The Palms* begleite.

»Sie sind nicht verheiratet?« fragte Bailey, und als Laura verneinte, fragte er: »Kein Anwalt Ihres Vertrauens? Keine Enkelkinder? Nun, dann sind Sie ja wirklich ganz allein. Bleiben Sie bei uns, Zorn.«

Und dann nahm eine der Farcen der amerikanischen Medizin ihren Lauf, in diesem Fall jedoch eine verzeihliche, die wenig Schaden anrichtet und durchaus etwas Gutes hat. Gegen ein Honorar von hundertfünfzig Dollar erzählte Dr. Bailey Ms. Oliphant schlicht und ergreifend das, was sie ohnehin schon wußte, doch tat er es auf eine so gründliche, fachmännische und verständliche Weise, daß sie jeden einzelnen Schritt in diesem komplizierten und frustrierenden Kampf gegen den Brustkrebs nachvollziehen konnte. Selbst Zorn war erstaunt ob der Vielschichtigkeit der

Thematik, der Fülle an Fragen und Mutmaßungen, mit der jede Frau, die an dieser Krankheit litt, konfrontiert war, ganz gleich wie intelligent sie auch sein mochte.

Dr. Bailey saß, von seiner Patientin nicht durch den sonst obligatorischen Schreibtisch getrennt, auf einem Stuhl mit hoher, gerader Lehne in einem Sprechzimmer, das wie das Wohnzimmer einer kultivierten Mittelklassenfamilie anmutete. Ms. Oliphant nahm auf einem bequemen Sessel mit Armlehnen Platz, und Zorn durfte sich einen Stuhl aus dem Wartezimmer hereinholen. Das Zimmer war von gedämpftem Licht erfüllt, gerade soviel, daß man lesen konnte, ohne sich die Augen zu verderben, und an den Wänden hingen drei Drucke von Winslow Homer. Dr. Baileys Beratung bestand aus einem umfassenden Vortrag über Brustkrebs bei US-Amerikanerinnen.

»Es ist eines der peinlichen Kapitel der amerikanischen Medizin«, begann er, »daß die Forschung auf diesem Gebiet überwiegend den Männern überlassen wurde, und sie haben das Thema mit ziemlicher Nachlässigkeit behandelt. Es wurde – nach der Meinung vieler Kollegen – nur sehr wenig wirkliche Forschungsarbeit geleistet, mit dem Ergebnis, daß die Art Ihrer Behandlung nach wie vor weitgehend davon abhängt, wo Sie wohnen, wenn Sie Ihren Arzt konsultieren. Im erzkonservativen Mississippi River Valley und im Westen heißt es radikale Amputation und Entfernung sämtlicher Lymphknoten – also das gleiche, was man damals mit Ihnen gemacht hat. Im etwas kultivierteren Nordosten werden heutzutage überwiegend nur noch die Knoten selbst entfernt. Das gleiche gilt für die Strahlentherapie. Volles Rohr im Westen, hier unten bei uns nicht ganz so heftig. Manche favorisieren die Chemotherapie als Folgebehandlung, besonders in solchen Fällen, wo erneut Krebszellen auftauchen. Und was die Behandlung mit Tamoxifen betrifft, so hängt das einzig und allein davon ab, zu welchem Arzt Sie zufällig gehen.«

Er entschuldigte sich für dieses verwirrende Durcheinander, indem er darauf hinwies, daß generell ein großer Teil der medizinischen Gepflogenheiten von der Region abhing, wo der betreffende Arzt aufgewachsen war und seine Ausbildung erhalten hatte. »Die Bandbreite der empfohlenen Behandlungsmöglichkeiten bei Brustkrebs ist jedoch auch größer als die bei allen anderen Krankheiten«, führte er aus. Er hustete, trank einen Schluck Wasser und fragte rhetorisch: »Welche dieser scheinbar unzähligen Möglichkeiten ist also die beste? Lassen Sie mich vorab ein unverrückbares Faktum darlegen, eines, das alle anderen überstrahlt. Wenn bei einer jungen Frau Brustkrebs festgestellt wird und sie sich weigert, irgend etwas dagegen zu unternehmen, und sie den Rat ihres Arztes – ganz gleich, in welchem Teil des Landes er praktiziert – in den Wind schlägt, dann stirbt sie in jungen Jahren. Sie stirbt. Sie stirbt durch ihre Verbohrtheit. In diesem Punkt lasse ich mich auf gar keine Debatte ein – es ist einfach so.

Die gleiche Regel gilt auch für Ihren Fall. Wenn Sie sich weigern, irgendwelche Schritte zu unternehmen, werden Sie sechs, acht oder zehn Jahre vor Ihrer Zeit sterben. Es steht Ihnen selbstverständlich frei, nichts zu unternehmen, aber dann müssen Sie sich auch darüber im klaren sein, daß Sie Ihr Leben aufs Spiel setzen.«

Er wartete, bis diese traurige Wahrheit ins Bewußtsein seiner Zuhörer gedrungen war, und fuhr dann in weit heitererem Ton fort: »Welches sind also die Fluchtwege?« Sodann lieferte er eine Übersicht über den gegenwärtigen Wissensstand, in deren Verlauf er die Für und Wider der einzelnen Behandlungsmethoden systematisch abwog. Er tat dies auf so einfache, knappe und unmißverständliche Weise, daß jeder aufmerksame Zuhörer ihn hätte verstehen können: »Es scheint unzweifelhaft erwiesen zu sein, daß das Aufspüren von Krebszellen, die möglicherweise in die Lymphknoten entkommen sind, und ihre anschließende Vernichtung, sei es durch chirurgische Entfernung, sei es durch Chemo- oder Strahlentherapie, lebenserhaltend ist. Das schlimme Wort in der Krebstherapie ist ›Metastasen‹. Wenn die befallenen Zellen sich losreißen und andere Organe im Körper attackieren und sie genügend Zeit haben, um dort Wurzel zu fassen und sich zu vermehren, dann ist alle Hoffnung verloren. Dann ist die Situation eingetreten, in der Sie die schrecklichen Worte hören: ›Sie haben ihn aufgeschnitten, einen Blick in ihn hineingeworfen und ihn dann gleich wieder zugenäht. Wenn's hoch kommt, hat er noch drei Monate zu leben.‹«

Er lächelte Ms. Oliphant an und sagte beruhigend: »Ich habe bewußt das Pronomen *er* benutzt, weil dieser Satz am häufigsten bei Männern gebraucht wird. Bei ihnen greifen die Krebszellen von der Prostata oft auf die Leber und die Milz und den unteren Magenbereich über, und wenn wir dann endlich an die Wurzel des Übels herankommen, ist die Metastasierung schon so weit fortgeschritten, daß man nichts mehr ausrichten kann. Und dann heißt's: ›Sie haben ihn gleich wieder zugenäht.‹«

Er sagte ihr, daß Metastasen bei weiblichem Brustkrebs nicht ganz so bösartig oder unmittelbar lebensbedrohend waren, weil die flüchtigen Zellen nicht so leicht oder so schnell ein Organ wie die Leber oder die untere Darmregion fanden, in der sie sich in so furchterregendem Tempo vervielfältigen konnten. »Bei ihnen geht das langsamer vonstatten – wenn auch letztendlich natürlich mit genauso tödlichem Ausgang. Was können wir also tun, um diese wandernden Killerzellen aufzuspüren und abzutöten? Nun, früher, in den alten Zeiten, wie zum Beispiel vor dreizehn Jahren, schnitten wir nicht nur den Brustkrebs heraus, sondern gleich auch die potentiellen Stellen, zu denen die Krebszelle geflüchtet sein konnte. Hart gegenüber der Patientin, wie Sie ja am eigenen Leibe erfahren mußten, aber auch sehr hart zu diesen gnadenlosen Zellen.«

Im folgenden schilderte er Fallbeispiele von Frauen, die nach den neueren Methoden behandelt worden waren. Er führte aus, daß Partialentfernungen, wenn sie von rigoroser Strahlen- oder Chemotherapie unterstützt wurden, gute Resultate zeitigten, freilich aber auch einige Nachteile mit sich brachten. Von einer Behandlung mit Tamoxifen war er nicht sonderlich begeistert. »Weil die Nebenwirkungen noch nicht genügend erforscht sind«, begründete er seine Skepsis. »Daß Tamoxifen die Ausbreitung und sogar das Wachstum von Krebszellen hemmt, steht außer Frage, aber wir wissen noch nicht, zu welchem Preis das geschieht.«

Als sich abzeichnete, daß er zum Schluß seiner Ausführungen kam, sagte Ms. Oliphant: »Sie drücken das alles so anschaulich aus, daß sogar ich es verstehen kann. Finden Sie nicht auch, Dr. Zorn?« Und als der nickte, fragte sie die beiden Ärzte: »So – und was soll ich jetzt machen? Ich möchte so lange wie möglich am Leben bleiben, da es noch soviel zu tun gibt.«

Dr. Bailey gab ihr darauf die bestürzendste aller Antworten: »Es liegt nicht in meiner Kompetenz, Ihnen exakt zu sagen, was Sie tun sollen.«

»Ja verdammt noch mal, in wessen Kompetenz liegt es denn dann?« Ms. Oliphant war so entsetzt, daß sie die Worte fast herausschrie.

»In niemandes. Wir befinden uns gewissermaßen in einer dunklen Gasse der menschlichen Erfahrung, in der die Regeln des Vorgehens noch nicht erforscht sind – also kann ich Ihnen auch nichts vorschreiben.«

»Wer kann es dann?«

»Allein Sie selbst, im Vertrauen auf die Ratschläge, die Ihre besten Freunde und Ihre Ärzte Ihnen geben können.«

»Eben deshalb bin ich ja zu Ihnen gekommen, Dr. Bailey!«

»Und ich kann Ihnen diese Richtlinien als Entscheidungshilfe geben. Unternehmen Sie nichts, wie ich es bereits anfangs sagte, werden Sie unweigerlich sterben. Wenn Sie aber eine dieser Abwehrmaßnahmen ergreifen, die ich umrissen habe, steigen Ihre Überlebenschancen erheblich. Und wenn Sie alle drei Möglichkeiten wählen, kann ich Ihnen ohne zu zögern sagen, daß Sie eine siebenundneunzigprozentige Chance haben, zu überleben – bis Sie schließlich an irgend etwas anderem sterben. Wenn Sie sich vernünftig verhalten, sind Ihre Chancen ungemein groß.«

»Sie sprachen eben von ›Abwehrmaßnahmen‹, aber Sie haben nicht genau gesagt, was Sie damit meinen.«

»Totalamputation oder Entfernung lediglich der Geschwulst. Strahlentherapie oder Chemotherapie. Tamoxifen.«

»Und wenn ich nur zwei davon wähle?«

»Dann verringern sich Ihre Chancen.« Als er bemerkte, wie blaß sie wurde, fügte er rasch hinzu: »Aber nicht dramatisch. Nehmen Sie Ihren eigenen Fall. Damals hatten Sie nur zwei Möglichkeiten; trotzdem haben Sie dreizehn Jahre lang ein gutes Leben gehabt.«

»Sind Sie verheiratet, Dr. Bailey?«

»Ja, das bin ich.«

»Wenn Ihre Frau jetzt an meiner Stelle wäre, wozu würden Sie ihr raten?«

Er überlegte einen Moment, dann sagte er: »Diese Frage wird mir ständig gestellt, Ms. Oliphant. Sie ist vernünftig und unvermeidlich. Und ich weiß genau, was ich tun würde: Ich würde mir alles, was ich sage, genau anhören, und dann würde ich die drei besten Ärzte konsultieren, die ich kenne, vielleicht auch noch meinen Anwalt und meinen Steuerberater, und eines Nachts um vier würde ich senkrecht im Bett sitzen und rufen: ›Rachel, ich weiß jetzt, was wir machen werden – wenn du tapfer genug bist, den Weg mitzugehen.‹ Und ich würde darum beten, daß sie dazu bereit wäre.«

»Und wie sähe dieser Weg aus?« fragte Ms. Oliphant, und er mußte gestehen: »In diesem Stadium meines Lebens, und bei dem unvollkommenen Wissen, das wir haben, weiß ich es ehrlich nicht.«

Als er sie aus seinem Sprechzimmer geleitete, sagte er: »Jetzt wissen Sie alles, was ich auch weiß. Und Sie haben in Dr. Zorn einen Freund, der mir einen äußerst vernünftigen Eindruck macht. Und Sie haben Vertrauen zu Dr. Farquhar. Fällen Sie Ihre Entscheidung, sagen wir, in ungefähr sechs Tagen, und ich werde dafür beten, daß Sie den Mut und die Klugheit haben, an dem Plan festzuhalten, zu dem Sie sich entscheiden – welcher es auch immer sein wird.« Und zu Dr. Zorn, der ein Stück hinter ihnen ging, sagte er: »Wir alle brauchen Rat. Zögern Sie nicht, ihr zu helfen, nur weil es vielleicht nicht ganz legal sein könnte.«

Doch als er sich wieder zu Ms. Oliphant umwandte, sah sie ihn mit einem Ausdruck dumpfer Verzweiflung an, und als sie sprechen wollte, kam es als gequälter Aufschrei heraus: »Verdammt, verdammt, verdammt! Ich frage die klügsten Männer von Tampa um Rat, und sie können mir keinen geben! Lieber Gott! Warum läßt du uns so im Stich? Warum müssen wir letztendlich doch immer alles ganz allein entscheiden?«

Zorn legte den Arm um ihre Schulter, um sie zu beruhigen, führte sie zu seinem Wagen und fuhr sie zurück zu der einzigen Zuflucht, die sie noch hatte, ihrem Freundeskreis in *The Palms*. Doch als sie durch das Festungstor fuhren und das schöne Gebäude vor sich sahen, das der Gesundheit und der Rehabilitation gewidmet war, da dachte er nicht an ihre Verwirrung, sondern an seine eigene. Wie befremdlich es doch ist, daß die Medizin aus lauter Furcht vor Gerichtsverfahren zu einem derart verfahrenen Zustand verkommen ist, daß angesehene Experten wie Dr. Bailey Angst haben, einfache und klare Empfehlungen auszusprechen. Wir scheuen vor den großen Aufgaben zurück und beschäftigen uns mit Kleinkram. Falsch, falsch, falsch – aber wie können wir da wieder herauskommen?

SPÄTER IN JENEM FRÜHLING, als Dr. Zorn Grund zu der Annahme hatte, daß er *The Palms* auf ein Gleis gebracht hatte, das letztlich in den Bereich der schwarzen Zahlen führen würde, lancierte er eine Kampagne, die sich als auf frustrierende Weise fruchtlos herausstellen sollte. Er hatte es sich zur Gewohnheit gemacht, wenn er durch die drei Abteilungen seines Reiches wanderte, wann immer er Zeit dazu hatte, stehenzubleiben, um mit Bewohnern zu plaudern; sie sollten stets das Gefühl haben, daß er für sie da war und stets ein offenes Ohr für ihre Anliegen und Interessen hatte. Sie redeten ihn immer öfter mit »Dr. Andy« an und sprachen von ihm als »unser Dr. Andy«, an den man sich mit jedem Problem vertrauensvoll wenden konnte.

Er tat sein Bestes, um Lösungen für allgemeine Probleme zu finden, und half, wo immer er konnte, wenn einzelne Bewohner sich mit ihren privaten Nöten und Sorgen an ihn wandten. So verlängerte er die Öffnungszeiten für die Leihbücherei und führte neue Anfangszeiten für die Filmvorführungen ein, die zweimal die Woche stattfanden. Er half einer Witwe bei der Lösung eines verzwickten Steuerproblems und organisierte ein zusätzliches Quartier, als ein Ehepaar von drei Enkelkindern statt der erwarteten zwei Besuch erhielt. Auf diese Weise trug er dazu bei, die Bewohnerschaft zu einer engeren Gemeinschaft zusammenzuschweißen, und verhalf gleichzeitig sich selbst zu einem tieferen Verständnis der komplexen Vielschichtigkeit eines Seniorenheimes.

Eines Nachmittags, als er wieder mal einen Inspektionsrundgang durch die Savanne machte, kam er an der Stelle vorbei, wo Richter Noble auf seinem Klappschemel saß und seine Angelrute ins Wasser hielt. Seine Vogelschar umringte ihn wie ein altgriechischer Chor, und der zahme Pelikan stand im Wasser und wartete aufgeregt auf seinen Anteil am Fang. Angesichts dieses Idylls kam Zorn der Gedanke: Dieser gute Mann ist eine Zierde für diesen Ort. Er und seine Vögel müssen unseren Bewohnern unermeßliche Freude bringen, und ich muß etwas tun, um ihm meine Dankbarkeit und Anerkennung zu zeigen.

Er begab sich schnurstracks zu Ken Kreneks Büro und fragte: »Könnten wir nicht das Geld zusammenkratzen, um Richter Noble einen gescheiten Stuhl für seine Angelei zu stiften? Einen mit einer breiten Holzlehne, auf die man seinen Namen malen kann?«

»Da müßten Sie sich bei Miss Foxworth erkundigen, wie es mit ihren Finanzen steht.« Doch als er die Sache mit ihr besprach, fragte sie – wie immer: »Um welche Größenordnung geht es hier?« Und er sagte: »Ich denke, mit fünfzig Dollar würden wir hinkommen. Dazu vielleicht noch einmal so um die fünfzehn für die Beschriftung.«

Sie konnte ihre Verblüffung nicht verbergen. »Andy! Sind Sie noch bei Trost? Nicht weit von hier ist ein Second-Hand-Möbelladen, wo Sie einen guten Stuhl für neun Dollar kriegen. Und ich habe zu Hause ein Do-it-yourself-Beschriftungs-Set; Sie brauchen bloß noch die schwarze Farbe zu stiften.«

Es machte ihr Spaß, ihn zu dem Second-Hand-Möbelladen zu fahren, und auf dem Wege dorthin sagte sie in versöhnlichem Ton: »Das ist eine tolle Idee, Andy. Der alte Richter wird sich wie ein Ehrengast fühlen.«

Sie fanden einen robusten alten Stuhl für sieben Dollar und eine kleine Dose Farbe für einen Dollar fünfzig. Zurück in *The Palms*, verbrachte Andy einen großen Teil des Vormittags damit, den Stuhl mit Sandpapier abzuschmirgeln und die Schrauben nachzuziehen. Als er damit fertig war, beschriftete Miss Foxworth den Stuhl so fachkundig, wie sie es versprochen hatte.

Als Zorn den fertigen Stuhl sah, war er begeistert. »Er ist schöner, als ich erwartet hatte. Das ist der Stuhl eines echten Anglers.« Danach sagten er und Krenek ein paar von den Hausbewohnern des Gemeinschaftshauses Bescheid, sie sollten sich bereithalten, Richter Noble zu begleiten, wenn er am Nachmittag zu seinem Angelplatz aufbrechen würde. »Aber halten Sie sich versteckt, sonst schöpft er noch Verdacht. Doch wenn er den Stuhl sieht, kommen Sie heraus und begrüßen ihn mit großem Hallo.«

Eine Stunde bevor der Richter gewöhnlich zum Angeln aufbrach, trugen Zorn und Krenek den Stuhl zu der Stelle, wo der Richter immer auf seinem Klappschemel saß, und stellten ihn dort auf. Zwanzig Bewohner beobachteten von ihren Balkons aus, wie der weißhaarige Richter das Gemeinschaftshaus mit seiner Angelrute verließ, den Pfad hinunterging, wie immer von Vögeln umringt, und schließlich zu dem Stuhl kam, auf dessen Lehne sich inzwischen ein Reiher niedergelassen hatte. Und dort, zu den Füßen des großen schlanken Vogels, stand in feinen schwarzen Lettern: RICHTER NOBLE.

Er war tief gerührt, besonders, als die Gruppe, die ihm heimlich, still und leise gefolgt war, ihn plötzlich umringte und mit lautem Hallo und fröhlichem Applaus begrüßte. Sogar Rowdy, der Pelikan, der die Szene vom Kanal aus verfolgte, schien zu applaudieren.

Zwei Tage später, als der Richter wieder zum Angeln ging, war der Stuhl verschwunden. Zuerst hatte keiner eine Ahnung, wer den Stuhl weggenommen haben konnte, doch später sagte eine Frau, die im dritten Stock wohnte, sie sei in der Nacht zuvor auf ihren Balkon gegangen, weil sie nicht habe schlafen können, und da habe sie zwei Männer gesehen, die vom Anlegesteg am Fluß gekommen seien, den Pfad heruntergeschlichen seien und den Stuhl gestohlen hätten. Gefragt, warum sie den Diebstahl nicht eher gemeldet habe, sagte sie: »Weil ich erst jetzt die Gelegenheit dazu habe.«

Zorn war empört, erst recht, weil die Diebe einen solchen Stuhl für wenige Dollar selbst hätten kaufen können. Er ging zu Miss Foxworth und sagte: »Ich kann nicht zulassen, daß irgendwelche Strolche eine so schöne Idee kaputtmachen. Kommen Sie, fahren wir noch einmal zu dem Gebrauchtmöbelladen und kaufen einen neuen Stuhl. Und ich zahl' Ihnen fünf Dollar, wenn Sie ihn noch einmal so schön beschriften wie den ersten.« Auf dem Rückweg nach *The Palms* erklärte er ihr die Strategie, die er sich ausgedacht hatte: »Diesmal binden wir mit Draht dicke Stangen von einem Meter Länge an den vier Beinen fest und bohren sie tief in die Erde. Und an jedem Bein befestigen wir einen Flansch, so daß man es, wenn die Erde erst einmal festgestampft ist, nicht mehr rausziehen kann.«

Diese Lösung funktionierte, denn als die Beine mit ihren Flanschen erst einmal fest im Erdreich verankert waren, ließ sich der Stuhl mit seiner schönen Aufschrift selbst von zwei Personen unter Aufbietung aller Kräfte nicht mehr vom Fleck bewegen, und die Leute, die Zorn beim Verankern des Stuhles geholfen hatten, klatschten freudig Beifall.

Doch sollte Zorns Triumph nicht von langer Dauer sein. In der fünften oder sechsten Nacht rief die Frau, die nicht schlafen konnte, in der Verwaltung an und rief aufgeregt in den Hörer: »Dieselben Leute wie neulich – ich bin jedenfalls ziemlich sicher, daß es dieselben sind – haben Sägen mitgebracht, die Beine abgesägt und den Stuhl weggeschleppt.«

Außer sich vor Zorn, erklärte Zorn den Strolchen den Krieg. »Ken, telefonieren Sie herum und stellen Sie fest, wo ich vier Stahlpfähle herkriegen kann. Die betonieren wir anderthalb Meter tief ein, und dann bauen wir zwischen den Pfählen, die herausragen, einen Sitz.«

»Das würde gehen, aber das wird ein paar Dollar kosten.«

»Ich werde es aus meiner eigenen Tasche bezahlen«, erwiderte Zorn, und unter seiner Anleitung entstand eine sehr solide Konstruktion, an der keinerlei Holz mehr war, das man hätte durchsägen können, denn der eigentliche Sitz bestand aus dem ausgebauten stählernen Fahrersitz eines alten Traktors. So hatte Richter Noble nun endlich einen scheinbar unzerstörbaren Angelstuhl. Freilich in der Tat nur scheinbar, denn ein paar Nächte darauf rief dieselbe Frau erneut aufgeregt in der Zentrale an: »Sie schlagen ihn kaputt – mit Hämmern!« Andy stürmte nach draußen, bewaffnet mit einer Taschenlampe, und sah, daß die Frau recht gehabt hatte. Der Traktorsitz war nicht gestohlen, sondern schlicht zerstört worden.

Zurück in seinem Büro, morgens um vier, bei einer Tasse Kakao, die der eilends herbeigerufene Ken Krenek gemacht hatte, fragte Andy tief erschüttert: »Ken, was geht da draußen vor? Wenn jemand den Stuhl gebrauchen könnte, dann könnte ich ja irgendwie verstehen, wenn er ihn stiehlt, aber daß jemand einfach ohne Grund einen Stuhl kaputtschlägt, das kann ich nicht nachvollziehen, das geht über meinen Horizont.«

»Andy, Sie sind ein guter, lieber Mann, aber Sie sind wirklich naiv. Es wird Zeit, daß Sie den Tatsachen einmal ins Auge sehen. Bei einem Top-Class-Haus wie dem unseren läßt es sich einfach nicht vermeiden, daß es drum herum jede Menge Leute gibt, die neidisch auf uns sind und uns hassen. Sie sagen sich: ›Der Bau ist voll von Millionären, schlagen wir ihn kaputt.‹ Wir haben schon viele Schäden hier gehabt, die ich Ihnen gar nicht erst gemeldet habe, um Sie nicht damit zu belasten.«

»Aber warum machen die Leute so was?«

»Warum hat dieser eine stille junge Mann auf Long Island elf junge Frauen ermordet? Warum hat der Kerl in Sausalito seine Frau und seine vier Kinder ermordet? Warum übermalen sie unser Schild mit häßlichen Worten, ganz gleich, wie oft wir sie wieder wegmachen? Ich werd' Ihnen sagen, warum. Weil es auf dieser Welt eine unausrottbare Minderheit von Drecksäcken gibt, und früher oder später wird einer von ihnen in Ihr oder mein Leben eingreifen. Die Leute, die den Stuhl zerstört haben, gehören dazu. Und es gibt da draußen noch jede Menge mehr davon.«

»Sie haben eine schlechte Meinung von der menschlichen Gattung, Ken«, sagte Zorn, und der Ältere erwiderte: »In meinem Vorgarten liegt noch mehr von ihrem Pferdemist, und Sie fangen gerade erst damit an, Ihr Teil abzukriegen.«

Und vier Tage später kriegte Zorn gleich eine ganze LKW-Ladung von dem Zeug mitten ins Gesicht, als er am Morgen sein Apartment im Gemeinschaftshaus verließ, um zu seinem Büro zu gehen. Aus der Nähe des Ovals drang ein Geräusch wie von einer Kettensäge an sein Ohr. Als er hinrannte, um nachzuschauen, was da los war, fand er eine Gruppe von Männern vor, die dabei waren, die schönen brasilianischen Pfefferbäume zu fällen, deren rote Beeren einen so hübschen Kontrast zu den großen Palmen entlang der Zufahrtsstraße bildeten.

»He! He!« schrie er, als er zu den Männern rannte, doch die konnten ihn wegen des ohrenbetäubenden Lärmes, den die Sägen machten, nicht hören. »Halt! Aufhören! Hören Sie sofort auf!« Und er sagte dem Anführer, daß er der Direktor von *The Palms* war und daß seine Leute nichts auf dem Grundstück verloren hätten.

Der Vorarbeiter fragte mit ungläubiger Miene: »Hat Ihnen denn niemand gesagt, Mister, daß diese Sträucher eine Landplage sind und daß das Landwirtschaftsministerium von Florida verboten hat, sie um ein Haus herum anzupflanzen? Sie vermehren sich wie wild und zerstören die einheimischen Pflanzen.«

»Aber diese hier vermehren sich nicht wie wild. Sehen Sie

doch, sie stehen fein säuberlich in einer Reihe. Wir halten das Gras rings um sie herum kurz. Es ist wie ein Park.«

»Es sind die Samen, Mister, die Samen. Millionen und Abermillionen. Schauen Sie sich die Vögel an. Sie fressen die Beeren, die Samen passieren ihre Eingeweide und fallen in Form von Kot auf Land, das noch nicht von ihnen verseucht ist. Schauen Sie sich doch einmal die Wildnis da draußen an, direkt vor Ihrer Tür. Überall diese brasilianischen Pfefferbüsche!« Und als Andy hinschaute, sah er in der Tat ein Meer von grün-roten Büschen.

»Ich verbiete Ihnen, auch nur einen weiteren Busch abzusägen, solange ich keine Bestätigung von Ihrem Amt habe, daß unsere weg müssen. Geben Sie mir die Telefonnummer Ihrer Dienststelle!«

Der Mann lachte. »Mister, ich *bin* die Dienststelle. Es ist gesetzlich vorgeschrieben.«

»Ich verlange trotzdem eine Bestätigung.«

Der Vorarbeiter zeigte auf einen seiner Männer. »Claude ist mein Assistent. Gib ihm seine Bestätigung, Claude.« Und der Angesprochene sagte auf sehr eindringliche und überzeugend klingende Art: »Es stimmt, was er sagt, Mister. Das Gesetz schreibt vor, daß diese Schädlinge, welche die Landwirtschaft Floridas gefährden, weg müssen.«

Zorn bestand darauf, daß sie trotzdem solange nicht weitermachten, wie er nicht eine zusätzliche Bestätigung von anderer Stelle hatte, aber der Vorarbeiter warnte ihn: »Ich habe Anweisung, diese Büsche zu entfernen, und wenn Sie versuchen, mich daran zu hindern, setzen Sie sich ins Unrecht und legen sich mit der gesamten Stadtverwaltung von Tampa an, also bitte, Mister, treten Sie zurück und lassen Sie mich meine Arbeit machen.«

»Krenek!« schrie Andy. »Kommen Sie raus und helfen Sie mir!« Doch als der Verwalter erschien, brachte er schlechte Nachricht. »Sie haben mir letzte Woche Bescheid gegeben, daß sie herkommen würden, um die brasilianischen Pfefferbäume abzuholzen. Ich wollte Sie nicht damit behelligen. Es hat alles seine Ordnung; sie sind eine Bedrohung.«

Zorn fühlte sich zutiefst niedergeschlagen. Wann immer er seit dem Tag seiner Ankunft im Januar nach *The Palms* hinein- oder aus *The Palms* rausgefahren war, hatte er die wunderschöne Allee aus Washingtonien und brasilianischen Pfefferbäumen als einen der Haupt-Blickfänge des Centers empfunden, und der Gedanke, die brasilianischen Pfefferbäume mit ihren leuchtendroten Beeren zu verlieren, machte ihn ganz krank.

»Ich möchte mir diese Entweihung nicht anschauen«, sagte er, machte auf dem Absatz kehrt und stapfte davon. Die Arbeiter fuhren mit ihrem Zerstörungswerk fort.

Als er in seinem Büro ankam und immer noch das Kreischen ihrer Sägen hörte, hielt er es kaum an seinem Schreibtisch aus. Also rief er Botschafter St. Près an und fragte ihn, ob er Zeit und Lust habe, mit ihm einen Spaziergang durch die Savanne zu machen, worauf St. Près begeistert erwiderte: »Ich habe immer Lust, in mein geliebtes Afrika zurückzukehren!« Wenig später erschien er in seinem Safari-Anzug.

»Sie ziehen sich besser derbere Kleidung an, Doktor«, sagte er zu Andy. »Wir stoßen bis ins Herz der Savanne vor.« Und los ging's durch den Morgendunst, vom Kanal aus landeinwärts auf einem Pfad, der sie zu dem smaragdgrünen Tümpel führte, wo St. Près ihn auf die interessanten niedrigen Sträucher aufmerksam machte, die mit mittelgroßen Palmen und hier und da auch der einen oder anderen Riesenpalme durchsetzt waren. Doch als sein Blick dem ausgestreckten Zeigefinger des Botschafters folgte, sah er ein Stück abseits ein prachtvolles Dickicht aus brasilianischen Pfefferbüschen, dicht behangen mit roten, im Sonnenlicht leuchtenden Beeren. Sie waren übriggeblieben aus der Weihnachtssaison, und die Pracht, die sie entfalteten – eine undurchdringliche Hecke aus Schönheit – ließ sein Herz vor Freude hüpfen.

»Herr Botschafter! Wußten Sie, daß just in diesem Moment die prächtige Reihe von Büschen abgeholzt wird, die unsere Einfahrt säumt? Anordnung der Stadtverwaltung.«

»Ich hörte davon, daß sie die brasilianischen Pfefferbäume zu einer Bedrohung erklärt haben, die es auszurotten gelte. Aber unsere an der Einfahrt? Das ist unglaublich.«

»Was soll nur aus unserer Erde werden, Herr Botschafter? Ständig liest und hört man – oder sieht es im Fernsehen – wie die Natur zerstört wird. Ich bin in der Stadt groß geworden, ich weiß das, was wir hier draußen haben, zu schätzen, aber manchmal habe ich das Gefühl, daß sich sonst niemand groß etwas daraus zu machen scheint.« Er betrachtete die majestätische Pracht der Pfefferbäume, ein Wall aus Grün und Rot, und wieder wurde ihm elend, aber der Botschafter war in Gedanken schon wieder in seinem geliebten Afrika. »Sehen Sie dort drüben das eigenartige, undurchdringliche Gras, Andy? Das ist die Art von Versteck, wo wir mit hoher Wahrscheinlichkeit Löwen finden würden. Und das offene Grasland mit den niedrigen Bäumen dort drüben« – er deutete in eine andere Richtung –, »das ist Elefantenland. Und die Art von Weideland, wie wir es dazwischen sehen, das ist ideales Terrain für die Antilopen.«

Da die Savanne sich mehrere Meilen nach Süden erstreckte und die Vegetation immer dichter wurde, hatten die beiden Männer viele unterschiedliche Landschaftstypen zu erkunden, und an einer Stelle, als sie tief im Innern des Dickichts waren, rief Zorn: »Kann man sich das vorstellen? Nur ein paar Meilen von Tampa – und dann eine solch herrliche Wildnis!« St. Près sagte: »Es ist die Pflicht von jüngeren Männern wie Ihnen, dafür zu sorgen, daß Orte wie dieser erhalten bleiben. Meine Generation hat erbärmlich versagt, aber es gibt immer noch hier und da Orte wie diesen. Afrika! Afrika!« Und er schwelgte in alten Erinnerungen: »Und so nah vor meiner Haustür! Es ist wirklich wunderbar!« Und vor Freude begann er zu tanzen, als wäre er wieder im Grasland von Botswana.

Sie spielten ihr Safari-Spiel noch eine Stunde weiter, bis St. Près als der ältere Naturforscher schließlich sagte: »Es wird Zeit, daß ich mich auf den Rückweg mache. Aber lassen Sie uns vorher noch einen Abstecher durch den wildesten Teil machen!« Und bald arbeiteten sie sich durch fast undurchdringliche Barrieren aus Lianen, Büschen und eng ineinander verflochtenem Gestrüpp. Zorns Gesicht wurde zerkratzt von dornigen Zweigen, und seine Hosenbeine verfingen sich immer wieder in vorspringenden Ästen und scharfkantigem Unterholz, als die beiden Männer sich mühsam ihren Weg voran bahnten. Als sie schließlich herauskamen, waren sie keine fünfzig Meter von *The Palms* entfernt.

»Das Haus sieht einladend aus, nicht wahr?« fragte St. Près, aber Zorn hatte nur Augen für die traurigen Überreste des demolierten Angelstuhls und die kahle Lücke, die an der Stelle klaffte, wo seine brasilianischen Pfefferbäume gestanden hatten.

SPÄTESTENS MITTE APRIL hatte Dr. Zorn das Gefühl, daß er die meisten Bewohner von *The Palms* kannte und verstand. Richard St. Près, steif und reserviert, konnte nur Botschafter gewesen sein, und Senator Raborn war einfach zum energischen Politiker geboren. Die Gräfin war in ihren mittleren Jahren eine Grande Dame gewesen, und Maxim Lewandowski, der großgewachsene, vierschrötige Bursche mit dem europäischen Akzent, war ganz klar ein Wunderkind in den Naturwissenschaften gewesen, denn er hatte sich diese jugendliche Begeisterung für sein Spezialgebiet, die Entschleierung der Geheimnisse der Humangenetik, voll und ganz bewahrt.

Ein Mann jedoch entzog sich ihm. Der lärmende, rothaarige Muley Duggan – wer wußte schon, wie sein Vorname wirklich lautete? – sah aus wie ein New Yorker Hinterhofgangster, mit einem kurzen, stiernackigen Hals, langen Gorilla-Armen, einer lauten, knarrenden Stimme und verschmitzten wäßrigen Augen. Er war in jeder Hinsicht ein Rätsel, besonders die Tatsache, daß er mit einer der graziösesten Damen von *The Palms* verheiratet war. Im Kontrast zu ihm mit seiner fast brutalen Kraft, mußte Marjorie Duggan bereits zerbrechlich gewesen sein, bevor sie an Alzheimer erkrankt war, und man konnte sich gut vorstellen, wie grazil, anmutig und würdevoll sie als junge Frau gewesen sein mochte. Wo er von Sport schwärmte, besonders American Football, den er für sein Leben gern auf dem Bildschirm verfolgte, zog sie die Radio- und Fernsehübertragungen von der Metropolitan Opera vor. Und in ihrer Doppelsuite im Gemeinschaftshaus, in der sie gewohnt hatten, bevor sie an Alzheimer erkrankt war, hatte er ständig laut Countrymusik laufen lassen, während sie im Hinterzimmer auf ihrer eigenen Stereoanlage andächtig den Arien von zeitgenössischen Opernstars wie Kiri Te Kanawa, Marilyn Horne, Placido Domingo und Luciano Pavarotti gelauscht hatte. Irgendwann hatte Muley angefangen, auch ihre Musik zu hören, und zu seiner eigenen Überraschung war er so etwas wie ein Opernfan geworden, so daß sie schließlich doch noch zumindest ein gemeinsames Interesse gehabt hatten.

Sie waren ein so ungleiches Paar, daß Andy sich – und andere – zu fragen begann, wie sie es überhaupt angestellt hatten, zusammenzukommen und dies auch zu bleiben, wenn man Schilderungen ihrer früheren Jahre in *The Palms* glauben konnte. Krenek, hierauf angesprochen, sagte: »Ich war ganz schön perplex, als sie vor elf Jahren als zwei unserer ersten Bewohner zu uns kamen, denn sie war ganz die klassische Schönheit, und er war der typische Haudrauf aus der Bronx. Ich empfand es als eine schreckliche Mesalliance, aber es zeigte sich rasch, daß die beiden sich wirklich liebten, glücklich miteinander waren und ein Abkommen getroffen hatten, das ihm erlaubte, weiter Bier zu trinken, und ihr, weiter Champagner zu trinken. Ihr Geheimnis? Ich habe nie herausgefunden, was es war, aber man sollte es patentieren und auf Flaschen ziehen. Viele Paare, einschließlich einige hier in *The Palms*, könnten ein solches Lebenselixier gut gebrauchen.«

Als nächstes fragte Andy den Oberkellner. Der sagte: »Muley hat einen hohen Maßstab für die anderen Männer gesetzt, indem er so höflich und zuvorkommend zu ihr war. Er hat ihr immer den Stuhl gehalten, ist immer aufgestanden, wenn sie an den Tisch zurückgekehrt ist, hat ihr bei Unterhaltungen mit anderen immer den Vortritt gelassen und hat immer deutlich zu erkennen gegeben, daß er jeden in Stücke reißen würde, der ihr in irgendeiner Weise querkäme.«

»Was passierte, als sie in die Betreuung verlegt werden mußte?« fragte Zorn, und der Oberkellner erzählte es ihm. »Jeden Nachmittag um fünf fährt er mit dem Fahrstuhl hinauf in die Betreuung, hilft seiner Frau, förmliche Garderobe anzulegen, setzt sie in einen Rollstuhl und bringt sie stolz hinunter in den Speisesaal und schiebt den Stuhl an den Tisch. Gewöhnlich lädt er irgend jemanden dazu ein, mit ihnen zusammen zu essen, aber ich habe schon oft gesehen, daß die Leute die Einladung, wenn es geht, ausschlagen.«

»Das klingt grausam.«

»Nicht, wenn Sie ein- oder zweimal mit ihnen zusammengesessen haben.«

»Ist es so schlimm?«

»Schlimmer.«

»Was meinen Sie damit?«

»Es ist so schrecklich – wie sie sich benimmt. Fast bei jeder Mahlzeit hört sie mittendrin plötzlich mit dem Essen auf, guckt ihn an, als wäre er ein Fremder, und giftet ihn an. Sie weiß nicht, wer er ist, aber sie ist überzeugt, daß er ihr irgendwas Böses angetan hat.«

»Und was macht er?«

»Sitzt da und läßt es über sich ergehen, bis sie sich wieder eingekriegt hat. Dann füttert er sie weiter. Sie kann nämlich nicht mehr alleine essen, müssen Sie wissen.«

»Und was geschieht dann?«

»Nun, sie liebt Joghurt, aber wie Sie wissen, ist die Joghurtmaschine meistens kaputt, und sie beendet das Essen damit, daß sie ihn ausschimpft, *er* habe sie kaputtgemacht.«

»Bedienen Sie die beiden oft?«

»Ja, und ich tu' es gern. Er hat eine Menge Ahnung von Sport, und sie studiere ich, um festzustellen, ob ich irgendein Muster in ihrem absonderlichen Verhalten entdecken kann.«

»Und zu welchem Schluß sind Sie dabei gelangt?«

»Es gibt keins – außer, daß sie ihn wegen irgend etwas runtermacht, das er ihr ihrer Meinung nach angetan hat.«

»Und was sind das so im allgemeinen für ›schlimme Dinge‹?«

»Das wechselt. Manchmal geht es um Geld, manchmal ist sie überzeugt, daß er ihre Tochter, die nur in ihrer Phantasie existiert, schlecht behandelt hat. Es könnte sein –«

»Haben die zwei denn eine Tochter?«

»Nein. Ich hab' es nachgeprüft. Sie haben erst sehr spät geheiratet, müssen Sie wissen. Keine Kinder.«

Das Rätsel Muley Duggan wurde in dem Maße dunkler und komplexer, wie Andy Zeugnisse über sein früheres Leben sammelte; doch eines war klar: Seine Gewöhnlichkeit stand außer Frage, wie der Doktor bemerkte, als er einmal von den Mallorys eingeladen wurde, sie zu einem nachmittäglichen Cocktail in Muleys Apartment zu begleiten. Neben der Bar mit Spüle, die Muley auf eigene Kosten hatte installieren lassen, hing ein Poster, auf dem stand:

Ich bin kein schneller Bartender
Und ich bin kein langsamer Bartender
Man könnte mich
Einen halb-schnellen Bartender nennen

Auf der Bar selbst lagen Stapel von *Sports Illustrated*, *Time* und *National Geographic*, mit komplizierten Rätseln, die schon schwer genug zu lösen waren, wenn man nüchtern war, und die unmöglich nach ein paar Drinks zu lösen waren. Es war das typische Apartment eines Junggesellen mit einem gesunden Appetit auf Spiele, Bier und Cartoons, die ans Geschmacklose grenzten. Mehrere männliche Bewohner von *The Palms* hatten sich schon bei Zorn im Namen ihrer Frauen beschwert, die Anstoß an einem Witz genommen hatten, den Muley auf der Party der Mallorys anläßlich ihrer Rückkehr nach *The Palms* zum besten gegeben hatte. Muley hatte sich das Mikrofon geschnappt und losgelegt: »Letzte Woche haben unsere lieben Freunde Chris und Esther eine sentimentale Reise in die Vergangenheit gemacht. Sie sind zu den Niagarafällen geflogen, haben sich in dasselbe Hotel eingemietet, in dem sie ihre Hochzeitsnacht verbracht hatten, haben dasselbe Zimmer mit demselben Bett genommen und noch einmal alles genauso gemacht, wie sie es damals vor sechzig Jahre gemacht hatten.«

Ein Stichwortgeber im Publikum, den Muley zuvor instruiert hatte, fragte daraufhin mit staunender Stimme: »Sie meinen tatsächlich, alles?« Woraufhin Muley erwiderte: »Bis auf einen kleinen Unterschied. In der Hochzeitsnacht stand sie aus dem Bett auf, ging ins Badezimmer und weinte. Diesmal ging *er* ins Badezimmer und weinte.«

Als mehrere Witwen sich beschwerten, dies sei doch wohl nicht der richtige Ort für solche Witze, nahm er den Vorwurf hin, fuhr aber fort, zahmere Witze zu erzählen, die Aspekte des Lebensalltags von älteren Menschen im Ruhestand illustrierten. Einer davon entwickelte sich zu einem echten Renner in *The Palms*. In ihm erkannten sich viele wieder, und Muley erzählte ihn so ziemlich jedem Neuankömmling. »Die Frau aus dem dritten Stock – ihr wißt schon, wen ich meine – hat neulich zu ihrem Mann gesagt: ›Ich könnte jetzt ein schönes Eis vertragen. Bist du so lieb und läufst runter in die Eisdiele an der Ecke und holst mir eins? Aber nimm dir deinen Notizblock und schreib genau auf, was ich will!‹ Darauf er: ›Ich behalt' das schon so.‹ Darauf sie: ›Schreib's bitte auf. Vanilleeis mit heißer Schokoladensauce, Krokant und Schlagsahne. Hast du auch alles notiert?‹ – ›Hab' ich‹, sagt er und geht los. Sie wartet. Es dauert und dauert, und als er endlich zurückkommt, gibt er ihr eine Papiertüte mit einem Hot Dog drin. ›Siehst du?‹ schreit sie. ›Du hättest es doch besser aufgeschrieben. Du hast den Senf vergessen!‹«

Als Zorn Muleys Apartment zum erstenmal besuchte, war er beeindruckt von der immensen Größe der Suite und der Anzahl von Zimmern, die mehr oder weniger unbenutzt blieben, und während sie ihre Drinks schlürften, machte er einen zaghaften Vorstoß bei Muley. »Wir werden immer mal wieder gefragt, ob wir nicht ein extra großes Apartment wie das hier frei haben. Wir könnten Ihnen ein hübsches Zwei-Betten-Apartment auf der Halbinsel geben.« Doch Muley wies das Ansinnen schroff zurück. »Da wird nichts draus. Keine Chance. Dies ist Marjories Apartment, und ich gebe die Hoffnung nicht auf, daß sie eines Tages zurückkommt. Das Alzheimer-Forschungszentrum an der Universität von Süd-Florida steht kurz vor dem Durchbruch bei der Entwicklung eines ganz neuen Heilverfahrens, und ich möchte, daß sie die Zimmer so vorfindet, wie sie waren, als sie auszog.«

Die Nachmittagscocktails bei Muley endeten um fünf, denn dann ging er regelmäßig in die Betreuung, um seiner Frau beim Ankleiden zu helfen und sie hinunter zum Abendessen zu begleiten. An diesem Abend schlug er vor: »Dr. Zorn, Sie haben noch keine richtige Gelegenheit gehabt, meine Frau kennenzulernen. Essen Sie doch heute abend mit uns.« Und auf diese beiläufige Weise kam Andy zu dem Erlebnis eines Abendessens mit den Duggans.

Er hatte Marjorie oft in der Betreuung gesehen, aber er war jedesmal davon beeindruckt gewesen, wie schön sie war, wie außerordentlich fragil, als wäre ihr Kopf aus exquisitestem chinesischen Porzellan modelliert worden, bei dem jedes Äderchen durchschimmerte. Stolz führte Muley sie an ihren Tisch und setzte sie auf einen Stuhl, der neben dem stand, auf dem er sitzen würde. Auf diese Weise konnte er das Essen auf ihrem Teller zu kleinen Bissen zurechtschneiden und sie füttern, und dabei zuschauen, wie sie langsam kaute und dann einen Schluck aus dem Wasserglas nahm, das er an ihre blassen Lippen setzte. »Es geht ihr heute abend besser«, sagte Muley zu dem Kellner, mit dem Zorn sich unterhalten hatte, aber der junge Mann schaute Andy an und zuckte die Schultern, als wolle er sagen: Wir werden sehen. So harmlos fängt es meistens an.

Als die mühselige Mahlzeit etwa zur Hälfte vorbei war, zuckte Marjorie Duggan plötzlich zurück, starrte Muley böse an und sagte laut und vorwurfsvoll: »Verdammt noch mal, du hast es schon wieder getan. Du hast die Briefe versteckt, die meine Tochter mir geschickt hat. Immer enthältst du sie mir vor!« Und dann stimmte sie eine lautstarke Tirade an, in der sie ihm vorwarf, er hätte ihr Geld gestohlen und sie mittellos im Stich gelassen. »Ich werde meinen Gatten über deine Missetaten aufklären!« fauchte sie den armen Muley an. Andy fand ihre Darbietung so peinlich, daß er am liebsten aufgestanden und weggegangen wäre. Wenn doch jetzt bloß irgend jemand käme und sagen würde, ich würde dringend im Büro gebraucht, dachte er genervt. Aber natürlich tat ihm niemand diesen Gefallen. Doch dann dachte er darüber nach, wie mies und spießig sein Wunsch, vor einer der großen menschlichen Tragödien unserer Zeit davonzulaufen, doch eigentlich war, und er faßte sich wieder und kam zu dem Schluß, daß er es hier mit einem Rätsel zu tun hatte, das größer war, als daß er es hätte lösen können. Muley war ein Mann, der seine Frau liebte – bedingungslos und unter allen Umständen. Dies ließ sich mit gewöhnlichen Worten einfach nicht erklären.

Als die Mahlzeit endlich beendet war – Marjorie weigerte sich, den Nachtisch zu essen, weil sie glaubte, er sei vergiftet – fragte Zorn Muley: »Wäre es möglich, daß ich Sie begleite, wenn Sie sie wieder nach oben bringen?« Muley war so erfreut über sein Interesse, daß er geradezu überschwenglich zustimmte, und so gingen die drei denn zum Aufzug, fuhren hinauf in die Betreuung und brachten Marjorie in ihr Apartment, wo Muley sie zum Schlafengehen fertigmachte. Als die Männer ihr Zimmer verließen, warfen sie noch einmal einen Blick zurück auf diese wunderschöne Frau, und Muley sagte mit unerschütterlicher Zuversicht in der Stimme: »Ich lebe von einem Tag zum andern, verfolge die Meldungen von dem Forschungsteam an der Universität und hoffe auf die Nachricht vom großen Durchbruch.«

»Glauben die Leute an der Uni, es läßt sich ein Mittel finden, das die Krankheit rückgängig machen könnte? Das alle die, die bereits erkrankt sind, vollständig heilen könnte?«

»Nein«, sagte Muley mit einem tiefen Seufzer. »Aber sie glauben, daß sie etwas finden, womit sie ein Ausbrechen der Krankheit verhindern können. Bei Frauen wie Marjorie ist nichts mehr zu machen. Ihr Hirn ist bereits irreparabel geschädigt. Aber trotzdem hoffen wir weiter – und beten, daß das Wunder, von dem wir wissen, daß es niemals kommen wird, doch noch eintritt.«

Diese Episode im Speisesaal und Muleys Reaktion darauf – seine unerschütterliche Geduld und seine Liebe zu Marjorie, ganz gleich, wie diese sich aufführte – ließ Zorns Neugier, dem Rätsel dieser seltsamen Ehe auf die Spur zu kommen, noch größer werden. Seine Nachforschungen führten indes zu nichts – bis er eines Tages, als Nora in seinem Büro war und irgendwelche Akten durchblätterte, beiläufig fragte: »Sagen Sie mal, Nora, was wissen Sie eigentlich über die Duggans? Sie sind schon ein seltsames Gespann, die beiden – faszinierend.«

»Ob ich was weiß? Ich weiß alles.«

»Ach! Erzählen Sie!«

»Ich war ihre private Krankenschwester, als sie damals hierherkamen. Das war, bevor ich meinen gegenwärtigen Posten bekam. Abends nach dem Essen saßen sie immer zusammen auf ihrer Veranda mit Blick auf den Fluß und erzählten mir von den alten Zeiten.«

»Wie haben sie sich kennengelernt – ein Paar, das gegensätzlicher nicht sein könnte?«

»Sie war eine Frau aus der feinen Gesellschaft, verheiratet mit einem Harvard-Absolventen und Chef von vier großen Kaufhäusern in Neuengland, glaube ich – es kann aber auch im Staate New York gewesen sein. Muley gehörte die Spedition, die für die Kaufhäuser fuhr. Er hatte einen Exklusivvertrag und war dadurch fast so etwas wie ein Anhängsel des Kaufhauskonzerns. Sie erzählten mir, daß Muley ein Teil der Familie wurde, daß er sogar auf Ferien-Kreuzfahrten mitgenommen wurde. Ich nehme an, der Ehemann war so eine Art Dandy – sie hatten keine Kinder, und er war nie ganz gesund. Bevor er starb, erzählten sie mir, hätte er sie auf dem Schiff, auf dem sie zu der Zeit gerade Urlaub machten, zu sich gerufen und zu Muley gesagt: ›Wenn ich nicht mehr bin, Muley, kümmer du dich um diese Frau und paß gut auf sie auf. Sie wird das Geld haben, du den gesunden Menschenverstand.‹

Sie lachten, als sie mir das erzählten, und Muley sagte: ›Ich wette, er hätte nie gedacht, daß ich ihn ernst nehmen und sie heiraten würde, aber ich hab's getan‹, und er fügte hinzu: ›Ich glaube, es gefiel ihr, mit einem Mann verheiratet zu sein, der zeit seines Lebens hatte schuften müssen. Wissen Sie, Nora, sie wurde Chefin sowohl in ihrer Firma als auch in meiner, und sie war klüger als wir alle zusammen. Deshalb bin ich so nett zu ihr.‹«

Erstaunt darüber, daß ein Paar wie die Duggans Nora solche Geheimnisse anvertraut hatten, fragte Zorn: »Warum haben sie Ihnen das alles erzählt?« Und die Frau stellte die Gegenfrage: »Warum öffnet sich jeder mir gegenüber? Weil ich zuhöre, wirklich zuhöre, und weil ich mich nicht davor scheue, ihnen zu sagen, wenn sie dummes Zeug erzählen.« Zorn erfuhr später aus verschiedenen Quellen, daß alles, was Nora ihm gesagt hatte, der Wahrheit entsprach.

Andy hatte sich inzwischen mit Muley angefreundet, und durch seine häufigen Besuche im Apartment der Duggans hatte er erfahren, daß Muley gelernt hatte, Marjories Opern-CDs zu spielen und sogar den Trick heraus hatte, eine einzelne Arie mitten aus einer CD herauszupicken und sie auf Band aufzunehmen. Tatsächlich hatte er es zu einer solchen »Meisterschaft« bei der Durchführung dieses ziemlich kniffligen Manövers gebracht – immerhin galt es, ein halbes Dutzend verschiedener Tasten zu drücken und genau den richtigen Moment abzupassen, wo die betreffende Stelle begann – daß er es geschafft hatte, mehrere nahezu makellose Sechzig-Minuten-Kassetten aus den Stücken zusammenzuschneiden, die seine Frau am meisten liebte – und aus denen wiederum ein »Master-Tape« zusammenzubasteln, das er das »Marjorie-Duggan-All-Star-Concert« nannte. Er überspielte dieses Master-Tape auf drei Kassetten, von denen er eine in Marjories altem Zimmer bereitliegen hatte, eine neben der Stereoanlage in ihrem neuen Zimmer und eine in seinem Apartment als Ersatz für den Fall, daß die anderen kaputtgingen.

Zorn, der schon als Student – und natürlich erst recht später als fertiger Arzt in Chicago – gern in die Oper gegangen war, kannte das meiste von dem, was Muley aufgenommen hatte, und bat Muley, es ihm vorzuspielen. Muley spielte ihm das Band im Apartment vor und gab ihm dazu ein maschinengeschriebenes Blatt mit dem Programm, das er zusammengestellt hatte. »Marjorie ist sehr feminin, wie Sie auf den Bildern mit ihrem ersten Mann gesehen haben, die ich Ihnen gezeigt habe. Rüschengewänder, aufwendige Frisuren. Nun, sie liebte Arien, in denen zwei Sängerinnen, eine mit einer hohen Stimme, eine mit einer tiefen, zusammen sangen. Sie hat sich überschwenglich bei mir dafür bedankt, daß ich ihr diese Zusammenstellung gemacht habe, auf der ihre Lieblingssängerinnen von ihren Freuden und Nöten singen.«

Und so saß denn Zorn in Muleys Apartment mit Blick auf den Fluß und den Kanal und lauschte andächtig den Klängen der Musik, die Muleys Frau so sehr geliebt hatte.

»Sie hat immer hier gesessen«, erklärte Muley, »genau an der Stelle, wo Sie jetzt sitzen, und mir erklärt, was ich da hörte. Das hier ist die Stelle, wo Madame Butterfly und ihre Zofe das Haus mit Blumen schmücken, weil der Amerikaner zurückkehrt. Er wird auch zurückkehren, aber mit einer amerikanischen Frau. Sie wird Selbstmord begehen.

Das nächste war ihr Lieblingsstück, aus einer Oper namens *Norma*, die von Römern und Druiden handelt. Sie liebte sie so sehr, daß ich sie spaßeshalber oft ›Norma‹ genannt habe: ›He, Norma! Da kommt sie schon wieder!‹ Und dann haben wir beide zugehört, wie die zwei Frauen über den römischen Soldaten sangen, den keine von ihnen lieben durfte. Es war verboten, weil sie Priesterinnen waren. Aber Norma starb, und ich glaub', die andere Frau auch. Hören Sie sich diese himmlischen Stimmen an! Marjorie liebte diese Aufnahme.

Das nächste ist das, das mir am besten gefällt. Es spielt an einem Ort namens Ceylon und handelt auch wieder von einer Priesterin, die jemanden liebt, den sie nicht lieben darf. Wenn ich an Marjorie denke, dann denk' ich an diese Stimmen im Dschungel – so schlicht, so weiblich.

Das nächste, Sie erkennen es sofort, jeder kennt es, ich auch, ich wußte bloß nie, was es war. Ich weiß nicht, wie es heißt, aber es handelt sich um zwei Frauen, die in Venedig in einer Gondel fahren.«

»Ist das nicht die ›Barcarole‹?«

»Das weiß ich nicht, aber das mit der Gondel weiß ich bestimmt. Hören Sie nur, wie die beiden Stimmen miteinander verschmelzen! Ist das nicht wunderschön? Marjorie liebte es auch. Sie hat es sich sehr oft angehört. Wenn Sie mal auf Ihren Zettel gucken, dann sehen Sie da die zwei Namen.« Muley nahm sein Blatt zur Hand und las sie vor: »*Beatrice und Benedict* von einem Burschen namens Berlioz. Zwei Frauen, die sich in der Nacht vor der Hochzeit unterhalten. Marjorie hat gesagt, sie sprächen für alle Frauen. Das nächste ist von einem deutschen Komponisten; es hat uns beide fasziniert. Marjorie hat mir beim erstenmal, als wir es gehört haben, alles genau erklärt. Eine der Frauen spielt die Rolle eines Jungen, der einem jungen Mädchen eine goldene Rose überreichen möchte. Dahinter steckt, daß er dem Mädchen einen Heiratsantrag machen soll, aber nicht für sich selbst, sondern für einen alten Bock. Irgendeine Art von Ritual, denk' ich, aber als er dem schönen Mädchen die Rose überreicht und sie sie von ihm entgegennimmt, und er sieht auch nicht gerade schlecht aus, da verlieben sie sich ineinander – und scheiß' auf den alten Knacker! Jedesmal, wenn ich es höre, denk' ich an das, was sie mir über die Aufnahme gesagt hat: ›Dies muß die einzige musikalische Äußerung von dem genauen Moment sein, in dem die Liebe anfängt.‹ Ich mag dieses Lied wirklich sehr gern, obwohl man nicht mitsingen kann wie bei einigen von den anderen.«

Während die beiden Männer den wunderschönen Stimmen zweier Frauen aus irgendeiner deutschen Oper lauschten, kam in Muley eine Erinnerung hoch, und er sagte leise: »Sie würden lachen, wenn es ein Foto von dem Augenblick gäbe, als ich Marjorie zum erstenmal gesehen hab', und Sie es sehen würden. Weil sie mich nämlich gar nicht wahrgenommen hat. Ich arbeitete für ihren Mann, den Besitzer der Kaufhäuser, für die ich fuhr, und als er rauskam, um mir bestimmte Anweisungen zu geben, da kam seine Frau hinter ihm her. Sie wollten irgendwo hin, und er war stehengeblieben, um mit mir zu sprechen. Und als ich zu ihm hinschaute, um zu hören, was er mir sagen wollte, da konnte ich ihn nicht sehen, denn da war *sie*. Sie trug ein feines Kleid mit Rüschen und so, wie man es bei einem Ball oder einem Empfang für ein hohes Tier trägt. Sie war die hübscheste Frau, die ich je gesehen hatte, und sie war auch keine sechzehn mehr. Sie war ...« Er wählte sein nächstes Wort sorgfältig: »Poetisch.« Er schüttelte ungläubig den Kopf. »Ich erinnere mich noch genau, was ich in dem Moment dachte: Der Teufel scheißt immer auf den dicksten Haufen! Da besaß dieser Mann schon die ganzen Kaufhäuser – und dann hatte er auch noch so eine tolle Frau! Sie verfolgte mich regelrecht im Traum.«

»Wie haben Sie sie kennengelernt?«

»Mit der Zeit wurde meine Spedition fast so groß wie seine Kaufhäuser, und für jeden, der Augen im Kopf hatte, war klar, daß sein Geschäft auf dem absteigenden Ast war und meins auf dem aufsteigenden. Da schlug er vor, daß wir Partner werden sollten, wenn man so will. Wir sahen uns oft, wir drei, meine ich, aber für mich war sie immer nur seine Frau. Eine Nummer zu groß für mich, beide. Eines Abends nahmen sie mich mit in die Oper. War für mich das erste Mal überhaupt. Es gab dieses Stück, das wir vorhin gehört haben, *Norma*, und mitten in dem Duett zwischen den beiden Frauen fing sie plötzlich an zu zittern, nahm meinen Arm und sagte zu ihrem Mann und zu mir: ›Die arme Frau! Es ist so ungerecht!‹ Und in dem Moment begriff ich, daß sie nicht bloß eine Dame der Gesellschaft war, sondern eine echte Frau mit tiefen Gefühlen.«

Während Muley das Konzert mit einem nochmaligen Abspielen der Musik aus *Norma* beendete, sagte er: »Als er starb, rief er mich zu sich herein und sagte: ›Passen Sie mir gut auf Marjorie auf. Eine Menge Männer werden auf ihr Geld aus sein. Ein paar davon kenne ich schon jetzt. Passen Sie auf, daß sie nicht irgendeinen verdammten Narren heiratet. Prüfen Sie ihn auf Herz und

Nieren. Vergewissern Sie sich, daß er für seinen Lebensunterhalt gearbeitet hat.‹«

»Wie kamen Sie beide schließlich zusammen?«

»Es war ein Wunder. Ich glaube es immer noch nicht. Bei der Hochzeit zitterte ich wie Espenlaub.« Während die großartige Musik aus *Norma* das Apartment erfüllte – Muley hatte die Lautstärke hochgedreht – blickte er Zorn an und wiederholte mit einem Lächeln: »Es war ein Wunder. Ist es wirklich passiert? Ich kneife mich manchmal selber, wenn ich mir diese Frage stelle und keine Antwort bekomme, aber sie ist jetzt hier bei mir in diesem Zimmer und wird es immer sein.«

Als das großartige Duett zu Ende war, sagte Muley: »Am Ende des Bandes war noch was frei, und Marjorie bat mich, noch ein Lied aufzunehmen, das sie sehr mochte, aber es war kein Duett. Es ist auch wieder eine Sängerin, die als Mann verkleidet ist. Er ist ein griechischer Gott oder so was, und er hat seine Liebste verloren – sie hat einen ganz verrückten Namen: Eurüdickeh oder so ähnlich – und jetzt sucht er in der Hölle nach ihr. Ich kenne die Worte, die er singt, auf italienisch: ›Che faro Eurüdickeh?‹«

Und plötzlich, während die Altstimme diese schmelzende, schmachtende Arie aus Glucks *Orfeo ed Euridice* sang, schaute Muley, der Lastwagenfahrer, der eine Prinzessin geheiratet hatte, Dr. Zorn mit kläglichem Blick an und sagte: »Ich bin wie er. Wir beide suchen die Hölle nach der Frau ab, die wir lieben, aber keiner von uns beiden wird Glück damit haben.«

ALS LAURA OLIPHANT die erste Phase ihrer Brustkrebstherapie hinter sich gebracht hatte – sie hatte sich nach nochmaliger Rücksprache mit Dr. Zorn für das volle kombinierte Behandlungsprogramm entschieden, was ihr eine Überlebenschance von 97 Prozent bringen würde – fielen ihr fast alle Haare aus. Sie war sehr geknickt, nahm ihre Mahlzeiten nur noch auf ihrem Zimmer ein und weigerte sich, irgend jemanden zu empfangen. Sie wollte nicht, daß jemand sie in diesem Zustand sah.

Schwester Nora, der Lauras selbstauferlegte Isolation natürlich nicht entging, schritt zielstrebig den Korridor im ersten Stock hinunter zu Lauras Apartment und fand die arme Frau in ihrem Wohnzimmer sitzend vor. Betrübt über das Ausmaß der Niedergeschlagenheit, die diese einstmals so energische Schulmeisterin durch ihren Kampf gegen den Krebs befallen hatte, versuchte die Krankenschwester, sie aufzumuntern: »Laura, Sie sehen schon viel besser aus.«

»Ich sehe aus wie ein Gespenst«, sagte Ms. Oliphant mit matter Stimme. »Wie eine kahlköpfige Hexe.«

»Jetzt hören Sie aber mal, Laura. Hunderte von Frauen unterziehen sich einer Chemotherapie und verlieren ihr Haar. Aber es wächst wieder nach, sogar stärker als vorher.«

»Sicher, aber wie lange dauert das? Ich kann mich doch nicht bis Weihnachten in meinem Wohnzimmer verkriechen.«

»Laura! Die Welt hält geradezu Ausschau nach Menschen mit Problemen. Hochintelligente Männer und Frauen arbeiten an Lösungen, und Ihr spezielles Problem gibt es schon seit zweitausend Jahren.«

»Wovon reden Sie?«

»Von Perücken. Sie hatten sie schon in den Pyramiden auf; ich habe Bilder gesehen – in Farbe. Und heutzutage haben wir Geschäfte, die darauf spezialisiert sind. In der Nähe von Ärzten, die auf Krebstherapien spezialisiert sind. Ich gehe jetzt gleich mit Ihnen in so ein Geschäft.«

Sie schaute Ms. Oliphant in die Augen, als sie dies sagte, in der Hoffnung, der Frau damit Mut zu machen, aber die Lehrerin zuckte regelrecht zusammen, als das Wort *Geschäft* fiel, als hätte sie an einem solchen Ort schlimme Erfahrungen gemacht. Nora sagte, sie solle sich keine Gedanken machen, und ein paar Minuten später waren sie in Noras Wagen unterwegs in die Innenstadt von Tampa, wo ein »Ärztebezirk« mit mehreren Perückengeschäften nicht schwer zu finden war. Zwar sträubte sich Ms. Oliphant zuerst, ein solches Geschäft zu betreten, aus Gründen, die Nora nicht ermitteln konnte, doch schließlich setzte sich die Krankenschwester durch, und nach ein paar Minuten in dem Laden, dessen zwei Verkäuferinnen Erfahrung im Umgang mit Krebspatienten hatten, sah sich Laura in die Geheimnisse von Perücken eingeweiht.

»Es gibt sie in allen Stilen und Preisklassen«, erklärte die Verkäuferin, die sie bediente. »Diese hier ist die preiswerteste; sie kostet neunundvierzig fünfzig. Wir nennen sie unser ›Einwegmodell‹; es wird von vielen preisbewußten Frauen mit tadellosem Erfolg benutzt. Wenn Sie an etwas Gehobeneres gedacht haben, hätten wir hier diese Modelle zu etwas über hundertfünfzig Dollar. Und hier drüben sind die Importperücken aus Paris, wahre Meisterstücke, zu etwas über fünfhundert Dollar. An was hatten Sie gedacht, Madam?«

Laura sah sich die Perücken an, befühlte die zwei billigsten, warf Nora einen niedergeschlagenen Blick zu und sagte leise: »Fahren Sie mich wieder nach Hause. Ich fühle mich nicht gut.«

Die Verkäuferin behandelte Laura, als wäre sie ihre Tochter, und half ihr in Noras Auto. Bevor diese den Motor anließ, sagte die Frau zu Nora: »Nehmen Sie es nicht allzu ernst. Viele Frauen bekommen erst einmal einen Schock, wenn sie mit einer Perücke konfrontiert werden. Muntern Sie sie ein bißchen auf. In einer Woche lacht sie nur noch darüber.«

Nora hatte kaum den Wagen gestartet und sich in den Verkehr eingefädelt, als Laura ihr Gesicht in den Händen barg und hemmungslos zu schluchzen begann. Als Nora anhielt, um sie zu trösten, schluchzte sie: »Sie können das nicht verstehen. Ich bin die ärmste Bewohnerin von *The Palms*. Ich lebe quasi an der Armutsgrenze; eine Perücke für fünfhundert Dollar – das ist undenkbar.«

»Aber es gab doch auch eine für fünfzig.«

»Auch das ist undenkbar – wenn es nicht absolut unerläßlich ist.«

»Aber es ist unerläßlich – für Ihr Selbstwertgefühl – für Ihre Genesung.«

Laura wollte zu dem Thema nichts mehr sagen. Doch als Nora sie zu ihrem Zimmer geleitete, blieb sie vor der Tür noch einmal stehen und sagte: »Es ist alles so plötzlich passiert, Nora. Und auf einmal wurde mir schmerzhaft bewußt, daß ich kein Geld habe, keine engen Freunde, und daß ich, wenn der Krebs metastasiert, eines Tages in diesem Zimmer sterben werde. Es hat mich einfach übermannt. Das Leben ist nicht leicht für eine alte Frau, die niemanden mehr hat.«

Es war offensichtlich für Nora, daß sie Laura helfen mußte, aus ihrer Depression herauszukommen. Deshalb sagte sie mit fester Stimme: »Ob kahlköpfig oder nicht, ob mit oder ohne Perücke, Sie werden morgen bei Mr. Yancey und seiner Frau mit der Rehabilitation beginnen, und ich werde mal mit Mrs. Mallory sprechen, ob sie Sie nicht ein bißchen aufheitern kann. Aber jetzt schlafen Sie erst mal in aller Ruhe. Ich hole Sie morgen früh um neun ab.«

Am nächsten Morgen fand sich Laura bei Mr. Yancey ein, der keine Notiz von ihrer Kahlköpfigkeit nahm. »Ich hörte, Sie hatten eine Krebsoperation, Ms. Oliphant. Pech so was, aber Sie scheinen mir ansonsten bei guter Gesundheit zu sein. Ich weiß, daß Sie eine Hüftoperation hatten, und so gut, wie Sie jetzt wieder gehen können, müssen Sie geradezu eine Muster-Therapiepatientin gewesen sein. Macht mir die Arbeit leichter.« Er nahm sie bei beiden Händen und machte mit ihr eine Reihe breiter, schwingender Schritte, die den Zweck hatten, ihren Oberkörper zu lockern. Da hob er ihre Arme behutsam bis zu dem Punkt, an dem sie rief: »Das tut weh!«

»Das weiß ich, aber ich wollte sehen, wo Ihre Grenzen liegen. Ms. Oliphant, Sie sind ein gutes Stück weiter als die meisten Brustkrebs-Patientinnen, die ich bis jetzt gesehen habe. Sie sind schon auf dem besten Wege zur Rehabilitation, aber ich kann Ihnen helfen, den Prozeß noch zu beschleunigen.« Und dann vollführte er wieder eine Art Tanz mit ihr, einen Bewegungsablauf, der den gesamten Körper lockerte. Sie fügte sich brav, und um zehn Uhr, nach einer Stunde sorgfältig kontrollierter Übungen, lächelte sie sogar und hatte zumindest zeitweilig ihre Kahlheit vergessen.

Ihr Treffen mit Mrs. Mallory war für halb elf anberaumt. Nora führte sie einfach zu dem großen Doppelapartment im siebten Stock, klopfte an die Tür, rief: »Esther, Laura ist hier«, schob Ms. Oliphant durch die Tür und verschwand wieder.

Als die Tür zu war, sagte Mrs. Mallory: »Setzen wir uns doch hier drüben auf das Sofa. Von hier aus haben wir einen so schönen Ausblick auf den Fluß und den Sumpf. Wenn wir Glück haben, können wir vielleicht sogar ein paar Rehe sehen.«

Sie hatte keine Scheu, sofort zur Sache zu kommen. »Nora – und ich sag' Ihnen, solche Frauen wie sie sind ein Gottesgeschenk – hat mich unter dem Siegel strengster Vertraulichkeit informiert, daß Sie finanzielle Probleme haben, Laura – nun warten Sie, die hat jeder von uns. Wußten Sie, daß Chris einmal auf drei Millionen Dollar verklagt wurde? Außerdem hat sie mir erzählt, daß Sie wegen der hohen Kosten darauf verzichtet haben, sich eine Perücke zu kaufen – und Sie brauchen, weiß Gott, eine. Nun, meine Liebe, ich habe hier ein Geschenk für Sie.« Sie langte hinter die Lehne des Sofas und holte eine Schachtel von beträchtlicher Größe hervor. Laura, die sich verwundert fragte, was da vor sich ging, bemerkte, daß die Schachtel mit den Farben Blau, Weiß und Rot verziert war und daß auf dem Deckel der Eiffelturm abgebildet war, und als Mrs. Mallory den Deckel abnahm, sah sie einen Styropor-Kopf, auf dem eine wunderschöne französische Perücke saß.

»Setzen Sie sie auf«, sagte Mrs. Mallory. »Sie gehört Ihnen.«

»Esther –«

»Ich hatte selbst mal eine Chemotherapie, meine Liebe. Drei Schachteln Zigaretten pro Tag. Und diese Perücke war mir ein großer Trost, weil ich mich im Spiegel anschauen und mir sagen konnte: ›Nun gut, Es, altes Mädchen. Du magst zwar ein paar Löcher in der Lunge haben, aber Samstag abend auf dem Tanzparkett, da kannst du ihnen immer noch zeigen, was eine Harke ist.‹«

Sie unterhielten sich eine Weile über Krankheiten. Schließlich sagte Mrs. Mallory: »Sie sind etwa fünfundsiebzig. Ich werde bald neunzig. Wenn meine Perücke Ihnen soviel Glück bringt, wie sie mir gebracht hat, dann können Sie noch mehr als zwanzig Jahre ein schönes Leben führen. Versuchen Sie's wenigstens.«

Sie stand auf, ging zu ihrem Schreibtisch und kam mit einem langen Umschlag zurück. »Meine Liebe, ich habe mit Chris über Ihren Fall gesprochen, nachdem Nora ihn uns geschildert hatte, und wir wollen Ihnen dieses Dokument geben, aber Sie müssen hoch und heilig versprechen, niemandem in *The Palms* auch nur ein Sterbenswörtchen davon zu erzählen oder jemals mit uns darüber zu sprechen. Machen Sie's auf und lesen Sie es durch.«

Es war ein langes Schriftstück, eine Transkription von sechzehn Schreibmaschinenseiten, die Nora stibitzt hatte, auf denen detailliert alle Krankenhaus- und Behandlungsrechnungen aufgeführt waren, die bisher für Ms. Oliphants Brustkrebsbehandlung angefallen waren, einschließlich der saftigen Honorare der Ärzte, die sie konsultiert hatte. Sie beliefen sich insgesamt auf einundvierzigtausend Dollar, von denen *Medicare* mehr als die Hälfte erstattet hatte. Alle übrigen Rechnungen, für die Laura aufkommen mußte, trugen den mit roter Tinte geschriebenen Vermerk: »Voll bezahlt.« Das Bankerehepaar aus dem Mittleren Westen hatte beschlossen, der pensionierten Lehrerin zu helfen, ihren Lebensabend mit einem finanziell reinen Tisch zu beginnen, frei von der verzehrenden Furcht, irgendwann mittellos dazustehen und nicht zu wissen, wohin. Laura kehrte wie betäubt auf ihr Zimmer zurück, studierte die Papiere, die sie vor der Armut retten würden, und begann haltlos zu weinen.

An jenem ersten Abend hatte sie große Hemmungen, mit der eleganten Pariser Perücke auf dem Kopf im Speisesaal zu erscheinen, doch als sie eines ihrer schönsten Kleider anzog und sich die kostbare Perücke aufsetzte, mußte sie zugeben, daß sie durchaus präsentabel ausschaute. Zögernd verließ sie ihr Zimmer, froh, daß niemand auf dem Flur zu sehen war, und ging langsam zum Speisesaal.

Als sie den Saal betrat, gewissermaßen den Mittelpunkt des gesellschaftlichen Lebens von *The Palms*, spürte sie, daß jeder sie anschaute, und einige begrüßten sie auch freudig – aber niemand sprach sie auf die Perücke an. »Toll sehen Sie aus!« riefen gleich mehrere, und einer sagte mit anerkennender Stimme: »Laura! Sie haben wirklich Wunder vollbracht seit Ihrem Krankenhausaufenthalt!« Und noch ehe das Dinner beendet war, war sie schon wieder ein vollwertiges Mitglied der Gesellschaft von *The Palms*. Die Unterstützung und Aufmunterung, die sie von allen Seiten bekam, gab ihrem Genesungsprozeß großen Auftrieb, bis schließlich sowohl sie als auch ihre Ärzte sagen konnten, daß die Behandlung ein Erfolg war, und sie kehrte zu ihrem gewohnten alten Leben zurück: Sonntags ging sie in eine nahe gelegene Kirche, nachmittags arbeitete sie in den Blumengärten, und nach dem Abendessen spielte sie ihr geliebtes Bridge.

Die größte Veränderung in ihrem Leben jedoch war, daß fortan sowohl Dr. Zorn als auch Schwester Nora, wann immer eine der Bewohnerinnen von *The Palms* sich mit der Diagnose Brustkrebs konfrontiert sah – und das geschah nicht selten –, ihr empfahlen, mit Ms. Oliphant zu sprechen, da diese sich wohl besser als jede andere mit diesem Problem auskenne. Eine der Frauen, welche dieser Empfehlung folgten, war Mrs. Clay, eine an einen Vogel erinnernde Frau aus einem der Einzelzimmer.

Nora und Dr. Zorn schauten zu, als Laura sich mit der Frau in eine Ecke setzte und die diversen Möglichkeiten skizzierte, die man ihr selbst seinerzeit eröffnet hatte: Totalamputation oder Partialektomie, gefolgt von Strahlenbehandlung oder Chemotherapie, und dann gegebenenfalls noch eine Behandlung mit Tamoxifen.

»Und was raten Sie mir, Ms. Oliphant?«

»Leider kann niemand Ihnen diese Entscheidung abnehmen, nicht einmal die Ärzte, da es viele unterschiedliche Lehrmeinungen in der Frage der Krebstherapie gibt.«

»Aber wie ich hörte, hatten Sie Brustkrebs. Was haben Sie gemacht?«

»Alle drei – Totalamputation, Chemotherapie und Tamoxifen. Und ich fühle mich körperlich gut. Und psychisch geht es mir ebenfalls gut. Ich habe zwar meine Haare verloren, aber die werden nachwachsen. Einstweilen trage ich diese Perücke.«

»Wie teuer war sie?«

»Ungefähr sechshundert Dollar in Paris.« Als sie Mrs. Clays überraschten Gesichtsausdruck sah, fügte sie rasch hinzu: »Ich habe sie nicht selbst gekauft. Eine wohlhabende Freundin hat sie mir geschenkt, als sie sie nicht mehr brauchte. Aber Sie können durchaus passable Zweitfrisuren schon für weniger als hundert Dollar finden.«

»Ich meinte nicht die Perücke. Ich meinte die Operation und die ganzen anderen Dinge. Was hat das alles in allem gekostet?« Sie hatte das Gefühl, sich für ihre doch recht in die Intimsphäre dringenden Fragen entschuldigen zu müssen: »Ich habe nämlich nicht viel Geld, müssen Sie wissen.«

»Ich glaube, die Sache hat mit allem Drum und Dran so um die vierzigtausend gekostet.« Als Mrs. Clay diese Zahl hörte, gab sie einen erschrockenen Japser von sich, worauf Laura sagte: »Bei mir war es aber auch besonders teuer. Ich mußte zu insgesamt sechs verschiedenen Ärzten.«

»Hat *Medicare* denn wenigstens einen Teil der Kosten übernommen?«

»Bei unserem verrückten Gesundheitsfürsorgesystem konnte ich froh sein, daß sie wenigstens einen gewissen Teil übernommen haben. Aber die Information, die ich Ihnen gerade gegeben habe, ist kostenlos. Machen Sie das volle Programm, und Sie haben eine siebenundneunzigprozentige Erfolgschance. Wenn Sie gar nichts tun, garantiere ich Ihnen, daß wir Sie noch vor Weihnachten beerdigen. Aber die endgültige Entscheidung können nur Sie allein treffen.«

Mrs. Clay, diese verängstigte, alleinstehende kleine Frau, die keine Freunde hatte, war entsetzt über das, was Laura ihr gesagt hatte, und besonders über ihre Weigerung, ihr einen verbindlichen Rat zu geben. »Aber was soll ich denn nun machen?«

fragte sie hilflos. »Wenn Sie, die Sie die ganze Prozedur durchgemacht haben, es mir nicht sagen können, wer dann?«

Laura war tief bewegt von diesem verzweifelten Hilferuf. Sie schob kampflustig die Kinnlade vor und sagte fast trotzig: »In Ordnung! Ich sag' Ihnen, was Sie tun müssen, wenn Sie fünfzehntausend Dollar sparen wollen. Konsultieren Sie keine Ärzte mehr. Geben Sie keinen Cent mehr für Biopsien aus, die den Ärzten lediglich das verraten, was sie ohnehin schon wissen. Ziehen Sie das gesamte Programm durch, aber lassen Sie's in dem kleinen Krankenhaus machen, wo die Kosten geringer sind, und versuchen Sie dann, das Maximum aus *Medicare* rauszuholen.«

»Und Sie meinen, auf diese Weise kann ich es mir leisten?«

Beinahe ohne zu merken, was sie tat, packte Laura die kleine Frau bei den Schultern, als wäre sie eine ihrer Schülerinnen, und schüttelte sie: »Verdammt, Frau. Dies ist *Ihr* Leben. Natürlich können Sie es sich leisten!« Erschrocken über ihre eigene Heftigkeit, atmete sie einmal tief durch, um sich zu entspannen, und sagte mit sanfter, liebevoller Stimme: »Mrs. Clay, wenn Sie Ihre Gewohnheiten ändern müssen, um das Geld zusammenzusparen, wenn Sie es sich von der Verwandtschaft leihen müssen, wenn Sie Gott weiß was tun müssen, um an das Geld heranzukommen, *tun* Sie es, um Himmels willen, tun Sie es. Es geht um Ihr Leben, und das ist das Kostbarste, was es gibt.«

Den Tränen nahe, rief sie plötzlich: »Ich sag' Ihnen noch was! Wenn Sie aus dem Krankenhaus kommen, werde ich diese Perücke schon nicht mehr brauchen, und dann sollen Sie sie kriegen! Sie werden Ihr neues Leben mit einer Sechshundert-Dollar-Kreation aus Paris auf dem Kopf anfangen!« Impulsiv riß sie sich die Perücke vom Kopf und setzte sie Mrs. Clay auf.

Die beiden Frauen starrten sich an – Laura mit ihren kahlen Stellen auf dem Kopf, Mrs. Clay fast verschwunden unter einer Perücke, die viel zu groß für sie war, und dann brachen sie in schallendes Lachen aus. Dr. Andy, der Ms. Oliphants Darbietung genau verfolgt hatte, sagte leise zu Nora: »Sie hat wieder Mut gefaßt. Ich frage mich, was passiert ist.« Aber Nora, die von der geheimen Kostenübernahme der Mallorys wußte, sagte bloß: »Das liegt an der Pariser Perücke. Ganz gleich, wie alt eine Frau auch werden mag – wenn sie gut aussieht, fühlt sie sich auch gut.«

WENN JOHN TAGGART einem jungen Mann einen leitenden Posten in seiner Organisation gab, ließ er ihm für den größten Teil des ersten Jahres erst einmal so gut wie freie Hand. Die vier reisenden Inspekteure seines Ruhestandsimperiums berichteten zwar gelegentlich über den jungen Andy Zorn, jedoch stets nur in Zusammenhang mit irgendwelchen Neuerungen, die sie angeregt hatten. Sie spionierten nicht Zorn selbst aus, und Taggart ließ niemals zu, daß die Mitarbeiter eines Direktors irgend etwas hinter dessen Rücken machten.

Gleichwohl war Taggart froh, hin und wieder die eine oder andere Information von außenstehenden Besuchern aufzuschnappen oder gelegentlich auch von Zorns Mitarbeitern wie Miss Foxworth und Ken Krenek. Ende April schickte Krenek einen Brief, der unter diese Kategorie fiel, da er das Ansuchen des Naturwissenschaftlers Maxim Lewandowski erwähnte, man möge ihm gestatten, im Namen der namhaften naturwissenschaftlichen Gesellschaften, für die er als Ruheständler tätig sei, eine unbenutzte Kammer im vierten Stock zu mieten. »Er sagt, er brauche mehr Platz für seinen neuen Computer, den das Universitätskonsortium ihm zur Verfügung stelle, und für Ablagemöglichkeiten zum Unterbringen der Papiere, die der Computer entwickeln werde. Miss Foxworth sagt, die Miete, welche die Universitäten vorgeschlagen hätten, sei nicht gerade großzügig bemessen – sie sei aber auch nicht so niedrig, daß man den Vorschlag so einfach beiseite wischen könne. In Anbetracht unseres ständig besser werdenden finanziellen Status hat Dr. Zorn dem Ersuchen stattgegeben. ›Wer weiß‹, hat er gesagt, ›vielleicht macht der Bursche ja noch eine Entdeckung, die ihm den Nobelpreis einbringt!‹ ...

Ich möchte mit der Bemerkung schließen, daß sowohl das Personal als auch die Bewohner Andy Zorn begeistert aufgenommen haben. Er ist tatkräftig und hat eine rasche Auffassungsgabe, und dazu hat er eine angenehme, freundliche Art und den brennenden Ehrgeiz, seine Aufgabe zu meistern. Er informiert sich jeden Tag aus erster Hand; ihm ist daran gelegen, über alles Bescheid zu wissen, was funktioniert, und ganz besonders über das, was nicht funktioniert. Letzteres umgehend in Ordnung zu bringen, ist ihm ein sehr hohes Anliegen.«

Bei einem dieser Inspektionsrundgänge kam Zorn gegen Ende des Frühlings in eine der kleinen Enklaven, die für Schachspieler, Bridgespieler und Leute, die in Ruhe lesen oder im kleinen Kreis Tee trinken wollten, zur Verfügung standen. Sie war in dem Moment leer, aber auf dem Bridgetisch hatte jemand eine Ausgabe des Hochglanzmagazins *Retirement Living* liegenlassen. Er wußte natürlich von der Zeitschrift, aber er war mit ihrem Inhalt nicht vertraut, da er annahm, daß sie nichtssagend und für ihn von geringem Wert war.

Als er sie jedoch beiläufig durchblätterte, stieß er auf einen Artikel, der sein Interesse erweckte. Er erzählte in epischer Breite die Geschichte von einer Krankenschwester und ihrer Ausbildung, ihrer frühen Arbeit in Krankenhäusern in den Südstaaten, ihrem Gehalt, ihren Ausgaben und den kuriosen Windungen in ihrer Karriere, durch die sie schließlich Oberschwester in einem der feinen Seniorenheime in North Carolina wurde.

Nachdem er ein paar der eng geschriebenen Abschnitte des Artikels gelesen hatte, nahm er die Zeitschrift vom Tisch und setzte sich in einen Sessel in einer Ecke des Raumes, in dem er den ganzen Artikel in Ruhe lesen konnte. Als er den Artikel zu Ende gelesen hatte, schlug er das Magazin nachdenklich zu und sagte zu sich selbst: »Ich habe das Gefühl, als würde ich diese Frau kennen. Sie ist eine echte Person mit echten Problemen und Fertigkeiten. Wer mag diesen Artikel wohl geschrieben haben?« Er schlug das Magazin wieder auf, blätterte bis zum Anfang des Artikels und fand eine kurze Herausgeberanmerkung in Kursivdruck am Fuß der ersten Spalte.

Pepper Riley, Absolventin der School of Journalism an der Universität von Missouri, arbeitet seit zwölf Jahren im Gesundheitswesen und hat zahlreiche Artikel veröffentlicht. Sie schreibt regelmäßig für diese Zeitschrift.

Zorn ließ sich in den Sessel zurücksinken, klopfte gedankenverloren mit den Fingerkuppen auf das zugeklappte Magazin und verlor sich in imaginären Gedankenspielen: Was eine solche Schreiberin mit einer Story über eine so schöne und abwechslungsreiche Einrichtung wie *The Palms* alles machen könnte! dachte er. Richtig aufgemacht, könnte sie die Aufmerksamkeit von Tausenden wecken. Doch so sehr er auch nachdachte, er fand keine Antwort auf die Fragen: Was für eine Art von Story? Mit welchen Aspekten sollte sie sich befassen? Was für Fotos sollte sie enthalten? Er wußte keine Antworten, aber eines stand für ihn grundsätzlich fest: Unsere Geschichte ist eine, die es wert ist, erzählt zu werden.

Mit dem zusammengerollten Magazin in der Hand hastete er die Flure hinunter zu seinem Büro, ähnlich einem Staffelläufer, der den Stab in der Hand hält. In seinem Büro angekommen, rief er sofort Foxworth, Krenek und Varney zu sich, und als sie sich das Magazin ansahen, erzählte er ihnen, was ihm vorschwebte: »Ein sechsseitiger Artikel über *The Palms*, mit Farbfotos, geschrieben von Pepper Riley. Er könnte uns mit einem Schlag ganz nach vorn bringen, an die Spitze der Branche. Ich schicke noch heute ein Fax an die Redaktion; die Frage ist bloß: Was könnte man ihnen schreiben, das ihr Interesse erregen würde?«

Im Verlaufe der Diskussion kam Zorn immer wieder auf die Journalistin Pepper Riley zurück. »Sie würde ihre Zeit nicht mit Trivialitäten vergeuden«, sagte er mehrfach.

Krenek zeigte sich skeptisch und riet dazu, die Sache langsam angehen zu lassen: »Sie kennen diese Leute überhaupt nicht. Sie haben diese Superjournalistin noch nie kennengelernt. Und vergessen Sie nicht: was Sie einem Zeitungsreporter – oder einer Reporterin – erzählen, muß nicht notwendigerweise das gleiche sein, was er – oder sie – dann später auch schreibt. Die können irgendeinen Schwachpunkt finden, irgendein Haar in der Suppe, und uns in die Pfanne hauen. Die Idee gefällt mir ganz und gar nicht.«

Während sie ihre Argumente austauschten, las Nora den Artikel noch einmal sorgfältig, und während einer Gesprächspause, als die anderen auf ihre Knöchel starrten, sagte sie: »Das ist ein hervorragender Artikel. Er erzählt die Geschichte – meine Geschichte eigentlich – mit guten Worten und wunderbaren Bildern. Wenn wir es machen, müssen wir einen unserer Leute in den Vordergrund stellen. Aber wen?«

Zorn fand, daß Botschafter St. Près einen geeigneten »Titelhelden« abgeben würde, aber Miss Foxworth wandte ein: »Der ist doch steif wie ein Stock, und was wäre die Geschichte?« Doch als die Diskussion intensiver wurde und ein Bewohner nach dem anderen als ungeeignet abgehakt wurde, schlug sie vor: »Die Story ist nicht jemand, der schon hier wohnt. Die richtige Story ist, warum jemand von draußen unbedingt einziehen möchte.« Sofort nickten alle vier, und dann sprudelten die Ideen nur noch so.

»Es muß eine Witwe sein. Ihr Mann ist gestorben und hat ihr ein großes Haus hinterlassen.«

»Sie muß auf ihr Geld achten – aber sie darf nicht arm sein.«

»Sie muß aus einem interessanten, fotogenen Staat sein, zum Beispiel Kentucky.«

»Sie zieht aus diesem mit Möbeln vollgepackten Riesenhaus aus und bezieht bei uns ein Zweizimmer-Apartment.«

»Ich hab's!« schrie Dr. Zorn. »Ich sehe es wie einen Film vor mir. Sie zieht aus einem großen Haus in ein Einzimmer-Apartment. Das ist die Story. Damit kann sich jede Frau identifizieren.«

»Wenn sie dieses große Haus hat, und ihr Mann hat sie finanziell gut versorgt zurückgelassen, warum sollte sie sich dann mit einem unserer kleinen Zimmer begnügen?«

Ken Krenek löste dieses Problem. »Ich bin immer wieder verblüfft, wenn ich sehe, wie viele Witwen zu uns kommen und glauben, sie hätten genug Geld – und die dann mit der harten Realität konfrontiert werden. Und die sich dann ein Einzimmer-Apartment nehmen – aus den gleichen Gründen wie Laura Oliphant und ein halbes Dutzend andere. Deshalb haben wir ja Einzimmer-Apartments – weil nicht nur diese Witwen, sondern auch alleinstehende Frauen sparsam mit ihrem Geld umgehen müssen.«

Nüchtern brachte Andy die Diskussion auf den Punkt: »Es könnte die Geschichte einer Witwe aus Kentucky – oder sonstwo – sein, die mit einer Lebenskrise konfrontiert wird. Das Ende eines wundervollen Lebens in einem großen Haus mit ihrem Mann, der Beginn eines akzeptablen Lebens allein in einem kleinen Zimmer. Aber – und jetzt kommen wir zum eigentlichen Kern der Geschichte – in *The Palms* ist sie nicht eingesperrt in dieses eine kleine Zimmer. Sie hat den vollen Komfort eines geräumigen Herrenhauses.« Und dann zählte er voller Elan die Fotos auf, die er sich vorstellte: »Wir sehen sie beim Bridgespielen mit drei attraktiven Partnern beziehungsweise Partnerinnen. Ein anderes Foto zeigt sie beim Shuffleboardspielen. Ein weiteres im Übungsraum mit den Yanceys. Dann eins bei einer Filmvorführung im Aufenthaltsraum. Beim Schachspiel gegen Senator Raborn. Beim Abendessen mit Freunden. In der Bibliothek oder beim Samstagabendgottesdienst; beim Angeln mit Richter Noble und seinen Vögeln. Mann! Das könnte *das* Ding werden!« Und befeuert von dieser Begeisterung setzte er ein Fax an die New Yorker Redaktion von *Retirement Living* auf, in dem er die Herausgeber zu ihrem tollen Artikel über die Krankenschwester in der Februarausgabe beglückwünschte und sie dazu einlud, eine noch bessere Story über eine alleinstehende Witwe zu bringen, die den großen Entschluß gefaßt hatte, ihr viel zu großes Haus zu verkaufen und in ein Altenheim zu ziehen, wie der Durchschnittsleser es wohl nennen würde. Aber sein Haus – *The Palms* – würde sich himmelweit von einem normalen Altersheim unterscheiden. Die ideale Autorin für diese Story, fügte er hinzu, sei seiner Meinung nach Pepper Riley.

Zu seiner Überraschung erhielt er gleich am nächsten Morgen um halb zehn einen Telefonanruf vom Chefredakteur von *Retirement Living*. »Wir bekommen nur selten Anregungen – und wir kriegen jeden Tag welche eingeschickt – mit einer so klaren Aufzählung von Möglichkeiten für eine Geschichte, die auf unsere Bedürfnisse zugeschnitten ist. Pepper Riley sitzt gerade bei mir, und sie sagt, es wäre genau das Richtige für sie, und sie ist unsere beste Autorin. Aber das beinhaltet keinerlei Verpflichtung unsererseits. Sie müssen bestimmten Konditionen zustimmen, bevor wir überhaupt erst nähere Details besprechen können. Ich möchte, daß Sie sich diese Bedingungen notieren. Erstens, die Dame muß fotogen sein, nicht Lena Horne – schön für ihr Alter, sondern die typische gutaussehende, gepflegte Dame wie in den Anzeigen für Diamanten, wenn er ihr einen Diamanten zum fünfzigsten schenkt. Zweitens, das große Haus, von dem Sie schreiben, muß noch immer zur Verfügung stehen, damit wir sie fotografieren können, wenn sie auszieht. Drittens, sie muß bereit sein, offen und ehrlich mit uns über ihre finanzielle Situation zu sprechen. Das ist eine Verpflichtung, denn ohne ihre Einwilligung haben wir nichts. Und wir werden nicht akzeptieren, daß sie einen auf zimperlich macht und sagt: ›John hat mir genug zum Leben hinterlassen.‹ Der Leser gibt sich damit nicht zufrieden; der will mehr wissen. Viertens, wenn sie in Ihr Haus kommt, müssen Sie in der Lage sein, sie mit fünf oder sechs Männern und Frauen von überdurchschnittlicher Attraktivität zu umgeben. Für etwaig anfallende Friseurbesuche kommen wir gern auf. Fünftens, Sie müssen uns gegenüber mit offenen Karten spielen, was *Ihre* finanzielle Übereinkunft mit ihr betrifft.

Sprechen Sie die Sache mit Ihren Leuten durch, Dr. Zorn. Machen Sie ihnen deutlich, daß unsere fünf Bedingungen erfüllt werden müssen, und wenn sie es werden, dann haben Miss Riley und ich das sichere Gefühl, daß dieses Projekt ein Erfolg werden könnte.« Als er aufhängen wollte, fiel ihm noch etwas ein, und er fügte hinzu: »Ach, und noch etwas, Dr. Zorn! Die Zusage der Witwe, uns mit den erwähnten Details zu versorgen, wird uns erteilt, nicht Ihnen. Wir haben gelernt, uns nicht auf blinde Zusicherungen wie ›Ich bin sicher, das läßt sich arrangieren‹ zu verlassen. Die Arrangements treffen wir. Viel Glück.«

Als Andy seine Mitarbeiter über die fünf Bedingungen in Kenntnis setzte, begannen sie sofort damit, jüngste Nachfragen von Besucherinnen auszusortieren, die für die Story in Frage kommen konnten. Dabei waren sowohl Foxworth als auch Krenek unentbehrlich, da sie sich mit erstaunlicher Genauigkeit an sämtliche Antragsteller der letzten Zeit erinnerten. Eine Kandidatin nach der anderen schied aus, da sie die geforderten Bedingungen nicht erfüllte.

»Nicht geeignet für eine landesweit verbreitete Zeitschrift.«

»Sie hat ihr Haus vor einem Jahr verkauft.«

»Die hier ginge, aber sie nimmt ein Zweizimmer-Apartment.«

Mit einem Freudenschrei schaute Miss Foxworth von ihren Unterlagen auf: »Ich hab' sie! Liegt direkt hier vor mir. Eine Witwe, die uns unlängst besucht hat – eine ganz entzückende Dame; sie kommt aus einer Kleinstadt in Arkansas; der Mann war Rechtsanwalt, hat ihr einiges hinterlassen, aber sie muß ihre Kröten zusammenhalten. Sie hat einen Käufer für das alte Haus gefunden, zieht in Kürze aus und kommt in zwei Wochen zu uns runter. Sie bezieht ein Einzimmer-Apartment, sehr hübsch, mit Blick aufs Wasser. Sie heißt Arlene Jessup, und hier ist ihre Telefonnummer.«

»Aber ist sie fotogen?« fragte Krenek, und Miss Foxworth sagte: »Ich finde, ja. Ich wäre froh, wenn ich mit Ende sechzig noch so gut aussehen würde wie sie, aber ich fürchte, ich habe den Kampf jetzt schon verloren.«

»Hören Sie auf, Roberta!« sagte Zorn. »Sie wissen genau, daß Sie gut aussehen, und außerdem sind Sie wahrscheinlich die Intelligenteste in unserem Team.«

»Das war schon immer mein Fluch«, erwiderte Miss Foxworth. »Ich sehe niemals auch nur halb so gut aus, wie ich mich anhöre. Aber sei's drum – ich fange an, mich wirklich für dieses Projekt zu begeistern. Es ist eine großartige Idee, Andy, und wir müssen sie unbedingt in die Tat umsetzen.« Sie erklärte sich bereit, die Witwe Jessup anzurufen und ihr von dem Projekt zu erzählen, und sie machte ihr die Sache – sowohl die Idee mit den

Fotos in Arkansas als auch die Idee mit dem großen Empfang in *The Palms* – so schmackhaft, daß Mrs. Jessup begeistert einwilligte. Noch am selben Tag ging ein Fax nach New York, und die Antwort kam postwendend: »Habe mit Mrs. Jessup gesprochen. Klingt ideal – vorausgesetzt, ihr Äußeres ist annehmbar. Beauftrage Pepper Riley mit der Story. Sie und unser weltberühmter österreichischer Fotograf machen sich sofort auf den Weg nach Arkansas, um den Abschied von dem großen Haus der Jessups zu fotografieren. Riley und ihr Team dürften ungefähr in zehn Tagen bei Ihnen sein.«

Als Pepper Riley in *The Palms* eintraf, die »Arkansas-Hälfte« ihrer Story bereits in Rohfassung im Gepäck, stellte sie eine ganz neue Erfahrung für Andy Zorn dar. Zwei Jahre jünger als er, hatte sie als Krankenschwester in den verschiedensten Gesundheitseinrichtungen gearbeitet: in einem Krankenhaus, in einem Altersheim (eine schreckliche Erfahrung), in einem Ruhestandscenter der Spitzenklasse in North Carolina – und als Bezirkskrankenschwester in den Carolinas. Im fortgeschrittenen Alter von siebenundzwanzig hängte sie ihren Beruf an den Nagel und schrieb sich an der *School of Journalism* an der Universität von Missouri ein, wo sie ihren Abschluß mit einer Arbeit über Naturwissenschaft und Gesundheit machte.

Aufgrund ihrer guten Examensnoten bekam sie schnell einen Job bei einer Zeitung in Kansas. Ihre Art zu schreiben und ihr gekonnter Stil fanden Beachtung, was zu einer Probeanstellung bei *Retirement Living* führte, wo sie schon nach kurzer Zeit zum festen Bestandteil des Redaktionsteams avancierte. Es folgte eine ununterbrochene Serie exzellent recherchierter und geschriebener Storys, und jetzt war sie in Tampa, um diesen journalistischen Glanzlichtern ein weiteres hinzuzufügen.

Ihr rascher Aufstieg in ihrem Beruf hatte sie selbstsicher, wenn nicht gar arrogant gemacht, und als Dr. Zorn ihr seine Vorstellungen davon kundtun wollte, wie die »Tampa-Hälfte« ihrer Story sich seiner Meinung nach entwickeln sollte, beschied sie ihm barsch: »Damit eines von Beginn an klar ist, Doktor. Ich alleine entscheide, wie ich den Artikel aufbaue.« Worauf Zorn weise verstummte.

Sie brachte ein aus drei Personen bestehendes Team mit: eine junge Frau, die ihr als Assistentin diente und sich um das Skript und den Kleinkram kümmerte; Fritz, den österreichischen Fotografen, der einundfünfzig Jahre alt war und erste Anzeichen des Alterns zeigte; und dessen Assistenten, einen schlaksigen jungen Burschen mit Pferdeschwänzchen und Ohrring, der ein Meister im Lichtaufbau war – mit einer Platte aus reflektierendem Metall, einem Bogen weißen Kartons, einer ganz normalen Zeitung und einer Anzahl verschiedener Galgen und Lampen vollbrachte er wahre Wunderdinge. So konnte er entweder eine Szene von verführerischer Romantik zaubern, die voller mysteriöser Schatten war, oder ein Gesicht in grelles Schlaglicht setzen, so daß die Furchen und Runzeln hervortraten, die von Charakter und Lebenserfahrung zeugten. Fritz sagte zu Zorn: »Der Junge ist meine Kreditkarte. Ich gehe ohne ihn gar nicht mehr aus dem Haus.«

Als Zorns Mitarbeiter die in Arkansas geschossenen Fotos sahen, waren sie einhellig begeistert, denn die Bilder fingen auf einfühlsame Weise die traurige Atmosphäre nach dem Tod des geliebten Mannes, den Abschied vom trauten Heim, die schmerzhafte Trennung von liebgewordenen, in einem langen Leben zusammengetragenen Möbeln und anderen Gegenständen und den Beginn der großen Einsamkeit ein, die so viele in einer solchen Situation erwartet. Ein Bild sagte fast alles: Mrs. Jessup stand am Fenster eines leeren Zimmers und blickte hinaus auf eine öde Landschaft. Das Beleuchtungsgenie hatte das Zimmer in tiefem Schatten gelassen, das Profil der Frau mit sanftem Licht umspielt und mit Hilfe eines Spots einen einsamen Baum hervorgehoben, der in einiger Entfernung vom Haus stand. Das Ergebnis war die meisterliche Abbildung eines Menschen, der total allein war.

Obwohl die Witwe Jessup mit mehr Möbeln anreiste, als in ihr Einzimmer-Apartment paßten, waren der Sohn und die Tochter, die sie begleiteten, froh, die überschüssigen Stücke einem Antiquitätenhändler in Kommission geben zu können. Die drei Jessups waren ein reizendes Trio – die Witwe Ende sechzig, ihre Kinder in den frühen Vierzigern und mit allen Anzeichen dafür, daß sie eine unbeschwerte Kindheit und eine gute Erziehung und Ausbildung genossen hatten. Miss Foxworth legte die Zahlen dar, die bei den Interviews in Arkansas genannt worden waren: »Mr. Jessup, Anwalt in einer Kleinstadt, hatte komfortabel in einem großen Haus mit drei Badezimmern gelebt, seiner Frau aber nur 260 000 Dollar hinterlassen. Sie konnte das große, ziemlich altmodische Haus für 176 000 Dollar verkaufen, weil es ein begehrtes Grundstück von fast einem halben Morgen Größe mit einschloß. Da ihre Kinder versichert hatten, daß sie nach dem Tode ihrer Mutter keine Erbschaft von ihr erwarteten, war der Weg frei für einen Einzug in *The Palms*, und Mrs. Jessup entschied sich für eines unserer preiswertesten Einzimmer-Apartments. Dies bedeutete eine geringere Gebühr, in ihrem Fall 110 000 Dollar als Einstand und nur 917 Dollar für die Monatsmiete.«

Ein billigeres und günstigeres Arrangement konnte Zorn sich nicht vorstellen. Es ließ Mrs. Jessup eine beträchtliche Summe, die sie investieren konnte, so daß sie die Zinsen als Taschengeld würde verwenden können. Er wünschte, alle Transaktionen würden so gütlich und unkompliziert über die Bühne gehen.

Doch als Zorn am »Tampa-Ende« der Story arbeitete, stellte er bald fest, daß die drei starken Charaktere, die an diesem Projekt beteiligt waren, alle ihren eigenen Kopf hatten: Pepper Riley war entschlossen, die Geschichte auf ihre Art zu erzählen; Fritz wollte die Fotos auf seine Art machen, ungeachtet dessen, was Pepper vorschlug; und er, Andy, wollte, daß das »Tampa-Team« die Geschichte von *The Palms* auf so vorteilhafte, »appetitanregende« Weise erzählte, daß ein Leser, der den eleganten Text studierte und die eindrucksvollen Fotos betrachtete, Lust darauf bekam, nach Florida zu fliegen und sich das Center einmal anzuschauen – und daß der eine oder andere dieser Besucher Interesse daran bekommen würde, sich ein Apartment zu nehmen oder – in späteren Jahren – die Gesundheitsdienste in Anspruch zu nehmen.

Pepper wollte davon nichts wissen. Eine hübsche junge Frau, die ganz faszinierend aussehen konnte, wenn sie lächelte, konnte sie, wenn nötig, auch knochenhart sein: »Ich bin nicht hier, um Ihr Altenheim mit einem Glorienschein zu umgeben«, beschied sie Zorn, sehr wohl wissend, daß ihre Wortwahl – *The Palms* mit einem ganz ordinären Altersheim zu vergleichen – ihn ärgern würde; und sie meinte es verdammt ernst. Den ersten Ärger gab es, als sie und Fritz fast einen ganzen Tag damit verbrachten, Mrs. Jessup in ihrem Einzimmer-Apartment zu fotografieren. Sie zeigten sie dabei, wie sie aus ihrem Klappsofa ein Bett machte, wie sie sich ins Bad und wieder heraus zwängte, und fotografierten sie, wie sie in der hintersten Ecke ihrer bescheidenen Unterkunft kauerte. Die Bilder ließen die Enge des Zimmers geradezu abstoßend erscheinen.

Als es Nachmittag wurde und sie sich immer noch daran hielten, die Mängel des Zimmers optisch herauszustellen, hatte Zorn genug: »Verdammt!« schimpfte er. »Sie lebt ja nun nicht vierundzwanzig Stunden pro Tag in diesem Zimmer! Sie hat freien Zutritt zu sämtlichen Einrichtungen dieser weitläufigen und wohlausgestatteten Anlage. Das muß auch gezeigt werden!«

Pepper hörte ihm zu und versuchte, ihren Ärger über seine Kritik zu verbergen, und dann sagte sie in einem Ton, als ob sie mit einem Kind spräche: »Mein lieber Dr. Zorn. Glauben Sie, ich denke mir nichts dabei? Ich schreibe einen solchen Artikel nicht zum erstenmal. Halten Sie mich für so dumm, daß ich das Unvermeidliche ignoriere?«

Gedemütigt durch Peppers wiederholte Zurückweisungen, war Zorn versucht, sich in Selbstmitleid zu flüchten, Selbstmitleid für den Manager, den man nicht managen ließ, doch eines Nachmittags stellte er fest, daß er nicht der einzige war, der von ihr heruntergeputzt wurde. Fritz fauchte Pepper ziemlich giftig an, weil sie eine seiner Aufnahmen ruiniert hatte, indem sie versucht hatte, Mrs. Jessup zu interviewen, während er die volle Aufmerksamkeit der Witwe beanspruchte. Pepper wartete, bis Mrs. Jessup weg war, und dann lud sie ihren ganzen Zorn auf dem weißhaarigen Fotografen ab: »Jetzt hör mir mal gut zu, du alter Sack! Ich habe dich bei deinen letzten drei Jobs mit durchgezogen. Ich tue alles dafür, daß du gut aussiehst. Ich sag' dir jetzt eines ganz klar: Ich habe nicht den geringsten Bock darauf, mir dein Gequengel weiter anzuhören. Mach so weiter, und wenn ich nach New York zurückkomme, sag' ich ihnen, daß du fertig bist, daß du es nicht mehr bringst und daß ich dich nicht mehr mitnehmen werde. Wenn du aber mit deinem Genörgel aufhörst, deinen Job machst und deine große Klappe geschlossen hältst, werde ich weiter dafür sorgen, daß du glänzen kannst, und dann kannst du vielleicht noch zwei oder drei Jahre im Geschäft bleiben. Aber mach' mich nie wieder so an.« Der alternde Fotograf gab darauf keine Erwiderung.

Als sie mit den Aufnahmen fertig waren, die Zorn »die Ghettofotos« nannte, wandten sie sich dem neuen Leben zu, das Mrs. Jessup führen würde, und hier zeigte Fritz, was für ein großartiger Fotograf er war. Er zeigt sie in einer reizvollen Mischung von Szenen: beim Spaziergang entlang dem Kanal, beim Schwätzchen mit Richter Noble – hier fehlten natürlich auch die Vögel nicht –, beim Durchstreifen des »afrikanischen Veldt«, oder wie sie die wunderschöne Zufahrtsallee mit den hohen Washingtonias hinunterblickte.

Noch mehr begeistert war Zorn von den Fotos, die sie dabei zeigten, wie sie sich mit anderen Bewohnern in der Bibliothek unterhielt, oder wie sie den Männern beim Billardspielen zuschaute, oder wie sie als Vierte beim Bridge mit dabeisaß, oder wie sie im Garten beim Blumengießen mithalf, oder wie sie eine Busfahrt zum Dali-Museum im nahe gelegenen St. Petersburg oder zum Ringling-Brothers-Zirkusmuseum in Sarasota oder zum exquisiten Museum für neue Marmorkunst in Ocala machte. Sie unternahm einen Tagesausflug zum Epcot Center in Disneyworld und besuchte ein Orchesterkonzert in Clearwater. Einige der interessantesten Bilder waren die, die sie zeigten, wie sie zusammen mit Richter Noble einen Spaziergang durch eine Wildnisregion nördlich von Tampa machte und wie die beiden später beim – von der Zeitschrift bezahlten – Abendessen in einem kolumbianischen Restaurant speisten und sich an den Darbietungen der Flamencotänzer erfreuten.

Die Bilderserie jedoch, die fast alle am meisten beeindruckte, war die vom gemeinsamen Ausflug mit den Mallorys zu Bern's Steak House in Tampa. Sie zeigten Mrs. Jessup, wie sie in den dicken Cadillac der Mallorys einstieg, wie sie gemeinsam in dem schicken Lokal bei Tisch saßen, und schließlich, wie der fast neunzigjährige Mr. Mallory in einem Tanzlokal, das die drei nach dem Essen aufgesucht hatten, mit Mrs. Jessup eine flotte Sohle aufs Parkett legte.

Pepper Riley gestattete Mrs. Jessup nicht, allzu überschwenglich von ihren Erlebnissen zu berichten. Immer wenn Mrs. Jessup ins Schwärmen zu geraten drohte, schaltete sie ihren Kassettenrecorder ab – was sie indes gern einfing, war die Überraschung der Witwe über die pralle Fülle von Leben, die sie erwartete, sobald sie ihr kleines Zimmer verließ. Auch ließ sie Paare zu Wort kommen, die schon seit mehreren Jahren in *The Palms* lebten, und die im Brustton der Überzeugung sagten: »Wir hätten zehn Jahre eher hierherkommen sollen.« Aber sie stöberte auch so lange herum, bis sie eine verbitterte alte Frau gefunden hatte, die ausziehen wollte und deren Kommentare, die sie in gehässigem Ton auf Band sprach, geradezu vernichtend waren: »Sie nehmen das Doppelte von dem, was sie eigentlich nehmen dürften. Die Leute hier sind langweilig, das Essen ist ungenießbar, und im Sommer schwitzt man sich in diesem schwülen Klima fast zu Tode.«

»Wo gehen Sie hin?« fragte Pepper Riley sie.

»Zurück nach Vermont, wo die Menschen zivilisiert sind.«

»Sind die Winter dort oben nicht ziemlich kalt?«

»Ja, aber Sie haben Büchereien, und Sie gehen davon aus, daß Ihre Nachbarn auch Bücher gelesen haben. Die falscheste Entscheidung, die ich je in meinem Leben getroffen habe, war, in diese kulturelle Einöde zu ziehen. Sechs Stunden Fernsehen pro Tag, und die Joghurtmaschine ist ständig kaputt. Wenn Sie in Ihrem jetzigen Alter hier runterziehen würden, würden Sie innerhalb von einem Monat Selbstmord begehen.«

»Aber *The Palms* ist nicht für Leute meines Alters gedacht.«

»Aber für Leute wie mich, die noch Blut in den Adern haben, auch nicht. Wenn keiner zuhört, nennen sie es Gottes Wartezimmer. Wenn er mich haben will, kann er mich genauso gut auch in Vermont finden.« Pepper Riley baute solche Kommentare mit in ihre Story ein, um ihr die nötige Würze zu geben.

Ihre lebendige Schreibe und Fritz' geniale Fotos gaben den Lebensstil »unter den Sechzigern und Siebzigern«, wie die Zeitschrift es nannte, auf eine so verlockende Weise wieder, daß drei Tage nachdem das Team von *The Palms* abgereist war, Pepper Riley Zorn ein weiteres Fax schicken konnte: »Die Story ist so gut angekommen, daß sie uns acht Seiten zur Verfügung stellen.« Und als John Taggart von dem Artikel hörte und die ersten Druckfahnen sah, war er so angetan, daß er tausend Nachdrucke für jedes seiner siebenundachtzig Ruhestands-Center in Auftrag gab, was für eine weite Verbreitung sorgte.

Viele von denen, die Nachdrucke von dem Artikel erhielten, kamen *The Palms* besichtigen, und wenn sie kamen, fragten sie unweigerlich, ob sie Mrs. Jessup einmal kennenlernen könnten. Und die versicherte ihnen stets bereitwillig, daß das Center in Wirklichkeit sogar noch viel besser sei, als in dem Artikel stehe.

Zorn, der sich freute, daß seine Idee derart positive Reaktionen zeitigte, sandte Pepper Riley ein Fax, dessen Text aus lediglich zwei Worten bestand: »Gut gemacht.« Aber er verspürte nicht die geringste Lust, sich je noch einmal ein Presseteam nach *The Palms* zu holen.

WENN DIE GRÄFIN nicht so eine unverbesserliche Schnüfflerin gewesen wäre, dann hätten die Mitglieder der Tertulia das Geheimnis von Mrs. Reverend Quade womöglich nie gelüftet. Als der Postbote eines Tages mit einem Paket ankam, das zu groß für Mrs. Quades Briefkasten war, blieb ihm nichts anderes übrig, als das voluminöse Paket im

Treppenflur gegen die Briefkästen zu lehnen. Dies faßte die Gräfin als eine Einladung auf, sich zu vergewissern, von wem und woher das Paket kam, und sie stellte mit ziemlicher Erregung fest, daß es von dem New Yorker Verlagshaus Doubleday aufgegeben war und daß es ganz offensichtlich ein Manuskript enthielt.

Senator Raborn, der zufällig gerade vorbeikam, als die Gräfin diese aufregende Entdeckung machte, hörte, wie sie zu anderen an den Briefkästen sagte: »Es sieht ganz so aus, als hätte unsere Reverend Quade ein Buch geschrieben.« Ihre Zuhörer inspizierten das Paket daraufhin neugierig und kamen zu dem Schluß, daß die Gräfin mit ihrer Vermutung recht hatte.

Als die vier Mitglieder der Tertulia sich an jenem Abend zum Dinner einfanden, sagte Raborn ihnen: »Ich glaube, ich kann mit hoher Wahrscheinlichkeit sagen, daß unsere Mrs. Quade demnächst ein Buch herausbringt.« Als die anderen von dem Paket hörten, schlugen sie vor, einen zusätzlichen fünften Stuhl an ihren Tisch zu holen und Verleger Jiménez loszuschicken, um Helen Quade abzupassen, wenn sie in den Speisesaal kam, und sie an ihren Tisch zu komplimentieren.

Als sie Platz genommen hatte, fragte sie ruhig: »Und welchem besonderen Umstand verdanke ich diese hohe Ehre?« Senator Raborn erzählte ihr, wie die Gräfin »zufällig« das verräterische Paket entdeckt hatte: »Wir sind ungeheuer neugierig, was das wohl sein mag, was Sie da geschrieben haben.« Und hastig fügte er hinzu: »Vorausgesetzt natürlich, daß Mrs. Elmores Vermutung richtig war.«

»Das war sie«, sagte Mrs. Quade mit leicht säuerlicher Stimme. Einerseits ärgerte sie sich über die Herumschnüffelei, andererseits fühlte sie sich von der Tatsache geschmeichelt, daß diese distinguierten Herren entdeckt hatten, daß sie ein Buch schrieb – eine Tätigkeit, von der sie wahrscheinlich geglaubt hatten, sie sei auf ihr eigenes Geschlecht beschränkt.

»Dürfen wir fragen«, sagte Präsident Armitage und beugte sich zu ihr herüber, »was der Gegenstand Ihres Buches ist? Das Neue Testament in der heutigen Zeit vielleicht?«

Seine etwas herablassende Art ignorierend, richtete sie ihre Aufmerksamkeit erst einmal auf ihre Essensbestellung, ehe sie aufblickte und mit einem Lächeln sagte: »Es ist so gut wie druckfertig – ich korrigiere gerade die Fahnen. Der Titel lautet *Und die Herrin ebenso*.«

»Nun, was könnte das bedeuten?« fragte Botschafter St. Près. »Es ist ein Satz, der mir irgendwo schon einmal untergekommen ist, aber ich kann ihn nirgendwo recht einordnen.« Er sah sie an und fragte: »Es ist ein Zitat, nehme ich an?« Sie nickte und begann mit einer Beschreibung des Liedes, aus dem das Zitat stammte. »Eines der schönsten Weihnachtslieder, das noch aus der Zeit vor den sentimentalen Weihnachtsliedern stammte, war der ›Wassail Song‹. Seine Worte sind einfach und schlicht, die Musik ist eine von der Art, die einem nicht mehr aus dem Kopf geht, und sie beschwört Bilder von verschneiten Weihnachtsszenen im England des siebzehnten Jahrhunderts in einem herauf. Man sieht sie förmlich vor sich, ein Dutzend Männer und Burschen, die mit den Füßen stampfen, um sich warmzuhalten, während ihre Stimmen in die eisige Nachtluft hinausschallen.

In der Aufnahme, die ich habe – ich habe sie anläßlich eines Weihnachtsaufenthaltes in London gekauft – gibt es ein paar Zeilen, die mich gefangennahmen. Ich war einer Einladung nach England gefolgt, wo ich vor Kirchengruppen Vorträge hielt, in denen ich ihnen schilderte, wie es dazu gekommen war, daß ich als eine der ersten Frauen in Amerika ordiniert worden war. Ich hatte das britische Establishment erschüttert, und man hatte mich mit einer Mischung aus kühler Höflichkeit und offener Ablehnung empfangen. Als ich eines Abends nach einer Diskussion in gereizter Atmosphäre in der Dämmerung zurück in mein Hotel ging, hörte ich aus einem Plattengeschäft die Eröffnungsakkorde des ›Wassail Song‹, und er erschien mir so weihnachtlich, so absolut richtig in seinem Lobpreis der Brüderlichkeit und der Zusammengehörigkeit, die ich so bitter nötig hatte, daß ich wie gebannt stehenblieb, als ich die beiden Zeilen vernahm, die, wie ich fand, hundertprozentig auf meine Lage paßten.«

»Ich glaube nicht, daß irgendeiner von uns die Worte kennt. Es ist hier drüben bei uns kein populäres Weihnachtslied«, sagte Präsident Armitage. Sie nickte, und dann zitierte sie die Textstelle, die sie zum Titel ihres Buches gewählt hatte.

»Das Lied wurde von einem Berufschor gesungen; die männlichen Stimmen sangen

›Gott segne den Herrn dieses Hauses …‹,

worauf die Knabensopranstimmen – Frauen durften natürlich in solch einem Chor nicht mitsingen – sangen, fast so, als wäre es ihnen nachträglich eingefallen:

›Und die Herrin ebenso.‹«

Sie hatte diese Worte fast gesungen, und in der Stille, die darauf folgte, schauten sich die Männer der Tertulia an und zuckten mit den Achseln, doch Senator Raborn fragte: »Und was soll das nun bedeuten? Worin könnte die schwerwiegende Bedeutung dieser eher belanglos erscheinenden Worte wohl liegen?«

Als auch die anderen zugaben, daß sie einigermaßen ratlos waren, sagte sie leise: »Die zweite Zeile erschien mir als ein Paradigma meines Lebens – speziell meines Lebens in jener schwierigen, winterlichen Woche in London.«

»Bitte, erklären Sie uns das näher«, sagte Präsident Armitage leise, denn er erkannte in Mrs. Quades Vortrag die Stimmen verschiedener Professorinnen wieder, die zu ihm in sein Büro in der Universität gekommen waren, um ihrem tiefen Unmut über die akademische Tradition Luft zu machen, daß männliche Professoren die Beförderung ihrer weiblichen Gegenstücke nach wie vor blockierten – und er ging nicht fehl in der Vermutung, daß Mrs. Quade Angehörige dieser distinguierten Schwesternschaft war.

»Die Worte, und die beiläufige Art und Weise, in der sie vorgetragen wurden, gleichsam wie ein Almosen, das man in gönnerhafter Geste einem armen Schlucker hinwirft – schienen mir direkt an mich persönlich gerichtet zu sein. Die männlichen Stimmen sangen von wichtigen Dingen, die ›weiblichen‹ Stimmen wurden irgendwie geduldet, aber nie richtig ernst genommen.«

»Was hat dieses Erlebnis in Ihnen bewirkt?« fragte der Botschafter, und sie erwiderte vorsichtig, denn sie war sich der negativen Wirkung, die ihre Worte haben würden, bewußt: »Die Worte bestätigten, was ich schon lange wußte. Sie machten es mir auf brutale Art klar.«

»Nun, und was machten sie Ihnen auf brutale Art klar?« fragte Senator Raborn mit einem Anflug von Schärfe in der Stimme. »Ein simples Weihnachtslied. Ein schlichter, harmloser Satz. Was könnten die so Inhaltsschweres ausgesagt haben?«

»Für Sie hätte er sich ganz schlicht und harmlos angehört, da bin ich ganz sicher«, sagte sie, »aber für mich wiederholte er das, was die formelle Religion immer gelehrt hat, nämlich daß Frauen von untergeordnetem Stand sind, daß sie im Grunde minderwertig und verachtenswert sind.«

Ihre Worte wirkten wie eine Bombe, denn nicht einer der vier Männer war bereit, eine so schamlose Verdammung der Kirchen, denen sie angehörten und denen sie – die Theologie einmal beiseite genommen – zum nicht unerheblichen Teil ihren Erfolg im Leben verdankten, so ohne weiteres hinzunehmen. Armitage und Jiménez hatten kirchliche Universitäten besucht. Senator Raborn hatte seine erste Wahl ins Repräsentantenhaus in erster Linie einer Mehrheit von Kirchgängern zu verdanken gehabt, die für ihn gestimmt hatten statt für seinen demokratischen Gegenkandidaten, dem man eine atheistische Einstellung nachgesagt hatte – und der Botschafter hatte in zwei katholischen Ländern gedient. Alle drei Männer wollten Mrs. Quade vehement widersprechen, doch ehe einer von ihnen dazu kam, verschärfte sie ihre Anklage sogar noch, indem sie Episoden aus ihrer umfassenden Erfahrung schilderte.

»Ich war auf einer Quäkerschule, einer der liberalsten im Land, aber wenn wir zur Sonntagsandacht in den kleinen Städten in der Umgebung gingen, dann mußten die Männer sich links halten, wenn sie das Gotteshaus betraten, und die Frauen rechts.«

»Das hört sich so an, als hätten sie Ehrenplätze erhalten«, sagte St. Près, doch sie korrigierte ihn sogleich: »So sahen Sie es, wenn Sie reingingen, von hinten – aber wenn Sie auf der Bank saßen, von der aus die Andacht geleitet wurde, dann saßen die mächtigen Männer zur Rechten, wo sie hingehörten, und das schwache Geschlecht auf der linken Seite, wohin es seit jeher verbannt war.«

»Das ist aber eine absurde Schlußfolgerung, die Sie da aus einer rein zufälligen Sitzverteilung ziehen«, protestierte Senator Raborn.

»So absurd ist die gar nicht, denn was für Leute saßen da auf der Bank, als wären sie Kardinäle der katholischen Kirche oder Dekane bei den Baptisten? Hauptsächlich Männer, so wie es in der Geschichte des Quäkertums schon immer gewesen ist. Und wer waren die Laien, die durch die Kraft ihrer Rede in den Versammlungen als Quäkerminister bekannt wurden? George Fox, John Woolman, Rufus Jones.«

»Haben Sie gelitten, weil Sie eine der ersten Frauen waren?« begann Präsident Armitage, aber Mrs. Quade schnitt ihm kurzerhand das Wort ab. »Die Urreligionen erlegten ihren Frauen unerträgliche Bürden auf. In manchen Gesellschaften konnte die Frau hingerichtet werden, wenn sie nur ihren Schatten auf das größte Fischerkanu ihres Stammes fallen ließ. Ich könnte hundert kuriose Gesetze aufzählen, welche die Frauen in Schranken halten sollten, wenn sie ihre Menstruation hatten. Die Männer fürchteten und haßten die Frauen wegen der geheimnisvollen Kräfte, die sie besaßen. Sie konnten Kinder gebären. Sie konnten manchmal Dinge sehen, die Männer nicht sehen konnten; deshalb wurden solche Frauen als Hexen gebrandmarkt und entweder verbrannt oder aufgehängt.«

»Sie sprechen von den Urreligionen«, wandte Jiménez ein, denn er nahm ihre Beschuldigungen ernst und wollte sie nicht als unangefochtene Wahrheiten stehen lassen, aber seine Worte führten Mrs. Quade zum Kern ihres Arguments: »Was die Unterdrückung der Frauen anbelangt, waren die organisierten Religionen keinen Deut besser als die Urreligionen. Als ich in Pakistan lehrte, sah ich, wie der Islam die Frauen unterdrückt. Sie dürfen nicht einmal zusammen mit den Männern in der Moschee beten. Und wie die Frauen noch heute in den arabischen Ländern behandelt werden, ist ein Skandal.«

»Aber in Ihrem Pakistan ist eine Frau zur Premierministerin gewählt worden«, gab St. Près zu bedenken, worauf sie barsch erwiderte: »Ja, und hat man sie nicht, so schnell man konnte, auch wieder abserviert? Und auf die mieseste, gemeinste Art, die man sich denken kann – und zwar in erster Linie deshalb, weil sie eine Frau war.«

Während die Gedecke abgeräumt und die Nachtischbestellungen aufgenommen wurden, fuhr Mrs. Quade fort: »Als ich kurzzeitig in Israel stationiert war, wo ich bei den Rabbinern gearbeitet habe, bin ich freitagabends immer bei Sonnenuntergang in die Synagoge gegangen. Es durften dort keine Gebete gesprochen oder aus der Thora gelesen werden, wenn nicht zehn Männer zugegen waren. Frauen zählten nicht. Und die Frauen, die doch den Gottesdienst besuchten – es waren nicht viele –, mußten oben auf einem Balkon hinter einem Gazevorhang sitzen, damit sie nur ja die Andacht dort unten nicht mit ihren Blicken verunreinigten –, und wahrscheinlich auch noch – man kann ja nie wissen – damit sie bloß ja nicht womöglich die Thora selbst verhexten.«

»Lächerlich!« ereiferte sich Jiménez. »Ich habe Dutzende Juden kennengelernt. Sie alle verehren ihre Frauen!« Worauf Mrs. Quade mit leiser Stimme erwiderte: »Und welches Gebet – Jahrhunderte alt – spricht der jüdische Mann jeden Morgen, wenn er sich im Badezimmer im Spiegel bewundert? Es endet mit: ›Und Gott sei Dank bin ich keine Frau.‹«

Auch mit den Mormonen ging sie sehr hart ins Gericht. »Sie behandeln ihre Frauen ebenfalls wie Menschen zweiter Klasse und bestrafen sie streng, wenn sie aus der Reihe tanzen.« Und als die Männer am Tisch lauthals widersprachen und anführten, sie kennten Mormonen, die ihre Frauen hoch achteten, sagte sie: »Es gibt an dieser Tatsache einfach nichts zu deuteln. Sie brauchen es ja nicht zu akzeptieren, wenn Sie wollen, aber die Frauen anderer Glaubensgemeinschaften wissen, daß es so ist.«

Auf heftigen Widerspruch stieß sie, als sie auf die Bibel selbst zu sprechen kam und beklagte, daß sie die Frauen ständig auf eine untergeordnete Stufe stelle. Sie verwies auf Paulus und wie er die Frauen behandelt habe, als seien sie lästige Kinder, und sie zitierte einige von Paulus' berühmteren Äußerungen, zum Beispiel: ›Es ist gut für den Mann, keine Frau zu berühren‹, und: ›Denn der Mann stammt nicht von der Frau, sondern die Frau vom Mann‹, und: ›Die Frauen sollen in der Versammlung schweigen; es ist ihnen nicht gestattet zu reden. Wenn sie etwas wissen wollen, dann sollen sie zu Hause ihre Männer fragen.‹«

St. Près sagte: »Wir wissen doch alle, daß Paulus ein Frauenfeind war und daß er hier nur für sich sprach.« Den entscheidenen Schlag versetzte jedoch Jiménez mit der Bemerkung: »Ich glaube nicht, daß Sie Paulus korrekt zitieren. Ich kann mich erinnern, daß der Wortlaut ein bißchen anders war.« Woraufhin sie zugeben mußte: »Wie viele moderne Geistliche benutze ich die neue Einheitsübersetzung.« Beinahe erleichtert riefen da die drei Männer wie aus einem Mund: »Ja dann ...« Als ob sie sich damit als ernst zu nehmende Gesprächspartnerin selbst ins Abseits gestellt habe.

Die Ankunft des Nachtisches lieferte einen wohlfeilen Vorwand für die einstweilige Beendigung eines Streitgesprächs, das einen hitzigen oder vielleicht sogar häßlichen Verlauf hätte nehmen können, doch als das Geschirr abgeräumt wurde, machte St. Près einen Vorschlag, den alle gut fanden: »Sie haben Ihre Ansichten so prägnant dargelegt, Reverend Quade, daß wir alle davon profitieren würden, wenn wir noch mehr hörten. Das ist alles ziemlich neu für uns.« Und Senator Raborn pflichtete ihm bei: »Ja, die Stimme der Neuen Frau.«

Unglücklicherweise gab Verleger Jiménez der Diskussion den denkbar schlechtesten Auftakt, indem er im Brustton der Überzeugung verkündete: »Zumindest die katholische Kirche hat den Frauen immer die höchste Achtung entgegengebracht; sie hat die Frau stets als dem Mann mindestens ebenbürtig betrachtet, wenn nicht manchmal sogar als ihm überlegen.«

»Ich kann dafür keinen Beleg in den Schriften und Verlautbarungen Ihrer Kirche finden«, erwiderte Mrs. Quade, bemüht, nicht zänkisch zu klingen, aber Jiménez blieb hartnäckig: »Ich glaube, wenn Sie sich einmal anschauen, wie meine Kirche die Jungfrau Maria stets verherrlicht hat, dann müssen Sie zugeben, daß wir Maria immer als Symbol der Weiblichkeit in Ehren gehalten haben.«

Mrs. Quade schien diese Rechtfertigung zunächst einmal schweigend hinzunehmen. Sie blickte hinunter auf ihre Hände, die sie so verschränkt hatte, daß sie einen spitz zulaufenden Turm formten. Doch dann blickte sie zu den vier Männern auf und zählte eine Reihe von Fakten auf: »Die Bibel sagt nichts über Marias Gottesmutterschaft, nichts über ihre immerwährende Jungfräulichkeit, außer, daß Jesus Brüder hatte, die wahrscheinlich nach ihm geboren waren, und nichts über ihre Himmelfahrt.«

Verleger Jiménez warf seine Serviette auf den Tisch. »Eben diese Eigenschaften bilden den Kern dessen, was unsere Kirche über Maria lehrt! Sie sind unwiderlegbare Wahrheit!«

Ganz ruhig erwiderte Mrs. Quade: »Nicht eines dieser Konzepte erscheint in der Bibel, noch in irgendeiner anderen Quelle, bis die Kirchenväter sie im Jahre 431 auf einem ihrer großen Konzile – ich glaube, auf dem von Ephesus – verkündeten; und das taten sie, wie wir glauben, bloß, um den immer lauter werdenden Klagen von Frauen, sie hätten keinen Platz in der Kirche, den Wind aus den Segeln zu nehmen. Es war ein kühner Schachzug, und darüber hinaus ein durchaus verantwortungsvoller, eine geniale Erfindung, um die Kirche zu retten.«

»Ich kann das nicht glauben«, erwiderte Jiménez kopfschüttelnd, und St. Près sagte: »Nach allem, was ich in den katholischen Ländern erlebt habe, steht die Jungfrau Maria mitten im Herzen der Kirche. Man könnte fast sagen, sie *ist* das Herz.«

Ohne die Stimme zu heben – wußte sie doch, daß sie sich auf festem Grund bewegte –, sagte Mrs. Quade: »Ja, heutzutage hat die Kirche Maria höchst wirkungsvoll adoptiert. Aber zu Beginn fiel sie drei Jahrhunderte lang nicht weiter auf, weder in der Bibel noch in der Glaubenslehre.«

»Und woher rührte ihre Verherrlichung dann?« fragte der Verleger, worauf die Geistliche erwiderte: »Von einer Handvoll populärer Abhandlungen und Ergänzungen zur Bibel, und aus der Legende. Bedenken Sie, daß die Menschen, als die Kirchenväter schließlich beschlossen, sie der Welt mit den Attributen zu präsentieren, die wir heute an ihr verehren, mit großer Begeisterung reagierten. Kaum eine der Entscheidungen der Kirche ist jemals auf breitere Zustimmung gestoßen als die, Maria zur ewigen Jungfrau zu erklären, die ohne Sünde und Makel lebte, und zur besonderen Mittlerin zwischen den Menschenwesen und der Gottheit. Erst damit begann die Marienverehrung.«

Jiménez erhob sich entrüstet vom Tisch, verabschiedete sich mit einer Verbeugung von den anderen Mitgliedern der Tertulia, ignorierte Mrs. Quade und stapfte davon mit der bissigen Bemerkung: »Mit Ketzern möchte ich nichts zu tun haben. Populäre Legende! Das ist eine Verunglimpfung von Gottes Wort, so wie es in der Heiligen Schrift wiedergegeben wird.«

Als er weg war, sagte Senator Raborn: »Nun, da haben Sie aber in ein Wespennest gestochen, Mrs. Quade.«

»Es ist bloß die Wahrheit.« Sie nickte ihren Gastgebern zu, und dann sagte sie: »Übrigens, alles, was ich gesagt habe, wurde von katholischen Gelehrten entwickelt, den großen Männern der Kirche, und zwar schon Jahrhunderte bevor Luther geboren wurde. Die katholische Kirche hat einige der glänzendsten Theologen hervorgebracht, welche die Welt je besessen hat. Sie wußten, daß sie Maria brauchten.«

Drei Tage lang ließ sich Verleger Jiménez nicht am Tisch der Tertulia blicken, aber am dritten Abend wurde sein Platz von Lewandowski eingenommen, der über neue Entwicklungen im Human Genome Project sprach. Spezialisten in verschiedenen

Ländern identifizierten immer mehr Gene, die für bestimmte Krankheiten und Unvollkommenheiten in der menschlichen Entwicklung verantwortlich waren. »Letzten Monat fand jemand heraus, daß eine Unregelmäßigkeit am siebten Chromosom eine der Hauptursachen für Wucherungen an der Gallenblase zu sein scheint. Bei dem Tempo, mit dem heute selbst in den kleinen Forschungslabors gearbeitet wird, können wir bis zum Ende des Jahrhunderts sicherlich noch wahre Wunder erwarten.« St. Près sprach für alle, als er sagte: »Ich bin nicht sicher, ob ich all Ihre Wunder überhaupt sehen will, Lewandowski«, worauf die anderen lachten.

Am vierten Abend kehrte Verleger Jiménez zur Tertulia zurück, holte einen fünften Stuhl heran, ging dann gemessenen Schrittes zu Reverend Quade, die allein an einem anderen Tisch saß, und fragte im Ton und mit dem Habitus eines Höflings, der eine Königin anspricht: »Würden Sie uns heute abend wohl mit Ihrer Gegenwart beehren?« Mit einer knappen Verbeugung erhob sie sich, nahm seinen Arm und begleitete ihn zum Ecktisch der Tertulia.

»Ich habe Helen eingeladen, uns Gesellschaft zu leisten«, erklärte Jiménez, »weil ich ihr Abbitte tun muß.« Und während die Männer ihre Bestellungen aufschrieben, fuhr er fort: »Ich habe die letzten drei Tage in Büchereien verbracht und den Wahrheitsgehalt dessen überprüft, was sie uns neulich abends über die Geschichte der Jungfrau Maria im Leben der katholischen Kirche gesagt hat. Ich habe hauptsächlich katholische Studien benutzt und kann Ihnen jetzt versichern, daß fast alles, was sie uns an dem Abend erzählt hat, wahr ist. Ich entschuldige mich hiermit in aller Form bei Ihnen, Mrs. Quade.« Er beugte sich über den Tisch und küßte ihr die Hand.

»Was genau haben Sie herausgefunden?« fragte Präsident Armitage, und Jiménez erwiderte: »Es ist wirklich ungeheuer faszinierend: Die Kirchenväter suchten in der Bibel verzweifelt nach irgendeinem Beweis, welcher die Idee untermauern würde, die beim Volk so ungemein populär geworden war, aufgrund der Legenden und der farbigen Traktate. Im Neuen Testament konnten sie nichts finden, nicht ein Wort, genau, wie Helen gesagt hat. Aber ein sehr kluger Gelehrter aus dem ausgehenden vierten Jahrhundert, als Maria bereits seit mehr als dreihundert Jahren tot war, entdeckte im Alten Testament eine rätselhafte Passage, geschrieben von Hesekiel, dem Priester des Tempels, ungefähr sechshundert Jahre vor Christi Geburt, die seiner Überzeugung nach die Jungfernschaft Mariens bewies. Er mußte ein paar gehörige geistige Verrenkungen machen, um zu seinen Schlüssen zu gelangen, weil die Passage selbst total obskur ist.« Er zog einen Zettel aus der Rocktasche. »Ich habe sie wortwörtlich aus der alten Bibel abgeschrieben, und ich will sie Ihnen einmal vorlesen.« Er wandte sich an Mrs. Quade. »Es steht und fällt alles mit dem Wort *Tor*.

> ›Und er führte mich wiederum zu dem äußern Tor des Heiligtums gegen Morgen; es war aber zugeschlossen. Und der HErr sprach zu mir: Dies Tor soll zugeschlossen bleiben und nicht aufgetan werden, und es soll niemand dadurchgehen; denn der HErr, der Gott Israels, ist dadurch eingegangen, darum soll es zugeschlossen bleiben.‹«

Als keiner der Männer sich einen Reim darauf machen konnte, was diese Textstelle aussagen sollte, fuhr Jiménez fort: »Ich möchte mich vorab bei Mrs. Quade für das Wort entschuldigen, das ich jetzt benutzen muß – das Wort *Tor* stand, so die Interpretation der Kirchenväter, für die Vagina der Jungfrau, durch die Jesus die Welt betreten würde, und durch die kein anderer Sterblicher jemals – eh – eh –, nun, Sie wissen schon.« Er hob die Hände in einer Art Triumph, als ob er selbst dieses Rätsel gelöst hätte, und sagte: »In dem Text, der, wie gesagt, etwa im Jahre 600 vor Christus geschrieben wurde, ist von Jesus nicht die Rede, ebensowenig von der Jungfrau Maria und schon gar nicht von ihren intimen Körperteilen, doch neunhundert Jahre später war die Kirche so erpicht darauf, einen Beweis für ihre Jungfernschaft und die unbefleckte Empfängnis zu finden, daß sie diese gewagte Interpretation eines fast tausend Jahre alten Textes begierig annahm.«

Er faltete seinen Zettel mit dem Zitat aus Hesekiel, Kapitel 44, Vers eins und zwei, wieder zusammen und sagte: »Wie es scheint, waren drastische Maßnahmen und tollkühne Deutungen vonnöten, doch am Ende war ein edler Zweck erfüllt, nämlich, den einfachen Leuten jener Zeit, Männern und Frauen wie wir, die sehnlichst daran glauben wollten, das edle Bild einer edlen Frau zu präsentieren.« Wieder nickte er Reverend Quade zu: »Und allein Helens Hartnäckigkeit haben wir es zu verdanken, daß wir die Wahrheit erfahren haben.«

DIE WITWE CLAY hatte sich schließlich zu einer Totalamputation durchgerungen, und als ihr infolge der Chemotherapie alle Haare ausfielen, »erbte« auch sie Mrs. Mallorys teure Perücke aus Frankreich; doch als sie sich daran machte, ihre diversen Arzt- und Krankenhausrechnungen zu sichten, stellte sie fest, daß ihre Probleme jetzt erst so richtig anfingen. Das Problem war, daß jeder ihrer diversen Ärzte und Experten sein eigenes Schema hatte, nach dem er seine Rechnungen ausstellte, so daß sie nie entscheiden konnte, ob sie den Arzt sofort bezahlen oder besser warten sollte, bis irgendeine amtliche Stelle oder private Versicherung einen Teil der Rechnung erstattete.

Natürlich war sie über *Medicare* und zusätzlich auch noch zu einem gewissen Satz über die private Versicherung ihres verstorbenen Mannes versichert, aber jede dieser Organisationen arbeitete auf für sie so undurchschaubare Weise, daß sie nie wußte, wer wem was schuldete oder wer wofür im einzelnen aufkommen mußte. So kam es, daß sie von acht verschiedenen Stellen gleichzeitig mit Schreiben genervt wurde: fünf Ärzten, dem Krankenhaus, *Medicare* und der Privatversicherung ihres verstorbenen Mannes – ein Dschungel, der so verworren und undurchdringlich war, daß sie verzweifelt Rat bei Dr. Zorn suchte. Der stellte fest, daß er fast keine ihrer Fragen beantworten konnte, und er war so fasziniert von diesem Aspekt des US-amerikanischen Gesundheitswesens, daß er anfing, jedem der einzelnen Schritte nachzuspüren. Da er wußte, daß er nicht gut genug informiert war, um den Papierwust zu entwirren, empfahl er Mrs. Clay, sich an Miss Foxworth zu wenden, die sich zur Hausexpertin in Fragen der Gesundheitsfürsorgebürokratie entwickelt hatte. Die Witwe bedankte sich bei ihm. »Ich bin auf einem guten College gewesen, aber bei dieser Materie bin ich völlig ratlos«, sagte sie, und bevor sie Zorns Büro verließ, zeigte sie ihm ein Mahnschreiben, das sie am Morgen bekommen hatte. Es ging um einen Besuch bei einem ortsansässigen Arzt. In dem Schreiben wurde ihr angedroht, wenn sie ihre überfällige Rechnung nicht bald begliche, würde die Sache einem örtlichen Inkassounternehmen übergeben – mit möglichem Schaden für ihre Kreditwürdigkeit. »Ist ein solcher Vorgang erst einmal der Bank bekannt, ist es schwer, den Schaden wieder zu reparieren. Im Interesse Ihres guten Rufs und Ihrer Bonität und zur Vermeidung von gerichtlichen Beitreibungsmaßnahmen raten wir Ihnen dringend, den Rechnungsbetrag innerhalb von zwei Wochen auf eines unserer Konten zu überweisen.«

Sie erklärte Zorn, daß ihr verstorbener Ehemann, ein äußerst korrekter Geschäftsmann, stets jede Rechnung, die ihm der betreffende Arzt vorgelegt habe, sofort beglichen habe und daß man ihm versichert habe, das Büro des Arztes würde den Rest des Papierkrams erledigen: »Ich habe das gleiche gemacht, und jetzt kriege ich diesen Drohbrief. Was soll ich jetzt bloß machen? Mein Kreditrahmen ist ganz wichtig für mich; wenn eine Witwe ihre Kreditwürdigkeit verliert, ist es ganz, ganz schwer für sie, sie wiederherzustellen.«

»In so was ist Miss Foxworth ein As. Darf ich bei dem Gespräch mit dabei sein? In meinem Job ist es wichtig, daß ich über solche Vorgänge Bescheid weiß.«

Das Gespräch fand im Büro der Buchhalterin statt, wo sie eine riesige Anzahl wichtiger Adressen und Telefonnummern aufbewahrte, die ihr halfen, die Geheimnisse der amerikanischen Gesundheitsfürsorge zu entwirren: »Lassen Sie uns als erstes die Fakten klarstellen. Sie waren bei fünf Ärzten in Behandlung?«

»Ja. Bei der Behandlung eines Krebspatienten mischen so viele mit. Und ich habe jedem von ihnen den Teil seines Honorars bezahlt, den er wollte. Um den restlichen Papierkram mit den Versicherungen, sagte man mir, würden sich die Sekretariate kümmern.«

»Sie haben Belege, anhand derer Sie beweisen können, daß Sie bezahlt haben?«

»Ich weiß nicht. Ich habe ihre Rechnungen, auf die ich ›bezahlt‹ und das jeweilige Datum geschrieben habe.«

»Könnten Sie die Bankbelege beschaffen?«

»Ich denke, ja.«

»Aber einige der Ärzte haben zusätzliche Rechnungen über die ausstehenden Restkosten geschickt, mit der Aufforderung zu zahlen?«

»Ja. Aber sie hatten mir zugesichert, daß *Medicare* die begleichen würde, beziehungsweise, die Versicherung meines Mannes, die *Home Health of Minneapolis*.«

»Und Ihre Krankenhausrechnungen? Haben Sie die bezahlt?«

»Ja. Dieses lange Blatt Papier hier ist die Krankenhausrechnung.«

»Wie lange waren Sie im Krankenhaus?«

»Bloß eine Woche. Ich habe mich schnell erholt.«

»Die Gesamtrechnung für den Krankenhausaufenthalt, vor jeder Zahlung, beläuft sich also auf die hier angebenene Summe? 18950 Dollar? Hat das Krankenhaus Ihnen gedroht?«

»Sie verlangen, daß ich zahle, aber direkt gedroht haben sie mir noch nicht.«

»Haben Sie schon mit irgend jemandem von der hiesigen *Medicare*-Geschäftsstelle gesprochen?«

»Schon mit mehreren Leuten. Aber ich kann mich nicht an ihre Namen erinnern; jedesmal wenn ich angerufen habe, hatte ich jemand anderen am Apparat.«

»Dann wollen wir erst mal schauen, ob wir weiterkommen, wenn wir mit der *Medicare* Florida anfangen.« Miss Foxworth wählte die 800, und nachdem sie sich fast zehn Minuten mit Musik hatte berieseln lassen müssen, bekam sie endlich jemanden an die Strippe. »Guten Morgen. Ich rufe im Auftrag von Mrs. Clara Clay an.«

»Wer sind Sie? Sind Sie berechtigt, in Mrs. Clays Namen zu sprechen?«

»Ich bin Buchhalterin in einem Seniorenheim in Tampa, und Mrs. Clay sitzt direkt neben mir.«

»Nun, Madam, mein Computer sagt, daß das unmöglich ist. Laut unseren Akten ist Clara Clay vor einigen Monaten verstorben – am 15. Oktober genau.«

»Wie bitte? Sie sitzt quicklebendig in diesem Moment neben mir.«

»Einen Moment bitte; ich verbinde Sie mit der Geschäftsstellenleiterin.« Und Nora mußte sich erneut fünf Minuten lang unsägliche Supermarkt-Berieselungsmusik anhören, bis die Geschäftstellenleiterin das Gespräch übernahm.

»Hier spricht Mrs. Kennedy. Rufen Sie wegen Clarice Carpenter Clay aus Coral Gables an?«

»Nein. Mrs. Clara Cunningham Clay aus Tampa.«

»Einen Moment bitte, ich schau' mal eben im Computer nach. Wissen Sie, wenn die Namen sich so stark ähneln, dann kann es schon einmal vorkommen, daß sich ein Fehler einschleicht. Es freut mich zu hören, daß diese Mrs. Clay noch unter uns weilt. Sie sitzt neben Ihnen, sagten Sie? Dann geben Sie sie mir doch mal bitte. Willkommen im Land der Lebenden, Mrs. Clay. War der Name Ihres Mannes Dortmund Clay aus Chicago?«

»Nein. Detwiler Clay aus Indianapolis.«

»Ihre Sozialversicherungsnummer?« Als die ihr von Mrs. Clay angegebene Nummer mit der im Computer übereinstimmte, sagte Mrs. Kennedy fröhlich: »Ein bedauernswerter Irrtum, aber verständlich. Der Computer hier hat leider die Dateien der beiden Mrs. Clays durcheinandergebracht. Wir werden eine Weile brauchen, bis wir auseinanderklamüsert haben, welche Informationen zu welcher Datei gehören, aber wenn wir dann soweit sind, werden Sie auch bestimmt keinerlei Ärger mit Rechnungen und dergleichen mehr haben.«

Clara wieder zum Leben zu erwecken und ihre Datei in Ordnung zu bringen dauerte den ganzen Vormittag, aber zwischen ihren diversen Telefongesprächen hatte Miss Foxworth immer mal wieder Gelegenheit, die einzelnen Rechnungen zu prüfen, und sie stellte fest, daß sie in Ordnung waren und nicht höher als üblich. Sie waren von Dr. David Farquhar, dem medizinischen Leiter von *The Palms*; von Dr. Joel Mirliton, dem Radiologen, der die Mammographie vorgenommen hatte; Dr. James Wilson, dem Chirurgen, der auf Krebsoperationen spezialisiert war; Dr. Leon Jenner, dem Anästhesisten; Dr. Ed Zumway, der die sechswöchige Radiotherapie durchgeführt hatte; und dem Katholischen Krankenhaus zum Guten Hirten für einen siebentägigen Krankenhausaufenthalt. Die Gesamtrechnung einschließlich aller Nebenkosten betrug 27080 Dollar.

Als Mrs. Clay die letzte Rechnung überprüfte, schauderte sie zusammen, denn sie fand Posten wie »Zwei Aspirin – $6.85; drei Gazeverbände – $11.90; zwei Zantac-Tabletten – $15.50« und eine ganze Latte anderer Posten von mehreren Dollar – für Artikel, die sie im Drugstore oder in der Apotheke für ein paar Cent gekriegt hätte. Doch als sie Miss Foxworth fragte, wie diese unverschämt hohen Preise zustande kämen, erklärte diese: »Krankenhäuser müssen rund um die Uhr aufnahmebereit sein, damit Sie im Notfall jederzeit eingeliefert werden können. Die Preise, die sie für die einzelnen Posten berechnen, geben nicht den eigentlichen Wert wieder. Was zählt, ist die Gesamtrechnung; die muß hoch genug sein, um die Unkosten zu decken – und einen Gewinn abzuwerfen.«

»Sie glauben, die Rechnungen sind im großen und ganzen in Ordnung?«

»Sie weichen nicht von dem ab, was wir normalerweise sehen. Wenn Sie etwas hätten, das einen sechsmonatigen Krankenhausaufenthalt erfordern würde, elf verschiedene Ärzte und Gesamtaufwendungen von hunderttausend Dollar aufwärts, dann würden Sie wirklich ins Schwitzen geraten.«

»In Ordnung. Ich gebe zu, meine Rechnungen sind vergleichsweise läppisch. Aber wie finde ich aus diesem Dschungel heraus, wer wem für was zahlt? Und wie kann ich verhindern, daß dieses Inkassounternehmen mir meinen Kredit versaut, weil ich irgendeine Rechnung nicht bezahlt habe, von der ich nie etwas gewußt habe?«

»Mrs. Clay, bedenken Sie eins: Ihr Fall ist nicht außergewöhnlich. Niemand hat Ihnen absichtlich Schaden zufügen wollen. Es liegt am System. Ehrlich gesagt, Mrs. Clay, Sie können sich eigentlich sogar glücklich schätzen! Eben noch waren Sie tot, und jetzt sind Sie quicklebendig!« Ihre abschließenden Worte waren sogar noch tröstlicher: »Das Gute an der ganzen Sache ist, sobald *Medicare* diese Verwechslung erst ausgebügelt hat, sind Sie so gut wie nichts mehr schuldig. Wir brauchen bloß zu warten, bis wir was hören, und wenn dann immer noch ein kleiner Restbetrag übrig bleibt, dann zahlen Sie ihn halt und haben mit der ganzen Sache nie wieder was zu tun.«

Als die Witwe das Büro wieder verlassen hatte, fragte Dr. Zorn: »War ihr Fall typisch?« Und Miss Foxworth hob den linken Daumen und deutete auf die hundertzweiundachtzig Bewohner des Gemeinschaftshauses: »Jeder einzelne von ihnen hat seine eigenen speziellen Probleme mit Gesundheitskosten. Soviel Papierkrieg, so viele unterschiedliche Systeme, soviel von dem, was man als ›geplantes Chaos‹ bezeichnen könnte, daß ich manchmal überrascht bin, daß überhaupt noch einer den Kopf über Wasser halten kann.«

»Und Ihre eigenen Unterlagen? Kommen Sie da wenigstens klar?«

Miss Foxworth lachte freudlos, griff in die oberste Schublade ihres Schreibtisches und nahm zwei Mahnbriefe heraus, in denen ihr angekündigt wurde, wenn sie die überfälligen Rechnungen nicht umgehend begliche, würden die Forderungen an ein Inkassounternehmen abgetreten. »Ich bin die Expertin – und blicke selbst durch meine eigenen Rechnungen nicht durch!«

DIE VIER MÄNNER, welche die Tertulia bildeten, wurden von den anderen Bewohnern als die Intellektuellen des Gemeinschaftshauses betrachtet, und die Ecke, in der sie sich trafen, wurde mit Ehrfurcht und auch ein wenig Stolz beäugt. Ihnen wurde eine so hohe Intelligenz unterstellt, daß gewöhnliche Sterbliche sich gar nicht mit ihnen zu unterhalten vermochten, und wenn tatsächlich schon einmal etwas davon durchsickerte, worüber sie an einem Abend diskutiert hatten, dann sagten die Leute gern: »Was soll man von diesen superklugen Köpfen auch anders erwarten?«

Diese Fama von überlegener Intelligenz verfestigte sich noch mehr am Bridgetisch, wo Senator Raborn und Botschafter St. Près so klug und geschickt boten und spielten, daß man ihnen nicht gestattete, als Partner zusammenzuspielen.

Von ihrer Intelligenz und ihrer Geschicklichkeit beim Bridge einmal abgesehen, waren die Männer der Tertulia noch aus einem anderen Grund bemerkenswert – ihrem Alter. Einer von ihnen, Senator Raborn, war über achtzig; zwei von ihnen, Botschafter St. Près und Präsident Armitage, waren Ende Siebzig; und einer, der Verleger Jiménez, war gerade einundsiebzig geworden. Sie waren im Begriff zu demonstrieren, daß sie selbst in ihrem vorgerückten Alter noch Fähigkeiten und Träume hatten, die ihnen niemand zugetraut hätte.

Das Abenteuer begann eines Abends nach dem Dinner, als St. Près sagte: »Wir vier sollten mal etwas machen, das über bloßes abstraktes Philosophieren hinausgeht. Wir haben die Kraft und das Talent, etwas auf die Beine zu stellen.« Die anderen drei zeigten sofort Interesse. Es schloß sich eine ausführliche Diskussion darüber an, wie so ein praktisches Projekt aussehen könnte, und auch nachdem die Kellner bereits die Tische abgeräumt hatten, hockten die vier noch zusammen und diskutierten und verwarfen Vorschläge – wie zum Beispiel den, einen Kurs in einem nahegelegenen Junior-College anzubieten, der unter dem bescheidenen Titel »die Weisheit der Welt« firmieren sollte, oder den, einen Kurs in Staatsbürgerkunde anzubieten, in dem High-School-Studenten die wahre Bedeutung der Demokratie vermittelt werden sollte. »Nein«, sagte der Botschafter, »wir reden immer nur und reden. Ich hatte eigentlich an etwas anderes gedacht, an etwas Handfestes.« Als sie wissen wollten, was konkret ihm denn da vorschwebe, rückte er mit einer Idee heraus, die so völlig aus dem Rahmen fiel, daß die anderen drei sie zuerst spontan ablehnten. Doch je mehr sie darüber sprachen und ihre verborgenen Fähigkeiten dabei ans Licht kamen, desto praktikabler erschien ihnen St. Près' Vorschlag, bis schließlich irgendwann zu vorgerückter Stunde die drei Männer sich auf etwas einigten, das ein tapferes Unterfangen sein würde, ein wenig absurd vielleicht, aber das ihre ganze Tatkraft in Anspruch nehmen würde.

Das Projekt nahm seinen Anfang am nächsten Morgen in der Frühe, als Senator Raborn, ein Mann, der wußte, wie man Dinge anpackte, Krenek aufsuchte und ihm eine Werbebroschüre unter die Nase hielt, die einige Jahre zuvor von *The Palms* unter die Leute gebracht worden war. »Hier steht fett gedruckt, daß *The Palms* plant, den Frauen behagliche Ecken für Tee- und Kaffeekränzchen und Bridgeabende einzurichten, und ihren Männern – ich zitiere wörtlich – ›eine voll ausgerüstete Hobbywerkstatt mit Drehbank‹. Ich bin hier im Namen eines Komitees, das darum ersucht, daß diese versprochene Einrichtung bereitgestellt wird. Sofort.«

Krenek wußte aus Berichten, die er gesammelt hatte, als der Senator und seine Frau einen Platz in *The Palms* beantragt hatten, daß Raborn im Senat berühmt dafür gewesen war, wie er seine Stellung und seinen persönlichen Einfluß eingesetzt hatte, um seinem Staat immer größere Finanzspritzen aus Bundesmitteln zu verschaffen. Irgendein Zyniker hatte einmal gesagt, wenn sein

Staat noch weitere Regierungseinrichtungen bekäme, dann würde er absaufen, und Raborn selbst hatte einmal die Bemerkung gemacht: »Die Leute in den Großstädten können über uns Hinterwäldler gern lachen, solange sie uns mit ihren Steuergeldern unterstützen.« Krenek wußte also, daß die Wahrscheinlichkeit groß war, daß Raborn seine Hobbywerkstatt bekommen würde.

Ken rief zuerst einmal Miss Foxworth an, um in Erfahrung zu bringen, ob überhaupt irgendwelche Mittel aus dem Budget für einen solchen Raum vorgesehen waren – was nicht der Fall war. Sodann besprach er das Problem mit Andy, der sich in das Unvermeidliche schickte. »Sie sagen, wir hätten das in einer unserer frühen Broschüren gedruckt? Stimmt das wirklich? Nun, dann bleibt uns wohl nichts anderes übrig, als zuzusehen, daß ein solcher Raum eingerichtet wird. Eine hölzerne Drehbank wird ja wohl kein Vermögen kosten. Besorgen Sie eine.«

Als Krenek ihn fragte, wo sie ein Zimmer für diesen Zweck finden würden, erinnerte ihn Andy daran, daß es noch immer unbelegte Einzimmer-Apartments in den unteren Stockwerken des Gemeinschaftshauses gab. Ken rief daraufhin wieder bei Miss Foxworth an, um gemeinsam mit ihr zu überlegen, wo sie den Hobbyraum denn nun einrichten sollten, und Miss Foxworth schlug eines der schwer zu vermietenden Zimmer im Erdgeschoß vor, die direkt an einem Parkplatz lagen. Ohne große Debatte einigten sie sich darauf, dieses Zimmer zu nehmen.

The Palms steuerte großzügig nicht nur die Drehbank bei, sondern auch das dazugehörige Handwerkszeug, und da die vier Tertulia-Mitglieder ihr eigenes Werkzeugarsenal ebenfalls für das gemeinschaftliche Werk spendeten, summte und brummte es bald Abend für Abend in dem neuen Werkraum hinter einer Tür, die den anderen Bewohnern strikt verschlossen blieb. Es waren so einige Gerüchte im Umlauf, was dort drinnen wohl vor sich gehen mochte, doch wußten nicht einmal die beiden Ehefrauen, Marcia Raborn und Felícita Jiménez, was ihre Männer dort trieben. Fest stand lediglich, daß Holz im Spiel war, Unmengen von

Hochleistungsklebstoff und Segeltuch, aber diese Information reichte nicht aus, das Rätsel zu lösen.

Da fand eines schönen Tages Felícita Jiménez, als sie wie gewohnt die Post ihres Mannes öffnete, einen illustrierten Katalog für »Männer, die sich ihr eigenes Flugzeug bauen«. Er offerierte ein breite Palette von Bauteilen für den Hobbybastler und die dazu gehörigen Pläne zum Zusammenbau der einzelnen Komponenten. »Mein Gott!« rief sie, ihren Augen nicht trauend. »Versuchen diese Hornochsen etwa, ein Flugzeug zusammenzubasteln?« Entsetzt rannte sie hinunter zu Mrs. Raborn, und als die Frau des Senators den Katalog sah, marschierten sie und Felícita schnurstracks zu Raborn und verlangten zu sehen, was in dem neueingerichteten Hobbyraum vor sich ging. Widerstrebend ließ er sich breitschlagen und schloß ihnen die Tür des völlig mit Sägemehl bedeckten Raumes auf. Was sie sahen, nahm ihnen fast den Atem.

Die vier Männer waren tatsächlich dabei, ein Flugzeug zu bauen. Auf der Basis eines Bausatzes, der bereits den größten Teil des komplizierten Innenlebens mitenthielt, fügten sie das Segeltuch, die Verstrebungen und den Rumpf zusammen. Was die beiden Frauen, die sehr wohl wußten, wie schwierig es schon war, die Einzelteile eines Kleidungsstückes zusammenzufügen, noch mehr entsetzte, war, daß die Männer tatsächlich versuchten, den hölzernen Propeller im Eigenbau anzufertigen. Da es ein einmotoriges Flugzeug werden würde, waren Funktionstüchtigkeit und Haltbarkeit des Propellers von ganz entscheidender Bedeutung – und diese Kerle gingen her und schnitzten aus irgendeinem exotischen Holz die Stücke zurecht, die, wenn sie laminiert und geformt waren, *das* Element sein würden, welches das Flugzeug in der Luft hielt – vorausgesetzt, es würde überhaupt je vom Erdboden abheben.

Als sich die sensationelle Neuigkeit in *The Palms* herumsprach, daß die Männer der Tertulia an einem Flugzeug bauten, mit dem sie tatsächlich zu fliegen gedachten, drehte sich die Diskussion als erstes um die Sachkenntnis der vier Aeronauten in spe: »Botschafter St. Près hat mir erzählt, daß er während der Zeit, in der er in einer der neuen afrikanischen Republiken Dienst tat, gelernt hat, die einmotorige Maschine der Botschaft zu fliegen, für den Fall, daß er das Land eilig verlassen müßte.« Und jemand anderes bemerkte, daß Präsident Armitage gut in den naturwissenschaftlichen Fächern gewesen sei und einmal ein Seminar über die Eigenschaften verschiedener Metalle und Hölzer abgehalten habe. Raúl Jiménez war geschickt in Holzarbeiten; er hatte mehrere kleinere Figuren aus Holz zur Verschönerung seines Apartments selbst angefertigt. Und Senator Raborn kannte sich bestens mit benzingetriebenen Motoren aus, hatte er doch seit seinem elften Lebensjahr ständig an Autos herumgebastelt.

Man war sich darüber einig, daß die vier Männer durchaus imstande waren, die verschiedenen Teile eines kleinen Flugzeugs zusammenzusetzen, aber es war klar, daß sie keinen Motor würden bauen können, der das Ding dann auch tatsächlich in die Luft bringen würde; und auch mit der Konstruktion des Propellers haperte es. »Der Motor ist kein Problem«, versicherte St. Près allen, die ihn darauf ansprachen. »Die Lycoming-Leute in Pennsylvanien bauen seit einem halben Jahrhundert großartige Motoren. Sie haben gesagt, sie bauen uns einen und schicken uns die Anleitung, wie wir ihn einbauen müssen. Raborn sagt, er weiß, wie man die Kontrollinstrumente einbaut.« Die Männer strotzten derart vor Zuversicht, daß selbst diejenigen, die anfangs ihre technischen Fähigkeiten angezweifelt hatten, schließlich zugeben mußten, daß es durchaus zu schaffen war.

Ihr Optimismus wurde noch verstärkt, als die vier einen fünften Partner hinzugewannen, Maxim Lewandowski, sechsundachtzig Jahre alt, aber ein erstklassiger Techniker, der hervorragende Fachkenntnisse auf vielen Gebieten besaß. Er würde die Verantwortung für den Bau des Propellers übernehmen, die verschiedenen Neigungswinkel der Blätter errechnen und festlegen und vor allem das Laminieren in die Hand nehmen, jenen Arbeitsvorgang, bei dem unterschiedliche Hölzer zu einer unverwüstlichen Verbindung zusammengefügt wurden. Ihn dabei zu beobachten, wie er an der Drehbank stand, mit seinen diversen Werkzeugen und dem Hochleistungsklebstoff hantierend, war, als sähe man einen alten Mann vor sich, der einem Jungbrunnen entstiegen und zu neuem Leben erwacht war. Er wurde das intellektuelle Herz des Unternehmens – so wie St. Près mit seiner unerschütterlichen Zuversicht, daß sie die Aufgabe meistern und mit vereinten Kräften ein flugfähiges Flugzeug herstellen würden, das moralische Kraftzentrum gewesen war.

Als mehrere Leute fragten: »Und wer wird das Ding fliegen, wenn Sie es tatsächlich fertig kriegen?«, erwiderte St. Près mit kühlem Selbstbewußtsein: »Jeder von uns vieren könnte es fliegen. Letztendlich ist es nichts anderes, als ein Auto in der Luft zu fahren.«

»Schön und gut, aber wer wird den Jungfernflug machen?«

»Ich. Ich bin schon in Afrika geflogen. Es ist eigentlich kinderleicht, vorausgesetzt, man hat ein solide konstruiertes Flugzeug und einen zuverlässigen Motor.«

Das Unternehmen nahm mehr und mehr Gestalt an, als die verschiedenen Komponenten sich ihrer Vollendung näherten. Es war ein Quell der Faszination für die Mitbewohner, die in bestimmten Abständen nach vorheriger Ankündigung einen Blick in die Werkstatt werfen durften. Ihre häufig gestellte Frage, wie die fünf es anstellen wollten, das riesige Ding aus dem kleinen Raum nach draußen zu kriegen, war leicht beantwortet: »Wir nehmen das Fenster raus und schleppen es mit einem kleinen Rasenmähermotor – und unserer eigenen Muskelkraft – nach draußen.«

»Gut, aber was machen Sie mit diesen riesigen Flügeln, die da in der Ecke stehen?«

»Die befestigen wir, wenn wir die Maschine draußen haben.«

»Aber man sieht gar keinen Motor.«

»Das liegt daran, daß der erst in einigen Monaten kommt. Wir bauen ihn ein, gucken, ob wir genug Benzin und Öl haben, und fliegen los.«

»Wo soll dieser erste Probeflug stattfinden?« wollten die Leute wissen, und die Männer zeigten ihnen eine relativ ebene Stelle in der Savanne, wo in ihrem Auftrag ein Mann mit einer Mähmaschine einen Streifen in die wild wuchernde Vegetation gefräst hatte, der groß genug war für Starts und Landungen. Als die Bewohner dieses Feld sahen, waren sie endgültig davon überzeugt, daß ihre fünf Geniusse tatsächlich die Absicht hatten, ihren Apparat in die Luft zu bringen. Ein Gefühl von echtem Stolz machte sich in *The Palms* breit; »ihre« Männer, alle über siebzig und einer sogar schon hart an die neunzig, bauten ein richtiges Flugzeug und beabsichtigten es zu fliegen! Dieser Gedanke gab allen einen regelrechten Kick und mächtig moralischen Auftrieb, besonders den Leuten in der Betreuung, die eigentlich schon das Gefühl gehabt hatten, daß ihr Aufenthalt in dieser Abteilung womöglich der Anfang vom Ende war. »Teufel auch«, brummte ein Mann, der sich gerade von einer schweren Hüftoperation erholte, »die sind allesamt älter als ich. Wenn die so was Verrücktes auf die Beine stellen können, was kann ich dann mit erst zweiundsechzig noch alles schaffen?«

Noch stärker aber war die Wirkung im dritten Stock, der Intensivpflege. Die realistisch denkenden Patienten, die wußten, daß sie dem Tode nahe waren, gingen an die Fenster ihrer Zimmer, schauten zu, wie die Mähmaschine die Start- und Landebahn in der Savanne freimachte, und klatschten Beifall: »Hoffentlich schaffen sie's! Gebe Gott ihnen die Kraft dazu!« Und die alten Männer mit ihrer Flugmaschine wurden zu Symbolfiguren für den gesamten *Palms*-Komplex, Symbole der Lebenskraft und der Macht des Willens. Viele von denen, die im dritten Stock ans Bett gefesselt waren, beteten dafür, daß das Flugzeug bald fertig sein möge, damit sie seinen Jungfernflug noch erleben würden, ehe sie starben.

ELF JAHRE ZUVOR, als die Taggart Organization Ken Krenek zur Nummer zwei in *The Palms* ernannt hatte, war nicht beabsichtigt gewesen, daß er auch die Funktion übernehmen sollte, für die gesellige Unterhaltung der Gäste im Gemeinschaftshaus zu sorgen. Aber er bewies ein solches Talent auf diesem Gebiet, Menschen fröhlich und in Schwung zu halten, daß es sich zwangsläufig so fügte, ohne daß er je offiziell für diese Aufgabe bestellt worden wäre. »Ich hatte so eine Horrorvision von älteren Leuten, die ihr Dasein hier in Langeweile und Nichtstun fristen«, erklärte er John Taggart, »und ich hielt das für eine Schande, für eine Verschwendung menschlicher Fähigkeiten. Diese Menschen hatten noch viele Jahre vor sich, Jahre, in denen sie noch viele sinnvolle und nützliche Dinge tun konnten. Und das Schönste daran war, es würde uns so gut wie nichts kosten, ihnen zu helfen.«

Als Taggart ihn fragte, inwiefern dies *The Palms* stärken würde, sagte Krenek: »Sie werden Spaß haben, sich jünger fühlen, aktiv bleiben, und wenn potentielle Kunden auf Erkundungsbesuch zu uns kommen, werden unsere Bewohner das beste Kaufargument sein, das man sich denken kann. Sie werden sagen: ›Wir haben jede Menge Spaß hier. Jeden Tag ist irgend etwas los.‹ Und die Besucher werden mit dem Begriff Ruhestand gleich etwas ganz anderes verbinden als das, was sie befürchtet hatten. Sie werden sehen, wir werden all die Unentschlossenen für uns gewinnen.«

Taggart hatte ihm daraufhin freie Hand gegeben, und Krenek hatte ein Programm entwickelt, das einem Sommerferiencamp für Fünfzehnjährige gut zu Gesicht gestanden hätte. Montags, mittwochs und freitags startete der *Palms*-eigene Bus um neun Uhr in der Frühe zu einer Rundtour, die zu vier großen Einkaufszentren in verschiedenen Stadtteilen von Tampa führte. Fahrgäste, die um neun Uhr fünfzehn am ersten Haltepunkt ausstiegen, hatten zwei Stunden Zeit zum Einkaufen und Bummeln; um Punkt Viertel nach elf sammelte der Bus sie zusammen mit ihrem manchmal sperrigen Gepäck dann wieder ein. Die zweite Gruppe wurde um neun Uhr dreißig am zweiten Einkaufscenter abgesetzt und um halb zwölf wieder eingesammelt, und ebenso wurde im Abstand von jeweils einer Viertelstunde mit den restlichen Einkaufsbummlern verfahren.

Dienstags war der Bus für Tagesausflüge aller Art reserviert, zu Zoos, Blumengärten, Naturlehrpfaden, Seen und den Ausgangspunkten für Wanderungen durch landschaftlich interessante Gegenden, wo der Bus die Wanderer dann später wieder auflas. Die Donnerstage waren für Fahrten zu kulturellen Aktivitäten reserviert, und hier brachte Krenek seinen außergewöhnlichen Erfindungsreichtum voll zur Entfaltung, denn er hatte kleine Theatergruppen, Musikensembles, Universitätskurse in den schönen Künsten und die verschiedenen Kunstmuseen in Tampa und den nahe gelegenen Städten St. Petersburg und Sarasota ausgekundschaftet. Neben den Ausflügen zum Dali-Museum und dem Ringling-Brothers- und Barnum-and-Bailey-Museum zur Geschichte des Zirkus war einer der beliebtesten Ausflüge der, welcher zu einer Reihe von Buchläden in der Region führte. Bei jedem dieser Besuche verloste *The Palms* ein schönes Buch – einen populären Roman, einen Führer über die Vogelwelt Floridas oder eine Sammlung historischer Landkarten in Farbe – unter den Teilnehmern der Tour.

Samstags fand immer eine besondere Tour statt. Morgens um acht Uhr fuhr der Bus Bewohner, die entsprechend vorbestellt hatten, zu einem gut angesehenen Restaurant, das ab halb zehn ein üppiges Frühstücksbuffet zum Preis von sieben Dollar fünfzig anbot. »In New York oder Chicago«, so meinten viele, »hätte man für ein solches Buffet mindestens das Doppelte hinblättern müssen.« Manchmal engagierte Krenek zu diesem Anlaß auch einen einheimischen Gitarrenspieler oder ein Duo zur musikalischen Untermalung, so daß sich der Brunch nicht selten bis in die frühen Nachmittagsstunden hinzog. Selten war jemand von diesen Frühstücksausflügen enttäuscht; ein wohlbeleibter Bursche von Mitte Siebzig verkündete laut: »Mein ganzes Leben lang hab' ich von der berühmten Südstaatengrütze gehört. Ich dachte immer, sie wär' so eine Art Dixieland-Version von Hafergrütze –

Gott bewahre! Aber dieser Pudding aus Schrot, Käse und Speckstücken – den müssen Engel gebacken haben!«

Sonntags brachte der Bus ab sieben Uhr in der Frühe die Katholiken unter den Bewohnern zur Frühmesse zu den verschiedenen katholischen Kirchen der Umgebung und war dann durchgehend bis zwei Uhr nachmittags mit dem Hinbringen und Abholen der Angehörigen anderer Religionsgemeinschaften zu beziehungsweise von ihren jeweiligen Kirchen im Einsatz. Denn pünktlich um zwei Uhr wurde das große Sonntags-Galadiner serviert, bei dem die Frauen anstatt in ihrer sonst üblichen legeren Freizeitkleidung, bestehend aus Pulli oder Bluse, kombiniert mit langer Hose oder Shorts, im Kleid erschienen, während die Männer gehalten waren, Jackett und Krawatte zu tragen. In einer normalen Woche in *The Palms* konnte einem gar nicht langweilig werden – es sei denn, man wollte es so –, denn zusätzlich zu den Tagesausflügen hatte Mr. Krenek am östlichen und westlichen Ende jedes Stockwerks im Gemeinschaftshaus ruhige Ecken zum Kartenspielen eingerichtet und einen Poolbillardtisch im Gemeinschaftsraum aufgestellt; außerdem gab es eine Bücherei mit Tausenden von Büchern, größtenteils Spenden von scheidenden Gästen, und zweimal pro Woche, dienstags und donnerstags, wurden Spitzenfilme vorgeführt. Darüber hinaus traten oft sonntagabends, wenn im Speisesaal keine Mahlzeiten serviert wurden, Musikgruppen aus den Colleges in der Umgebung auf, oder örtliche Geistliche hielten Andachten ab, manchmal begleitet von ihren jeweiligen Kirchenchören.

Ein Bewohner brachte es auf den Punkt: »Es ist wie ein umgekehrtes Spiegelbild unserer Kindheit. Damals zeigten uns die ›Alten‹, unsere Lehrer und sonstigen Erziehungspersonen, wie man lernt und wie man Spaß hat. Heute zeigen die jungen Leute uns Alten, wie wir uns bilden und vergnügen können. So oder so, es ist ein gutes System.«

Andy war so angetan von dem Beitrag, den Krenek mit seinem Programm leistete, daß er ihn fragte: »Wie kommt es, daß Sie so ein Profi auf dem Gebiet der Unterhaltung geworden sind? Sie sind eigentlich nicht der Typ dazu, und in Ihrer Personalakte steht nichts, was auf diese Fähigkeiten hindeuten würde.«

Krenek gab eine weitausholende Erklärung:

»Meine Eltern hatten nicht viel Geld, aber sie machten gerne Besichtigungen und Wochenendausflüge. Sie waren Meister des kostenlosen Museumsbesuches, des preiswerten und doch gehaltvollen Wochenendes. Sie waren zufällig Kunden bei einer jüdischen Bäckerei, die einem wunderbaren Burschen namens Levy gehörte, und der sagte zu meinem Vater: ›Wissen Sie, wo Sie wirklich den höchsten Gegenwert für Ihr Geld kriegen? In den großen jüdischen Ferienhotels in den Catskills – das *Grossinger*, das *Concord*, und ganz besonders das *Beersheba.* Sie setzen sich in den Bus, und der bringt Sie am Freitagnachmittag direkt in die Berge und Montagmorgen wieder zurück – ohne Umsteigen. Was Besseres für Ihr Geld finden Sie in ganz Amerika nicht.‹

Und so wurden die Kreneks denn Juden; wir erzählten einfach, wir wären aus Litauen. Und von da an fuhren wir öfter übers Wochenende ins Grossinger oder ins Concord. Aber meinem Vater, sparsam, wie er war, war das immer noch zu teuer, und so landeten wir schließlich im Beersheba, das noch kleiner und noch freundlicher war und – ganz wichtig für mich – einen viel besseren Feinbäcker hatte. Ich war sehr glücklich im Beersheba, bis mein Vater sah, daß ich mich in ein jüdisches Mädchen verliebte. Sofort hörten wir auf, Juden zu sein, und wurden wieder ganz normale Durchschnittsdeutsche. Und Schluß war's mit den köstlichen Plätzchen und dem herrlichen Kuchen.

Aber es gab einen jungen Mann im Beersheba, der einen bleibenden Eindruck bei mir hinterließ: Izzy Korngold, den jeder nur Izzy Korn nannte. Er war ein Tummler.«

»Ein was?«

»Tummler – so nannten sie ihre Entertainer, und er war einer der besten, ganz eindeutig auf dem besten Weg zur Spitzenklasse. Er wurde später unter einem anderen Namen ein erstklassiger Komödiant.«

»Und wo lagen seine Talente?«

»Sein Job war es, die Gäste zu ›tummeln‹, zu unterhalten – aber auf eine sehr aktive Weise: Spiele, verrückte Tänze, Singen und dergleichen. Er war ein Meister im ›Simon Sez‹, wo er jeden dazu brachte, auf und ab zu springen, mit den Ohren zu wackeln und auf einem Bein zu hüpfen. Ich war ganz verrückt nach ihm; er schien jeden fröhlich zu machen, und ich schaute ihm zu, folgte ihm auf Schritt und Tritt, fragte ihn, wie er seine Tricks machte, worin sein Geheimnis läge, und er war sehr geduldig mit mir und sagte: ›Das Geheimnis, Kenny, ist, daß die Menschen einsam sind. Sie wollen Freunde haben. Sie wollen sich mit ihren Nachbarn unterhalten und lachen und Spaß haben. Aber allein, von sich aus, können sie das einfach nicht. Glaub mir, Kenny, du könntest den Louvre, das ist ein berühmtes Museum in Paris, gleich da drüben stehen haben, und sie würden nicht hingehen – es sei denn, ich würde sie hinführen und lustige Sachen mit ihnen machen und ihnen sagen, wieviel Spaß der Besuch dort machen wird und daß es ein Erlebnis sein wird, das sie niemals vergessen werden.‹

Ich behielt das, was er mir sagte, stets in Erinnerung, und als ich aufs College kam, half ich den Kids, die keiner Verbindung angehörten, Dinge zu entdecken, die sie machen konnten, und freundschaftliche Kontakte mit anderen zu knüpfen. Es fiel mir irgendwie zu, und als ich hierherkam, war es ganz einfach für mich, da anzuknüpfen, wo ich bei Izzy Korn aufgehört hatte. Eine jüdische Witwe im Gemeinschaftshaus – sie ist inzwischen verstorben, Gott hab' sie selig – sagte mir einmal: ›Mr. Krenek, Sie müssen Jude sein. Sie sind der perfekte Tummler.‹ Und als ich ihr sagte, das hätte ich im *Beersheba* gelernt, da nahm sie mich in den Arm und wollte mich überhaupt nicht mehr loslassen. ›Im *Beersheba*!‹ rief sie. ›Herman und ich sind dort immer hingefahren, aber diesen Izzy Korn haben wir nie kennengelernt.‹ – ›Der kam auch erst später‹, hab' ich ihr gesagt. ›Er war noch sehr jung, als ich ihn kennenlernte, aber schon damals sehr gut.‹ Und so habe ich halt gelernt, wie man Menschen hilft, ein bißchen Spaß im Leben zu haben.«

Dreimal im Jahr wurden zwei Busse gebraucht für einen Ausflug, der nicht nur eine Tradition geworden war, sondern auch eine der ungewöhnlichsten und lehrreichsten Touren an die Westküste Floridas. An diesen Tagen leitete Richter Lincoln Noble eine Tour zu einem bemerkenswerten Ort, den er ein paar Meilen südlich von Tampa entdeckt hatte. Krenek wollte unbedingt, daß Andy dieses Wunder auch einmal sah; und bei der nächsten Tour im April saßen sie beide im Bus neben dem Richter und hörten aufmerksam zu, als Noble ihnen von dem Ursprung des Wunders erzählte, das sie sehen würden: Ein Vietnamveteran namens Tom Scott war querschnittsgelähmt und im Rollstuhl sitzend aus dem Krieg heimgekehrt, und um ihm die Möglichkeit zu geben, irgend etwas Sinnvolles mit seinem Leben anzufangen, hatten seine Onkel ihm ein kleines Grundstück am Golf von Mexiko gekauft, ungefähr so groß wie ein Tennisplatz, nicht mehr, aber mit einem Sandstrand, der sich so weit nach Norden und Süden erstreckte, daß er die Strände vor zwei teuren Kondominien, jenen für Florida typischen Wohnanlagen, mit in sich einschloß.

»Dort«, fuhr der Richter fort, »brachte dieser unternehmungslustige junge Mann mit seiner Frau – sie war in Vietnam seine Krankenschwester gewesen – etwas ganz Erstaunliches zuwege: Sie lockten eine Anzahl hungriger Pelikane an ihren Strand, unter denen mehrere verkrüppelt waren, weil sie von Motorbooten gerammt worden waren oder sich in Fischernetzen verheddert hatten. Solche Vögel sind zum Tode verdammt, wenn nicht irgend jemand sie aus ihrer Falle befreit, und selbst dann bleiben viele verkrüppelt.

Der junge Mann, Tom Scott, überredete seine Onkel, ihm ein Stück landeinwärts an einer geschützten Stelle eine Zufluchtsstätte für Vögel, in erster Linie Pelikane, zu errichten, und dort, in Maschendrahtvolieren, erholten sich die Vögel von ihren Verletzungen und fanden eine neue Heimstatt. Sie blieben dort, begannen, ihr normales Leben wie in der freien Natur zu führen, bauten Nester, bekamen Nachwuchs und führten neugierigen Besuchern vor, wie Pelikane leben. Sie werden heute einen wundervollen Einblick in die Geheimnisse der Natur erhalten.«

»Wie haben Sie die Stelle gefunden?« fragte eine Frau, und der Richter erzählte es. »Wie Sie wahrscheinlich gesehen haben, habe ich in *The Palms* einen großen Pelikan einigermaßen zahm gekriegt. Eines Morgens brachte er einen Vogel mit, der sich hoffnungslos in einer Angelschnur verfangen hatte und der unweigerlich verenden mußte, wenn nicht irgend jemand ihn befreite. Ich konnte ihn nicht ans Ufer locken, aber ein Arbeiter, der meine fruchtlosen Versuche sah, kam zu mir gerannt und sagte: »Es gibt da einen Mann nicht weit von hier, im Süden, der sich um solche Vögel kümmert.« Über die Auskunft konnte ich seine Nummer ermitteln, und wenig später kam er in seinem Pickup – er ist querschnittsgelähmt, aber sein Wagen ist eine Sonderanfertigung – und er und seine Helferin konnten unseren Krüppel an Land locken und nahmen ihn mit. Als ich kurz darauf nach Süden fuhr, um den ›Patienten‹ zu besuchen, entdeckte ich diesen wunderbaren Ort, und seitdem fahren wir regelmäßig hierher zu Besuch.«

»Und worin besteht nun dieses Wunder?« wollte eine Frau wissen, und er sagte: »Es leben dort bestimmt ein Dutzend dieser Vögel, aber da ist einer darunter, der wird Sie – da bin ich ganz sicher – echt vom Hocker hauen, wie mein Enkel immer so nett sagt.«

»Und was ist nun dieses Superwunder?« fragte Andy, und Noble antwortete lachend: »Warten Sie's ab«, und die zwei Busse fuhren weiter nach Süden zu einer Stelle mitten in einer Ansammlung von großen Kondominien. Als Andy sich den Ort anschaute, sagte er zu Noble: »Man würde kaum erwarten, daß die Natur hier Fuß gefaßt haben könnte«, und der Richter pflichtete ihm bei: »Das dachte ich auch, als ich zum erstenmal hierherkam.«

Als die Busse ihre etwa sechzig Fahrgäste ausgespien hatten, führte der Richter sie zu einem unscheinbaren Durchgangsweg zwischen hohen Häusern, der sich an seinem Ende zu einem wahren Wunderland hin öffnete. Auf einer Fläche, die nicht viel größer war als ein Tennisplatz, hatten Tom Scott und seine Frau jeden Quadratzentimeter genutzt, um Volieren und Bauer für verschiedene Arten verletzter Vögel aufzustellen. In der Mitte, neben einem kleinen Bürogebäude, befand sich ein ziemlich großes Gehege für Pelikane. Außerdem gab es Bänke für Besucher und einen Pfad, der hinunter an den Strand führte. Im Hintergrund blitzten die Fluten des Golfs von Mexiko auf. Selten war Land so konstruktiv und sinnvoll genutzt worden.

Scott in seinem motorgetriebenen Rollstuhl war die energischste Person in der Menge; ständig hierhin und dorthin flitzend, hielt er einen Vortrag über seine Einrichtung, insbesondere die Pelikane, jene faszinierenden Vögel mit dem plumpen Rumpf und dem außergewöhnlichen Schnabel: »Das da sind die älteren Vögel, die sich hier gepaart und ihre Jungen aufgezogen haben. Die Eltern werden für den Rest ihres Lebens hierbleiben; da draußen hätten sie keine Überlebenschance.« Er zeigte auf den Golf. »Aber ihre Küken, wie die Schreihälse dort drüben, die werden wir schon bald freilassen. Sie sind dann groß genug, um für sich selber zu sorgen.«

Nachdem seine Besucher sich die auf den ersten Blick irgendwie tolpatschig anmutenden Vögel ausgiebig aus der Nähe angeschaut hatten, lud er sie ein, ihm in sein Büro zu folgen. Dort war eine große Leinwand gespannt, auf der er ihnen einen Film über Pelikane zeigte, die nach Fischen tauchten. »Der Kormoran ist als der größte Fischer unter den Vögeln bekannt«, erklärte Scott, »aber pro Kopf, auf den einzelnen Vogel umgerechnet, fängt der Pelikan bei weitem mehr. Schauen wir uns einmal an, wie er das macht. Zuerst in normaler Geschwindigkeit. Sehen Sie, er kommt genauso an, wie Sie und ich es würden, wenn wir Flügel hätten. Den Bauch parallel zum Wasser, den Kopf nach unten, damit er die Wasseroberfläche beobachten kann, dann beugt er sich vorwärts, geht gewissermaßen in Absprunghaltung, und jetzt stößt er hinunter und taucht mit dem Kopf zuerst ins Wasser ein.« Er spulte den Film zurück und ließ ihn noch einmal laufen. »Auf den ersten Blick sieht es so aus wie ein ganz normaler Kopfsprung.

Aber jetzt schauen Sie einmal genau hin! Haben Sie es gesehen? Ganz am Ende? Was so aussah wie eine kleine Unschärfe? Sehen wir uns das doch gleich noch einmal an, diesmal in Zeitlupe.« Und jetzt konnten Andy und die anderen ein Manöver verfolgen, das in der Tat fast unglaublich war. Etwa einen Dreiviertelmeter über der Wasseroberfläche, kurz vor dem Ende seines Sturzfluges, als der grandiose Schnabel kurz davor war, in das Wasser einzutauchen und den Fisch aufzuspießen, drehte sich der Pelikan blitzschnell auf den Rücken, so daß er rücklings ins Wasser eintauchen konnte.

»Ja«, sagte Scott, während er die Szene ein zweites Mal in Zeitlupe ablaufen ließ, »dieser erstaunliche Vogel, so plump und linkisch er an Land ist, kann sich am kritischsten Punkt seines Fluges komplett umdrehen und rücklings ins Wasser eintauchen.«

»Warum macht er das?« wollte einer der Besucher wissen.

»Wir haben einige Spekulationen darüber angestellt, aber keine Erklärung gefunden. Ich glaube, er macht es deshalb, damit seine Augen in dieser kritischen letzten Sekunde, wenn die Fähigkeit, unter Wasser zu sehen, allesentscheidend ist, freien, ungehinderten Blick haben. Aber Sie haben es ja selbst gesehen. Er dreht sich wirklich bei einer Geschwindigkeit von achtzig Meilen um.«

»Hat man diese Geschwindigkeit richtig gemessen?«

»Es ist bloß eine Schätzung von mir. Es sieht aus wie achtzig, kann aber auch bloß vierzig sein. Aber für einen Vogel von dieser Größe ist es schon sehr beeindruckend.«

Die Frau, die im Bus Fragen gestellt hatte, richtete die nächste Frage nicht an Scott, sondern an Richter Noble: »Ist das das Wunder, das Sie uns angekündigt haben?«

»Nein, das ist noch viel größer«, erwiderte er. Scott rief seiner Frau zu: »Gloria, laß uns die Fütterung ein bißchen vorziehen, damit wir unsere Gäste jetzt an den Strand führen können.« Als seine Frau mit einer riesigen Tragetasche aus Segeltuch über der Schulter erschien, fuhr Scott selbst vorneweg auf einem Plankenpfad, der extra für seinen Rollstuhl gelegt worden war, und die Gruppe spazierte hinter ihm her zum weißen Sandstrand.

Als sie dort ankamen, sahen sie zwei oder drei Vögel nach unsichtbaren Leckereien picken, doch binnen fünfzehn Sekunden nach Auftauchen der großen Tragetasche, die für die Vögel offenbar meilenweit sichtbar war, begannen die Pelikane in hellen Scharen herbeizuströmen, Schwärme von gesunden Vögeln, die mit ihren großen Schwingen schlugen und in einer Sandwolke dicht vor den neugierigen Zuschauern landeten. Bevor Mrs. Scott den ersten Bissen Fisch hervorholen konnte, hatten sich bereits mehr als hundert laut schnatternde Pelikane eingefunden, die den weißen Sand verdunkelten und Zuschauer aus den angrenzenden Kondominien anlockten.

Als Mrs. Scott anfing, ihnen die Fische vorzuwerfen, taten zwei männliche Helfer aus dem Vogelasyl das gleiche, jedoch aus weniger auffälligen Behältnissen, und bald war der Strand vor dem Asyl von weißen Vögeln bedeckt, aber auch an den Strandstreifen vor den Kondominien hatten sich zahlreiche Vögel eingefunden. Scott sagte: »Experten haben versucht, einen solchen Schwarm zu zählen. Sie kommen auf ungefähr hundertfünfzig Pelikane und zweihundert Möwen.«

Plötzlich rief er den beiden Gehilfen zu: »Da drüben! Der mit dem gebrochenen Flügel!« Die Männer stellten ihre Fütterkörbe ab und rannten mitten in den Schwarm und fingen geschickt den verletzten Vogel ein, auf den Scott gezeigt hatte. Sie brachten ihn zu den Zuschauern und zeigten ihnen die Verletzung. Der linke Flügel war durch einen Unfall so sehr in Mitleidenschaft gezogen worden, daß das Tier flugunfähig war. »Der ist ein Kandidat fürs Gehege«, sagte Scott. »Vielleicht kriegen ihn die Tierärzte ja noch einmal hin, aber ich bezweifle es.«

Einer von den *Palms*-Leuten, eine alte Dame namens Mrs. Goldbaum, sagte leise: »Mr. Scott, es ist wahrhaftig ein Wunder. Ob ich wohl einmal zu den Vögeln gehen dürfte? Eine solche Chance bekomme ich wahrscheinlich nie wieder.« Scott gab seiner Frau ein Zeichen: »Gloria, führ die Dame doch einmal hin.« Und die beiden Frauen, die eine so jung und frisch, die andere so alt und verbraucht, bewegten sich vorsichtig mitten in den Schwarm von Pelikanen. Die Vögel machten ihnen natürlich Platz, aber sie wichen nicht weit zurück, und als Mrs. Scott einem der Helfer bedeutete, er solle einen Schemel holen, da saß die betagte Mrs. Goldbaum inmitten von hundertfünfzig Pelikanen und lockte die Vögel mit ein paar Stückchen Fisch zu sich, bis die Keckeren unter ihnen ihr schließlich sogar aus der Hand fraßen.

Mehr als eine Viertelstunde blieb sie auf ihrem Schemel sitzen und unterhielt sich mit ihren Pelikanen. Als sie schließlich signalisierte, daß es nun genug sei, folgten ihr die Vögel, als sie zu den anderen zurückging, auf Schritt und Tritt.

Auf der Fahrt zurück nach *The Palms* saß sie neben Dr. Zorn. »Ein solcher Tag wie der heutige«, sagte sie zu ihm, »wiegt all die Jahre auf, die wir uns abstrampeln, um ihn zu erreichen, all die Pillen und Tropfen, die Operationen, die Nächte ohne Hoffnung. Was für ein schöner Tag! Hundert große Vögel kommen zu mir und fressen mir aus der Hand, ohne mir weh zu tun! Daß ich das noch erleben durfte! Ich bin so froh, Dr. Zorn, daß Sie uns das ermöglicht haben.«

In jener Nacht, gegen drei Uhr morgens, schellte die Klingel am Tisch der Nachtwache im Empfang, was bedeutete, daß irgendeiner der Bewohner in Schwierigkeiten war. Als der diensttuende Pfleger die Quelle des Alarms überprüfte, sah er, daß es Mrs. Goldbaum war, die allein ein geräumiges Apartment im dritten Stock bewohnte. Ihre Tür war nicht abgeschlossen, und als er hineinstürzte, fand er die alte Dame tot in ihrem Nachthemd auf dem Fußboden liegen. Wie es aussah, hatte sie den nahenden Tod gespürt und, nachdem sie um Hilfe geklingelt hatte, die Tür entriegelt, damit man sie nicht erst würde aufbrechen müssen, um sie zu finden.

Als Andy gerufen wurde, fand er auf der Innenseite der Tür, mit einem Stück Klebeband befestigt, einen Scheck über zehntausend Dollar zugunsten der Pelikan-Heimstatt, mit krakeliger Handschrift unterzeichnet von Rita Goldbaum.

Es war paradox. Einer der Hauptgründe, warum Ehepaare nach *The Palms* zogen, war, daß sie der Tyrannei ihrer erwachsenen Kinder und dem nervtötenden Lärm ihrer Enkelkinder entfliehen wollten. Aber die schönsten und herzerwärmendsten Tage des Monats waren die, wenn irgendeine Familie mit zahlreichen Enkelkindern zu Besuch erschien und das fröhliche Schwatzen und Lachen von Kindern durch die Flure scholl. An solchen Tagen wurde *The Palms* von neuem Leben durchpulst, und die älteren Menschen wurden daran erinnert, was der große Marsch des Lebens war: dieser immerwährende Zyklus des Älterwerdens, des Vergehens und Neuentstehens. An solchen Tagen empfanden die Bewohner von *The Palms* besondere Freude.

Raúl Jiménez sagte: »Das Geräusch von Kinderlachen ist das Echo der Zivilisation.« Und seine Frau Felícita fügte trocken hinzu: »Und das Wunderbare daran ist, daß sie nach dem Abendessen wieder nach Hause fahren.«

Ein Ehepaar hatte drei bezaubernde Enkelinnen unter zehn Jahren, und wenn sie mit ihren zwei Müttern, die aussahen wie Covergirls Anfang Dreißig, auf Besuch erschienen, dann bildeten alle zusammen mit ihren hübschen Gesichtern und ihrer reizenden Art ein wahrhaftes Quintett von Schönheiten. Die Bewohner freuten sich, wenn sie kamen, und nicht wenige von den anderen Großmüttern ließen es sich nicht nehmen, beim Abendessen an ihrem Tisch stehenzubleiben und den kleinen Mädchen Komplimente zu machen. »Wir wünschten, ihr könntet immer bei uns sein«, sagten einige der Frauen, aber die Mütter, die wußten, welche Teufelchen ihre kleinen Mädchen sein konnten, erwiderten: »Wir sind nicht so sicher, ob Ihnen das tatsächlich gefallen würde.«

Weniger erfreulich war der Besuch eines Mannes in den späten Vierzigern. Lester Chubb war nicht verheiratet, jedenfalls zur Zeit nicht, hatte keine eigenen Kinder, und es war schwierig zu erraten, was er beruflich tat, falls er überhaupt einen Job hatte. Er kam von Iowa, um seine verwitwete Mutter zu besuchen, und jeder seiner Besuche war eine harte Prüfung für beide, Mutter wie Sohn. Diejenigen, die ihn genauer beobachteten, glaubten, daß er seine Mutter nur besuchte, um nicht bei ihr in Ungnade zu fallen, denn sie verfügte über das Vermögen der Familie. Wenn Chubb gefragt wurde, was er machte – eine Frage, die fast jedem in *The Palms* gestellt wurde, sagte er, er vertrete die Interessen seiner Mutter, aber sie hatte gegenüber Freunden bereits klargestellt, daß sie keine finanziellen Interessen in Iowa hatte und daß ihr Vermögen von einer Bank in Chicago verwaltet werde, bei der schon ihr Mann Kunde gewesen sei.

Als bei einem seiner Besuche Lester seine Mutter ziemlich massiv drängte, sie solle ihr Konto auf eine Bank in Iowa transferieren, fragte sie Senator Raborn um Rat, den sie als einen vertrauenswürdigen Mann betrachtete: »Eine meiner Befürchtungen ist, daß Lester – ein prächtiger Bursche, auf den ich stolz bin – es nie geschafft hat, seine eigenen Konten in Ordnung zu halten. Warum sollte er das ausgerechnet mit meinem besser machen?«

Als Raborn daraufhin einen Herrn vom Senatsausschuß für das Bankenwesen bat, die beiden betroffenen Banken einmal unter die Lupe zu nehmen, sagte dieser ihm: »Auf einer Skala von eins bis hundert liegt die Chicagoer Bank bei zweiundneunzig, und die in Iowa so um die dreißig.« Raborn riet Mrs. Chubb, ihr Geld da zu lassen, wo es war. Aber nach dieser Abfuhr kam Lester nicht mehr zu Besuch. Seine Mutter befürchtete, ihn mit ihrer Weigerung verletzt zu haben, und sie versuchte, ihn zu besänftigen, aber er verharrte in seinem Schmollwinkel in Iowa und ließ sich fast ein ganzes Jahr lang nicht blicken.

Ganz anders sah es aus, wenn die vier Lewandowski-Kinder und ihre Ehepartner und Kinder zu Besuch nach *The Palms* kamen. Die beiden Söhne und ihre Frauen und die beiden Töchter mit ihren Ehemännern, allesamt in den mittleren Jahren, gaben ein geradezu idealtypisches Bild von Amerika ab. Einer der Söhne war Professor an der Caltech, der Technischen Hochschule von Kalifornien; sein Bruder war Direktor eines bedeutenden Industriebetriebes. Eine der Töchter hatte einen Lehrstuhl an der Universität von Wisconsin; die andere war Vizedirektorin einer Computerfirma. Die jeweiligen Ehepartner hatten ähnlich eindrucksvolle Karrieren hinter sich, und alle acht waren Mitglieder von Führungsgremien diverser beruflicher, kultureller und kommunalpolitischer Organisationen. Die vier Paare hatten insgesamt neun Kinder, so daß alles in allem neunzehn Personen zusammenkamen, wenn alle Lewandowskis sich zu einem Familientreffen bei Maxim und Hilda einfanden. Es überraschte niemanden in *The Palms*, daß das Benehmen der Kinder vorbildlich war.

Es gab aber auch noch andere Familien, deren Kinder und Enkelkinder gerngesehene Gäste in *The Palms* waren, so die Grigsby-Kinder, von denen drei Musikinstrumente spielten und die jedesmal, wenn sie auf Besuch kamen, ein kleines Konzert gaben.

Alles in allem betrachtet, waren Kinder und Enkelkinder, ob außergewöhnlich oder nicht, gleichermaßen gerngesehen, auch wenn sie die Bewohner an ihre eigene Sterblichkeit erinnerten. »Wir werden eines Tages verschwinden«, sagte Felícita Jiménez eines Abends, nachdem ihre sechsköpfige Familie wieder abgereist war, »aber *The Palms* wird bleiben, und andere Enkelkinder werden zu Besuch kommen. Es ist irgendwie tröstlich, wenn man es recht bedenkt.«

Als die Tochter eines in *The Palms* wohnenden Ehepaares zusammen mit ihrem Mann bei einem Hubschrauberabsturz ums Leben kam, nahmen die Großeltern die drei Kinder, die noch im Teenageralter waren, vorübergehend in ihre Obhut. Sie waren so liebenswert, daß mehrere Bewohner Mr. Krenek fragten: »Warum können sie nicht bis zum Ende des Schuljahres hierbleiben?« Aber er antwortete klug: »Wir sind dafür einfach nicht eingerichtet, Kinder über längere Zeit aufzunehmen, auch wenn sie so nett wie die Garbers-Kinder sind.«

Die Besuche junger Menschen hatten eine therapeutische Funktion für die älteren Bewohner von *The Palms*, denn sie hielten sie davon ab, sich gänzlich auf sich selbst zu konzentrieren. Doch nicht alle Besuche waren heilsam. Während des Frühlings besuchten die Kinder der tanzfreudigen Mallorys *The Palms* zweimal: der Sohn und seine Frau, die Tochter und ihr Mann sowie ihre jeweiligen Kinder, die auch schon in den Zwanzigern und sogar Dreißigern waren. Ihre Besuche waren kurios, denn wenn sie mit den älteren Mallorys bei Tisch saßen, fiel ganz selten einmal ein Wort, und wenn, dann »unterhielt« man sich nur in mürrischem Brummton. Saßen sie jedoch mit anderen Bewohnern zusammen und waren ihre Eltern nicht zugegen, dann löcherten sie die anderen mit Fragen zu den älteren Mallorys. Ken Krenek, von anderen Bewohnern auf dieses merkwürdige Betragen der Mallory-Kinder angesprochen, wandte sich mit seinen Befürchtungen an Dr. Zorn: »Andy, ich habe die Mallory-Brut beobachtet, und was ich sehe, behagt mir nicht.«

»Was führen sie im Schilde?«

»Ich bin nicht sicher. Ich finde einfach nur, diese Mallory-Kinder sind eine üble Sippschaft, und ich habe das Gefühl, daß sie den alten Leutchen nicht wohlgesonnen sind.«

»Ken, mit vagen Verdächtigungen und Vermutungen kommen wir nicht weiter. Irgendwas Handfestes?«

»Nein. Aber sie erinnern mich in ihrer Art verdammt an andere, die ich beobachtet habe. Glauben Sie mir, die wollen unseren Mallorys nichts Gutes. Wir sollten sie im Auge behalten.«

Solchermaßen alarmiert, behielt Zorn die »Mallory-Brut«, wie Ken sie bezeichnet hatte, bei ihrem nächsten Besuch in *The Palms* besonders aufmerksam im Auge, und je länger er sie erlebte, desto mehr mißtraute er ihnen. Auch auf ihrem zweiten Besuch kümmerten sie sich kaum um ihre Eltern, suchten jedoch verschiedene Geschäfte in Tampa auf. Was für Geschäfte sie betrieben, konnte Zorn nicht ausmachen, doch als sie Florida wieder verließen, ging er zu Krenek: »Ken, ich bin sicher, daß Sie die Mallory-Kinder richtig eingeschätzt haben. Aber das Rätsel bleibt bestehen. Wie können zwei so nette, reizende Leute wie die Mallorys dermaßen unsympathische Kinder und Enkel produzieren?«

»Sie sind mehr als bloß unsympathisch, Andy. Dieses Pack ist gefährlich. Sie können ihnen das an den Augen ansehen. Wir sollten die Mallorys warnen. Sie werden sie natürlich in Schutz nehmen, aber vielleicht kriegen wir ja den einen oder anderen Hinweis.«

Zorn paßte der Gedanke, sich in die Privatangelegenheiten von Bewohnern einzumischen, überhaupt nicht, aber Krenek war so beunruhigt, daß er sich wider sein besseres Wissen dazu breitschlagen ließ, gemeinsam mit Ken zu den Mallorys zu gehen und sie auf das heikle Thema anzusprechen. Das Gespräch fand auf der Veranda über dem Pool statt, und zunächst tat Mr. Mallory so, als wüßte er nicht, worauf die beiden hinaus wollten. Das einzige, was er einräumen wollte, war, daß die Kinder *The Palms* nicht mochten und das Gefühl hatten, daß ihre Eltern dort finanziell betrogen wurden, aber Mrs. Mallory deutete von Zeit zu Zeit an, daß sie durchaus verstehen konnte, warum Krenek diese verwirrenden Fragen stellte.

»Die Kinder haben ihrem Vater nie sehr nahe gestanden«, sagte sie an einer Stelle, sehr zum Befremden ihres Mannes. »Sie scheinen etwas gegen ihn zu haben, und mich können sie erst recht nicht leiden. Es ist, als glaubten sie, ich würde mich zwischen sie und ihren Vater stellen. Unter den gegebenen Umständen tue ich das tatsächlich auch.«

»Esther! Sie sind auch deine Kinder!«

»Ja, und ich bin nicht stolz auf sie. Sie haben nichts von unserer Fröhlichkeit, unserer Lebenslust. Sie sind niederträchtig und gemein und – weiß der Himmel, warum – völlig aus der Art geschlagen, und ich wäre froh, wenn sie uns nicht mehr besuchen würden. Sie bringen uns keine Freude.«

Mr. Mallory starrte seine Frau fassungslos an. Er konnte nicht glauben, daß sie so offen zu Fremden gesprochen hatte, doch als er sich anschickte, sie zurechtzuweisen, sagte sie: »Ich betrachte Dr. Andy und Mr. Krenek viel mehr als meine Kinder als diese anderen. Sie beide«, sie schaute Andy und Ken an, »Sie geben mir Trost und Freude. Und es tut mir weh, das sagen zu müssen.«

Als die Unterhaltung zu Ende war und die beiden nichts Konkretes erfahren hatten, was sie irgendwie weitergebracht hätte, gingen sie zu Zorns Büro zurück. »Andy«, sagte Ken, »was sie da zum Schluß gesagt hat – daß Sie und ich ihre Kinder sind –, so was habe ich schon mal gesehen. Wir sind hier. Wir sind verfügbar. Wir können ihnen helfen, wenn sie Probleme haben. Das ist eine gefährliche Entwicklung, und wir sollten um Himmels willen nichts tun, was diese Art von Identifikation mit uns noch fördert. Die Kinder könnten versuchen, uns einen Strick daraus zu drehen, und ihre Eltern hier rausholen; womöglich werfen sie uns am Ende noch vor, wir hätten unsere Stellung dazu benutzt, Druck auf ihre Eltern auszuüben.«

»Das kommt mir aber sehr unwahrscheinlich vor.«

»Täuschen Sie sich da mal nicht. Wir hatten zwei solche Fälle mit dem früheren Verwalter. Großherzig, wie er war, hörte er sich jede Klage an und stellte sich auf die Seite der alten Leute – gegen ihre Kinder. Als sie starben – die Alten, meine ich – stellten die Kinder fest, daß sie ihn in ihrem Testament bedacht hatten, und sie zogen vor Gericht und ließen das Testament für ungültig erklären. Eine schlimme Sache, aber es sah tatsächlich so aus, als hätte er sie zum Schluß über Gebühr beeinflußt.«

»Sie sind ein sehr mißtrauischer Mensch, Ken.«

»Nein. Ich habe bloß eine sehr feine Nase für Unrat.«

In der Woche nach dem zweiten Besuch der »Mallory-Brut« empfing *The Palms* eine ganz andere Art von Besuch, einen, der das Vertrauen in die Beziehungen zwischen den Generationen wiederherstellte. Laura Oliphants Nichte, Mildred Oliphant, vierzig Jahre alt und unverheiratet wie ihre Tante, kam auf Lauras Drängen hin auf einen dreitägigen Besuch heruntergeflogen. Trotz des Altersunterschiedes sahen sich die beiden Frauen sehr ähnlich: mittelgroß, scharfgeschnittene Züge, kampflustig, aber sehr schweigsam, es sei denn, das Problem, um das es ging, betraf sie unmittelbar. Die jüngere Ms. Oliphant arbeitete als Computerexpertin bei der Duke University Press und half dabei mit, diese altehrwürdige Einrichtung auf neuzeitliche elektronische Produktionsmethoden umzustellen.

Als Dr. Zorn und Krenek mit den beiden Damen zu Abend aßen, erzählte die jüngere Ms. Oliphant ausgiebig und mit beträchtlichem Eifer, wie ihre Tante sie nach dem Tod ihrer Eltern zu sich genommen und wie sie sie mit gütiger Hand durch die Pubertät und die High-School geleitet und schließlich aufs College geschickt hatte. »Wenn es eine lebende Heilige gibt«, sagte sie mit viel Wärme und Hochachtung in der Stimme, »dann ist es diese Frau, die hier neben mir sitzt. Wenn ich nur daran denke, wie schwer sie es mit mir hatte. Ich haßte die ganze Welt. Ich empfand den Tod meiner Mutter als einen persönlichen Affront gegen mich. Ich begegnete meinen Lehrern und Lehrerinnen mit Hohn und Ablehnung, wenn sie mir helfen wollten. Kein Wunder, daß du frühzeitig graue Haare gekriegt hast, Tante Laura.«

Nachdem die jüngere der beiden Frauen ausführlich geschildert hatte, wie sie überlebt hatten, emotional und finanziell, äußerte sich schließlich Laura: »Mitten im Sturm und Drang, als ich mir selbst leidtat, schoß mir ein Gedanke durch den Kopf: ›Die Aufgabe der Eltern besteht nicht darin, ein Kind zu der Art von Erwachsenem zurechtzubiegen, die ihrer Wunschvorstellung entspricht, sondern dem aufsässigen Kind alle Liebe der Welt zu schenken und es dazu zu ermutigen, die Art von schöpferischem Menschenwesen zu werden, die das Kind zu werden bestrebt ist.‹ Später formulierte ich es einfacher: ›Es ist nicht Mildreds Aufgabe, mich glücklich zu machen; es ist ihre Aufgabe, etwas aus sich zu machen, tüchtig und schöpferisch zu werden, worin auch immer.‹« Sie lächelte Mildred zu, ergriff ihre Hand und sagte: »Danach war es leicht, denn ich tat nicht mehr, als sie das werden zu lassen, was sie selbst werden wollte: ein wundervoller, reifer, geistig und emotional freier Mensch.«

Am darauffolgenden Abend hielt Mildred nach dem Abendessen einen vierzigminütigen Vortrag darüber, wie die Duke University jetzt ihre Bücher publizierte, und fast jeder Schritt in dem neuen Verfahren, das sie beschrieb, verblüffte ihre Zuhörer, Zorn und Krenek eingeschlossen. In spannender Form erklärte sie die wunderbaren Möglichkeiten des Desktop Publishing, bei dem der

Computer ein halbes Dutzend schwerfällige Maschinen überflüssig machte.

Als der Vortrag beendet war und sie hinausgingen, fragte Krenek Zorn: »War sie nicht faszinierend? Wie klar und interessant sie ihre Gedanken dargelegt hat.« Und nach einem kurzen Moment des Schweigens fügte er hinzu: »War sie nicht eine wirklich angenehme Abwechslung nach diesen schrecklichen Mallory-Bälgern?«

Doch dann überschattete vorübergehend eine dunkle Wolke den glänzenden Eindruck, den die junge Ms. Oliphant hinterlassen hatte. Die Gräfin bekam von einem Freund, der dem Lehrkörper der Duke University angehörte, einen Brief, in dem eine bestürzende Neuigkeit stand:

> Wie ich hörte, verbrachte Mildred Oliphant, einer der Stars der Duke University, einige Zeit bei ihrer Tante in Eurer Einrichtung. Sie hat bei uns Berühmtheit erlangt als die erste unverheiratete Frau, die ein uneheliches Kind bekam. Sie behielt das kleine Mädchen nicht nur und zog es ohne Hilfe von außen groß, sondern setzte ihre Praxis auch noch munter fort, indem sie bald darauf einen kleinen Jungen bekam, nach dem gleichen Verfahren, wenn auch nicht notwendigerweise vom selben Vater. Die Sache erregte gewaltiges Aufsehen, aber das war zu der Zeit, als die Frauenbewegung gerade anfing, die Gleichberechtigung zu erkämpfen, und die Duke University hatte Angst, sie zu feuern, wegen möglicher Arbeitsgerichtsprozesse und Protestmärsche auf dem Campus.
>
> Doch selbst Hurrikane flauen irgendwann ab, und das gleiche passierte hier. Wenn Du das North Carolina-Dreieck aus Duke, North Carolina und North Carolina State University abgrasen würdest, dann vermute ich, würdest du eine ganze Reihe von Fällen finden, wo weibliche Fakultätsangehörige uneheliche Kinder haben und niemand mehr Anstoß daran nimmt.

Als diese Neuigkeit im Gemeinschaftshaus die Runde machte, konnten die Frauen, die Mildred kennengelernt hatten, es kaum glauben, denn sie hatten sie als eine so sympathische Frau in Erinnerung, daß man den Gerüchten über ihre sexuelle Rebellion nur schwerlich Glauben schenken mochte.

Ein paar Monate später lud die ältere Ms. Oliphant Mildred nicht nur nach *The Palms* ein, sondern bat sie darüber hinaus auch noch, ihre Tochter und ihren Sohn mitzubringen. Das Mädchen, eine Stipendiatin, die in Princeton Französisch studierte, und ihr jüngerer Bruder, der in Wesley Football spielte, machten einen so wohlerzogenen Eindruck und erwiesen sich als so charmante Gesprächspartner, daß alle Bedenken, welche die Klatschbasen hinsichtlich ihrer Mutter gehabt haben mochten, sich in Nichts auflösten.

Die Gräfin, die sehr wohl in der Lage war, Klasse als solche zu erkennen, und die begeistert war, als sie hörte, daß die junge Frau Französisch studierte, machte eine Ausnahme von ihrem Prinzip, den Speisesaal abends zu meiden, und »requirierte« zwei Tische für eine kleine Dinnerparty mit den beiden jungen Leuten als Mittelpunkt. Sie brachte zwei Flaschen guten französischen Weines aus ihrem Privatvorrat mit und brachte einen Toast auf die beiden aus, so laut, daß die anderen Tische mithören konnten: *»Autres temps, autres mœurs!«* Dem Mann zu ihrer Rechten zischelte sie zu: »Wenn die Bauern nicht wissen, was das heißt, dann sind sie selbst schuld.«

Die Besuche von Kindern in *The Palms* zahlten sich weiterhin aus – aus zwei Gründen, wie Jiménez deutlich machte: »Wenn man jenseits der Siebzig ist, braucht man ab und zu Kinder um sich herum, damit man daran erinnert wird, daß das Leben weitergeht – und außerdem weiß man heutzutage nie, was für erfrischend unerwartete Typen man kennenlernt.«

DER UNGEBETENE GAST bei jeder Mahlzeit in *The Palms* war der Tod. Vernünftig denkende Bewohner grübelten nicht über seine Gegenwart nach; sie entsannen sich einiger der Gründe, weshalb sie nach *The Palms* gezogen waren, und nahmen die Tatsache, daß sie älter wurden, mit Gleichmut und einem resignierten »Da kann man halt nichts dran ändern« hin. Ein paar, die durch das Alter hinfällig geworden waren und denen der körperliche und geistige Verfall alle Lebensfreude geraubt hatte, sagten sogar gelegentlich zu sich selbst: »Ich werde froh sein, wenn er endlich an meine Tür klopft.« Aber sie waren in der Minderheit.

Alle waren sich der Allgegenwärtigkeit des Todes bewußt; sie konnten sich seinem Schatten nicht entziehen, selbst wenn sie es gewollt hätten. Ein Freund oder eine Freundin verstarb. Eine Bridgepartnerin erlitt einen Schlaganfall und wurde in die Betreuungsabteilung verlegt, nicht länger in der Lage, ihre Mahlzeiten im Speisesaal zu sich zu nehmen oder nach dem Essen mit den anderen beim Kartenspielen zusammenzusitzen. Und nicht selten geschah es, daß einer der älteren Bewohner sich beim Verlassen des Speisesaales geradezu überschwenglich von seinen Freunden und Tischgenossen verabschiedete, weit inniger, als die Gebote der Freundschaft es verlangt hätten; er wollte seinen Freunden ein herzliches Lebewohl sagen, weil er Warnzeichen gespürt hatte, die ihm sagten, daß der Tod nahe war – und am Morgen fand man ihn dann tot in seinem Bett. In solch einem Fall pflegten die meisten seiner Bekannten sich mit den Worten zu trösten, mit denen sie sich trösteten, als Fred starb: »Er ist so gestorben, wie er es sich gewünscht hat.« Und drei Tage später würde Reverend Quade bei ihrem obligatorischen Gedenkgottesdienst von der tiefen Ruhe und dem inneren Frieden sprechen, mit denen der Verstorbene entschlafen sei. Im Falle Freds fiel die Trauerandacht mit einem kräftigen Gewitter mit Blitz und Donner zusammen, und aus einer spontanen Eingebung heraus improvisierte sie: »Wir suchen Zuflucht vor den Stürmen des Lebens, und wenn wir Glück haben, finden wir einen sicheren Hafen. Unser geliebter Freund hat ewigen Frieden am Busen unseres Herrn gefunden.«

Der Tod ist natürlich universell; der Mensch ist nicht das einzige Lebewesen, das zum Sterben verdammt ist – mitunter kommt der Tod scheinbar zufällig, ohne jede Warnung, oder scheußlich, oder mutwillig, wie aus einer Laune heraus, gleichsam sinnlos. Als Muley Duggan mit etwa zwei Dutzend Bewohnern zum Pferderennen und einem anschließenden gemeinsamen Essen aufbrach, da konnte keiner der Ausflügler ahnen, daß ihnen an jenem freundlichen Nachmittag der Tod begegnen würde.

»Der eigentliche Grund, warum ich das arrangiert habe«, erklärte Muley, als seine Freunde im Bus, der sie zur Rennbahn bringen würde, Platz nahmen, »ist, daß wir diese tolle Stute *In For A Penny* sehen können, die, wenn sie sich so weiterentwickelt wie bisher, das Zeug dazu hat, das Kentucky-Derby zu gewinnen. Seit Jahren hat keine Jungstute mehr dieses Rennen gewonnen. Wir haben also die einmalige Chance, sie uns am Beginn einer wahrscheinlich vielversprechenden Karriere anzuschauen.«

An der Rennbahn, wo er aufgrund seiner Beziehungen zur New Yorker Rennszene gut bekannt war, bekam er die Erlaubnis, die *Palms*-Leute auf den Sattelplatz zu führen, wo sie *In For A Penny* aus der Nähe bestaunen konnten, und sie fanden in der Tat, daß sie eine äußerst hübsche junge Dame war mit ihrem kastanienbraunen Fell, dem prächtigen Kopf, den leuchtenden Augen, der nußbraunen Mähne und dem buschigen Schweif. Muleys Freunde priesen ihre rassige Gestalt und versicherten sich gegenseitig: »Sie sieht so aus, als könne sie rennen«, während die Frauen von ihrem feinen Benehmen beeindruckt waren. »Sie benimmt sich wie eine große Dame«, bemerkten einige. Und Muley versicherte ihnen: »Genau das ist sie auch.«

Die *Palms*-Leute waren so angetan von der berühmten Jungstute, die bereits aus mehreren Rennen als Siegerin hervorgegangen war, wobei sie die besten ihrer männlichen Altersgenossen leicht und locker distanziert hatte, daß die meisten für das fünfte Rennen des Nachmittags, bei dem sie antreten sollte, auf sie wetten wollten. Doch Muley warnte sie: »Lassen Sie sich nicht von ihrem Aussehen blenden. Bedenken Sie, sie tritt gegen junge Hengste an, und so traurig es ist, aber gewöhnlich gewinnen die Hengste. Sie sind kräftiger, haben mehr Ausdauer und sind entschlossener.«

»Chauvinist!« schrie eine der Frauen, und trotzig führte sie ihre Freundinnen zum Totalisator, um ihre Fünf- und Zehndollareinsätze auf die Jungstute zu plazieren, doch jetzt warnte sie Muley – scheinbar im Widerspruch zu dem, was er vorher gesagt hatte: »Sie können auf der Anzeigetafel sehen, daß *In For A Penny* als hohe Favoritin ins Rennen geht; Ihre Gewinnquoten sind also nicht sehr attraktiv. Wenn Sie zwei Dollar setzen, bekommen Sie im Gewinnfall bloß einen Dollar zusätzlich raus, weil alle anderen natürlich auch auf sie setzen. Aber wenn Sie auf ein anderes Pferd setzen und haben Glück und es besiegt Ihre Jungstute, dann können Sie mit einem Gewinn von zehn oder zwölf Dollar rechnen.«

Trotz dieser Warnung, die zwei andere versierte Wetter bekräftigten, bestanden die *Palms*-Leute darauf, auf ihren Liebling zu setzen, besonders die Frauen, die sich von anderen Erwägungen leiten ließen als der, ein paar Dollar zu gewinnen. »Wäre es nicht großartig, wenn sie all diese Junghengste schlagen würde?« Die *Palms*-Leute setzten nicht viel auf die ersten vier Rennen, weil sie nichts über die Pferde wußten, die am Start waren, aber fast jeder wettete mindestens zwei Dollar auf die charismatische *In For A Penny*, während Muley Duggan als ihr Gönner und Förderer hundert Dollar auf ihren Sieg setzte und fünfzig auf Platz. Er zeigte den vorsichtigen weiblichen Wettern, wie man auf Sieg und Platz wettete, was einem mindestens den Einsatz wieder hereinbrachte, wenn das Pferd siegte oder als Zweiter oder Dritter ins Ziel kam. »Aber Sie müssen sich natürlich darüber im klaren sein, daß sie als Favoritin mit hoher Wahrscheinlichkeit eh auf einem der ersten drei Plätze landen wird, so daß Sie mit einer solchen Wette kaum etwas gewinnen werden.« Gleichwohl machten manche der Frauen, bloß um mitzumachen, eben eine solche Wette, und vor dem Start des Rennens waren sie genauso aufgeregt wie die wagemutigen Frauen, die bis zu fünfzig Dollar auf den Sieg der Stute gesetzt hatten.

Der Tag war wie geschaffen für ein Pferderennen: Es war warm, mit einem kühlen Lüftchen ab und an; die Kraft der Sonne wurde gemildert von gelegentlich vorüberziehenden Wolken, das Gras auf dem Oval war leuchtend grün, die Flamingos in dem künstlich angelegten See stolzierten bezaubernd hin und her, die Bahn war sauber gerecht und ohne jeden Makel. »Besser könnten die Bedingungen kaum sein«, erklärte Muley seinen Mitausflüglern. »Und das Mittagessen war auch in Ordnung.«

Als die sieben Pferde, die beim fünften Rennen an den Start gehen sollten – fünf Hengste und zwei Stuten – auf den Platz hinter der großen Startmaschine gebracht wurden, liefen sie ein paar Minuten aufgeregt herum, und ein paar von ihnen wollten sich partout nicht durch das Tor locken lassen. *In For A Penny* schritt wie eine wohlerzogene Dame in ihre Startbox und wartete fast herablassend auf die, die Probleme machten.

Als alle sieben Pferde endlich ihre Startpositionen eingenommen hatten und ihre Nasen aus dem Tor lugten, sah *In For A Penny* für die *Palms*-Leute wie die sichere Siegerin aus, und sie jubelten laut, als sie elegant aus dem Tor schnellte, gleich in Führung ging und an der Spitze des Feldes liegend in die erste Kurve stürmte. Die Stute war ihren fünf männlichen Konkurrenten mehr als ebenbürtig, und sie schien auf dem besten Weg zum Siege zu sein. Eine der Frauen aus *The Palms* trommelte Muley auf die Schulter: »Schauen Sie doch, wie sie galoppiert!« Worauf Muley sagte: »Wenn sie tatsächlich anfängt zu galoppieren, verliert sie das Rennen«, und die Frauen, die nicht verstanden, was er meinte, schrien: »Schauen Sie, wie sie rennt!«

Zwei Sekunden später stieß eben diese Frau den ersten der entsetzten Schreie aus, die sich im selben Moment auf der Tribüne erhoben: »Mein Gott! Was ist passiert? Sie ist gestürzt!« Laute Schreie des Entsetzens brandeten durch die Zuschauerreihen, als sie schockiert zu dem gestürzten Pferd schauten, dessen linkes Vorderbein seltsam verdreht in die Luft ragte. Es war ganz offensichtlich gebrochen.

Der Besitzer der Stute stand jetzt vor einer grausamen Entscheidung. Das Rennen selbst ging in diesem Moment zu Ende – einer der Junghengste siegte mit weitem Abstand. Sofort stürzten ausgebildete Helfer herbei, um sich um das gestrauchelte Pferd zu kümmern, und ein Blick genügte, um zu erkennen, daß es so schwer verletzt war, daß man nicht umhin kommen würde, ihm den Gnadenschuß zu geben.

Dies war keine Entscheidung, die automatisch gefällt wurde, gab es doch genügend Fälle, die bewiesen, daß man ein Rennpferd, das sich ein Bein gebrochen hatte, durchaus retten konnte – freilich zu immensen finanziellen Kosten –, wenn das Bein geschient und das Pferd über eine lange Zeitspanne hinweg wie ein kränkliches Kleinkind behandelt wurde. Sein Leben konnte zwar gerettet werden, aber Rennen würde es nie wieder bestreiten können, und es würde dem Besitzer auf der Tasche liegen, solange es lebte. Die vernünftigste Lösung – das hatte sich immer wieder gezeigt – war der sofortige Gnadenschuß.

»Was macht der Mann da?« schrie die Frau, die neben Muley stand. »Schauen Sie besser nicht hin, Mrs. German«, riet Muley ihr, und mit der rechten Hand drehte er ihr sanft den Kopf zur Seite, als der Helfer den Revolver auf den Kopf der Stute richtete und dreimal abdrückte.

Bis zum Start des sechsten Rennens hatte ein Arbeitstrupp den Kadaver weggeschafft, die Blutlache mit Sand abgedeckt und die Bahn für die Fortführung des Renntages für geeignet erklärt.

Das schreckliche Erlebnis hatte eine niederschmetternde Wirkung auf die *Palms*-Leute. Muley erklärte, daß Rennpferde so hochgezüchtet seien, daß sie zu überaus anfälligen Geschöpfen würden: »So ein Beinbruch kann jederzeit passieren. Da reicht schon die kleinste Abweichung vom normalen Bewegungsablauf, und schwupp, schon stürzt er.«

»Aber das hier war kein ›Er‹«, schluchzte Mrs. German. »Das war ein wunderschönes junges weibliches Pferd. Es ist so ungerecht!« Er hielt es für das Beste, ihr nicht zu sagen, daß die Tötung der Stute eine kaufmännische Entscheidung gewesen war.

»Schießen sie die Pferde immer gleich tot, bloß weil sie sich ein Bein gebrochen haben?« fragte sie.

»Ma'am«, erwiderte Muley, »so ein Pferd ist ein großer, schwerer Brocken. Das Bein ist sehr dünn und zerbrechlich, und die Wahrscheinlichkeit ist hoch, daß es nie wieder richtig heilen wird. Dem Tier den Gnadenschuß zu geben ist also die beste Lösung.«

Bei diesen harten, aber wahren Worten brach sie in Tränen aus, und ihr Schmerz war so augenfällig, daß Muley den Arm um ihre Schultern legte und leise, fast sanft, sagte: »Mrs. German – Nancy, es war unvermeidlich.« Aber sie war untröstlich. Der plötzliche, willkürliche Tod dieses prachtvollen Tieres war mehr, als sie verkraften konnte, und sie schluchzte haltlos weiter.

Als die Gruppe nach *The Palms* zurückkam, begaben sich Muley Duggan und Nancy German nicht wie die anderen in die tröstliche Fröhlichkeit des Gemeinschaftshauses, sondern sie gingen in den zweiten Stock des Gesundheitstraktes, wo ihre Ehepartner in der Betreuung auf sie warteten: Marjorie Duggan so schön und zerbrechlich wie eh und je, und Richard German, fast noch genauso groß und vital, wie er es vierzig Jahre zuvor gewesen war. Weder Muley noch Nancy waren in der Lage, ihren Partnern zu erzählen, was sie an jenem Tag erlebt hatten, denn selbst die simpelste Kommunikation war unmöglich, aber sie mußten es sich trotzdem irgendwie von der Seele reden.

Muley sagte: »Du hättest dich in diese Stute sofort verliebt, Marjorie. Sie war eines der feinsten Tiere, die ich seit Jahren gesehen habe. Und sie lag die ganze Zeit vorn, bis es passierte.« Er hielt inne, als wolle er ihr Zeit geben, zu fragen: »Was ist passiert, Muley?« Aber die Frage kam nicht.

Nancy German sagte zu ihrem Mann: »Richard, die Rennbahn war so ausgezeichnet in Schuß und gut präpariert, daß du dich bestimmt angetan gezeigt hättest. Und die Rennen waren interessant, aber dann kam es zu dieser schrecklichen Tragödie.«

Auch er fragte nicht nach Einzelheiten, und sie war froh, ihm nicht von der Erschießung erzählen zu müssen.

ANDY WAR BEREITS fast vier volle Monate in *The Palms*, als er erneut erleben mußte, wie jemand starb. Die glücklich verheirateten Clements wohnten im vierten Stock, ein Ehepaar, wie es typischer für diese Etage nicht hätte sein können. Mr. Clement war Anfang Achtzig, sie Ende Siebzig, und sie waren offenbar reich begütert gewesen, denn sie bewohnten eine der größeren Suiten, gingen oft zum Essen aus nach Tampa, und zeigten sich immer sehr großzügig, wenn zu Weihnachten für kleine Geschenke für das Personal gesammelt wurde. Sie waren ein liebenswürdiges Paar, das jeder gern mochte; er war ein guter Bridgespieler, und sie half freiwillig im Klinikgebäude mit.

Ihr Leben vollzog sich in den geordneten Bahnen, die sie angestrebt hatten, denn als sie in den Vierzigern waren, hatten sie bereits damit begonnen, ihr Einkommen anzulegen, um ihren Lebensabend materiell abgesichert in allem Komfort verbringen zu können. Ihre beiden Kinder, gut verheiratet und beruflich in gesicherter Position, und ihre vier Enkelkinder kamen in regelmäßigen Abständen zu Besuch. Ohne allzu großer Optimist zu sein, hätte man voraussagen können, daß es noch ein paar Jährchen dauern würde, bis sie für einen Platz in der Betreuung in Frage kommen dürften, denn Mrs. Clement fuhr immer noch ihren Cadillac, und er ging fast täglich spazieren, sofern es nicht gerade regnete.

Doch dann geriet ihr friedlicher Alltag mit all seinen liebgewordenen kleinen Freuden und Gewohnheiten mit einem Schlag aus den Fugen, als Mr. Clement beim Aussteigen aus der Badewanne ausrutschte und sich die linke Hüfte brach. Da er nach der Operation für eine Weile pflegebedürftig sein würde, wurde er sofort in ein komfortables Zimmer in der Betreuung verlegt. Bei normalem Heilungsverlauf hätte er dort – bei bester medizinischer Betreuung – fünf oder sechs Wochen liegen müssen, doch – wie so oft bei vergleichbaren Fällen – aufgrund seiner altersbedingt schwachen Konstitution zog er sich eine schwere Lungenentzündung zu – in früheren Jahrhunderten als »Freund des alten Mannes« bezeichnet, weil sie so oft die Ursache für einen schnellen, friedvollen Tod war. Diese Funktion erfüllte sie auch bei Mr. Clement, dessen Zustand sich so rapide verschlechterte, daß allen Beteiligten klar war, daß er sterben würde. Man verlegte ihn daher in ein sonnendurchflutetes Zimmer im obersten Stock, damit er dort friedlich dahinscheiden könne. Er wußte, was die Verlegung zu bedeuten hatte, aber es machte ihn nicht unglücklich. Er sagte zu seiner Frau: »Wir haben ein anständiges Leben geführt, haben prächtige Kinder, wunderbare Enkelkinder, und für dich ist bis an dein Lebensende gesorgt. So bin ich denn nun am Ende des Weges angelangt, und ich habe nichts zu bereuen oder zu bedauern.«

Sein Aufenthalt in der Intensivpflege war kurz, denn das genetische Erbe, mit dem er seinen Lebensweg zweiundachtzig Jahre zuvor begonnen hatte, bestimmte, daß dieser Weg nun zu Ende war. Alles geschah nach Plan, und das einzig Bemerkenswerte an seinem Sterben war die Gelassenheit, mit der er den Tod geschehen ließ. Das Ende kam an einem Dienstagabend gegen elf. Seine Frau, die während dieser seiner letzten Tage das Zimmer mit ihm geteilt hatte, war an seiner Seite, als er entschlief, und hielt fest seine Hand, bis sie zu erkalten begann. Dann faltete sie zärtlich seine Hände über seinem Herzen. Sein Tod konnte fast als eine schöne Zeremonie des Dahinscheidens angesehen werden. Ein verantwortungsvolles Leben war gelebt worden und hatte mit so viel Würde geendet, wie der Tod es je zuließ. Und wenn auch keine Engel an seinem Totenbett sangen, so klagten aber auch weder seine Freunde noch seine Nachbarn in unziemlichem Gram.

Andy überwachte mit Sorgfalt das etablierte Procedere für den weiteren Ablauf. Um Mitternacht erschien Dr. Farquhar und stellte den Totenschein aus, auf welchem er bestätigte, daß Mr. Clement eines natürlichen Todes gestorben war. Danach zog man dem Toten Straßenkleidung an und hob ihn von dem Bett auf eine fahrbare Trage, die man in den Aufzug schob, bevor irgend jemand außer den Krankenschwestern, die beim Ankleiden mitgeholfen hatten, ihn sehen konnte.

Mit Mrs. Clement an seiner Seite wurde der Tote mit dem Aufzug ins Erdgeschoß transportiert und durch eine unauffällige Tür hinausgeschoben, auf die irgendein zynischer Scherzbold »Avernus« geschrieben hatte, den lateinischen Namen für das Tor zur Unterwelt. Draußen wurde der Leichnam dann in einen Krankenwagen geschoben, der ihn auf dem Umweg über einen selten benutzten Pfad zu dem Weg brachte, welcher zur Mall führte, von wo aus er dann quer durch die Stadt zum Leichenhaus von Tampa gebracht wurde. Um drei Uhr morgens – und ohne daß irgend jemand außer dem medizinischen Personal etwas von Mr. Clements Ableben erfahren hätte – lag der Leichnam wohlbehalten an seinem vorübergehenden Ruheplatz, von wo aus die Leichenbestatter ihn vor neun Uhr am nächsten Morgen abholen würden.

Am Morgen hing eine schwarz umrandete Notiz am Schwarzen Brett in *The Palms*, die besagte, daß um Mitternacht Charles Clement friedlich entschlafen sei und daß der Gedenkgottesdienst zwei Tage später am Nachmittag abgehalten werde. Bei dieser Andacht, die von mehr als der Hälfte der Bewohner besucht wurde, hielt Reverend Quade eine verkürzte Version des feierlichen Episkopalgottesdienstes für den Toten ab. Danach wurden Obstpunsch und Ingwerplätzchen gereicht, und alle waren sich darin einig, daß Charleys Tod so gewesen war, wie er ihn sich gewünscht hätte.

Doch der Tod war noch nicht fertig. Als Mrs. Clement in ihre Suite auf der vierten Etage zurückkehrte und ihr schlagartig bewußt wurde, daß sie von nun an alleine in den großen Räumen würde leben müssen, erlitt sie einen seelischen Zusammenbruch, mit dem Resultat, daß auch sie wenige Tage später, ohne daß

Dr. Farquhar irgendeinen medizinischen Grund hätte entdecken können, das Zeitliche segnete. »Sie starb«, versicherten sich die Frauen in *The Palms* gegenseitig, »an gebrochenem Herzen.« Und sie nahmen mit unausgesprochener Zustimmung zur Kenntnis, daß sie, wie ihr geliebter Mann, friedlich in ihrem Bett gestorben war.

»Sie sind so gestorben, wie der Herr es für sie vorgesehen hatte«, sagten mehrere der Frauen, und sie registrierten – wieder mit Beifall – wie wohlgeordnet und dezent die Kinder und Enkelkinder den Nachlaß ihrer Eltern regelten: sie erschienen unverzüglich mit einer Möbelspedition in *The Palms* und ließen das Apartment ihrer Eltern sauber und ordentlich ausgeräumt zurück. Bereits am Ende der darauffolgenden Woche hatte Mr. Krenek das leere Apartment der Clements an ein Ehepaar aus Skokie, Illinois, verkauft. Im Rückblick konnte Andy nur voller Anerkennung feststellen, daß die Angelegenheit mit bewundernswerter Harmonie und Effizienz abgewickelt worden war, und er lobte seine tüchtigen Mitarbeiter für ihren Einsatz.

NUR GANZ KURZE ZEIT nach dem stillen Weggang Mrs. Clements erlag Gus Ranger, ein übergewichtiger, stets rotgesichtiger Mann von Anfang Siebzig, einem Herzinfarkt. Nicht wenige Männer in *The Palms* bekundeten, sie seien nicht sonderlich überrascht, daß ein Mann wie Gus, der wenig Rücksicht auf sich und seine Gesundheit genommen hatte, auf so dramatische Weise gestorben sei. »Er hat es ja geradezu herausgefordert«, meinten sie. Richtig entsetzt waren sie dann jedoch, als sie hörten, *wo* er gestorben war.

Die Nachricht verbreitete sich wie ein Lauffeuer in *The Palms*: »Habt ihr schon gehört, wo Gus gestorben ist? Im Schlafzimmer einer Prostituierten in Tampa!«

Was war passiert? Ein Freund der fraglichen Dame hatte ziemlich aufgeregt von einer Pension in Tampa aus die 911 angerufen und erklärt, »ein Herr« sei »im Wohnzimmer des Apartmenthauses tot zusammengebrochen«, und als der Rettungswagen eintraf, schrieb der Rettungsarzt in sein Notizbuch: »Der Leichnam wies deutliche Anzeichen dafür auf, daß jemand ihn hastig angekleidet und hinunter in den Empfangsbereich geschleift hatte.« Die Zeitungsreporter, die den offiziellen Bericht sahen, mußten in ihren Storys erklären, was Gus Ranger an diesen ungewöhnlichen Ort verschlagen hatte und wen er dort aufgesucht hatte. Sie benutzten den Euphemismus »eine langjährige Freundin« und überließen es dem Leser, sich an fünf Fingern abzuzählen, wer diese »langjährige Freundin« gewesen war und unter welchen Umständen Ranger wohl so plötzlich dahingeschieden sein mochte. Und nur ein geistig völlig zurückgebliebener Leser hätte wohl nicht kapiert, daß Gus Ranger, zweiundsiebzig Jahre alt und ein angesehener Bewohner von *The Palms*, einem von Tampas feinsten Ruhestandskomplexen, im Apartment eines stadtbekannten Callgirls gestorben war.

Die Zeitungsredaktionen sahen keinen Grund, selbstverständliche Wahrheiten auszuwalzen oder die Tatsache hervorzuheben, daß Mr. Ranger es sich schon seit geraumer Zeit zur Gewohnheit gemacht hatte, die junge Dame zu frequentieren und mit großzügigen Geschenken zu überhäufen. Natürlich enthüllte die Gerüchteküche in *The Palms* rasch die Teile der Story, welche die Medien intern mit Zensur belegt hatten, und mehrere Zeugen bestätigten unter vier Augen, daß Gus Ranger es sich zur Gewohnheit gemacht hatte, morgens sein Apartment zu verlassen, um, wie er es ausdrückte, seinen »Geschäften in der Stadt« nachzugehen.

Manche Männer sagten, wenn sie unter sich waren, mit schwärmerischem Blick: »So möchte ich auch abtreten!« Doch die meisten dachten bei sich: Mein Gott! Scheußlich, bei so einer Schweinerei auf diese Weise erwischt zu werden! Meine Abschiedsvorstellung stelle ich mir dann doch etwas anders vor! Vielen Dank. Und viele dachten: Das könnte ich meiner Frau nicht antun. Und den Kindern auch nicht.

Dieses Gefühl verstärkte sich noch, als bekannt wurde, wie beschämend und verletzend Gus Rangers häßlicher Tod für seine Frau gewesen war. Reverend Quade wurde nicht darum gebeten, eine Eloge beim Gedenkgottesdienst zu halten – mit der guten Begründung, daß ein solcher Gedenkgottesdienst gar nicht erst geplant sei. Dr. Zorn hatte zwar die Order ausgegeben: »Wenn Mrs. Ranger darauf besteht, halten wir natürlich eine Andacht ab, aber sie hat sich bis jetzt noch nicht blicken lassen, also drängen wir es ihr auch nicht auf.« Muley Duggan überredete ein paar Männer, an einem von ihm organisierten Gottesdienst in einer kleinen Begräbniskapelle in Tampa teilzunehmen, aber Frauen fanden sich keine ein.

Andy ließ nicht allzuviel Zeit vergehen, bis er Mrs. Ranger in ihrem einsamen Apartment aufsuchte. Als er mit ihr zusammensaß, versicherte er ihr nachdrücklich, daß er sich persönlich darum kümmern werde, daß sie ein kleineres Apartment bekäme, sollte sie sich entschließen, in *The Palms* wohnen zu bleiben – wozu er ihr riet. »Sie haben Ihre Freunde und Freundinnen hier. Sie kennen bereits jeden, und es besteht überhaupt kein Grund, wieso Sie versuchen sollten, irgendwo ein neues Leben anzufangen.« Als sie erwiderte, das Ganze sei letztendlich auch eine Kostenfrage, nun da Gustavus nicht mehr da sei, der sich immer um ihre Geldanlagen gekümmert habe, erinnerte er sie: »Sie wissen, daß Ihre monatlichen Kosten sinken, wenn nur noch einer von Ihnen diese Räumlichkeiten bewohnt, und sie sinken sogar noch mehr, wenn Sie meinen Vorschlag annehmen, in ein kleineres Apartment umzuziehen.«

Aber da dies seine erste Erfahrung mit einer Witwe war, die möglicherweise bleiben würde – Mrs. Clement war ja fast gleichzeitig mit ihrem Mann gestorben –, war es ihm ein wichtiges Anliegen, die Frauen in der Einrichtung wissen zu lassen, daß er und seine Mitarbeiter alles tun würden, um ihnen die Umstellung auf das Dasein als Alleinstehende so leicht, schmerzlos und preiswert wie möglich zu gestalten. Er blieb mehr als zwei Stunden bei Mrs. Ranger und ging mit ihr sämtliche Aspekte ihrer finanziellen Situation durch, insbesondere die Alternativen, die sie in Betracht ziehen sollte: »Ich möchte, daß Sie uns Ihre Pläne und Hoffnungen mitteilen, und wenn Sie zu dem Schluß kommen sollten, daß es besser für Sie wäre, in eine andere Einrichtung zu wechseln, dann werden wir Ihnen von unserer Seite die bestmögliche Kooperation anbieten. Mrs. Ranger, wir sind dazu da, um Menschen wie Ihnen Komfort und Sicherheit zu bieten. Sie sind zu einem Mitglied unserer großen Familie geworden, und als Ihre Familienangehörigen werden wir Ihnen vernünftigen Rat geben. Ich hoffe, Sie bleiben bei uns.«

Er fragte sie auch nach ihren Verwandten, und was sie von ihnen erwarten konnte. Er wollte wissen, was für Beziehungen sie zu welcher Kirche in Tampa hatte, wer ihr Arzt war, in welchem Zustand ihr Testament sein würde, nun da Gus nicht mehr war, und ob sie sich wohler fühlen würde, wenn sie ein Zimmer im untersten Stock hätte – oder vielleicht sogar im obersten Stock, mit einer herrlichen Aussicht auf das farbenprächtige Sumpfland im Norden. Alles, was er in diesen Zeiten der Trauer tat, bewies, daß er ein persönliches Interesse an ihrem Wohlergehen hatte und daß er bereit war, ihr auch in geschäftlichen Angelegenheiten als Berater zu dienen, sozusagen als Nachfolger ihres Mannes. Er brauchte sich nicht in die Pose eines Edlen Samariters zu werfen – er *war* einer.

Doch in den Tagen, die folgten, während Mrs. Ranger sorgfältig ihre Möglichkeiten abwog, bekam Andy mit, daß ein Mitglied seines Teams die Witwe weniger als eine verwirrte und aufgewühlte ältere Klientin behandelte als vielmehr wie eine ältere geliebte Schwester, die mit schweren emotionalen Problemen zu kämpfen hatte. Er hörte, wie Schwester Varney eines Tages, als sie Mrs. Ranger wegen irgendeiner kleineren medizinischen Sache beriet, sagte: »Sie brauchen sich wegen so einer Sache nicht irgendwelchen teuren Tests zu unterziehen. Gehen Sie zu dem *Eckerds* am Ende der Straße und fragen Sie den Apotheker, was bei einer Nebenhöhlenentzündung am besten ist. Es gibt da inzwischen eine ganze Anzahl von neuen Medikamenten, und wenn's hoch kommt, werden Sie vielleicht vierfünfzig bezahlen müssen.« Ihm war schon früher aufgefallen, daß Nora, wenn sie mit Bewohnern über ernste Probleme des Lebens sprach, in den Dialekt ihrer Jugendzeit verfiel, die Sprache, die ihre Mutter benutzt hatte, wenn sie ihre Volksweisheit mitgeteilt hatte. Und jetzt hörte er sie sagen: »Ich sag' Ihnen, was Sie jetzt tun müssen, Mrs. Ranger. Sie müssen sofort damit anfangen, wieder raus unter die Leute zu gehn. Gehn Sie mal wieder in ein Restaurant. Engagieren Sie sich in irgendeiner Kirche. Erkundigen Sie sich, ob die Schule unten an der Straße nicht vielleicht 'ne Hilfskraft brauchen könnte, die den Kindern was vorliest.«

Als Mrs. Ranger daraufhin erwiderte: »Ich schäme mich, mein Gesicht zu zeigen. Ich bin bloß hierher zu Ihnen in Ihr Büro gekommen, weil ich solche Nebenhöhlenschmerzen habe«, führte Nora sie zu einem Stuhl in der Ecke, zog sich selbst auch einen heran und las der Witwe die Leviten: »Mrs. Ranger, so was will ich nicht mehr von Ihnen hören. Jetzt hören Sie mir mal gut zu, meine liebe Freundin!« Und Andy sah, wie Schwester Varney Mrs. Rangers Hände ergriff. »Alle Menschen haben Probleme, und manchmal viel schlimmere als die, die Sie haben, aber sie leben weiter, finden gute Freunde, machen sich jeden Samstagabend fein, als gingen sie zu einer Party, und leben einfach weiter.« Als Mrs. Ranger die Hände der Krankenschwester fest umklammerte und zu weinen anfing, schimpfte Varney barsch: »Schluß jetzt damit! Wußten Sie, daß Mrs. Rexford eine Tochter mit einem schweren Hirnschaden hat, die auf dem geistigen Niveau einer Fünfjährigen ist? Das Mädchen ist seit *vierzig* Jahren in einem Heim. Oder denken Sie an den armen Mr. Duggan, dessen Frau sich nicht einmal mehr daran erinnert, wer sie ist! Die haben es wahrhaftig auch nicht leicht, Mrs. Ranger. Und der Botschafter, dem seine Frau so jung weggestorben ist. Ich habe sie selbst gepflegt, eine reizende Frau. Er wollte damals auch sterben, so traurig war er, und jetzt platzt er fast vor Energie. Er hat halt einfach weitergelebt.« Sie fuhr noch mehrere Minuten fort, Mrs. Ranger in die Geheimnisse von *The Palms* einzuweihen, bis man schließlich beinahe zu dem Eindruck hätte gelangen können, mindestens die Hälfte der Bewohner hätten irgendein dunkles Geheimnis in ihrem Kleiderschrank verborgen. »Aber sie leben weiter. Der Mensch muß sich betätigen, muß was haben, wofür er kämpfen kann. Wissen Sie, was sie immer im Fernsehen sagen, beim Football? ›Wer siegen will, der muß leiden.‹ Sie leiden, sicher, aber das tun andere auch.«

»Ja, aber mein Leid ist so ... so öffentlich.« Sie brach erneut in Tränen aus und barg das Gesicht in den Händen, als versuche sie sich vor grausamen Fremden zu verstecken. »Ach, ich schäme mich so.«

Die Schwester ließ sie einen Moment lang weinen, dann sagte sie sanft: »Mrs. Ranger, sie werden vielleicht eine Woche darüber tuscheln, und dann wird es sich allmählich legen. Sie müssen lernen, ihnen erhobenen Hauptes entgegenzutreten. Sie sind eine stolze Frau. Sie sind eine gute Frau, so gut wie jede von ihnen, und wenn sie Sie anstarren, dann starren sie einfach zurück, mit erhobenem Kopf, als wollten Sie sagen: Fahrt zur Hölle! Und in einer Woche wird es vorbei sein.«

Als die Witwe nicht aufhören wollte mit Weinen, packte Varney sie bei den Schultern und schüttelte sie. »Jetzt hör'n Sie endlich auf, Schwester!« schimpfte sie. »Was glauben Sie, wie ich mich gefühlt hab', als mein Mann mich verließ, ohne Geld, ohne Arbeit, und mit zwei kleinen Töchtern? Wieviel Scham und Schande hab' ich herunterschlucken müssen? Mrs. Ranger, alle Menschen erleben schlimme Dinge. Wir alle empfinden manchmal Scham. Und Ihre ist keine, die irgendwie besonders herausragt. Kommen Sie! Lächeln Sie!«

Als Mrs. Ranger sich wieder gefaßt hatte, sagte sie: »Ich geh' jetzt mal schauen, was der Mann bei *Eckerds* zu meinen Nebenhöhlen zu sagen hat.« Und nach einer kurzen Pause des Schweigens fragte sie: »Schwester, darf ich Ihnen zum Abschied einen Kuß geben?«

»Ich geh' doch gar nicht fort«, sagte Varney, »und Sie doch auch nicht.« Und sie umarmte die Witwe.

Am 30. April, der gleichzeitig die Vollendung seiner ersten vier Monate in *The Palms* markierte, unternahm Andy Zorn eine Inspektionstour durch den gesamten *Palms*-Komplex. Er begann damit, daß er sich von Ken Krenek zu der ersten der großen Palmen hinausfahren ließ, und er schaute sich jede einzelne genau an, als er langsam nach Westen in Richtung des großen Tores spazierte. Ihm war klar, daß über kurz oder lang der eine oder andere dieser majestätischen Bäume eingehen würde und ersetzt werden mußte, aber er konnte keinen entdecken, der ihm unmittelbar bedroht erschien. Und wenn schon, dachte er, die da draußen in der Savanne wachsen so schnell, daß man sie als Ersatz nehmen könnte. Doch dann hatte er einen besseren Gedanken: Wenn sie mit abgestorbenen Palmen das gleiche machen können, was sie gemacht haben, um diese brasilianischen Pfefferbäume zu ersetzen, die so herrlich rot blühten, dann könnten wir fast reife Palmen einpflanzen, und niemand wäre in der Lage, den Unterschied auszumachen.

Mit gemischten Gefühlen wandte er seine Aufmerksamkeit auf die linke Seite der Zufahrtstraße, denn die brasilianischen Pfefferbäume waren zwar abgesägt und ausgerottet worden, aber sie waren, dank einer großzügigen Geste von Mr. Taggart, durch eine prachtvolle Reihe von nahezu ausgewachsenen Oleandersträuchern ersetzt worden, die eine robuste Hecke aus hellgrünem, mit dunkelroten Blütendolden gesprenkeltem Blattwerk bildeten. »Sie sind eigenartig«, sagte Andy, während er ihr Wachstum prüfte und feststellte, daß jeder der Sträucher sich in der kurzen Zeit seit der Entfernung der brasilianischen Pfefferbäume bereits fest verwurzelt hatte, »weil sie ein tödliches Gift tragen. Es kursieren unzählige Geschichten von Wanderern, die unter einem Oleandergesträuch schliefen und an dem Gift starben, das von den Blättern auf sie heruntertropfte. Wahrscheinlich ein Ammenmärchen, aber daß ihre Blätter giftig sind, steht fest. Doch wie schön sie sind!«

Als er auf der Südseite der Gebäude entlangging, fiel sein Blick auf die traurigen Überreste von Richter Nobles Stuhl, die am Rande des Kanals vor sich hin rosteten, und der Anblick versetzte ihm einen schmerzhaften Stich. Der große Teich war in gutem Zustand, und der Fußweg nach Süden ebenfalls. »*The Palms* ist ein idyllisches Asyl, das in seinem eigenen kleinen Paradies eingebettet liegt. Ich hoffe, wir können es schützen und bewahren.«

Drinnen inspizierte er als erstes den Gesundheitstrakt, und mit Wohlgefallen sah er die lichten Farben, in denen die Flure der Betreuung und der Intensivpflege seit ihrem jüngst erfolgten Anstrich erstrahlten. Ein Schaudern packte ihn, als er an Zimmer 312 vorbeikam, wo Mrs. Carlson inmitten ihrer Wunderwelt aus Schläuchen, Monitoren und Drähten dahinvegetierte, aber er hatte gelernt, den Mund zu halten und seine Ansichten über diese Art von medizinischer Verirrung für sich zu behalten. Er war darüber belehrt worden, daß weder er noch irgendein anderer Angestellter von *The Palms* irgend etwas mit diesem Zimmer zu tun hatte. Was dort geschah, war von den Gerichten Floridas angeordnet worden.

Als er das Gemeinschaftshaus erreichte, dachte er wieder einmal voller Freude, was für ein Schmuckstück das Gebäude doch war, sauber, heiter, wohlgeordnet und mit Blumenkübeln geschmückt. Doch sein Glücksgefühl erhielt einen Dämpfer, als er im Erdgeschoß ankam und den Empfangsschalter anrief, man solle ihm einen Schlüssel bringen, damit er sich den neuen Hobbyraum einmal anschauen könne. Delia, die tüchtige Empfangsdame, beschied ihm: »Tut mir leid. Ich habe strikte Anweisungen, niemanden in den Raum zu lassen, es sei denn, er wird begleitet von einem der fünf Männer, die das Flugzeug bauen.«

»Nicht einmal mich?« fragte er. »Hier spricht Dr. Zorn.«

»Ich habe Sie an Ihrer Stimme erkannt, Sir. Nein, nicht einmal Sie.« Er bat Delia, einen von dem Team aufzuscheuchen, und kurz darauf erschien denn auch Maxim Lewandowski, der betagte Techniker. Der Zufall, daß ausgerechnet er es war, der die Tertulia von Traumtänzern repräsentierte, war insofern unglücklich, als er so schrecklich alt und klapprig erschien, daß der Gedanke, er sei dabei, ein Flugzeug zu bauen, einem geradezu lächerlich vorkommen mußte. Doch sobald sie erst im Innern des vollgestopften Raums waren, wurde er ein völlig anderer Mensch. Er ging zu seiner Drehbank und zeigte auf ein Schaubild auf Blaupapier, das die Spezifikationen für den Propeller vorgab; er war verpflichtet, diesen Vorgaben bis auf den winzigsten Bruchteil eines Zolls zu folgen. Der Alte hatte Meßgeräte, die ihm dies möglich machten, und ein hübsches, elegant gekrümmtes Stück aus laminiertem Holz, auf den Mikrometer fein geschmirgelt und mit einem harten, hochglänzenden Lack gestrichen, glänzte im Licht der Morgensonne.

»Wie steht's mit dem Motor, den Sie bestellt haben?« wollte Andy wissen, und Lewandowski wurde sofort wieder ganz der Dozent. »Dr. Zorn, die Begriffe ›Motor‹ und ›Maschine‹ sind nicht synonym. Ein *Motor* ist eine Vorrichtung, die mit elektrischem Strom angetrieben wird, der von einer außerhalb liegenden Kraftquelle geliefert wird. Wie der Motor, der den Scheibenwischer antreibt. Eine *Maschine* ist eine Vorrichtung, die von einer Kraft angetrieben wird, die sie selbst erzeugt.« Er hielt einen Augenblick inne, und dann illustrierte er den Unterschied anhand eines Beispiels, das er oft in seinen Seminaren gebracht hatte: »Können Sie sich vorstellen, wie lang die Kabel sein müßten, wenn Sie ein Flugzeug für den Flug von New York nach Tokio mit Hilfe eines Motors antreiben müßten? Oder – noch schlimmer – wie groß die Batterien sein müßten, damit sie eine solche Menge an Strom speichern könnten?« Er tätschelte die vordere Partie des Rumpfes. »Um ein Flugzeug zu fliegen, brauchen Sie eine Maschine. Um diesen Scheibenwischer zu betreiben, brauchen Sie einen Motor.«

Als Andy sagte, nun habe er es begriffen, fuhr Lewandowski schwungvoll fort: »Und wo kriegen wir den Strom her, der diesen kleinen Motor antreibt? Von einem Generator, der wiederum von der benzinbetriebenen Maschine angetrieben wird. Bei einem großen Passagierflugzeug erzeugt der Generator automatisch genügend Strom, um die Kabine mit Licht zu versorgen und

Energie für die Klimaanlage und für alle Instrumente im Cockpit zu liefern.«

Als Andy den alten Mann und seinen schimmernden Propeller wieder verließ, hatte er eine genauere Vorstellung von dem, was die Tertulia vorhatte, doch als er an seinen Schreibtisch zurückkehrte, packte ihn plötzlich die Angst. »Großer Gott! Was ist, wenn diese alten Herren nun tatsächlich ihr Flugzeug fertigkriegen und es nach draußen schleppen und in die Luft bringen – und es dann abstürzt, vor aller Augen – und womöglich noch vor Fernsehkameras? Was für ein schrecklicher Gedanke! Die Story wäre ein gefundenes Fressen für die Presse im ganzen Land. Ich glaube, es wäre das beste, wenn ich sie davon wieder abbringen könnte. Sie werden bestimmt was dagegen haben – schließlich haben sie schon eine Menge an Geld, Zeit und Arbeit hineingesteckt – aber ich sollte es auf jeden Fall versuchen.«

Und das tat er auch, und zwar noch am gleichen Abend. Er blieb wie zufällig an Tisch vier stehen und fragte die Männer der Tertulia, ob er sich zum Nachtisch zu ihnen gesellen könne. »Sie können sich zu uns setzen«, brummte Senator Raborn, »aber aus dem Nachtisch wird nichts. Die Joghurtmaschine ist nämlich mal wieder im Eimer.«

»Wir werden sie reparieren lassen«, sagte Andy zum zwanzigstenmal. Als er sich der Aufmerksamkeit der vier Männer sicher war, fühlte er vorsichtig vor: »Haben Sie schon mal daran gedacht, das Flugzeug einfach bloß so zu bauen, die Maschine wegzulassen und es dann irgendeiner Ingenieurschule oder Designerschule hier in Tampa zu stiften?«

Botschafter St. Près straffte sich, so wie er es seinerzeit in Zentralafrika getan hatte, als sein Stellvertreter an der Botschaft ihn gefragt hatte: »Herr Botschafter, halten Sie es wirklich für klug, jetzt noch mit dem Fliegen anzufangen ... in Ihrem Alter, meine ich? Warum können Sie nicht –«

Damals hatte er den jungen Mann bloß angestarrt und geknurrt: »Das ist eine dumme Frage. Melden Sie mich für Flugstunden mittwochs und freitags an.«

Ähnlich starrte er jetzt Andy an, als er erwiderte: »Dr. Zorn, ich weiß es zu würdigen, daß Sie Angst haben, daß wir alten Männer mit unserem Flugzeug über Ihr Etablissement fliegen, aber ich versichere Ihnen, daß dies von dem Moment an, wo wir anfingen, die *The Palms One* – so wird sie nämlich heißen – zu bauen, unsere feste Absicht war. Und unsere Entschlossenheit, diese Absicht in die Tat umzusetzen, hat nie gewankt. Ich habe meine Lizenz jedes Jahr erneuern lassen. Und ich glaube, der Senator auch.«

»Meine ist abgelaufen, aber ich kann sie jederzeit erneuern lassen«, sagte Raborn.

»Das Flugzeug wird also fliegen, Doktor, und zwar gesteuert von fachkundigen Händen.«

»Ich wünsche Ihnen Hals- und Beinbruch. Ich werde da sein und Sie anfeuern.« Doch als er den Tisch verließ, blieb er kurz stehen, schaute zurück zu den vier betagten Träumern und sandte das stille Stoßgebet zum Himmel: Ich bete dafür, daß ihr Clowns das Flugzeug in der Luft halten könnt, wenigstens dieses eine Mal.

Zurück in seinem Büro, lehnte er sich in seinen Sessel zurück und jonglierte mit John Taggarts imaginären Klötzen. Die Einrichtung ist in besserer Verfassung denn je, dachte er. Das Gemeinschaftshaus ist voll belegt bis auf die zwei kleinen Zimmer, die Mrs. Foxworth für unerwartete Besucher in Reserve halten möchte. Und die Intensivpflege ist ebenfalls voll belegt. Er lächelte selbstzufrieden. Aber meine beste Idee war, den guten alten Bedford Yancey und seine Frau Ella hier runter zu holen. Dank ihrer Hilfe haben wir die Betreuung im Griff und fast schon auf Gewinnkurs.

Er überlegte einen Moment, ob er einen Bericht über seine Erfolge an Mr. Taggart schreiben sollte, doch da er von Natur aus zur Vorsicht neigte, verwarf er den Gedanken sofort wieder. »Halt dich lieber zurück, Andy«, hörte er im Geiste seinen Vater sagen. »Spar dir die Briefe nach Chicago, bis du den Laden in den schwarzen Zahlen hast.«

Während er so an seinem Schreibtisch saß, beschlich ihn eine seltsame Lethargie. Eine ganze Weile tat er nichts, sondern ließ einfach seine Gedanken ziellos treiben, doch allmählich wurde ihm klar, daß ungeachtet seiner Freude über den offensichtlichen Erfolg seiner bisherigen Tätigkeit als Leiter von *The Palms* eine tiefe Unzufriedenheit in ihm steckte, eine nagende Unzufriedenheit mit dem Zustand seines persönlichen Lebens. Er schaute nur ungern in sein Innerstes – er hatte Angst davor, allzu tief zu bohren – doch jetzt war er gezwungen, sich zu fragen: Warum bin ich so ruhelos? Warum bin ich ausgerechnet in dem Moment, wo ich feststelle, daß ich den Laden hier in Schwung gebracht habe, so verdammt ... *unglücklich*? In dem Moment, wo er sich eingestand – fast unwillkürlich – daß er zutiefst unglücklich war, brachen seine inneren Schutzwälle zusammen: Ich habe alles verloren, was mir wichtig war – meine Frau, meinen Job in der Klinik. Ich war Arzt ... und ich habe alles weggeworfen ... aus Feigheit. Ich habe zugelassen, daß dieser verdammte Rechtsanwalt mir mein Leben zerstört.

In diesem Moment wurde er aus seinem stummen Selbstgespräch herausgerissen durch das Erscheinen von drei Frauen, Teil einer Gruppe, die für eine Amateur-Gala probte, welche am Memorial Day zur Aufführung kommen sollte. Sie trugen die Kostüme, die kleine Mädchen um das Jahr 1910 herum getragen hatten: kurze, gekräuselte Kleidchen, mit hochgeschlossenen Spitzenkrägen und frechen kleinen blauweißen Hüten. Ihre Sprecherin sagte: »Dr. Andy, wir haben noch ein neues Lied für unseren Auftritt geschrieben, und Sie sollen der erste sein, der es hört. Kommen Sie mit, der Bürokram kann auch noch bis morgen warten«, und sie schleppten ihn kurzerhand in den Probenraum.

Die Frauen gehörten zu einer Gruppe von insgesamt sieben Frauen, die sich, nachdem sie sich vorweg dafür entschuldigt hatten, daß sie den Text noch nicht alle auswendig konnten, um Andy scharten und sangen:

»Dr. Zorn, he's a dandy.
Hair not red but kind of sandy.
He gives kids an extra candy.

We are glad to have him handy.
Give the guy a glass of brandy.«

Muley Duggan, der, von einem Besuch bei seiner kranken Frau in der Betreuung zurückkehrend, zufällig gerade vorbeikam, hörte die letzte Zeile. Er hastete in sein Apartment und kam wenig später mit einer Flasche Brandy zurück, um Andy eine ordentliche Portion einzuschenken. Normalerweise war Andy enthaltsam – er hatte erlebt, wie einige Ärzte aus seinem Bekanntenkreis sich mit Alkohol zugrunde gerichtet hatten –, doch dieser Tag war so schmerzhaft gewesen, und das Lied war ein solches Vertrauensvotum, daß er den Brandy bereitwillig herunterkippte, dankbar für die tröstende Wärme, die durch seine Adern rieselte.

Er verließ den Chor und Muley und ging in sein Büro zurück, wo er erneut ins Grübeln verfiel. Mit einem bitteren Gefühl fragte er sich: Soll das nun die Bilanz meines Lebens sein? Der angesehene Leiter eines Altersrefugiums, wo entzückende alte Damen dich vergöttern, während die Jahre verrinnen? ... In diesem Moment sagte ihm eine innere Stimme, die er nicht als seine eigene erkannte, mit Entschiedenheit: Sieh zu, daß du wieder auf das Hauptgleis kommst. Suche dir jemanden, mit dem du dein Leben teilen kannst. Und schieb es nicht hinaus, bis du fünfzig bist.

Plötzlich erleichtert, ging er in sein Apartment, und dank des Brandys war er in nicht einmal zehn Minuten fest eingeschlafen.

KURZ NACH JENEM emotional so aufwühlenden Abend, an dem er sich über seine langfristigen persönlichen Ziele hatte klarwerden müssen, erhielt er einen Brief, bei dessen Anblick ihm der Schweiß auf die Stirn trat. Er kam aus Chattanooga, und der Absenderstempel oben links in der Ecke trug den Namen Dr. Otto Zembright. Es war jener Arzt aus Tennessee, der sich damals, an jenem verschneiten Neujahrsmorgen, als die junge Frau bei dem Verkehrsunfall beide Beine verloren hatte, als so kompetent und hilfreich erwiesen hatte.

Andy dachte an Dr. Zembrights klugen Rat, niemals den edlen Samariter zu spielen: »Ich hätte mich gleich danach aus dem Staub gemacht«, hatte er gesagt. Es war also unwahrscheinlich, daß Dr. Zembright selbst irgendwelche rechtlichen Schritte gegen ihn zu unternehmen beabsichtigte, aber es war durchaus im Bereich des Möglichen, daß der Arzt ihn warnen wollte, weil irgend jemand anderes das vorhatte. Die Erinnerung an seine unseligen Tage im Zeugenstand kam wieder in ihm hoch, und er schauderte zusammen.

Am liebsten hätte er den Brief noch eine Weile ungeöffnet daliegen lassen, doch schließlich gab er sich einen Ruck, nahm den Brieföffner vom Schreibtisch, schlitzte den Brief vorsichtig auf und entnahm ihm seinen Inhalt, ein einzelnes Blatt, auf dem lediglich drei Sätze standen: »Der Vater des Mädchens ist froh und dankbar. Sie haben nichts zu befürchten. Bitte rufen Sie mich an!«

Andy hätte eigentlich erleichtert sein müssen, aber er hatte solche Angst vor einem erneuten Prozeß irgendeiner Art, daß er mehrere Minuten wie betäubt dasaß. Schließlich griff er nervös nach dem Telefonhörer, ließ sich von der Auskunft Dr. Zembrights Nummer geben und sagte, als Letzterer sich gleich beim ersten Versuch meldete: »Hier spricht Dr. Zorn. Ich habe soeben Ihren Brief erhalten. Was hat er zu bedeuten?«

»Genau das, was drinsteht. Von der Seite aus haben Sie nichts zu befürchten.«

Als Zorn erleichtert aufatmete, erklärte Dr. Zembright: »Oliver Cawthorn, Betsys Vater, ist ein unheimlich netter Mensch. Ein ganz feiner Kerl. Er weiß, daß Sie seiner Tochter das Leben gerettet haben, und möchte Sie gerne kennenlernen. Es geht um eine äußerst wichtige Sache.«

»Nämlich?«

»Nicht am Telefon.«

»Soll ich ihn hierherkommen lassen?«

»Ja. Ich habe eine hohe Meinung von ihm, so, wie er sich in den letzten Monaten verhalten hat, und ich möchte mit ihm runter zu Ihnen kommen.«

»Ist es so wichtig?«

»Ja.«

»Trotz des Rates, den Sie mir gegeben haben? Sich so schnell wie möglich vom Acker zu machen, wenn man bei einem Autounfall erste Hilfe geleistet hat?«

»Das hängt halt von den Umständen ab.«

Widerstrebend willigte Andy in Zembrights Vorschlag ein, daß dieser sofort nach Tampa fliegen und Mr. Cawthorn mitbringen würde.

Immer noch skeptisch, was den Zweck dieses Besuches anging, fuhr Andy nach Norden zum Tampa International Airport und wartete nervös auf die Ankunft seiner Gäste, doch als er den großen, bärbeißigen Otto Zembright und dessen lächelndes Gesicht gewahrte, fiel die Spannung von ihm ab, und er dachte, wenn dieser Mann an irgendeiner Verschwörung teilnimmt, die den Zweck hat, mich fertigzumachen, dann ist wirklich die ganze Welt mein Feind. Und als Oliver Cawthorn vortrat, um sich mit Andy bekannt machen zu lassen, da verflog seine Angst vollends, denn der Mann – schlank, sandfarbenes Haar, leuchtende Augen – hatte ganz offensichtlich den Wunsch, sein Freund zu sein. »Dr. Zorn!« begrüßte er Andy. »Unsere Familie ist Ihnen zu unendlichem Dank verpflichtet – ich noch mehr als die anderen. Sie haben mir meine Tochter zurückgegeben.« Er versuchte nicht, Andy zu umarmen oder ihm überschwenglich die Hand zu schütteln, aber seine bewegte Stimme brachte seine tiefe Dankbarkeit zum Ausdruck.

Als Zorn seine beiden Besucher über die Route 78 nach Süden fuhr und schließlich nach *The Palms* abbog, sahen sie die stattliche Marschkolonne von Washingtonien und die ihnen gegenüberstehenden leuchtenden Oleanderbüsche, und sie waren beeindruckt von der Schönheit der Anlage. Als Andy mit ihnen einen kurzen Rundgang durch Gemeinschaftshaus und durch die

Gesundheitsabteilung machte, fanden sie auch dort viel zu bewundern.

»Sie scheinen zu wissen, was Sie tun«, sagte Zembright, und Cawthorn pflichtete ihm bei: »Jemand, der an diesem Ort zu Hause ist, kommt sich ganz bestimmt nicht wie im Gefängnis vor – oder wie in der Leichenhalle.«

»Könnten wir einmal das Reha-Zentrum sehen?« fragte Zembright. »Das ist nämlich der eigentliche Grund, warum wir hier sind.« Als Andy ihnen daraufhin die geräumige Abteilung mit den hochmodernen Geräten zeigte, sagte Zembright zu dem anderen Besucher: »Oliver, sie haben ganz klar das Nötigste. Aber haben sie auch die Fachleute?«

»Den Leiter dieser Abteilung werden wir später sehen«, sagte Andy.

Die Diskussion über den Sinn und Zweck ihres Besuches begann gleich, nachdem sie in Andys Büro Platz genommen hatten. »Dr. Zorn«, sagte Cawthorn, »meine Tochter Betsy glaubt – und mit gutem Grund –, daß Sie ihr das Leben gerettet haben. Dr. Zembright ist auch dieser Meinung. Und wir alle sind Ihnen zutiefst dankbar für Ihr rechtzeitiges Eingreifen. Sie waren nicht dazu verpflichtet, das zu tun, was Sie getan haben, oder bei ihr im Krankenhaus zu bleiben.« Cawthorn machte eine kurze Pause. »Aber ihre Gesundheit ... ihre Genesung kommt nicht voran. In erster Linie wohl, weil sie die Hoffnung aufgegeben hat.« Mit Tränen in den Augen griff er in seine Tasche und holte eine Reihe von Fotos hervor, die seine beinamputierte Tochter zeigten, wie sie matt in ihren Kissen lag, das Gesicht aschfahl, die Augen ohne jeden Glanz.

Mit Interesse stellte Andy fest, daß das Mädchen, in dessen Leben er eine so wichtige Rolle gespielt hatte, noch schöner war, als er es in Erinnerung hatte, aber die offensichtliche Lebensmüdigkeit, die aus dem Gesichtsausdruck der jungen Frau sprach, stimmte ihn traurig. »Sie machte mir einen entschieden kämpferischeren Eindruck, als ich sie damals in den Hubschrauber hob. Haben Sie noch nicht mit der Therapie begonnen?«

»Doch«, sagte ihr Vater. »Dr. Zembright hat nicht locker gelassen. Aber sie weigert sich, mitzumachen. Sie hat sogar ein- oder zweimal angedeutet, daß sie findet, ihr Leben wäre ohnehin vorbei.«

»O nein!« schrie Andy. »Sie müssen sie zwingen, aufzustehen und daß sie versucht zu gehen, sobald die Prothesen fertig sind.« Er wandte sich an Zembright und fragte: »Sind die Stümpfe gut verheilt?«

»Besser, als man angesichts der Quetschungen und der Splitterverletzungen hätte erwarten können. Sie sind fest und hart, wie Felsen.«

»Und ihre Knie?«

»Die haben wir retten können.«

»Dann müssen Sie damit weitermachen. Hier bei uns bewirken wir wahre Wunder bei Leuten, die Pech gehabt haben.«

Cawthorn unterbrach ihn. »Beide Beine zu verlieren ist kein Pech. Es ist ein schreckliches Erlebnis, und Betsy hat fürchterliche Angst.«

»Ich bitte um Verzeihung«, sagte Andy. »Es muß sich angehört haben wie die mechanische Reaktion eines Arztes auf eine persönliche Tragödie.«

Cawthorns große, kräftige Hand ergriff die von Andy. »Sie müssen helfen. Betsy hat alle Hoffnung fahren lassen.« Andy sah, daß der großgewachsene Mann wieder den Tränen nahe war.

»Es ist einfach«, sagte Andy mit großem Nachdruck. »Sie müssen sie aus ihrer defätistischen Stimmung wachrütteln. Sie wissen, daß das geht. Wir machen so was hier tagtäglich, und ein guter Therapeut in Chattanooga könnte das auch.«

»Das weiß ich«, sagte Cawthorn. »Aber Betsy hat sich in eine fixe Idee hineingesteigert: Sie ist überzeugt, weil Sie ihr das Leben gerettet haben, können auch nur Sie sie jetzt retten.«

Andy starrte zu Boden. Dann sagte er ganz leise: »Alle Ärzte werden mit Zwangsvorstellungen konfrontiert, für die es keine Erklärung gibt. Sie ergeben keinen Sinn, aber wenn sie andauern, können sie ein Leben zerstören.« Er hob den Kopf wieder, schaute

Cawthorn an und fragte: »Aber wenn sie sich in die Idee verrannt hat, was könnte ich dann tun, um ihr zu helfen? Mit Ihnen zurück nach Chattanooga fliegen und mit ihr reden?«

»Nein«, schaltete sich Zembright ein. »Wir haben das diskutiert und sind zu dem Ergebnis gekommen, daß ein kurzer Besuch von Ihnen womöglich mehr schaden als nutzen könnte.«

Jetzt ergriff wieder Cawthorn das Wort. »Wir möchten, daß sie hier in Ihrer Einrichtung einen Platz findet – weit weg von Chattanooga und all seinen bösen Erinnerungen – einen Platz für einen Neubeginn, wo sie neuen Lebensmut schöpfen kann.«

Andy dachte einen Augenblick über diesen Vorschlag nach, dann sagte er bedächtig: »Ist Ihnen klar, daß ich nicht befugt bin, hier in Florida als Mediziner zu praktizieren? Ich bin lediglich der Direktor von *The Palms*.«

Cawthorn wandte sich an Zembright. »Ändert das irgend etwas?

»Überhaupt nicht«, antwortete der Orthopäde aus Tennessee. »Ich weiß, daß es in Florida unheimlich schwer für einen von außerhalb kommenden Arzt ist, eine Praxis zu errichten. Der Staat will damit natürlich verhindern, daß den einheimischen Ärzten das Geschäft kaputtgemacht wird. Zorn bräuchte ja nicht ihr Arzt zu sein. Es würde schon reichen, wenn er die administrative Aufsicht innehätte. Er hat doch bestimmt einen lizenzierten Therapeuten an Bord.«

»Einen der besten«, sagte Zorn und forderte telefonisch Bedford Yancey, den begnadeten Heilpraktiker aus Georgia, an, doch bevor der eintraf, kam Schwester Varney mit einer Routinenachricht aus dem Speisesaal herein. Zorn sagte: »Sollte Ihre Tochter hierherkommen, dann wären es nicht ich oder der Physiotherapeut, die sie retten würden. Es wäre dieses therapeutische Genie hier. Nora ist ein heilender Engel.«

»Eine solche Fähigkeit zu besitzen, ist etwas Wundervolles«, sagte Zembright. »Wir könnten Sie gut bei uns gebrauchen.«

»Man tut, was man kann«, sagte Nora lächelnd, und als sie wieder draußen war, sagte Zorn: »Das war keine Schmeichelei.

Nora hat heilende Kraft in ihren Händen, in ihrem Lächeln und in ihrem Lachen. Ohne sie könnte ich den Laden hier dichtmachen.«

In diesem Moment kam Bedford Yancey herein, wie immer vor Enthusiasmus und Charme sprühend, aber bevor er etwas sagen konnte, sprang Dr. Zembright zu ihm und rief: »Yancey?« Begeistert streckte er ihm die Hand hin.

»Derselbe.«

»Der Hexer von Vidalia? Wir haben viel von Ihnen in Chattanooga gehört.« Er wandte sich zu Cawthorn um: »Dieser Mann vollbringt wahre Wunder bei Profisportlern. Er hat schon so manche Karriere gerettet.«

»Aber kann er das gleiche auch bei einer jungen Frau, die beide Beine verloren hat?«

Andy schaltete sich ein. »Er hat ein absolutes Händchen für junge Leute. Ich hab' gesehen, wie er sie in Georgia behandelt hat.«

»So, und Sie arbeiten also jetzt hier unten?« fragte Zembright, und als Yancey nickte, versicherte Zembright Cawthorn: »Ihre Tochter wäre bei ihm in den besten Händen.«

Jetzt schaltete sich Zorn wieder ein und erklärte: »Mr. Cawthorns Tochter hat bei einem Autounfall beide Beine verloren, und diese Herren hier erwägen, sie zu uns zur Rehabilitation runterzubringen – damit sie eines Tages wieder gehen kann.«

Yancey beeindruckte die anderen mit seinen präzisen Fragen, die er regelrecht abfeuerte: »Wie alt ist sie?« Dreiundzwanzig. »Konnten ihre Knie gerettet werden?« Ja. »Sind die Stümpfe gut verheilt?« Überraschend gut. »So, daß sie von einer festen Hautschicht bedeckt sind?« Ja. »Vor ihrem Unfall, hat sie da irgendwelchen Sport getrieben?« Sie war sehr gut im Tennis. Vereinsmeisterin im gemischten Doppel. »Und wie hat sie auf ihre Therapie reagiert?« Sie weigerte sich, es weiter zu versuchen. »Schwere Depression?« Ja. »Aber sie war ansonsten immer in guter körperlicher Verfassung? Und könnte es vielleicht auch wieder werden?« Ja, wenn sie es zuließe. Als er mit seinen Fragen fertig war, schaute Yancey die drei Männer an und sagte ruhig: »Ich kann das hinkriegen. Ich hab's schon geschafft, und ich werde es auch wieder schaffen.«

Cawthorn, der ein bißchen Angst hatte, daß Yancey vielleicht zu große Töne spuckte, fragte: »Könnten Sie ungefähr sagen, wie lange es dauern würde, bis sie wieder gehen kann?«

Yancey wandte sich sofort an Dr. Zembright. »Sind die Stümpfe fest und hart?«

»Ganz sauber verheilt. Die Fäden sind draußen. Besser geht's wirklich nicht.«

»Gut! Ich akzeptiere Ihre Diagnose, und jetzt geb' ich Ihnen meine. Was zu schreiben dabei, Mr. Cawthorn?« Und mit der Überschwenglichkeit eines selbstbewußten jungen Mannes, der sein Geschäft verstand, ratterte er folgende verblüffende Daten herunter: »Heute ist der 1. Mai. Sagen wir, Sie haben sie bis zum fünften hier runtergebracht.«

»Wir können sie schon morgen bringen.«

»Am 2. Mai schaue ich mir sie zum erstenmal an. Einen Tag später bekommt sie ihre Übergangsprothesen. Am 3. Mai macht sie die ersten Gehversuche mit der Gehhilfe.«

»Meinen Sie das im Ernst?« fragte Dr. Zembright, denn Yanceys Programm war bei weitem schneller und optimistischer, als alle, mit denen er vertraut war.

Yancey erwiderte: »Dr. Zembright, Sie scheinen bei den Stümpfen optimale Arbeit geleistet zu haben. Wenn die wirklich so gut verheilt sind, wie Sie es geschildert haben, dann kann ich damit wahre Wunder vollbringen. Aber Ihr Therapeut hinkt um Generationen hinterher. Er hat vier volle Monate verschwendet. Aber wir können das aufholen, und vielleicht hat ihr die Ruhephase ja gutgetan.«

Zembright sagte ernst: »Sie dürfen die Schuld nicht nur auf den Therapeuten schieben. Betsy hat sich selbst aufgegeben. Sie ist überzeugt, daß ihr Leben vorüber ist, und sie hätte keine Therapie akzeptiert, nicht einmal von Ihnen. Sie selbst hat ihre Zeit damit verschwendet, daß sie gedacht hat, sie müsse sterben.«

»Er hat recht«, schaltete sich Cawthorn ein. »Sie ist in einer schrecklichen Verfassung, viel schlimmer, als sie selbst zugibt.« Er brach erneut in Tränen aus. »Und wir haben es nicht geschafft, wieder neue Hoffnung in ihr zu erwecken. Deshalb brauchen wir Sie, Dr. Zorn.«

»Nein«, sagte Andy. »Sie braucht nicht mich, sie braucht Bedford Yancey. Wenn ich nicht wüßte, daß sie hier die bestmögliche Physiotherapie erhält, würde ich sie nicht hierherkommen lassen. Yancey wird nicht zulassen, daß sie sich selbst bemitleidet. Er ist wirklich sehr bemerkenswert, Mr. Cawthorn.«

Yancey wischte das Kompliment mit einer wegwerfenden Geste beiseite und fuhr mit seinem Fahrplan fort: »Am vierten Mai wird sie gehen, mit der Gehhilfe und mit meiner Hilfestellung – und zwar zwanzig Schritte von dem Punkt aus, an dem wir jetzt stehen, in diese Richtung. Dafür garantiere ich ... es sei denn« – er machte eine ominöse Kunstpause –, »es sei denn, ihr Lebensmut ist vollständig gebrochen und sie weigert sich, mitzumachen. Sie sagten, sie hat Tennis gespielt?«

»Auf Freizeitsportlerniveau«, sagte Cawthorn. »Aber sie und ich haben zusammen so einige Vater-und-Tochter-Doppelpartien im Club gewonnen.«

Yancey lächelte Cawthorn an. »Ihre Tochter wird ohne Krücken oder Gehhilfe bis zum ersten Juli gehen können, und am Thanksgiving Day wird sie tanzen. Das garantiere ich Ihnen.« Er sah Dr. Zembright mit triumphierendem Blick an und sagte: »Bringen Sie sie so schnell wie möglich runter. Ich bin bereit!«

Mehr brauchten die Besucher nicht zu hören, und alle waren sich darin einig, daß Betsy Cawthorn auf dem schnellsten Wege nach *The Palms* gebracht werden sollte. Als dies geklärt war, machten die Männer einen Rundgang durch das Gemeinschaftshaus, um sich mehrere Zimmer anzuschauen, die möglichst gut geeignet für eine junge Dame im Rollstuhl waren, aber Yancey protestierte: »Jetzt versteifen Sie sich bloß nicht auf die Rollstuhltauglichkeit. Und kaufen Sie ihr nur ja keinen. Mieten Sie einen, damit sie von Anfang an weiß, daß es nur vorübergehend ist.

Und wenn sie ihn dann bekommt, werde ich ihn verstecken, denn in kürzester Zeit wird sie eh wieder gehen und tanzen können.«

Cawthorn wählte für seine Tochter ein Zimmer auf der Halbinsel direkt über dem Fluß. »Ich finde, eines der beruhigenden Dinge an dieser Einrichtung ist, daß alles solide gebaut ist, Doktor«, sagte er zu Andy, und Zembright erklärte: »Er muß es wissen. Er ist einer der größten Bauunternehmer von Chattanooga.«

Cawthorn lachte. »Na ja, ich wurstel' mich so durch. Aber sagen Sie, warum nennen Sie dieses Haus ›Gemeinschaftshaus‹?«

Andy wiederholte die Erklärung, die er einmal Schwester Varney hatte geben hören: »Weil die Gemeinschaft uns Mut und Kraft gibt.«

Als die Besucher wieder von *The Palms* wegfuhren, sagte Oliver Cawthorn, der ein erfahrener Menschenkenner war: »Otto, ich bin so froh über unsere Entscheidung. Betsy hat das, was wir ihr in Chattanooga bieten können, aufgebraucht – sie braucht frisches Blut, jüngere Männer. Zorn war mir auf Anhieb sympathisch, und er hat einen großen Vorteil, auf den er aufbauen kann. Sie hat sich in den Kopf gesetzt, daß er ihr helfen kann. Ist dieser Yancey wirklich so gut, wie Sie gesagt haben?«

»Er hat einen ausgezeichneten Ruf bei Baseballspielern und Quarterbacks. Er muß bei normalen Patienten ebenso gut sein, sonst hätte eine Einrichtung wie *The Palms* ihn nicht genommen.«

Als sie nach Hause flogen, um die letzten Vorkehrungen für die Überstellung ihrer Patientin nach *The Palms* zu treffen, hoffte jeder von beiden inständig, daß auch Betsy in diesem Hause ihren Lebensmut wiederfinden würde.

AUFENTHALT

Betsy Cawthorns Rehabilitation begann drei Minuten nachdem ihr Vater sie durch das Eingangstor von *The Palms* geschoben hatte. Sie begann nicht mit Anweisungen von Bedford Yancey, dem Physiotherapeuten, sondern mit Dr. Zorn. Als er vortrat, um sie zu begrüßen, sah er sie eigentlich zum erstenmal richtig; damals im Januar, am blutigen Schauplatz des Unglücks, hatte er nur eine Frau gesehen, die schreckliche Schmerzen litt.

Jetzt sah er eine Person mit einem liebreizenden Gesicht, wenn auch blaß und verhärmt. Ein mattes Lächeln von großer Schönheit glitt über ihr Gesicht, als sie seine Hand ergriff und leise, fast flüsternd, sagte: »Gott sei Dank hat er Sie gefunden. Wenn einer mir helfen kann, dann Sie ...« Ihre Stimme erstarb.

Ihre erste Begegnung mit Yancey verlief geradezu dramatisch. Er stürzte auf sie zu, packte ihre Hände, zog sie zu sich heran und rief überschwenglich: »Ein großes Hallo von *The Palms*, wo Ihr neues Leben beginnt. Hier werden Sie nicht verhätschelt wie eine zerbrechliche Südstaatenschönheit« – er klopfte auf die metallene Armlehne des Rollstuhls –, »und dieses Ding hier werden wir so bald wie möglich in die Ecke stellen, spätestens nächsten Monat; weil ich mich nämlich weigere zu sagen, daß Sie bettlägerig oder an den Rollstuhl gefesselt sind. Für mich sind Sie eine zähe, robuste Tennisspielerin, die vorübergehend durch eine Verletzung außer Gefecht gesetzt worden ist. Ihr Heilungsprozeß hier wird spektakulär verlaufen. Sie werden sich bewegen, Sie werden krabbeln, Sie werden stehen, und, so wahr mir Gott helfen, Sie werden *gehen*, und Sie werden sich nicht auf diesen verdammten Rollstuhl verlassen.«

»Wann wird sie zum erstenmal an Krücken gehen können?« fragte ihr Vater.

Yancey sah ihn verdutzt an. »Mr. Cawthorn! Wir verwenden schon seit Ewigkeiten keine Krücken mehr. Sie verzögern die Regeneration der Muskeln. Womit wir arbeiten?« Yancey schrie fast: »Wir benutzen die vierfüßige Gehhilfe, eine der großartigen Erfindungen des zwanzigsten Jahrhunderts. Der Mann, der sich dieses Gerät ausgedacht hat, hätte eigentlich den Nobelpreis verdient.« Er ließ sich von einer Assistentin dieses Wunderwerk der modernen Rehabilitationsmedizin bringen, eine ziemlich große Vorrichtung aus Edelstahlrohr mit vier weit auseinanderstehenden Beinen, die in einer dicken Gummispitze endeten. »Dieses Ding steht bombensicher«, sagte er und trat fest gegen eines der Beine, um seine Behauptung zu untermauern. »Und da die Länge der Beine verstellbar ist, kann man das Gerät exakt auf die individuelle Körpergröße des Benutzers abstimmen.«

Yancey rief Schwester Varney, sie solle ihm helfen, und als die große schwarze Frau erschien, warf sie der jüngeren Frau einen Blick zu, der von mütterlicher Zuneigung erfüllt war.

»Helfen Sie mir, sie hochzuheben, Mrs. Varney, damit wir die Gehhilfe auf ihre Größe einstellen können«, sagte Yancey, und mit geübtem, behutsamem Griff hoben er und Nora Betsy aus ihrem Rollstuhl und brachten sie in die Position, die sie schon bald ohne Hilfe würde einnehmen können. Für den Moment wurde sie durch die Gehhilfe in einer aufrechten Stellung gehalten – so, wie sie stehen würde, wenn sie lernte, ihre neuen Beine zu gebrauchen. Auf diese unorthodoxe Weise begann sie persönlichen Kontakt zu den zwei Mitarbeitern von *The Palms* aufzubauen, die ihr Leben während der nächsten zwei Monate weitgehend bestimmen würden, einem rothaarigen Physiotherapeuten aus Georgia und einer farbigen Krankenschwester aus Alabama.

Als Yancey sie zurück in ihren Stuhl hob, tat er etwas, das nur ein äußerst selbstbewußter junger Therapeut gewagt hätte. Ohne Vorwarnung und ohne ein Wort der Entschuldigung hob er das Baumwollnachthemd, mit dem Betsy das, was von ihren Beinen übriggeblieben war, bedeckte, ein Stück hoch, schob es zur Seite und kniete sich nieder, um die Stümpfe in Augenschein zu nehmen, die jeder der anderen im Empfangsbereich Anwesenden jetzt sehen konnte. Nachdem er sich davon überzeugt hatte, daß sie tatsächlich so gut verheilt waren, wie Dr. Zembright gesagt hatte, verblüffte er alle damit, daß er tatsächlich so fest darauf klopfte, daß sie ein Geräusch abgaben. Immer noch auf den Knien hockend, blickte er zu dem verdutzt dreinschauenden Mr. Cawthorn auf und sagte: »Was immer Sie dem Arzt gezahlt haben, der diese Stümpfe versorgt hat, schicken Sie ihm noch heute einen Scheck über noch einmal den gleichen Betrag. Er hat nicht bloß gute Arbeit geleistet, Miss Betsy, er hat perfekte Arbeit geleistet.« Und mit dem Zeigefinger deutete er auf die Stellen, die ihm solch große Hoffnung machten. »Sehen Sie diese Muskeln hier, die vom Knie kommen, und bedenken Sie die Tatsache, daß an beiden Beinen genug Knochen übriggeblieben ist, daß wir die tollen neuen Prothesen anfügen können. Und sehen Sie hier, die Oberschenkel, an denen wir das Stützgeschirr befestigen, wie kräftig die sind. Und das Wichtigste, die stramme Haut hier über den Stümpfen, die alles schön festhält!« Wieder pochte er so hart auf die Sümpfe, daß es »bumm« machte.

»Mein Gott, behandelt der sie aber grob!« stieß Andy leise hervor, aber Nora, die Yancey schon des öfteren bei seiner Arbeit zugeschaut hatte, verteidigte ihren Kollegen: »Er haut sie runter auf Null, damit sie sich wieder aufbauen kann.«

»An Thanksgiving, Mädchen«, fuhr Yancey fort, »werden wir beide Walzer tanzen.« Dann sagte er leise zu den Cawthorns:

»Hier, an dieser Stelle, bewirken wir wahre Wunder, aber nur mit der Hilfe unserer Mitwirkenden – wir verwenden hier nie den Begriff ›Patient‹, weil, hier sind keine wirklich ›Kranken‹. Sie sind lediglich für den Moment etwas unpäßlich. Und in Miss Betsy haben wir eine junge Frau, die eigentlich schon die Hälfte des Gesundungsprozesses hinter sich hat. Ihre Knie, und ihre Stümpfe – wir benutzen nie irgendwelche wohlklingenden Umschreibungen, warum auch? – sind prächtig verheilt und die beste Garantie für ihre baldige Wiederherstellung. Nora und ich werden unser Bestes tun, damit sie so schnell wie möglich wieder – im wahrsten Sinne des Wortes – auf die Beine kommt.« Dann wurde er zum gestrengen Zuchtmeister: »Miss Betsy, Sie haben vier Monate Ihres Lebens verschwendet. Wenn Sie am Tag nach Ihrem Unfall hier runtergeflogen wären, dann könnten Sie jetzt schon längst wieder gehen. Sie waren ein böses Mädchen, und ich sollte Ihnen eigentlich den Hintern versohlen.«

»Großer Gott!« rief Andy entsetzt aus, als er die Vertraulichkeit sah, mit der Yancey Betsy behandelte. »Nicht, daß sie uns am Ende noch wegen sexueller Belästigung verklagt!« Doch Nora verteidigte abermals ihren Kollegen. »Schauen Sie, wie sie reagiert.« Andy schaute zu seiner neuesten Bewohnerin und sah zu seiner Überraschung, daß sie dem Georgier die Hand reichte und sie fest drückte. »Zu Hause in Chattanooga war ich noch nicht bereit für eine Physiotherapie, aber jetzt bin ich es. Ich will wieder gehen können. Bringen Sie es mir bei!« Er drückte fest ihre Hand, aber ihr Blick war auf Andy gerichtet.

An jenem Abend – als ob während des Tages nichts Ungewöhnliches in *The Palms* geschehen sei – wurde einer der jungen Kellner auf Betsys Zimmer geschickt, um ihr in ihren Rollstuhl zu helfen und sie hinunter in den Speisesaal zu bringen. Dr. Zorn hatte es so arrangiert, daß sie mit den lebenslustigen Mallorys und Lincoln Noble, dem farbigen Richter im Ruhestand, zu Abend aß. Er hatte sie an Tisch acht plaziert, der weit vom Eingang entfernt war, denn er wollte, daß so viele Bewohner wie möglich Betsy kennenlernten.

Als Betsy sah, wie groß der Raum war, und wie viele Leute in ihm saßen, verlor sie den Mut und signalisierte Andy, er solle zu ihr kommen. »Ich habe monatelang allein auf meinem Zimmer oder mit ein paar Freunden der Familie gegessen. Diese vielen Leute hier machen mir angst.« Aber Andy bestand darauf, daß sie im Speisesaal aß. »Ich habe einen Platz auf der anderen Seite des Speisesaales für Sie reserviert.«

»Warum?« fragte sie nervös, und er antwortete: »Weil ich möchte, daß alle Sie sehen. Daß alle sich so rasch wie möglich daran gewöhnen, daß wir ein neues Phänomen in unserer Mitte haben. Eine Frau, die wirklich schwer verletzt war, aber die ein großes Comeback haben wird.« Er schob ihren Rollstuhl zwischen den Tischen durch, lächelte den Speisegästen zu und hielt gelegentlich an, um zu sagen: »Dies ist Betsy Cawthorn aus Chattanooga. Sie wird bald wieder gehen können.«

Als sie zu Tisch acht kamen, hob Betsys Vater sie mit der Hilfe eines jungen Kellners auf einen normalen Stuhl zwischen Mr. Mallory und Richter Noble. Dann schob der Kellner den Rollstuhl zurück zum Eingang und ließ ihn dort stehen, während Andy Mr. Cawthorn zu einem anderen Tisch führte. »Wir finden, daß es das Beste ist, wenn der Neuling sich sofort auf eigene Faust mit den anderen bekannt macht. Aber wie wär's, wenn Sie zum Nachtisch an Ihren Tisch zurückkehren?«

Betsy, zum erstenmal seit vier Monaten ganz allein unter Fremden, wußte vor lauter Verlegenheit auf die freundlichen Fragen ihrer Tischgenossen zuerst nichts anderes zu erwidern als »ja« oder »nein«. Mrs. Mallory blieb jedoch unverdrossen. »Chris und ich müssen uns ein bißchen mit dem Essen beeilen, weil wir heute abend etwas Wichtiges vorhaben«, sagte sie. Dann lächelte sie spitzbübisch und fragte: »Und Sie dürfen dreimal raten, was.«

Zögernd ließ sich Betsy in das Ratespiel hineinziehen, aber sie kam nicht auf die richtige Antwort. Schließlich sagte sie: »Okay, ich geb's auf. Also, was machen Sie heute abend?« Und als Mrs. Mallory antwortete: »Wir nehmen an einer öffentlichen

Tanzveranstaltung in Tampa teil«, da fiel Betsy vor Verblüffung die Kinnlade herunter.

»Jawohl, meine Liebe, Chris und ich sind leidenschaftliche Tänzer. Ihr Physiotherapeut Yancey ist so ein As auf seinem Gebiet, daß wir sicher sind, daß wir Sie schon sehr bald zu so einem Tanzabend mitschleifen werden.«

Die Unterhaltung wurde so interessant, daß Betsy es richtig bedauerte, daß die Mallorys schon so bald aufbrechen mußten, aber es blieb ihr als Tischgenosse ja immer noch der nette Richter Noble erhalten, der sie dazu einlud, ihn so bald wie möglich einmal zum Angeln zu begleiten. »Sie werden wunderschöne Vögel sehen, die so nah vor Ihnen stehen, daß Sie sie fast mit den Händen greifen können.« Als sie ihn fragte, was für eine Art von Richter er denn gewesen sei, antwortete er: »Staatsrichter, Bundesrichter, Richter am Appellationsgericht, Richter im Ruhestand«, und er erklärte ihr die Unterschiede.

Als Andy zum Ende der Mahlzeit kam, um sie abzuholen, sagte sie zu ihm: »Ich bin so froh, daß Sie darauf bestanden haben, daß ich hierhergekommen bin. Alle waren so nett zu mir.« Und so wurde denn an einem Tag mit vielen Überraschungen Betsy Cawthorn in den normalen Betrieb von *The Palms* eingefügt. Nach dem Abendessen gingen sie und ihr Vater in die Lounge, um sich vorzustellen, und zwei Mitglieder der »Bridgefanatiker« wollten bloß eines wissen: »Spielen Sie Bridge, Miss Cawthorn?« Und als sie erwiderte: »Noch nicht«, da lachten sie und sagten: »Das ist die richtige Antwort, denn wir werden es Ihnen beibringen. Sind Sie jemand, der schnell lernt?« Diese Frage beantwortete ihr Vater für sie: »Zu Hause haben wir sie als ein Genie angesehen, und es ist ein schöner Gedanke, daß sie hier unten vielleicht wieder ins Lot kommt.«

Den folgenden Tag verbrachte Betsy damit, sich in ihrem Apartment einzurichten, soviel wie möglich über *The Palms* zu erfahren und im Speisesaal Freundschaften zu schließen. An jenem Abend speiste sie zusammen mit Ms. Oliphant, und sie genoß die Gesellschaft der ehemaligen Schulleiterin. »Ich wünschte, ich hätte so eine Lehrerin wie Sie gehabt«, sagte sie. »Wahrscheinlich hätte ich dann mehr gelernt.« Mit todernstem Gesicht – wenn man von einem leisen Augenzwinkern einmal absieht – sagte Ms. Oliphant: »Ja, bei mir hätten Sie gelernt, das können Sie mir glauben.«

Aber noch mehr angetan war Betsy von Reverend Quade, die exakt so war, wie sie sich eine Geistliche vorstellte, obwohl sie noch nie zuvor eine kennengelernt hatte. »Ich hoffe, wir können uns irgendwann dieser Tage einmal miteinander unterhalten«, sagte Betsy. »Sie haben schon so viel vom Leben gesehen. Haben Sie schon einmal jemanden kennengelernt, der so schwer verkrüppelt war wie ich?«

»Sogar noch schlimmer. In Pakistan habe ich viele junge Frauen gesehen, die schwere körperliche Schäden erlitten hatten, deren Schicksal bei weitem schlimmer war als Ihres.«

»Wie kam das?«

»Sie hatten nicht einen Funken Hoffnung. Armut und Verzweiflung, und am Ende womöglich Selbstmord, das war alles, was das Schicksal für sie bereit hielt. Sie aber, meine Liebe, haben einen wundervoll hilfsbereiten Vater, der keine Kosten zu scheuen braucht, um das zu beschaffen, was notwendig ist, damit Sie ein einigermaßen normales Leben führen können, und unser Wunderknabe Yancey wird Sie schneller wieder auf die Beine kriegen, als Sie sich vorstellen können.« Sie nahm Betsys Hand und drückte sie. »Sie haben so vieles, auf das Sie hoffen können.«

Am nächsten Morgen nach dem Frühstück wurde Betsy in die Reha gefahren, wo Bedford Yancey sie bereits erwartete. Nachdem sie ein interessantes Kostüm angezogen hatte, das aus einem ärmellosen Oberteil und Segeltuchshorts bestand, deren Hosenbeine ein gutes Stück unterhalb der Knie endeten, setzte er sich neben ihren Rollstuhl auf den Boden und bat seine Assistentin, sie neben ihn zu setzen. Dann gab er ihr Anweisung, ihm alles, was er ab jetzt machte, nachzumachen. Er begann auf dem Boden herumzukrabbeln und änderte dabei mehrfach abrupt die Richtung. Sie folgte seinem Beispiel. Höchst angetan von ihrer Beweglichkeit, rief er, als sie auf Bauch, Ellenbogen und Knien an ihm vorbeikroch: »Sie sind gerade dabei, die Arbeit des ersten Monats zu beenden. Spätestens an Thanksgiving werden wir beide tanzen.«

Danach ließ er sie eine halbe Stunde an einem Gerät arbeiten, das ihre Bauch- und besonders ihre Oberschenkelmuskulatur stärkte. Zu keiner Zeit strapazierte er sie über den Punkt hinaus, an dem sie zu ermüden oder Überdruß an den Tag zu legen begann, und nachdem sie sich an zwei weiteren Geräten versucht hatte, die ebenfalls zur Stärkung bestimmter Oberschenkelpartien dienten, rief er: »Genug für heute morgen! Gehen wir raus und gucken uns ein bißchen die Reiher an.« Er setzte sie neben ihren Rollstuhl, hielt ihn mit den Armen und den Füßen fest und sagte: »Stellen Sie sich vor, ein Feuer bricht aus. Sie müssen raus. Sie sind alleine, aber der Stuhl ist in Park-Position. Können Sie sich irgendwie in ihn hineinhieven? Wenden Sie alle Kniffe an, die Ihnen einfallen, aber versuchen Sie, in diesen verdammten Stuhl zu kommen, egal wie.« Und er sah zu, wie sie sich abmühte, wie sie ihm das Gesicht zuwandte und ihn anschaute, bis er an ihrem verzweifelten Gesichtsausdruck den Augenblick ablesen konnte, in dem ihr schmerzlich bewußt wurde, daß all ihre Kraft und all ihre Willensstärke nicht ausreichen würden, um sie in den Stuhl zu hieven. Ohne ein Wort zu sagen, gab er ihr mit der rechten Hand die geringstmögliche Hilfestellung und ermöglichte es ihr so, sich mit der linken Hüfte in den Stuhl zu schwingen. Als sie endlich ganz drin saß, sagte er: »Ich will, daß Sie einmal exakt den Kraftaufwand fühlen, den ich benötigt habe, um Sie über den letzten Huckel zu hieven.« Und er drückte ganz leicht mit seiner Hand gegen ihre ausgestreckte Hand. »Soviel hat gefehlt, Betsy, mehr nicht. Sie hätten es fast allein geschafft.«

»Setzen Sie mich noch mal runter.«

»Fühlen Sie sich auch wirklich stark genug? Wir hatten eine ziemlich anstrengende Übungseinheit.«

»Setzen Sie mich noch mal runter«, wiederholte sie, und wieder mühte sie sich wacker, ihre linke Hüfte über die Stuhlkante zu schwingen, aber sie schaffte es auch diesmal nicht. Wortlos half er ihr in den Stuhl zurück, und sie sagte: »Diesmal konnte ich spüren, wie nahe ich dran war. Noch ein paar Tage, und ich schaff' es allein in den Stuhl – jede Wette.« In diesem Moment bemerkte sie, daß Dr. Zorn in das Zimmer getreten war und womöglich ihr zweimaliges Scheitern beobachtet hatte, und sie fügte hinzu: »Sie werden auch hier sein, und Sie werden Zeuge sein, wie ich in den Stuhl komme.« Worauf Zorn ernst erwiderte: »Bei der Entschlossenheit, die Sie an den Tag legen, halte ich das durchaus für möglich.«

Die beiden Männer schoben sie auf eine Veranda, von der aus sie eine gute Aussicht auf den Teich hatten, zu welchem von Zeit zu Zeit Wasservögel kamen, die Betsy nicht zu identifizieren vermochte. Später kam zufällig Ms. Oliphant vorbei, und als sie sah, daß Betsy versuchte, die Vögel zu bestimmen, fragte sie: »Kann ich Ihnen ein bißchen helfen? Die kleinen weißen dort, das sind Silberreiher, auch Viehreiher genannt. Man sieht sie oft auf dem Nacken von Kühen sitzen; sie picken die Insekten weg, die hinter den Ohren der Tiere sitzen. Die großen weißen – man sieht sie hier nicht allzu oft – sind natürlich weiße Reiher. Im Moment sind keine zu sehen, aber dann gibt es da auch noch den großen Blaureiher, ein im Vergleich zu den anderen riesiger Vogel. Die Möwen kennen Sie ganz bestimmt selber, und die großen Pelikane, die wundervolle Komödianten sind, kommen niemals an den Teich. Sie ziehen das offene Wasser dort hinten vor.«

Später am Nachmittag stellte Yancey sie Dr. Champion vor, dem Prothetiker. Yancey lachte: »Unmögliches Wort, ich weiß, ein richtiger Zungenbrecher. Es bezeichnet das Mechanikergenie, das Ihre Prothese anfertigen und anpassen wird. Ich nenne ihn unseren Orthopädiemechaniker, und er ist einer der besten. Wenn er Ihre künstlichen Beine anfertigt, dann können Sie sicher sein, daß sie hundertprozentig passen und funktionieren.« Der zierliche, zurückhaltende, gerade einmal fünfunddreißigjährige Mann machte sich unverzüglich an die Arbeit, die zunächst einmal darin bestand, ihre Körpermaße zu nehmen, um die Länge und die Art ihrer künftigen mechanischen Beine zu bestimmen. Als er Gipsabdrücke von ihren Stümpfen machte, beglückwünschte er sie: »Der Arzt, der Sie nach Ihrem Unfall behandelt hat, hat hervorragende Arbeit geleistet. Und jetzt wollen wir hoffen, daß ich meinen Part ebenso gut hinkriege.« Und die Art und Weise, wie er seine diversen Untersuchungen und Berechnungen durchführte, deutete darauf hin, daß ihm das auch gelingen würde. Sein Hauptproblem war gleich ein doppeltes: Wie lang sollten die künstlichen Beine sein? Und wie befestigte er sie am besten an den Restknochen unterhalb der Knie und an den Oberschenkeln? Er nahm zahlreiche Messungen vor und studierte mit Mikrometern die von Mr. Cawthorn mitgebrachten Fotos von Betsy vor ihrem Unfall.

»Sie werden genau das richtige Gewicht haben«, versprach er. »Das kann ich Ihnen jetzt schon versichern. Und sie werden exakt angepaßt sein – besser geht's nicht.«

»Sind wir nicht vielleicht ein bißchen zu voreilig?« fragte Betsy, und er sagte lachend: »Mr. Yancey hat gesagt, er möchte mit Ihnen ganz besonders schnell vorankommen. Sie wären der ideale Fall für eine sichere und schnelle Rehabilitation.« Er lächelte sie an, wie sie da so im Sonnenlicht saß, das vom Poolbereich hereinfiel, und fragte: »Möchten Sie mal fühlen, ich meine, jetzt gleich, wie sich das ungefähr anfühlen wird, wenn die Prothesen dran sind?«

»Ja, das würde ich sehr gern«, sagte Betsy, und sie zog ihre Shorts über die Knie, so daß er die Modellprothesen anbringen konnte. Als sie festgezurrt waren, fühlten sie sich sehr bequem an, und er sagte: »Und die entsprechen noch nicht einmal Ihren Gipsabdrücken. Miss Cawthorn, das alles wird ein großes Abenteuer für Sie sein, und ich bin stolz, daran Anteil zu haben.«

Sie mochte freilich seinen Enthusiasmus nicht so recht teilen, besaß doch die seltsame Konstruktion, die er da an ihrem rechten Bein festschnallte, so gar keine Ähnlichkeit mit einem menschlichen Bein. Sie bestand aus einer großen Plastikschale, in der ihr Stumpf sicheren Halt fand, doch darunter befand sich etwas, das aussah wie ein Teil eines metallnen Skeletts. Das Ganze endete in einem normalen Schuh, nur, daß dieser Schuh größer war als jeder, den sie je getragen hatte. »Der Schuh verleiht dem Ganzen Halt und Stabilität«, erklärte Dr. Champion. Die Sitzung endete damit, daß sie dachte: Ich werde mich niemals an etwas gewöhnen können, das so häßlich aussieht. Es wird niemals ein Teil von mir sein.

Aber der Prothetiker war ein kluger Mann, und als sie ihn verließ, gab er ihr ein Hochglanzmagazin mit: *Amputee Sportsmen*. Als sie ins Bett ging, blätterte sie noch ein wenig darin herum, zunächst eher lustlos, doch dann ließ sie sich zunehmend von den Fotos fesseln. Das erste, das ihr ins Auge fiel, zeigte einen gutaussehenden jungen Mann mit einem »Skelettbein« von der Art, wie sie es gesehen hatte. Er schlug gerade einen Golfball ab und verdrehte dabei sein metallnes Bein so elegant und leicht, als wäre es echt. Das nächste zeigte ein junges, oberhalb des rechten Knies beinamputiertes Mädchen beim Basketballspielen; es warf gerade einer Mitspielerin den Ball zu. Da gab es Aufnahmen von Amputierten, die auf die Jagd gingen, Autorennen fuhren, angelten und Hunde abrichteten. Wie es schien, gab es nichts, was sie hätten aufgeben müssen, es sei denn vielleicht das Schwimmen. Ihr fiel auf, daß viele von ihnen, etwa die Hälfte, fleischfarbene Überzüge über ihren Edelstahlprothesen hatten, die andere Hälfte aber nicht, und daß etwa die Hälfte ein Bein oberhalb des Knies verloren hatte, und die andere Hälfte unterhalb des Knies. Beim weiteren Durchblättern der Zeitschrift machte sie eine traurige Entdeckung: Es gab kein Foto von einem Sportler, der an beiden Beinen amputiert war. Daraufhin verflog ihre Euphorie wieder.

In jener Nacht beschäftigte sie sich mit ihren unmittelbaren Problemen, und sie lag noch lange wach und dachte über den Test nach, bei dem sie am Morgen versagt hatte, als sie es nicht geschafft hatte, sich mit der linken Hüfte in den Stuhl zu schwingen, und je mehr sie über das Problem nachdachte und die spezifischen Bewegungen ihres Körpers analysierte, die ihr nicht gelungen waren, desto mehr wurde sie von einer eigenartigen Empfindung eingeholt: Als sie begann, sich jede einzelne Bewegung bildlich vorzustellen, die sie würde machen müssen, um in den Stuhl zu gelangen, und sich ausmalte, welche Signale sie an ihre Muskeln, Knochen und Sehnen würde senden müssen, da konnte sie förmlich spüren, wie sie sich in die Luft erhob und den Sitz fand, den sie suchte. Und dann, als sie sich an das Gefühl erinnerte, das sie gehabt hatte, als sie die Prothesen an den Beinen gehabt hatte, da konnte sie sie förmlich durch schiere Willenskraft wieder an die Stümpfe unterhalb ihrer Knie zurückphantasieren. Sie konnte erspüren, welche Bewegungen erforderlich sein würden, damit sie aus dem Bett steigen und zum Badezimmer gehen konnte, und sie fühlte, wie sie eben dies tat – ohne Krücken oder vierbeinige Gehhilfe oder Stock. Ihre Rehabilitation begann in jenen mitternächtlichen Augenblicken, als sie sich ihren Heilungsprozeß bildlich vor Augen führte und ihn zu einem Teil ihrer Psyche machte, der sie später beim Einsatz ihrer neuen Beine und der wiedererstarkten Muskeln und Bänder, die sie bewegten, zugute kommen würde. Nachdem sie so ihren Körper und ihren Geist in den Dienst dieser Übung gestellt hatte, war sie fest überzeugt, daß sie es schaffen konnte, und sie schlief in jener Nacht tief und fest.

Am Morgen aß sie nur ein leichtes Frühstück. Zu ihrer Krankenschwester sagte sie: »Ich habe mir für heute viel vorgenommen und will mich deshalb nicht so vollstopfen.« Und im Übungsraum sagte sie zu Yancey: »Helfen Sie mir, auf den Boden zu kommen, und halten Sie bitte den Stuhl fest.« Als sie zusammengekauert auf dem Boden lag, scheinbar völlig hilflos, blickte sie zu Yancey auf, und er sah in ihren Augen, daß sie es diesmal schaffen würde, sich in den Stuhl zu hieven. Aber er sagte: »Warten Sie noch einen Moment. Da ist noch jemand, der Ihren ersten Triumph miterleben sollte.« Und er rief Dr. Zorn, der auch sofort kam und sich zu den Zuschauern gesellte.

Erfreut über sein Kommen rief sie: »Dr. Zorn, Sie halten bitte den Stuhl mit fest.« Und als er und Yancey den Stuhl festhielten, damit er nicht wegrollen konnte, kroch sie über den Boden, befahl ihrem ganzen Körper, sich so zu verhalten, wie sie es sich in der vorausgegangenen Nacht bildlich vorgestellt hatte, und hob sich – fast wie von Zauberhand getragen – in die Höhe. Ohne erkennbare Anstrengung stemmte sie ihre linke Hüfte fast zehn Zentimeter höher als zum Überwinden der Lehne erforderlich, und ließ sich unter großer Entspannung ihres gesamten Körpers in den Stuhl gleiten.

»Bravo!« rief Andy. »Ganz toll!« Und sie sprudelte – und dies durchaus wahrheitsgemäß: »Ihre Anwesenheit hat mir zusätzlich Kraft gegeben.«

ZWEI AUFEINANDERFOLGENDE Regentage im Mittsommer, eine echte Seltenheit in Florida, versetzten *The Palms* in eine trübsinnige Stimmung, so daß bei den Mitgliedern der Tertulia wenig Neigung bestand, irgend etwas Bedeutsames zu diskutieren. Raúl Jiménez, der sich an einen ähnlichen Tag in einem Ferienort in den kolumbianischen Bergen erinnert fühlte, sagte: »Ich war gerade fünfzehn und lernte zum erstenmal die Welt außerhalb von Medellín kennen, als der spanische Botschafter in den Ort kam. Er war ein hochherrschaftlich erscheinender, beeindruckender Mann, schlank, groß, von imposanter Statur, bekleidet mit einer teuren, ordengeschmückten Uniform, und ich sah in ihm die ganze Größe, den ganzen Glanz seines Heimatlandes verkörpert.«

»Was für eine Wirkung hatte dieses Erlebnis auf Ihr Denken?« fragte Botschafter St. Près.

»Mir wurde zum ersten Male bewußt, daß ich gewissermaßen ein Erbe all der Glorie Spaniens war. Ich war nicht nur ein treuer und loyaler *Colombiano*, sondern auch ein Spanier, dessen Wurzeln weit in die Geschichte Iberiens zurückreichten. Ich war ein

Spanier, etwas, worauf man stolz sein kann, und diese Erkenntnis veränderte mein Leben – ganz gewiß aber meine Einstellung zum Leben.«

»Haben Sie mit dem Botschafter gesprochen?« fragte St. Près, und Jiménez fragte mit einem kopfschüttelnden Grinsen zurück: »Mit meinen fünfzehn Jahren? Glauben Sie etwa, da hätte ich es gewagt, einfach auf eine so hochgestellte Person wie ihn zuzugehen und ihn anzusprechen? Nie und nimmer! Ich bewunderte ihn aus der Ferne und stellte mir vor, daß jemand wie er mein Ururgroßvater in Spanien gewesen war. Für mich war es ein einschneidender Tag, ein Tag, von dem an ich alles plötzlich in anderem Licht sah. Ich würde ihn gerne noch einmal erleben, dieses intensive Gefühl, das ich damals spürte. Wenn wir älter werden, verlieren wir die Fähigkeit zu solchen Gemütsaufwallungen, und das ist eine Schande.«

Senator Raborn, der Raúls Geschichte gespannt zugehört hatte, sagte: »Ich habe auch einmal einen solchen Tag erlebt, und es war ebenfalls in den Bergen. Als junger Offizier war ich in Peshawar stationiert, das jetzt zu Pakistan gehört, am Tor zum Khaiber-Paß. Ich war bitter enttäuscht, daß ich den Khaiber nicht sehen konnte, der damals noch berühmter war als heute, aber ich wurde niemals auf eine der Erkundungsexpeditionen mitgeschickt, die in ihn hineinführten, weil ich zu einem britisch-amerikanischen Erkundungstrupp abkommandiert war, welcher drei ehemalige Provinzen des britischen Weltreichs besuchte: Swat, Dir und Chitral. Was für ein phantastisches Abenteuer das war! Wir bewegten uns in kleinen Flugzeugen, klapprigen Hubschraubern und Landrovern fort, die ständig mit irgendwelchen Pannen auf den uralten Bergpfaden liegenblieben. Und die Eingeborenen! Ihr Lebensstandard war in etwa vergleichbar mit dem der Menschen vor Christi Geburt. Aber es war ein wunderbares Erlebnis, da oben zu sein, mitten drin in den Bergen des Hindukusch mit seinen reißenden Gebirgsbächen.

In Chitral unterhielten wir uns mit Veteranen, die bei der Belagerung von 1895 gegen die Briten gekämpft hatten, und einer von ihnen sagte zu mir: ›Wir hätten die Engländer besiegt, wenn die Russen uns die Hilfe erwiesen hätten, die sie uns versprochen hatten‹, und in dem Augenblick wurde mir die volle Bedeutung des Ringens bewußt, das während der gesamten letzten zweitausend Jahre auf diesen Gebirgspässen im Gange gewesen war. Es hatte dort ständig Krieg geherrscht.«

»Und das besonders während der Episode in den vierziger Jahren des achtzehnten Jahrhunderts, die später das Große Spiel genannt wurde«, sagte St. Près, »als England wiederholte Versuche Rußlands vereitelte, durch die Berge zu marschieren und Indien zu kassieren.«

»Genau!« rief Raborn. »Das alles sah ich plötzlich, und diese Einsicht hat seither meine Einstellung zur Außenpolitik bestimmt.« Er lächelte Jiménez zu und sagte: »Einen solchen Moment der Erkenntnis hätte ich jetzt auch gern. Vorauszusehen, was aus dem einstigen Sowjetimperium wird. Fast die gleiche Art von Land. Swat, Dir und Chitral.«

In der Gesprächspause, die darauf folgte, blickten die Männer zuerst auf St. Près und dann auf Präsident Armitage, aber es war der Botschafter, der die Herausforderung annahm. »Meine Geschichte ist nichts Weltbewegendes«, begann er, »aber sie handelt von einer sehr gefühlsbewegenden Zeit für einen Siebzehnjährigen in einem Sommerferienort auf Long Island. Die Saisonabschlußgala stand bevor, und ich hoffte, daß ein Mädchen von überirdischer Schönheit – Rosamund hieß sie – mich dorthin begleiten würde. Was für herrliche Träume ich in meinem jugendlichen Hirn hegte! Aber alle anderen wollten sie ebenfalls einladen, also standen meine Chancen nicht gut. Und dann hörten wir, daß sie eine Einladung von einem Smartie aus Yale angenommen hatte, der schon zweiundzwanzig war und ein eigenes Auto hatte, und wir waren allesamt tief geknickt, ich ganz besonders.

Doch dann geschah etwas, das mir wie ein Wunder vorkam. Sie kam tatsächlich zu mir herüber – mir klopfte das Herz bis zum Halse, das sag' ich Ihnen – und sagte: ›Richard, du bist einer meiner besten Freunde. Ich möchte dich fragen, ob du mir einen Gefallen tun könntest wegen des Tanzabends am Samstag.‹ Ich dachte schon, sie wollte mich bitten, mit ihr dorthin zu gehen, und ich muß puterrot angelaufen sein, doch dann legte sie die Hand auf meinen Arm und sagte: ›Eine Cousine von mir kommt in die Stadt, und ich wollte dich fragen, ob du wohl so nett sein könntest, sie zu dem Tanz mitzunehmen.‹

Ich murmelte ›ja‹, und die Cousine stellte sich als total langweilig und hausbacken heraus, und während ich sie über die Tanzfläche schob, konnte ich Rosamund sehen, wie sie mit dem Typen aus Yale tanzte. Es brach mir das Herz.« Er schüttelte den Kopf und fuhr fort: »Ich würde gern noch einmal einen solchen Sommer erleben, wo man alles so intensiv erlebt wie als Jugendlicher. Jahre später sah ich übrigens Rosamund und ihre Cousine in demselben Ferienort wieder, und Rosamund hatte kräftig zugenommen und war ziemlich pummelig, aber die Cousine war zu einer reizenden Frau herangereift.« Er hieb mit der Faust auf den Tisch und wiederholte: »Diese Intensität! Die Jahre vergehen, und wir verlieren unsere Intensität! Das gleiche passiert in der Politik. Ich muß zu meiner Schande gestehen, daß mir bei der letzten Wahl ziemlich egal war, wer gewinnen würde, Bush oder Clinton.«

»Und wen haben Sie gewählt?« wollte Raborn wissen, und St. Près sagte: »Ich hab' Bush gewählt. Mir gefiel Barbara besser als Hillary.«

Henry Armitage schaute, während er den Erinnerungen seiner Freunde lauschte und sich fragte, was er erzählen sollte, das einigermaßen interessant war, hinaus in den Regen und fühlte sich zurückversetzt an einen Regentag viele Jahre zuvor in Hartford, Connecticut: »Ich hatte seit drei Jahren meinen Dr. phil. und lehrte an einer großen öffentlichen Universität; es ging mir also gut. An einem Tag, der so ähnlich war wie der heute, bewarb ich mich um eine Stelle am Trinity College, einem der besten Colleges in Amerika. Zu der Zeit einen Job in Hartford zu kriegen, war so ungefähr das Höchste, was ich mir erhoffen konnte.

Ich meldete mich in dem Gebäude, in dem der Fakultätsausschuß die Vorstellungsgespräche mit jungen Gelehrten von den Spitzenuniversitäten des Landes durchführte. Vier Fakultätsmitglieder saßen auf der einen Seite des Tisches, und ich allein auf der anderen. Als sie anfingen, mich zu befragen, fühlte ich mich plötzlich wie gelähmt. All die schönen Dinge, die ich über mich hätte erzählen können, wie die Tatsache, daß ich ein ernsthafter Gelehrter war, kamen als mit belegter Stimme gemurmelte Ja/Nein-Antworten heraus. Als die Anhörung beendet war, wußte ich, daß ich durchgefallen war. Der Brief mit der Absage kam drei Tage danach. Sie hatten sich gar nicht erst bemüht, irgendwelche artigen Floskeln hineinzuschreiben.«

»Warum war das so wichtig?« fragte Jiménez. »Ich habe an sechs verschiedenen amerikanischen Colleges unterrichtet, und wenn Sie ein aufgeweckter Student mit einem guten Professor sind, dann ist eine Schule so gut wie die andere. Sicher, die Chancen, einen erstklassigen Professor zu bekommen, sind in Chicago oder North Carolina überdurchschnittlich groß, aber ich bin nicht so sicher, ob das letzten Endes wirklich so viel ausmacht.«

»Oh, mir hat es aber sehr viel ausgemacht! Wenn ich die Professur am Trinity gekriegt hätte, wäre ich wahrscheinlich mein Leben lang in diesem Zirkel von bedeutenden Privatcolleges und -universitäten dringeblieben. Und irgendwann wäre ich wahrscheinlich Präsident von einer von ihnen geworden. Indem ich es damals nicht schaffte, Zugang zu diesem erlauchten Kreis zu erhalten, war ich ein für allemal abgestempelt als einer, der nur gut genug war für große öffentliche Einrichtungen, und ich habe diese Klassifizierung immer gehaßt. Sie war falsch, und ich habe sie mir selbst eingebrockt.«

Senator Raborn rümpfte die Nase über dieses Bekenntnis: »Wollen Sie damit sagen, Sie schätzen Schulen wie Wisconsin oder Texas gering?«

»Aber nein! Sie können in jeder von ihnen eine ausgezeichnete Ausbildung bekommen. Es ist nur so, daß ich gehofft hatte, meine Professorenzeit an einer der strengeren Schulen verbringen zu können.«

»Sind Sie denn vom Wesen her ein strenger Lehrer?« fragte Raborn, und Armitage antwortete leise, gleichsam im Beichtton: »Heute weiß ich, daß ich eigentlich gar nicht so streng war, wie ich dachte. Wäre ich es gewesen, dann hätte ich diese Professur am Trinity College gekriegt. Und als ich sie nicht kriegte, hätte ich nach Hause gehen können und die Arbeiten schreiben können, die mir vorschwebten. Wäre ich wirklich so ehrgeizig und motiviert gewesen, wie ich immer geglaubt hatte, dann hätte ich meine Bücher am South Podunk State Teachers College schreiben können.« Er hielt inne, aus Angst, zuviel von sich preiszugeben, und fügte dann hinzu: »Aber ich war ein guter Verwalter. Ich fand den Platz, der mir zukam, und wurde sogar Präsident, wie ich es mir immer erträumt hatte, wenn auch leider nicht an einer der großen, prestigeträchtigen Schulen.«

Der Regen wollte nicht aufhören. Die Männer verfielen in Schweigen. Jeder erinnerte sich an irgendwelche bedeutsamen Momente in der Vergangenheit, bis plötzlich Jiménez die anderen mit den Worten überraschte: »Ich frage mich, ob Frauen wohl auch solche Momente des Bedauerns haben.« Er schlug vor, daß der Senator seine Frau und Señora Jiménez einlud, sich zu ihnen zu setzen, und signalisierte gleichzeitig Reverend Quade, daß auch sie an ihren Tisch kommen möge.

Sie waren jetzt eine Siebenergruppe, welche die Ecke des Saales ausfüllte, und Raúl erklärte: »Wir haben ein bißchen in der Vergangenheit geschwelgt und uns an besondere Momente zurückerinnert, als wir noch junge Männer waren und die Dinge so klar sahen und noch so intensiv fühlen konnten.«

»Und wir haben bedauert, daß wir solche Momente nicht mehr erleben können«, ergänzte Raborn. »Habt ihr Mädels –«

»Moment, Moment, Stanley«, fuhr Reverend Quade ihm in die Parade. »Wir benutzen schon lange nicht mehr den Begriff *Mädchen* oder gar – noch schlimmer – *Mädel*, wenn wir von reifen, erwachsenen Frauen sprechen.«

»Und reif und erwachsen sind wir ganz bestimmt«, sekundierte Mrs. Raborn.

»Im Moment benehmt ihr euch aber wie Mädchen«, konterte Raborn. »Männer reden sich von Zeit zu Zeit doch auch gegenseitig mit *Jungs* an.«

»Aber ihr Männer entscheidet, wem Respekt erwiesen wird«, sagte Mrs. Quade. »Ihr könnt euch gegenseitig mit *Jungs* anreden, ohne dadurch an Status einzubüßen. Wir Frauen müssen hingegen ständig um unseren Status kämpfen.«

Raúl Jiménez hieb auf den Tisch und sagte in strengem Ton: »Meine Damen –«

»*Das* können Sie auch nicht mehr sagen«, beschied ihm Reverend Quade. »Es ist herablassend. Der einzige Begriff, bei dem die Verwendung von *Dame* zulässig ist, ist ›Damen-Schlammringen‹. In allen anderen Zusammenhängen heißt es *Frau.*«

Jiménez ließ sich nicht ins Bockshorn jagen. »Ihr *muchachas* fragt oft, warum wir *muchachos* uns in unserer Ecke zusammenfinden. Normalerweise sind Damen nicht zugelassen. Und zwar aus dem Grund, weil *wir* in der Lage sind, eine ernsthafte Konversation nach festen, von allen akzeptierten Regeln zu führen. Setz dich mit der Idee auseinander, nicht mit der Person. Lege häufig Sprechpausen ein, damit der andere auch mal zu Wort kommen kann. Und zügle dein Temperament. Ihr *muchachas* unterbrecht ständig und macht so jedes geordnete Gespräch unmöglich.«

»Nun sag schon, was du sagen wolltest, Raúl«, sagte seine Frau.

»Ihr habt die Atmosphäre ruiniert. Das würde jetzt nichts mehr bringen.«

»Raúl!« rief seine Frau. »Du bist bockig wie ein kleiner Junge. Jetzt sei brav und sag, was du ursprünglich sagen wolltest.«

Als sich zeigte, daß er dazu nicht willens und in der Lage war, denn der Geist der Diskussion war in seinen Augen zerstört, übernahm Präsident Armitage die Regie. »Der regnerische Tag heute erinnerte Raúl an ein Erlebnis in Kolumbien, als er zum erstenmal die imperiale Würde Spaniens in der Gestalt des spanischen Botschafters mit seiner schmucken Uniform und seinen vielen Orden sah. Wenn ich mich recht erinnere, war er damals sechzehn Jahre alt.«

»Fünfzehn«, korrigierte Raúl. »Es war ein prickelnder Moment. Spanien wurde plötzlich ein realer Ort für mich, die Heimat meiner Vorfahren.«

»Stanley hatte seine Erleuchtung im Himalaja. Er sah die große Willensschlacht zwischen Rußland und England.«

»In der Kirche«, sagte Mrs. Quade, »nennen wir solche Momente ›Epiphanien‹, wenn die Vision von Christus oder der Gottheit klar wird. Ich habe auch mehrere solcher Momente der Einsicht gehabt. Der erste war der, als ich sah, daß Frauen Priester werden konnten, daß *ich* es konnte. Der zweite war der, als ich erkannte, daß weder ich noch irgendeine andere Frau in unserer Zeit sehr weit kommen würden, auch wenn wir es schafften, in diesen Kreis hineinzukommen.«

Diese Bemerkung war so persönlich, daß keiner der Männer irgendeinen Kommentar dazu geben wollte, und so sagte Mrs. Raborn: »Ich hatte eine echte Epiphanie. Aufgewachsen in einer liberalen Familie im Osten, begann ich mich in diesen Western-Cowboy hier zu verlieben, der so konservativ ist, wie man es sich nur denken kann, und ich erkannte die Patsche, in der ich steckte. Stanley und mein Vater hatten heftige Auseinandersetzungen, und, etwas sanfter und ziviler vielleicht, aber letztendlich genauso leidenschaftlich, Stan und meine Mutter ebenfalls. Wir betrachteten ihn alle drei als einen ziemlich hoffnungslosen Fall, aber eines Tages machte meine Mutter eine simple Bemerkung: ›Ich sag dir dies für deinen Neanderthaler, Marcia. Manchmal in der Küche ist es besser, eine kratzige Bürste zu haben als einen schlaffen Lappen. Dein junger Galan hat den Mut, zu sagen, was er denkt.‹ Und von einer Sekunde auf die andere wurde es mir plötzlich sonnenklar. Besser ein zupackender, hart arbeitender Konservativer als ein liberaler Waschlappen, der nichts zustande kriegt. Auf der Basis dieser Bemerkung meiner Mutter hab' ich diesen stachligen Cowboy geheiratet, und ich habe es nie bereut.«

Señora Jiménez sagte auf ihre aufgeregte Art: »Ich hatte auch eine Vision, aber die kam erst sehr spät. Als Raúl so viele Morddrohungen bekam, daß die Abreise aus Kolumbien ihm als der einzig vernünftige Ausweg erschien, stand ich vor einem schweren Problem. Ich stammte aus einer weitverzweigten Familie, mit unzähligen Tanten und Onkeln, viele von ihnen bedeutende Leute, Leute mit Einfluß. Ich wollte nicht von all meinen Freunden weg, von meiner Familie. Doch eines Tages, als ich Raúl in unserem Garten in Bogotá anschaute, schien die Sonne in einer bestimmten Weise auf ihn, und ich sah ihn als etwas Größeres, als mir bewußt gewesen war, und da kam mir dieser Gedanke: Dieser Mann ist es wert, am Leben zu bleiben. Und noch in derselben Woche flüchteten wir in die Sicherheit Ihres Landes.« Tief bewegt von dieser Erinnerung, schien sie den Tränen nahe zu sein. »Jetzt sind wir zwar allein, ohne Tanten und Nichten und Neffen, aber wir sind frei und wir sind am Leben.«

Eine ganze Weile sprach niemand; schließlich brach Raúl das Schweigen: »Wenn Leute in *The Palms* einziehen, dann verbringen sie die erste Zeit dort als Neulinge, welche die Augen und Ohren offenhalten und lernen. Dann, nach einer Zeit, wenn sie sich erst sicher und geborgen fühlen, beginnen sie sich damit zu beschäftigen, ihre eigenen Gedanken und die anderer Leute zu erkunden. In dem Stadium befinden wir uns jetzt. Deshalb reden wir so viel. Und dann, ganz allmählich, beinahe unterschwellig, ohne daß wir es selbst je so recht merken, bereiten wir uns geistig und gefühlsmäßig auf unseren Abschied vor. Und an verregneten Abenden wie heute, wenn die Luft und die Welt schwer sind, dann sehen wir den Lauf der Dinge plötzlich ganz klar vor uns. Mir gefällt Ihr Wort, Helen. *Epiphanie*, der Augenblick, wo wir Dinge *sehen*.«

MULEY DUGGAN fand Spaß daran, einer gemischten Zuhörerschaft in *The Palms* zu erzählen: »Die zwei traurigsten Tage im Leben eines Mannes in diesem Laden hier sind der, wo seine Frau stirbt, und der, an dem er seinen Führerschein abgeben muß. Wenn auch nicht unbedingt in dieser Reihenfolge.« Als Dr. Zorn Krenek fragte, warum Männer mit gesunder Urteilskraft so ein Tamtam um die Abgabe ihres Führerscheins machten, erklärte dieser ihm: »Wenn Sie eine Weile hier sind, werden Sie sich an das Trauma gewöhnen, das Männer empfinden, wenn dieser schicksalhafte Tag naht. Mit Anfang Achtzig beginnen sie sich zu fragen: Soll ich das Autofahren drangeben? Und wenn ihre Frauen an einer Ampel kreischen: ›Du bist bei Rot drübergefahren, hast du das nicht gemerkt? Du bringst uns noch um!‹, dann möchten sie sie am liebsten erwürgen, doch wenn sie dann in einer stillen Stunde ehrlich zu sich selbst sind, gestehen sie sich ein: Das war wirklich verdammt knapp!Und sie fangen an, sich ernsthaft mit dem Gedanken auseinanderzusetzen, das Autofahren dranzugeben. Einige unserer Männer haben mir erzählt, daß es ungefähr so abläuft.«

»Wer trifft letztlich die Entscheidung?« fragte Zorn. »Wir? Die Ehefrau? Die Ärzte? Oder gibt es irgendeine Regierungseinrichtung, die für so was zuständig ist?«

»Wir entscheiden das ganz sicher nicht. Dann hätten wir sofort eine Revolution am Hals. Und die Regierung ist in diesem Punkt sehr lax. Keiner von ihnen will sich den damit verbundenen Ärger aufhalsen, also fahren die alten Leutchen weiter, bis Sie irgendwann in der Zeitung lesen: SIEBENUNDACHTZIGJÄHRIGE FÄHRT DREI FUSSGÄNGER AUF DEM BÜRGERSTEIG ÜBER DEN HAUFEN.«

»Nun, aber irgend jemand trifft ja am Ende die Entscheidung.«

»Das geht peu à peu, kumulativ sozusagen. Ein Beinahe-Unfall – diesmal sagt die Frau noch nichts. Später weist sie ihren Mann darauf hin, daß ein Freund aus dem ersten Stock den Führerschein abgegeben hat. Der Ehemann gibt darauf keine Erwiderung. Dann gibt eine Frau aus dem zweiten Stock ihren Führerschein ab. Der Mann weigert sich noch immer, Stellung dazu zu nehmen. In der nächsten Woche baut er dann wieder fast einen Unfall, und diesmal kommt seine Frau zu mir und bittet mich: ›Bitte, Mr. Krenek, sagen *Sie* ihm, er soll doch das Autofahren drangeben.‹

Jetzt liegt der Schwarze Peter bei mir, beziehungsweise bei Ihnen. Es wird eine zähe Angelegenheit werden, und wenn Sie feststellen, daß Sie keinen Erfolg haben, müssen Sie still und leise den Arzt in Kenntnis setzen. Daraufhin wird der versuchen, ihn davon zu überzeugen, daß die alten Augen und Reflexe den Anforderungen des heutigen Straßenverkehrs einfach nicht mehr genügen. Wenn er sich dann immer noch stur stellt, müssen Sie die Florida Driver's License Division anrufen (Sie können das auch anonym machen), und die wird dann eine Untersuchung in die Wege leiten. Und dann fängt der Horror an.«

»Ist es so schlimm?«

»Andy, wenn Sie mir jetzt sagen würden, daß ich nicht mehr fahren dürfte, ich glaube, ich würde durchdrehen. Ich würde das als einen direkten Angriff auf meine Männlichkeit empfinden. Ich würde mich um die Kraft beraubt fühlen, die mich in Schwung, ja am Leben hält. Ich glaube, ich wüßte nicht, was ich machen würde.«

»Aber Sie sind gerade mal Anfang fünfzig. Für Sie wäre der Führerschein noch wirklich lebenswichtig.«

»Wenn ich achtzig bin, wird er doppelt so wichtig für mich sein. In dem Alter läßt alles rapide nach. Ein Muskel hier, ein Zahn da, stärkere Brillengläser und so weiter. Und dann ist da noch die alles andere überstrahlende Gewißheit, daß der Tod immer näher rückt. Unsere alten Männer, Gott segne sie, die geben das nie zu, und es zu verbergen und zu verdrängen ist ebenfalls belastend. Kluge Menschen grübeln nicht über den Tod nach, aber er schleicht sich trotzdem in ihre Gedanken ein. Besonders, wenn auf der Seite mit den Todesanzeigen zehn Männer in den Sechzigern oder Siebzigern stehen. Mein Gott, denken sie dann, ich bin fünfzehn Jahre älter als diese Burschen! Und mitten in diese Phase hinein platzt der unausweichliche Schock, ein Urteilsspruch von außen, den man nicht ignorieren kann. Der Führerschein wird einem abgenommen. Das ist einfach zu viel.«

Andy lächelte seinen Assistenten an. »Die haben Ihnen schon was beigebracht auf der New York University. Haben Sie schon einmal daran gedacht, ein Buch zu schreiben?«

»Die Menschen hier schreiben es für uns, Woche für Woche.«

»Schaut ganz so aus, als müßten wir die Maschinerie in Gang setzen, um Chris Mallory dazu zu bringen, daß er seinen Führerschein abgibt. Mehrere Bewohner haben sich bereits über seine Fahrweise beschwert.«

»Der fidele Tänzer! Es würde ihn umbringen. Wo er doch so stolz ist, daß er immer noch so fit ist!«

»Was empfehlen Sie?«

»Ich würde mich gern erst einmal ein bißchen umhören. Hat seine Frau Sie darauf angesprochen?«

»Nein. Sie scheint mir eher eine von der Sorte zu sein, die alles tun würde, was in ihrer Macht steht, um ihren Mann zu verteidigen.«

»Was für einen Wagen fährt er? Das kann manchmal ausschlaggebend sein. Ich habe schon erlebt, daß ein Mann seinen Ford relativ leichten Herzens aufgibt, aber wie eine Furie kämpft, um seinen Cadillac behalten zu können.« Seine Voraussage erwies sich als zutreffend, denn als Andy Mrs. Mallory beiseite nahm und fragte: »Meinen Sie nicht, daß vielleicht bald die Zeit kommt, wo Chris sich überlegen sollte, ob er nicht besser mit dem Autofahren aufhört? Er ist immerhin neunzig«, da erwiderte sie: »Er wird unsere Autos so lange fahren wollen, wie er noch auf die Bremse treten kann. Abgesehen davon bin ich siebenundachtzig, und ich kann immer noch so gut fahren wie eh und je. Also vergessen Sie's.« Da Andy sie als das kannte, was seine Mutter immer »eine Lady aus gutem Haus« genannt hatte, begriff er, daß sie sein Ansinnen entweder als zudringlich oder als kränkend empfunden haben mußte, sonst hätte sie ihm nicht eine so schroffe Abfuhr erteilt. Von ihrer Seite war also keine Hilfe zu erwarten.

Ein paar Tage später jedoch bog Mr. Mallory, als er mit seiner Frau von der kleinen Mall an der Route 41 zurück nach *The Palms* fuhr, so abrupt auf die 117. Straße ab (er hatte das Straßenschild zu spät gesehen), daß ein entgegenkommender Streifenwagen scharf nach links ausweichen mußte, um einen Zusammenprall mit dem Cadillac der Mallorys zu vermeiden. Durch dieses jähe Ausweichmanöver geriet der Fahrer des Streifenwagens auf die Gegenfahrbahn und konnte nur dank seines Reaktionsvermögens und seines fahrerischen Könnens eine Kollision mit den entgegenkommenden Fahrzeugen vermeiden. Er wendete und machte sich auf die Verfolgung des Cadillacs. Als er ihn einholte, parkte Mr. Mallory ihn gerade auf dem Parkplatz von *The Palms*. Weder er noch seine Frau hatten irgend etwas von dem Zwischenfall gemerkt.

Der Beamte sprang aus seinem Wagen und erreichte die Mallorys, als sie sich gerade anschickten, ins Haus zu gehen. Als er sah, wie alt sie waren, schluckte er seinen Impuls, sie anzuschreien, hinunter und fragte statt dessen ruhig: »Sir, dürfte ich bitte einmal Ihre Fahrerlaubnis sehen?« Chris, der seinen Führerschein stets stolz in einem speziellen Lederetui bei sich trug, reichte ihn dem Beamten mit der unschuldigen Frage: »Habe ich irgend etwas falsch gemacht?« Und mit Verblüffung und Bestürzung erkannte der Polizist, daß weder Chris noch seine Frau sich darüber im klaren waren, wie nahe sie soeben daran gewesen waren, eine Massenkarambolage zu verursachen.

»Ich glaube, wir gehen besser ins Haus«, sagte der Beamte, und als die drei in den Empfangsbereich traten, fragte Mr. Mallory in echter Verblüffung: »Worum geht es denn überhaupt?« Worauf der Beamte erwiderte: »Ich glaube, wir unterhalten uns besser mit dem Manager.«

Als sie in Dr. Zorns Büro Platz genommen hatten, sagte der Polizist sehr vorsichtig: »Ich fürchte, Herr Doktor, man sollte dem Herrn hier angesichts seines Alters dringend davon abraten, sich weiter ans Steuer eines Kraftfahrzeugs zu setzen. Wie alt ist er, wenn ich fragen darf?«

»Neunzig«, fauchte Mrs. Mallory, »und voll auf der Höhe.«

»Dies zu entscheiden, sollten wir vielleicht besser der Führerscheinstelle überlassen.«

»Wollen Sie damit sagen, Sie wollen ihn festnehmen?« fragte Mrs. Mallory. »Er hat nichts Böses getan.«

»Er hat mich beim Abbiegen von der Route 41 auf die 117. Straße so geschnitten, daß ich auf die Gegenfahrbahn ausweichen mußte. Um ein Haar hätte es eine Massenkarambolage gegeben.«

»Dann müssen Sie sehr unvorsichtig gefahren sein, junger Mann«, sagte Mrs. Mallory. Sie war sicher, daß der Beamte log.

»Herr Doktor, das Einfachste wäre es, wenn Sie diesen Herrn dazu überreden könnten, seinen Führerschein abzugeben, ohne daß ich erst die Führerscheinstelle verständigen und eine Untersuchung einleiten lassen muß. Ich werde deshalb morgen wiederkommen und, so hoffe ich, die Fahrerlaubnis einziehen.«

Als Dr. Zorn mit den Mallorys allein war, sah er, daß Mr. Mallory, darin heftig von seiner Frau unterstützt, keineswegs gewillt war, seinen Führerschein abzugeben. »Das kommt überhaupt nicht in Frage!« sagte er mit einer Miene, die wilde Entschlossenheit ausdrückte. »Ich bin ein so guter Fahrer wie eh und je.« Und seine Frau nickte heftig.

Und so gab Zorn – ziemlich feige, wie er selbst wußte – die Angelegenheit an Mr. Krenek weiter, der sicher war, daß der Streifenpolizist zu Recht eingeschritten war und daß sein Eingreifen auf lange Sicht lebensrettend sein konnte. »Mr. Mallory«, begann er, »es ist wirklich an der Zeit, daß Sie sich ernsthaft darüber Gedanken machen, ob Sie nicht besser Ihren Führerschein abgeben sollten. Viele Männer müssen sich dieser Entscheidung stellen. Ihre Freunde wissen, daß Ihre Reflexe – und wahrscheinlich auch Ihre Augen – nachgelassen haben. Es ist besser für ihn, Mrs. Mallory, glauben Sie mir. Bitte helfen Sie uns, ihn davon zu überzeugen.« Als Mrs. Mallory diesen Vorschlag mit einer ungehaltenen Geste beiseite wischte, rief er Dr. Zorn an: »Der Beamte hat gesagt, er würde morgen wiederkommen? Nun, damit wäre das Problem ja eigentlich gelöst, nicht?«

Mrs. Mallory, die sich den Tenor von Zorns Antwort an fünf Fingern abzählen konnte, sagte: »Damit wäre gar nichts gelöst. Dieser Polizist kann nicht einfach Chris' Führerschein kassieren – nicht ohne eine eingehende Untersuchung, die Chris mit Glanz und Gloria bestehen würde.«

Krenek ging das Problem daraufhin mit einer Taktik an, die sich schon in früheren Fällen als hilfreich erwiesen hatte. Er zog zwei andere Ehepaare hinzu, bei denen die Männer gezwungen worden waren, ihren Führerschein abzugeben. Beide Männer waren viel jünger als Mallory, so daß er, als sie bestätigten, daß die Entscheidung richtig gewesen sei, nicht umhin konnte, ihnen zuzuhören, und die Frauen der beiden versicherten Esther Mallory, daß sie es nicht bereuen würde, weil alle vier von ihnen jetzt wüßten, daß ihre Entscheidung damals richtig gewesen sei.

An jenem Abend sah Andy, daß Mr. Mallory lustlos in seinem Essen herumstocherte und daß er den Speisesaal mit schleppendem Schritt und bedrückter Miene verließ. Was Zorn nicht sehen konnte, war, daß der ehemalige Geschäftsführer, als er in seinem Apartment ankam, das Lederetui mit seinem Führerschein aus der Tasche zog und es an einer Stelle auf den Tisch legte, wo er es sehen konnte. An jenem Abend schaute er sich nicht die *MacNeil/Lehrer Newshour* und die Elf-Uhr-Nachrichten an, und als er zu Bett ging, murmelte er: »Wenn du alt wirst, tun sie dir schlimme Dinge an.«

ÜBERRASCHEND SCHNELL nachdem er die Maße abgenommen hatte, war der Orthopädietechniker mit zwei provisorischen Beinprothesen für Betsy zurück. Jede von ihnen bestand aus drei Teilen. Oben war die Plastikpfanne, in der der Stumpf ruhen würde. »Sie wird nächste Woche noch genauer passen, wenn wir erst die Abdrücke von Ihren Stümpfen gemacht haben, aber für den Anfang sitzt sie jetzt erst einmal gut genug.« Am unteren Ende war ein großer Schuh mit flacher Sohle befestigt. Das Mittelstück war der wichtigste Teil, das eigentliche mechanische Bein, das so bleiben würde, wie es war, ungeachtet der Form, welche die fertige Pfanne haben würde. »Dies ist das Herzstück Ihrer Genesung, auch wenn es im Moment noch lediglich aus der nackten Metallkonstruktion besteht. Die Verkleidung, die es so aussehen läßt wie ein echtes Bein, kommt erst drauf, wenn wir sicher sind, daß alles hundertprozentig paßt und funktioniert.« Der Orthopäde montierte das Verbindungsstück zwischen dem bemerkenswerten Metallbein und der Pfanne und erläuterte seine Vorzüge: »Es ist ein sogenanntes *Blatchford*-Bein, benannt nach der Firma in England, die es herstellt. Es wiegt nicht viel, aber es enthält mehr als ein Dutzend sogenannter Kontrollpunkte, die es Ihnen ermöglichen, fast alles zu machen, was Sie vorher gemacht haben. Der untere Teil mit dem Fuß bleibt so, wie er ist, aber die Pfanne verändert sich Monat für Monat, Jahr für Jahr, und paßt sich den Veränderungen Ihres Beines und des Stumpfes an.«

Während Betsy diesen neuen Gefährten an den Überbleibseln ihres Beines befestigte, verließ Yancey das Zimmer und kehrte mit dem Ehepaar zurück, mit dem Betsy an ihrem ersten Abend in *The Palms* zusammen zu Abend gegessen hatte, den tanzfreudigen Mallorys. Sie nahm an, daß sie gekommen waren, um ihr bei ihren ersten Gehversuchen mit den neuen Beinen zuzuschauen, aber das war nicht der Fall, denn Yancey verkündete sogleich: »Die Mallorys haben sich bereit erklärt, ein paar Freunde mitzubringen, die sie bei ihren Tanzabenden in der Stadt kennengelernt haben.« Mrs. Mallory machte ein Zeichen in Richtung der Tür, und eine gutaussehende, durchtrainierte, grauhaarige Frau von etwa Mitte Fünfzig erschien, nahm Mr. Mallory beim Arm, und gemeinsam führten sie eine Reihe von sehr professionell anmutenden Tanzfiguren vor.

Betsy war verwirrt, wußte sie sich doch keinen Reim auf solch eine Darbietung zu machen – bis die Frau ganz plötzlich innehielt, und sich, während sie sich an Mr. Mallorys Arm festhielt, den Rock hochzog und zeigte, daß sie eine Beinprothese trug, und zwar eine von der Art, die sie so bewegen konnte, als wäre sie tatsächlich aus Fleisch und Blut. »Wir wollten Ihnen bloß einmal demonstrieren, was man mit so einer Prothese alles machen kann«, erklärte Yancey.

»Aber sie hat ein gesundes Bein«, wandte Betsy ein, und Yancey sagte: »Aber der hier nicht«, und er gab Mr. Mallory ein Zeichen, einen Marineveteranen hereinzuholen, den er und seine Frau ebenfalls auf einem ihrer Tanzabende in der Stadt kennengelernt hatten. Er war Anfang Vierzig, ein schlanker, muskulöser Mann. Er ging auf die grauhaarige Tänzerin zu, faßte sie bei den Händen, drehte sie mit einem eleganten Schwenk neben sich in Tanzstellung, und dann begannen sie zu tanzen, zu der alten Weise »While Strolling Through The Park One Day«, die er vor sich hin pfiff. Am Ende ihrer Darbietung bückte er sich und zog zwei Reißverschlüsse an seinen Hosenbeinen auf. Darunter kamen zwei Blatchford-Beine zum Vorschein, exakte Duplikate von denen, die an Betsys Stuhl lehnten.

Der Exsoldat, ein reizender Mann aus der Gegend von New Orleans, kam zu Betsys Stuhl herüber. »Ich wurde von einer Landmine in Vietnam erwischt. Ich dachte, ich würde nie wieder gehen können, ganz zu schweigen von Tanzen und Basketballspielen, aber wie Sie sehen, hab' ich's geschafft.«

»Worin bestand Ihr Geheimnis?« fragte Betsy, denn ihr intellektuelles Abenteuer mit dem Hineingelangen in den Stuhl hatte sie davon überzeugt, daß ihre Genesung in erster Linie eine Leistung ihres Hirns war, indem sie ihren Körper dazu »anwies«, auf neue Weise zu funktionieren, und der Vietnamveteran bestätigte das. »Sie müssen einfach daran glauben, daß Sie es können, und Sie müssen sich bildlich vorstellen, wie Sie es machen. Und wenn Sie dann in den ersten Wochen schon mal hinfallen, müssen Sie sofort wieder aufstehen und es noch einmal richtig machen.«

»Reisen Sie herum und führen vor, was Sie können?« fragte

Betsy, und er antwortete: »Ja, ich arbeite für das Kriegsveteranenamt. Ich verdiene mir damit meinen Lebensunterhalt und kann so außerdem anderen Mut machen. Auf diese Weise habe ich auch Mr. Mallory kennengelernt.«

»Haben Sie und Ihr Team auch schon einmal Mißerfolg?«

»In einem von zwanzig Fällen vielleicht. Aber die Verlierer haben sich schon lange, bevor wir zu ihnen kommen, eingeredet, daß sie es niemals schaffen werden, und sie weigern sich, es zu versuchen, bloß um zu beweisen, daß sie recht hatten. Wir glauben, daß es wahrscheinlich eine psychologische Fixierung ist, in der sie sich in den ersten Stunden nach dem Unfall verfangen. Sie ist so rigide, daß sie nicht zu überwinden ist, deshalb sind auch wir machtlos dagegen.« Er schaute Betsy an, drückte ihre Schulter und sagte: »Man hat mir gesagt, Sie hätten keine solchen mentalen Blockaden.«

»Vier Monate lang hatte ich welche.«

»O mein Gott! Und Sie haben diese ganze Zeit vergeudet?«

»Ich mußte mich sammeln ... mich wiederfinden. Jetzt bin ich wieder frei, bereit, die Sache anzugehen.«

»Ma'am, darf ich Ihre Hand küssen?« Während er sich vornüberbeugte, um ihr einen Kuß auf die Hand zu geben, flüsterte er: »Der Kampf ist bereits zu neun Zehnteln gewonnen. Ich werde in drei Monaten wiederkommen, und dann werden wir beide tanzen.« Er trat zurück und machte eine formvollendete Verbeugung. »Und nun, Miss Tennessee, wollen Sie einmal Ihre neuen Beine ausprobieren und so im Geiste ein Stückchen mit mir gehen, damit Sie gleich von Anfang an die richtigen mentalen Bilder vor sich haben?« Sie sah Yancey und den Prothetiker an, und beide nickten. Und so ließ denn Betsy zum erstenmal in ihrem neuen Leben ihre neuen Beine fest an den Stümpfen befestigen, und nachdem sie ihre Oberschenkel ein paarmal auf- und abbewegt hatte, um ein Gefühl für die fremdartigen, ihr wie riesige Klumpen vorkommenden Prothesen zu bekommen, die da wie bleierne Klötze ihre Beine beschwerten, bedeutete sie Yancey, daß sie nunmehr bereit sei für den Versuch, sich hinzustellen. Doch der schrie: »Sie werden sich nicht hinstellen. Wir werden Sie zwanzig Zentimeter über dem Boden in die Luft halten, und Sie werden sich vorstellen, Sie würden stehen. Schwester Nora, holen Sie doch bitte einmal den großen Spiegel!« Als dies geschehen war, hielten die Männer Betsy hoch und bewegten sich mit ihr durch den Raum, so als ginge sie. Im Spiegel konnte sie sehen, daß ihre neuen Füße wie Füße aussahen, mit richtigen Schuhen bekleidet. Doch dann platzte das Experiment, denn als sie versuchte, ihre Beine zu bewegen, da reagierten sie nicht, und Yancey und der *Marine* fühlten, wie sie in ihren Armen erschlaffte, woraufhin sie sie sofort absetzten. Sie befürchteten schon, sie sei vielleicht in Ohnmacht gefallen, aber Nora sagte im Brustton der Überzeugung: »Die macht schon nicht schlapp. Was ist los, kleine Königin?«

»Ich konnte sie nicht fühlen. Sie waren kein Teil von mir. Es war schrecklich.«

Aber Yancey beruhigte sie: »Das passiert anfangs oft. Aber sie waren sehr wohl ein Teil von Ihnen, und ich werde es Ihnen beweisen. Stehen Sie noch einmal auf.« Just in dem Moment, als er und der Marine sie erneut hochhoben, kam Dr. Zorn in den Reha-Raum. »Dr. Zorn«, rief Yancey ihm zu, »Sie kommen gerade im richtigen Moment, um mich abzulösen. Helfen Sie doch bitte einmal mit, sie hochzuhalten; ich muß mich mal für einen Moment hinknien.« Als Dr. Zorn zu seiner Starpatientin herüberkam und seinen rechten Arm fest um ihre Taille legte, konnte jeder sehen, daß sie sich jetzt sicher fühlte.

Dann nahm Yancey, auf dem Boden kniend, ihren rechten Fuß und begann, ihn sachte auf den Boden zu tippen, während der linke in der Luft hing. Immer fester stieß er den Fuß auf den Boden, wobei er leise im Takt der »Blauen Donau« irgend etwas Unverständliches vor sich hin murmelte; und schließlich begann er zu schreien: »Dieser Fuß gehört Miss Betsy Cawthorn! Es ist der rechte Fuß von Miss Betsy, und es ist ein verdammt guter Fuß.«

Schließlich erhob er sich, stellte sich vor Betsy und gab den beiden Männern, die sie hielten, Anweisung, ihren Griff langsam und allmählich zu lockern, ganz vorsichtig – so lange, bis sie sie schließlich nur noch mit den Fingerspitzen hochhielten, während er selbst bereit stand, sie aufzufangen, falls sie hinfallen sollte. Als sie zum Schluß praktisch alleine stand, strahlte er sie mit seinem breitesten Grinsen an und sagte: »Nun, Miss Betsy, gehört der Fuß zu Ihnen? Ist er auf irgendeine Weise mit Ihrem restlichen Körper verbunden? Stehen Sie jetzt auf ihm – mit vollem Gewicht? Könnten Sie ihn vielleicht – nur mal so, probeweise – ein paar Zentimeter vorwärts setzen?« Als sie es tat, nahm er sie in den Arm, drückte sie ganz fest, gab ihr einen kräftigen Klaps auf den Oberschenkel des rechten Beines und rief: »Dieses rechte Bein gehört jetzt fest zu Miss Betsy Cawthorn! Ob das gleiche auch auf das linke zutrifft, können wir noch nicht sagen. Morgen werden wir es ausprobieren.« Dr. Zorn legte erneut den Arm um ihre Hüfte und hob sie sachte zurück in den Stuhl.

Yancey, der Prothetiker, Betsy, Nora, Dr. Zorn, die Mallorys, der Marine und die grauhaarige Frau mit dem einen Bein aßen anschließend zusammen in Zorns Büro zu Mittag, und das Gespräch drehte sich ausschließlich um die Probleme bei Rehabilitationen, bei denen prothetische Vorrichtungen benutzt wurden. Der Prothetiker erzählte, daß er beim berühmten Dr. Rusk in New York studiert hatte, von dem er gelernt hatte, daß es keinen beweglichen externen Teil des menschlichen Körpers gab, der nicht durch eine mechanische Vorrichtung ersetzt werden konnte, wenn sie nur ordentlich konstruiert war, richtig angepaßt wurde und man sie dem Benutzer auf intelligente Weise vertraut machte. »Immer vorausgesetzt, der Patient ist intelligent genug, daß er das, was er bekommt, zu würdigen weiß und daß er es versteht, sich darauf einzustellen.«

»Auch Knie?« fragte Betsy, und der Mann antwortete: »Ja, auch Knie. Zur Zeit zwar noch nicht, aber schon sehr bald werden wir ein Knie haben, das genauso beweglich ist wie ein natürliches. Wir haben Hüften, Finger, Handgelenke und wunderbare Arme mit gegliederten Händen und Fingern. Und ich bin überzeugt, daß Sie, Miss Betsy, in zehn Jahren zwei Beine der neuesten Generation besitzen werden, mit denen sie noch beweglicher sein werden als mit denen nach dem heutigen Stand.«

»Wieso kann ich die nicht schon jetzt haben?« fragte Betsy, und er erwiderte: »Weil es wahrer Genies bedarf, ganzer Teams von Genies sogar, die zehn Jahre lang Tag und Nacht arbeiten, damit die nächste Entwicklungsstufe erreicht werden kann. Im Moment noch sind wir zwanzig Zentimeter über dem Fußboden; in zwanzig Jahren werden wir mit dem Kopf an die Decke stoßen. Miss Betsy, bevor Sie sterben, werden Sie Beine haben, die elektronisch auf Gedankenimpulse reagieren, welche Ihr Hirn aussendet, da bin ich sicher.«

Als das Mittagessen mit seinem regen Gedankenaustausch zu Ende war, standen die anderen auf und verabschiedeten sich, doch Betsy blieb noch eine Weile am Tisch sitzen, um noch ein paar Worte mit Dr. Zorn zu wechseln. »Ich war überrascht, als ich bei meiner Ankunft sah, wie Sie aussahen«, begann sie. »Ich hatte Sie als eine Art Supermann in Erinnerung, der mir das Leben gerettet hatte, aber ich konnte mich überhaupt nicht mehr an Ihr Gesicht erinnern. Ich war nicht einmal sicher, ob es Sie überhaupt wirklich gab.«

Andy erwiderte ziemlich linkisch: »Das ging mir genauso. Sie waren ein Mädchen mit zerquetschten Beinen. Ich habe mehr auf ihre Beine geachtet als auf Ihr Gesicht.« Und nach einem kurzen Zögern fügte er hinzu: »Ich wußte nur noch, daß Sie ziemlich schön sind.«

Sie errötete und wechselte das Thema. »Sie haben hier wirklich ein tolles Institut. Die Zimmer sind schön, das Essen ist ziemlich gut und die Atmosphäre ist super. Sie können stolz auf sich sein.«

»Finden Sie Ihre Rehabilitation anstrengend? Yancey kann ziemlich gnadenlos sein.«

»Ich finde sie frustrierend, ehrlich gesagt, aber nicht seinetwegen. Ich mag seine Härte. Holt mich immer wieder auf den Boden der Tatsachen zurück. Es ist nur, ich war mal eine wirklich gute

Tennisspielerin – keine Spitzenklasse, aber meine Überkopfbälle waren gut, und ich war ziemlich schnell auf den Beinen. Damit ist's nun ein für allemal vorbei.« Andy konnte sehen, daß sie sich selbst bemitleidete, und er sagte etwas, das ihn später verblüffen würde: »Ich glaube, fast jeder von uns erlebt an irgendeinem Punkt in seinem Leben eine fürchterliche Niederlage. Sie haben die Fähigkeit eingebüßt, hinter Tennisbällen herzurennen. Ich habe meinen ganzen Beruf verloren.« Und er vertraute ihr an, wie schrecklich er sich gefühlt hatte, als er seine Klinik, seinen Job und seinen Platz im medizinischen Leben Chicagos verloren hatte.

Als er geendet hatte, saßen sie noch eine Zeitlang schweigend da, er auf der einen Seite des Tisches, sie auf der anderen. Nach diesem Gespräch schienen sie plötzlich durch ein neues und ganz anderes Band miteinander verbunden, zwei Verwundete, die beide, jeder auf seine Weise, der Rehabilitation bedurften.

Für Betsy war Dr. Zorns aktive Anteilnahme an ihrer Rehabilitation von enormer Bedeutung. In ihrer eintönigen Umgebung und während der phantasielosen Therapie, die sie in Chattanooga über sich hatte ergehen lassen müssen, hatte es keine dieser aufmunternden Versprechen gegeben, die sie in *The Palms* immer wieder zu hören bekam; keine agilen Leidensgenossen, die sie mit ihrem positiven Beispiel inspirierten; und niemanden mit der enthusiastischen, mitreißenden Hilfsbereitschaft eines Bedford Yancey, einer Schwester Nora und eines Dr. Zorn. Als man in Chattanooga beschlossen hatte, sie ihrem Wunsche gemäß nach Florida und in Dr. Zorns Obhut zu überweisen, hatte sie nicht einmal zu hoffen gewagt, daß er persönlichen Anteil an ihrer Wiederherstellung nehmen würde. Seine Gegenwart allein wäre ihr schon genug gewesen. Doch nun, wo er gezeigt hatte, daß er ein echtes Interesse an ihr hatte, war sie sicher, daß ihre Genesung schnell vonstatten gehen und zum Erfolg führen würde.

An jenem Nachmittag bat sie darum, wieder in die Reha-Abteilung gebracht zu werden, wo sie sich noch einmal ihre neuen Beine anschnallen ließ. Als sie fest an den Stümpfen saßen, packte sie unter Yanceys kritischen Blicken ihr rechtes Bein und riß es fest rauf und runter, so daß ihr neuer Schuh auf den Boden klopfte, und als sie das ein paar Minuten gemacht hatte, über das Ergebnis lächelnd, machte sie die gleiche Übung mit ihrem linken Bein, und nach einem gründlichen Test schaute sie Yancey mit zustimmendem Blick an und sagte: »Sieht so aus, als würde dieses jetzt auch zu mir gehören, und jetzt, Maestro, wenn ich bitten darf, noch ein paar Takte von dem Walzer, den Sie heute morgen gesummt haben.« Und während er erneut »Donau so blau, so blau« summte, klopfte sie abwechselnd mit dem linken und mit dem rechten Fuß auf den Boden und schaffte es sogar, einigermaßen den Takt zu halten.

EINES TAGES, als Dr. Zorn einer neu eingetroffenen Witwe aus Vermont dabei half, ihre Möbel in eines der Einzimmer-Apartments im dritten Stock des Gemeinschaftshauses zu schaffen, hörte er, während er gerade dabei war, ein paar Stühle hin und her zu rücken, zufällig mit, wie ein junger Bursche von der Möbelspedition einen älteren Mann fragte: »Was für Leute wohnen in diesen Apartments? Die müssen ja eine ganz schöne Stange Geld kosten!« Und die Antwort war: »Ein Haufen alter Tattergreise, die rumsitzen und darauf warten, daß sie abkratzen.«

Andy wies den Mann nicht zurecht, aber er ärgerte sich über die herablassenden, beleidigenden und absolut unpassenden Worte, die er benutzt hatte. »*Tattergreise?* Die Leute, die ich sehe, strotzen nur so vor Energie und Enthusiasmus. Sie brauchen sich nur einmal Richter Noble anzuschauen. *Alt?* Die vier Männer, die um den Tisch dort herum sitzen und diskutieren, empfinden sich bestimmt nicht als alt – und sie sind es auch nicht. *Darauf warten, daß sie abkratzen?* Die, die ich kenne, sind viel zu sehr damit beschäftigt, zu leben und am Leben teilzunehmen, als daß sie ihre Zeit damit verschwenden würden, über den Tod nachzugrübeln –

ich brauche nur Reverend Quade und ihre Beratungsarbeit zu nennen oder unsere Frauen, die auf freiwilliger Basis mit den Leuten in der Betreuungsabteilung arbeiten.«

All dies brachte ihn dazu, über ein Phänomen nachzudenken, auf das ihn Schwester Varney aufmerksam gemacht hatte: »Boß, ist Ihnen eigentlich schon einmal aufgefallen, wie viele unserer Leute, wenn sie sterben, in der *New York Times* stehen, weil sie so bedeutende Zeitgenossen waren?« Und als sie ihm half, eine Liste zusammenzustellen, war er erstaunt über deren Umfang. Inspiriert von den drei jüngsten Zeitungsausschnitten, setzte er sich an seine Schreibmaschine und schrieb einen Artikel für die nächste Ausgabe des *Palmwedels*, eines Informationsblattes, das er selbst ins Leben gerufen hatte:

> Ist Ihnen schon einmal aufgefallen, wie viele berühmte Amerikaner und Amerikanerinnen schon in *The Palms* gelebt haben? Vor kurzem habe ich eine Liste mit den Namen früherer Bewohner von uns zusammengestellt, die, als sie starben, in der *New York Times* standen, wegen ihrer bemerkenswerten Beiträge zum Leben unserer Nation.
>
> Tampa ist weit weg von New York, aber unsere Männer und Frauen waren keine Provinzgrößen. Sie waren Bürger der gesamten Nation, und als solche wurden sie auch gewürdigt. Wenn Sie diese eindrucksvolle Liste von Menschen, die bei uns gelebt haben, lesen, dann denken Sie daran, daß unter denen, die heute bei uns leben, auch welche sind, die nicht minder bedeutend sind. Sie werden auch in Zukunft über uns in der *Times* lesen.

Es folgte eine Liste von elf Ehemaligen, in deren Nachrufen die Verdienste aufgezählt waren, die sie sich für das Land erworben hatten – darunter eine Frau, die als Missionarin in Afrika Berühmtheit erlangt hatte; ein Maler, dessen Arbeiten im ganzen Land ausgestellt wurden; ein hochdekorierter General; ein Geschäftsmann, dessen Unternehmen sich über ein Dutzend Staaten erstreckt hatte; ein Zeitungsherausgeber, der zweimal den Pulitzerpreis gewonnen hatte.

An dem Tag, an dem der *Palmwedel* in jedem Briefkasten steckte, konnten die vier Mitglieder der Tertulia es kaum erwarten, daß endlich die Stunde des Abendessens kam und sie über diese Sache diskutieren konnten. Raúl Jiménez protestierte, kaum daß er Platz genommen hatte: »Der Tod früherer Mitbewohner eignet sich wohl kaum als Gesprächsthema beim Abendessen«, aber die anderen waren anderer Meinung, und alle redeten gleichzeitig. Botschafter St. Près brachte es schließlich auf den Punkt: »Auch wenn es in der Tat den Touch des Morbiden hat, so wird dieser doch mehr als wettgemacht durch den Auftrieb, den die Stimmung derer dadurch erhält, die hier leben. Vielleicht sind ja auch ein paar von uns es wert, daß man über sie einen Nachruf schreibt.«

Das führte zu einer Diskussion darüber, welche Kriterien die *Times* wohl anlegte, um zu entscheiden, welche Toten sie mit einem Nachruf ehrte und wieviel Platz sie jedem einräumte. Auch wollten die Männer wissen, warum bestimmte Nachrufe auf der Titelseite begannen und auf der zweiten Seite weitergingen, und andere nicht – wie zum Beispiel der von Margaret Mead, der auf der Titelseite begann und im Feuilleton fortgesetzt wurde, wohingegen Edward Land zwar im Innenteil eine volle Seite bekommen hatte, auf der Titelseite jedoch nur mit einem kurzen Hinweis auf eben diesen Artikel erwähnt worden war. Raúl Jiménez hatte hierfür folgende Erklärung parat: »Dr. Margaret Mead beschäftigte sich mit Ideen, Edward Land bloß mit Dingen. Seine Erfindung, die Polaroidkamera, war zwar ein Beitrag, aber lediglich ein beschränkter. Margret Mead hat jedoch mit ihrer Erforschung primitiver Gesellschaften große Aufklärungsarbeit geleistet.« Die Tertulia-Mitglieder kamen zu dem Schluß, daß die Plazierung der Nachrufe wahrscheinlich von einer Redaktionskonferenz festgelegt wurde, und zwar nach den Kriterien, die Jiménez vermutete.

Sie verfielen auf ein ziemlich makabres Spiel: »Einmal angenommen, wir würden alle vier bei einem Flugzeugabsturz ums

Leben kommen. Wessen Name würde dann wohl am nächsten Tag in den Schlagzeilen stehen?« Es war ein albernes Spiel, aber es hatte das Verdienst, daß es alle vier dazu zwang, sich Gedanken über die grundlegenden Fragen des Lebens zu machen. »Wer bestimmt, was ein bemerkenswertes Leben ist? Wie werden Männer und Frauen bewertet? Muß ein Mensch für irgendeine bestimmte Sache stehen, um als bemerkenswert erachtet zu werden? Ist ausschlaggebend, *wo* eine Person lebt oder wirkt?« Die Faktoren, die zu einer umfassenden Bestimmung von *Wert* führten, schienen unerschöpflich, aber sie waren nicht trivial; moralische, soziale und politische Prioritäten galt es festzulegen und zu verteidigen.

Präsident Armitage, der es gewohnt gewesen war, die miteinander konkurrierenden Ansprüche seiner Fakultätsmitglieder zu beurteilen, schlug vor: »Nehmen wir zuerst das Kriterium *Ort*. Senator Raborn war eine nationale Persönlichkeit von einiger Bedeutung. Botschafter St. Près arbeitete auf internationalem Feld, so daß viele Amerikaner seinen Namen möglicherweise nie gehört haben, während er vielen Leuten im Ausland gut bekannt war. Jiménez genoß sicherlich weltweite Bekanntheit aufgrund der schlimmen Zwangslage, in der er steckte. Die beiden Institutionen, die ich leitete, waren nicht mit Harvard oder Stanford zu vergleichen, aber sie spielten doch eine bedeutende Rolle auf der nationalen Bühne. Ich würde die Entscheidung nicht gerne treffen wollen, aber wenn ich es müßte, würde ich zum Senator neigen.«

Raborn erhob sofort Einwand: »Wie du, Henry, war ich kein Borah oder Vandenberg, aber ich war ein zuverlässiger Arbeiter.« St. Près wies auf einen entscheidenden Haken hin: »Als wir die Frage aufwarfen, haben wir vergessen, festzulegen, von welcher Zeitung die Rede ist. Ich würde annehmen, daß jeder von uns in seiner jeweiligen Stadt oder Region beträchtlichen Einfluß gehabt hätte. In Miami zum Beispiel würden sie wahrscheinlich Jiménez besonders herausstellen, wegen seiner Bedeutung für die lateinamerikanischen Länder.« Dies wollte Jiménez nicht gelten lassen. »Kommt schon, wir meinten natürlich die *New York Times*, die beste überregionale Zeitung landesweit.« Und St. Près machte eine profunde Beobachtung: »Ich glaube, es würde von zwei Dingen abhängen. Erstens, von der ›Tagesform‹ der Redakteure, die darüber zu befinden hätten – ›Wir haben in der letzten Zeit zu viele Frauen gehabt‹; ›Ich hab' die Nase voll von diesen arroganten Wissenschaftlern‹; ›Wer zum Teufel hat je was von Bismarck, North Dakota, gehört?‹ – und, mindestens genauso wichtig, von der Frage: ›Was für eine Art von Bild von der *Times* wollen wir projizieren?‹ Wenn sie den Anspruch erheben, *die* nationale Zeitung zu sein, wie es Raúl gerade gesagt hat, müssen sie eine nationale Stellung einnehmen – oder, in meinem Fall, eine internationale. Nach diesen Kriterien, da bin ich ganz sicher, könnte die Wahl auf jeden von uns fallen, je nach der Laune, welche die zuständigen Redakteure am Tag nach dem Flugzeugabsturz hätten.«

St. Près brachte ein interessantes Argument vor: »Ich würde sagen, es müßte Raborn sein, wegen der nationalen Rolle, die er gespielt hat – abgesehen von einem Faktor. Es gibt hundert Senatoren, und es ist ziemlich schwierig, aus der Masse hervorzustechen. Angenommen, unser Freund Armitage hätte irgendein Wunder vollbracht, das ihn wirklich aus der Masse der tausend Collegepräsidenten hätte herausragen lassen. In dem Fall wäre wohl er der Auserkorene.«

Nun war es an Armitage, die Definitionen zu erweitern. »Aber der gute alte St. Près, der anonym in einem fremden Land nach dem anderen gearbeitet hat, ist, wie er kundgetan hat, ein umherziehender Nobody. Außer« – er hieb so hart mit der Faust auf den Tisch, daß die Gläser klirrten – »daß er damals in Zambia dem Pöbel die Stirn bot, der unsere Botschaft anstecken wollte, und zwölf unserer Leute mitten durch die aufgebrachte Menge geleitete. Da war's ein für alle Male vorbei mit der sogenannten Anonymität.«

An dieser Stelle spielte Raúl Jiménez seine Lieblingsrolle, nämlich die des abgehobenen Philosophen. »Meine Herren, seien wir nicht so provinziell und engstirnig. Wir vier sind nicht die Crème dieses Hauses. Nehmen wir einmal an, alle, die in unserem Teil von *The Palms* wohnen, waren in diesem Flugzeug, das abgestürzt ist. Einige dieser modernen Großraumflugzeuge sind groß genug, daß wir allesamt hineinpassen würden. Wer würde dann in den Schlagzeilen stehen?«

Das war eine gute Frage, denn die vier Männer, aus denen sich die Tertulia zusammensetzte, waren unmerklich und berechtigterweise dahin gelangt, sich als die intellektuelle Elite zu betrachten, aber sie waren deswegen nie arrogant, und Jiménez' Hinweis, daß es möglicherweise auch noch andere in *The Palms* gab, die eines Nachrufs für würdiger betrachtet werden konnten, fand deshalb sofort die Zustimmung aller. Doch als sie versuchten, sich ihre Mitbewohner bildhaft vorzustellen und zu ermitteln, wer von ihnen dafür in Frage kommen könnte, zogen sie eine Niete. Es bot sich niemand unmittelbar an.

Und dann begann St. Près, der eine bemerkenswert solide Einstellung zum Leben hatte, wenn man bedachte, daß er vom State Department kam, laut nachzudenken: »Immer eingedenk des Faktums, daß die *Times* eifersüchtig darüber wachen würde, ihren ökumenischen Ruf nicht aufs Spiel zu setzen, könnte ich mir durchaus vorstellen, daß sie Reverend Quade den Zuschlag geben würde. Sie war eine der ersten Frauen, die zur vollwertigen Kirchenführerin ordiniert wurde. Sie kämpfte an vorderster Front für die wirklichen Grundrechte, auf die die Frauen Anspruch hatten, nicht das publikumswirksame Recht, einen Billardsalon oder einen Privatclub oder einen Umkleideraum zu betreten, in dem Footballspieler sich duschen. Würde, Beharrlichkeit, umfassende Bildung, das ist in der Tat eine berauschende Mixtur, und wenn ich für die Seite mit den Nachrufen zuständig wäre, könnte ich mir durchaus vorstellen, daß meine Wahl auf sie fallen würde.«

Während die Männer noch hierüber nachdachten, schnippte Senator Raborn mit den Fingern und rief: »Den hab' ich völlig vergessen! Wir haben unser prominentestes Mitglied vergessen!« Als die anderen ihn daraufhin verdutzt anschauten, sagte er: »Als ich noch im Senat war, trat einmal eine Gruppe von Wissenschaftlern an uns heran, die uns baten, das Nobelpreiskomitee in Schweden daran zu erinnern, die Verdienste Maxim Lewandowskis um die Naturwissenschaft zu berücksichtigen. Ja, unser Propeller-Zauberer, unsere zerknitterte Bohnenstange, der von seiner Frau die Haare mit einem Kochtopf geschnitten kriegt, war in jenem Jahr dazu ausersehen, unser erster Kandidat zu sein, und mein Stab half beim Aufsetzen der Denkschrift, die wir an das Komitee schickten.«

»Und was kam dabei heraus?«

»Offensichtlich bekam er den Nobelpreis nicht, und ich habe mich oft gefragt, warum.«

»Fragen wir ihn doch selbst«, schlug der praktisch denkende Armitage vor, und am nächsten Abend hatte die Tertulia Maxim Lewandowski zu Gast an ihrem Tisch sitzen.

»Max«, kam Senator Raborn ohne lange Umschweife zur Sache, »als ich damals im Senat saß, setzten, wenn mich mein Gedächtnis nicht täuscht, meine Mitarbeiter ein Memorandum zur Weiterleitung an das Nobelpreiskomitee in Stockholm auf, in dem Sie für den Nobelpreis in irgendeinem Zweig der Naturwissenschaften vorgeschlagen wurden – in welchem, habe ich vergessen. Habe ich das richtig in Erinnerung?«

Alle am Tisch Anwesenden beugten sich gespannt vor, um zu sehen, wie der schlaksige alte Mann auf diese überraschende Ausgrabung einer längst ad acta gelegten Angelegenheit reagieren würde. Zu ihrer Überraschung lehnte sich der Sechsundachtzigjährige zurück, klatschte sanft in die Hände und sagte lächelnd: »Das haben Sie!«

»Es ist also wahr?« fragte St. Près, und der Wissenschaftler erwiderte: »Ich glaube, verschiedene Spitzenleute aus verschiedenen Gebieten hatten mich nominiert. Ja, und auch der Senatsausschuß unterstützte mich nach Kräften.«

»Das stimmt«, bestätigte Raborn. »Acht oder neun führende Senatoren unterzeichneten die Empfehlung gemeinsam mit mir. Was geschah dann?«

Lewandowski schloß die Augen und dachte an die schmerzlichsten Stunden seines Lebens zurück. »Die Genetik hat mich gemacht, buchstäblich wie im übertragenen Sinne, aber sie hat mich auch zerstört.« Um den anderen die schlimme Falle, in die er geraten war, anschaulich zu machen, begann er mit einer kurzen Darlegung der einfachen Grundlagen: »Wir wissen sicherlich alle, was für eine Rolle die vielen Millionen von Genen, mit denen jeder von uns ausgestattet ist, im menschlichen Leben spielen. Sie sind die unglaublich kleinen, magischen Einheiten, die bestimmen, wie wir aussehen werden, welche Haarfarbe wir haben, wie unsere Knochen- und Zahnstruktur beschaffen ist, wie es um unsere Widerstandskraft gegen Krankheiten bestellt ist und, wie viele glauben, unsere intellektuellen Fähigkeiten. Selbst der Zeitpunkt, wann unsere biologische Uhr abzulaufen beginnt, wird wahrscheinlich schon bei unserer Empfängnis im Mutterleib festgelegt.«

Die Männer stellten ihm Fragen zu solchen Dingen wie der genetischen Vererbung von charakteristischen Merkmalen, Krankheiten, die aus Fehlern im genetischen Erbgut entstehen, und zu anderen Aspekten des Geheimnisses. Er beantwortete alle Fragen geduldig und mit einer bemerkenswerten Fähigkeit, Dinge vereinfacht und allgemeinverständlich darzustellen. Doch irgendwann machte er eine wischende Bewegung mit den Händen über den Tisch, als wolle er ihn freimachen, und sagte in verändertem Ton: »Wir haben viel über Gene gesprochen, von denen es mehrere Millionen im menschlichen Körper gibt, aber wir haben nicht darüber gesprochen, wie sie existieren oder wie sie arbeiten. Nun, die Gene sitzen auf den Chromosomen. Jedes Chromosom ist ein fadenartiges Gebilde, das unglaublich lang und unglaublich dünn ist. Es besteht aus DNS, Desoxyribonukleinsäure, einer der lebenbestimmenden Substanzen. Jeder Mensch hat zweiundzwanzig Chromosomen, und da jedes von ihnen aus zwei Strängen besteht, einer von der Mutter, einer vom Vater, besitzen wir insgesamt vierundvierzig. Die Paare sind durchgehend numeriert von eins, einem ziemlich großen, bis zweiundzwanzig, einem ziemlich kleinen, und vermittels eines Prozesses, der aus Isolieren,

Färben und Vergrößern besteht, können wir sie tatsächlich sogar fotografieren.«

»Wo kommt der Stoff her, den man da fotografiert?« fragte St. Près, und Lewandowski gab eine verblüffende Antwort: »Das geht mit jeder Körperflüssigkeit. Mit Blut natürlich, aber auch mit Schweiß oder Urin oder Speichel, oder mit so ziemlich jeder anderen Körpersubstanz.«

Lewandowski fuhr mit seiner Erklärung fort: »Zusätzlich zu den zweiundzwanzig Chromosomenpaaren, die man die traditionellen nennen könnte, gibt es noch ein weiteres, geheimnisvolles Paar, das sich abseits des ›Mainstreams‹ befindet. Es hat keine Nummer, aber es ist überaus wichtig, weil es das Geschlecht des Menschen bestimmt. Wenn dieses besondere Chromosomenpaar eine Komponente X und eine zweite X hat – und auch die kann man fotografieren – ist das Baby weiblichen Geschlechts. Wenn das Chromosomenpaar aber aus einem X und einem Y besteht, ist es ein Junge. Und überall auf der Welt, in allen Zivilisationen, kommen auf einhundert weibliche Babys ungefähr einhundertvier Jungen. Das muß so sein, weil Jungen empfindlicher sind als Mädchen. Sie sterben schneller. Die genaue Zahl habe ich nicht im Kopf, aber im Alter von acht oder neun ist das Verhältnis bereits ausgeglichen, das heißt, daß auf hundert Mädchen hundert Jungen kommen. Aber danach gerät es rapide wieder in ein Ungleichgewicht, das für den Rest unseres Lebens bestehen bleibt. Es gibt immer mehr Frauen als Männer.«

»Ich vermute mal«, sagte St. Près, »daß Sie irgendwie über dieses mysteriöse dreiundzwanzigste Chromosomenpaar gestolpert sind.«

»Das könnte man so sagen – aber anders, als Sie vermuten. Man muß dazu wissen, daß bei einer konstanten Minderheit von XY-Fällen der arme Kerl ein doppeltes Y hat. Er hat also XYY – und genau da fing mein Schlamassel an.«

»Warum? Was hat dieses XYY denn für Folgen?« fragte Raborn, und der Wissenschaftler senkte den Kopf und legte die Finger beider Hände auf die Lippen, als wäre das, was er nun zu sagen hatte, zu schmerzlich, um es anderen mitzuteilen. Doch dann straffte er die Schultern, hüstelte, sah die Mitglieder der Tertulia an und sagte in einer Aufwallung von Vertrauen: »Ich leistete damals den größten Teil der grundlegenden Forschungsarbeit über das XYY-Chromosom, ich und ein hervorragender Kollege in Frankreich. Ich war der erste, der eine große Anzahl von Männern aus der allgemeinen amerikanischen Bevölkerung untersuchte, die dadurch hervorstachen, daß sie das XYY-Syndrom hatten.«

»Wie würden Sie vorgehen, wenn Sie wissen wollten, ob ich es auch habe?« fragte Präsident Armitage.

»Das gleiche Testverfahren. Ein Foto von einem winzigen Tropfen irgendeiner Ihrer Körperflüssigkeiten, und das verräterische zusätzliche Y springt einem geradezu ins Auge.« Aus der Jackentasche zog er ein zusammengefaltetes Blatt Papier, eine Fotokopie aus einem medizinischen Lehrbuch, und mit einem wehmütigen Lächeln sagte er: »Das trag' ich immer bei mir, um dann und wann einen Blick darauf zu werfen.« Als die Männer auf den Wirrwarr von unterschiedlichen Chromosomen von einem Mann mit normaler XY-Struktur schauten, sahen sie sechsundvierzig Chromosomen, die nicht nach der paarweisen Gruppierung geordnet waren, unter der sie operierten. Im unteren Teil der Seite waren die zweiundzwanzig Paare dargestellt und in absteigender Reihenfolge angeordnet, von der Nummer 1, dem größten Paar, bis zur 22, dem kleinsten Paar; dazu kam das nichtnumerierte XY, das anzeigte, daß es sich um einen männlichen Chromosomensatz handelte.

Die Komplexität dieser Daten war so ungeheuer, daß Jiménez fragte: »Und es gibt Forscher, welche dieses Durcheinander entwirren können? Könnten zum Beispiel Sie die Chromosomen dieses Mannes entsprechend ihrer korrekten paarweisen Zusammengehörigkeit ordnen?«

»Das kann ich fast im Schlaf«, erwiderte Lewandowski, und mit der Spitze eines Bleistiftes tippte er in der Mitte des Wirrwarrs auf die großen Hälften, die sowohl leicht zu identifizieren als auch ihrem jeweiligen Gegenstück zuzuordnen waren. »Diese großen Unterschiede können Sie doch bestimmt sofort erkennen«, sagte er, und die anderen nickten zustimmend.

»Aber wenn Sie mit diesem Material arbeiten«, fuhr er fort, »haben Sie die Chromosomen im Kopf, als wären sie Ihre eigenen Kinder.« Und während er mit der Bleistiftspitze kreuz und quer über das Blatt huschte und willkürlich auf die einzelnen Chromosomen tippte, ratterte er ihre Zahlen herunter.

»Und das X und Y?« fragte Armitage, und ohne Zögern identifizierte der Gelehrte das große X und erklärte: »Es ist so groß, daß man unwillkürlich denkt, daß die weibliche Komponente wahrscheinlich viel wichtiger ist als die männliche.«

»Und das listige kleine Y?«

Lewandowski hielt einen Moment inne, als widerstrebe es ihm, das Chromosom zu identifizieren, das seinen Ruf als seriöser Naturwissenschaftler zerstört hatte, doch dann zeigte er auf ein unscheinbares kleines Gebilde, das fast keine Identifizierungsmerkmale aufwies: »Da ist der kleine Bastard.« Doch konnte keiner der Männer es in dem Wirrwarr entdecken.

»Und was passiert nun, wenn ein männlicher Säugling zwei dieser kleinen Miststücke hat?« fragte Präsident Armitage, und Lewandowski malte mit seinem Bleistift ein zweites Y in das obere Schaubild.

»Der französische Kollege und ich wiesen ungefähr zur gleichen Zeit nach, daß junge Männer, die mit dem XYY-Muster gestraft waren, dazu neigten, eine ganze Anzahl klar umrissener charakteristischer Merkmale aufzuweisen. Da gab es überhaupt keinen Zweifel. Sie waren größer und hatten eine stärker ausgeprägte Muskulatur; sie waren überdurchschnittlich aggressiv; sie waren schwer zu disziplinieren. Und die Wahrscheinlichkeit, daß sie als Erwachsene mit dem Gesetz in Konflikt geraten würden, war erheblich größer als bei Männern mit normaler Chromosomstruktur.«

»Und es handelte sich hierbei um eindeutig erkennbare Merkmale?«

»Absolut identifizierbar. Das Problem war nur, nicht *jeder* XYY-Erwachsene zeigte auffälliges Verhalten. Ein Mann konnte ein grobschlächtiger XYY-er und trotzdem ein braver Bürger sein.«

»Und was schließen Sie daraus, Maxim? Ist es Veranlagung oder nicht?«

»Genau an dem Punkt geriet ich in die Patsche«, sagte der Gelehrte. »Die Wahrheit scheint die zu sein, daß der XYY-er einen Hang zu aggressivem Verhalten hat. Man könnte sagen, er ist dafür prädestiniert. Aber das bedeutet nicht zwangsläufig, daß er sich auch aggressiv verhalten *wird.*«

»Was passierte also?«

»Der Franzose und ich einigten uns auf ein brillantes Experiment – *Studie* wäre vielleicht das bessere Wort. Er sollte eine große Anzahl französischer Gefängnisse durcharbeiten. Ich sollte das gleiche in Amerika machen. Und wir würden jeden Mann in diesen Gefängnissen auf seine Chromosomstruktur hin untersuchen. Es war eine gewaltige Aufgabe, die wir uns da gestellt hatten.«

»Und was fandet ihr heraus?«

»Daß in beiden Ländern der Anteil der männlichen XYY-Insassen an der Gesamtzahl der Gefängnispopulation abnorm hoch war.«

»Tatsächlich?« fragte Armitage. »Das würde also bedeuten, daß XYY-Männer einen Hang zu kriminellem Verhalten aufwiesen?«

Lewandowski zuckte leicht zusammen. »Genau das fragte mich ein Zeitungsreporter. ›Ist XYY ein eindeutiges Indiz für einen kriminellen Charakter?‹ Genau da begann der Horror, mit dieser simplen Frage.«

»Und wie kam das?«

»Nun, wie Sie sich denken können, sagte ich dem Reporter genau das, was jeder seriöse Wissenschaftler an meiner Stelle gesagt hätte: ›Statistisch reicht die Zahl der untersuchten Fälle nicht aus. Es gibt viele mögliche andere Erklärungen. Möglicherweise spielt ein übergeordneter ursächlicher Faktor eine Rolle; vielleicht hat die Tatsache, daß der XYY-Mann größer und kräftiger war, die Polizei besonders wachsam gemacht. Vielleicht waren die Ergebnisse ausschließlich für französische und amerikanische Gefängnisse typisch.‹ Ich baute ein Dutzend Hürden gegen die voreilige Schlußfolgerung auf, das zusätzliche Y-Chromosom ›produziere‹ einen Kriminellen oder potentiellen Kriminellen. Aber er hörte gar nicht zu.«

»Was machte er?« wollte Armitage wissen.

»Als er mich verließ, stellte er mir eine kurze Frage: ›Dr. Lewandowski, was ist in einem Chromosom?‹, und ich antwortete wahrheitsgetreu: ›Es enthält die Gene, welche die Entwicklung des Menschen bestimmen.‹ Und am Tag darauf posaunten die Zeitungen in ganz Amerika und wenig später in der ganzen Welt hinaus: ›Amerikanischer Wissenschaftler entdeckt das Gen, das einen Mann zum Verbrecher macht!‹« Er hielt inne, lachte spöttisch und sagte: »Er gab es nicht einmal richtig wieder. Wir hatten überhaupt keinen Schimmer, welches der fünfzigtausend und ein paar Gene in diesem fatalen zusätzlichen Y-Chromosom der Übeltäter war. Wir wußten lediglich, daß das betreffende Gen im Y-Chromosom enthalten war. Als ich ihm dies vorhielt, sagte er launig: ›Chromosomen sind für die Öffentlichkeit zu schwer zu verstehen. Gene sind dieses Jahr in Mode.‹ Also mußten es halt Gene sein.«

»Was geschah dann?«

»Dann brach alles über mir zusammen. Eine französische Zeitung merkte vorwurfsvoll an, daß mein französischer Kollege die Hälfte der Arbeit gemacht hätte, aber daß ich den ganzen Lorbeer allein eingeheimst hätte. Ich hätte sein Material gestohlen. Aber was noch schlimmer war: mein französischer Kollege sagte – wahrheitsgemäß –, er sei ganz gewiß nicht zu dem Schluß gelangt, daß es ein spezifisches Gen oder Chromosom gebe, das kriminelles Verhalten determiniere, und er zählte all die Vorbehalte auf, die ich dem Reporter auch genannt hatte.«

»Konnten Sie die Angelegenheit denn richtigstellen?«

»Bis zum heutigen Tage nicht. Zeitungen, Magazine, das Fernsehen, ja ganze Bücher waren so gefangen von der Möglichkeit, daß ein identifizierbares Gen kriminelles Verhalten hervorrufen könnte, daß ich in den Augen der Öffentlichkeit eine gigantische Entdeckung gemacht hatte, und angesehene Biologen begannen allen Ernstes darüber zu spekulieren, wie wir in die Gebärmutter einer werdenden Mutter, die einen Jungen mit XYY-Genstruktur zu bekommen drohte, hineingehen und die Genstruktur so verändern könnten, daß der Junge ›normal‹ auf die Welt kommen würde, ohne die angeborene Neigung, zum Kriminellen zu werden.«

»Und?« ließ Armitage nicht locker.

»Ich wurde zum Gespött des gesamten Wissenschaftsbetriebes. Der verrückte Wissenschaftler aus Wien. Will die menschliche Rasse neugestalten. XYY-Babys nach der Geburt in Spezialbrutkästen. Und jegliche Chance, den Nobelpreis zu erhalten, ging den Bach hinunter.«

Diese Beichte wurde mit einem langen Schweigen gewürdigt, während dessen die Kellnerin den Tisch informierte, daß die Joghurtmaschine immer noch kaputt war. Als sie ihre Ausweichbestellungen abgegeben hatten, fragte Senator Raborn: »Und wie ist der Stand der Forschungen über das XYY-Chromosom heute?« Und Lewandowski erklärte: »Dutzende, ja, Hunderte von sorgfältigen Untersuchungen in Gefängnissen auf der ganzen Welt haben die Bestätigung geliefert, daß die Gefängnispopulation einen signifikant hohen Prozentsatz an XYY-Männern enthält.«

»Beweist das nicht nachträglich die Richtigkeit Ihrer These?«

»Überhaupt nicht. Denn wie ich vorhersah, als ich das verdammte Interview gab, das mir das Genick brach, wissen wir heute noch immer nicht, was es genau bedeutet. Wahrscheinlich führen fünfundneunzig Prozent aller XYY-er ein durch und durch befriedigendes Leben. Warum der Unterschied bei den anderen?«

»Was machen Sie jetzt, Maxim?«

»Ich bin ein geborener Wissenschaftler. Die Wissenschaft bedeutet alles für mich, sie ist das einzige, was ich je gemacht habe.

Wenn man einmal Blut geleckt hat, hört man nie mehr auf. Ich habe mir oben ein kleines Laboratorium eingerichtet.«

»Woran arbeiten Sie?« fragte Armitage.

»Am Human Genome Project.«

»Was ist das?«

»Das vielleicht ehrgeizigste Projekt, das heute auf der Welt existiert. Vergleichbar etwa mit einer Landung auf dem Mars.«

»Aber worum geht es bei diesem Projekt?«

»Die Naturwissenschaftler der ganzen Welt haben sich vorgenommen, einen Atlas der menschlichen Chromosomen zu erstellen, aller sechsundvierzig.«

»Ist das ein großes Unternehmen?« fragte Jiménez.

»So groß, daß es einem den Atem verschlägt. Die sechsundvierzig Chromosomen enthalten Millionen von Genen. Es soll eine Karte von jedem Chromosom erstellt werden, die zeigt, wo und wie seine Genenstränge arbeiten.«

»Zu welchem Zweck?«

Mit gewichtigem Ernst erwiderte Lewandowski: »Um die menschliche Rasse zu erneuern. Um Gottes Fehler zu korrigieren.«

Als sie die enorme Tragweite dessen erkannten, was er da soeben gesagt hatte, und das Ausmaß seines Engagements in der wie auch immer gearteten Rolle, die er bei diesem gewaltigen Unterfangen spielte, bombardierten sie ihn mit Fragen, und als sie damit fertig waren, legte er sein Credo dar: »Wenn wir die Geheimnisse des Genoms gelöst haben – falls wir das denn je schaffen –, werden wir in der Lage sein, exakt zu bestimmen, welche Gene in welchen Chromosomen welche Anomalien im menschlichen Leben hervorrufen, und vielleicht, sie durch Regulierung der Gene zu korrigieren. Lacht nicht. Wir wissen zum Beispiel heute schon, welche Gene in Chromosom eins für die Tay-Sachs-Krankheit verantwortlich sind, die Juden befällt und die für sie tödlich ausgeht. Das gibt uns bereits die Möglichkeit, jungen Paaren mit dem Gen, die heiraten wollen, den genetischen Rat zu geben: ›Da ihr beide ein defektes Chromosom habt, solltet ihr besser keine Kinder bekommen.‹ Und wir sind sicher, daß ein Defekt in Chromosom zehn für die Sichelzellen-Anämie verantwortlich ist, die Schwarze heimsucht. Wenn wir den genetischen Defekt im zehnten Chromosom beheben, dann bewahren wir den schwarzen Mann oder die schwarze Frau vor dieser Krankheit, die so zerstörerisch ist.«

Einmal in Schwung, war er rasch voll und ganz in seinem Element und zählte eine ganze Reihe jener abweichenden Chromosomen auf, deren fehlerhafte Gene sich als Verursacher oder zumindest als Warnsignale dieser oder jener Krankheit erwiesen hatten. So wurde zum Beispiel ein fehlerhaftes Gen in Chromosom sieben als Verursacher des Blasenfibroms verdächtigt, und Chromosom dreizehn wurde mit Augenkrebs in Verbindung gebracht. Die Tertulia war erstaunt über die Menge der Informationen, die bereits gesammelt worden waren. Als krönenden Abschluß seines kleinen Vortrags ließ er eine echte Bombe platzen: »Und durch mühselige, akribische Kleinarbeit, in Verbindung mit ein bißchen Glück, sind wir zu der Erkenntnis gelangt, daß ein Gen in Chromosom einundzwanzig eindeutig mit der Ursache der Alzheimerschen Krankheit in Verbindung gebracht werden muß.«

Seine Zuhörer lehnten sich gebannt vor, denn sie alle hatten hautnah erlebt, was diese Krankheit bei Menschen anrichten konnte, und sie waren fasziniert von dem, was Maxim Lewandowski als nächstes sagte: »Wir haben eine große, weitverzweigte Familie in Schweden gefunden, von der viele Mitglieder an einer bestimmten Form der Alzheimer-Krankheit, dem sogenannten früh ausbrechenden Alzheimer erkranken. Bei dieser sehr ungewöhnlichen Krankheit tritt der Tod bereits in den Vierzigern ein. Als wir die Lebensgeschichte der einzelnen Familienmitglieder rekonstruierten, fand ein brillanter Forscher, ein Engländer, soviel ich weiß, heraus, daß der Übeltäter Nummer vierzehn war.«

Während die Kellnerin die umstehenden Tische abräumte, diskutierte die Tertulia heiß über diese letzte Neuigkeit, und Lewandowski sagte: »Vage Anhaltspunkte, noch längst nicht niet-

und nagelfest, aber recht vielversprechend, inkriminieren auch Chromosom Nummer neunzehn. Ich bin Mitglied eines Teams von Wissenschaftlern in verschiedenen Ländern, die daran arbeiten, die genetische Struktur und Geschichte von Nummer neunzehn kartographisch darzustellen. Es gibt vielleicht dreihundert Millionen Gene in dem System, aber mit einer Mischung aus Glück und Scharfblick wird es uns vielleicht gelingen, das Glied in der Kette ausfindig zu machen, welches das Problem verursacht – vielleicht aber auch nicht.«

»Und was genau machen Sie da nun, Maxim? Hunderttausend Objektträger unter dem Mikroskop betrachten?«

»Nein«, sagte er schmunzelnd. »Nichts derart Dramatisches. Ich erhalte Berichte aus vielen Quellen. Ein Kollege erforscht ein Segment der Genkette, ein anderer arbeitet an einem anderen Segment. Und wenn wir Glück haben, arbeitet ein dritter, vielleicht in Bombay, an einem Fragment, welches das Ende des ersten und den Anfang des zweiten Segments überschneidet. Er – oder sie – baut gleichsam eine Brücke, über die ich allen anderen, die an Nummer neunzehn arbeiten, berichten kann. Parallel zu unserem Team arbeiten andere an Chromosom Nummer vierzehn, und wieder andere verfeinern und vertiefen das, was bereits an Nummer einundzwanzig erforscht worden ist.«

In der Stille, die darauf folgte, nahm Lewandowski einen tiefen Schluck Eistee und sagte mit gewichtiger Stimme: »Wir werden dieses schreckliche Geheimnis mit der Zeit enträtseln, und vielleicht finden wir ja sogar eine Therapie, die uns in die Lage versetzt, Mr. Duggans Frau im zweiten Stock zu helfen und sie ihrem Mann zurückzugeben.«

Niemand sagte etwas; jedes Mitglied der Tertulia war tief bewegt und hatte einen Kloß im Hals. Schließlich sprach St. Près für die ganze Gruppe: »Bleiben Sie dran, Maxim. Unzählige Menschen, die von dieser schrecklichen Krankheit befallen sind, warten auf Ihre Entdeckungen.«

Den meisten Menschen bleiben die allerschlimmsten Todesqualen, jene von der Art, die den Sterbenden verzweifelt nach Erlösung schreien lassen, dank Gottes Gnade erspart. Berta Umlauf aber, eine neunundsiebzigjährige Witwe, die einmal in dem wunderschönen rot gedeckten Haus auf Insel 5 auf der anderen Seite des Kanals gegenüber von *The Palms* gewohnt hatte, hatte den Tod in seiner furchtbarsten Form kennengelernt.

Sie hatte ursprünglich in Marquette gelebt, einer Kleinstadt im nördlichen Zipfel von Michigan, dem Teil, der vom wichtigeren südlichen Teil durch die Straße von Mackinac getrennt ist. Als hübscher, zierlicher High-School-Teenager verliebte sie sich in einen eins neunzig großen Footballstar namens Ludwig Umlauf, dessen Vater Otto einen florierenden Holzhandel besaß und dessen Mutter Ingrid, eine nach gesellschaftlicher Anerkennung strebende Frau, große Hoffnungen in ihren Sohn setzte: vielleicht, daß er ein Football-Stipendium für die Notre-Dame-Universität schaffte oder, wenn schon das nicht, wenigstens eins für die Universität von Michigan. Entsprechend untröstlich war Mrs. Umlauf, als Ludwig seinen Eltern erklärte, daß er nicht aufs College gehen würde; er werde das Nachbarmädel Berta Krause heiraten und sofort in das elterliche Geschäft einsteigen. Um jedem Versuch seitens seiner Mutter, ihn umzustimmen, aus dem Weg zu gehen, brannte Ludwig mit Berta durch und ließ seine Mutter in der wütenden Überzeugung zurück, daß die Hochzeit die vielversprechende Zukunft ihres Sohnes zerstört hatte.

Ludwig fand dies freilich nicht, denn mit Bertas tatkräftiger Hilfe und unter der strengen Anleitung seines Vaters half er mit, den Holzhandel der Umlaufs zu einem gutgehenden Konzern zu expandieren. Doch je besser Berta ihren Mann kennenlernte, desto mehr wuchs in ihr der Verdacht, daß er deshalb nicht aufs College gegangen war, weil er Angst davor gehabt hatte. Er wollte daheim bleiben, in seinem vertrauten Zuhause, und in dem Geschäft arbeiten, das sein Großvater gegründet und das sein Vater ausgebaut und vergrößert hatte. Das Holz, das der alte Otto und der junge Ludwig in ihren ausgedehnten familieneigenen Wäldern schlagen ließen und weltweit verkauften, machte die Umlaufs mehr als wohlhabend: Sie waren schlicht und einfach reich. Ludwig hoffte, daß die Jahr für Jahr steigenden Gewinne der Firma seine Mutter davon überzeugen würden, daß seine Heirat mit Berta ihm nicht geschadet hatte, und daß sie ihre feindselige Haltung gegenüber seiner Frau aufgeben würde.

Doch je reicher die Umlaufs wurden, desto mehr war Mrs. Umlauf davon überzeugt, daß Berta ihrem Sohn die Zukunft verbaut hatte. »Ein so prächtiger Bursche wie er, der so mühelos Geld machen kann, der müßte es schon viel weiter gebracht haben, als er es hat. Du bist für ihn ein Klotz am Bein, Berta, und das ist eine himmelschreiende Schande.« Nicht einmal die Geburt eines Enkelsohnes vermochte die streitsüchtige alte Dame mit ihrer Schwiegertochter zu versöhnen, und Mrs. Umlauf Senior begann ihren Mann zu bedrängen, den bitterkalten Wintern von Nord-Michigan den Rücken zu kehren und sich ein schönes Haus in Florida zu suchen, eine Bitte, die dieser starrköpfig ablehnte, manchmal auf recht schroffe Weise: »Hier haben wir unser Geld verdient, und hier werden wir es auch ausgeben. Damit eins ein für allemal klar ist: Dieses Haus wird unser Heim sein, solange ich lebe.« Und dann pflegte er seine Frau daran zu erinnern, daß die einzigen Augenblicke in seinem Leben, in denen er Freude hatte, diejenigen waren, wenn er in den wildreichen Wäldern der Umlaufs auf die Jagd ging oder wenn er in seinem Boot auf dem Oberen See segelte. Ganz der sture Lutheraner, der er war, weigerte er sich strikt, eine Flucht in das angenehmere Klima von Florida auch nur in Erwägung zu ziehen.

Wenn die Blizzards heulend durch Marquette stoben und die Straßen meterhoch mit Schnee zuwehten, waren Otto und Ludwig in ihrem Element, und oft versicherten sie sich dann gegenseitig in einer solchen Lautstärke, daß ihre Frauen es auch nur ja mitbekamen: »Echte Männer lieben dieses Wetter; Florida ist was für Weichlinge.«

So kam es, daß während die Männer sich durch die Winter

kämpften und immer größeren Reichtum mit ihrem Holzhandel anhäuften, Großmutter Umlauf zusehends verbitterter wurde, und während die Männer die meiste Zeit abwesend waren – entweder in den Wäldern, die ihnen gehörten, oder in Detroit und Chicago, um ihr Holz zu verkaufen –, hockten die beiden Frauen in einer Art haßerfüllter Waffenruhe dicht aufeinander in ihrem gemeinsamen, von knisternder Spannung erfüllten Haus. Es grenzte an Ironie, daß die ältere Mrs. Umlauf ihre Schwiegertochter verachtete, teilte doch Berta ihren Wunsch, den bitterkalten Wintern von Marquette den Rücken zu kehren und nach Florida oder Arizona zu ziehen, doch ganz gleich wie oft sie Mrs. Umlauf das auch sagte, die Ältere konnte einfach nicht glauben, daß sie und ihre Schwiegertochter Verbündete waren.

Berta wunderte sich oft, wieso sie in Anbetracht von Ludwigs Reichtum kein eigenes Haus haben konnte, aber ihr Mann erstickte jeden in diese Richtung gehenden Vorstoß sogleich im Keim, indem er zwei gute Gründe nannte: »Die Umlaufs haben immer zusammengestanden. Daraus, aus diesem Zusammenhalt, schöpfen wir unsere Kraft. Und außerdem hat Vater die Hand auf dem gesamten Geld. Ich glaube nicht, daß er mir gestatten würde, ein eigenes Haus zu bauen. Er hat immer bei seinen Eltern gewohnt. Dieses Haus hier hat er auch erst bekommen, als mein Großvater starb.« Und wenn Berta dann immer noch nicht locker ließ, fuhr er sie an: »Es wäre eine Sünde, Geld für zwei Häuser zu verschwenden, wo wir doch eines haben, das genügend Platz für uns alle bietet.«

Berta glaubte, daß Ludwigs Furcht, in ein neues Heim umzuziehen, denselben Ursprung hatte wie seine Angst, aufs College zu gehen und wie seine Angst davor, sich auf eigene Füße zu stellen und der Tyrannei seines Vaters zu entfliehen: Mein Mann ist ein großer Mann, und er war ein großartiger Footballspieler, als ich ihn auf der High-School anhimmelte, aber er hat kein Rückgrat. Doch ungeachtet der Spannungen, welche die Atmosphäre des Hauses vergifteten, präsentierten die Umlaufs der Außenwelt jeden Sonntag den Prototyp der heilen Familie, wenn sie zusammen zur nahe gelegenen lutheranischen Kirche gingen: der kurze, kugelrunde Otto und die großgewachsene, sauertöpfische Ingrid vorneweg, dahinter der massige Ludwig mit der munteren kleinen Berta und ihrem kleinen Sohn. In der Gemeinde sprach man von ihnen nur kollektiv als von »den Umlaufs«, und sich einen von ihnen einzeln, von den anderen getrennt, vorzustellen, wäre völlig unmöglich gewesen; sobald sie jedoch wieder in ihren eigenen vier Wänden angekommen waren, ging jeder von ihnen seines eigenen Weges.

In dieser Welt der Bitterkeit fand Berta allein Trost in ihrem Sohn Noel, einem großen, hübschen Jungen wie sein Vater. Ausgestattet mit einer positiven, freundlichen Einstellung zum Leben, ging er gerne zur Schule, zeigte gute Leistungen im Unterricht und hatte viele Freunde unterschiedlichster Herkunft. Er legte nie die Arroganz an den Tag, die so typisch ist für viele Millionärssöhne, und er war ein netter, gutgeratener Bursche, auf den jede Mutter stolz gewesen wäre. Berta liebte seine Gesellschaft.

In den warmen Sommern, die sie am Oberen See verbrachten, genoß Berta die Zeit mit ihrem Sohn und seinen Freunden, doch wenn der Januar kam und die vier erwachsenen Umlaufs wieder ans Haus gefesselt waren, während Noel im Internat weilte, wurde das Leben für sie wieder trostlos.

An einem Wintertag bekam sie den ersten Vorgeschmack davon, wie der Tod bei dieser unheiligen Familie aussehen würde. Sie fürchtete sich nicht vor dem Phänomen: Der Tod ihrer Eltern war ein friedvolles Hinübergleiten vom Sein ins Nichtsein gewesen, und sie war stolz darauf, mit welchem Mut die beiden Lebewohl gesagt hatten. Ihr Verlust hatte ihr Schmerzen bereitet, aber keine herzzerreißenden Qualen. An jenem Wintertag, als sie allein mit Mrs. Umlauf im Hause war, sagte die alte Dame: »Heute werden wir die Sache ein für allemal klären. Ich werde nach Florida ziehen, und wenn es ihm nicht paßt, dann soll er sich zum Teufel scheren.« Da sie so noch nie zuvor gesprochen hatte, war Berta sofort klar, daß sich irgend etwas verändert haben mußte; deshalb war sie auch nicht überrascht, als

Mrs. Umlauf ihren Mann, als dieser zum Mittagessen heimkam, mit der Ankündigung überfiel: »Otto, ich gehe nach Florida!«

»Ohne mich. Florida ist was für Memmen.«

»Dann bin ich halt eine Memme. Aber ich werde gehen.«

»Und wo willst du das Geld dafür hernehmen?« Während der hitzigen Diskussion, die darauf folgte, erhielt Berta die Bestätigung für die von ihr schon lange gehegte Vermutung, daß der alte Umlauf nicht nur die Hand auf dem Geld seiner Frau hatte, sondern auch auf dem seines Sohnes. Er hatte ihnen versprochen, daß er sich bei seinem Tode großzügig zeigen würde, doch bis dahin würde er allein die Zügel in der Hand behalten. Mrs. Umlauf schäumte angesichts seiner Unnachgiebigkeit gegenüber ihren Wünschen, und als sie mit Schimpfen nichts erreichte, versuchte sie es mit Tränen, doch damit erntete sie bloß Verachtung.

Als er wieder wegging zu seinem Büro, begleitet von seinem gehorsamen Sohn, schaute sie ihm einen Moment nach und sagte dann in barschem Ton zu ihrer Schwiegertochter: »Wenn er alles unter Kontrolle haben will, bis er stirbt, dann wär' mir am liebsten, er würde noch heute tot umfallen.«

Das war ein so schlimmes Wort, daß Berta entsetzt ausrief: »Mrs. Umlauf! Das dürfen Sie nicht sagen! Sie bringen sonst noch einen Fluch über die Familie!«

»Schweig still! Unser Unglück begann an dem Tag, an dem du dieses Haus betreten hast!«

Berta wollte dem entgegenhalten, daß sie schon viele Male versucht hatte, das Haus zu verlassen, dies jedoch nicht gedurft hatte, doch dann wurde ihr klar, daß sie mit einer solchen Bemerkung nichts erreichen würde. In dem kalten, dunklen Wohnzimmer sitzend, starrte sie aus dem Fenster auf den sturmgepeitschten See und fühlte sich schwach und hilflos. Mehrere Wochen lang verharrte sie in dieser niedergeschlagenen Stimmung und haderte mit der trostlosen Gegenwart und der womöglich noch düstereren Zukunft.

Die plötzliche Erkrankung Otto Umlaufs weckte sie schlagartig aus ihrer Lethargie. Es war, als wäre der Fluch seiner Frau

Wirklichkeit geworden. Er wurde in ein Zimmer im Parterre gelegt, das zu einer Art Familienkrankenhaus umgestaltet wurde, und dort lag er drei Wochen, während er körperlich zusehends verfiel, dabei aber in wachsendem Maße bösartig und gemein wurde. Er beschimpfte seine beiden Ärzte, machte immer wieder deutlich, daß er seine Frau verachtete, äußerte den Verdacht, daß seinem Sohn die Fähigkeit abging, das Geschäft weiterzuführen, und kommandierte Berta herum, als wäre sie seine Sklavin. Da er von seiner Frau keinerlei Rücksicht erwartete, hielt er sich, wenn er etwas wollte, an Berta, und ließ sich von ihr pflegen.

Eines Abends nach dem Abendessen schlug sie Ludwig vor: »Wir könnten doch vielleicht eine Krankenschwester oder einen Pfleger einstellen.« Aber er blieb stur. »Wir Umlaufs sorgen selbst für uns.« Und zu seiner Ehre muß gesagt werden, daß er das auch wirklich tat: Er wachte des Nachts am Bett seines Vaters und half Berta tagsüber so gut er konnte bei ihren anstrengenden Pflichten.

Eines späten Nachmittags, als sie wieder einmal am Bett ihres Schwiegervaters wachte, kam die ältere Mrs. Umlauf ins Zimmer, betrachtete die reglos daliegende Gestalt ihres Mannes und fragte in einem Ton, der beinahe hoffnungsvoll klang: »Er ist doch nicht tot, oder doch?« Und als Berta dies verneinte, schaute sie sie mit einem geradezu vorwurfsvollen Blick an, wie als wolle sie ihre Schwiegertochter dafür verantwortlich machen, daß der Alte noch immer am Leben war. Es kam auch zu häßlichen Szenen mit ihrem Sohn, bis schließlich das ganze Haus regelrecht vergiftet schien – von etwas, das eigentlich der schlichte und ganz natürliche Vorgang des Sterbens hätte sein sollen. Als sich abzeichnete, daß der Tod nicht mehr fern war, bat Berta ihren Mann und ihre Schwiegermutter um die Erlaubnis, den Sterbenden ins Krankenhaus zu schaffen, doch Ludwig sagte etwas, das sie in den darauffolgenden Jahren noch oft hören würde: »Wir kümmern uns selbst um unsere Familie. Was würden die Leute in der Stadt sagen, wenn wir ihn einfach abschieben und an einem fremden Ort sterben lassen würden?«

Drei Tage später starb Otto Umlauf – zu Hause –, noch im Sterben seine Frau, seinen Sohn und seine »rücksichtslose« Schwiegertochter auf das übelste beschimpfend. Sein Tod erschien Berta so qualvoll und häßlich, wie der ihrer Eltern ihr friedvoll, ja beinahe heiter erschienen war. Und bei der Beerdigung, die bezeichnenderweise an einem stürmischen Tag stattfand, so daß der Pfarrer zur Erleichterung aller die Zeremonie geradezu im Eiltempo hinter sich brachte, stimmte sie nicht in das gemeinsame Gebet mit ein, sondern sagte laut zu sich selbst, jedoch so, daß die direkt neben ihr Stehenden es nicht hören konnten: »So werde ich nicht sterben. Es ist würdelos, und es kann nicht im Sinne des Herrn sein, daß seine Kinder auf solche Weise aus dem Leben scheiden.«

Eine Woche nach der Beerdigung legte Mrs. Umlauf, nachdem sie sich zuvor bei den Familienanwälten vergewissert hatte, daß der gesamte Familienbesitz nicht in Ludwigs Kontrolle, sondern in ihre übergegangen war, das Management der Firma in die Hände der Finanzberater und stieg in einen Zug, der sie an die Westküste Floridas brachte. Sie ging direkt in das Büro eines Grundstücksmaklers, der rief: »Verglichen mit Nord-Michigan mit seinen bitterkalten Wintern, ist das hier unten das reinste Paradies, Mrs. Umlauf. Ist das vielleicht ein schwedischer Name?«

Sie haßte diese Frage. In Minnesota waren Schweden Leute, über die andere Witze machten. »Das ist ein rein deutscher Name. Er stammt direkt aus dem Herzen Deutschlands.«

»Ich sehe, Sie sind eine Frau, die weiß, was sie will. Ich fahre Sie rüber zu der kleinen Inselkette auf der gegenüberliegenden Seite der Wasserstraße, die wir Kanal nennen. Dort finden Sie einige der besten Bauplätze in ganz Florida, egal ob West- oder Ostküste.« Als sie auf Insel 5 ankamen, führte er sie zur landeinwärtigen Ufergegend und zeigte ihr, welche Vorzüge ein an dieser Stelle errichtetes Haus haben würde. »Abgeschirmt gegen die heftigen Winde, die mitunter vom Golf hereinwehen, haben Sie Ihre eigene schöne kleine Wasserstraße direkt vor Ihrer Haustür, und auf der anderen Seite des Kanals das wunderschöne offene

Land. Aber am anderen Ende haben sie ein Ruhestandscenter vom Feinsten gebaut, *The Palms*. Werfen Sie ruhig mal einen Blick dort hinein, wenn Sie schon einmal so nahe dran sind – das heißt natürlich, wenn Sie dieses Grundstück nehmen, und bauen Sie sich dort Ihr Traumhaus. Ich vertrete auch die Leute, die *The Palms* leiten, falls Sie einmal Interesse daran haben sollten.«

Sie wies den Gedanken brüsk von sich und weigerte sich sogar, seine Karte entgegenzunehmen: »Ich würde niemals auch nur einen Fuß in ein Altersheim setzen. Wenn ich nur daran denke – all die einsamen Witwen und armen Teufel, die von ihren Familien dorthin abgeschoben worden sind!«

»Sie haben ja so recht!« rief der Makler voller Überschwang. »Sie sollten wirklich besser Ihr eigenes Domizil haben. Abends auf Ihrer Terrasse sitzen und den Delphinen und den Segelbooten nachschauen.« Als er sah, daß sie an dem Land interessiert war, versicherte er ihr: »Noch an demselben Tag, an dem Sie dieses himmlische Fleckchen Erde kaufen, kann mein Schwager damit beginnen, drei Meter von dieser herrlichen Wasserstraße entfernt Ihr Traumhaus zu erbauen.«

Zwei Tage später kaufte sie das Land, und in Rekordzeit hatte der Schwager des Maklers das Haus fertiggestellt. Gleich nachdem die Strom- und Wasseranschlüsse gelegt waren, zog sie ein, ausgestattet mit nicht mehr als einem Bett, ein paar Stühlen und einer Kücheneinrichtung. »Ich werde das Haus nach und nach einrichten«, erklärte sie. »Auf diese Weise kann ich sicher sein, daß ich nichts kaufe, was ich nicht wirklich brauche.«

Das Haus, ein geräumiger Bungalow mit einer rotgekachelten Veranda zur Wasserseite hin, besaß drei Schlafzimmer und ein zusätzliches großes Zimmer mit eigener Küche, Eßzimmer und einem eigenen Eingang, der es zu einem separaten Apartment für ihren Sohn Ludwig und ihre Schwiegertochter Berta machte. Die wunderte sich natürlich, wieso ihre Schwiegermutter, wenn sie sie doch so haßte, darauf bestand, daß die jüngeren Umlaufs erneut unter einem Dach mit ihr wohnten. Berta fand zwei Erklärungen: Ihre Schwiegermutter hatte Angst, alleine zu leben, und das Testament des alten Mr. Umlauf legte fest, daß Ludwig das Familienunternehmen erst nach dem Ableben seiner Mutter erben würde – für Berta ein Hinweis darauf, daß der alte Mann – wie sie selbst – an den Fähigkeiten seines Sohnes gezweifelt hatte. Es gab noch einen dritten Grund, den Mrs. Umlauf Ludwig und Berta oft vorhielt: »Es ist eure Pflicht, euch um eure Mutter zu kümmern. Was würden die Leute in Marquette sagen, wenn sie zu hören bekämen, daß ihr mich im Stich gelassen habt?«

»Aber wenn ich hier unten bleibe«, fragte Ludwig gereizt, »wer kümmert sich dann um das Holzgeschäft in Michigan?« Worauf seine Mutter ihn informierte: »Ich werde das Geschäft führen – durch unsere Finanzberater in Marquette.« Als Berta das hörte, wußte sie, daß sie jetzt, obwohl auch sie nach Florida gewollt hatte, eine Gefangene war, nicht anders als zuvor in Michigan. Sie war gleichsam vom Regen in die Traufe gekommen, und an ihrer persönlichen Hölle hatte sich nicht das geringste geändert, denn ihre Schwiegermutter rieb ihr – und jedem anderen, der es hören wollte – bei jeder sich bietenden Gelegenheit unter die Nase, daß sie, Mrs. Umlauf, es war, die für alles sorgte. Sie bevormundete Berta und behandelte sie wie eine Sklavin. Warum Ludwig gegen eine solche Behandlung seiner Frau nicht protestierte? Er war niemals für seine eigenen Rechte gegen seinen herrischen Vater aufgestanden, und es fehlte ihm deshalb an der nötigen Erfahrung und an dem nötigen Rückgrat, sich gegen seine Mutter aufzulehnen.

Das Umlauf-Haus wurde als eines der schönsten Häuser auf der Inselkette angesehen, denn es war ausgezeichnet konzipiert, solide gebaut und – schließlich – hübsch möbliert. Von seiner Veranda aus hatte man einen wunderbaren Blick auf die Wasserstraße und die unberührte Savanne am gegenüberliegenden Ufer – doch das, was sich im Innern des Hauses abspielte, war alles andere als schön, denn mit zunehmendem Alter wurde Mrs. Umlauf immer diktatorischer. Als Berta einmal die Familie ihres Sohnes – Noel, seine Frau Gretchen und ihren aufgeweckten Sohn Victor – einlud, sie zu besuchen, beklagte sich die zänkische alte Frau so bitter über das bißchen Lärm, das sie machten, und schimpfte sie so böse aus, daß Noel und Gretchen Berta baten, vorzeitig abreisen zu dürfen, und einmal sagte Noel tatsächlich: »Mutter, wenn ich hier wieder weg bin, mache ich drei Kreuze, so unwohl fühle ich mich in diesem Haus. Und am liebsten würde ich gar nicht mehr hierherkommen.«

»Oh, Noel! Verzichte nicht auf die Schönheit dieses Hauses, bloß weil eine böse alte Frau sie dir vergällt hat!« Doch er erwiderte: »Zuzusehen, wie sie dich und andere behandelt, ist einfach unerträglich.«

Berta war die erste, die bemerkte, daß Mrs. Umlaufs Gesundheit sich verschlechterte, doch als sie ihren Mann darauf aufmerksam machte, tat er dies mit den Worten ab: »Sie ist halt verschroben und nörgelig. Das ist sie immer gewesen, aber es ist unsere Pflicht, sie zu pflegen.« Das war es in der Tat, denn sie hatte noch immer die Verfügungsgewalt über das Familienvermögen. Als sich ihr Verfall jedoch immer mehr beschleunigte, rief Berta den örtlichen Arzt, Dr. Farquhar an, der, nachdem er die alte Dame untersucht und ein paar Tests durchgeführt hatte, sagte: »Sie ist in weit schlimmerer Verfassung, als sie selbst glaubt und als Sie angenommen haben. Sie sollte so schnell wie möglich in eine Einrichtung gehen, in der sie rund um die Uhr beobachtet und betreut werden kann. Wenn Sie selbst keine solche Einrichtung kennen, kann ich Ihnen eine empfehlen.«

Als Ludwig von der Diagnose unterrichtet wurde, sagte er in einem Ton, der keinen Widerspruch zuließ: »Ich werde meine Mutter niemals in ein Altersheim abschieben. Was würden die Leute sagen, wenn sie das hörten?«

Diese oft wiederholte Feststellung wurde für Berta zum Gesetz, das ihr Leben in Florida bestimmen sollte. Die alte Mrs. Umlauf, die rapide verfiel, mußte fast ständig beaufsichtigt werden, denn auch der geistige Verfall schritt rasch voran; sie hatte zunehmend Schwierigkeiten, sich zu orientieren; sie mußte gefüttert werden, und sie litt an Blasen- und Darmschwäche. Sie schien ein geradezu perverses Vergnügen daran zu haben, sich zu den unmöglichsten Zeiten und an den unmöglichsten Orten in die Hose zu machen. Ihr Sohn, der über diese Vorfälle entsetzt war, fühlte sich außerstande, sie zu bewältigen und schob diese lästige Pflicht Berta zu. Eines Tages, als Mrs. Umlauf gleich viermal einkotete, flehte Berta ihren Mann unter Tränen an: »Ludwig, das kann nicht so weitergehen. Wir müssen eine bessere Lösung finden.« Doch Ludwig weigerte sich stur, ihr zu gestatten, nach einem geeigneten Pflegeheim Ausschau zu halten oder eine Pflegekraft einzustellen: »Es ist unsere Pflicht und Schuldigkeit, für sie zu sorgen. Meine Mutter wird niemals in irgendein Pflegeheim kommen. Unsere Freunde in Marquette wären entsetzt, wenn sie das erfahren würden.«

In ihrer Verzweiflung stahl sich Berta eines Tages aus dem Haus und suchte Dr. Farquhar in seinem Büro auf: »Es dauert nicht mehr lange, und ich verliere den Verstand. Was soll ich nur machen?«

»Viele Familien sehen sich vor Probleme dieser Art gestellt, Berta. Ihr Fall ist da nichts Besonderes.«

»Und was machen die anderen in solch einem Fall?«

»Wenn sie Geld haben, suchen sie ein seriöses Pflegeheim. Wenn sie sich das nicht leisten können – und viele können das nicht –, versuchen sie eben, selbst mit dem Problem fertig zu werden.«

»Und wie?«

»So wie Sie.«

»Und wenn ich sage, ich schaff' das einfach nicht mehr?«

»An irgendeinem Punkt sagen das alle. Aber irgendwie schaffen sie es dann doch.«

»Eine Frage an Sie als Arzt: Stehe ich kurz vor einem Nervenzusammenbruch?«

»Sie sind jedenfalls nicht weit davon entfernt. Ich habe Sie beobachtet.«

»Würden Sie das meinem Mann sagen? Er scheint das nicht zu merken.«

»Das tun Ehemänner häufig nicht.« Als Berta den Eindruck

hatte, daß sie auch bei Dr. Farquhar mit ihren Nöten auf taube Ohren stieß, verlor sie die Fassung. Sie senkte den Kopf und begann herzzerreißend zu schluchzen. »Wenn mir niemand helfen kann, was soll ich dann bloß machen?« Beim Anblick dieser tapferen kleinen Frau, die von ihren schrecklichen Problemen derart überwältigt war, wurde Dr. Farquhar klar, daß er sich tiefer in diese Familienangelegenheit einmischen mußte, als ihm lieb war.

»Ich werde versuchen, es Ihrem Mann begreiflich zu machen.«

Aber Ludwig wollte zunächst nichts davon hören. »Für Mutter zu sorgen ist unsere Christenpflicht«, wies er Dr. Farquhars Ansinnen kategorisch zurück. Das machte den Arzt wütend, und er versetzte scharf: »Machen Sie sich nicht lächerlich. Ihre Familie ist in einem so jämmerlichen Zustand, daß Ihre Christenpflicht zuallererst einmal darin besteht, wenigstens halbwegs erträgliche Verhältnisse zu schaffen.« Als Ludwig daraufhin trotzig den Kopf schüttelte, sagte Dr. Farquhar in etwas freundlicherem, aber sehr eindringlichem Ton: »Ludwig, kann ich Ihnen denn nicht begreiflich machen, daß Berta über kurz oder lang zusammenbrechen wird, wenn Sie ihr nicht schnellstens Entlastung verschaffen? Wenn das passiert, was wollen Sie dann machen?«

Der Doktor stellte diese Frage mit solcher Eindringlichkeit, daß Umlauf unsicher wurde. »Was soll ich denn Ihrer Meinung nach tun?« fragte er.

»Nehmen Sie eine Krankenschwester, wenigstens für nachts. Und an zwei Tagen in der Woche passen Sie auf Ihre Mutter auf, damit Berta mal ein bißchen abschalten kann und vielleicht mal wieder irgend etwas unternehmen kann, das ihr Spaß macht.«

»Sie würde nie von Mutter weg sein wollen; sie hätte keine Ruhe bei dem Gedanken, daß Mutter sie vielleicht brauchen könnte.« Er legte sich so überzeugt für seine Frau ins Mittel, daß Dr. Farquhar lachen mußte. »Es passiert oft, daß Ehemänner nicht mitbekommen, daß ihre Frauen in großen Nöten stecken. Mr. Umlauf, lassen Sie mich Ihnen eine ausgezeichnete Krankenschwester schicken, auf die ich oft in solchen Fällen zurückgreife.

Sie wird dieses Haus wieder zu einem richtigen Heim machen.« Zähneknirschend willigte Ludwig ein, obwohl er befürchtete, daß die Kosten für eine solche Kraft immens sein würden.

Die Krankenschwester war eine ziemlich große Schwarze, die in einem sehr kleinen Auto vorfuhr, das sie mit bemerkenswertem Geschick einparkte. Sie hieß Lucy Canfield, und sie machte genau das, was Dr. Farquhar prophezeit hatte: Sie brachte Entspannung und wohltuende Behaglichkeit in das Haus der Umlaufs. Sie kam jeden Nachmittag um fünf und bereitete ein leichtes Abendessen für sich und die Familie zu. Nach dem Essen badete sie Mrs. Umlauf und brachte sie ins Bett. Wenn die alte Dame nachts, wie sie es sehr gerne tat, Krawall schlug, war Lucy zur Stelle, um die Beschimpfungen und Schmähungen gewissermaßen als Prellbock über sich ergehen zu lassen, und gab so der jüngeren Mrs. Umlauf die Möglichkeit, ungestört zu schlafen.

Dennoch verschlimmerte sich der Zustand der Patientin Woche für Woche, bis sie schließlich unbeweglich in ihrem Bett lag, eine giftende alte Vettel, die jeden anschrie, rund um die Uhr Aufmerksamkeit forderte und sich ihrem sicheren Tod ohne auch nur ein Fünkchen Würde näherte. Als Berta sich erinnerte, wie sich ihre eigene Mutter während ihrer letzten Lebenstage verhalten hatte, mußte sie weinen, so schroff war der Gegensatz. Ihre Mutter hatte eines Nachmittags ganz ruhig gesagt: »Heute möchte ich gerne den Sonnenuntergang sehen«, und Berta hatte erwidert: »Es ist ziemlich kalt draußen, Mutti.« Aber die Sonne strahlte so hell am Westhimmel, daß sie nachgab und ihrer Mutter diesen Wunsch erfüllte. Sie packte sie fest in Decken ein, damit sie in dem kalten Wind nicht fror, und schob sie in ihrem Rollstuhl auf die Veranda, von der aus die alte Dame die untergehende Sonne und den Oberen See sehen konnte, und dort saß sie mit gefalteten Händen und betrachtete zum letztenmal das Schauspiel, das sie so sehr liebte. Als Berta kam, um sie wieder hereinzuholen, war sie tot.

Drei quälend lange Tage kämpfte Mrs. Umlauf mit ihren Betttüchern, beschmutzte ihre Laken, beschimpfte Lucy wegen ihrer

Unbeholfenheit, ihren Sohn wegen seiner Gleichgültigkeit und Berta, weil sie das Leben ihres Sohnes verpfuscht hätte. Am vierten Tag starb sie, und auch wenn niemand sagte, ihr Tod sei eine Erlösung gewesen, fanden die drei, die sich um sie gekümmert hatten, daß es sehr wohl eine gewesen war. Bei der Beerdigung, bei der kaum jemand zugegen war, erneuerte Berta ihr früheres Gelöbnis: »So werde ich nicht sterben. Es muß einen besseren Weg geben.«

Mit dem Ableben von Mrs. Umlauf wurde das Leben leichter für Berta, und sie konnte ihren Sohn, der sich mittlerweile um das Holzimperium der Umlaufs kümmerte, und seine muntere Frau zu sich herunterholen, und die beiden verbrachten lange Urlaube in dem jetzt fast leeren Haus. Doch nun begann sich auch Ludwigs Verhalten zu verändern, und bald sah Berta zu ihrem Entsetzen, daß ihr Mann begann, die gleichen Symptome wie seine Mutter an den Tag zu legen. Er litt zunehmend an Vergeßlichkeit, brachte mehr und mehr selbst die einfachsten Dinge durcheinander. Er wurde zunehmend reizbarer. Er verlor das Interesse an allem, was er früher gemocht hatte, und saß oft lange auf der Veranda und starrte auf die Wasserstraße, ohne Freude an ihrem Anblick zu finden. Was Berta wirklich überraschte, war, daß er die Verwaltung des Besitzes seiner Mutter weiterhin den Finanzberatern in Marquette überließ, so daß Berta gewissermaßen in einer Welt ohne Sinn und Ziel lebte, was sie unglücklich machte.

Zwei Aspekte seines Verhaltens machten ihr besonders große Sorge. Er fuhr für sein Leben gerne Auto, war dazu aber immer weniger in der Lage; doch er weigerte sich, seinen Führerschein abzugeben. Als Berta ihm nahelegte, er solle ihn doch besser abgeben, schrie er sie an, er könne noch immer so gut fahren wie eh und je. Dieses erste Problem wurde von Dr. Farquhar gelöst, indem dieser sich schlicht weigerte, Ludwigs Eignung für eine Verlängerung des Führerscheins zu bescheinigen, und da die Situation akut war, bestellte er auch gleich einen Polizisten ins Haus, der nach der abgelaufenen Fahrerlaubnis fragte. Mit einem Entgegenkommen, das alle überraschte, händigte Ludwig ihm das kostbare Dokument aus und ließ sich fortan von Berta fahren; ja, er dankte ihr sogar, wenn sie es tat.

Das andere Problem wurde nie gelöst. Von Zeit zu Zeit geschah es, daß Berta, wenn sie ins Zimmer kam, um mit ihm zu sprechen, feststellen mußte, daß er verschwunden war, einfach weggegangen, ohne sich bei ihr abzumelden oder irgendeine Nachricht zu hinterlassen. Voller Sorge, ihm könne wer weiß was zugestoßen sein, suchte sie dann die ganze Umgebung ab, lief über die Brücken, welche die Inseln miteinander verbanden, um ihn dann schließlich irgendwo weit weg von zu Hause aufzustöbern, fröhlich durch die Gegend spazierend, ohne zu wissen, wo er war oder welchen Weg er nehmen mußte, um wieder nach Hause zu finden. Doch er war immer froh, wenn er seine Frau sah, und ließ sich bereitwillig von ihr heimbringen.

Nach dem vierten oder fünften Vorfall dieser Art konsultierte Berta Dr. Farquhar, der ihr geduldig zuhörte und dann sagte: »Berta, die Medizin hat erst vor relativ kurzer Zeit diese offenbar schon sehr alte Krankheit näher erforscht und ihr einen neuen Namen gegeben. Es hat schon immer Fälle wie den Ihrer Schwiegermutter oder den von Ludwig gegeben; man sprach dann von Senilität. Doch jetzt hat man einen speziellen Typ der Senilität identifiziert, benannt nach dem Arzt, einem Deutschen, der sie zum erstenmal genau beschrieben hat – zu Beginn unseres Jahrhunderts. Es hat so lange gedauert, bis seine Entdeckung allgemein akzeptiert wurde. Ich glaube, daß Ludwig an der Alzheimerschen Krankheit leidet.

Zu Ihrem grundsätzlichen Verständnis: Die Alzheimer-Krankheit ist anders als alle anderen Leiden, die wir kennen. Sie ist ungeheuer schwer zu diagnostizieren. Es gibt keine meßbaren oder exakt nachprüfbaren Symptome, und kein Fall verläuft exakt gleich.«

»Woher wollen Sie dann wissen, ob er diese Krankheit hat?«

»Wenn der Patient stirbt, zeigt die Autopsie des Hirns, daß radikale Veränderungen stattgefunden haben. Die Hirnzellen sind abgestorben. Große Teile der Hirnpartien, die das Erinnerungsvermögen, das logische Denken, die Fähigkeit, alte Freunde oder Familienangehörige wiederzuerkennen, beherbergen, sind zerstört. Und diese direkte Untersuchung des toten Hirns ist der einzige sichere Nachweis.«

»Wie können Sie dann sagen, daß Ludwig diese Krankheit vielleicht hat?«

»Es mag vielleicht albern klingen, aber was ich Ihnen jetzt sage, ist die Wahrheit. Wir forschen nach und sondern eine Möglichkeit nach der anderen aus. Gewöhnlicher Hirnschaden? Kommt nicht in Frage. Verstopfung oder Verengung der Halsschlagadern, die das Hirn mit Blut und Sauerstoff versorgen? Auszuschließen. Normaler altersbedingter Verfall mit Schwächung des gesamten Körpers? Können wir ebenfalls ausschließen. Und wenn alle vernünftigerweise in Frage kommenden Möglichkeiten ausscheiden, bleibt am Ende halt nur noch Alzheimer übrig.«

»Würden Sie dann bitte Ludwig den nötigen Tests unterziehen? Ich möchte, daß er alle Chancen auf ein anständiges Leben bekommt.«

»Die meisten Tests haben wir bereits durchgeführt – oder besser: Sie haben sie durchgeführt.«

»Ich?«

»Ja. Sie sind erstaunlich gut über dieses Leiden informiert. Das rührt wahrscheinlich daher, daß Sie den Tod Ihrer Schwiegereltern so hautnah miterlebt haben. Sie sagen, daß Ludwig sich an Dinge, die vor ein paar Tagen passiert sind, nicht erinnern kann, aber daß er von Begebenheiten erzählt, die Jahrzehnte her sind. Sie sagen, daß er Sie manchmal anschaut und Sie nicht mehr kennt. Und das Wichtigste: daß er anscheinend bei bester Gesundheit ist, weil er lange Spaziergänge macht, aber nie weiß, wo er landet oder wie er wieder nach Hause zurückfindet. Das alles sind klassische Merkmale der Alzheimer-Krankheit, Berta.«

»Und was gibt es sonst noch für Tests?«

»Bluttests – aber die habe ich bereits gemacht. Blieben somit nur noch zwei Tests: eine Untersuchung der Halsschlagadern – das ist der leichtere der beiden. Und eine Computertomographie des Hirns. Wenn Sie Ihren Mann von der Notwendigkeit dieser Tests überzeugen können –«

»Ludwig fürchtet sich vor allem und jedem. Und auf mich hat er eh noch nie gehört. Sagen Sie es ihm; zu Ihnen hat er Vertrauen.«

Die Karotis-Untersuchung stellte kein großes Problem für Ludwig dar, aber die Computertomographie war eine andere Sache: Nicht nur, daß sie an einem Tag stattfand, an dem er besonders verwirrt war; sie erforderte überdies, daß er sich flach auf den Rücken legen mußte, daß seine Hände festgeschnallt werden mußten, weil er sich wehrte, und zu allem Überfluß, daß er langsam, mit dem Kopf zuerst, in einen engen, dunklen Tunnel geschoben wurde, dessen Decke sich nur wenige Zentimeter über seinem Gesicht wölbte. Für einen gewöhnlichen Patienten wäre diese Prozedur unangenehm gewesen, und vielleicht wäre ihm etwas mulmig geworden; Ludwig Umlauf aber versetzte sie in Angst und Schrecken, und obwohl seine Hände festgeschnallt waren, warf er sich in seiner Panik von der Trage, auf die man ihn gelegt hatte.

Die drei Krankenschwestern, die das Gerät bedienten, schafften es auch mit Hilfe des Arztes nicht, den Tobenden wieder auf die Trage zu wuchten, doch während er sich wand und zappelte, flüsterte ihm Berta ins Ohr: »Deine Mutter wollte das so, Ludwig. Sie sagte, es sei nichts Schlimmes.«

»Hat sie das auch mit sich machen lassen?«

»Ja«, log Berta, und beruhigt durch diesen Zuspruch, sagte er in einer plötzlichen Aufwallung von Vernunft: »Sie können diese Dinger abmachen«, und als die Gurte, die seine Hände fixierten, gelöst waren, stieg er freiwillig auf die Trage und legte sich auf den Rücken wie ein zufriedenes Kind. Dann wurde er langsam in die dunkle Höhle der Maschine geschoben.

Wie Dr. Farquhar vermutet hatte, waren alle Tests negativ, so daß er Berta mit einiger Sicherheit sagen konnte: »Wir können alles andere ausschließen. Bleibt also nur die Alzheimersche Krankheit.«

»Aber mit letzter Sicherheit werden wir das erst dann sagen können, wenn er tot ist und Sie direkt in sein Gehirn gucken können?«

»Das ist richtig«, sagte Dr. Farquhar, und er gab ihr zwei Bücher, die sich mit dieser schrecklichen Krankheit befaßten, und dazu den niederschmetternden Bescheid: »Es gibt keine Heilung. Es gibt auch keine Besserung. Schon bald wird er nicht einmal mehr wissen, wer Sie sind. Doch während sein Hirn langsam abstirbt, wird er körperlich zunächst einmal scheinbar kräftiger werden. Sie müssen die Türen fest verriegeln, sonst reißt er Ihnen aus, und Sie müssen ihn überall suchen.«

»Würde es helfen, wenn ich Lucy Canfield zur Unterstützung bei mir hätte?«

»Sie werden zwei Lucys brauchen, eine nachts, eine tagsüber. Können Sie sich das leisten?«

»Ja.«

»Aber die vernünftigere Lösung – und die Praxis zeigt das immer wieder – wäre, ein gutes Pflegeheim zu suchen – und die gibt es durchaus, wie Sie wissen – und ihn –«

»Nein!« Dann, nach einem Moment des Zögerns, erklärte sie Dr. Farquhar, weshalb sie so prompt und so heftig auf diesen Vorschlag reagiert hatte. »Nachdem sowohl sein Vater als auch seine Mutter eines so qualvollen Todes gestorben waren, nahm Ludwig unsere Familienbibel, legte meine rechte Hand darauf und ließ mich schwören, daß ich ihn zu Hause sterben lassen würde und daß ich niemals, unter keinen Umständen, zulassen würde, daß er in ein Altersheim gesteckt wird.«

»Er konnte die Umstände nicht vorhersehen.«

»Aber ich habe einen Eid geleistet. Und was noch wichtiger ist: als ich ihm das versprach, sah ich die entsetzliche Angst in seinen Augen. Ich muß damit leben.«

Lucy Canfield hatte eine schwarze Freundin, die genauso zuverlässig war wie sie, und die zwei halfen Berta, für diesen Riesen von einem Mann, einen einstigen Football-Spieler, der rund um die Uhr beaufsichtigt werden mußte, ein wohnliches Zuhause zu schaffen. Sein Verfall war schnell, erbarmungslos, erschreckend und abstoßend. Wenn Fremde Berta sahen, wie sie ihren Mann wie ein Kind an der Hand führte, lächelten sie, und Kinder, welche diesen Anblick gewohnt waren, sagten manchmal grausame Dinge: »Seht nur, die kleine Dame, wie sie diesen großen, blöden Kerl an der Hand führt.« Wenn Berta das hörte, dachte sie voller Wehmut: Wenn ihr wüßtet, wie sie ihn damals auf der High-School alle bewundert haben! Da war er ein richtiges Idol!

Mit der Zeit bekamen die Bewohner, die auf der Insel wohnten, mit, wie es um Ludwig bestellt war, und sie riefen Berta an, wenn sie ihn irgendwo draußen herumirren sahen. Dann stürzte sie aus dem Haus, um ihn zurückzuholen, scheuchte die Kinder, die ihn hänselten, weg, faßte ihn bei der Hand und führte ihn wieder ins Haus zurück. Einmal hätte ein solcher Ausbruchsversuch fast zu einer Katastrophe geführt: Lucy hatte ihn auf die Veranda gesetzt, wo er gerne saß und auf die Wasserstraße blickte, obwohl er weder die Boote noch die herrlichen Washingtonia-Palmen mehr richtig wahrnehmen konnte. Plötzlich packte ihn der unwiderstehliche Drang, spazierenzugehen, und er marschierte kurzerhand los, geradewegs durch die Schutzblende, die er mit seinen kräftigen Händen einfach beiseite drückte, und stapfte davon.

Da die Bewohner auf der anderen Seite der Insel mit seinem Verhalten nicht vertraut waren und auch nicht wußten, zu wem er gehörte, ignorierten sie ihn schlicht, und so marschierte er fröhlich an mehreren von ihnen vorbei, bis er an den Laufsteg kam, der zur Insel 11 führte. Der Steg war glitschig, und als er in der Mitte angelangt war, rutschte er aus und fiel ins Wasser. Als die Polizei eintraf, stand er bis zur Hüfte im Schlamm, planschend und kichernd wie ein kleines Kind. Die Beamten zogen ihn heraus, erkannten in ihm den »Verrückten von Insel 5«, wie sie ihn nannten, wieder, und fuhren ihn nach Hause. Als Berta ihn nahen sah, klatschnaß und über und über verdreckt, glaubte sie in ihrer Panik einen Moment lang, er sei tot. Als ihr klar wurde, wie idiotisch dieser Gedanke war, denn schließlich kam er ja auf das Haus zugegangen, mußte sie laut über sich selbst lachen. Die Polizisten waren verblüfft, daß sie ausgerechnet in so einem Moment lachte, doch waren sie gleich wieder beruhigt, als Berta Ludwig entgegenstürmte und ihn, Dreck hin, Dreck her, in die Arme schloß. »Gott sei Dank, daß Sie ihn gefunden haben! Sie können sich ja gar nicht vorstellen, was für Sorgen ich mir gemacht habe! Vielen, vielen Dank!« Als die Polizisten die Blende sahen, die Ludwig weggedrückt hatte, bemerkte einer von ihnen lakonisch: »Sie setzen ihn wohl besser nicht mehr auf die Veranda.«

Womit freilich alle Betroffenen viel größere Schwierigkeiten hatten, war seine zunehmende Unfähigkeit, die drei Frauen zu erkennen, die ihn pflegten, oder schließlich, sie überhaupt als Menschen wahrzunehmen. Irgendwann konnte er auch nicht mehr zwischen den beiden farbigen Frauen und seiner eigenen Frau unterscheiden, und schließlich verschlimmerte sich sein Zustand so sehr, daß er ausfallend und beleidigend wurde und sie alle miteinander übelst beschimpfte, felsenfest davon überzeugt, daß sie sein Geld gestohlen hatten, das er in Marquette aufbewahrte.

Der unvermeidliche Verfall bis hin zu dem Punkt, wo er seine Körperfunktionen nicht mehr steuern konnte, resultierte in einer der unangenehmeren Routinepflichten für die drei Frauen. Entweder Berta oder eine der Schwestern mußten seinen Hosenstall öffnen und ihn dazu ermuntern, »brav Pipi zu machen«, oder ihm die Hose vollständig herunterziehen und ihn auf die Toilette setzen und ihm nach Verrichtung seines Geschäfts den Hintern abwischen. Einmal nach einer solchen »Verrichtung« kam Lucy zusammen mit der anderen Schwester zu Berta. »So kann das einfach nicht mehr weitergehen. Das ist menschenunwürdig. Da drüben steht dieses Haus, das man *The Palms* nennt. Die haben dort einen ausgezeichneten Krankenpflegedienst; ich weiß das, ich arbeite dort schon mal. Sie könnten Mr. Ludwig in zehn Minuten dort hinfahren. Die wissen dort, wie man mit solchen Fällen umgeht. Ich hab' es selbst gesehen.«

Ohne den Frauen gegenüber etwas von ihrem Gelübde zu erwähnen, erwiderte Berta starrköpfig: »Ich kann meinen Mann doch nicht an solch einen Ort abschieben –«

»Sie tun ja fast so, als wäre das die Hölle!« fuhr Lucy aus der Haut. »Er wäre dort jedenfalls besser aufgehoben als hier!« Als Berta stur blieb, sagten die beiden Frauen das, was sie schon lange hatten sagen wollen: »Mrs. Umlauf, wir schaffen das hier nicht mehr.«

»O mein Gott!« jammerte Berta. »Sie können mich doch jetzt nicht im Stich lassen!«

»Rachel hat einen Vetter, einen kräftigen Mann, der sich um solche Leute kümmert. Er hat einen Freund, der ihm nachts hilft. Wir bringen die beiden heute abend zu Ihnen, sobald sie von der Arbeit kommen. Sie können ihnen vertrauen, aber sie kosten mehr, als Sie uns gezahlt haben.«

»Wenn es Ihnen darum geht, mehr Geld zu bekommen –«

»Nein, darum geht es nicht. Wir wollen hier raus. Wir bringen die Männer heute abend zu Ihnen.«

Als Berta die beiden Männer sah, wurde ihr bewußt, wie zerrüttet ihre Welt geworden war, denn die zwei waren rauhe, ungeschliffene schwarze Burschen, wie sie sie unter normalen Umständen niemals in ihrem Haus geduldet hätte. Und jetzt mußte sie sie in ihr Haus einladen und mit ihnen unter einem Dach leben, tagsüber mit dem Vetter, während der Nacht mit dem Fremden. Aber sie sah, daß sie groß und stark genug waren, um mit Ludwig fertig zu werden, und dafür war sie dankbar.

Die beiden Männer zogen ins Haus, und sie lehrten Ludwig strenge Disziplin. Er mußte tun, was sie sagten, und wenn er versuchte, seine eigenen Wege zu gehen, dann zeigten sie ihm rasch, wer der Stärkere war. Sie waren keine zartfühlenden, rücksichtsvollen Krankenpfleger, aber sie waren sehr effektiv. Doch nachdem sie zwei Wochen lang mit Ludwig »gearbeitet« hatten, kamen auch sie, wie die Cousine und Lucy, zu Berta, um mit ihr zu sprechen. »Mrs. Umlauf, mein Freund und ich arbeiten halbtags drüben in *The Palms*. Einen besseren Ort haben Sie noch nie gesehen. Alles sauber und tiptop. Und Leute, die wissen, was sie tun. Echte Profis halt. Sie können das viel besser als wir. Sie müssen sich das einfach mal angucken.« Timothy, der größere von den beiden, bestand darauf, daß Berta sogleich hinüber zu *The Palms* fuhr, und als er mit ihr in den zweiten Stock kam, wo er mit Alzheimer-Patienten gearbeitet hatte, erkannten ihn alle sofort und begrüßten ihn mit freudigem Hallo.

Unter seiner Führung – und der Ken Kreneks – erhielt Berta einen umfassenden und überaus vorteilhaften Eindruck von der Betreuungsabteilung, und als Krenek hörte, wo sie wohnte und was ihr Problem war, sagte er enthusiastisch: »Mrs. Umlauf, die Sache ist ganz einfach. Sie überlassen uns die Pflege Ihres Mannes – darin sind wir gut. Und Sie bleiben in Ihrem Haus wohnen und kommen, sooft Sie wollen, zu uns rüber. Sie können sogar, wenn Sie wollen, Ihre Mahlzeiten hier bei uns einnehmen, das ließe sich problemlos arrangieren.«

»Ich werde mir das, was Sie gesagt haben, durch den Kopf gehen lassen, Mr. Krenek«, antwortete Berta Umlauf. »Es hört sich gut und vernünftig an.« Als sie die Betreuungsabteilung verließ, blieb sie am Ausgang stehen, drehte sich um, warf einen sehnsüchtigen Blick auf den attraktiven Gebäudekomplex und brach in Tränen aus bei dem Gedanken, dieses so überaus verlockende und sinnvolle Angebot ausschlagen zu müssen.

Ludwigs Tod kam nicht schnell. Die beiden Schwarzen mühten sich ein halbes Jahr lang mit ihm ab und fragten sich insgeheim oft, wann der alte Mann endlich den Anstand haben würde, zu sterben. Die Finanzberater in Marquette wollten wissen, ob Berta tatsächlich derartige Riesenbeträge für häusliche Pflege bezahlen mußte, wenn es doch sicher auch dort unten in Florida öffentliche Einrichtungen gab, die auf solche Fälle spezialisiert waren. Sie schickten sogar einen aus ihrem Team hinunter, um zu sehen, ob die Witwe Umlauf, wie sie in ihren Büchern bezeichnet wurde, von irgendwelchen Gaunern ausgenommen wurde. Nachdem sich der Mann einen Tag lang umgeschaut hatte, sagte er: »Mrs. Umlauf, so wie die Situation sich mir jetzt darstellt, ist sie einfach untragbar. Ich war in dieser ausgezeichneten Einrichtung gleich dort drüben auf der anderen Seite des Flusses, und die haben dort geschultes Personal, das Ihnen das Problem aus der Hand nehmen kann – und zwar für weniger Geld, als Sie jetzt bezahlen. Bitte, im Namen der Vernunft, ziehen Sie eine solche Lösung doch wenigstens einmal in Betracht.«

Als Berta diese Worte hörte, ausgesprochen mit einem Akzent, der ihr das Gefühl gab, sie wäre wieder nach Marquette zurückversetzt, wurde sie von der Bitterkeit, mit der sie an diesen unwirtlichen Ort zurückdachte, regelrecht überwältigt: »Was würden die Leute in Marquette sagen, wenn sie erfahren würden, daß ich meinen Mann in ein Altenpflegeheim abgeschoben habe?« Worauf der Mann erwiderte: »Sicher, das muß man schon bedenken. Aber ich glaube, wir könnten es so einrichten, daß sie es niemals erfahren würden. Er würde seine Post weiterhin an die alte Adresse bekommen.«

Ludwig Umlauf starb schließlich, weil sein verwirrtes Hirn keine Botschaften mehr an seine lebenswichtigen Körperteile zu senden vermochte. Hirn, Lunge, Nieren, Atemsystem, alles schien gleichzeitig zusammenzubrechen, und er starb, ohne zu wissen, wo er war und wer bei ihm war. Er konnte nicht einmal seine Frau von den beiden großen Schwarzen unterscheiden, die ihn pflegten. Sogar sein Vermächtnis von mehr als sechs Millionen Dollar stellte alle Beteiligten vor Probleme, denn er hatte sich nie die Mühe gemacht, ein Testament aufzusetzen.

An dem Tag, nachdem sein Nachlaß endlich abschließend geregelt war, setzte sich Berta mit ihrem Sohn, dessen Frau und deren Sohn in der Bibliothek ihres Hauses auf Insel 5 zusammen. »Meine lieben Kinder«, begann sie, »diese letzten Jahre sind wahrlich nicht einfach gewesen. Ich wünschte, ihr hättet hier bei uns wohnen können, so wie ich es ursprünglich gedacht hatte. Aber in diesen schweren Zeiten habe ich einige Lektionen gelernt, die den Rest meines Lebens prägen werden und die auch auf euer Leben Einfluß haben werden, wenn ich mal nicht mehr bin.« Als sie dies sagte, rückte ihr Sohn seinen Stuhl näher zu ihr heran und legte zärtlich seine Hand auf ihren Arm.

Noel war auf kuriose Weise an seinen so undeutschen Namen gekommen. Sein Großvater, der bärbeißige alte Otto Umlauf, hatte darauf bestanden, daß wenn er einen Enkel bekäme, dieser Otto geheißen werden müsse, um die Familientradition zu bewahren. Auf diesen Namen wurde der Kleine dann auch getauft. Aber im Stammbuch stand noch etwas, das die älteren Umlaufs nie entdeckt hatten: Berta hatte auf eigene Faust einen zweiten Vornamen eintragen lassen, den sie sich schon immer für einen Sohn, sollte sie je einen bekommen, gewünscht hatte. Und so kam es, daß der junge Mann, der jetzt neben ihr saß und ihre Hand hielt, mit vollem Namen Otto Noel Umlauf hieß. An dem Tag, an dem er eingeschult wurde, hatte er einen Zettel für den Lehrer mitgebracht, auf dem stand: »Ich heiße Noel Umlauf.« Und so war er denn ein winziges Zeugnis für die romantische Ader und die geistige Unabhängigkeit geworden, die seine Mutter Berta als Mädchen stets gezeigt hatte.

»Wie du weißt«, sagte sie jetzt zu ihm, »habe ich drei sehr unschöne Todesfälle in dieser Familie vom Anfang bis zum Ende miterlebt. Den deines Großvaters Otto, den deiner Großmutter Ingrid und nun zuletzt den deines Vaters Ludwig. Ich kann dir besser als jeder andere sagen, daß keiner von ihnen den Mut aufbrachte, dem Tod als das entgegenzutreten, was er ist: ein natürlicher Bestandteil des Lebens. Und keiner von ihnen verschwendete einen Gedanken an die, die er zurücklassen würde. Ich kann nur sagen, daß sie alle drei elendig zugrunde gegangen sind, auf eine Weise, die sowohl sie selbst als auch mich entsetzt hat.

Nun, ich für mein Teil habe nicht vor, so zu sterben wie sie, und ich möchte, daß jeder von euch sich gut merkt, was ich euch jetzt sagen werde. Und die Dokumente, die ich euch geben werde, die bewahrt, um Gottes willen, an einem sicheren Ort auf. So, und jetzt hört mir genau zu.

Wenn ich älter werde und dem Verfall anheimfalle, der uns alle eines Tages ereilt, dann tut bitte, um Himmels willen, nur eines nicht: Nehmt mich nicht in euer Haus auf, wo ich euch doch nur zur Last falle. Noel, du mußt mir versprechen, daß du und deine Frau euch nicht aus falsch verstandenem Familienstolz davon abhalten laßt, mich in ein gut geführtes, angesehenes Altenpflegeheim zu bringen, wo ich in Frieden und in Würde sterben kann. Du, Victor, sollst niemals sagen: ›Ist es nicht schrecklich, daß Großmutter im Altersheim ist, wo sie doch genauso in ihrem eigenen Haus hätte bleiben können?‹ Gebt nichts darauf, was die Nachbarn in Marquette oder sonstwer auch immer dazu sagen. Sollen sie sich doch das Maul ruhig zerreißen. Denkt nur an euer eigenes und an mein Wohl und tut das Richtige, das einzig Richtige, was ein Christ tun kann: Helft mir, mit Würde und Anstand zu sterben.«

Alle begannen daraufhin aufgeregt durcheinanderzureden, aber keiner der im Zimmer Anwesenden hatte mißverstanden, was Berta mit solcher Würde und solchem Nachdruck gesagt hatte.

Nachdem wieder Ruhe eingekehrt war, fuhr sie fort: »Ich habe unter Zuhilfenahme eines ausgezeichneten Buches ein Testament aufgesetzt. Ich brauche zwei Zeugen, die bestätigen können, daß ich bei klarem Verstand war, als ich es unterzeichnet habe. Noel und Victor, würdet ihr bitte einmal herkommen?« Sie öffnete ihre Schreibtischschublade und holte zwei Ausfertigungen ihres Testaments und einen Stift hervor.

»Wie ihr sehen könnt, steht hier, daß ich, wenn ich an den Punkt gelange, wo ich hirntot bin, nicht mit den neuesten Wunderapparaten der Medizin künstlich am Leben gehalten werden will. Ich will, daß man mich in Würde sterben läßt. Und das Testament legt ausdrücklich fest: ›Ich will weder künstlich beatmet werden noch an eine Herz-Lungenmaschine angeschlossen werden, noch intravenös ernährt werden, noch durch sonstige Hilfsmittel künstlich am Leben gehalten werden, wenn ich geistig und seelisch bereits tot bin.‹« Sie sah ihren Sohn und ihren Enkel fest an. »So lauten meine Wünsche, und ich kann euch versichern, daß ich in diesem Moment klarer denke, als ich es mein ganzes Leben lang getan habe. Bitte unterschreibt.«

Da sie Bertas tiefe Gefühle zu diesem Thema respektierten,

unterzeichneten Noel und Victor das Testament an der für die Zeugen vorgesehene Stelle. Sodann überreichte Berta Noel eine Ausfertigung ihres Testaments. »Ich gebe dir dieses Schriftstück zu treuen Händen. Bitte lasse dich von ihm leiten.« Nach kurzem Innehalten fuhr sie fort: »Ich habe mein Vermögenstestament gemacht und es hinterlegt. Alles, was du darüber wissen mußt, ist, daß alles Geld, das sich in meinem Besitz befinden wird, wenn ich sterbe, an dich gehen wird, damit du es noch zu deinen Lebzeiten genießen kannst. Ich hinterlasse keine Treuhandvermögen oder irgendwelche schlauen Dokumente, um etwa zu versuchen, die Kontrolle über mein Geld zu behalten. Es wird zu gehöriger Zeit deins sein, und du sollst mich nicht um deinen Anteil bitten, bevor ich sterbe. Ich werde dir nichts geben. Aber mit diesem nächsten Schriftstück hier vermache ich dir dieses wunderschöne Haus. Ich schenke es der ganzen Familie. Es gehört von diesem Moment an euch. Wenn du genau hinschaust, wirst du sehen, daß das Dokument das Datum von heute trägt. Ihr könnt es also mit dem morgigen Tag übernehmen, und ich hoffe, ihr werdet genausoviel Freude daran haben, wie ich sie zu den Zeiten hatte, als das Leben hier noch gut war.«

Dies löste natürlich eine große Diskussion aus, und sie ließ sie ohne weiteren Kommentar laufen. Als sie verebbte, sagte sie: »Ich möchte, daß ihr euch alle morgen früh um sieben zum Frühstück hier einfindet, weil nämlich um acht Uhr ein LKW kommt, und ich brauche eure Hilfe. Euer Problem ist dieses: ›Was soll Großmutter Umlauf mitnehmen, wenn sie von diesem großen Haus in ein kleines Apartment in dem großen Gebäude auf der anderen Seite des Kanals zieht, das man von unserer Veranda aus sehen kann?‹ Weil ich nämlich dort für den Rest meines Lebens wohnen werde.«

Es gab einen regelrechten Aufschrei des Protestes. »Ich will nicht, daß unsere Mutter in ein Pflegeheim kommt!« rief ihre Schwiegertochter immer wieder, doch als klar wurde, daß Berta fest entschlossen war, ihre Ankündigung in die Tat umzusetzen, gaben die Kinder ihren Widerstand auf, und das Gespräch konzentrierte sich darauf, was sie aus dem großen Haus in das »winzige« Einzimmer-Apartment, wie ihre Schwiegertochter sich ausdrückte, mitnehmen sollte. Berta belehrte sie in diesem Punkt jedoch gleich eines Besseren: »Es hat ein großes Bad, eine voll eingerichtete Küche, ein großes Wohnzimmer und zwei Schlafzimmer. Ich werde also ein paar Sachen von hier gut gebrauchen können.« Sie fügte rasch hinzu: »Ihr müßt wissen, zwei neue Betten habe ich bereits gekauft, das ist also kein Problem. Alles, was wir morgen früh hier zurücklassen, bleibt in diesem Haus und gehört euch.«

Als die jungen Leute schließlich zu Bett gingen, hatten sie auf fast zwanzig Einrichtungsgegenstände kleine rote Haftetiketten geklebt, die bedeuteten, daß diese Stücke in den Möbelwagen gehen sollten, doch kaum waren sie eingeschlafen, da ging Berta auf leisen Sohlen durch die Zimmer und entfernte zwei Drittel der Aufkleber wieder. Sie hatte sich immer schon danach gesehnt, einmal in einem Haus zu leben, das nicht so vollgestopft war mit Möbeln und allem möglichen Krimskrams.

Am nächsten Tag um die Mittagsstunde war der Umzug bereits über die Bühne, und sie hatte es sich in ihrem Apartment auf der vierten Etage der Halbinsel schon richtig bequem gemacht. Als ihre Kinder den wunderbaren Ausblick gewahrten, der sich aus nahezu allen Fenstern des Apartments bot – die Wasserstraßen, die Bäume –, und den schnellen und bequemen Zugang zu den Fahrstühlen, da bestätigten sie einhellig, daß Großmutter Umlauf eine kluge Entscheidung getroffen hatte.

Zur Feier des Tages hatte Berta im Speisesaal einen Tisch für ein gemeinsames Familienmittagessen reservieren lassen, zu dem sie auch Andy Zorn eingeladen hatte. Als das stille Mittagessen begann – denn nicht viele Bewohner nahmen diese Mahlzeit wahr –, sagte Andy zu den Umlaufs: »Wir freuen uns, eine so bemerkenswerte Frau wie Mrs. Umlauf bei uns begrüßen zu dürfen.« Darauf fragte Noel ihn: »Was hat sie denn getan, wovon wir nichts wissen?« Und Zorn antwortete: »Sie wissen mehr darüber als jeder andere. Dr. Farquhar hat mir im Vertrauen erzählt, wie heldenhaft Ihre Frau Mutter sich geschlagen hat, als sie nacheinander drei Angehörige Ihrer Familie gepflegt hat, die alle drei einen langen, schweren Tod starben.«

»Sie ist eine Heilige«, sagte Noel und tätschelte die Hand seiner Mutter. Zorn fuhr fort: »Wir bewundern Frauen dafür, daß sie sich selbstlos für andere aufopfern und dafür auf ihr eigenes Lebensglück verzichten. Wie Sie sagen, wer so handelt, ist in der Tat eine Heilige. Aber jetzt haben wir bessere Lösungen, und Leute wie Ihre Frau Mutter nach *The Palms* zu bringen ist eine davon. Hier bieten wir professionelle Rund-um-die-Uhr-Betreuung und liebevolle Fürsorge bis zum Ende. Unsere Einrichtung kann das, weil sie wundervolles Personal hat und wunderbare Bewohner wie Ihre Frau Mutter.«

Das Mittagessen endete jedoch nicht mit diesen eher besinnlichen Tönen, denn Victor hatte fasziniert verfolgt, was sich an einem Tisch nicht weit von ihrem tat: »Wer ist die interessante Dame, die da allein ißt?« fragte er, und nach einem kurzen Blick Richtung Tisch fünfzehn erklärte Zorn: »Wir nennen sie die Gräfin. Sie war vor Jahren eine Frau von gewissem gesellschaftlichen Rang, und es bereitet ihr echte Freude, so zu tun, als sei sie das noch immer.«

»Und Sie lassen zu, daß sie einen ganzen Tisch für sich allein hat?«

»Beim Mittagessen können wir das durchgehen lassen; das gibt ihr das Gefühl, wichtig zu sein. Beim Abendessen brauchen wir allerdings jeden Tisch.«

»Speist sie dann zusammen mit den anderen?«

»Nein. Sie nimmt einen Imbiß auf ihrem Zimmer ein. Allein. Aber an den Abenden, an denen wir Filme vorführen, gesellt sie sich nach dem Abendessen zu uns, und wir halten dann einen bequemen Platz für sie bereit, wenn sie kommt, wie eine Grande Dame, die in die Oper geht.«

SCHWESTER VARNEY war die erste vom Personal, die erkannte, daß der erstaunliche Fortschritt, den Betsy Cawthorn bei der Benutzung und Beherrschung ihrer Prothesen machte, bloß die halbe Miete bei ihrem Genesungsprozeß war. Tatsächlich sah Nora echte Gefahrensignale. Die junge Frau konzentrierte sich so total, geradezu fanatisch, auf die Stärkung ihrer Oberkörper- und Oberschenkelmuskulatur und die Beherrschung ihrer metallenen Beine, daß sie Gefahr lief, den Bogen zu überspannen und sich dermaßen zu überfordern, daß sie vorzeitig schlappmachte und alles hinwarf. Um dieser Gefahr vorzubeugen und den langfristigen Heilungsprozeß zu sichern, war es notwendig, daß irgend jemand sie auf andere Gedanken brachte. Und diese Aufgabe fiel Nora zu.

Sie fing damit an, indem sie den Hinweis aufgriff, den Betsy selbst an einem ihrer ersten Abende in *The Palms* gegeben hatte. Als sie an der Ecke vorbeigekommen waren, wo die »Bridge-Fanatiker« sich zu versammeln pflegten, hatten diese sie eher neckisch gefragt, ob sie nicht Lust hätte, das Spiel zu lernen, worauf sie halb scherzhaft, halb ernst erwidert hatte, daß sie sich durchaus vorstellen könne, irgendwann einmal auf dieses Angebot zurückzukommen. So führte Nora sie jetzt kurzerhand zu den Kartenspielern und sagte: »Diese junge Frau braucht einen Zeitvertreib. Sie kann sich nicht den ganzen Tag im Reha-Raum quälen.« Die Spieler nahmen sie sofort bereitwillig in ihren Kreis auf; sie postierten ihren Rollstuhl so, daß sie einem der Spieler über die Schulter blicken konnte, und dieser flüsterte ihr leise zu, was er machte. Mit Hilfe zweier Bücher von Charles Goren, die Nora ihr aus der Bibliothek mitbrachte, lernte Betsy rasch die Grundkenntnisse des Bridgespiels.

Die meisten der Männer und Frauen bildeten Zufallsteams und ließen die Könner unter sich, und Betsy kam in eine Gruppe, die schwach genug war, daß sie dort mithalten konnte. Die beiden Männer in der Gruppe waren Muley Duggan und Harry Pidcock, ein stiller zurückhaltender Farmer aus Pennsylvana. Sie erfuhr von Nora, daß beide Männer verheiratet waren, ihre Frauen aber getrennt von ihnen auf der zweiten Etage des Gesundheitsfürsorgetraktes lebten – was das bedeutete, verstand sie zuerst nicht. Die vierte im Bunde war Marcia Raborn, die Frau des Senators, der bei den Könnern spielte. Diese drei führten sie rasch in die Feinheiten des Bridgespiels ein, und bereits nach weniger als zwei Wochen spielte sie für eine Anfängerin durchaus beachtlich, und sie stürzte sich mit viel Schwung und Energie darauf, das Bietsystem auswendig zu lernen.

Ungefähr zur gleichen Zeit, als sie das Bieten lernte, erfuhr sie auch mehr über die mysteriöse Verbindung, die Muley Duggan und Mr. Pidcock zur zweiten Etage der Gesundheitsabteilung hatten. Eines Abends nach dem Spielen fragte sie Pidcock, ob seine Frau in der Betreuungsabteilung bei ihrer Genesung Fortschritte mache, und er antwortete mit Tränen in den Augen: »Sie wird dort wohl auf Dauer bleiben müssen, fürchte ich. Sie hat Alzheimer im fortgeschrittenen Stadium, und wie es aussieht, gibt es da wohl keine Heilung.«

Diese Äußerung verblüffte sie, denn sie hatte bisher von dieser Krankheit nur vage gehört, und als sie anfing, weiter zu bohren, entschuldigte sich Mr. Pidcock und verließ den Tisch. Muley Duggan hatte ebenso wenig Lust, sich über die Krankheit seiner Frau näher auszulassen, doch als die Männer fort waren, blieb die Frau des Senators noch bei ihr sitzen und klärte sie auf. »Sie haben da einen wunden Punkt berührt, Betsy. Diese beiden Männer sind mit einem der schrecklichsten Leiden konfrontiert, mit dem wir es hier in *The Palms* zu tun haben.

»Sie sehen eigentlich nicht so aus, als ob sie an irgendeiner Krankheit leiden würden.«

»*Sie* sind auch gesund. Ihre Frauen sind es, die an Alzheimer leiden.«

»Was ist das für eine Krankheit? Ich habe davon in Chattanooga gehört, aber ich habe mir nie die Zeit genommen, Genaueres darüber zu erfahren. Bitte erzählen Sie mir mehr davon.«

Mrs. Raborn beschrieb die Krankheit mit einfachen Worten, so gut sie es als Laie vermochte, und schloß mit den Worten: »Es ist also so, daß aus Gründen, die wir noch nicht verstehen, das Gehirn langsam kaputtgeht, und selbst die besten Ärzte sind machtlos dagegen. Sie arbeiten wie verrückt an einer Lösung dieses Rätsels, aber bislang sind sie noch nicht weit gekommen.

Nehmen Sie also Muley seine manchmal groben Scherze oder Mr. Pidcock seine pedantische Art nicht übel. Diese Männer sind lebende Heilige, und Sie und ich könnten froh sein, wenn wir solche Ehemänner hätten – à propos Ehemänner: Lauert irgendein Ehemann hinter den Topfpflanzen in Ihrem Leben?«

»Nein«, antwortete Betsy, aber sie errötete so verräterisch, daß Mrs. Raborn dachte: Dann hatte Nora also recht. Sie ist in den Doktor verknallt. Und warum auch nicht?

»Nun, dann sehen Sie zu, daß wenn Sie einen kriegen, er so ein Goldstück wie Muley und Pidcock ist. Sie kümmern sich rührend um ihre Frauen, sorgen nach Kräften für sie, aber keine der beiden Frauen erkennt sie, keine von beiden weiß, daß der fremde Mann, der sie da besuchen kommt, ihr eigener Ehemann ist.« Sie zog ihr Taschentuch hervor, tupfte sich die Augen ab und ließ ein leises, trauriges Lachen hören. »Manchmal sag' ich zum Senator: ›Wenn ich jemals diese Krankheit kriegen sollte, ich bezweifle, daß du mir ein so treusorgender Ehemann wärst wie Muley und Pidcock es sind‹, und er sagt dann immer: ›Da könntest du schon recht haben.‹ Ich könnte ihn manchmal ...«

Tief bewegt von dem, was sie da hörte, fragte Betsy: »Wäre es wohl möglich, daß ich diese Frauen einmal besuche? Ich bin total verwirrt.« Und Mrs. Raborn sagte: »Das wäre kein Problem. Sie wären erstaunt, denn sie sind beide noch immer genauso schön wie an ihrem Hochzeitstag. Mrs. Umlauf, die kleine Frau, die immer so geschäftig ist, arbeitet freiwillig in der Gesundheitsabteilung, und ich bin sicher, es wäre ihr eine Freude, Ihnen zu zeigen, was für tolle Möglichkeiten sie dort drüben haben. Berta Umlauf wird Ihnen gefallen; sie ist eine echte Christin. Sie hat, wie ich hörte, zwei Alzheimer-Patienten in ihrer Familie gehabt und ihren Verfall aus nächster Nähe miterlebt.« Als Mrs. Raborn Betsy mit ihrem Rollstuhl in Noras Büro ablieferte, sagte sie zu der Krankenschwester: »Diese junge Entdeckungsreisende ist wild darauf, eine Besichtigungstour durch die Betreuung und die Intensivpflege zu machen, um einmal zu sehen, wie wir dort arbeiten. Ob sie wohl Mrs. Umlauf ein bißchen bei ihrer Arbeit über die Schulter schauen könnte? Was meinen Sie?«

»Erstklassige Idee. Danke für den Vorschlag.« Als Mrs. Raborn gegangen war, erklärte Nora Betsy: »Ich bin zwar die Chefin über diese beiden Etagen, aber es wäre besser für Sie, wenn Sie sie mit Berta Umlaufs Augen sehen, da sie eine Mitbewohnerin der Einrichtung ist.«

»Mrs. Raborn sagte, Mrs. Umlauf besucht die beiden Etagen jeden Tag, und sie sei unersetzlich. Bekommt sie Geld dafür?«

»Um Himmels willen, nein!«

»Sie meinen, sie leistet diese Arbeit ehrenamtlich? Aus reiner Menschenliebe?«

»Genau so ist es.« Nora stand auf, holte zwei Cola, und erklärte Betsy ausführlich eines der Wunder fast jeder guten Senioreneinrichtung. »Wir bekommen hier Frauen herein, Frauen aus allen Schichten der Bevölkerung, die ihr ganzes Leben lang ihrem jeweiligen Gemeinwesen gedient haben – unentgeltlich. Sie helfen in Krankenhäusern mit, in Bibliotheken, in den Sonntagsschulen der Kirchen, in der Frauenorganisation der *American Legion*. Sie sind Gottes rechte Hand, wenn man so will, und ohne sie wäre dies ein erbarmungswürdiges Land.«

Sie erzählte Betsy, daß sie solche Frauen in *The Palms* bei den sogenannten Goldenen Engeln organisiert hatte und daß jede von ihnen an ihrer leuchtendgelben Jacke zu erkennen sei. »Sie tragen sie mit Stolz, und dies zu Recht, da sie den Bettlägerigen liebevolle Fürsorge und Aufmerksamkeit entgegenbringen.

Von dem Moment an, wo Mrs. Umlauf hier einzog, wollte sie bei den Goldenen Engeln mitmachen. Wenn ich ihr das abgeschlagen hätte, ich glaube, dann hätte sie mich erschossen. Wenn sie heute einmal nicht ihre Runden machen kann, dann kommt sie zu mir und entschuldigt sich bei mir. Gott hat nicht viele gemacht, die so sind wie sie, aber wenn wir eine kriegen, dann arbeitet sie für sieben. Wenn ich Sie ihr anvertraue, Betsy, dann kann Ihr Schutzengel mal Pause machen.«

Als Mrs. Umlauf zwei Tage später gefragt wurde, ob sie etwas dagegen hätte, wenn das Mädchen im Rollstuhl sie bei ihren Runden begleiten würde, rief sie: »Aber nein, im Gegenteil! Die Leute würden sich freuen, jemand so Junges und Hübsches und Lebensfrohes wie Sie zu sehen, Miss Cawthorn. Sie haben gehört, daß Sie hier sind und *wie* Sie hier hineingeraten sind, durch diesen schrecklichen Unfall.« Während sie Betsy zu einem speziellen Aufzug schob, fuhr sie fort: »Wir fangen mit dem zweiten Stock an, Miss Betsy, der Betreuungsabteilung.« Dort angekommen, erlebte Betsy schon nach wenigen Augenblicken, wieviel Trost und Wärme Mrs. Umlauf den dort Untergebrachten spendete. Während sie von Zimmer zu Zimmer gingen, plauderte die muntere kleine Frau mit den Bewohnern über dies und jenes und hörte sich geduldig ihre Sorgen und Nöte an. Manchen brachte sie Blumen mit, anderen Bücher, und obwohl sie selbst erst seit kurzer Zeit in *The Palms* lebte, schien jeder sie zu kennen und liebgewonnen zu haben, spürten doch alle, daß ihr Interesse an ihrem Wohlergehen echt war und von Herzen kam. Mrs. Umlauf klärte Betsy auf: »Jeder auf dieser Etage, bis auf die Alzheimer-Patienten, ist davon überzeugt, daß er – oder sie – schon bald wieder hier raus kann, entweder zurück in sein Apartment im Gemeinschaftshaus oder in sein Heim in der Tampa-Bay-Gegend.«

Sie schob Betsy in Marjorie Duggans Zimmer, und zum erstenmal in ihrem noch jungen Leben sah Betsy Cawthorn, ein Kind der Wohlstandsgesellschaft, einen Menschen, der an Alzheimer erkrankt war. Sie war verblüfft über die makellose Schönheit der Frau, die Ende sechzig war, aber aussah wie eine heitere Fünfunddreißigjährige mit ihrem silberfarbenen, perfekt frisierten Haar und ihrer schlanken, von einem spitzenbesetzten Morgenrock höchst vorteilhaft unterstrichenen Figur. Sie war erstaunt über die Eleganz ihres Gesichtes, das blaß, beinahe durchsichtig war, wie das von Frauen auf präraphaelitischen Gemälden. Wie sie da auf ihrem Bett lag, war sie wunderschön anzuschauen, aber sie konnte weder ein Buch noch die Zeitung lesen, noch mit Verstand eine Fernsehsendung verfolgen. Sie liebte Musik, aber sie reagierte nur noch dumpf-sinnlich, quasi mit dem Bauch, auf Rhythmus und Takt – die Struktur und die Bedeutung der Melodien vermochte sie nicht mehr zu begreifen.

Während Betsy noch dasaß und Marjorie Duggan anstarrte, tief angerührt vom Anblick dieses auf so grausame Weise brachliegenden Lebens, kam Muley Duggan ins Zimmer und schrie fast: »Das ist meine Bridgepartnerin!« Es war auf schmerzliche Weise offensichtlich, daß die bettlägerige Frau ihren Mann nicht erkannte – wie sie es schon seit vielen Jahren nicht mehr tat.

Zurück auf dem Flur, versicherte Mrs. Umlauf Betsy, daß die Fälle von Männern, die an dieser Krankheit litten, genauso schrecklich waren, und als sie sich an einen Tisch mit Blick auf den Teich unten setzten, erzählte sie in knappen Worten, wie ihr Schwiegervater Otto und ihr Mann Ludwig an der Alzheimer-Krankheit zugrunde gegangen waren. »Ludwig«, sagte sie, »ging ständig auf Wanderschaft, und ich erzähle Ihnen das deshalb, weil der riesenhafte Mann, den wir gleich sehen werden, ebenfalls ein großer Wanderer vor dem Herrn ist. Lassen Sie ihn bloß einmal bis zum Aufzug kommen, schon ist er unten und zur Tür raus. Und dann brauchen wir zwei Tage, bis wir ihn wieder aufgestöbert haben, irgendwo draußen in der Botanik.«

Als sie in das Zimmer des Mannes kamen, fanden sie einen großen, friedlichen Burschen vor, der durch das Fenster zu den Vögeln hinaufstarrte. Sie blieben nur kurz bei ihm, und als sie wieder draußen waren, sagte Mrs. Umlauf: »Das Stockwerk hier drüber ist ganz anders als dieses hier. Da oben gibt es keine Hoffnung mehr. Es ist teilweise sehr deprimierend. Wollen Sie trotzdem einen Blick hineinwerfen?«

»Ja«, sagte Betsy mit ruhiger, fester Stimme. »Je mehr ich sehe, desto besser werde ich die Dinge verstehen.« Sie gingen zum Aufzug zurück.

Das Stockwerk wies einen ins Auge fallenden Widerspruch auf: Die Ausstattung war von einer nachgerade aggressiv anmutenden Farbenfreudigkeit, so als lebten die Bewohner der Etage in einem Zustand permanenter Euphorie, aber die Patienten selbst waren farblos und matt und wirkten so, als harrten sie nur noch dem Ende entgegen. Besonders augenfällig manifestierte sich der Unterschied zwischen den beiden Etagen in der Art und Weise, wie die Bewohner Mrs. Umlauf, ihre bewährte Freundin, begrüßten: War die Begrüßung in der Betreuung, wo die meisten Patienten und Patientinnen ja hofften, bald wieder entlassen zu werden, geradezu überschwenglich gewesen, so fiel sie hier, in der Intensivpflege, still und fast unmerklich aus.

Aber freiwillige Helfer wie Mrs. Umlauf brachten trotz alledem Wärme und Hoffnung. Sie sprach freundlich und verständnisvoll mit den alten Leuten und ließ sie wissen, daß sie ungefähr im gleichen Alter wie sie war, daß sie lediglich insofern glücklicher als sie dran war, als sie immer noch bei guter Gesundheit war. Auch konnten diese Leute lesen und fernsehen und Musik hören. »Besonders gern«, erklärte Mrs. Umlauf, »sehen sie die Nachmittags-Talkshows, wo Oprah und Donahue und Sally Jessy Raphaël diese unglaublichen Leute auf die Mattscheibe bringen, um mit ihnen über ihre Sorgen und Nöte oder ihre ausgefallenen Hobbys und Lebensstile oder ihre Macken und Schrullen zu diskutieren; wie dieser eine Mann, der mit seinen drei Schwestern geschlafen hatte und nichts Unrechtes daran gefunden hatte; oder die Frau, die für ihre Tochter als Leihmutter eingesprungen war. Sie haben einige Zeit gebraucht, um das Verwandtschaftsverhältnis zwischen der Mutter der Frau und dem Rest der Familie auseinanderzuklamüsern«, sagte Mrs. Umlauf. »Was war nun das offizielle Verhältnis zwischen der Mutter und dem Baby oder zwischen dem Ehemann der Tochter, der ja sein Sperma beigesteuert hatte, und seiner Schwiegermutter?«

Zum Abschluß ihrer Runde schaute Mrs. Umlauf in jenes Zimmer, das ihr stets einen Schauer über den Rücken jagte, aber das zu besuchen sie sich irgendwie verpflichtet fühlte. Eine steinalte Frau, die ausgestreckt auf ihrem Bett lag, über sich einen großen mechanischen Brückenkran, von dem ein Gewirr von

Kabeln, Kanülen, Röhren und Infusionsschläuchen hing, welche sie mit chemischen Nährlösungen in flüssiger Form versorgten. Die Frau war schon seit langer Zeit hirntot, aber durch die zahllosen Apparaturen wurden ihre Körperfunktionen in Gang gehalten – bis halt auf das Hirn, das bereits seit zwei Jahren nicht mehr arbeitete.

Berta Umlauf stellte ihre routinemäßigen Fragen: »Können Sie mich hören, Mrs. Carlson? Mrs. Carlson, soll ich Sie auf die Seite drehen, damit Sie nicht durchliegen? Mrs. Carlson, sehen Sie meine Hand vor Ihren Augen?«

Es kam keine Antwort – und es würde auch, falls nicht noch ein Wunder geschah, niemals eine kommen. Die harte Wahrheit war, daß viele Ärzte in Amerika, die meisten Gerichte und fast alle Parlamentarier auf eine Wiederkehr jenes wundersamen Ereignisses hofften, als ein Mann, der bereits für klinisch tot erklärt worden war, plötzlich aufstand und weiterlebte, als wäre nichts geschehen. Und wie um diesen religiösen Glauben am Leben zu erhalten, erwachte ungefähr einmal im Jahr in Amerika eine Frau wie Mrs. Carlson, die schon seit zwei oder fünf oder gar zehn Jahren im Koma lag, auf wundersame Weise plötzlich wieder zum Leben und nährte so die Hoffnungen jener, die für eine Wiederkehr dieses Phänomens beteten.

Mrs. Umlauf, die inbrünstig für eine solche göttliche Erlösung bei ihren drei Familienangehörigen gebetet hatte, hatte gelernt, nicht zu hoffen, aber sie äußerte doch einen Wunsch, über den sie sehr wohl eine gewisse Kontrolle hatte: »Laß mich – oder jemand anderen, den ich liebe – nur nicht in irgendeinem Zimmer 312 enden!«

»Warum läßt man so etwas zu?« fragte Betsy.

»Weil das Gesetz es uns so vorschreibt. Wir dürfen auf dieser Etage unter keinen Umständen eine lebenserhaltende Prozedur ohne rechtliche Genehmigung abbrechen, und die ist fast unmöglich zu bekommen. Und so halten denn die Wunderapparate der Medizin Mrs. Carlson weiter am Leben, sofern man das als ›Leben‹ bezeichnen kann.« Und als sie das Zimmer wieder verließ, sagte sie: »Dieser Ort ist abstoßend, und ich kann einfach nicht begreifen, wie man das zulassen kann.« Betsy konnte ihr da nur zustimmen.

Als Berta Betsy zurück zu Noras Büro fahren wollte, wurde sie von einer ganz jungen Krankenschwester abgefangen, die sagte: »Mrs. Pawling auf der 319 liegt im Sterben, und sie möchte einen letzten Telefonanruf machen, aber man läßt sie nicht. Kommen Sie bitte schnell!«

Als Berta und Betsy das Zimmer betraten, konnten sie sehen, daß Mrs. Pawling nicht mehr lange zu leben hatte, und sie waren entgeistert, als sie hörten, wo das Problem lag: »Ich möchte meinen Anwalt in einer kleinen Stadt bei Indianapolis anrufen, aber man läßt mich nicht.«

»Wer läßt Sie nicht?«

»Schwester Grimes. Ich darf nur Ortsgespräche führen.«

»Ich werde mit Schwester Grimes sprechen«, sagte Mrs. Umlauf, doch die Stationsschwester weigerte sich strikt und sagte mit unverhohlenem Abscheu: »Diese Pawling! Es ist immer dasselbe mit ihr! Ihre Kinder haben strikte Anweisung gegeben: ›Keine Ferngespräche mehr!‹«

»Können Sie nicht mal eine Ausnahme machen? Ich bezahle den Anruf auch gerne selbst.«

»Keine Ausnahmen.« Schwester Grimes blieb unerbittlich. »Wenn wir sie anrufen lassen, müssen wir es selbst bezahlen. Anweisungen sind Anweisungen.«

»Könnte ich mal unten in der Zentrale anrufen?«

»Natürlich.« Schwester Grimes schob ihr das Sprechgerät zu.

Als Mrs. Umlauf die Zentrale an der Strippe hatte, sagte sie: »Delia, ich möchte, daß Sie Mrs. Pawling, Zimmer 319, ein Ferngespräch nach Indiana führen lassen. Ja, ich weiß, daß das verboten ist, aber Sie können das Gespräch mir in Rechnung stellen. Was? Sie haben das noch nie gemacht? Fragen Sie Mr. Krenek, der wird es genehmigen.« Als sie die Bestätigung erhielt, schob sie das Sprechgerät zurück zu Schwester Grimes, die sie so böse anstarrte, daß Berta, als sie zu Zimmer 319 ging, dachte: Wenn ihr das alles so gegen den Strich geht, warum arbeitet sie dann eigentlich hier? Die würde doch jederzeit sofort einen Job in der Munitionsfabrik kriegen.

Als sie Mrs. Pawling fragte, worüber sie mit ihrem Anwalt sprechen wollte, sagte die Frau leise: »Das Ergebnis der Berufungsverhandlung meines Schwiegersohnes. Er ist seit zwei Jahren in Haft.« Sie seufzte. »Ich habe Elinor ja so sehr bekniet, daß sie ihn nicht heiraten soll, aber er hat ihr einfach so lange Honig um den Bart geschmiert, bis sie schwach geworden ist.« Als das Gespräch durchgestellt war, fragte die alte Frau mit matter Stimme: »Was gibt es Neues, Erik?« Sie horchte, seufzte erneut und sagte: »Du hast mir versprochen, daß es diesmal ...« Es folgte offenbar eine lange Erklärung, an deren Ende sie sagte: »Ich bin sicher, du hast dein Bestes getan, Erik, und wenn es nicht um meine eigene Tochter ginge, würde ich sagen: ›Laß ihn doch im Gefängnis sitzen, bis er schwarz wird‹, aber sie will ihn da raushaben. So wie beim letztenmal.« Sie sagte ihm, er solle es weiter versuchen, wünschte ihm eine gute Nacht und fragte Berta: »Haben *Sie* dieses Gespräch bezahlt?« Als Berta eine wegwerfende Geste machte, um ihr zu bedeuten, daß es nicht der Rede wert sei, sagte die alte Frau mit kummervoller Stimme: »Ich danke Ihnen. Für mich war es wichtig, aber mein Sohn und seine Frau, die mir dieses Zimmer bezahlen, verachten ihren Schwager – verständlicherweise.« Sie fing an zu weinen, und als Berta versuchte, sie zu trösten, wisperte sie wie ein kleines Kind: »Es ist alles so falsch. So hatte es bestimmt nicht enden sollen.«

Als Mrs. Umlauf Betsy wieder in Noras Büro ablieferte, sah die Schwester, daß Betsy von dem, was sie auf der zweiten und dritten Etage gesehen hatte, tief betroffen war, denn sie sagte mit belegter Stimme: »Es hat mir wirklich die Augen geöffnet! Wenn man die ganze Zeit in den Luxusunterkünften im Gemeinschaftshaus verbringt und in dem schönen Speisesaal zu Abend ißt und die Frauen mit ihren Cadillacs sieht, dann kriegt man das Gefühl, daß *The Palms* ausschließlich für Millionäre und Gutbetuchte reserviert ist. Aber da oben, im zweiten und dritten Stock, und vielleicht näher an Gott als wir, sind diese ganz normalen Leute, die ums Überleben kämpfen. Das holt einen wirklich auf den Boden der Tatsachen zurück.«

Nora empfand Freude und Erleichterung angesichts Betsys neuerworbener Reife und ihres echten Mitgefühls für die weniger begüterten Insassen von *The Palms*. Sie befand, daß jetzt der Zeitpunkt gekommen war, über grundsätzliche Dinge zu reden: »Sie sind jetzt in der richtigen Gemütsverfassung, mein Kind. Und Sie haben jetzt einen Plan vor Augen, den es zu erfüllen gilt. In drei, vier Monaten werden Sie damit anfangen müssen, sich neu zu orientieren. Dann werden wir alles für Sie getan haben, was in unseren Kräften stand, und es wird an Ihnen sein, sich ein neues Leben aufzubauen. Ich darf annehmen, Ihr Vater hat genügend Mittel, Sie noch für eine Weile zu unterstützen?«

»Meine Mutter hat mir einen Treuhandfonds hinterlassen, und er selbst ist auch nicht gerade arm. Aber er hat noch zwei andere Töchter, müssen Sie wissen.«

»Warum haben die Sie noch nicht besucht? So weit ist es doch nicht.«

»Sie wohnen oben im Norden, in Chicago, beziehungsweise Omaha, und sie waren sofort zur Stelle, als ich im Krankenhaus lag. Aber sicher, ich kann es mir leisten, mich erst mal ein bißchen umzuschauen, wenn ich nach Hause komme.« Sie hielt inne auf eine Weise, aus der sich herauslesen ließ, daß sie es nicht eilig hatte, nach Chattanooga zurückzukehren. »Nora, es hat mich tief bewegt, Sie bei der Arbeit zu erleben, mitzubekommen, wie Sie Einfluß auf das Leben so vieler Menschen nehmen. Worin liegt Ihr Geheimnis?« Und die Schwarze erwiderte: »Ich glaube, man muß die Menschen lieben. Ich meine, die Guten wie die Bösen, die Lebenden wie die Sterbenden. Sie einfach so nehmen, wie sie sind, herausfinden, was sie bewegt und was sie plagt, und ihnen helfen, einen leichteren Weg zu finden. Es macht mich glücklich, wenn ich Menschen helfen kann.« Sie hielt einen Moment inne, dann fragte sie: »Sagen Sie, Miss Betsy, glauben Sie, daß Sie je heiraten werden?«

»Das habe ich mich seit Januar schon oft gefragt, und besonders seit der Frühling angefangen hat. Der April kann wunderschön sein im Osten von Tennessee, und an einem Regentag, als es nicht so schön war, kam mir plötzlich der Gedanke, daß ich *vor* dem Unfall fünf oder sechs hübsche junge Verehrer hatte, die sich ernsthaft für mich interessierten, aber *nach* dem Unfall schienen sie sich plötzlich allesamt in Luft aufgelöst zu haben.« Sie schüttelte den Kopf. »Und die, die trotzdem vorbeikamen, verhielten sich mir gegenüber wie große Brüder.« Sie musterte Nora, um zu beurteilen, ob sie ihre nächste Äußerung machen sollte, denn sie brachte ihr Problem auf den Punkt, freilich auf eine Weise, die nicht besonders ladylike war: »Die Jungs auf der High-School brüsteten sich immer gerne damit, daß sie in zwei Gruppen geteilt waren: die, die ›auf Titten abfahren‹, und die, die ›auf schöne lange Beine stehen‹. Was hätte ich einem Mann aus der zweiten Kategorie schon zu bieten?«

Nora, die zu Recht vermutete, daß Betsy in Wirklichkeit wissen wollte, wie groß ihre Chancen waren, daß jemand wie Dr. Zorn sich für jemanden wie sie interessieren würde, wußte, daß sie eine Antwort geben sollte, die auch diese zweite, tiefere Frage mitbeantworten würde. Mit versonnener Miene sagte sie: »Wenn Sie lange Krankenschwester gewesen sind, so wie ich, dann erleben Sie eine Menge. Und ich habe einige der verrücktesten Eheschließungen gesehen, die Gott jemals erlaubt hat. Da war zum Beispiel dieses Liliputanermädchen in unserer Stadt in Alabama. Ein süßes Kind, knapp einen Meter groß. Wir fragten uns alle: ›Was wird wohl mal später aus Gracey werden?‹ Und was, glauben Sie, wurde aus ihr? Sie heiratete einen Mann, der eins achtzig groß war, und dann auch noch ein Weißer – sie selbst war eine Schwarze, müssen Sie wissen. Aber er hatte als Missionar gearbeitet und war ganz versessen auf Afrika.« Sie erzählte von anderen Mesalliancen, wo Frauen, bei denen jeder sicher gewesen war, daß sie nie im Leben einen Mann abkriegen würden, eine für ihre Verhältnisse erstaunlich gute Partie gemacht hatten. »Auf der anderen Seite könnte ich Ihnen genauso viele echte Schönheiten aufzählen, bei denen Sie geglaubt hätten, die könnte an jedem Finger zehn haben, und die nie geheiratet oder, wenn doch, voll danebengegriffen haben. Und deshalb mach' ich mir wegen Ihnen, was diesen Punkt anbetrifft, keine Sorgen, Miss Betsy. Sie haben zu viele Dinge, die für Sie sprechen.«

Sie freute sich, daß Betsy gern mit ihr zusammen war und begierig darauf war, sich mit ihr über wichtige Themen zu unterhalten. Sie wußte, daß es für die junge Frau heilsam war, ein wichtiger Bestandteil der *Palms*-Therapie, aber sie machte sich keine Illusionen bezüglich ihrer eigenen Person: Ihr war klar, daß Betsy nicht zuletzt deshalb so oft ihre Nähe suchte, weil sie hoffte, vielleicht auch einen Blick auf Dr. Zorn zu erhaschen und von ihm gesehen zu werden. Das, sagte sich Nora, ist schon ganz in Ordnung so, aber es verblüffte sie doch ein wenig, daß Betsy nie offen darüber sprach, daß sie in den Doktor vernarrt war. Doch jetzt, am Ende ihrer aufschlußreichen Tour durch die anderen Stockwerke, brannte Betsy darauf, über die Dinge zu sprechen, die wirklich wichtig waren, und sie fragte mit erstaunlicher Direktheit: »Sagen Sie, Nora, wie war das mit Doktor Zorns Scheidung?«

»Es war, glaube ich, eine ziemlich unschöne Geschichte.«

»Hatten beide Seiten schuld?«

»Hauptsächlich wohl sie. Es paßte ihr nicht, daß er soviel Zeit darauf verwandte, sich um seine Klinik zu kümmern. Sie fühlte sich vernachlässigt, was ihre sozialen Kontakte anbetraf, aber auch intellektuell – und, wie ich annehme, wohl auch sexuell. Aus diesem Frustgefühl heraus ließ sie sich mit jüngeren Männern ein – Kneipenbekanntschaften – und daran ging die Ehe schließlich kaputt.«

»Woher wissen Sie das alles?«

»Ich habe eine Freundin in Chicago, die ebenfalls Krankenschwester ist; von der weiß ich das.«

Betsy dachte einen Moment über das nach, was sie gerade erfahren hatte, und dann fragte sie: »Glauben Sie, er wird irgendwann wieder heiraten?«

»In den ersten vier Monaten, als er hier war, hat er nichts anderes im Kopf gehabt als seine Arbeit, und da hab' ich schon gedacht: ›Der hat von den Frauen erst mal die Nase voll.‹ Aber seit Sie hierhergekommen sind, beginne ich zu glauben, daß ich mich geirrt habe.«

Mit entwaffnender Offenheit fragte Betsy: »Dann glauben Sie also, ich hätte vielleicht eine Chance?« Und Nora erwiderte: »Ich habe schon die Tage gezählt, bis ihr zwei endlich wach werdet. Und heute, zu meiner großen Freude, sehen Sie Ihrer Aufgabe endlich ins Auge.«

»Das ist eine seltsame Art, das auszudrücken – Aufgabe.«

»Miss Betsy, Sie hatten eine schwere Verletzung, aber das war rein körperlich, und in den Händen von jemandem wie Yancey können Sie wieder gesund werden. Andy hat eine viel schwerere Verletzung erlitten, eine seelische, und nur eine Person, die über äußerste Geduld verfügt und viel Liebe mitbringt, kann ihn heilen.«

»Ist er ein so guter Mann, wie ich glaube?«

»Er ist noch besser. Er macht keine falschen oder schäbigen Züge. Er ist großartig, aber vergessen Sie nicht, er ist ein gebranntes Kind.«

ALS DR. ZORN Miss Foxworth zum erstenmal gebeten hatte, ihm die vertrauliche Liste von Bewohnern des Gemeinschaftshauses zu zeigen, deren Miete gesenkt worden war, damit sie trotz finanzieller Nöte weiter in *The Palms* wohnen konnten, war ihm ein Name ins Auge gefallen, der ihm vage bekannt vorgekommen war. Er erfuhr von Miss Foxworth, daß Harry Ingram ein zweiundsiebzigjähriger Mann war, der ganz allein für sich in einem der kleinsten und billigsten Zimmer wohnte, und sie beschrieb ihn als »diese liebenswerte kleine Maus von einem Mann«.

Zorn, dem sehr daran gelegen war, alle Aspekte seines neuen

Berufes zu begreifen, empfand es als seine Pflicht, Harry Ingram – einen von den Bewohnern, die jemand einmal als »unsere Nullen« bezeichnet hatte – aufzusuchen, um zu sehen, ob er herausfinden konnte, warum das Management ihm finanzielle Unterstützung gewährt hatte. Er bat daher Krenek, einen Tisch im Speisesaal zu reservieren, damit er sich mit Ingram unter vier Augen unterhalten konnte. Harry Ingram entpuppte sich als ein eher unauffälliger, ziemlich unscheinbarer Mann: er war klein, fast zierlich, und hatte in der Tat etwas Mausartiges an sich. Er war kahlköpfig, hatte sich aber das Haar auf der rechten Seite über dem Ohr lang wachsen lassen und über den Schädel drapiert, wo es von einer beträchtlichen Menge von Pomade festgehalten wurde. Er schaute seinem Gegenüber nicht gern in die Augen, starrte jedoch auch nicht auf den Boden, wie es manche machten. Er ließ seine etwas wäßrigen Augen von einer Seite zur anderen wandern, um dann, wenn sein Gegenüber gar nicht damit rechnete, den Blick auf einen zu heften und irgendeine eher banale Bemerkung von sich zu geben, welche er mit einer gewichtigen Feierlichkeit vortrug, die einer Rede zum Unabhängigkeitstag alle Ehre gemacht hätte. Er sprach mit einem leichten britischen Akzent. »Mein Vater«, erzählte er, »wanderte 1870 aus Schottland aus. Genauer gesagt wurde er hinausgeworfen – er war das schwarze Schaf der Familie –, und ging nach Nova Scotia, wo er nach wie vor von dem Geld lebte, das er von der Familie daheim in Schottland übersandt bekam. Er fühlte sich zeit seines Lebens als Schotte, und als er in Kanada einen Sohn bekam – meinen Vater – ließ er ihn im *Empire Office* als britischen Staatsbürger eintragen. Doch als mein Vater später der langen kalten Winter überdrüssig wurde, sparte er das Geld, das immer noch von zu Hause hereintröpfelte, und zog nach Illinois, wo das Wetter besser war und wo er eine Farmerstochter kennenlernte, die ein Stück Land auf ihren eigenen Namen besaß. Unser Name lautete eigentlich Ingraham, aber als wir in die Vereinigten Staaten einreisten, sagte ein Beamter der Einwanderungsbehörde: ›Also, das ist wirklich zu albern. Wenn es Ingram ausgesprochen wird, dann schreiben wir es in *God's own country* auch so.‹ Und so wurden aus uns halt die Ingrams. Weder mein Vater noch einer von uns hat je wieder Schottland besucht, aber wir feiern im Januar den *Robbie Burns Day*, und wir haben ein paar alte Victrola-Schallplatten mit Dudelsackmusik – fürchterliches Zeug.« Es war für seine Verhältnisse eine sehr lange Rede gewesen, weshalb er auch keinerlei Verpflichtung mehr fühlte, für den Rest des Abends noch irgend etwas zu sagen.

Es war ein langweiliges Beisammensein, und Zorn wäre überrascht gewesen, wenn, als er schließlich vom Tisch aufstand, jemand prophezeit hätte: »Harry Ingram ist im Begriff, *The Palms* ins nationale, ja sogar internationale Rampenlicht zu katapultieren und dadurch für einen dramatischen Anstieg der Mietsätze zum Jahresende sorgen, mit dem Ergebnis, daß sich Ihr Center zu einer der einträglichsten Einrichtungen innerhalb der Taggart-Kette mausern wird.«

Diese unwahrscheinlichen Ereignisse nahmen ihren Anfang an einem heißen Junitag um vier Uhr in der Frühe mit einem Telefonanruf aus London, wo es bereits neun war. »Hallo?« rief eine Männerstimme am anderen Ende der Leitung. »Bin ich mit *The Palms* verbunden? Haben Sie einen Bewohner mit Namen Harry Ingram? Könnten Sie mich bitte mit ihm verbinden?«

Die Nachtschwester, die den Anruf entgegengenommen hatte, wies den Anrufer zurecht: »Sir! Ich darf Sie darauf hinweisen, daß es hier vier Uhr morgens ist! Wir schrecken unsere Gäste nicht gern um diese nachtschlafende Zeit aus dem Schlaf.«

»Ich versichere Ihnen, Mr. Ingram wird sich gern aus dem Schlaf geschreckt haben lassen, wenn er erst erfährt, was ich ihm mitzuteilen habe. Bitte stellen Sie mich zu ihm durch.«

Als wenige Augenblicke später ein schlaftrunkener, noch etwas konfuser Harry Ingram an den Apparat kam, überbrachte ihm der Mann aus London eine verblüffende Nachricht: »Sind Sie Harry Peter Denham Robert Ingram? Gut. Dann habe ich eine überraschende Neuigkeit für Sie. Der elfte Ingraham Baronet of Illsworth ist gestern verstorben, so wie sein jüngerer Bruder zwei

Wochen vor ihm. Da keiner der beiden Brüder irgendwelche Erben hat, geht der Titel an den Nebenzweig der großen Chisholm-Familie über, und der einzige überlebende Erbe dieses Zweiges sind Sie. Ab sofort sind Sie berechtigt, sich Sir Harry Ingram, Baronet, zu nennen.« Er machte eine Pause, um seinem Gesprächspartner am anderen Ende der Leitung Gelegenheit zu geben, diese erstaunliche Nachricht erst einmal sacken zu lassen. Dann erklärte er: »In unserem System gibt es viele, viele Männer, die berechtigt sind, sich Sir Thomas oder Sir Alfred Soundso zu nennen, und wenn sie sterben, geht der Titel mit ihnen unter. Aber jemand mit dem Titel Sir Thomas Jones, Baronet, hat nicht nur den Titel, sondern gibt ihn automatisch auch an seine Erben weiter. Es ist eigentlich ganz nett, Baronet zu sein. Stimmen die Angaben hier in meinen Unterlagen? Sie haben keine Erben, weder männliche noch weibliche?«

»Ich war nie verheiratet«, erwiderte der verdatterte frischgebackene Baronet, worauf der Mann in London sagte: »Wie ich dachte. Das bedeutet, daß wenn Sie sterben, falls Sie bis dahin nicht noch Nachwuchs bekommen, was, wie ich annehme, eher unwahrscheinlich ist ... Sie sind zweiundsiebzig, nicht wahr? Bei Ihrem Ableben wird der Titel an eine andere Nebenlinie übergehen, der in Australien. Kennen Sie die zufällig? Sie heißen Stanhope. Nein? Nun, das ist also der Stand der Dinge, und darf ich mir erlauben, Ihnen als erster zu gratulieren, Sir Harry?« Sprach's und legte auf.

Zur gleichen Zeit, da der Beamte Harry in Kenntnis setzte, informierten seine Mitarbeiter das Londoner Pressecorps, daß einer von Englands Titeln jetzt in die Obhut eines betagten Insassen eines Seniorenheimes in Florida gelangt war, und die Nachricht von diesem erstaunlichen Ereignis wurde sogleich von den Londoner Büros der amerikanischen Nachrichtenagenturen an ihre Büros in den Vereinigten Staaten weitergegeben, von wo aus sie an Zeitungen und an Radio- und Fernsehstationen weitergeleitet wurde. Und da die Londoner Verlautbarung das Pflegeheim als *The Palms* in Tampa, Florida, identifiziert hatte, begannen dort wenig später die Telefone zu klingeln, und zwei Fernsehsender schickten Kamerateams auf den Weg nach *The Palms*.

Als der Morgen graute, hatte Schwester Varney bereits das Kommando über das Telefonsystem übernommen, während Andy und Ken Krenek den Verkehr regelten. Botschafter St. Près war aus dem Bett gescheucht worden, da man ihm am ehesten zutraute, die Feinheiten der Situation zu erfassen, und er befand sich jetzt in Harry Ingrams Zimmer und hielt dort die Stellung am Telefon. Es war ein turbulenter Morgen in *The Palms*, als sich die Nachricht verbreitete, daß »unser Harry Ingram« einen Adelstitel in England geerbt hatte. Es wurde allgemein angenommen, daß er jetzt mindestens ein Earl war, wahrscheinlicher aber ein Duke.

Im Laufe des Morgens erklärte Botschafter St. Près immer wieder: »In der britischen Adelshierarchie ist der Titel eines Baronet der zweitniedrigste Titel, der verliehen werden kann. Darunter kommt nur noch das simple ›Sir‹. Das nächste darüber ist das, was er jetzt ist: Sir Harry Ingram, Baronet. Darüber kommen die Viscounts und Earls, und darüber kommt der Marquis und so weiter bis hinauf zum höchsten von allen, dem Duke.«

Dies war der Beginn der Epoche, die in *The Palms* als »Die Jagd nach dem britischen Adel« Berühmtheit erlangen sollte. Jedes Buch, in dem irgend etwas über die großen Adelsfamilien der englischen Geschichte stand, wurde in *The Palms* zum begehrten Gut, und sogar die alten Ausgaben irgendwelcher Klatschmagazine, die Porträts der britischen Prominenz, Biografien von Prinzessin Diana und Wallis Warfield Simpson oder sonst irgend etwas brachten, das auch nur im entferntesten mit dem wundersamen Aufstieg Harry Ingrams in die britische Aristokratie zu tun hatte, wurden zu begehrten Tauschobjekten. Botschafter St. Près mühte sich so unverdrossen und so fruchtlos, Mißverständnisse zu korrigieren, daß er in seiner Frustration vorschlug, eines Abends nach dem Dinner einmal in Form eines Vortrags zu erläutern, was genau ihr geschätzter Mitbewohner Harry Ingram denn nun eigentlich geworden war.

Zu seiner Überraschung erschienen zu seinem Vortrag praktisch sämtliche Bewohner des Gemeinschaftshauses, hundertvierundneunzig an der Zahl. Sein Vortrag war ein Meisterwerk der Erläuterungen, dargeboten in formvollendetem Chefdiplomatenstil.

»Der Begriff *nobility* gilt, zumindest in Großbritannien, ausschließlich für Männer und Frauen, welche die fünf höchsten Ehrentitel innehaben, und zwar in dieser Reihenfolge: Duke, Marquis, Earl, Viscount und Baron. Sie nennt man *the peerage*. Nun müssen Sie wissen, daß auf den Britischen Inseln der Ehrentitel ›Sir‹ sehr weit verbreitet ist; er entspricht dem Ritterschlag und wird an Bürger verliehen, die im öffentlichen Leben Herausragendes geleistet haben. Ein guter Jockey zum Beispiel kann zum Sir ernannt werden – oder ein hervorragender Schauspieler – oder ein Cricketspieler. Königin Elizabeth hat auch Präsident Reagan und Bush ehrenhalber zum Ritter geschlagen. Und es ist durchaus üblich, daß ein Mitarbeiter des Foreign Office, zum Beispiel ein Botschafter, der gute Arbeit geleistet hat, als Anerkennung für seine Verdienste mit diesem Titel geehrt wird.«

»Wären Sie in England ein Sir?« fragte eine Frau, und er erwiderte wahrheitsgemäß: »Durch meine Dienste in Afrika hätte ich mir diesen Titel wohl erworben, nehme ich an. Aber ich denke, wenn *The Palms* in irgendeinem britischen Dorf wäre, hätte man einem oder zwei unserer Mitbewohner wohl längst diesen Titel verliehen, und ich überlasse es Ihnen, darüber zu spekulieren, wen ich da wohl im Sinn habe.«

Diese Aussage löste ein Geraune aus; nachdem dieses wieder abgeebbt war, sagte er: »Jetzt verstehen Sie, daß wenn ich Sir Richard St. Près wäre, bei meinem Tode mein Titel mit mir untergehen würde. Meine Frau – so ich denn eine hätte – wäre zwar strenggenommen nicht dazu berechtigt, sich Lady St. Près zu nennen, aber ihre Freunde und Freundinnen würden sie aus Höflichkeit weiter so anreden. Nach dem Tode aber würde der Titel endgültig verschwinden. Wenn das nicht so wäre, wäre das Land ein wahrer Tummelplatz von lauter Rittern und ihren Ladys.« Er machte eine Kunstpause: »Aber der Titel, den unser Sir Harry geerbt hat, ist ein ganz anderes Paar Schuhe, weil er an seinen Namen nämlich ein ›Bart.‹ anhängen kann, was die Abkürzung für Baronet ist, und in dem Fall geht der Titel an seinen Erben über. Da Harry jedoch, soweit wir wissen, keinen Erben hat, geht sein Titel bei seinem Ableben an den ältesten männlichen Angehörigen der nächsten Kadettenlinie über.«

»Was bedeutet das?« fragte ein Mann, und St. Près erklärte: »Ein Seitenzweig der Familie, vererbt durch irgendeinen jüngeren Bruder oder nahen Verwandten. Soviel ich weiß, ist Sir Harry bereits darüber informiert worden, daß der Titel bei seinem Tode an die Kadettenlinie in Australien übergeht. Falls er nicht in der Zwischenzeit noch männlichen Nachwuchs bekommt.« Diese Bemerkung löste Gelächter aus, und nachdem sich dieses wieder gelegt hatte, faßte der Botschafter zusammen: »Ich finde es, gelinde gesagt, außergewöhnlich, daß unsere Nation, die immerhin einen blutigen Unabhängigkeitskrieg geführt hat, um sich von der despotischen Herrschaft von König George III. zu befreien, heutzutage dermaßen verrückt auf alles ist, was mit dem englischen Königshaus zusammenhängt. Das *People*-Magazin würde glatt eingehen, wenn es nicht mehr den neuesten Klatsch über Prinzessin Diana und Fergie bringen könnte. Ich erinnere mich noch, wie ich vor Jahren einmal im Urlaub im Stanley Hotel in Estes Park in den Colorado Rockys war, als gerade in Großbritannien H. G. Wells und andere für die Abschaffung des Königshauses agitierten. Einige englische Gäste waren bestürzt über die Ungeheuerlichkeit dieses Vorschlags, aber einer von ihnen, ein kluger Schotte, beruhigte sie mit den Worten: ›Keine Angst, Freunde. Der König und die Königin werden niemals entthront werden. Die Leute von Iowa würden das nicht zulassen.‹ Und er hatte recht. Wir haben die beste von beiden möglichen Welten. Die Royal Family gehört uns genauso wie den Briten, aber die Kosten für ihren Unterhalt lassen wir die Briten übernehmen.«

Als eine Zuhörerin, die darauf brannte, ihr Wissen über Adelsdinge loszuwerden, sagte: »Natürlich wird er zum Buckingham-Palast gehen, und die Queen wird ihm mit einem Schwert auf die Schulter klopfen«, belehrte St. Près sie sogleich eines besseren. Er erklärte, daß eine solche Zeremonie nur dann stattfindet, wenn der Titel zum erstenmal verliehen wird, aber niemals für den Erben eines bereits existierenden Titelträgers. »Dann wird die Titelverleihung zu einer reinen Familienangelegenheit«, schloß er, zur sichtlichen Enttäuschung seiner Zuhörerschaft.

Und dann löste sich alles in Luft auf, als ein Offizieller an der britischen Botschaft in Washington erklärte, Harry könne den Titel nur annehmen, wenn er seine US-amerikanische Staatsbürgerschaft aufgebe.

Als Henry von dieser Einschränkung in Kenntnis gesetzt wurde, zeigte er sich überhaupt nicht enttäuscht, daß dieser ziemlich große Ballon nun anscheinend geplatzt war, sondern sagte ganz ruhig: »Kein Problem. Ich bin immer britischer Staatsbürger gewesen.«

»Aber Sie haben mir doch selbst gesagt«, versetzte St. Près gereizt, »Sie hätten die Vereinigten Staaten nie verlassen. Wären niemals in Großbritannien gewesen.«

»Mein Vater stand so loyal zur Krone, daß er auch in Kanada ein ›treuer Untertan des Königs‹ blieb, wie er es ausdrückte. Ich kann mich noch daran erinnern, wie er mit mir auf irgendeine Behörde in Ottawa ging und mich dort als britischen Staatsbürger eintragen ließ.«

»Aber Sie haben dem Mann von der Botschaft doch gesagt, Sie hätten die US-amerikanische Staatsbürgerschaft.«

»Das ist richtig. Im Zweiten Weltkrieg habe ich mich freiwillig zur amerikanischen Armee gemeldet, und Sie haben hier ein Gesetz, das besagt, daß ein Ausländer, der in einer amerikanischen Uniform gegen den Feind kämpft, ein Anrecht auf die volle amerikanische Staatsbürgerschaft hat. Seither habe ich die doppelte Staatsbürgerschaft – Brite durch Geburt, Amerikaner wegen meines Heldenmuts im Kampf. Ich habe mehrere Orden verliehen bekommen, müssen Sie wissen.«

Und so wurde Harry Ingram von *The Palms* der legitime Inhaber der Baronetswürde. Und zu gehöriger Zeit fand *The Palms* wieder zu einem gewissen Grad von Normalität zurück, die es während seiner intensiven Beschäftigung mit der britischen Aristokratie verloren hatte. Aber von der Zeit an sprachen die Bewohner, wenn sie von dem unscheinbaren kleinen Harry Ingram sprachen, nur noch von »unserem Sir Harry, dem Baronet«.

ALS OFFENSICHTLICH WURDE, daß Betsy Cawthorns Genesung sich dem Punkt näherte, wo sie zum erstenmal in der Lage sein würde, den Versuch zu unternehmen, ganz allein zu gehen – ohne Gehhilfe, ohne Stock, ohne Hilfestellung –, war Dr. Zorn so erfreut, daß er Oliver Cawthorn in Chattanooga anrief. »Betsy hat großartige Fortschritte gemacht«, berichtete er überschwenglich. »Wir haben hier so ein System mit parallel verlaufenden Haltestangen auf Griffhöhe – mit einem Abstand von etwa achtzig Zentimetern dazwischen. Eine Patientin, die ihre neuen Beine ausprobieren möchte, kann zwischen den Stangen hergehen und sich festhalten, wenn sie das Gefühl hat, daß sie hinzufallen droht. Mit dieser Sicherheitsvorrichtung ist Betsy gelaufen, ja, richtig gelaufen, bis zum Ende der Stangen und wieder zurück – ohne sich auch nur ein einziges Mal festzuhalten!«

Als Cawthorn seine Freude über diese Neuigkeit äußerte, dämpfte Zorn seinen Überschwang ein wenig: »Vergessen Sie nicht, rein *technisch* gesehen geht sie noch nicht allein. Diese Stangen in Griffweite sind eine ungeheure Hilfe, eine mentale Krücke sozusagen. Der richtige Test kommt erst, wenn sie sich vollkommen außer Reichweite der Stangen bewegt, wenn niemand neben ihr steht, der sie notfalls auffangen kann, wenn sie fällt, und sie quer durchs Zimmer geht.«

»Wann wird das so weit sein?«

»Wer kann das bei Betsy schon sagen? Bald, würde ich sagen, da sie es als eine persönliche Herausforderung empfindet.«

»Würde es den Heilungsprozeß irgendwie behindern oder beeinträchtigen, wenn ich für ein paar Tage zu ihr runterfliegen würde?«

»Ich glaube, sie würde sich unheimlich darüber freuen.«

Und so flog Oliver Cawthorn denn nach Tampa, besuchte seine Tochter und führte sie zum Essen ins *Berns'* aus, das berühmte Tampaer Steakhaus, wo ihr nach dem Hauptgang eine Speisekarte gereicht wurde, auf der sie zwischen mehr als hundert verschiedenen Desserts wählen konnte. Sie entschied sich für einen Kirsch-Käsekuchen nach New Yorker Art und fand ihn köstlich. Als ihr Vater ihr spät am Abend zu ihrem Zimmer hinaufhalf, sagte sie: »Es war ein denkwürdiger Abend, Dad. Der letzte Abend von Phase eins. Morgen werde ich laufen. Und ich würde mich sehr freuen, wenn du dabeisein könntest.«

Am nächsten Tag, nur ein paar Monate nachdem Bedford Yancey dieses verkrüppelte Mädchen, dessen Willenskraft fast völlig zerstört worden war, unter seine Fittiche genommen hatte, kam Betsy mit ihrer Gehhilfe ins Reha-Zentrum, ging zu den Parallelstangen, die ihr, wie sie wußte, als Stütze dienen konnten, falls sie sie brauchte, und verharrte einen Moment lang aufrecht stehend am einen Ende der Stangen. Dann warf sie Yancey, ihrem Vater, Nora und – ganz besonders – Dr. Zorn ein strahlendes Lächeln zu und sagte mit spöttisch gemimtem Heldenmut in der Stimme: »Alles zurücktreten bitte! Ich mache jetzt meinen Jungfernflug!«

Sie schob zögernd den linken Fuß ein kleines Stück nach vorn, und für einen Moment sah es so aus, als würde sie fallen, doch dann gewann sie ihre Sicherheit wieder, und mit einem erst leisen, dann kecken Lächeln auf dem Gesicht setzte sie selbstsicher den linken Fuß richtig nach vorn, zu einem kompletten Schritt. Sie holte tief Luft, hielt einen Moment inne und lächelte erneut ihrem Vater und Dr. Zorn zu. Dann, mit nunmehr gewachsener Sicherheit, vollführte sie hintereinander eine Reihe von Schritten, die wundersam normal anmuteten. Mit einem Triumphschrei und einem strahlenden Lächeln kam sie auf die Männer zugegangen, die ihr mit angehaltenem Atem zuschauten. Sie rechneten halb damit, daß sie ihr Abenteuer beenden würde, indem sie sich einem von ihnen in die Arme fallen lassen würde. Doch Nora, die ebenfalls zuschaute, dachte etwas anderes: Sie wird das durchziehen.

Und Nora hatte richtig vermutet, denn als Betsy ihren »Jungferngang« beendet hatte, machte sie drei weitere Schritte seitwärts zu Dr. Zorn. Als sie ihm von Angesicht zu Angesicht gegenüberstand, warf sie die Arme weit auseinander, fiel ihm um den Hals und küßte ihn überschwenglich.

Nora grinste entzückt, aber alle anderen, die Zeuge ihrer kühnen Attacke wurden, reagierten mit Verblüffung – ganz besonders Dr. Zorn, der instinktiv zurückprallte und das Mädchen, das ihm da um den Hals fiel, fast aus der Balance brachte. Er wußte, daß sie ihm zutiefst dankbar dafür war, daß er ihr das Leben gerettet hatte, und er hatte sich schon Sorgen gemacht, daß sie sich womöglich auf ihn fixiert hatte, als eine Art Heilsbringer. Aber er wußte auch, daß solche Fixierungen nichts Ungewöhnliches bei Patienten waren, die ein schweres Trauma erlitten hatten, und daß sie normalerweise mit der Zeit verschwanden, ohne beim Patienten oder beim Arzt Schaden anzurichten.

Es gab freilich auch andere Fälle – Fälle wie die schlimme Geschichte, die sein Freund und Kollege Dr. Ted Reichert erlebt hatte. Der Gedanke an diese scheußliche Sache ließ ihn erschauern, und später, als er am Ufer des Kanals entlangspazierte und versuchte, sich wieder zu sammeln, dachte er darüber nach, wie leicht es ihm passieren konnte, daß er in die gleiche Schlangengrube stürzte wie Reichert, wenn er es zuließ, daß zufällige Berührungen mit einer hübschen jungen Patientin zu unvorhergesehenen und unkontrollierbaren Leidenschaften ausuferten.

Dr. Reichert war das jüngste Mitglied des Ärztekollegiums an Zorns Chicagoer Klinik gewesen. Er war ein hervorragender Internist, aber die älteren Kollegen merkten rasch, daß er in einem Aspekt seines Berufes eine unverzeihliche Schwäche hatte: Obgleich mit einer reizenden Frau verheiratet, die ihm zwei Kinder geschenkt hatte, hatte er die fatale Neigung, seine attraktiveren Patientinnen in Motels in der Umgebung mitzunehmen, wo die Gefahr bestand, daß irgend jemand ihn erkannte. Und selbst nachdem er schon ein paarmal soeben noch mit einem blauen Auge davongekommen war – ein erzürnter Ehemann hatte gedroht, die Sache an die große Glocke zu hängen –, ließ er von seinem gefährlichen Treiben nicht ab.

Andy als dem ältesten Mitglied des Ärzteteams war die unangenehme Aufgabe zugefallen, Reichert in sein Büro zu zitieren und ihm einen Verweis zu erteilen. »Ted, wenn du so weitermachst, kommst du in Teufels Küche.«

»Was willst du damit sagen?« fragte der draufgängerische junge Bursche patzig, worauf Zorn der Kragen platzte. Er hieb mit beiden Händen auf den Tisch und schnaubte: »Verdammt noch mal, Ted, du stellst weiblichen Patienten nach, schleppst sie in Motels ab und setzt deine Karriere aufs Spiel! Und was mindestens genauso schlimm ist: Du bringst den guten Namen dieser Klinik in Verruf. Wenn du damit nicht ab sofort aufhörst« – seine Stimme schwoll zu einem Brüllen an –, »fliegst du achtkantig aus dieser Klinik, und zwar mit einem Zeugnis, mit dem deine Karriere im Eimer ist!«

Erschrocken darüber, daß er sich zu einem solchen Wutausbruch hatte hinreißen lassen, mäßigte er seinen Ton und sagte: »Ted, mein lieber Freund. Die anderen Kollegen und ich halten dich für einen unserer besten Ärzte. Wir wollen, daß du hierbleibst. Wir wollen dir helfen, so gut wir können, daß du eine lange und glorreiche Karriere machst, aber das können wir nicht, wenn du nicht aufhörst, dich selbst – und uns – blindlings in die Scheiße zu reiten.«

Da blies sich Reichert auf: »Heißt das, ihr habt sozusagen hinter meinem Rücken ein Komitee gegründet, um euch über mich das Maul zu zerreißen? Was glaubt ihr eigentlich, wer ihr seid?« Und er stapfte wütend aus dem Büro.

Bei dem Gedanken, wie fruchtlos seine Mahnung damals gewesen war, mußte Zorn wehmütig lächeln. Reichert hatte es so weiter getrieben wie eh und je – bis eines Tages einer der betrogenen Ehemänner die ganze häßliche Geschichte vor Gericht gezerrt hatte. Für die Chicagoer Presse war der Fall natürlich ein gefundenes Fressen gewesen, und sie hatte den Prozeß genüßlich kommentiert.

Es war daraufhin zu einer zweiten Begegnung in Andys Büro gekommen, und diesmal hatte er nicht die Contenance verloren. Als Reichert wie ein ungehorsamer Schuljunge vor ihm saß, hatte er in eisigem Ton gesagt: »Ted, du hast deinen Kredit in dieser Klinik aufgebraucht. Du bist fristlos entlassen.«

»Das könnt ihr nicht machen. Ich werde euch verklagen, und wenn nötig, gehe ich bis zum –«

Darauf hatte Zorn brutal erwidert: »Daß ausgerechnet *du* von Verklagen sprichst! Gerade du solltest einen möglichst großen Bogen um jedes Gericht machen! Unser Anwalt hat uns versichert, daß wir uns juristisch auf festem Boden bewegen.«

Ted versuchte daraufhin, sich wortreich aus dem Unvermeidlichen herauszuwinden, und als er damit auf taube Ohren stieß, versuchte er es auf die Mitleidstour: »Andy, ich weiß, daß das, was ich gemacht habe, nicht richtig war, aber gib mir bitte noch eine Chance.« Aber Andy blieb hart. »Es ist zu spät, Ted. Dein unglaubliches Verhalten hat dich deinen Job gekostet, deine Ehe, deine zwei Kinder und die Chance, in Chicago irgendwo noch einmal eine Stelle zu kriegen. Und nun verschwinde und sieh zu, daß du irgendwo anders etwas findest – möglichst weit weg von hier.«

Er war stolz darauf, daß er es diesmal geschafft hatte, seinen Zorn im Zaum zu halten, doch als er wieder allein war, wurde ihm plötzlich speiübel, und er mußte sich heftig übergeben, wie als wolle er sich von einem Gift befreien, das seinen Körper durchdrungen hatte.

In den darauffolgenden Jahren hatte sich Zorn den Ruf eines Experten bei den Bemühungen der amerikanischen Freiberufler-Standesorganisationen erworben, ihren Mitgliedern eine gewisse Selbstdisziplin beizubringen. So begrüßte er die Anstrengungen, die in New York gemacht wurden, um zu verhindern, daß etwa Scheidungsanwälte sexuelle Beziehungen zu ihren Klientinnen aufnahmen. Das gleiche galt für die Bemühungen, die auf dem Feld der Psychotherapie unternommen wurden.

Und deshalb war er sich voll über die Problematik der medizinischen Ethik bewußt, was ihn vielleicht besonders sensibel hinsichtlich des Verhältnisses zwischen Arzt und Patientin machte. Daher war die Wahrscheinlichkeit, daß er sich dazu hinreißen lassen würde, sich auf eine Liebesaffäre mit einer hübschen Besucherin der Gesundheitseinrichtungen von *The Palms* einzulassen, nur sehr gering.

Andy versuchte, die Sache herunterzuspielen. »Betsy hat sich halt ein bißchen in mich verguckt«, redete er sich selber ein, während er in Selbstgespräche versunken am Kanal entlangging, »so wie eine Schülerin in ihren Sportlehrer. Das wird sich schon wieder geben, wenn ich sie einfach so behandle wie jede andere Patientin. Sie wird ihre Rehabilitation bald abgeschlossen haben und wieder nach Tennessee zurückfliegen.« Er würde sie gewiß nicht gern abreisen sehen, denn sie war wirklich eine ganz patente junge Frau und in jeder Hinsicht eine Bereicherung von *The Palms* gewesen, aber er würde sich wohler fühlen, wenn sie wieder weg war.

IN DEN FEUCHTHEISSEN Tagen des Mittsommers, jener Jahreszeit, in der Florida sich von seiner am wenigsten attraktiven Seite zeigt, erlebte *The Palms* eine jener unschönen Begebenheiten, denen Seniorenheime manchmal ausgesetzt sind. Die beiden Kinder von Chris Mallory strengten, unterstützt von vier Enkelkindern, einen Prozeß gegen die Mallorys an. In dem Verfahren, das vor dem Gericht in Tampa verhandelt wurde, sollte nach dem Willen der Kinder und Enkelkinder festgestellt werden, daß die Großeltern durch ihr »unverantwortliches Verschleudern des Familienvermögens« ihre, der Kinder und Enkelkinder, Zukunft aufs Spiel setzten. Sie stellten den Antrag, einen Vormund einzusetzen, der darüber wachen sollte, wie Chris Mallory, der Großvater, seine Ersparnisse ausgab, um so zu verhindern, daß »der Familie weiterer schwerwiegender Schaden« zugefügt werde.

Andy, der allen Grund hatte zu glauben, daß Chris Mallory im Vollbesitz seiner geistigen Kräfte war – hatte sich der Mann nach der unseligen Affäre mit seinem Führerschein doch zu einem geradezu vorbildlichen Bewohner von *The Palms* gemausert –, fühlte sich verpflichtet, alles in seiner Macht Stehende zu unternehmen, um den alten Leuten zu helfen. Doch als er gerade im Begriff war, ihnen seinen Entschluß kundzutun, kam Ken Krenek in sein Büro gestürmt, um ihn zu warnen: »Andy, mischen Sie sich, um Himmels willen, nicht in diese Angelegenheit ein – nicht bei dem Rechtssystem, das hier in Florida herrscht! Sonst finden Sie sich in kürzester Zeit in einem dichten Dschungel wieder, umringt von wilden Tieren, die sich von allen Seiten an Sie heranpirschen.«

Als Zorn ihn erstaunt fragte, warum er denn derart pessimistisch sei, erzählte ihm Krenek aus dem Schatz seiner eigenen schmerzhaften Erfahrungen mit Gerichten in Florida. »Der Staat Florida tut alles, um seine Anwälte zu schützen. Kein Wunder, sind doch die meisten Richter an ihren Job gekommen, indem sie zuerst einmal als Anwälte gearbeitet haben.

Andy, Sie stellen bereits Fragen bezüglich unserer Ärzte. Legen Sie sich jetzt bloß nicht auch noch mit den Anwälten an.«

»Aber wenn doch eindeutig Ungerechtigkeit vorliegt –«

»Nein. Wovor ich Sie warne, ist die Justiz à la Florida. Lassen Sie die Finger davon.«

»Wovor müßte ich mich im Fall der Mallorys fürchten? Für mich sieht der Fall ganz eindeutig aus. Habgierige Kinder, die versuchen, an das Geld des alten Herrn zu kommen. Das sollten wir verhindern.«

»Ich habe bei solchen Fällen die Erfahrung gemacht, daß das, was für Sie oder für mich völlig klar auf der Hand liegt, für die

Richter und die Geschworenen alles andere als klar ist. Jeder Familienangehörige kann einen solchen Prozeß anstrengen, und viele tun das auch; oder sie fechten ein völlig ordnungsgemäß aufgesetztes Testament an – und Sie glauben ja gar nicht, wie viele das tun und damit auch noch vor Gericht durchkommen.«

»Ich dachte immer, ein Testament ist ein Testament, felsenfest und unumstößlich.«

»Das haben Sie aber auch nur gedacht! Was ein ordentliches Testament ist und was nicht, bestimmt das Nachlaßgericht, und Sie glauben ja gar nicht, was für ›Beweise‹ alles vorgebracht werden können, um einen Letzten Willen in Frage zu stellen, der in der denkbar klarsten Sprache abgefaßt wurde.« Als Beispiel zitierte er einen berühmten Fall, bei dem es um eine große Summe ging, die ein reicher Geschäftsmann der Universität vermacht hatte, an der er, Krenek, studiert hatte. »Auf seine alten Tage hatte dieser reiche Geschäftsmann seine Liebe zur Astronomie entdeckt und seiner alten Schule eine beträchtliche Summe für den Bau eines mit allen Schikanen ausgestatteten Observatoriums vermacht. Dieser ›Mißbrauch des Familienvermögens‹ brachte die Erben des alten Herrn dermaßen in Rage, daß sie das Testament gerichtlich anfochten. Sie glauben ja gar nicht, was da plötzlich so alles für Verwandte auftauchten – Leute, die der alte Mann sein Lebtag nicht gesehen hatte; wie die Ratten kamen sie jetzt, wo es plötzlich was zu erben gab, aus ihren Löchern gekrochen –, aber sie bastelten eine hundsgemeine Klage zusammen. Das ›Beweismittel‹, das anscheinend den größten Eindruck auf das Gericht machte, war die nicht widerlegbare Behauptung, daß der alte Mann es sich zur Gewohnheit gemacht hatte, des Nachts allein nach draußen zu gehen, um die Sterne zu beobachten. Das ›bewies‹, daß er verrückt war und daher außerstande, ein vernünftiges Testament aufzusetzen.«

»Aber diesen ›Beweis‹ kann das Gericht doch wohl kaum ernst genommen haben«, wandte Andy ein, doch Krenek zitierte eine noch schwerwiegendere Anschuldigung, die gegen den alten Mann erhoben worden war: »Die Verwandten boten einen Arzt auf, der aussagte, daß seiner Meinung nach der Tod des Großvaters durch eine Lungenentzündung verursacht worden sei, die er sich bei einem seiner nächtlichen Ausflüge zugezogen habe. Der Richter fragte: ›Verhält sich so ein Mensch, der bei klarem Verstand ist?‹ Und als der Arzt ›Nein!‹ sagte, pflichtete die Jury ihm bei, und das Testament wurde für ungültig erklärt. Die Universität konnte ihr Observatorium abschreiben, und die Verwandten teilten das Erbe unter sich auf.«

»War es viel, was sie bekamen?«

»Da sie so viele waren, kriegten sie nur wenig. Das meiste ging für die Anwälte drauf.«

»Glauben Sie, die Mallory-Kinder könnten sich eine ähnliche Gemeinheit ausdenken?«

»Ich habe drei oder vier solcher Fälle verfolgt, und kein vernünftig denkender Mensch kann voraussagen, was für Vorwürfe gegen Mr. Mallory erhoben werden könnten – nur eines steht fest: Wie verrückt sie auch immer klingen mögen, das Gericht wird sie ernst nehmen.«

»Es könnte also sein, daß er echte Schwierigkeiten bekommt?«

»Ja.«

»Nun gut, dann werde ich halt versuchen, ihnen zur Seite zu stehen.«

Krenek schaute sich um, um sich zu vergewissern, daß niemand mithörte, und sagte leise: »Andy, bitte, halten Sie sich da raus! Wenn Sie versuchen, sich vor Gericht für die Mallorys einzusetzen, werden die gegnerischen Anwälte Hackfleisch aus Ihnen machen. Sie werden behaupten, daß es Ihnen bloß um Ihre eigenen finanziellen Interessen geht. Nehmen wir nur einmal an, der vom Gericht bestellte Vormund sagt, die Mallorys müßten ab sofort bescheidener leben und aus *The Palms* ausziehen. Dann verlieren Sie auf einen Schlag die Mieteinnahmen für dieses große Apartment.«

»Würden die sich tatsächlich zu so einer Niedertracht herablassen? Den alten Leuten vorschreiben, wo sie zu wohnen haben, nur um den Erben Geld zu sparen? Was ist aus dieser Welt geworden?«

»Genau darauf wird es hinauslaufen«, sagte Krenek, und er zählte ein halbes Dutzend Fälle auf, bei denen es um die Anfechtung von Testamenten gegangen war – ein Thema, das ihn sehr interessierte: »Der faszinierendste, an den ich mich erinnere, war der Versuch der Verwandten der berühmten Opernsängerin Luisa Tetrazzini, die alte Dame für verrückt erklären zu lassen. Sie behaupteten, sie würde mit vollen Händen das Geld zum Fenster rausschmeißen, das eigentlich ihnen, den Erben, zustände. Sie zimmerten sich ein abenteuerliches Gebilde aus Verdächtigungen, ›Beobachtungen‹ und Halbwahrheiten zusammen, um zu beweisen, daß die Sängerin so unzurechnungsfähig sei, daß sie unter die Kuratel eines Vormunds gestellt werden müsse. Und – natürlich – erboten sie sich, dieses Amt zu übernehmen.«

»Wie ging die Sache aus?«

»Zunächst sprach alles gegen die alte Frau. Sie hatte sich, sagen wir mal, etwas merkwürdig verhalten, doch als alles verloren schien, bat sie den Richter, selbst in den Zeugenstand treten zu dürfen, und ohne Libretto und ohne musikalische Begleitung sang sie solo die gesamte Verrücktenszene aus der Oper *Lucia di Lammermoor*. Als sie zu Ende gesungen hatte, so die Überlieferung, sagte der Richter von seiner Richterbank aus: ›Madam, Sie sind alles andere als unfähig.‹ Und die Verwandten verloren den Prozeß.«

Es war ein zutiefst ernüchterter Dr. Zorn, der den Eröffnungstagen des Verfahrens *Mallory gegen Mallory* beiwohnte, denn ihm wurde rasch klar, daß eine Stimme der Vernunft wie die seine vor diesem Gericht nicht gefragt sein würde. Er war entsetzt und angewidert angesichts der Zeugenaussagen, die zugelassen wurden. Die jungen Mallorys boten Zeugen auf, die aussagten, die alten Leute, die »schließlich schon über neunzig sind, suchten regelmäßig Tanzclubs auf, in denen zwielichtige Elemente verkehren«. Und andere Zeugen sagten aus, sie hätten die Mallorys zwar nicht in Tanzclubs von zweifelhaftem Ruf gesehen, aber »es war allgemein bekannt, daß sie verrückt aufs Tanzen waren und große Summen für Eintrittskarten ausgaben.«

Besonders schädlich war die Aussage einer Kellnerin eines örtlichen Restaurants, wonach das Paar oft in ihrem Restaurant zu Abend gegessen und viel Geld dafür bezahlt hätte, obwohl es doch »Anspruch auf eine freie Mahlzeit in *The Palms* hatte«.

»Woher wissen Sie, daß es einen solchen Anspruch hatte?« fragte der Richter, und die Kellnerin sagte: »Weil sie es mir gesagt haben. Eines Abends sagten sie: ›Dieses Essen kostet uns richtiges Geld, denn in *The Palms* haben wir schon für unser Abendessen bezahlt.‹«

»Warum haben sie Ihnen das erzählt?«

»Weil sie reden wollten. Sie erzählten mir eine Menge. Sie waren sehr offen mit Erzählen, aber sehr zugeknöpft, wenn es ums Trinkgeld ging.«

»Sie mochten die Mallorys nicht?«

»Ich lebe vom Trinkgeld, nicht von hohlem Geschwätz.«

Der von den Kindern aufgebotene Anwalt fragte: »Aber sie räumten ein, daß sie, indem sie in Ihrem Restaurant zu Abend aßen, Geld verschwendeten?«

»So könnte man es auffassen.«

»Aber Sie haben gerade ausgesagt, sie hätten zu Ihnen gesagt – ich zitiere: ›Dieses Essen kostet uns richtiges Geld.‹ Haben sie das gesagt?«

»Ja.«

Auch ein anderer Zeuge, ein Garagenwächter, »bestätigte«, daß die Mallorys hemmungslose Geldverschwender seien: »Sie hatten einen tollen alten Cadillac vor der Tür stehen. Aber wenn sie ins Restaurant wollten, fuhren sie immer mit dem Taxi.«

»Könnte es sein«, fragte der Anwalt der alten Leute, »daß sie, wie viele andere ältere Leute auch, das Risiko vermeiden wollten, im Dunkeln zu fahren?«

»Ganz bestimmt nicht. Sie fuhren oft abends zum Einkaufen zur Mall. Wissen Sie, was ich glaube, warum sie sich immer ein Taxi nahmen, wenn sie zum Restaurant fuhren? Weil sie sich dort ein paar hinter die Binde kippten und nicht wollten, daß sie mit Alkohol am Steuer erwischt wurden.«

Dies führte zu Aussagen von anderen Zeugen, die bestätigten, jawohl, die Mallorys tranken sich hin und wieder gerne einen und jawohl, sie hielten sich immer einen ordentlichen Vorrat an Alkoholika in ihrem Apartment, wo sie seinen Bridgepartnern und ihren Freundinnen, die in der Gesundheitsabteilung halfen, gern einen Drink einschenkten.

»Es trifft also zu, daß sie eine gerngesehene Adresse in *The Palms* waren?«

»Für die, die sich gerne für lau einen tranken, ganz bestimmt«, sagte eine junge Frau in gehässigem Ton.

Der Anwalt der Kinder bauschte besonders die Tatsache auf, daß die Polizei von Tampa dem alten Herrn wegen seiner unsicheren Fahrweise den Führerschein hatte abnehmen müssen. Er rief nicht nur den jungen Verkehrspolizisten in den Zeugenstand, der von dem Beinahe-Unfall erzählte, den Chris Mallory seinerzeit um ein Haar auf der Route 41 verursacht hätte, sondern rief auch die im Gerichtssaal anwesenden Bewohner von *The Palms* auf, die zugeben mußten, daß das, was die Anwälte durch geschicktes Fragen herausgekitzelt hatten, zutraf: daß nämlich jeder seiner Nachbarn ihn auf die eine oder andere Weise gedrängt hatte, das Autofahren aufzugeben.

Während er stocherte, ließ der Anwalt es so klingen, als besiegele das Führerscheinproblem seinen Fall: »Dann sind Sie also ganz von selbst, ohne irgendwelchen Druck von außen, ja sogar ohne mit irgendeinem Dritten darüber zu sprechen, für sich zu der Überzeugung gelangt, daß Mr. Mallory nicht mehr in der Lage war, ein Kraftfahrzeug zu lenken?« Und wenn der jeweilige Zeuge dann nicht umhin kam, »ja« zu sagen, wandte sich der Anwalt der Jury zu und zuckte mit den Achseln, als wolle er sagen: Was soll ich dazu noch weiter sagen? Der alte Knabe ist halt senil.

Als Andy sah, wie die Jury dem Anwalt folgte und voll auf diesen Punkt, den Verlust des Führerscheins, einging, reifte in ihm der Entschluß, sich für Chris Mallory ins Mittel zu legen, war doch das, was sich da abspielte, seinem Empfinden nach eine große Sauerei, doch bevor er seinen Vorsatz in die Tat umsetzen konnte, rief der Anwalt Muley Duggan in den Zeugenstand, und nun passierte etwas, das der Sache wieder eine neue Wendung gab. Muley Duggan wollte ganz offensichtlich nicht aussagen, denn seine Antworten kamen nur zögernd und waren eher dazu angetan, die Mallorys zu verteidigen. Doch schließlich schaute der Anwalt auf einen Zettel und fragte: »Trifft es zu, daß Sie bei der Gala zum 4. Juli zu einer Gruppe von Mitbewohnern gesagt haben: ›Der alte Knacker gehört runter von der Straße, zu seinem eigenen Besten und zu unserem‹?«

Muley schwieg mehr als eine halbe Minute – in einem Gerichtssaal eine Unendlichkeit. Dann drehte er den Körper so, daß der Anwalt und die Jury seinen Mund sehen konnten, der Richter jedoch nicht, und formte mit den Lippen – so langsam und so deutlich, daß es für jeden in der Jury, der nicht blind war, unmißverständlich war – die beiden Worte: »Du Arschloch.« Dann wandte er sich langsam dem Richter zu und sagte: »Ja, im Scherz.«

»Ich habe nicht gefragt, ob es ein Scherz war«, sagte der Anwalt mit mühsam beherrschter Stimme. Er hatte sehr wohl mitbekommen, daß Muley ihn lächerlich gemacht hatte. »Ich habe gefragt, ob Sie es gesagt haben!« Worauf Muley kleinlaut bestätigte, so als hätte er Manschetten vor dem Anwalt: »Ja.« Aber Andy konnte sehen, daß mindestens zwei Mitglieder der Jury Muleys unausgesprochene Worte mitbekommen und zustimmend geschmunzelt hatten.

Aber diese zwei Geschworenen waren ein gar zu dünner Strohhalm, als daß man in diesem Fall, bei dem es schließlich um viel Geld ging, auf sie hätte bauen können, denn Andy hatte beobachtet, daß andere Angehörige der Jury durchaus beeindruckt schienen von dem Mischmasch aus Gerüchten, insbesondere der Tatsache, daß die Mallorys in einem Restaurant gespeist hatten, obwohl sie doch in *The Palms* umsonst hätten essen können. Er hatte das Gefühl, daß die Mehrheit der Geschworenen gegen die beiden liebenswerten Alten eingestellt war.

Seine Sorgen verstärkten sich noch, als er nach *The Palms* zurückkehrte und sah, wie besorgt besonders die älteren Leute auf die Gefahr reagierten, die ihren Freunden drohte: »Diese Woche sind sie es, denen sie ihr Geld wegnehmen, nächste Woche könnte uns das gleiche passieren«, sagte eine Frau. Ihre Freundin versuchte ihr zuzureden: »Aber deine Kinder sind doch nicht so. Es sind wundervolle Menschen – ich kenne sie.« Worauf Muley Duggan, der zugehört hatte, knurrte: »Früher hieß das Sprichwort einmal: ›Wo ein Wille ist, da ist auch ein Weg.‹ Heute könnte man es folgendermaßen abwandeln: ›Wo ein Letzter Wille ist, da sind meistens auch jede Menge raffgierige Verwandte.‹ Wir sind alle verwundbar, wenn Aasgeier wie diese Mallory-Bälger es auf unsere Ersparnisse abgesehen haben.«

Die Furcht war so weit verbreitet unter den Bewohnern, daß Andy Krenek in sein Büro bat und sagte: »Ken, die machen den alten Mr. Mallory fertig. Das kann ich nicht zulassen. Rufen Sie seinen Anwalt an und sagen Sie ihm, ich bin bereit, zu seinen Gunsten auszusagen. Diese Farce muß aufhören.«

Wie schon zuvor warnte ihn der Geschäftsführer vor einem solchen öffentlichen Auftritt, zumal wenn der Anwalt der jungen Mallorys bereit sein würde, ihn auseinanderzunehmen. Als Andy ihn daraufhin fragte, ob er Angst habe, den Anruf zu machen, überlegte Krenek einen Augenblick, bevor er mit Bedacht antwortete: »Zum Wohle von *The Palms* weigere ich mich, diesen Anruf zu tätigen.« Er stand auf und ging zur Tür. Doch bevor er Andys Büro verließ, hielt er inne, drehte sich noch einmal um, hob warnend den Zeigefinger gegen Andy und sagte: »Andy, wenn Sie in den Zeugenstand treten, müssen Sie sich darauf gefaßt machen, daß die Gegenseite nachbohrt, warum Sie von Chicago weggegangen sind. Der Anwalt wird Ihnen alles Mögliche vorwerfen und genüßlich darauf hinweisen, daß Sie in Florida nicht praktizieren dürfen. Halten Sie sich da raus – zu Ihrem eigenen Besten.« Er wandte sich um und ging hinaus.

Andy dachte über die Worte seines Assistenten nach. Er könnte recht haben, dachte er. Ich könnte sowohl mir selbst als auch der Einrichtung schaden. Doch dann wischte er diesen Gedanken wütend beiseite und läutete nach seiner Oberschwester. »Nora, die wollen die Mallorys fertigmachen, und ich finde, ich muß da einschreiten und sie in Schutz nehmen, aber Ken sagt, ich soll mich raushalten. Er meint, ich könnte mir selbst und *The Palms* damit schaden.«

Nora überlegte einen Moment, dann nickte sie und sagte: »Ja, Mr. Krenek ist schon so lange hier, daß er *The Palms* quasi als sein Eigentum betrachtet. Bei jeder Entscheidung, die er trifft, steht das Wohl von *The Palms* an erster Stelle. Sie aber denken auch an das Wohl der Bewohner. Ihre Art sagt mir mehr zu.«

»Aber könnte er recht haben? Wenn ich mich einschalte, könnten wir beide Schaden nehmen, ich selbst und *The Palms*?«

»Das könnte durchaus sein. Aber geht es hier nicht um Recht oder Unrecht?«

»Ja. Was die mit den Alten machen, ist himmelschreiendes Unrecht.«

»Was für eine Wahl haben Sie dann noch? Hauen Sie ihnen einen vor den Latz.«

»Ihre Einstellung ehrt Sie, aber wenn ich rausfliege, kommen Sie dann mit – in welchem neuen Job ich auch immer landen werde?«

»Sieht so aus, als wären wir ein Team, Andy. Ich sage: ›Geben Sie den sauberen Verwandten eins auf den Rüssel.‹« Doch dann fügte sie hinzu: »Ich würde die vier Gentlemen von der Tertulia mitnehmen. Deren Wort hat Gewicht.«

Und so kam es denn, daß Andy den Anwalt der alten Leute anrief und nicht nur seine Dienste anbot, sondern auch versprach, daß er am nächsten Tag vier sehr distinguierte Bewohner von *The Palms* zur Verhandlung mitbringen würde, die bestätigen würden, daß Chris Mallory nicht nur weit davon entfernt war, senil zu sein, sondern auch vollkommen im Besitz seiner geistigen Kräfte. Nachdem er dieses Versprechen abgegeben hatte, ging er zum Speisesaal, steuerte geradewegs den Ecktisch an, an dem die Tertulia den Fall bereits diskutierte, zog sich, ohne um Erlaubnis zu fragen, einen Stuhl heran und sagte geradeheraus: »Meine Herren, ich habe mir die Freiheit herausgenommen, dem Anwalt der Mallorys zu versichern, daß Sie vier morgen zusammen mit mir vor Gericht erscheinen und aussagen, daß Chris im vollständigen Besitz seiner geistigen Kräfte und in der Lage ist, seine Angelegenheiten selbst zu regeln. Ich meine, es ist unsere Pflicht, dieser raffgierigen Bande ihre Grenzen aufzuzeigen.«

Andy fragte einen nach dem andern, was er unter Eid zugunsten von Chris Mallory auszusagen in der Lage und bereit sein würde. Was dabei zusammenkam, war in der Tat erstaunlich: Jeder der vier Männer hatte irgendwann einmal mit Mallory über ein Thema von beträchtlicher Komplexität diskutiert, und noch bevor das Abendessen beendet war, war die Tertulia dafür gerüstet, ihren Mitbewohner zu verteidigen.

Die Zeugenbefragung am nächsten Morgen begann damit, daß der Leiter von *The Palms* eine, wie er selbst fand, leidenschaftliche Verteidigungsrede für die alten Leute lieferte, doch als der Anwalt der Kinder seine Chance bekam, Zorns Zeugenaussage zu zerfetzen, tat er dies, wie Krenek es vorausgesagt hatte, erbarmungslos, denn er hatte vorausgesehen, daß Andy sich in den Fall einmischen würde, und sich entsprechend vorbereitet.

»Ist dies Ihr Memorandum?« Es war es. »Darin bezeichnen Sie das Ehepaar Mallory als – ich zitiere: ›Die Mallory-Jojos‹?«

»Ja, das stimmt. Es war halt so eine Redensart –«

»Ich habe Sie nicht um eine langatmige Erklärung gebeten. Haben Sie die beiden als Jojos bezeichnet oder nicht?«

»Schon, aber das war bloß –«

»Dr. Zorn, es gab da gewisse, sagen wir: Unstimmigkeiten, während Ihrer Tätigkeit als Mediziner in Chicago. Sie sind nicht berechtigt, in Florida zu praktizieren, richtig?«

»Das stimmt – aber nur, weil ich nie –«

»Dr. Zorn, als Direktor von *The Palms* würden Sie eine Menge Geld verlieren, wenn die Mallorys auszögen, nicht wahr?«

»Sie sind auch schon früher ausgezogen, und wir existieren trotzdem noch.«

»Aber Sie würden Geld verlieren, nicht?«

»Nein.«

»Wie bitte?«

»Im Gegenteil. Als sie einzogen, haben sie die Miete für zwei Jahre im voraus bezahlt, und dieses Geld wird nicht zurückerstattet.«

»Aber es liegt in Ihrem finanziellen Interesse, in diesen Gerichtssaal zu kommen und auszusagen, daß die Mallorys, insbesondere Mr. Mallory, in der Lage sind, für sich selbst zu entscheiden.«

»Erwägungen finanzieller Art spielten bei meinem Entschluß, hier auszusagen, nicht die geringste Entscheidung.« Als Andy versuchte, seine Motive zu erläutern, sagte der Anwalt mit tiefer Verachtung in der Stimme: »Das ist alles, Dr. Zorn.« Das »Doktor« betonte er mit besonderer Häme. »Wir brauchen keine weiteren Aussagen von Ihnen.«

Während dieser Befragung bemerkte Zorn, daß Betsy Cawthorn in den Saal gekommen war. Obgleich er sich wegen der peinlichen Szene in der Reha-Abteilung noch immer scheute, ihr nahe zu kommen, sagte er sich: Komm schon Andy, sie ist eine Patientin und eine Bewohnerin von *The Palms*, also geh zu ihr und sag hallo. Er verließ den Zeugenstand und begab sich zu ihr.

Ihr Herz tat einen kleinen Sprung, als sie ihn nahen sah; sie litt noch immer unter seiner Abfuhr in der Reha. Sie begrüßte ihn mit einem verlegenen Lächeln. »Ich hoffe doch, die Mallorys gewinnen den Prozeß.«

»Ich fürchte, ich war ihnen keine große Hilfe«, sagte Andy.

»Doch, das waren Sie ganz bestimmt. Ich habe die Geschworenen genau beobachtet. Einige von ihnen haben Ihre Aussage ernst genommen; das konnte ich genau sehen.«

»Ich wünschte, ich hätte mehr für sie tun können. Trotzdem, vielen Dank für Ihre Aufmunterung. So, und jetzt muß ich schauen, ob ich den Schaden, den ich angerichtet habe, wiedergutmachen kann.« Innerlich vor Entrüstung brodelnd, ging er zu der Stelle, wo die Mitglieder der Tertulia warteten. »Ich fürchte, ich habe alles bloß noch schlimmer gemacht. Es tut mir leid. Aber ihr Jungs müßt diesen netten alten Mann heraushauen. Bitte.«

Als Senator Raborn in den Zeugenstand trat, um die Blutung zu stoppen, fragte der Anwalt der alten Leute: »Ist es richtig, daß Sie vier volle Amtsperioden als Senator der Vereinigten Staaten gedient haben? Und daß Sie während dieser vierundzwanzig Jahre in verschiedenen Ausschüssen in führender Position tätig waren?«

»Es waren bloß zweiundzwanzig Jahre«, korrigierte ihn Raborn, und dann zählte er vor den Geschworenen die Namen der illustren Komitees auf, in denen er tätig gewesen war. Die beiden besonders wichtigen, deren Vorsitz er innegehabt hatte, bewahrte er sich bis zum Schluß auf.

»In diesen letztgenannten Funktionen waren Sie doch gewiß mit Problemen von gewisser nationaler Bedeutung befaßt, Herr Senator?«

»Landwirtschaftspolitik und Arbeitsmarktpolitik sind sich zwar nahezu diametral entgegengesetzt, aber sie sind durchaus von Bedeutung für die Republik, ja.«

»Hat Chris Mallory, der hier in diesem Gerichtssaal sitzt, jemals mit Ihnen über solche Themen diskutiert?«

»Ja. Er hatte als Abgeordneter seines Verwaltungsbezirks für die Republikaner in diversen Ausschüssen gesessen, und er hatte seine politischen Interessen auch nach dem Rückzug ins Privatleben weiterverfolgt.«

»Haben Sie auch in jüngster Zeit noch solche Diskussionen geführt?«

»O ja. Er kam erst noch vor einer Woche zu mir, um gegen Präsident Clintons Agrarpolitik zu protestieren, und er hatte vier Vorschläge, wie die Lasten, die besonders auf die großen Farmen westlich des Mississippi drücken, gesenkt werden könnten.«

»Und waren diese Vorschläge vernünftig?«

»Meiner Meinung nach waren sie besser als das, was die Demokraten zu bieten hatten.«

»Nach diesen Unterhaltungen ... und da gab es, nehme ich an, noch andere?«

»Viele.«

»Nach diesen Unterhaltungen zu urteilen, empfanden Sie da Chris Mallory als voll auf der Höhe? Ich meine, geistig.«

»Ich empfand ihn als äußerst kompetent und klug. Aber natürlich war die Landwirtschaftspolitik auch eines seiner Interessengebiete gewesen. Da habe ich nichts anderes erwartet, als daß er eine Menge Fachwissen haben würde.«

Im anschließenden Kreuzverhör frustrierte der Senator den Anwalt der Mallory-Kinder weiter, indem er noch ein paar andere komplexe Gebiete aufzählte, auf denen ihr Großvater Geistesschärfe nachgewiesen hatte. »Aber diese Diskussionen fanden alle in der Vergangenheit statt?« fragte der Anwalt.

»Wenn Sie die vorletzte Woche als Vergangenheit betrachten, ja«, konterte Raborn trocken.

Andy sah mit Erleichterung, daß einige der Geschworenen vom Auftreten und vom Zeugnis des Senators beeindruckt waren, aber das eigentliche Glanzlicht des Morgens kam, als Präsident Armitage in den Zeugenstand trat. Nachdem er seine Visitenkarte abgeliefert hatte, die beeindruckend war – mit der langen Liste von Veröffentlichungen und Diensten, die er der Bundesregierung erwiesen hatte – berichtete er von Unterhaltungen mit Mallory, die nicht viel anders waren als die, von denen der Senator erzählt hatte. Er mußte gemerkt haben, daß er im Grunde nichts anderes tat, als das, was Raborn bezeugt hatte, zu bestätigen, denn aus heiterem Himmel erklärte er: »Und Mr. Mallory war darüber hinaus mir persönlich eine große Hilfe, und daher hatte ich eine gute Gelegenheit, mir ein Bild von seiner Geistesschärfe zu machen.«

»Könnten Sie das näher erläutern?«

»Meine Frau und ich hatten gewisse Ersparnisse, von meinen Büchern und Redehonoraren, und wir waren der Ansicht, daß ein Interessenkonflikt entstehen würde, wenn ich den Finanzmanager meines ehemaligen Colleges bitten würde, mich bezüglich der

Anlage dieser Gelder zu beraten. Also ging ich zu Mr. Mallory, da ich wußte, daß er Präsident einer Bank gewesen war, und ließ mich von ihm beraten – was er gerne tat.«

»Und mit welchem Ergebnis?«

»Unser College-Finanzberatungsteam verschaffte uns sieben Prozent auf die College-Gelder, die es anlegte. Chris Mallory holte für meine Frau und mich zehneinhalb Prozent heraus, Jahr für Jahr.«

»Aber hat er Ihnen ein Honorar für seine Dienste abverlangt?«

»Natürlich hat er das. Er ist schließlich Geschäftsmann, und zwar ein verdammt cleverer. Wir haben das Honorar gerne gezahlt.«

Als nächster in den Zeugenstand trat Verleger Jiménez aus Kolumbien – in kerzengerader Haltung und mit würdevoller Miene. Bedächtig wog er jedes Wort. »Mr. Mallory blieb oft in der Halle bei mir stehen, um sich über die neuesten Entwicklungen in meinem Heimatland zu erkundigen. Er war sehr kenntnisreich.«

»In welcher Hinsicht?«

»Er wußte sehr gut über das Drogenproblem Bescheid – das Cali-Kartell, das Medellín-Kartell. Er wollte immer wissen, was sie im Schilde führten.«

»Wieso sollte er ein solches Interesse bekunden?«

»Weil er Vorsitzender des Antidrogen-Ausschusses seines Staates gewesen war. Er war sogar ins kolumbianische Bergland gereist – eine nicht ganz ungefährliche Reise, muß ich sagen, denn diese Drogengangs schrecken auch vor Mord nicht zurück.«

»Was erfuhr er auf dieser Reise?«

»Daß kolumbianische Drogen nach wie vor in dieses Land eingeschleust werden, daß sie unser Rechtssystem aufweichen und unsere Kinder töten.«

Die Geschworenen sahen schon jetzt den alten Mr. Mallory in ganz neuem Licht, doch die entscheidende Zeugenaussage kam von Botschafter St. Près, dessen lange Liste von Verdiensten so imposant war und dessen Auftreten so würdevoll war, daß alles, was er sagte, doppelt schwer wog. Er erzählte von seinen häufigen Kontakten mit Mallory und würdigte in hohen Tönen Mallorys Interesse an Dingen neben Tanzen und Essengehen. »Indem der Präsident ihn in den nationalen Ausschuß zur Untersuchung des Drogenproblems berief, erhielt Mr. Mallory Gelegenheit, die Drogenzentren im fernen Osten zu besuchen, von denen aus die Drogen über Kuriere in die Vereinigten Staaten geschmuggelt werden. Burma, Thailand, Malaysia – er kannte sie alle. Als ich ihn in *The Palms* kennenlernte, wo wir beide unseren Ruhestand verbringen, war er sofort gerne bereit, mich über das, was in den Ländern, die er besucht hatte, vor sich ging, auf dem laufenden zu halten.«

»Hatten Sie das Gefühl, daß er ... klar im Kopf war? Ich meine, wußte er, wovon er redete?«

»Ich war überrascht von seinem Kenntnisreichtum. Zum Beispiel sagte er nie ›Nord-Thailand‹; er sprach immer korrekt von ›Chiang Mai‹ oder ›Lampang‹.«

Kerzengerade sitzend, als spräche er vor dem Auswärtigen Ausschuß des Senats der Vereinigten Staaten, hielt er sodann – mit Erlaubnis des Gerichts – eine eindrucksvolle abschließende Rede: »Vertrauenswürdige Bürger wie Chris Mallory und seine Frau Esther sind es, die das Rückgrat unserer Nation bilden. Sie kümmern sich nicht nur um ihre eigenen Geschäfte – mitunter brillant und höchst erfolgreich, so daß sie beträchtliche Summen erwirtschaften –, sondern darüber hinaus engagieren sie sich auch in Untersuchungsausschüssen, speziellen Körperschaften und den Aufsichtsgremien von Universitäten und Krankenhäusern. Sie an ihrem Lebensabend zu attackieren ...« Er machte eine dramatische Kunstpause und korrigierte: »Nein, Männer wie uns vier an ihrem Lebensabend zu attackieren – wir fühlen uns mit den Mallorys absolut solidarisch ...« Plötzlich von Gefühlen übermannt, brachte er den Satz schnell zu Ende: »Das ist gemein und niederträchtig.« Das Publikum, unter dem sich Bewohner von verschiedenen Seniorenheimen aus der Region Miami–St. Petersburg befanden, klatschte Beifall. Der Richter klopfte mit seinem Hammer auf den Tisch, aber mehr pro forma, und die Jury war sichtlich bewegt.

Die Darbietung des Botschafters war perfekt: ein wirkungsvoller Schlußpunkt unter die beeindruckenden Beiträge der anderen Tertulia-Mitglieder. Der Anwalt der Mallory-Kinder versuchte natürlich, das Zeugnis der vier in Zweifel zu ziehen, aber die hochangesehenen Zeugen verfochten ihre Position so geschickt und mit solchem Nachdruck, daß alle Versuche der Gegenseite, sie zu verunglimpfen, kläglich scheiterten. Als die Geschworenen sich schließlich zur Beratung zurückzogen, war allen klar, daß diese Beratung nur von kurzer Dauer sein würde. Als sie – nach weniger als einer Stunde – wieder in den Saal zurückkamen, fiel ihr Urteil zugunsten der alten Leute aus, und der Richter ließ es sich nicht nehmen, mit harten Worten das schimpfliche Verhalten der Antragsteller zu geißeln, sichtlich angewidert von dem Auftreten der Kinder dieses liebenswürdigen alten Ehepaares, von denen Florida so viele hat.

»Tanzen ist weder sündhaft noch verschwenderisch. Und was das Essen draußen anbetrifft, so hat Jesus selbst an Gastmählern in der Stadt teilgenommen. Und Eltern, die ihren Kindern eine gute Ausbildung ermöglicht haben und die sich wie die Mallorys ihren Enkelkindern gegenüber stets als überaus großzügig erwiesen haben, wie es aus den Akten eindeutig hervorgeht, haben ihre Pflicht gegenüber der Gesellschaft mehr als erfüllt. Nach allem, was wir über die finanziellen Verhältnisse der Mallorys erfahren haben, werden gelegentliche Besuche in Restaurants und Tanzabende ihre Mittel kaum bis zu ihrem Tode aufzehren. Es wird genug übrigbleiben, auch für die Enkelkinder, und mein Rat an sie ist, diesen Gerichtssaal zu verlassen und sich in *The Palms* möglichst nicht mehr blicken zu lassen. Sie aus der Nähe sehen zu müssen könnte die älteren Mallorys womöglich dazu anspornen, sie aus ihrem Testament zu streichen.«

Der Zufall wollte es, daß Andy den Gerichtssaal gleichzeitig mit den Mallory-Kindern verließ, und er konnte es sich nicht verkneifen, sie anzuhalten und ihnen zu sagen: »Wenn Sie nach

Hause kommen, empfehle ich Ihnen, einmal jenes berühmte Märchen von den Gebrüdern Grimm zu lesen. Ein selbstsüchtiges Ehepaar findet es unangenehm, den betagten Großvater pflegen zu müssen. Er sabbert beim Essen und bekleckert den Tisch mit Bröckchen von Fleisch und Kartoffeln, also schnitzt sein Sohn ihm einen hölzernen Trog von der Art, wie die Schweine ihn haben, und fortan muß der Großvater aus diesem Trog essen.

Ein paar Tage später sieht der Vater, wie sein eigener Sohn, ein Bengel von vielleicht zehn Jahren, einen Trog schnitzt, und als er ihn fragt: ›Wofür ist der denn?‹, erwidert der Bursche: ›Damit ich ihn zur Hand habe, wenn du alt bist.‹«

Direkt an die beiden Mallory-Kinder und ihre Ehepartner gewandt, die den Prozeß gegen ihren Vater angestrengt hatten, fuhr Andy fort: »Ich hoffe, Ihre Kinder fangen auch gleich damit an, ihre Tröge für Sie zu schnitzen, wenn Sie nach Hause kommen.« Dann wandte er sich abrupt von ihnen ab und verließ den Gerichtssaal.

An dem Abend schauten im Speisesaal alle zur Tür, als Chris Mallory und seine Frau Esther hereinkamen, über das ganze Gesicht strahlend, als kämen sie gerade von einer fröhlichen Party. Als sie Freunden zuwinkten, erhob sich einmütiger Beifall im Saal, denn alle sahen in ihnen Stellvertreter für sich selbst, welche diesen Erfolg für sie alle errungen hatten.

ENDE JULI BEKAM Andy ein Fax von John Taggart, in dem dieser ihn bat, am nächsten Tag um zehn in der Zentrale in Chicago zu erscheinen und sämtliche Übersichtskarten, Pläne und Zeichnungen von der gesamten Einrichtung mitzubringen, einschließlich der vom Straßensystem in der Nachbarschaft bis hin zum östlichen Rand der Savanne. Diese Pläne waren umfangreich, aber mit der Hilfe von Krenek und Nora packte Andy sie zusammen und nahm den Frühflug nach Chicago.

Er ging in Taggarts Büro, wo eine Sekretärin die Karten auf einem großen freien Tisch ausbreitete. Bevor Taggart eintraf, begannen zwei Männer, die Zorn noch nie gesehen hatte, offenbar Geschäftsleute, beide um die fünfzig, die Karten zu studieren. Offenbar ging es ihnen besonders darum, die Abmessungen des unbebauten Landes südlich von *The Palms* zu ermitteln. Auf der regierungsamtlichen Karte war dieses Land nicht als »Savanne« ausgewiesen; das war sozusagen die interne Bezeichnung, welche die Einheimischen diesem Gelände gegeben hatten. Ausgewiesen indessen waren der Smaragdteich und der Reiherstand, Namen, die offenbar schon lange existierten.

Als Taggart eintraf, entschuldigte er sich zuerst einmal für sein Zuspätkommen und stellte sodann Andy die beiden Fremden als einen hochangesehenen Architekten und einen ebenso renommierten Bauunternehmer vor. »Sind Sie mit dem, was Sie sehen, zufrieden, meine Herren?«

Als beide emphatisch nickten, wandte er sich Andy zu und sagte: »Aufregende Neuigkeiten, Doktor. Diese Männer stehen bereit, mit der Unterstützung zweier führender Banken, die uns das nötige Geld leihen werden, sich sofort in dieses große Areal freien Landes zu begeben, welches wir bereits besitzen, es zu roden, vier künstliche, ineinander verschlungene Seen anzulegen, ein komplettes Straßensystem anzulegen und für *The Palms* eine Ansammlung von – wie viele waren es beim letzten Durchrechnen? – achtundvierzig geräumigen Doppelhäusern zu bauen – für die ältere Klientel, die zwar zu einer gewissen Form von Ruheständlerleben bereit ist, aber ihr Recht auf ein individuelles Heim nicht aufgeben will.

Auf diese Weise gewinnen wir fast hundert gutbetuchte Leute, Mitglieder der *Palms*-Familie, die später zuerst ins Gemeinschaftshaus ziehen werden, dann in die Betreuung und zuletzt in die Intensivpflege. Es ist das Modell der Zukunft. Wir sehen es, wohin auch immer wir schauen, und wir planen sechs weitere solcher Vergrößerungen in unseren gutgehenden Zentren. Sie, Zorn, sollen gewissermaßen der Pionier sein, und wenn diese beiden

Herren hier eine Anlage von Grund auf planen und bauen können, die einer neuen Kommune gleichkommt, dann können sie sich vieler Nachfolgeaufträge sicher sein.«

Zorn war verblüfft. Wenn das Land, das an die existierenden Gebäude angrenzte, planiert werden sollte, um Platz für Doppelhäuser zu schaffen, dann würde das den Verlust jenes Teils der Savanne bedeuten, der von den Bewohnern des Gemeinschaftshausess genutzt wurde, und wahrscheinlich auch den Verlust des Teiches. Er fand, daß er hiergegen die Stimme erheben mußte, im Namen der Bewohner, die sich in *The Palms* eingekauft hatten, weil sie zu Recht davon hatten ausgehen können, daß das Gelände südlich des Komplexes frei und unbebaut bleiben würde. Wie viele Bewohner gab es wie Botschafter St. Près, Reverend Quade, Laura Oliphant und Richter Noble, welche diese afrikanische Mixtur aus Bäumen, Sträuchern, Steppengras und versteckten Tümpeln liebten?

»Mr. Taggart, glauben Sie nicht, daß die derzeitigen Bewohner des Gemeinschaftshauses Einwände haben werden? Könnten sie womöglich geltend machen, daß sie sich in der Erwartung bei uns eingekauft haben, daß die Savanne vor ihrer Tür unbebaut bleiben würde? Enthält der Mietvertrag irgendeine dahingehende Zusicherung – oder eine, die den Erhalt der Savanne stillschweigend impliziert?«

»Nichts dergleichen. Sie haben sich eingekauft in *The Palms* mit unserer Zusicherung, daß der Fluß im Norden bleiben würde und der Kanal im Westen, und dort sind sie ja auch nach wie vor. Was im Osten passiert, darüber hat bereits die Kommune entschieden, nämlich eine große Einkaufszone – und wir entscheiden, was mit unserem Land im Süden passiert. Private Doppelhäuser für gutbetuchte Kunden.«

Jetzt ergriff der Bauunternehmer zum erstenmal das Wort. »Wir werden nicht nach der Holzhammermethode vorgehen oder vernünftige Abstandsnormen ignorieren und alles zubauen. Alles, was wir machen, unterliegt der behördlichen Aufsicht, die genau darauf achtet, daß wir uns an die Vorschriften halten.«

»Andy«, wandte Taggart ein, »glauben Sie wirklich, wir würden irgend etwas vor Ihrer Haustür bauen, das den Wert von *The Palms* – einen Wert, den Sie wiederhergestellt haben – in irgendeiner Weise schmälern würde? Dieser Anbau wird bei weitem moderner und bedarfsgerechter sein als das, was Sie bisher haben. Schauen Sie« – die beiden Fremden breiteten ihre eigenen Entwürfe und Musterzeichnungen eines Doppelhauses auf dem Tisch aus. Taggart deutete auf die verschiedenen Einrichtungen auf ihrem Plan: »Hier oben kommt ein Freizeithaus hin. Und hier, am Kanal, schwebt uns eine Esplanade vor.« Als Zorn die Zeichnung näher betrachtete, sah er, daß Richter Nobles stahlverstärkter Stuhl weg war, und es sah so aus, als würden auch der Smaragdteich und der Reiherstand den Neubauten zum Opfer fallen, doch als er danach fragte, sagten die Männer: »Wir wären verrückt, wenn wir sie zuschütten würden, da wir doch zwei Weiher neu anlegen müssen. Diese beiden großen Flächen hier sind Ihre jetzigen Teiche, nur erheblich vergrößert.«

»Erklären Sie ihm doch mal«, schaltete sich Taggart ein, »wie Sie einen Schaufelbagger an den Rand eines bestehenden Teiches bringen und ihn ausbaggern, als würden Sie Eiskrem in ein Hörnchen schippen.« Zorn sah, daß die vier Teiche auf den Zeichnungen räumlich so angeordnet waren, daß sie die Doppelhäuser, die an ihren Ufern standen, in ihrem Wert noch steigerten.

»Wir veranschlagen den Preis für eine Hälfte eines Doppelhauses auf eine Summe zwischen 210000 Dollar und 380000 Dollar, wobei der letztere Preis für die gilt, die direkt am Wasser liegen. Und mit diesen Prototypen fangen wir schon jetzt mit dem Verkauf an«, sagte Taggart. »Wir schicken nächste Woche Henderson runter. Ein ausgezeichneter Verkäufer – der wird die Hälfte der Häuser schon an den Mann gebracht haben, bevor sie fertig sind.«

»Und wann, schätzen Sie, wird das sein?«

Taggart schaute die beiden Männer an, und der Architekt antwortete: »Für die Rodung brauchen wir einen Monat. Die Infrastruktur, also Wege, Kanalisation, Stromversorgung und so weiter, erstellen wir im zweiten Monat, für das Ausschachten und Gießen der Fundamente brauchen wir ebenfalls einen Monat – das wäre also bis dahin ein Vierteljahr –, und fünf Monate danach sind die Häuser fertig. Vergessen Sie nicht, in Florida können Sie das ganze Jahr über im Freien arbeiten. Nächstes Jahr um diese Zeit arbeiten wir schon am nächsten Projekt.«

Sodann erläuterten sie ausführlich die einzelnen Merkmale der geplanten Doppelhäuser. »Nicht eines von ihnen«, sagte der Architekt, »wird mit irgendeinem der anderen identisch sein. Wir bauen unter ästhetischen Gesichtspunkten und auf lange Haltbarkeit.«

»Höchste Qualität im Detail«, sekundierte der Bauunternehmer und ratterte die führenden Markennamen in den Bereichen Küchen- und Badezimmereinrichtungen, Bodenbeläge und Beleuchtung herunter. »Wenn wir fertig sind, werden Sie das erste Duplex kaufen wollen, Dr. Zorn.«

Zorn fühlte sich überrollt von den Argumenten, mit denen ihn diese Profis bombardierten, doch als sie fertig waren, fragte er, fast klagend: »Warum hat man mich nicht früher in diese Pläne eingeweiht? Die wichtigsten Entscheidungen haben Sie bereits gefällt.« Taggart hatte darauf eine exzellente Antwort: »Weil wir nicht nur für einen einzigen Standort planen, so wunderbar Ihrer auch ist. Dieses Doppelhausmodell werden wir auch in unseren Einrichtungen in den anderen heißen Staaten wie Kalifornien, Arizona, New Mexico und Texas verwenden. Und genauso große Pläne haben wir für die Staaten, wo wir mit Keller bauen müssen.« Er tippte auf die Zeichnungen. »Es stand auf des Messers Schneide, Andy, ob wir dieses Pilotprojekt in Ihrem Musterbetrieb in Florida bauen sollten oder in dem großen noch im Aufbau befindlichen Zentrum, das Harry Cain für uns in der Nähe von San Diego betreibt. Wir haben uns für Sie entschieden, weil Sie schon weiter damit vorangekommen sind, *The Palms* auf Vordermann zu bringen.«

Er unterbrach sich selbst, um den Männern zu sagen: »Dr. Zorn hat da unten in Tampa wahre Wunder vollbracht. Er liegt zwei Jahre vor dem Zeitplan, den ich mir selbst für die Einrichtung gesteckt hatte. Wenn Sie auf seinem Hinterhof bauen, verkehren Sie mit dem Besten, was wir haben.«

Beim Mittagessen setzten die vier Männer ihre Diskussion fort. Die anderen drei versicherten Zorn, daß »*The Palms* West«, wie Taggart die neue Anlage nennen wollte, sowohl die Optik als auch den Ruf der Ruhestandseinrichtung aufwerten würde. »Es ist das Modell der Zukunft, Andy. Ein Vierstufenangebot anstelle des bisherigen dreistufigen. Sie werden sehen: Einrichtungen, die an dem alten Dreistufenmodell festhalten, ohne Einzelhaushalte für die Frühruheständler, werden auf der Strecke bleiben.«

Als Zorn zu bedenken gab, daß »*The Palms* West« zwar sehr attraktiv klinge, das geplante Projekt jedoch im Süden liege, sagte Taggart im Brustton der Überzeugung: »Süd verkauft sich im Immobiliengeschäft nicht. Es hat irgendwie den unangenehmen Beigeschmack von ›weg von da, wo das Leben spielt‹, von Rückzug, von Sich-zur-Ruhe-Setzen. ›West‹ dagegen klingt immer gut: Hin zu den edlen Traditionen der Nation. ›West‹ verkauft sich.«

Nach dem Mittagessen fuhr Andy auf dem schnellsten Wege zurück zum O'Hare-Flughafen, wo er den nächsten Flug zurück nach Tampa nahm. In seinem Gepäck trug er einen gewichtigen Packen von neuen Skizzen, Entwürfen und Zeichnungen, auf denen die Zukunft von *The Palms* abgebildet war. Zu Hause angekommen, begab er sich gleich zu Bett, erschöpft von der Reise, doch wurde er schon früh am nächsten Morgen von Ken Krenek und Botschafter St. Près geweckt, die von ihm wissen wollten, was da draußen in der Savanne vor sich ging. Als er mit ihnen hinausging, um nachzuschauen, was sich ereignet hatte, während er in Chicago gewesen war, traf ihn fast der Schlag. Das flache Savannenland war bedeckt mit einem Gewirr von drei Fuß hohen Pfählen, an deren Spitze Fähnchen in drei verschiedenen Farben befestigt waren. Diese Farben zeigten offenbar den zukünftigen Zweck der so abgesteckten Areale an: Rot stand für die Wege, blau für die Gewässer und gelb für die Umrisse der vierundzwanzig Betonplatten, auf denen jeweils zwei Doppelhäuser ruhen würden. Und im Westen, wo der Kanal war, stand eine Reihe schwarzer Pfähle, welche die gepflasterte Promenade umriß, die das Gewässer säumen würde.

»Was in aller Welt haben die da vor?« fragte St. Près, und Andy erläuterte das Konzept von »*The Palms* West«, das sechsundneunzig neue Bewohner in die Einrichtung bringen würde. In diesem Moment erschienen Bauhandwerker, die eine riesige Tafel mit der Aufschrift aufstellten: THE PALMS WEST – DOPPELHAUSHÄLFTEN AB $ 210000. Ein LKW schleppte auf einem Tieflader ein Fertighaus auf das Gelände, das dem bereits an der Vorderfront befestigten Schild zufolge als Verkaufsbüro dienen sollte. Und fast gleichzeitig tauchten vier riesige Bulldozer auf, die das Gelände gemäß den von den Fahnen gekennzeichneten Linien modellieren sollten. Einer der Bulldozer hatte auf der Rückseite eine riesige Schaufel, und mit der begann er den ersten der Teiche auszubaggern, um die herum die Häuser der teureren Kategorie gebaut werden sollten.

DIE KLAPPERSCHLANGE war wütend. Und wenn das passierte, war sie groß genug und stark genug, um etwas dagegen zu unternehmen. Ihr Problem war zweifacher Natur: Sie hatte seit zwei Wochen nichts mehr gefressen und war dem Verhungern nahe; und die üppige Savanne, die sich nördlich von ihrer Höhle erstreckte und in der sie so viele Jahre lang stets reiche Beute an Kaninchen, Mäusen, Vogeleiern und einer Fülle anderer kleiner Lebewesen gemacht hatte, wurde regelrecht leergekratzt von den großen Bulldozern, die das Land für die neuen Häuser, die dort errichtet werden sollten, planierten. Der Fortschritt hatte die große Klapperschlange eingeholt, und das gefiel ihr ganz und gar nicht.

Eines sehr heißen Augustnachmittags hielt sie sich in der Nähe des Smaragdteiches auf. Vor den sengenden Strahlen der Sonne schützte sie sich, indem sie sich in ihrer Höhle zwischen den Wurzeln von ein paar kleinen Büschen versteckte, die von den Planern der neuen Gebäude verschont worden waren. Doch obwohl es relativ angenehm in ihrer Höhle war, war sie alles andere als zufrieden, denn sie litt an quälendem Hunger.

Für den Moment scheute sie noch davor zurück, ihre Höhle zu verlassen und draußen nach Nahrung zu suchen; sie wußte, wenn sie sich den sengenden Strahlen der Sonne für längere Zeit aussetzte, würde sie elendig zugrunde gehen. Hätte sie eine Stimme besessen, sie hätte vor Wut und Enttäuschung gebrüllt. Statt dessen rollte sie sich zu ihrer Kampfhaltung auf und bereitete sich darauf vor, blitzschnell vorwärtszuschnellen und zuzustoßen – doch gegen wen oder was, wußte sie nicht. Sicher war nur eines: wer oder was auch immer – Mensch, Tier oder eine wie auch immer geartete unbekannte Kraft – ihr innerhalb der nächsten Stunden zu nahe kommen würde, schwebte in tödlicher Gefahr.

Und so wartete sie in ihrem Unterschlupf, bis die Sonne verschwunden war, kühle Schatten zurücklassend, in denen sie ungefährdet auf die Jagd gehen konnte. Als sie ihren dreieckigen Kopf in die frische Luft reckte, witterte sie eine höchst verlockende Gelegenheit: Am Reiherstand ein Stück nordöstlich von ihr herrschte Aktivität. Große, ausgewachsene Reiher flogen so dicht über sie hinweg, daß sie die Fische sehen konnte, die sie in ihren Schnäbeln trugen. Normalerweise hätten die Vögel die Fische gefressen, gleich nachdem sie sie gefangen hatten; wenn sie sie aber mitschleppten, konnte das nur bedeuteten, daß sie ihre frisch geschlüpften Jungen damit füttern wollten. Sie witterte neue Gerüche, die vom Reiherstand herüberwehten, in dem die großen Vögel traditionsgemäß ihre Jungen aufzogen, und auf vorausgegangenen nächtlichen Exkursionen hatte sie von den Nistplätzen der Vögel ungewöhnliche Geräusche kommen hören – möglicherweise von den Jungen, die um Nahrung bettelten. Ebenfalls in der Luft hing der Geruch des Fütterungsvorganges. Aus allen diesen Gründen erschien ihr ein waghalsiger Ausflug zum Reiherstand ein Risiko wert, lockte doch die Aussicht auf reiche Beute.

Doch wenn sie sich aus ihrer Höhle herauswagte, sah sie sich mit einer vollkommen neuen Gefahr konfrontiert, die jüngst in die Savanne gekommen war. Als der lärmende Bulldozer über die Savanne gewalzt war, ganz nahe an dem Smaragdteich vorbei, hatte er die Erde plattgeschabt, Bäume und Büsche niedergewalzt und alles Gras in den Boden gestampft. Und er hatte seine Bahn der Zerstörung weitergezogen bis hinauf zur Straße und östlich der Reihe von Gebäuden. Innerhalb weniger Tage hatte er die Savanne mit ihren vielen Schlupfwinkeln, Nischen und Spalten in eine kahle Staubwüste verwandelt, die keinem Lebewesen mehr Zuflucht bot, von der winzigen Maus bis zur mächtigen Klapperschlange. Wollte sie jetzt auf Beutezug gehen, dann mußte sie das sichere Grasland um den Smaragdteich verlassen und ihr Leben bei der Überquerung des staubigen Ödlands aufs Spiel setzen.

Außerdem würde sie, wenn sie den Reiherstand erreichte, alles andere als leichtes Spiel haben: Auf sie wartete nämlich nicht bloß ein Nest voller Jungvögel, die sie bequem und ohne Mühe nacheinander verschlingen konnte, sondern ein Paar ausgewachsene Blaureiher, die in der Lage waren, jeden Feind, der ihre Jungen bedrohte, zu vernichten. In den vergangenen Jahren hatte sie oft genug erlebt, wie die großen Vögel, die manchmal so würdevoll und stattlich erschienen, dann wieder so plump und unbeholfen, sich in tödliche Furien verwandeln konnten, wenn sie eine Schlange mit ihren kräftigen, hornigen Krallen und ihren langen, spitzen, blitzschnell zuhackenden Schnäbeln attackierten. Drei solcher Stöße, richtig plaziert, konnten selbst einer großen Schlange den Garaus machen, daher war dieser Beutezug zum Reiherstand alles andere als ein Spaziergang. Es war ein Ausflug, der tödlich enden konnte. Aber ihr blieb keine andere Wahl, wollte sie nicht elendig Hungers sterben.

Nachdem sie sich vergewissert hatte, daß die Sonne untergegangen war, schlüpfte sie vorsichtig aus ihrer Höhle, den Kopf nach links und nach rechts drehend, um zu sehen, ob vielleicht zufällig ein verirrtes Karnickel oder eine große Maus des Weges kam, was den gefährlichen Ausflug zum Reiherstand erst einmal überflüssig machen würde. Doch diese Hoffnung blieb unerfüllt, und zögernd wälzte sie ihren massigen Körper in voller Länge aus seinem Unterschlupf und machte sich auf den Weg zu ihrem Ziel.

Sie war ein gewaltiges Exemplar ihrer Gattung, fast drei Meter lang, mit einem Leibesumfang von einem halben Meter an ihrer dicksten Stelle, und ausgestattet mit einer mächtigen Klapper an der Spitze ihres Schwanzes. Wenn sie damit rasselte, war sie schon aus großer Entfernung zu vernehmen.

Ihre Fortbewegungsart, vervollkommnet über viele Millionen Jahre hinweg, war einzigartig im Tierreich: sie hatte keine Flügel, mit denen sie hätte fliegen können, keine Füße, mit denen sie hätte laufen, keine Flossen, mit denen sie hätte schwimmen, und keine Beine, mit denen sie hätte hüpfen können. Was sie aber konnte, und dies auf eine Weise, die nahezu magisch anmutete, war, über ein hochfeines Nervensystem Signale an die einzelnen Segmente ihres langen Körpers zu senden, so daß jeder Teil sich vorwärtsschob, Zentimeter für Zentimeter. Auf diese Weise konnte sie sich fast so schnell vorwärtsbewegen wie ein Mensch im Laufschritt. Sie war ein Relikt aus einer fernen Urzeit, und die Tatsache, daß sie in ihren Fängen ein schnell wirkendes Gift mit sich trug, verwandelte sie von einer harmlosen Schlange, wie es sie zu Hunderten von Spielarten gab, in einen gefährlichen Torpedo, ein Tier, das dazu geschaffen war, schnell und effizient zu töten. Wenn sie in Bewegung war, war sie so potentiell zerstörerisch wie eine marschierende Armee, aber sie war so tödlich, daß die Natur ihr ein Handicap »eingebaut« hatte, indem sie ihr eine höchst kuriose Regel auferlegt hatte: sie konnte ihr Opfer nicht schlagen, wenn sie voll ausgestreckt und in Vorwärtsbewegung war; sie mußte anhalten und ihren imposanten Körper zu einer Spirale aufrollen, ihn gleichsam spannen wie eine Feder, damit sie blitzschnell vorwärtsschnellen und ihre todbringenden Fänge in den Körper des Opfers schlagen konnte.

Doch das war nicht die einzige Erschwernis, welche die Schöpfung ihr auferlegt hatte. Sie konnte nicht zustoßen, ohne zuvor eine laute, deutlich vernehmbare Warnung mit den Rasseln an ihrem Schwanzende auszusenden. Die Reihenfolge war unabänderlich: Anhalten, Spannen, Klappern, Vorwärtsschnellen.

Und diese Schlange, Veteranin von Tausenden Attacken auf andere, Überlebende von Hunderten Attacken auf sie selbst, glitt jetzt auf den Reiherstand zu.

GROSSE BLAUREIHER hatten seit unzähligen Generationen an dem Gewässer gelebt, das die – erst viel später auf den Plan getretenen – Menschen den »Reiherstand« nannten, aber das war zu Zeiten gewesen, ehe die Planierraupe erfunden oder Wohnanlagen geplant worden waren. Die Grassavanne hatte sich ungehindert nach Norden bis zum Fluß erstreckt, nach Osten zu unberührtem Land, und nach Süden vier Kilometer weit bis zu einem weiteren trägen Gewässer, welches »die Bucht« genannt wurde. Es war ein idealer Brutplatz für Reiher, doch seit einem Monat – die Reiher hatten ein Jahr von aufeinanderfolgenden Perioden, in denen die Natur unmißverständliche Signale aussandte: »Jetzt ist der Monat zum Brüten« und »Jetzt ist der Monat, da die Jungen flügge werden und das Nest verlassen müssen« und »Jetzt ist der Monat, um diese anderen Fischgründe aufzusuchen« – wurden die Vögel von einer Reihe verwirrender Ereignisse heimgesucht: Lärmende Menschenwesen waren gekommen und hatten Zeichen an die Bäume gemalt, große Ungetüme von Maschinen waren aufgetaucht, um die Erde von Büschen, Gras und Bäumen freizuschaben, und für einige besorgniserregende Wochen hatte es so ausgesehen, als würden die riesigen Maschinen den Reiherstand dem Erdboden gleichmachen, doch dann waren andere Menschenwesen in grünen Uniformen gekommen, hatten in einiger Entfernung vom Reiherstand Pflöcke in den Boden geschlagen und einander zugerufen: »Den Reiherstand lassen wir so, wie er ist. Vielleicht bleiben die Vögel ja.« Und die Grüngekleideten hatten gejubelt, als die Reiher ihr Nest gebaut hatten.

Doch nun, da die Nacht sich über das Land senkte, verspürte die Reihermutter eine Woge von Unbehagen. Stets wachsam und auf der Hut, glaubte sie eine leise Bewegung in den Sträuchern ausgemacht zu haben, die von den Planierraupen verschont worden waren, doch als sie sich ein Stück von ihrem Nest entfernte, um der Sache auf den Grund zu gehen, konnte sie nichts entdecken und kam zu dem Ergebnis, daß es sich schlimmstenfalls um eine Maus gehandelt hatte, von der es nichts zu befürchten gab. Sie würde vielleicht noch einmal vorbeikommen, wenn das Nest nicht mehr benutzt wurde, um es zu erforschen und vielleicht ein paar kleine Zweige oder Gräser für ihren eigenen Bedarf zu stibitzen, aber für die Jungen stellte sie keine Gefahr dar.

Es konnte aber auch eine Ratte gewesen sein, mit langen, spitzen Nagezähnen; und das konnte gefährlich sein, denn Ratten waren grimmig entschlossene Räuber, die mit genügend Kraft ausgestattet waren, um große Verheerungen in einem Nest anzurichten. Doch auch sie zogen gegen die scharfen Krallen und spitzen Schnäbel von zwei entschlossenen erwachsenen Reihern in aller Regel den kürzeren. Auszuschließen indessen war, daß es sich bei dem unbekannten Wesen im Gras um einen der gefährlichsten Feinde von allen handelte, eine Wasserschildkröte, die junge – und sogar erwachsene – Reiher fing, indem sie heimtückisch aus der Tiefe eines Gewässers emportauchte, sie bei ihren langen Beinen schnappte und unter Wasser zog, wo sie ertranken und von den anderen Schildkröten gefressen wurden. Die Reihermutter brauchte gegen die gefräßige Wasserschildkröte solange keine Vorsichtsmaßnahmen zu treffen, wie ihre Jungen noch in der sicheren Geborgenheit ihres Nestes verharrten.

Doch just als sie ihre Ängste vor einer lauernden Gefahr beiseite tun wollte, sah sie im grauen Zwielicht etwas Schillerndes aufblitzen, und im selben Moment sah sie einen furchterregenden, dreieckigen Kopf mit weit aufgerissenem, zahnbewehrtem Schlund aus dem Gras hervorschnellen, ihr Nest attackieren und nach einem ihrer Küken schnappen. Und zu ihrem Entsetzen sah sie, wie das Küken – ihr Baby – mit dem Kopf im Rachen der

Bestie verschwand, so daß nur noch der Rumpf mit den langen Beinen hervorlugte.

Die Reihermutter stieß einen lauten Schrei aus. Sofort kam das Reihermännchen, der Vater, durch das hohe Savannengras herbeigestürmt; er wußte, daß irgendein Unglück passiert sein mußte. Ohne Zögern stürzte sich der Reiher auf den Kopf der Klapperschlange und hackte wütend mit seinem langen, spitzen Schnabel nach ihm, während die Reihermutter sich schützend vor ihre Brut stellte und nach dem langen Körper der Schlange hackte. Doch weder der Vater noch die Mutter bewirkten viel: Die Klapperschlange wich so behende aus, daß die langen Spitzen der Vogelschnäbel ihr Ziel verfehlten. Für den ersten Moment der Gefahr entkommen, trat die Klapperschlange widerwillig den Rückzug an, das Maul gesperrt durch die langen Beine des halbverschluckten Vogelkindes. Aber die Reiher ließen nicht locker und verfolgten den Räuber, bis sich das Schlachtfeld in sichere Distanz vom Nest verlagert hatte. Froh, daß sie den Angreifer mit dem Verlust nur eines ihrer Küken zurückgeschlagen hatte, kehrte die Reihermutter zum Nest zurück, um die anderen vier vor einem potentiellen Angreifer zu beschützen, der sich womöglich den Aufruhr zunutze machte. Mit der Klapperschlange war sie fertig, zufrieden darüber, daß es ihr gelungen war, ihren mächtigen Schnabel wenigstens einmal in irgendeinen Teil ihres kalten Körpers zu bohren.

Das Reihermännchen jedoch, seit seiner Geburt von einer natürlichen Furcht vor dieser fürchterlichen Schlange beseelt, die ein ganzes Nest mit Jungvögeln zu zerstören vermochte, setzte seine Attacken gegen den zurückweichenden Feind fort. In wildem Grimm hackte es mit seinem Schnabel überall dorthin, wo das Gras sich bewegte, bemüht, vorauszuahnen, wo das Reptil als nächstes im schwindenden Licht zu sehen sein würde.

Die Klapperschlange sah sich urplötzlich mit einem neuen Problem konfrontiert. Ihr Raubzug hatte erfolgreich begonnen, doch nun, da sie versuchte, sich zurückzuziehen, kamen weitere Reiher herbeigeflogen, um den beiden ersten beizustehen, und sie sah sich mit einem Mal von allen Seiten attackiert. Einige der wütend auf sie einhackenden Schnäbel richteten bereits Schaden auf der ganzen Länge ihres Körpers an. Von Angst gepackt, sandte sie gleichzeitig Signale an alle Segmente ihres Körpers, und als diese reagierten, konnte sie sich in Dutzend verschiedene Richtungen gleichzeitig schlängeln. Dadurch verwirrte sie die Vögel und verschaffte sich so einen Moment Luft, um sich in das hohe Gras in der Nähe des Reiherstands zu flüchten.

Sie hatte jedoch nicht mit der Wut der Reihermännchen gerechnet, die keine Anstalten machten, ihre Angriffe einzustellen. Unerbittlich verfolgten sie sie, als sie sich im hohen Gras verbergen wollte, und hackten gnadenlos auf sie ein. Da wurde ihr mit Entsetzen bewußt, daß sie in echter Lebensgefahr schwebte. Ihr Problem war, daß ein Reiher so gebaut war, daß er für eine attackierende Schlange quasi keinen wunden Punkt bot. Sein plumper Rumpf, normalerweise ein lohnendes Angriffsziel, war mit einem glatten Federkleid bedeckt, an dem die Fänge der Klapperschlange wirkungslos abglitten. Also war ein Angriff in diese Richtung zwecklos. Noch aussichtsloser war eine Attacke gegen die dünnen Beine eines Reihers – nicht die fleischigen Angriffsziele, wie sie die Beine anderer Lebewesen darstellten, sondern lange, spindeldürre Stöcke, die, größtenteils aus Knorpel und Knochen bestehend, praktisch unempfindlich gegen jede Attacke waren. Kurz: Die Klapperschlange beherrschte diesen Kampf keineswegs.

Während die wütenden Schnäbel sie weiter peinigten, witterte sie ein Kaninchen ganz in der Nähe, und, instinktiv nach diesem schmackhaften Leckerbissen fahndend, fand sie seinen Bau, ein Loch tief in der Erde. In der Hoffnung, daß die Höhle groß genug sein würde, um ihren Körper in voller Länge aufzunehmen, schlüpfte sie in das Loch und versetzte die zwei Kaninchen, die dort lebten, in Panik. Zu ihrem Glück hatte der Bau noch einen zweiten Ausgang, durch den sie entfliehen konnten – gewahr, daß sie soeben geradewegs dem Tod in die Augen geschaut hatten.

Die Reiher, enttäuscht, aber sehr wohl wissend, wo der Räuber sich versteckt hielt, hielten Wache vor dem Ausgang des Kaninchenbaus, und auf diese Weise verging die lange Nacht. Während der Hitze des darauffolgenden Tages blieb die Klapperschlange in der Erdhöhle, während sie langsam das Reiherjunge verdaute und dabei gelegentlich ein Nickerchen hielt. Das Erdloch war eng und unbequem, aber sie hatte keine andere Wahl, als auszuharren, bis die grelle Mittagssonne vom Himmel zu verschwinden begann und die schützende Kühle des Abends einsetzte.

Schließlich, als die Dunkelheit wenigstens einen gewissen Schutz bot, schob die große Schlange ihren Kopf vorsichtig aus der Erdhöhle, fand die Luft angemessen kühl und das Licht gering genug, und sie fühlte sich ermutigt, ihre gesamten drei Meter Körperlänge in die Abenddämmerung zu schlängeln. Sie hielt sich so lange wie möglich im hohen Gras und gelangte schließlich zu der Stelle, von der aus sie mit einem hastigen Sprint über das staubige Ödland zurück zu ihrer Höhle gelangen würde, doch in diesem Moment ortete sie eine Seemöwe, dieser rüpelhafte Aasfresser der Lüfte, und stimmte sofort einen Heidenlärm an, der die Reiher zurück auf den Plan rief. Fünfzehn Minuten lang tobte ein tödlicher Kampf am Rande des Graslandes, bei dem nadelspitze Schnäbel auf die Schlange einhackten, während ihre giftgeladenen Fänge nach einem Ziel suchten. Doch als schließlich die Dunkelheit Einzug hielt, waren die Reiher damit zufrieden, daß sie den Feind geschlagen hatten, und ließen ihn entkommen.

Volle vierundzwanzig Stunden nachdem sie ihre Höhle zu ihrer gefährlichen Expedition verlassen hatte, wartete die Klapperschlange, bis die Reiher weggeflogen waren, ehe sie sich zögernd auf das plattgewalzte Land vorwagte. Alle Teile ihres riesigen Körpers anspannend, glitt sie so schnell sie konnte über den staubigen Erdboden, der immer noch aufgeheizt war von der sengenden Sonne des Tages, und mit einem letzten mächtigen Spurt verließ sie das gefährliche offene Terrain, gewann das grasbewachsene Land, das den Smaragdteich umgab, und schlüpfte mit Erleichterung in ihr felsiges Refugium.

Die Nahrung, die sie am Reiherstand erbeutet hatte, würde sie für zwei Wochen am Leben halten, und während dieser Zeitspanne würde sie vielleicht ein Kaninchen oder irgendein anderes kleines Erdtier fangen, dessen Körper ihr Nahrung für ein paar weitere Tage liefern würde. Aber irgendwann würde unweigerlich die Zeit kommen, da sie sich erneut auf Nahrungssuche begeben mußte. Und in dem Maße, wie die Bulldozer die Savanne weiter planierten, wurden ihre Jagdgründe immer kleiner. Mit jedem Tag wuchs der Raum, der für die neue Wohnanlage benötigt wurde, zu Lasten des Terrains, in dem sie seit Jahrzehnten ihrem Lebenszweck nachging – doch mit diesem Problem würde sie sich auseinandersetzen, wenn es soweit war. Jetzt brauchte sie erst einmal Schlaf und Erholung.

DA JOHN TAGGART schon früh in seiner geschäftlichen Karriere beschlossen hatte, niemals soziale Diskriminierung zu tolerieren, in welcher Form auch immer, beherbergte *The Palms* einen interessanten Querschnitt durch die amerikanische Bevölkerung. Hier waren alle Bevölkerungsgruppen vertreten, die von ähnlichen Ruhestandseinrichtungen bisweilen ausgegrenzt wurden: Juden, Schwarze und, speziell in den im Westen gelegenen Einrichtungen, Orientalen. So wohnten in *The Palms* drei schwarze Ehepaare, ein gemischtes Paar und ein farbiger Witwer, Richter Lincoln Noble, von allen geliebt und geschätzt. Die Auswahl des Personals erfolgte ebenfalls ohne Rücksicht auf die Hautfarbe: die Köche waren zur Hälfte schwarz, zur anderen Hälfte weiß, desgleichen zur einen Hälfte weiblich, zur anderen männlich. Die Pflegekräfte in der Gesundheitsabteilung waren überwiegend schwarz und weiblich; es gab jedoch auch Weiße. Und das Bedienungspersonal im Speisesaal war sowohl nach Hautfarbe als auch nach Geschlecht gleichmäßig im Verhältnis fünfzig zu fünfzig aufgeteilt.

Solange *The Palms* existierte, hatte es nie irgendwelche Mißstimmigkeiten zwischen den verschiedenen Gruppen gegeben, zum einen, weil das Management dergleichen schon im Ansatz erstickt hätte, zum andern, weil jeder farbige Mitarbeiter oder Bewohner sehen konnte, daß eine der tragenden Kräfte des Betriebes Schwester Nora Varney war, die jeden Konflikt schon im Anfangsstadium ortete und sofort neutralisierte. Wenn zum Beispiel eine farbige Kellnerin fand, daß sie ungerecht behandelt wurde, indem man ihr zum Beispiel die »schwierigeren« Tische zuwies, dann mußte sie mit ihrer Beschwerde zu Schwester Varney gehen, die geduldig zuhörte und dann versuchte, das Problem aus der Welt zu räumen. War die Beschwerde jedoch ungerechtfertigt und hatte nichts mit der Hautfarbe der Beschwerdeführerin zu tun, dann sagte die große schwarze Frau dem betreffenden Mädchen freundlich: »Ich kann dir drei weiße Mädchen zeigen, die genauso schwierige Tische haben wie du. Beim nächstenmal kriegst du einen der besseren.«

In der Küche gab es einen wahren Teufelskerl von einem Konditor, mit Geld nicht zu bezahlen, ein schwarzer Bursche von sechsundzwanzig Jahren, dessen Vater und Onkel schon Konditoren in Tampaer Restaurants gewesen waren. Luther Black war ein großgewachsener junger Mann, schlank, gutaussehend und mit einem sonnigen Naturell gesegnet. Er hatte einen großen Fundus an Südstaaten-Redensarten, mit denen er seine stets lebhaften Unterhaltungen zu würzen pflegte: »... nervös wie eine langschwänzige Katze auf einer Veranda voller Schaukelstühle« und »... meine Doughnuts fingen ganz gut an, aber ich muß sie wohl in ranzigem Bärenfett statt in Crisco gebraten haben.« Er war so ein Goldstück in der Küche, daß Ken Krenek ihm stillschweigend mehrere Gehaltserhöhungen spendiert und ihn mit größerer Verantwortung ausgestattet hatte.

Unter den Bediensteten, die seine außergewöhnlichen Qualitäten schätzten, war auch eine der Kellnerinnen von der High-School, die in ihm einen charmanten, strebsamen jungen Mann sah, der es zu etwas bringen würde, ganz gleich in welchem Bereich der Lebensmittelbranche er auch arbeiten würde. Besonders beeindruckt war sie von seiner Unerschütterlichkeit und Solidität, entstammte sie selbst doch zerrütteten Familienverhältnissen, »weißem Abschaum«, wie man in South Carolina zu sagen pflegte. Ihr Vater war ein Nichtsnutz, der seine Frau und seine Kinder im Stich gelassen hatte und sich keinen Deut um ihre Erziehung geschert hatte. Deshalb war sie so früh wie möglich »unserem Rattenloch«, wie sie ihr Zuhause nannte, entflohen, war auf eigene Faust nach Florida getrampt und hatte sowohl einen Job als auch eine gute High-School gefunden. Lurline White war eine Überlebenskünstlerin, ein zähes Südstaatenmädchen von achtzehn Jahren, das fest entschlossen war, nie wieder in die Art von Leben zurückzusinken, die ihr erbärmlicher Vater und ihre beklagenswerte Mutter verkörperten.

Fleißig und freundlich, wie sie war, erwarb sie sich rasch den Ruf, »die Beste von der ganzen Truppe« zu sein, und Krenek schanzte ihr heimlich Sonderprämien zu. Eines Nachmittags versprach er ihr, wenn sie nach ihrem High-School-Abschluß weiter in *The Palms* arbeiten wolle, würde er dafür sorgen, daß sie eine der gehobeneren Stellen bekäme. »Lurline, du könntest Chefin des gesamten Speisesaals werden. Und wenn du diesen Job gut machst – und ich bin sicher, daß du das schaffst –, nehmen dich die großen Hotels am Strand mit Kußhand. Laß es dir in Ruhe durch den Kopf gehen.«

Am Abend kehrte sie in das armselige Zimmer zurück, das sie mit zwei anderen weißen Mädchen teilte, die zu dem Zeitpunkt ihrem Job als Barkellnerinnen nachgingen, setzte sich auf ihr Bett und dachte über die glänzende Zukunft nach, die Krenek ihr ausgemalt hatte. Als sie sah, daß sie tatsächlich eine Chance hatte, den kläglichen Lebensverhältnissen, in denen sie aufgewachsen war, zu entkommen, begann sie zu weinen. Sie dachte: Ich danke Gott für Mr. Krenek. Ich danke Gott dafür, daß er gesehen hat, wie fleißig ich arbeite.

Auf der Kante ihres Bettes sitzend – das Zimmer hatte keinen Tisch, und die beiden Stühle waren mit Kleidern vollgepackt, da es auch keinen Schrank gab –, trocknete sie ihre Tränen und dachte über ihr Leben nach. Sie war sicher, daß sie sich gut schlagen würde, denn sie war immer fleißig und tüchtig gewesen. Aber wie würde es um ihr privates Leben bestellt sein? Sie dachte: Ich möchte eine Familie – eine richtige Familie! Mit Gottes Hilfe möchte ich einen Mann finden, der liebevoll und stark ist und der zu mir und den Kindern steht. Nicht so einen wie Daddy. Daddy ... warum hatte ich nur so einen erbärmlichen Vater?

Es schlug elf, und sie hatte immer noch nicht das Licht angeknipst, um ihre Mathematik-Hausaufgaben zu machen, denn sie hatte sich tief in Gedanken über wichtigere Probleme versenkt. Als sie an die zerrüttete Ehe ihrer Eltern dachte, an deren Scheitern hauptsächlich ihr Vater schuld hatte, wanderten ihre Gedanken ganz wie von selbst zu Luther Black, dem Konditor mit dem einnehmenden Wesen, der das genaue Gegenteil von ihrem Vater war. Er war stark, wo ihr Vater schwach gewesen war. Er mochte die Menschen, während ihr Vater ein mürrischer Rohling gewesen war. Doch während sie so romantisch an Luther dachte, kam ihr nicht einmal das schwerwiegende Problem in den Sinn, daß er schwarz war und sie weiß; sie hatte in ihrer Entwicklung die Traditionen ihrer Eltern längst hinter sich gelassen, für die Schwarze immer noch »gottverdammte Nigger« waren.

Sie streifte ihre Schuhe ab und begann sich auszuziehen, um zu Bett zu gehen. Doch weil sie wußte, daß es wichtig für sie war, einen hohen Notendurchschnitt zu erreichen, damit ihr High-School-Abgangszeugnis einen guten Eindruck machte – und wer weiß, vielleicht würde sie am Ende ja doch noch aufs College gehen – stand sie, kaum, daß sie sich hingelegt hatte, wieder auf, knipste das Licht an, räumte einen der Stühle frei und machte sich daran, das Rätsel

$$4x + 2y = 22$$
$$x + 2y = 16$$

zu lösen. Als sie die untere Gleichung von der oberen subtrahierte, sah sie, daß die y sich weghoben und die Gleichung nunmehr $3x = 6$ lautete, mithin $x = 2$ war und $y = 7$. Triumphierend legte sie die Kleider zurück auf den Stuhl, knipste das Licht aus und legte sich schlafen.

Am Morgen sah sie sich mit dem kniffligen Problem konfrontiert, wie sie ihrem Konditor deutlich machen sollte, daß sie einem etwaigen Interesse seinerseits an ihrer Person nicht ablehnend gegenüberstehen würde, und als er trotz der ziemlich deutlichen Signale, die sie aussandte, keine Anstalten machte, zu reagieren, fand sie eines Nachmittags den Mut, ihn direkt anzusprechen: »Der alte Marx-Brothers-Film *Die Marx Brothers in der Oper* soll sehr lustig sein. Hätten Sie nicht Lust, ihn sich mit mir anzuschauen?«

Luther Black wußte schon seit einiger Zeit, daß die blonde Bedienung aus Central High nicht nur eine der tüchtigsten war, sondern auch Interesse an ihm hatte; wie weit dieses jedoch ging und in welchem Rahmen es sich bewegte, vermochte er nicht zu sagen. Er kannte sie in erster Linie als ein Mädchen, das von South Carolina heruntergekommen war, einem Staat mit alten Südstaatentraditionen, die nicht gerade seine Welt waren. Er wußte ferner, daß er beste Zukunftsaussichten in *The Palms* hatte, und er konnte nicht voraussehen, wie das Management es aufnehmen würde, wenn einer seiner schwarzen Angestellten es wagen würde, mit einem weißen Mädchen auszugehen. Er hatte es daher peinlich vermieden, Miss Whites Signale mit ähnlichen zu erwidern, aber er konnte doch nicht umhin, über die ulkige Situation zu lachen, in der er sich befand: »Der schwarze Mr. Black macht sich Gedanken um die weiße Miss White. Das ist so komisch, das kann man nicht erfinden – da muß schon das Schicksal irgendwie seine Hand im Spiel gehabt haben.«

Doch jetzt, wo sie das Eis gebrochen hatte, dachte er anders: Sie ist mit Abstand die beste von der ganzen Bande, und ich wäre stolz, mit ihr ins Kino gehen zu dürfen. Und dann kam ihm ein anderer, ernsterer Gedanke: Ich bin der beste Koch weit und breit. Ich finde jederzeit überall einen neuen Job. Wenn Krenek und Zorn was dagegen haben, daß ich mit einem ihrer weißen

Mädchen ins Kino gehe, dann sollen sie mich doch verdammt noch mal rausschmeißen! Als Lurline das nächste Mal in die Küche kam, sagte er zu ihr: »Hey, schauen wir uns diesen Film doch mal an!« Und das taten sie auch.

Die beiden waren verblüfft darüber, wie *The Palms* auf ihre Romanze reagierte. Krenek und Zorn bemerkten es kaum; sie fanden es ganz normal, daß ihre hübschen Kellnerinnen mit ihren männlichen Kollegen ausgingen. Die Speisegäste, die wußten, was für eine außergewöhnliche junge Frau Lurline war, gratulierten ihr dazu, daß sie einen jungen Mann gefunden hatte. Gewiß mag es unter den vielen Paaren im Gemeinschaftshaus das eine oder andere gegeben haben, das aufgrund seiner anerzogenen Vorurteile Schwierigkeiten damit hatte, eine Beziehung zwischen einem Schwarzen und einer Weißen zu akzeptieren, aber da sie wußten, daß jede Äußerung in diese Richtung der Politik der Verwaltung zuwiderlaufen würde, hielten sie den Mund.

Als sich die Beziehung vertiefte und der Tag kam, an dem eine Hochzeit angekündigt werden konnte, verfiel *The Palms* in höchste Betriebsamkeit. Die älteren Frauen, besonders die Witwen, nahmen die Nachricht mit großer Freude auf; viele hatten ihren eigenen, fünfzig oder gar sechzig Jahre zurückliegenden Hochzeitstag als den schönsten und wichtigsten Tag ihres Lebens in Erinnerung behalten. »So viel war damit verbunden«, sagte eine Witwe. »Es war der Beginn meines eigentlichen Lebens, und ein so bedeutsamer Tag sollte richtig gefeiert werden.«

Felícita Jiménez, die glückliche Erinnerungen an die Gala-Hochzeiten in Kolumbien hatte, nahm mit dem Einverständnis der anderen Frauen die Regie in die Hand: »Sie muß hier in unserem Speisesaal gefeiert werden. Schließlich haben sie sich hier, in *The Palms*, kennengelernt und sich hier, direkt vor unseren Augen, den Hof gemacht. Das ist beschlossene Sache.« Und sie gestattete weder der künftigen Braut noch dem Bräutigam, eine Alternative auch nur in Erwägung zu ziehen. »Wir werden ihnen eine Hochzeit hinlegen, die sie ihr Leben lang nicht vergessen werden.«

Sie rief ein Blumenkomitee ins Leben, ein Musikkomitee und ein Erfrischungsteam. Sie schwatzte Miss Foxworth achtzig Dollar ab und bestimmte ein dreiköpfiges Komitee, angeführt von Senator Raborns Frau, das die Aufgabe erhielt, Blumen zum Streuen für die Braut zu organisieren. Die Sympathie für die beiden und die Vorfreude auf die Hochzeit waren so einmütig, daß Geschenke von beträchtlichem Wert beigesteuert wurden.

Und *last but not least* stellte sich die Frage, wer die Trauung vornehmen würde. Felícita ging wie selbstverständlich davon aus, daß es Reverend Quade sein würde, und die war nicht nur bereit, sondern geradezu erpicht darauf, denn schon ganz früh hatte sie erkannt, daß Lurline White ein tolles Mädchen war: »Es wird mir eine Freude und eine Ehre sein, dabei mitzuwirken, sie in ihren neuen und aufregenden Lebensabschnitt zu entsenden. Ich sehe stürmische Zeiten auf die beiden zukommen, selbst in einer perfekten schwarz-weißen Ehe; geben wir ihr also alle unseren herzlichsten Segen mit auf den Weg.« Felícita war erleichtert, daß Mrs. Quade so dachte.

Doch Luther warf den ganzen schönen Plan über den Haufen. »Ich möchte Richter Noble bei der Zeremonie dabeihaben. Er ist ein hochangesehener Gentleman, und es wäre nur angemessen, wenn er uns traute.« Sobald dieser Wunsch bekannt wurde, kamen versteckte Feindseligkeiten hoch: »Man sollte doch eigentlich annehmen dürfen, daß er stolz ist, wenn eine so hervorragende Geistliche wie Helen Quade die Trauung durchführt. Ist Richter Noble überhaupt dazu befugt?«

Felícita Jiménez war in diesem Punkt unerbittlich. »Ist es nicht das Recht der Frau, die Art ihrer Trauung auszuwählen? Schließlich erlebt man so etwas nur einmal im Leben. Es ist das Vorrecht des Mädchens, und ich finde es schimpflich, wenn ein Mann schon versucht, Befehle zu geben, noch ehe die Hochzeit überhaupt anfängt. Es ist ein böses Omen, glaubt mir.«

Als Reverend Quade von dem Aufruhr hörte, tat sie das, was ihre Freunde nicht anders von ihr erwartet hätten: »Ich finde, daß Luther ein feiner junger Mann ist, und wenn er das Gefühl hat, daß es richtiger wäre, wenn ein Schwarzer die Trauung vornimmt, dann habe ich keinerlei Problem damit. Ich habe ohnehin viel zu viele Trauungen und Beerdigungen.«

Doch als Luther hörte, daß Reverend Quade einen Rückzieher machen wollte, war er bestürzt: »He! Ich habe nicht gemeint, daß Richter Noble die Zeremonie alleine durchführen soll. Ich habe gemeint, er sollte mit daran teilnehmen. Ich habe einmal im Fernsehen gesehen, wie ein Rabbiner und ein katholischer Priester ein junges Paar gemeinsam trauten. Warum können wir nicht das gleiche machen?«

Als dieser Vorschlag die Runde machte, klatschten sogar die größten Skeptiker Beifall: »Genauso sollte es sein! Wir haben keine zwei besseren Mitbewohner als Helen Quade und Lincoln Noble oder zwei nettere junge Leute als Lurline und Luther.« Richter Noble, darauf angesprochen, sagte ohne zu zögern, es würde ihm eine Ehre sein, bei einem solch freudigen Ereignis an Reverend Quades Seite zu stehen.

Ein paar Zeitungen an der Westküste berichteten von der bevorstehenden Hochzeit, wobei sie natürlich besonders auf den lustigen Zufall hinwiesen, daß ein schwarzer Mr. Black eine weiße Miss White heiratete, und Fernsehteams baten um die Genehmigung, der Trauung beizuwohnen. Ein Kolumnist von einer Zeitung in Tampa schrieb:

> Ich habe etwas ganz Ähnliches schon einmal erlebt. Als ich am Haverford College in Philadelphia studierte, heiratete eine hübsche junge Frau namens Foot einen jungen Mann mit Namen Hand, und die Zeitungen schrieben: »Hand und Fuß, auf immer verbunden.« In unserer Zeitung könnte morgen vielleicht stehen: »Gott wollte, daß sie vereint werden, Black und White.«

Wie geplant, wurde die Hochzeit feierlich im Speisesaal von *The Palms* begangen. Die Kolleginnen und Kollegen aus der Küche, bunt gemischt schwarz und weiß, bildeten das Gefolge von

Luther, und die Serviermädchen, ebenfalls schwarz und weiß gemischt, folgten Lurline als Brautjungfern. Am hinteren Ende des Saales warteten die beiden Offiziellen: Helen Quade, kerzengerade und würdevoll wie immer, und Richter Noble, stattlich und in feierlichem Ernst. Sie hatten sich auf eine gemischte Zeremonie geeinigt, mit Textpassagen aus dem Ritual der Episkopalkirche, dem Text der schlichten amtlichen Trauungszeremonie, wie sie von Friedensrichtern durchgeführt wurde, und einem Text von Kahlil Gibran. Ein Chor von Pflegekräften aus der Gesundheitsabteilung sang Spirituals, und die Ehepaare aus dem Gemeinschaftshaus, die das Glück gehabt hatten, ihre siebziger oder sogar achtziger Jahre immer noch gemeinsam erleben zu dürfen, faßten sich bei den Händen und kämpften gegen die Tränen.

Dr. Zorn, der es sich nicht hatte nehmen lassen, als Beistand des Bräutigams zu fungieren, warf einen verstohlenen Blick ins Publikum zu Betsy, die sich gerade mit ihrem Taschentuch eine Träne aus dem Augenwinkel tupfte, und dachte: Ich würde jetzt gerne bei ihr sitzen. Und er spürte, wie auch seine Augen feucht wurden.

SEIT EINIGEN WOCHEN im Spätsommer fiel Dr. Zorn auf, daß Schwester Varney nachmittags ungewöhnlich erschöpft wirkte. Da er aus eigener täglicher Anschauung wußte, daß sie in *The Palms* keine neuen, zusätzlichen Aufgaben übernommen hatte, konnte er nur schlußfolgern, daß sie heimlich noch irgendeinem Nebenjob nachging. Er konnte nicht glauben, daß sie das – wenn es denn so war – nur machte, um ihr Gehalt aufzubessern, denn sie erhielt eine Spitzenbezahlung für ihre verantwortungsvolle Tätigkeit, aber er traute sich nicht, sie direkt darauf anzusprechen, aus Angst, er könne sie kränken. Er war sich nur allzu gut darüber im klaren, daß sie, wie Krenek einmal gesagt hatte, die wertvollste Person in ihrem gesamten Betrieb war.

Doch so sehr es ihm widerstrebte, seine Oberschwester nach einem möglichen Nebenerwerb zu fragen, er fand, daß er ein Recht darauf hatte, zu erfahren, woher ihre seltsame Müdigkeit rührte, da sie ihre Arbeit in *The Palms* beeinträchtigen konnte. Eines Morgens gab er sich einen Ruck und fragte in bewußt beiläufigem Ton: »Kriegen Sie auch genug Schlaf, Nora? Ich mach' mir Sorgen um Sie.« Da wußte sie, daß er die Veränderung bei ihr bemerkt hatte. Zuerst stritt sie ab, daß es irgendwelche Probleme gäbe, doch als er am nächsten Tag zu ihr sagte: »Ich möchte, daß Dr. Farquhar Sie sich einmal anschaut«, konnte sie ihr Geheimnis nicht länger für sich behalten.

»Ich habe Verpflichtungen.«

»Ihre oberste Pflicht ist die gegenüber *The Palms*. Die Kranken haben ein Recht darauf, daß Sie vollkommen ausgeruht hier erscheinen.«

Mit fester Stimme, aber ohne jede Schärfe im Ton, erwiderte sie: »Vielleicht sind die Verpflichtungen, von denen ich rede, genauso wichtig wie die, die ich hier habe.« Doch als sie sah, wie er sich angesichts dieser Zurückweisung straffte, bereute sie ihre schroffe Erwiderung und fügte nach kurzem Zögern hinzu: »Ich glaube, Sie würden es verstehen. Ich glaube nämlich, daß Sie genauso viel Herz haben wie Hirn.«

»*Was* würde ich verstehen?«

»Hätten Sie eine halbe Stunde Zeit? Jetzt sofort?«

»Für Sie immer. Selbstverständlich.«

Sie setzten sich in Schwester Varneys Wagen, fuhren die 117. Straße hinunter nach Osten, bogen nach links auf den Superhighway 78, überquerten die Brücke, fuhren durch den Zypressensumpf und kamen in die südlichen Randgebiete von Tampa. Durch mehrere Seitenstraßen gelangten sie schließlich in ein verlassenes Industriegebiet, das aus verfallenen Lagerhäusern und Autofriedhöfen bestand, durchzogen von schmuddeligen Straßen, Sackgassen zumeist, die von offenbar leerstehenden dreistöckigen Häusern mit zerbrochenen Fenstern und herausgerissenen Türen gesäumt waren.

»Was ist das hier für eine Gegend?« fragte Zorn, und Nora antwortete: »Das Ende der Welt – das Tor zur Hölle.« Und als sie den Wagen an den Straßenrand lenkte und anhielt, machte sie ihm ein Geständnis: »Hier habe ich in letzter Zeit meine Nächte verbracht.« Sie klopfte an eine halb demolierte Tür und sagte: »Die andere Seite medizinischer Praxis.«

Die Tür ging auf. Eine mürrisch blickende Frau in einem dicken Männerpullover erschien im Rahmen. Sie geleitete die beiden eine wacklige, mit durchgewetztem Teppichboden belegte Treppe hinauf. Sie führte sie in ein winziges Zimmer im dritten Stock und stieß die Tür mit einem Fußtritt auf, ohne vorher anzuklopfen. Mit einem einzigen Blick sah Zorn alles, was er über dieses Zimmer wissen mußte: an der gegenüberliegenden Wand hatten sich zwei große Platten Putz gelöst und waren auf den Boden gefallen, wodurch die armselige Bruchbude noch desolater und unwirtlicher aussah.

Auf einem billigen Eisenbett in der hinteren rechten Ecke des Zimmers, unter dem einzigen Fenster, lag ein sehr großgewachsener, ausgemergelter junger Mann, der einmal hübsch gewesen sein mußte, denn er hatte ein Gesicht mit kräftigen Zügen, die aussahen wie gemeißelt, und tiefliegende, leuchtende schwarze Augen. Selbst in seiner jetzigen Verfassung sah er noch so aus, als wäre er einmal ein gut durchtrainierter Sportler gewesen.

Obgleich er wußte, daß er sich in diesem Punkt lieber Zurückhaltung auferlegen sollte, wurde Andy Zorn wieder zum Arzt: Er beugte sich automatisch zu dem jungen Mann hinunter und fühlte seinen Puls. »Ist es das, was ich glaube?«

»Ja, es ist AIDS«, sagte der junge Mann leise. Bei diesem schrecklichen Wort fuhr Zorn unwillkürlich zurück, denn aus den verwelkten Lippen des jungen Mannes klang es doppelt furchterregend. Nora erklärte: »Jaqmeel ist mein Neffe, der Sohn meines Bruders. Er hatte ein Basketball-Stpendium für die Universität Gainesville. Und dann passiert das.« Sie schob Zorn mit dem Ellenbogen ein Stückchen zur Seite und ergriff die Hand des jungen Mannes.

»Sind Sie gut in Basketball?« fragte Zorn den jungen Mann und fügte im gleichen Atemzug hinzu: »Eigentlich eine überflüssige Frage, wenn ich sehe, wie groß und wie athletisch Sie sind.« Er benutzte mit Absicht die Gegenwartsform, so als bestünde die Möglichkeit, daß Jaqmeel eines Tages wie durch ein Wunder genesen und wieder Basketball spielen würde.

»Ziemlich.«

Seine Tante konnte diese Geringschätzung seines Könnens nicht hinnehmen. Sie holte aus ihrer Handtasche einen sauber gefalteten Artikel aus einer Sportzeitung, faltete ihn auseinander und zeigte Zorn das Foto eines zwei Meter großen Universitätsbasketballers in einem Trikot, das seine zweihundertzwanzig Pfund durchtrainierter Muskelmasse gut zur Geltung brachte. »Er war der Star der Mannschaft«, sagte sie.

Zorn war taktvoll genug, sich sein Entsetzen über den horrenden Unterschied zwischen dem Mann auf dem Foto und der auf dem Bett kauernden Gestalt nicht anmerken zu lassen. Der erstere war eine stämmige Eiche, die letztere war ein verkümmertes Schilfrohr. Nora, der daran gelegen war, daß Dr. Zorn begriff, wie außergewöhnlich ihr Neffe war, sagte: »So groß und stark, wie er damals war, war er ein Meister im Korbwurf.« Jaqmeel lächelte traurig. »Jetzt bin ich nichts mehr«, sagte er, und seine Worte kamen mit solch einer grimmigen Endgültigkeit, daß Dr. Zorn ein Schauer über den Rücken lief. In dem unbeholfenen Bemühen, einen lockeren Gesprächston aufrechtzuerhalten, fragte Zorn: »Wie weit sind Sie mit Ihrem Studium gekommen?«

»Ich habe hauptsächlich Basketball gespielt.«

Wieder wollte seine Tante eine solche Selbstabwertung nicht stehen lassen: »Zwei Jahre mit ausgezeichneten Noten. Sein Professor sagte mir, Jaqmeel hätte das Zeug dazu, seinen Magister zu machen.«

»Worin?«

Der ausgezehrte junge Mann, der keine Lust hatte, seine glorreichen Zeiten noch einmal zu durchleben, murmelte: »Er meinte, ich könnte Collegedozent werden. Geschichte der Schwarzen.«

Mit Bewunderung in der Stimme sagte seine Tante: »Jaqmeel hätte das Zeug dazu. Er spricht gutes Englisch, nicht diesen Negerjargon, wegen dem Sie mich immer aufziehen.« An der Art, wie sie den jungen Mann anschaute, konnte Zorn sehen, daß sie ihn liebte und daß sie in ihm das Mitglied der Familie sah, der das Zeug dazu hatte, seinen Weg in der Welt des weißen Mannes zu machen. Für sie würde sein Tod ein tragischer Verlust sein.

Die düsteren Gedanken beiseite schiebend, wurde Zorn wieder ganz der Doktor: »Das erste, was wir machen müssen«, sagte er bestimmt, »ist, Sie aus diesem Loch rausholen.« Er wandte sich an Nora. »Wo können wir mit ihm hin? Machen Sie sich wegen des Geldes jetzt erst mal keine Gedanken. Es wird sich da schon irgendwas arrangieren lassen.«

»Niemand wird ihn aufnehmen«, sagte Nora. »Selbst wenn Sie das Geld haben.«

Das wollte Zorn nicht akzeptieren. »Es muß doch irgend etwas geben«, sagte er. »Wir sind hier schließlich in den Vereinigten Staaten. Wir werfen Menschen nicht auf die Straße – oder in solche Löcher hier.« Er rief nach unten: »Ma'am, können Sie mal kommen?« Und als die schmuddelige Zimmerwirtin die Treppe heraufgeschlurft kam, fragte er: »Können Sie mir sagen, ob es hier irgendwo eine Einrichtung mit medizinischer Betreuung gibt, wo wir den jungen Mann hinbringen könnten?«

»Es gibt keine.«

»Aber es muß doch so etwas geben – in einer zivilisierten Stadt wie Tampa.«

Die Frau sah Nora an, dann zuckte sie mit den Schultern. »Es gibt eine Einrichtung, aber die kostet Geld.«

»Geld haben wir«, herrschte Zorn sie an, und die Frau verfiel in ein Flüstern.

»Warum flüstern Sie?« schrie der junge Mann auf dem Bett matt. »Was immer es ist, ich werde es schon aushalten können.«

»Es ist ein Hospiz«, sagte die Frau harsch. »Wo man Leute zum Sterben hinbringt.«

»Ich bin bereit, dorthin zu gehen«, sagte der junge Mann ohne den leisesten Anflug von Prahlerei. Es ging mit ihm zu Ende, und er wußte es. »Packen wir's.«

Als Nora nickte, nahm Zorn den jungen Mann auf seine Arme, und die Hauswirtin raffte hastig das Bettzeug zusammen. Offenbar hatte sie Angst, daß Nora es stehlen würde. Zorn mußte sich nicht sonderlich anstrengen, als er den Mann nach unten trug: er wog so gut wie nichts mehr. Unfaßbar, dachte Zorn. Man kann sich beim besten Willen nicht mehr vorstellen, daß dieser Mann einmal ein Kerl wie ein Baum war und über zweihundert Pfund gewogen hat. Als er in das Gesicht des jungen Mannes schaute, sah er in seinen Augen den Ausdruck von ungetrübter, außergewöhnlicher Intelligenz, und von dem Augenblick an übernahm er die Verantwortung für Jaqmeels Dasein, solange der entkräftete Körper noch am Leben bleiben würde.

Als sie ihn in Noras Auto luden, bemerkte Zorn, daß ein merkwürdig aussehendes Paar – eine rundliche Frau von vielleicht eins fünfzig und eine Vogelscheuche von einem Mann, etwa dreißig Zentimeter größer als die Frau – auf der anderen Seite der von Unrat übersäten Straße stand und alles fotografierte, was in dem verkommenen Schuppen vor sich ging. Zorn drehte sich zu der Wirtin um und fragte sie: »Wer sind denn die?« Und sie antwortete mit unüberhörbarer Erbitterung in der Stimme: »Die sind von der Sitte. Sie fotografieren jeden, der mein Haus betritt oder verläßt.«

»Wieso das denn?«

»Sie wollen sichergehen, daß jeder hier drin auf ordentliche Weise stirbt. Nicht so wie bei diesem Kevorkian in Michigan, der den Kranken dabei mitgeholfen hat, sich selbst umzubringen.« Sie setzte den Daumen der rechten Hand auf ihre Nase und zeigte den beiden Polizisten eine unanständige Geste, bevor sie die Tür zuknallte.

Das Hospiz, zu dem sie fuhren – es hieß »Hospiz zum Barmherzigen Engel« –, war in einem ansehnlichen dreistöckigen Haus in einem recht ordentlichen Stadtteil von Tampa untergebracht, und seine Leiterin war keine schmuddelige alte Vettel in einem

Männerpullover. Mrs. Angelotti war eine Italienerin in den mittleren Jahren, die zusammen mit ihrem Mann Tommaso eines der wenigen Asyle für AIDS-Kranke in Tampa führte, wo die Krankheit noch nicht so stark verbreitet war wie anderswo in den Vereinigten Staaten. Sie standen alle zusammen auf der Veranda, während Nora erklärte, daß sie ihren Neffen aus einer Situation retten wollten, die so scheußlich war, daß kein AIDS-Kranker sein Leben dort beschließen sollte, und sie zeigten Mitgefühl, als Nora sagte: »Ich wollte nicht, daß er zu Ihnen kommt, wo er schließlich sterben wird. Ich finde es einfach nicht richtig.«

»Es ist nicht richtig!« sagte Mrs. Angelotti. »Aber es ist nun einmal so.«

»Können Sie uns irgendeinen anderen Ort nennen, wo er rund um die Uhr betreut werden kann?« fragte Dr. Zorn.

»Es gibt hier sonst nichts. Seien Sie froh, daß Sie uns gefunden haben. Ich gebe diesen Männern liebevolle Fürsorge. Auf dem Sterbebett danken sie uns, alle, weil wir anscheinend die einzigen sind, denen ihr Schicksal nicht gleichgültig ist.«

»Kann er bei Ihnen medizinische Betreuung bekommen?«

»Die meisten Ärzte kommen nicht gerne hierher. Was bringt ihnen das schon ein? Und damit meine ich nicht das Finanzielle. In dem Punkt sind einige von ihnen sehr großzügig. Aber wenn sie hierherkommen, laufen sie Gefahr, sich anzustecken, und außerdem haben sie ohnehin keine echte Chance, die jungen Männer zu heilen. Sie haben also letztlich nichts zu gewinnen. Es ist allein die Gutmütigkeit meines Mannes, welche diese Einrichtung möglich macht. Eines Tages, es ist schon ein paar Jahre her, wurde er echt wütend und sagte: ›Wir können sie doch nicht einfach wie Hunde verrecken lassen!‹ Sie müßten mal einige der Löcher sehen, in denen viele dieser Männer ihre letzten Lebenstage fristen müssen.«

»Eines dieser Löcher haben wir gesehen«, sagte Zorn. »Deshalb sind wir ja hier.« Er hatte das Hospiz noch nicht betreten, doch nun, da er gezwungen war, die Tatsache zu akzeptieren, daß es keine Alternative gab, wollte er sich vergewissern, ob der

Barmherzige Engel auch ein geeignetes Refugium für den Todkranken war. »Könnten wir uns einmal bei Ihnen umsehen?« fragte er Mrs. Angelotti. »Danach werden wir uns entscheiden.« Mrs. Angelotti sah ihn an und schüttelte den Kopf, als könne sie seine Naivität nicht glauben: »Doktor, es gibt nicht viele Paare, die den Mut haben, ein Hospiz zu führen; also lassen Sie ihn entweder hier oder bringen sie ihn wieder zurück in irgendein elendes Loch. Sie haben keine große Wahl, müssen Sie wissen.«

Andy sah ein, daß er in der Tat ein wenig naiv gewesen war, und sagte lächelnd: »Okay. Aber lassen Sie uns trotzdem einen Blick hineinwerfen.« Und dann betraten sie eine der Einrichtungen, die als Reaktion auf die Ausbreitung von AIDS entstanden waren. Sie war sauber. Sie hatte ein Gemeinschafts-Eßzimmer mit Blumen auf dem Tisch. Sie hatte ein Lesezimmer mit einer Ecke für Kartenspiele, und auch die anderen Zimmer im Erdgeschoß machten einen ordentlichen und gepflegten Eindruck. Aber die jungen Männer, die sie sahen, waren so ausgezehrt, daß man, auch ohne daß es einem erst gesagt werden mußte, sofort wußte, daß dieser Ort eine letzte Zufluchtstätte für Menschen war, die von der Gesellschaft, ihrer Familie und ihren Freunden ausgestoßen worden waren und die auf den Tod warteten.

In der Küche war Mr. Angelotti dabei, das Mittagessen vorzubereiten, und als sie hereinkamen, erklärte er: »Ich war Koch bei der Navy. Das liegt in der Familie; mein Vater war Koch in einem Ganztags-Restaurant an der Bucht.« Er erzählte ihnen, daß ihm die Idee, sein Haus in ein Hospiz umzuwandeln, gekommen war, als er gelesen hatte, daß junge Männer, die an AIDS erkrankt waren, von den Krankenhäusern und Pensionen abgewiesen wurden. Also hatten er und seine Frau Kontakt zu einem gewissen Dr. Leitonen aufgenommen, auf den er große Stücke zu halten schien – »ein Doktor mit Herz« –, und nachdem sie sich vergewissert hatten, daß man sich durch einfache Berührung nicht mit der schrecklichen Krankheit anstecken konnte, hatten sie durch Dr. Leitonen per Mundpropaganda bekanntmachen lassen, daß sie AIDS-Patienten im letzten Stadium aufnahmen.

»Wir haben schon mehr als vierzig hier betreut«, sagte er, »und nur einer ist lebend wieder weggegangen. Als seine Eltern nichts mehr mit ihm zu tun haben wollten, kam er hierher, um zu sterben, aber dann hörte ein Onkel von ihm davon und nahm ihn bei sich auf. Dort ist er dann gestorben.«

»Sind alle Ihre Patienten gestorben?« fragte Zorn, und Mr. Angelotti sagte: »So ist das nun mal bei AIDS. Die Krankheit, an der man immer stirbt. Alle, die Sie hier sehen, sind auf dem Weg zu ihrem Tod, und zwar im D-Zug-Tempo. Rosa weint manchmal die ganze Nacht, wenn gleich zwei oder drei, die sie lieben gelernt hat, auf einmal sterben.«

»Wer bezahlt das alles?« fragte Zorn.

»Ein sogenanntes Kirchenkonsortium: die katholische Kirche, die jüdische Gemeinde, die Baptisten und noch einige andere Religionsgemeinschaften. Sie kommen für das Essen, das Wasser und den Strom auf.« Die alte Schlampe in dem Rattenloch hatte Zorn also falsch informiert. Aber er konnte verstehen, warum sie davon ausgegangen war, daß eine Einrichtung wie diese teuer sein würde.

»Das Haus stellen wir«, fuhr Mr. Angelotti fort. »Aber das Konsortium zahlt auch für die zwei Teilzeitpfleger, die uns helfen.«

»Sie selbst bekommen kein Gehalt?«

»Nein. Wir leben von unseren Ersparnissen. Rosa hat nie Geld verschwendet.«

»Wenn wir uns entschließen, den jungen Mann bei Ihnen zu lassen, werden wir selbstverständlich auch zahlen.«

»Einige Verwandte tun das, wenn sie herausfinden, wo ihr Junge steckt. Wir sind natürlich dankbar für das Geld.«

Als sie nach oben gingen, vergaßen sie die beinahe heitere Atmosphäre des Eingangsbereiches unten, denn jetzt sahen sie, wie einstmals große Zimmer in zwei oder teilweise sogar drei winzige Kammern aufgeteilt worden waren, jede mit einer Eisenkoje mit Sprungfedern, einer dünnen Matratze, einer kläglich dünnen Decke und einem Kissen, das unweigerlich so aussah, als hätte der Besitzer der Koje in seiner Schlaflosigkeit mit ihm gerungen. Und auf den Kojen in einigen dieser Zellen lagen – in unterschiedlich fortgeschrittenen Stadien der Auszehrung – Männer, die dermaßen ausgemergelt und geschwächt waren, daß man hätte glauben können, sie seien bereits tot. Sie reagierten gar nicht auf Zorns Anwesenheit, denn sie wußten, daß der Tod nahe war und daß Konversation oder sonstwie geartete Teilnahme an sozialer Kommunikation sinnlos waren.

In zwei der Kammern wurden die Sterbenden von ausgebildeten Pflegekräften betreut. Sie massierten verkümmerte Muskeln oder badeten wundgelegene Stellen. Aber selbst die Männer, die das bißchen an Fürsorge und Zuspruch erhielten, das sie an ihren letzten Lebenstagen bekommen konnten, schienen nicht wahrzunehmen, daß man ihnen half. Dies war ein Ort, wo der Tod vor jeder Tür wartete, und nur wenig von dem, was auf den klapprigen Eisenkojen getan wurde, verzögerte sein Eintreten.

Der Anblick der engen Zellen mit ihren todgeweihten Insassen rührte Zorn so tief, daß er rief: »Ist das alles, was Sie für Menschen tun können, die im Sterben liegen?« Mrs. Angelotti erwiderte ruhig: »Es ist schon so viel besser als das, was wir hatten, als wir anfingen«, und Zorn entschuldigte sich: »Es tut mir leid, daß ich das gesagt habe. Mrs. Angelotti, Sie sind wirklich ein barmherziger Engel. Aber wenn wir Jaqmeel hierlassen, könnten wir dann ein größeres Zimmer für ihn bekommen? Wir würden auch den doppelten Preis bezahlen.«

»Das ließe sich wohl arrangieren. Aber verstehen Sie, solange er noch in der Lage ist, herumzulaufen, würde er eh die meiste Zeit unten bei den anderen verbringen. Und wenn das nicht mehr geht, dann wäre eine dieser Kammern groß genug.« Sie berührte seinen Arm. »Sehen Sie, Herr Doktor, Männer in diesem Zustand bekommen niemals Besuch. Es besteht daher kein Bedarf an zusätzlichen Sitzgelegenheiten.«

»Wir gehen runter und holen ihn«, sagte Zorn, und mit Hilfe von Mr. Angelotti trugen sie Jaqmeel in den zweiten Stock, wo die beiden Pfleger ihn übernahmen. Nachdem sie ihn untersucht hatten, versicherten sie Zorn und Nora leise: »Er ist noch nicht im letzten Stadium. Gutes Essen, ein bißchen Gymnastik und der Kontakt mit den anderen werden ihm helfen. Und wenn seine Zeit dann kommt, kann er in Würde sterben.« Als Nora und Zorn gingen, sagte Jaqmeel mit sehr matter Stimme: »Ich weiß, wo ich bin, und ich bin froh, daß ich hier bin. Hier stinkt es wenigstens nicht.«

In dem Zimmer im Erdgeschoß, das als Büro diente, gab Zorn den Angelottis hundertfünfzig Dollar für Jaqmeels erste Woche, und dann umarmte er erst Mr., dann Mrs. Angelotti. »Sie beide sind wahrhaft gute Samariter.« Er räusperte sich und sagte: »Nun, wo kann ich einen Arzt finden, der sich um ihn kümmert?«

»Die meisten Ärzte wollen nicht einmal in die Nähe dieses Hauses kommen«, sagte Mrs. Angelotti, »aber es gibt da diesen einen, den wir schon erwähnt haben, Dr. Leitonen, ein lebender Heiliger; der kommt hier zu uns ins Haus und vollbringt wahre Wunder für unsere Männer.«

»Und wo finde ich diesen Dr. Leitonen?« fragte Zorn, und sie schrieb ihm die Adresse auf. »Es ist nicht weit von hier.« Als Zorn in der Praxis des Mannes anrief, erfuhr er, daß er zur Zeit nicht da sei, später am Nachmittag jedoch wieder zu erreichen sei. Er bat um einen Termin, und auf diesem Umweg gelangte Andy Zorn direkt ins Herz der AIDS-Krise.

DIE EUPHORIE, die das Flugzeugprojekt der Tertulia begleitet hatte, verflog, als ein Lieferwagen ein großes Paket in *The Palms* ablieferte, adressiert an Raúl Jiménez, der die Aufgabe übernommen hatte, die Maschine für ihr Flugzeug zu bestellen. Sie kam von der Firma Lycoming in Pennsylvania und war professionell verpackt; alle Zwischen- und Hohlräume waren mit Kissen aus einem saugfähigen Material ausgefüllt, die verhindern sollten, daß sich Kondenswasser bildete und das gute Stück womöglich Rost ansetzte. Als die Verpackung feierlich in Anwesenheit der fünf Flugzeugbauer geöffnet wurde und die blanken Oberflächen der Maschine im Sonnenlicht aufblitzten, reagierten die Männer nicht, wie man es eigentlich hätte erwarten können, mit freudiger Erregung und Stolz auf ihre neue Errungenschaft.

Statt dessen begutachteten sie sie nüchtern, denn es war ihnen klar, daß ihr Eintreffen alles verändert hatte. Sie spielten jetzt keine Kleine-Jungen-Spiele mehr. Jetzt, in der realen Erwachsenenwelt und innerhalb einer meßbaren Zeitspanne, würden sie dieses Antriebsaggregat in ihr selbstgebasteltes Flugzeug einbauen müssen, es einstellen, durchchecken, mit den nötigen Betriebsstoffen füllen – und das Ding schließlich in die Luft bringen müssen.

»Ein ideales Aggregat für ein kleines Flugzeug wie unseres«, sagte Präsident Armitage mit professioneller Miene. »Es ist wirklich erstaunlich, wieviel Leistung die heutzutage aus so einem kleinen Ding herausholen können.«

Lewandowski war zufrieden mit den im Handbuch angegebenen Leistungsdaten. »Sie kann doppelt soviel Leistung entfalten, wie wir jemals brauchen werden.« Er begutachtete mit Kennerblick die verschiedenen Komponenten. »Eine ausgezeichnete Maschine.«

Senator Raborn hob die solide Verarbeitung und die Haltbarkeit des Triebwerks hervor. »Dieses kleine Teufelsding verträgt eine ganze Menge. Vermittelt einem das Gefühl von Sicherheit. Es ist seinen Preis auf jeden Fall wert.«

Als sich die Tertulia an jenem Abend wie gewohnt an ihrem angestammten Tisch im Speisesaal zusammenfand, drehte sich die Unterhaltung nicht wie sonst so oft um irgendein abgehobenes Thema. Botschafter St. Près schnitt ohne Umschweife das Thema an, das ihnen allen auf der Seele lag: »Ich frage mich, ob der eine oder andere von uns sich nicht vielleicht doch noch einmal Gedanken über unser geplantes Vorhaben gemacht hat.«

»Lieber Himmel, nein!« sagte Armitage schnell, aber der etwas mehr zur Vorsicht neigende Jiménez fragte: »Wie meinst du das, Richard? Daß uns womöglich der Mut verlassen hat?«

»Nein, nein! Bloß daß wir, ob wir wollen oder nicht, *The Palms* in seiner Gesamtheit repräsentieren, und ein Scheitern unsererseits, ein Unglück, wenn ihr so wollt, hätte womöglich bedauernswerte Konsequenzen. Ich habe mich schlicht und einfach gefragt, ob wir eigentlich dazu bereit sind, dieses Risiko auf uns zu nehmen, nicht für uns, sondern für die Gemeinschaft.«

Raborn sagte unverblümt: »Richard, wenn du Bedenken hast, den Jungfernflug zu machen, dann solltest du wissen, daß ich erst vor zwei Wochen meinen Pilotenschein habe erneuern lassen. Für den Fall, daß irgend so was wie das hier kommen sollte. Der Arzt hat gemeint, ich hätte die Herzwerte eines Fünfzigjährigen und die Reaktionsschnelligkeit und Reflexe eines Dreißigjährigen – und dabei hatte ich nicht mal meine Brille auf. Also bin ich der Ersatzpilot, und ich sage, wir starten.«

Das sagten auch die anderen, jedoch ohne den Schwung und die Begeisterung, die sie am Anfang, als das tatsächliche Ereignis noch in ferner Zukunft lag, an den Tag gelegt hatten. Als Lewandowski herüberkam und sich zu ihnen an den Tisch setzte, brachte er noch einen Hauch mehr Realismus mit. Als nüchterner Naturwissenschaftler, der er war, sagte er: »Wir sollten die Maschine möglichst bald, am besten schon morgen, probelaufen lassen. Wir schrauben sie auf eine schwere Platte, montieren sie zusammen, betanken sie und überprüfen, ob sie richtig funktioniert.«

»Aber es wird doch noch Wochen dauern, bis wir sie in das Flugzeug einbauen«, gab Armitage zu bedenken, doch der alte Forschungsexperte blieb stur: »Um so mehr Grund für uns, sie jetzt zu testen. Sollte irgendwas nicht richtig laufen, können wir sie noch mal einschicken oder umtauschen.« Er verabredete mit Raborn, den Probelauf am nächsten Morgen durchzuführen. Die anderen pflichteten ihm bei, daß es ein vernünftiger Schritt sei.

Als sie mit ihrer Mahlzeit fertig waren, sagte der Botschafter bedächtig und feierlich: »Meine Herren ...« Er hatte eine Ansprache an seine Mit-Tertulianer noch nie mit dieser Anrede begonnen. »Am Vorabend jeder größeren Kampfhandlung – und unser Flugzeugprojekt ist solch ein bedeutendes Unternehmen –

machen sich Soldaten oder Seemänner, wenn sie vernünftig sind, düstere Gedanken. Ich erinnere mich, wie ich im Zweiten Weltkrieg am Abend vor einer der großen Seeschlachten im Golf von Leyte als Offizier auf der Brücke unter Admiral Olendorf diente, und er hatte ausgerechnet, wo ein bedeutender Teil der japanischen Flotte um Mitternacht war und wo sie im Morgengrauen sein würden, und er glaubte, eine Chance zu haben, eines der größten Manöver der Seekriegsstrategie durchzuführen, das T des Feindes zu kreuzen.«

»Was bedeutet das?« fragte Jiménez.

»Die amerikanischen Kriegsschiffe errechnen, wann die japanischen Schiffe aus der Meerenge kommen werden. Der Feind ist der lange senkrechte Schenkel des T, wir sind der Querbalken oben drauf. Könnt ihr euch vorstellen, was jetzt passiert? Jedes feindliche Schiff, das aus dem senkrechten Schenkel kommt, sieht sich unserer gesamten Reihe schwerer Kriegsschiffe gegenüber, die seinen Weg kreuzen. Es kann mit seinen schweren Geschützen auf eines unserer Schiffe feuern – auf welches, kann es sich aussuchen –, aber wir haben neun dicke Pötte, die das Feuer erwidern können. Und wenn es sinkt – was es unter diesem mörderischen Feuer zwangsläufig muß –, kommt schon das nächste japanische Schiff aus dem senkrechten Schenkel, feuert mit seinen Geschützen auf eines unserer Schiffe, und wieder schießen ihn neun von unseren zu Klump.

Nun war die Aussicht darauf, dieses Manöver durchzuführen, so aufregend, daß die von uns, die an dem Plan beteiligt waren, die fünf Stunden vor der Schlacht nicht schlafen konnten. Ich war zu Tode geängstigt und fragte mich, was passieren würde, wenn irgendein superschlauer japanischer Admiral *unser* T kreuzen würde und uns einen nach dem anderen auf den Meeresgrund jagen würde.

Ich fragte einen älteren Offizier, was das heißen würde, und er sagte: ›Es würde heißen, daß der Alte sich verkalkuliert hat.‹«

»Und wie ging die Sache aus?« fragte Armitage, und der Botschafter sagte: »Das steht in den Geschichtsbüchern. Wir kreuzten ihr T, so wie Olendorf es geplant hatte, zerstörten jenen Teil der japanischen Flotte und ermöglichten so unseren kleinen Trägern in einem anderen Teil des Golfs, den Hauptarm der feindlichen Flotte zurückzuwerfen, während Halsey seine Flugzeuge ausschickte, um ihre großen Träger im Norden zu versenken.« Er hielt kurz inne, dann sagte er: »Manche Seekriegshistoriker glauben, daß unsere Schlacht im Süden das letzte Mal in der Seekriegsgeschichte war, daß Schlachtschiffe mit ihren großen Geschützen auf feindliche Schiffe gefeuert haben. In Zukunft werden diese Aufgabe Flugzeuge übernehmen. Und es wird nie mehr ein Kreuzen des feindlichen T geben.«

Raúl Jiménez' Geschichte hatte mit einer anderen Art von Krieg zu tun: »Als ich meine Zeitung dazu benutzte, Krieg gegen das Medellín-Kartell zu führen, das jeden Richter umbrachte, der versuchte, diesen Verbrechern das Handwerk zu legen, brachten die Drogenbosse eine andere Zeitung unter ihre Kontrolle und bedrohten mich mit der Schlagzeile: VERLEGER JIMÉNEZ ZUM TODE VERURTEILT. Ich ließ mich davon nicht beirren. Sie stürmten meine Zeitung und töteten meinen Chefredakteur, der mir sehr ähnlich sah. Nach diesem Vorfall suchten meine Frau und ich Zuflucht in den Vereinigten Staaten.«

Senator Raborn hatte als Marineleutnant an der Schlacht um Neuguinea teilgenommen und ein Kommandounternehmen über den Pfad von Port Moresby quer durch die Berge geführt, um den Hafen einzunehmen, den die Japaner bei Lae besetzt hielten: »Bevor wir daran denken konnten, Lae anzugreifen, mußten wir feindliche Stellungen in Aitape und Wau überwinden. Das waren sehr harte Kämpfe, und wir waren ziemlich erschöpft, als wir endlich die Berge hinter uns hatten und auf Lae selbst marschierten. Ich erhielt den Befehl, den Angriff von Westen her zu führen, und als wir in Stellung gingen, dachte ich: Was für ein Schwachsinn! Mich quer über diese ganze verdammte Insel durchzukämpfen, nur um in Lae einen auf den Hut zu kriegen! Also hielt ich mich beim großen Vorstoß, als wir die japanische Stellung stürmten, dezent zurück, in der Absicht, in der zweiten Welle an die

Spitze zu stoßen. Ein Leutnant sah, was ich machte, warf mir einen verächtlichen Blick zu und führte die Marines hinein. Er kriegte voll eins auf den Deckel, und ich bekam einen Orden für meinen heldenmutigen Einsatz.« Er schneuzte sich und fügte hinzu: »Aber bei anderen Einsätzen in Okinawa machte ich das wieder gut, und die Orden, die ich dafür bekam, sind ehrlich verdient. Den von Lae habe ich niemals getragen.«

Präsident Armitage war als Armeeleutnant bei der Landung in Anzio dabeigewesen und während des Marsches den Stiefel hinauf nach Rom zum Hauptmann befördert worden. »Ich hatte während des ganzen Marsches Angst, bei jeder neuen Schlacht gegen die Deutschen, aber als wir in Rom einmarschierten und die Mädchen uns küssen wollten, weil sie fanden, daß wir Helden waren, da war ich ganz vorn in der Reihe zu finden.«

Durch ihr Verhalten im Krieg und ihre Karrieren in Friedenszeiten hatten diese Männer sich das Recht erworben, in den Jahren ihres Ruhestandes als Mitglieder von Raúls Tertulia Autorität auszustrahlen, und der Kolumbianer verdiente wohl die größte Anerkennung von allen, denn er hatte viele Male sein Leben riskiert, um die Ehre seines Landes zu verteidigen, und sein Heimatland erst verlassen, als es hoffnungslos korrupt geworden war.

Die Kellnerinnen kamen mit dem Nachtisch, und Mitternacht nahte, aber die Veteranen redeten noch immer über gewonnene und verlorene Schlachten. Das letzte Wort hatte St. Près: »Dann ist es also beschlossene Sache, daß wir das Flugzeug zu Ende bauen, die Maschine einbauen und es fliegen?« Es gab keinen Widerspruch.

AUSSER SCHWESTER NORA gab es noch eine Frau im Gemeinschaftshaus, welche die Fortschritte der jungen Betsy Cawthorn und ihre romantische Zuneigung zu Dr. Zorn mit mehr als nur beiläufigem Interesse verfolgte. Reverend Quade hatte während ihrer beruflichen Laufbahn so viele

Liebesaffären verfolgt, davon drei in *The Palms*, die in einer Heirat geendet hatten, daß sie Betsys wachsendes Interesse an ihrem Doktor fast mit einem Kurvendiagramm hätte darstellen können. An dem Abend, als Betsy ihre Gefühle offen gezeigt hatte, indem sie Zorn vor aller Augen nach ihrem ersten Gehversuch umarmte, hatte sie zu sich selbst gesagt: Armes Ding, sie ist total verknallt in ihn seit dem Moment, wo sie hier angekommen ist, und wahrscheinlich schon vorher. Gott sei Dank ist er nicht verheiratet, sonst könnte das eine ganz heikle Geschichte werden.

Da sie mit Betsy reden wollte, wartete sie, bis sie die junge Frau eines Nachmittags, als der Speisesaal fast leer war, einmal allein am Tisch erwischte. Die Gräfin speiste natürlich wie immer in solitärem Glanz an Tisch fünfzehn, und einige Paare, die keine Lust dazu hatten, sich ihr Mittagessen selbst zu machen, saßen an ihren angestammten Tischen.

»Darf ich mich zu Ihnen setzen?« fragte Reverend Quade, und Betsy sagte erfreut: »O ja, gerne. Ich wollte mich schon lange einmal mit Ihnen unterhalten.«

»Schön, dann ist das ja jetzt genau der richtige Moment«, sagte Reverend Quade und bestellte einen leichten Salat.

»Ich wollte deshalb mit Ihnen sprechen, weil Sie Geistliche sind. Es ist Ihr Job, Leuten zuzuhören, die durcheinander sind.«

»Wenn ich in der letzten Zeit eine junge Frau gesehen habe, die alles andere als durcheinander ist, dann sind Sie das, Betsy. Sie machen nach allem, was ich gesehen habe und was man mir so erzählt, bemerkenswerte Fortschritte.«

»Was hat man Ihnen denn erzählt?«

»Es wird wohl das Beste sein, wenn ich das gleich von vornherein offen sage. Man hat mir erzählt, daß Sie nach Ihrem schrecklichen Unfall in eine tiefe Depression gefallen sind, daß Sie die üblichen Prozeduren, die auf eine Amputation folgen, abgelehnt haben, und da Sie gleich an beiden Beinen amputiert wurden, hatten Sie das Recht auf eine ausgiebige Trauerzeit. Aber Sie trieben es zu weit. Sie übertrieben Ihr Selbstmitleid.«

»Wer immer dieser mysteriöse ›man‹ war, der Ihnen das alles

erzählt hat, er – oder sie – hat das sicherlich richtig diagnostiziert, aber er hat Ihnen nicht alles gesagt, vielleicht, weil er es nicht wußte oder nicht wissen wollte.«

»Sollte ich es wissen?«

»Ja, weil ich Ihnen vertraue. Ich habe mich geweigert, mich von Psychiatern behandeln zu lassen. Daddy hat drei oder vier verschiedene angeschleppt – ganz sicher gute Ärzte, aber ich fürchtete mich vor ihnen.«

»Und vor mir fürchten Sie sich nicht?«

»Nein. Sie sind eine Geistliche, Sie haben ein besonders ausgeprägtes Mitgefühl – und außerdem sind Sie eine Frau.«

»Wo liegt das Problem? Was ist es, das ›man‹ nicht wußte und das Sie jetzt mit mir bereden wollen?«

Betsy druckste einen Moment herum, dann sagte sie zögernd: »Ich war ein paarmal dem Selbstmord nahe. Sehr nahe.«

»Sie dachten, Ihr Leben wäre vorbei, und Sie wollten es beenden?«

»Ich befürchtete, meine Chancen, ein halbwegs normales Leben zu führen, wären vorüber. Kein Tennis mehr, keine Wanderungen im Wald mehr, kein Spaß irgendwelcher Art mehr. Ich hatte einfach Angst.«

»Und jetzt begreifen Sie, daß in ein paar Wochen Sie und ich da draußen durch die Savanne spazieren können, wenn wir einen einigermaßen ebenen Weg wählen.«

»Ja. Die Lage hat sich geändert, und ich bin wieder guter Dinge, wie Sie wahrscheinlich schon gemerkt haben.«

»O ja. Ich habe gesehen, wie Leben und Farbe in Ihre Wangen zurückgekehrt sind.« Sie beugte sich vor und nahm Betsys Hand. »Es ist so wunderbar, nach einem langen Winter wieder den Frühling zu sehen.«

»Und jetzt kommen wir zu dem, was mich quält, wenn auch natürlich viel weniger akut als die Amputationen.«

»Und was ist das? Manchmal ist ein langes, stetiges Kokeln fataler als der plötzliche, hell auflodernde Brand, den die Menschen sehen und löschen können.«

»Wenn ich schon einmal in eine tiefe Depression gefallen bin, kann mir das dann noch einmal passieren? Ich meine, diese letzten Wochen waren toll. Bedford Yancey ist ein Teufelskerl – er hat die Energie von sechs Menschen gleichzeitig. Nora war wunderbar zu mir. Und dieser Orthopädietechniker ist ein Genie. Ich sag zu ihm: ›Das hier fühlt sich nicht ganz richtig an‹, und er dreht an ein paar Schrauben an diesem unglaublichen englischen Ding, und gleich fühlt es sich wieder an wie ein richtiges Bein.«

Reverend Quade, der nicht entging, daß Betsy um den heißen Brei herumschlich, fragte: »Und was ist mit Dr. Zorn? Hat der keinen Beitrag geleistet?«

Betsy errötete, aber sie war offensichtlich neugierig, zu erfahren, was Mrs. Quade von Andy hielt, also gestand sie: »Ich bekomme so gemischte Signale von ihm. Heute morgen in der Reha war er unheimlich aufmerksam und hat sich die ganze Zeit um mich gekümmert. Aber morgen wird er mich wahrscheinlich wieder links liegenlassen. Manchmal sehe ich ihn tagelang nicht.«

»Ich erinnere mich, wie es bei mir war. Ganz genauso. Männer können manchmal sehr schwierig sein.«

Es folgte eine kurze Pause, und dann sagte Reverend Quade: »Um noch einmal auf das zurückzukommen, was Sie vorhin gesagt haben: ob Sie noch einmal in eine Depression verfallen könnten. Haben Sie Angst vor einer Enttäuschung, nach all den positiven Dingen, die geschehen sind?«

»Nein, das ist es nicht. Ich frage mich nur, wie ich wohl auf etwas Einschneidendes reagieren würde, zum Beispiel auf den Tod meines Vaters. Ich bewundere ihn, er bedeutet mir alles. Oder wenn ich niemals einen Mann finden würde, der mich heiraten wollte.«

»Spielen Sie da vielleicht auf einen ganz bestimmten Mann an?«

Die Frage kam so plötzlich, daß Betsy rot wurde und wegblickte, außerstande, eine Antwort zu geben.

Ganz leise und einfühlsam sagte Reverend Quade: »Wir älteren Frauen wissen, daß Sie total in ihn verliebt sind. Wir kennen die Zeichen. Die meisten von uns haben das auch schon einmal ...«

»Ist es so offensichtlich?«

»Betsy! Sie tragen die Botschaft förmlich auf der Stirn geschrieben – und es ist eine wundervolle Botschaft. Wenn er ins Zimmer kommt, leuchten Ihre Augen. Wenn sein Name am Bridgetisch fällt, erröten Sie. Im Moment ist Ihr Gesicht puterrot. Wir wissen es alle, und wir finden es wunderbar.«

»Sieht man es mir tatsächlich so an?«

»Betsy, mein liebes Kind. Bei ihm ist es noch schlimmer als bei Ihnen. Was glauben Sie wohl, warum er immer einen Vorwand findet, um in der Reha vorbeizuschauen? Warum war er an dem Tag da, als Sie Ihren ersten eigenen Gehversuch unternommen haben?«

»Ja, er war wohl da – aber als ich ihn küßte, stieß er mich weg. Er will mich nicht. Schließlich« – ihre Stimme sank zu einem Flüstern – »habe ich keine Beine mehr.« Die schreckliche Wahrheit auszusprechen, erschütterte sie so sehr, daß sie den Kopf senkte und zu weinen anfing.

Reverend Quade wartete, bis Betsy sich wieder gefaßt hatte, dann sagte sie aufmunternd: »Ich möchte Ihnen gerne erzählen, wie es mir erging, als ich in Ihrem Alter war. Unsere Familie war in China, in einem Dorf nicht weit von Shanghai, und immer wenn ein neuer junger Missionar ankam, kannte die gesamte holde Weiblichkeit – ob Amerikanerin, Britin oder Chinesin – bloß noch ein Thema: ›Wer wird die Glückliche sein, die bei ihm landet?‹ Als eines Tages ein besonders wunderbarer junger Mann kam, ein presbyterianischer Missionar direkt von Princeton, einem presbyterianischen College, war ich diejenige, die ihn sich schnappte.«

»Das muß eine aufregende Zeit gewesen sein, aber es muß Ihnen ja vorkommen, als wäre das schon eine Ewigkeit her.«

»Es kommt mir vor, als wäre es gestern gewesen. Drei andere junge Frauen hätten ihn vielleicht auch kriegen können, darunter ein sehr nettes englisches Mädchen, das bis heute meine

Freundin ist. Aber ich arbeitete mit allen Tricks, und in den Jahren, als ich mich als eine der ersten weiblichen Geistlichen gegen große Widerstände durchsetzen mußte, war Laurence mir stets ein enormer Rückhalt. Einmal hat er sich meinetwegen fast mit einem hohen Kirchenbeamten geprügelt.« Sie lachte, dann fügte sie hinzu: »Einen guten Mann zu haben ist wirklich eine Menge wert, egal wieviel er kostet, und nach allem, was ich sehe und höre, ist Andy Zorn ein guter Mann. Kein Supermann – das war Laurence auch nicht, aber er war da, als ich ihn brauchte, und ich glaube, Zorn wäre das auch.«

Ein Lächeln trat in ihr Gesicht, als sie sich an jene wundervollen Tage der ersten Liebe zurückerinnerte, und nach einer Weile des Schweigens fuhr sie fort: »Und was glauben Sie, wo ich den Mut hernahm, um mir Laurence zu angeln? Weil ich gesehen hatte, wie es Frauen in China erging, die keinen Ehemann abbekamen. Sie wohnten mit im Haus ihrer glücklicheren Schwestern, die einen hatten, und wurden *Amahs*, Ammen, bessere Haushaltssklavinnen. Sie verbrachten ihre Tage mit Kochen und Kinderhüten und wurden mit jedem Jahr älter und einsamer, da sie nie ein Leben und eine Liebe hatten, die sie ihr eigen nennen konnten.«

Sie hielt einen Moment inne, denn sie fürchtete, daß das, was sie als nächstes sagen würde, zu berechnend klingen würde, doch dann gab sie sich einen Ruck: »Eines Tages wurde mir schlagartig klar, daß ich einen Mann haben *wollte*, und daß es jede Anstrengung wert war, einen guten zu kriegen. Und als Laurence auftauchte, machte ich mich an ihn heran mit einer Zielstrebigkeit, die ich mir vorher selbst nicht zugetraut hätte. Sie können das gleiche tun.«

Als sie das sagte, schaute sie zufällig hinüber zur Gräfin, die ihr Mittagessen in der Einsamkeit beendete, die sie bevorzugte. Die Zeit war gekommen, ihre Reserviertheit zu ignorieren, und Mrs. Quade stand auf und ging hinüber zu Tisch fünfzehn. »Mrs. Elmore, ich sitze gerade mit dieser vom Schicksal so schwer geschlagenen jungen Frau zusammen beim Mittagessen, und ich glaube, sie wäre sehr dankbar, wenn Sie ihr ein paar Ratschläge geben könnten. Darf ich sie zu Ihnen herüberbringen?«

»Ich ziehe es vor, alleine zu speisen.«

»Das weiß ich sehr wohl. Aber wie ich sehe, sind Sie mit dem Essen fertig, und dieses Kind braucht Rat.«

»Dann bringen Sie sie rüber.«

Als die drei zusammensaßen, sagte Reverend Quade: »Betsy ist, wie Sie wissen, schwer verletzt gewesen, aber sie erholt sich gut, und jetzt ist die Frage aufgetaucht: Kann eine junge Frau mit einer so schweren Behinderung darauf hoffen, jemals einen Mann abzubekommen?«

Die Gräfin überlegte einen Moment, dann sagte sie nachdenklich: »Ich war auf einer angesehenen Mädchenschule in England, was ich Ihnen sicher irgendwann schon einmal erzählt habe. Wir hatten eine Mathematiklehrerin, deren ganze linke Gesichtshälfte von einem scheußlichen, purpurfarbenen Feuermal bedeckt war. Ich sehe es noch heute vor mir. Ansonsten war sie eine hübsche Frau, die ein anscheinend ganz zufriedenstellendes Leben führte, nur mit Männern lief bei ihr gar nichts. Als sie schon über dreißig war, kam ein Spezialist aus Wien und entfernte ihr den Fleck aus dem Gesicht. Bleichte ihn einfach weg, so daß nichts mehr von ihm zu sehen war. Keine sechs Monate später war sie mit unserem Geschichtslehrer verheiratet.« Sie wandte sich Betsy zu und sagte: »Ihr Problem scheint mir das gleiche zu sein wie das von Miss Blanton. Jetzt, mit Ihren neuen Beinen, fehlt Ihnen nichts mehr.« Sie drehte Betsy den Rücken zu und sagte zu der Geistlichen: »Ich sage, Sie verschwenden Ihre Zeit, wenn Sie sich wegen dieser jungen Frau Sorgen machen. Ich habe gesehen, wie sie und der Doktor mit einer Gruppe von Leuten in die Stadt aufgebrochen sind, ins Kino, und als sie zurückkamen und er ihre Gehhilfe auslud, da war mir völlig klar, was für Gefühle er für sie hegt.« Als Betsy rot wurde, streckte die Gräfin die Hand über den Tisch, drückte Betsys Hand und sagte: »Angel dir ihn, Mädchen, solange du noch so toll aussiehst wie jetzt!«

Als sie wieder an ihrem Tisch saßen, sagte Reverend Quade: »Das war mehr, als ich erwartet hatte. Jetzt haben Sie die Bestätigung gleich von zwei Seiten. Ich denke, das sollte reichen.«

»Schon – aber jetzt weiß ich noch immer nicht, wie ich mich verhalten soll.«

»Ich habe immer die christliche Antwort gepredigt. Wir setzen unser Vertrauen in den Gott des Alten Testaments, lauschen den Lehren Seines Sohnes im Neuen, und mischen unter das Ganze eine ordentliche Portion gesunden Menschenverstand.«

ALS ANDY ZU SEINER Verabredung aufgebrochen war, hatte er zu Nora gesagt: »Halten Sie die Stellung. Ich fahre zu diesem Dr. Leitonen, wegen Ihres Neffen.« Er fuhr zu einem Bürohaus, in dem eine ganze Reihe von Ärzten verschiedener Fachrichtungen ihre Praxen hatten, darunter auch Zahnärzte und Psychiater. Dr. Leitonen teilte sich seine Praxis im dritten Stock mit einem Dr. Marshall, den Zorn indes nicht zu Gesicht bekam. Ihr gemeinsames Wartezimmer hatte eine Aura von Schäbigkeit, als ob ihre Praxis nicht gut liefe. Dafür lagen aber die fünf letzten Ausgaben des *Economist* aus – einer der, wie Zorn fand, besseren Zeitschriften auf der Welt.

Als er die Sprechstundenhilfe am Empfang fragte, worauf die beiden Ärzte spezialisiert seien, sagte sie: »Dr. Marshall ist nicht mehr bei uns. Er war nicht damit einverstanden, daß Dr. Leitonen sich praktisch nur noch auf die AIDS-Patienten konzentrierte. Die können nämlich sehr oft nicht zahlen, müssen Sie wissen.«

Nach einer kurzen Wartezeit wurde er in Dr. Leitonens Sprechzimmer gebeten. Dr. Leitonen sah sehr ungewöhnlich aus: Er war untersetzt, beinahe quadratisch, muskulös, stiernackig, hatte große Hände, ein neckisches Gesicht mit lebendigen, wachen Augen und ein ansteckendes Lächeln, und obwohl er kaum älter als Mitte vierzig sein konnte, war sein Haar schneeweiß. Zorn nahm an, daß sein Name skandinavischen Ursprungs war und daß sein Haar eher weißblond war, wie man es so häufig in den nordischen Ländern sah, als frühzeitig ergraut.

Da die meisten Patienten, die zu ihm kamen, mit schwerwiegenden Problemen, nämlich solchen von Leben und Tod, zu tun hatten, war Dr. Leitonen es gewohnt, direkt zur Sache zu kommen. »Mrs. Angelotti möchte also, daß Sie und ich ihr bei dem Fall dieses bemerkenswerten Basketballers ein bißchen unter die Arme greifen.« Er warf einen Blick auf seine Notizen: »Ja, Jaqmeel Reed. Wo denken die sich bloß immer diese Namen aus? Ich habe ihn mehrere Male gesehen, als er hier in Tampa spielte. Freunde von mir, die mehr Ahnung von Basketball haben als ich, meinten, er hätte das Zeug zum Profi gehabt. Und dann kriegt er AIDS. Ich habe ihn an dem Nachmittag gesehen, als Sie ihn im Hospiz abgeliefert haben. Ich denke, ich kann einiges tun, um ihm seine letzte Lebensetappe zu erleichtern. Er soll die Möglichkeit haben, ein anständiges Leben zu führen – solange er sich noch dran festklammern kann.«

»Das ist es also, was ihm letztlich geblieben ist – ein verzweifeltes Sichfestklammern?«

Dr. Leitonen starrte zur Decke und sagte dann: »Dr. Zorn, unsere Nation – die Welt – ist mit einer Geißel konfrontiert. Wir haben gerade einmal die Ursachen entdeckt, und es kann noch Jahre dauern, bis wir ein Mittel gefunden haben. Ich habe hier fast alle, die uns zur Zeit bekannt sind, und das sind nicht viele.«

»Wie sind Sie da reingeraten?« fragte Zorn, und Leitonen legte die Stirn in Falten und sagte: »Vor einigen Jahren schleppte mich mein Neffe fast mit Gewalt zu einem kranken Freund, damit ich ihn mir einmal anschaute. Der Junge war in einer so schrecklichen Verfassung, daß ich sagte: ›Sie müssen sofort ins Krankenhaus‹, worauf er erwiderte: ›Leute wie mich nimmt kein Krankenhaus auf. Ich habe AIDS.‹ Ich war angewidert, hatte fürchterliche Angst, mich bei ihm angesteckt zu haben, und dann war ich wütend, daß da einfach eine Krankheit auftauchte, vor der die Medizin kapitulierte. An dem Tag fing ich an, mich zum AIDS-Spezialisten zu entwickeln.«

»Wie ich hörte, ist Ihr Partner ausgestiegen.«

»Ja, und ich kann es ihm nicht einmal übelnehmen. Unsere Praxis füllte sich immer mehr mit verängstigten Freunden und Verwandten – und jungen Männern in erbarmungswürdigem Zustand. Sie war kein Ort mehr, an dem man sich wohlfühlen konnte. Doch je tiefer ich in das Rätsel hineinstocherte, desto mehr festigte sich in mir die Überzeugung, daß ich versuchen mußte, den Opfern dieser Krankheit zu helfen.«

Zorn studierte Leitonen sorgfältig, und er dachte: Hätte dieser Mann seine Anstrengungen nicht auf die Bekämpfung von AIDS gerichtet, dann hätte er vermutlich jetzt eine lukrative Praxis, denn er hat soviel Energie, ein so gewinnendes Wesen und ganz offensichtlich auch einen wachen, neugierigen Geist.

»Wie Sie wissen, fängt bei AIDS alles mit dem Immunsystem an. Wir tragen eine Million Krankheitserreger mit uns herum, von denen einige tödlich sind, aber wir haben ein eingebautes Abwehrsystem, das die kleinen Teufel bekämpft. Wir haben diese Krankheitserreger seit Jahren Tag für Tag in uns, aber unser Abwehrsystem hält sie in Schach. Nun kann das Immunsystem jedoch ermüden, und dann hat es nicht mehr die Kraft, gegen die Erreger anzukämpfen. Wie Sie wissen, neigen wir am ehesten dazu, uns eine Erkältung einzufangen, wenn wir übermüdet sind; doch wenn wir uns dann ausruhen, ruht das System sich mit aus, kommt wieder zu Kräften und schlägt die Erkältung aus dem Feld.

Bei AIDS jedoch ist das Immunsystem nicht bloß erschöpft – es ist lahmgelegt, und schon der kleinste Schnupfen kann so gefährlich werden, daß er uns umbringen kann. Was Mr. Reed letztendlich den Rest geben wird, wissen wir nicht, und das Schlimme ist, wir können nicht einmal annähernd schätzen, wie lange es dauern wird, bis es soweit ist. Ich habe Patienten, die siechen mehr als ein Jahr lang dahin, sterben jeden Tag ein kleines bißchen, und sehen entsetzt mit an, wie andere um sie herum relativ schnell ableben. So oder so, es ist schrecklich, so zu sterben, aber bis jetzt haben wir noch kein Gegenmittel.«

Er schloß bedrückt: »Mr. Reed weiß also, daß er sterben muß, und vielleicht wünscht er sich sogar, daß er es schnell hinter sich bringt, aber er hat keine Gewißheit, wie oder wann das sein und wieviel Schmerzen er dabei haben wird. Einer meiner Patienten, ein Bursche namens Saul – ich mochte ihn unheimlich gern – hatte einen eingewachsenen Zehnagel, der sich entzündete. Ich mußte ihm das Bein amputieren, was sein Leben um drei Monate verlängerte. Ich mußte den Stumpf des amputierten Beines dreimal die Woche reinigen – sein Immunsystem verfügte nicht mehr über die heilenden Kräfte, die bei einem normalen Gesunden dafür sorgen würden, daß solch ein Stumpf sich innerhalb von drei Wochen schließt.« Grimmig fügte er hinzu: »Es war eine höllische Art zu sterben – ein eingewachsener Zehnagel ...«

Leitonen fügte eine makabre Anekdote hinzu: »Dieser Saul hatte einen Freund namens Christopher, der ihn bis zu seinem Tod aufopfernd pflegte. Da überraschte es nicht weiter, daß Chris Angst bekam, er könne sich bei Saul angesteckt haben. Ich unterzog ihn einer Reihe von Tests, und als ich ihm die Daten zeigte, atmete er erleichtert auf und sagte: ›Gott sei Dank ist es nur Krebs; dagegen gibt es etwas.‹ Und das sagt wohl alles, Zorn: Gegen AIDS erscheint einem sogar Krebs geradezu harmlos.« Als er aufstand, um seine Runden zu machen, versprach er: »Ich werde Reed morgen um elf Uhr erneut aufsuchen. Es wäre mir lieb, wenn Sie mit dabei wären, damit Sie sich Ihr eigenes Urteil darüber machen können, wie wir diesen tapferen jungen Mann behandeln sollen.« Vor der Tür wandte er sich noch einmal um und sagte: »Nicht viele Ärzte machen ihre Visite in der Gewißheit, daß jeder Patient, den sie aufsuchen, in absehbarer Zeit tot sein wird. Andere Ärzte heilen ihre Patienten mitunter. Ich nie.«

Als Zorn am nächsten Tag im Hospiz der Angelottis eintraf, erfuhr er von Mrs. Angelotti, daß Dr. Leitonen, mit dem er um elf Uhr verabredet war, kurz zuvor angerufen habe, er komme ein paar Minuten später. Während Mrs. Angelotti ihm dies mitteilte, erhaschte Zorn einen flüchtigen Blick auf einen Mann, der verstohlen hinter ihr die Treppe herunterkam. Er war groß, ganz in Schwarz gekleidet und trug einen Borsalino, dessen Krempe er sich tief ins Gesicht gezogen hatte. Zorn fand, daß er aussah wie Zorro in einem B-Movie, und er wollte Mrs. Angelotti fragen, wer der Mann sei, aber seine verstohlene Art deutete darauf hin, daß er gehofft hatte, entwischen zu können, bevor irgend jemand ihm Fragen stellen konnte; also nahm Zorn an, daß er schlicht ein ungebetener Gast war.

Während Zorn in der Eingangshalle auf Dr. Leitonen wartete, beobachtete er zwei ausgezehrte Männer, die Schach spielten, ohne dabei zu sprechen, so als müßten sie all ihre Kraft für das Spiel selbst aufsparen. Sie waren so abgemagert und ihre Gesichter waren so entstellt, daß es unmöglich war, ihr Alter zu schätzen; sie hätten ebensogut in den Vierzigern wie in den Zwanzigern sein können – wobei letzteres wahrscheinlicher war. Sie setzten die Figuren extrem langsam, als sei die Anstrengung, derer es bedurfte, um einen Arm in Bewegung zu setzen, so groß, als gelte es, ein schweres Gewicht zu heben. Eine weitere Besonderheit, die Andy auffiel, war, daß die beiden Männer keinen Teil ihres Körpers unterhalb der Schultern bewegten: der Rumpf, die Beine, die Füße, alles blieb völlig regungslos, und sogar ihre Köpfe verharrten, wenn sie sie erst einmal behutsam in eine bestimmte Stellung gebracht hatten, bewegungslos in derselben Position. Sie wandten nicht einmal ansatzweise den Blick in seine Richtung; man hätte meinen können, sie nähmen überhaupt keine Notiz von seiner Anwesenheit. Doch trotz ihrer körperlichen Unbeweglichkeit hatte er den starken Eindruck, daß sie hochkonzentriert waren und ihr Spiel auf einem hohen intellektuellen Niveau spielten; zum Glück waren ihre Hirne nicht so ausgezehrt wie ihre Körper. Andy mutete die Szene wie eine Karikatur auf AIDS an: zwei geisterhafte Gestalten, die Schach spielen, ohne sich darüber den Kopf zu zerbrechen, wer gewinnt, weil das eh keine Rolle mehr spielt.

Schließlich traf Leitonen ein; er entschuldigte sich für sein Zuspätkommen. »Es werden Tag für Tag mehr Patienten. Wir bräuchten eine Menge Ärzte wie mich, aber wir haben sie nicht.« Er korrigierte sich: »Einige der älteren Ärzte haben Angst vor

AIDS und wollen damit nichts zu tun haben. Unter den jüngeren gibt es jedoch einige, die freiwillig helfen. Und dann passiert so was wie im Fall von Dr. Weatherby, und wir sind wieder auf den Nullpunkt zurückgeworfen.«

»Was war mit ihm?« fragte Andy, und Leitonen erzählte es ihm. »Während der Behandlung eines Patienten bemerkte er eine Pustel am Arm des Mannes, und er sagte ihm: ›Die könnte sich als tödlich erweisen, wenn wir sie nicht schleunigst behandeln.‹ Und was passiert? Als er sie aufschneidet, rutscht ihm die Lanzette ab, er schneidet sich selbst, und *er* ist derjenige, für den sich die Pustel letztendlich als tödlich erweist.«

Als sie in den ersten Stock kamen, fiel Zorn auf, daß Leitonen so unter Zeitdruck stand, daß er keine Sekunde für Artigkeiten oder Smalltalk verschwendete, ganz gleich, wie ernst es um den Patienten stand. Zuerst erschien er ihm ungewöhnlich brüsk, als er direkt mit der Tür ins Haus fiel und fragte: »Mr. Reed, wollen Sie wirklich alles wissen, was ich über Ihren Zustand herausgefunden habe? Die ungeschminkte Wahrheit?«

»Ja.«

Unverblümt rasselte Leitonen seine Untersuchungsergebnisse herunter: »Die Bluttests zeigen eine erhebliche Verminderung der roten Blutkörperchen. Im linken Lungenflügel ist bereits ziemlich viel Flüssigkeit. Sieht nicht gut aus – alle Werte in etwa so, wie es bei einem AIDS-Kranken in Ihrem Stadium zu erwarten ist.«

»Das heißt?«

»Sie fallen in das Grundmuster dieser Krankheit.«

»In welchem Stadium bin ich?«

Mit einfühlsamer, aber fester Stimme legte Leitonen die Fakten dar: »Das Tempo, mit dem Sie an Gewicht verloren haben, entspricht dem der anderen Fälle – nicht schneller, nicht langsamer. Auch Ihre Anfälligkeit für kleinere Leiden liegt im Rahmen des Üblichen. Und wie die anderen scheinen auch Sie eine besonders bedrohliche Schwachstelle zu haben. Was bei dem einen die Leber ist und bei dem anderen blutende Geschwüre, sind bei

Ihnen die Bronchien – dieser trockene Husten. Sie sind also durchaus als ganz normal zu betrachten.«

»Auf dem großen Highway zur Hölle?«

Andy erlebte jetzt ein erstklassiges Beispiel für das, was seine Professoren immer »Verhalten am Krankenbett« genannt hatten. Leitonens Stimme wurde unendlich sanft: »Mr. Reed, ich bin kein Theologe. Ich kann Ihnen auf einige Ihrer wichtigsten Fragen keine Antwort geben, aber ich bin ein erfahrener Arzt, und ich möchte Ihnen helfen so gut ich kann. Wie ich Ihnen gestern schon sagte, kann es noch viele Monate dauern, bis Ihr Körper nicht mehr kann. Es kann aber auch ganz schnell gehen, sollte sich dieser Husten plötzlich verschlimmern.«

»Ich sehe keinen Sinn darin, mich weiter herumzuquälen. Ich möchte es schnell hinter mich bringen.«

Leitonen legte seine behandschuhte Hand auf den Arm des Kranken und sagte leise: »Mr. Reed, ich kann verstehen, wie schwer das alles für Sie ist …«

»Muß jeder, der mich anfassen will, erst Gummihandschuhe anziehen? Bin ich wie ein Tier im Zoo, hinter einer Absperrung aus Gummihandschuhen?«

»Mr. Reed«, sagte Leitonen besänftigend, »ein Freund von mir, ebenfalls ein Arzt, hat die Handschuhe nicht angezogen und hat sich infiziert und ist gestorben. Ärzte werden gebraucht – das müßten Sie doch selbst am besten wissen.«

Für einen Moment herrschte Schweigen im Raum, dann sagte Reed: »Ich entschuldige mich.« Und Leitonen erwiderte: »Und ich entschuldige mich dafür, daß ich so unverblümt mit Ihnen gesprochen habe, aber es ist meine Pflicht, Sie am Leben zu halten. Ich bin nicht nur durch meinen Eid gebunden, sondern auch durch das Gesetz. Doch was mich immer wieder hochhält und vorantreibt, ist der feste Glaube daran, daß eines Tages der Durchbruch gelingt. Unsere Genies in den Labors werden auch diese Seuche besiegen, und Sie könnten einer der ersten sein, der von ihren Entdeckungen profitiert. Ich lebe von der Hoffnung, und Sie sollten das auch.«

»Dann werden Sie mir also nicht helfen, mein Elend zu beenden?«

»Nein, das werde ich nicht. Aber ich werde Ihnen das Dahinscheiden erleichtern. Es gibt da Möglichkeiten, müssen Sie wissen.«

»Wenden Sie sie bitte nicht bei mir an; ich habe die Hoffnung schon vor Monaten verloren.« Nach einem schlimmen Hustenanfall wandte er sich plötzlich an Zorn: »Als Sie mich aus diesem Rattenloch holten und hierher brachten, haben Sie meine Einstellung zu mir selbst nicht verändert. Ich habe den Kampf verloren. Ich habe mein Leben weggeworfen, und ich will keine Hilfe und kein Mitleid. Ich will nur noch sterben.«

Dr. Leitonen setzte sich auf die Bettkante, als wäre er ein Freund, der auf Besuch gekommen war. »Jaqmeel, ich respektiere Sie, und ich verstehe, was Sie sagen. Aber Sie müssen bedenken, daß wir bei diesem brutalen Spiel auf entgegengesetzten Seiten stehen: Sie versuchen zu sterben, und ich versuche, Sie am Leben zu halten.«

EINES NACHTS IM AUGUST, die Luft war schwül und drückend, wachte Marjorie Duggan in ihrem Zimmer in der Betreuung auf und verspürte einen großen Drang, auf Wanderschaft zu gehen. Ohne Hilfe zog sie sich ein dünnes Kleid über ihr noch dünneres Nachthemd und marschierte los. Kurz vor ihrer Zimmertür blieb sie plötzlich stehen, schaute hinunter auf ihre Füße und sah, daß sie nackt waren. Ihre Vernunft hätte sie nicht warnen können, daß das, was sie vorhatte, unmöglich war, wenn sie barfuß ging, denn die Fähigkeit, vernunftgemäß zu handeln, hatte sie schon lange verloren, ebenso wie die Fähigkeit, vorauszuplanen. Also mußte es wohl irgendein Instinkt sein, der ihr sagte, sie müsse sich Schuhe anziehen, was sie auch versuchte.

Sie war jedoch nicht imstande, aus den Schuhen neben ihrem

Bett das passende Schuhwerk auszuwählen, denn sie vermochte nicht zwischen einem Wanderschuh, einem eleganten Straßenschuh und Hauspantoffeln zu unterscheiden. Aus schierem Pech »entschied« sie sich für ein Paar Hausslipper, die so leicht waren, daß ihre Krankenschwester sie normalerweise damit nicht einmal auf die Veranda hätte gehen lassen. Als sie den rechten Fuß in den linken Slipper schob und den linken Fuß in den rechten, merkte sie sofort, daß irgend etwas nicht stimmte. Also schüttelte sie die Slipper wieder von den Füßen, versuchte es erneut – und geriet wieder zuerst mit dem falschen Fuß in den falschen Schuh. Auch jetzt wußte sie sofort wieder, daß etwas nicht stimmte, also versuchte sie es ein drittes Mal; und diesmal klappte es, und mit dem vagen Gefühl, etwas geschafft zu haben, brach sie zu ihrem Spaziergang auf, nicht ahnend, daß dies der Auftakt zu einem denkwürdigen Abenteuer werden sollte.

Aus reinem Zufall hatte sie eine Uhrzeit erwischt, zu der das Pflegepersonal gemeinhin schlief und die Nachtwache mehr vor sich hin döste als »Wacht« hielt, so daß sie, als sie ihr Zimmer verließ, völlig unbemerkt blieb. Auf dem Weg zum Aufzug wurde ihr, wieder aus irgendeinem Instinkt heraus, bewußt, daß sie diesen nicht ohne fremde Hilfe betätigen konnte. Leise drückte sie die Tür zum Treppenhaus auf, das parallel zum Aufzug verlief, und stieg, sich sorgfältig mit der linken Hand am Geländer festhaltend, nach unten.

Am Schalter in der Eingangshalle war niemand zugegen, der sie hätte bemerken können, und der Wachmann rauchte gerade draußen auf der Veranda eine Zigarette, da Rauchen im Gesundheitstrakt strikt verboten war. Und so gelangte sie unbemerkt nach draußen auf das Oval. Auch in den dort geparkten Autos saß zu dieser nachtschlafenden Zeit natürlich niemand, der sie hätte bemerken können. Sie marschierte durch das große Tor und kam an die Stelle, an der die Zufahrt sich in die Hauptstraße zwischen der Stadt und *The Palms* und den schmalen, nach rechts abzweigenden Pfad gabelte. Intuitiv spürte sie, daß ihre Chance, unbemerkt zu bleiben, größer war, wenn sie den Pfad nahm, als ob sie der Hauptstraße folgte. Und so folgte sie denn ihrer Eingebung und bog nach rechts ab und spazierte durch die milde Nachtluft, beseelt von dem starken Gefühl von Entschlossenheit, sowohl unentdeckt zu bleiben, als auch möglichst großen Abstand zur Betreuungsabteilung zu gewinnen. Diese beiden Triebkräfte führten im Verein dazu, daß sie einen ziemlich strammen Schritt anschlug, und hätte irgendein Fremder sie zufällig so dahinmarschieren sehen, dann hätte er sie durchaus für eine Gesundheitsfanatikerin halten können, die es gar nicht mehr abwarten konnte, endlich ihren Morgenspaziergang zu absolvieren. Hätte er jedoch genauer hingeschaut, dann hätte er diese Hypothese gleich wieder verworfen, denn dann hätte er gesehen, daß sie für einen solchen Spaziergang nicht nur unpassend gekleidet, sondern daß sie auch geradezu grotesk untergewichtig war: eins fünfundsechzig groß und dabei vielleicht knapp fünfzig Kilo schwer, die Kleidung mitgerechnet.

Als sie sich der Stelle näherte, wo der Pfad in die Mall einmündete, schien sie irgendwie zu spüren, daß sie, wenn sie weiterging, auf dic Hauptstraße, den Broadway, kommen würde, und das wollte sie nicht. Also verließ sie den Pfad, bog nach Süden ab und geriet auf einen der schmalen Trampelpfade, welche die Savanne kreuz und quer durchzogen. Hier fand sie nun endlich das, was sie von dem Moment an, als sie aus dem Bett gestiegen war, gesucht hatte: die Freiheit des offenen Landes, das Gefühl, weit weg zu sein von den Schwestern und den Dingen, die sie gängelten und reglementierten, und die Lust, im Licht der aufgehenden Sonne ziellos dahinzuschlendern. Als sie zwischen den Büschen, dem Gestrüpp und den Palmen herumspazierte, gingen ihr Bruchstücke von »Mira o Norma«, dem Duett aus der Oper, die sie vor langer Zeit so sehr geliebt hatte, durch den verwirrten Kopf, und sie empfand eine sinnliche Freude, die sie lächeln ließ.

Ihr Spaziergang führte sie weiter nach Südwesten zum Nistplatz der Blaureiher, und als sie leise summend an den Vögeln vorbeikam, stoben sie auf, flogen ein Stück von ihrem Nest weg – und kamen wieder zurück, als sie merkten, daß die zerbrechliche

Gestalt in dem wallenden Gewand aus Rosa und Grau keine Gefahr für sie bedeutete. Nach ein paar hundert Metern kam sie an die Stelle, wo die Silberreiher die Nacht verbrachten, doch war sie weit genug von ihnen entfernt, daß sie nicht wegflogen, und für ein paar Augenblicke bildeten sie und die stehenden Vögel eine hübsch anzuschauende Gruppe – die Vögel in ihrem Federkleid, die Frau in ihrem wallenden Gewand. Dann flogen die Reiher davon zu ihrem morgendlichen Fischzug.

Sie ging weiter, immer noch in südwestliche Richtung, und kam zu dem Smaragdteich, der wunderschön im Licht des jungen Morgens schimmerte. Ohne zu ahnen, in welche Gefahr sie sich begab, spazierte sie in ihren leichten Hausschuhen ganz dicht an die Stelle, wo die Klapperschlange sich versteckt hielt und sich die Wunden leckte, die sie sich bei ihrem unseligen Ausflug zum Reiherstand zugezogen hatte. Als sie die wolkenartige Gestalt der alten Frau auf sich zu kommen sah, richtete sie sich auf und spannte ihren Körper zu einer energiegeladenen Feder, bereit, vorwärtszuschnellen und zuzustoßen, falls die Gestalt noch näher kommen sollte. Gleich darauf betätigte sie ihre Rassel. Das Geräusch ließ Marjorie Duggan jäh innehalten. Sie lauschte einen Moment versonnen dem unbekannten Geräusch, dann fragte sie laut: »Was für ein Vogel mag das sein?« Ohne eine Antwort abzuwarten, denn sie hatte ihre Frage schon wieder vergessen, ging sie weiter, die Klapperschlange mit dem Gefühl der Erleichterung darüber zurücklassend, daß sie ihre Energie nicht mit dem Angriff auf ein Ziel hatte verschwenden müssen, das sie wegen seiner Größe ohnehin nicht hätte verschlingen können.

Was trieb Mrs. Duggan zu dieser gefährlichen Safari? Ein Arzt hätte wahrscheinlich folgende Analyse abgegeben: »Die Patientin spürt aus irgendeinem Urinstinkt heraus, daß die Dinge nicht so sind, wie sie sein sollten, und glaubt, es sei irgendwie die Schuld der Schwestern und der Aufsichtspersonen. Der Drang spazierenzugehen – ungeachtet der damit verbundenen Schwierigkeiten – wird unwiderstehlich, und sie marschiert los. Bei kräftigen männlichen Patienten ist es manchmal fast unmöglich, sie am Ausbrechen zu hindern, denn sie fühlen sich auf eine Weise getrieben, die ein gesunder Mensch nicht nachvollziehen kann.«

Marjorie Duggans Spaziergang zum Smaragdteich und der Beinahe-Begegnung mit der Klapperschlange hatte sie tief in die Savanne geführt; gleichwohl hätte sie relativ leicht nach *The Palms* zurückfinden können, wenn sie denselben Weg wieder zurückgenommen hätte; aber sie war nicht in der Lage, den Weg zu finden, der sie hierhergeführt hatte. Irgendein Instinkt trieb sie dazu, der aufgehenden Sonne entgegenzugehen, und so marschierte sie denn weiter in einem Bogen Richtung Osten.

Dies führte sie freilich in den Teil der Savanne, der nicht in den Karten verzeichnet war – eine Frau in dünner, völlig unzureichender Bekleidung und mit Schuhwerk, das für rauhes Terrain völlig ungeeignet war. Erschwerend hinzu kam, daß sie über keine großen körperlichen Reserven verfügte. Doch vorangetrieben von der geheimnisvollen Kraft, die sie aus dem Bett geholt und weg von der Sicherheit der Betreuungsabteilung gezogen hatte, drang sie in das Dickicht ein, das die Bulldozer noch nicht gerodet hatten, als ob sie Safarikleidung trüge und sich von einem Kompaß leiten ließe. In den ersten Minuten mußte sie sich unter den Zweigen eines Dornbusches hindurchwinden, wobei sie sich ihr Kleid fast völlig zerfetzte. Als sie fühlte, daß die Dornen am Stoff hängenblieben, ohne sie jedoch selbst zu kratzen, riß sie sich einfach los und ging weiter.

Als sie wieder ein gutes Stück nördlich des Reiherstandes war, hörten die Vögel die Geräusche, die sie machte, als sie durch das Gestrüpp brach, und flogen zu ihr herüber, um zu sehen, was da vor sich ging. Sie gewahrte die Vögel über sich, blieb stehen, schaute zu ihnen hoch und rief: »Hallo, ihr da oben! Wer seid ihr?« Sie war außerstande zu erkennen, daß es Vögel waren, doch als sie in ihrer Nähe blieben, wie als wollten sie einem Freund den Weg weisen, bahnte sie sich weiter ihren Weg durch das Dornengestrüpp und sang den Vögeln, die ihr so freundlich den Weg zeigten, ein Lied. Als sie schließlich davonflogen, nachdem sie sich vergewissert hatten, daß sie kein Futter für sie hatte, rief sie: »Auf Wiedersehen!« und setzte ihren Weg nach Osten fort.

Mittlerweile war es halb acht, und sie hatte noch ein gutes Stück durch die Savanne zurückzulegen, bevor sie erneut den Pfad kreuzen würde. Hätte sie sich, als sie ihn erreichte, nach links gewandt, wäre sie bald wieder zurück in *The Palms* gewesen, zerkratzt und zerstochen zwar, aber wohlbehalten. Doch als sie schließlich den Weg ein Stück voraus gewahrte, freute sie sich so sehr, daß sie anfing zu laufen. Dabei merkte sie nicht, daß ihre Kleider fast völlig zerfetzt waren und sie praktisch nackt war. Sie wußte auch nicht, daß ihre Beine blutig und zerkratzt waren, von ihrem Kampf mit den Dornbüschen. Alles, was sie wußte, war, daß sie, indem sie nach Osten gewandert war, eine Art Sicherheit erreicht hatte; also lief sie weiter auf den Pfad zu, hielt sich nach Osten und landete so schließlich mitten auf der Kreuzung Route 78 und Broadway. Nachdem die große Anspannung nach dem anstrengenden Kampf mit der Savanne ein wenig von ihr abgefallen war, merkte sie plötzlich, daß sie Wasser lassen mußte, und als sie einen kachelverzierten großen Blumenkasten auf der Kreuzung sah, hielt sie diesen wegen der Kacheln für eine Toilette, hob das, was von ihren zerfetzten Kleidern noch übriggeblieben war, und leerte inmitten des morgendlichen Berufsverkehrs ihre Blase.

Die erste Amtsperson, die zum Schauplatz des Geschehens gerufen wurde, war ein hochaufgeschossener junger Polizist namens Johnson, der wegen der Schreie der Schaulustigen zuerst glaubte, jemand sei von einem Auto überfahren worden. Nachdem er einen Blick auf das schöne, leere Gesicht der Frau geworfen hatte, vermutete er sogleich, daß es sich um eine Patientin von *The Palms* handelte, zog seine Uniformjacke aus und legte sie ihr um die Schultern.

Nachdem er per Funk die Meldung: »Ruft in *The Palms* an, die suchen bestimmt schon nach ihr«, an die Zentrale durchgegeben hatte, führte er sie behutsam zu einer Bank vor einem Geschäft am Broadway, und dort wartete sie, den Kopf auf seiner Schulter, und freute sich auf das, was als nächstes geschehen würde. Sie war seit fünf Stunden aus ihrem Zimmer fort, und sie war die ganze Zeit über gelaufen, und einen großen Teil davon durch schwieriges Gelände, doch trotz ihrer fragilen Konstitution hätte sie immer noch Lust gehabt, wieder loszumarschieren, wenn man sie gelassen hätte.

DIE LEUTE von *The Palms*, die sie hätten aufhalten müssen, als sie ihr Zimmer verließ und in die Nacht verschwand, entdeckten ihr Fehlen erst nach halb sieben, also mit enormer Verspätung, aber selbst da noch wurden weder Dr. Zorn noch Muley Duggan über ihr Verschwinden informiert. Erst um sage und schreibe zehn nach sieben erfuhren sie endlich, daß Marjorie »ausgebüchst« war, wie die Schwestern es ausdrückten. Sofort schwärmten Suchtrupps in alle Himmelsrichtungen aus, denn man wußte aus Erfahrung, daß eine Alzheimer-Patientin in ihrer Desorientierung an allen möglichen und unmöglichen Orten landen konnte. Keine Entfernung war zu groß, kein Ort zu bizarr.

Andy Zorn setzte sich mit Muley ins Auto, und sie fuhren zusammen systematisch alle Straßen in der Umgebung ab, um nach der Ausreißerin, aber auch nach etwaigen auffälligen Menschenansammlungen Ausschau zu halten. Getrieben von der Angst, daß sie womöglich an irgendeinem abgelegenen Ort zusammengebrochen war und hilflos dort lag, intensivierten sie ihre Suche, aber sie fanden nichts. Über sein Funktelefon rief Andy Schwester Varney in *The Palms* an. »Irgendwelche Neuigkeiten, Nora?«

»Nichts. Aber alles, was Beine hat, ist draußen und sucht nach ihr.«

»Irgendwelche Meldungen von der Polizei?«

»Sie waren hier und haben jeden vernommen. Nichts Neues aus ihrer Zentrale.«

Um kurz nach neun kam dann endlich der ersehnte Anruf von Schwester Varney: »Ein Officer Johnson hat sie auf der Kreuzung Route 78 und Broadway gefunden. Sie hat die Beine völlig zerkratzt, offenbar von Dornen, und ist fast nackt, aber ansonsten fehlt ihr zum Glück nichts. Der Polizist wartet dort mit ihr, bis wir kommen. Sie hat sich ein bißchen wärmen können und hat einen heißen Kaffee bekommen.«

Überwältigt von der Nachricht, schlug Muley die Hände vors Gesicht und fing an zu weinen. Andy versuchte, ihn zu trösten: »Sie ist am Leben, Muley; alles andere ist Nebensache.« Als er die Kreuzung erreichte und mit quietschenden Reifen anhielt, sah er die große Menschenmenge, die sich um Marjorie geschart hatte, und er sah Marjorie, die den Kopf an die Schulter des Polizisten gelegt hatte und fröhlich und weltvergessen ins Nichts schaute. Unwillkürlich kam ihm der in dieser Situation völlig unpassende Gedanke: Mein Gott, wie schön sie ist! Und das war sie, mit ihrer durchscheinenden Haut, ihren vollkommenen Gesichtszügen und ihrer eleganten Haltung. Im Licht der Morgensonne war sie schöner, als sie es mit neunzehn gewesen war.

Als sie spürte, daß die Person, die sie tröstete und in Decken hüllte, Muley war, begann sie ihn zu beschimpfen. »Dir hab' ich es zu verdanken, daß meine Beine zerkratzt sind! Deine Schuld ist das! Du hast mich gehauen!« Mit lauter, zeternder Stimme, die nicht aus ihrem zerbrechlichen Körper zu kommen schien, sondern von irgendeinem bösen, im Hintergrund lauernden Geist, schimpfte sie auf ihn ein und versuchte, sich von ihm loszureißen, als er sie zu Zorns Auto führte. Diese Aggressivität war eine elementare, und sie entsprang einer tiefgehenden Verwirrung ihrer Psyche.

Am Abend sollte sich ihr Zustand noch erheblich verschlimmern. Obwohl Muley wußte, daß jeder im Gemeinschaftshaus um das außergewöhnliche Verhalten seiner Frau wußte, war er entschlossen, seine gewohnte Routine im Umgang mit ihr aufrechtzuerhalten; er weigerte sich einfach, sich über Gebühr den Kopf über die Reaktionen anderer Leute zu zerbrechen. Ganz gewiß empfand er keine Scham, und entgegen den allgemeinen Erwartungen hatte er nicht die Absicht, sie auf ihrem Zimmer eingesperrt zu halten.

So kam es, daß er sich zur allgemeinen Verwunderung wie gewohnt um fünf Uhr in ihrem Zimmer auf der zweiten Etage einfand, der Schwester dabei half, seine Frau in einen hübschen Rock und eine schicke Bluse zu kleiden, sie behutsam beim Arm faßte und zum Fahrstuhl geleitete, wo die Schwester schrie: »Mr. Duggan! Sie wollen sie doch nicht etwa zum Dinner mit nach unten nehmen! Doch nicht heute!«

»Heute erst recht«, erwiderte er und stieg mit Marjorie in den Aufzug.

Die Duggans betraten den Speisesaal durch die Osttür, und Muley mußte mit seiner Frau an den anderen Tischen vorbei. Er ging hoch erhobenen Hauptes, ein harter Bursche aus den Hinterhöfen von Brooklyn, stolz, selbstbewußt und mit herausforderndem Blick, als wolle er allen Anwesenden verkünden: Seht her, dies ist die Frau, die zu beschützen ich gelobt habe, in guten und in schlechten Zeiten, bis daß der Tod uns scheidet. Und die Art, wie er ihr den Stuhl zurechtrückte, als sie an ihrem Tisch Platz nahm, war von solcher Zuvorkommenheit, von solcher Zärtlichkeit geprägt, daß die im Speisesaal Anwesenden eine neue Definition von ehelicher Liebe und Zuneigung erfuhren.

Und dann brach der Sturm los. Als Marjorie richtig saß und Muley anfing, sie zu füttern, einen Löffel nach dem andern, wie sie es gewohnt war, identifizierte ihr verwirrter Geist erneut Muley als die Ursache allen Leides, das ihr angetan worden war. Sie spuckte ihr Essen aus, stieß ihn von sich weg und begann mit lauter, krächzender Stimme, die in frappierendem Kontrast zu ihrer engelgleichen äußeren Erscheinung stand, auf ihn einzukeifen: »Du hast mir mein Geld gestohlen! Du hast es mir weggenommen und diesem Flittchen hinterhergeworfen! Du hast mich bloß hiergebracht, um mich loszuwerden! Aber ich bin dir auf die Schliche gekommen, du Schwein!«

Ihre Beschimpfungen waren im ganzen Raum zu hören, und je

behutsamer er sie zu besänftigen versuchte, desto gemeiner wurden ihre Ausfälle gegen ihn. Ein farbiger Collegestudent, der für ihren Tisch zuständig war, hörte den Aufruhr und ging zu ihr. Mit ruhiger Stimme sagte er zu ihr: »Es ist schon gut, Mrs. Duggan.« Und als ob ihr Geist für einen Moment plötzlich wieder klar geworden wäre, tätschelte sie seine Hand und sagte mit ihrer sanftesten Stimme: »Danke, Ernest. Sie sind der einzige Mann an diesem Ort, dem ich vertrauen kann.«

An den anderen Tischen hüstelten die Männer, und die Frauen wischten sich mit dem Finger durch die Augen oder schauten peinlich berührt weg, und als der Kellner Marjorie Duggan vom Stuhl aufhalf und sich anschickte, mit ihr zum Fahrstuhl zu gehen, dankte ihm Muley und versuchte, sie zu »übernehmen«, doch sofort kreischte Marjorie wieder los: »Nein! Du hast mich hierhergebracht.« Und Muley mußte wie ein geprügelter Hund hinterhergehen, als der Kellner sie aus dem Speisesaal geleitete.

An jenem Abend bekamen auch die Bewohner von *The Palms*, die bisher von der Alzheimerschen Krankheit nichts hatten wissen wollen, die schreckliche Realität dieses Leidens drastisch vor Augen geführt, und sie konnten hautnah miterleben, wie sie selbst gestandene Mannsbilder wie Muley Duggan in tiefste Verzweiflung stürzen konnte. Im Speisesaal herrschte jedenfalls betretenes Schweigen, als Marjorie Duggan und ihre beiden Begleiter gegangen waren.

Später am Abend suchten Andy Zorn und Ken Krenek Muley Duggan in seiner Suite im Gemeinschaftshaus auf, die er jetzt allein bewohnte. Nachdem sie ihm ihr Bedauern über die traurigen Ereignisse des Tages ausgedrückt hatten, sagte Krenek: »Mr. Duggan, das Personal ist einhellig der Meinung, daß es besser wäre, wenn Sie und Mrs. Duggan ihr Abendessen künftig in Mrs. Duggans Zimmer einnehmen würden. Dr. Zorn und ich sind überzeugt, daß Sie Verständnis für unsere Bedenken haben.«

Es war ein schrecklicher Tag für Muley Duggan gewesen. Erst das Verschwinden seiner Frau, ohne daß man ihn informiert hatte. Dann die zweistündige Suche mit Dr. Zorn. Dann das schlimme Erlebnis, sie mitten in der Stadt, umringt von einer Menschenmenge, wiederzufinden. Und schließlich der Vorfall im Speisesaal.

»Glauben Sie, sie waren peinlich berührt?« fragte er verlegen.

»Ja, sehr. Es war ganz schrecklich für sie. Ich war dabei«, sagte Krenek. »Es war wirklich ganz schlimm, Muley. Ich konnte die Reaktionen der Speisegäste sehen.« Es hatte ihm auf der Zunge gelegen, zu sagen »den Abscheu der Speisegäste«, aber mit Rücksicht auf Muleys Gefühle hatte er es sich gerade noch rechtzeitig verkniffen. »So kann das einfach nicht mehr weitergehen, Muley. Die anderen Bewohner haben ihre eigenen Sorgen, mit denen sie fertig werden müssen.«

»Aber gerade deswegen sind wir doch hierhergekommen«, wandte Muley ein. »Und jetzt wollen Sie die Regeln ändern, bloß weil ein paar übernervöse Frauen ...«

»Muley«, sagte Krenek geduldig, »die Männer haben noch schlimmer reagiert als die Frauen. Ich glaube, sie haben sich gefragt, wie sie sich verhalten würden, wenn *ihre* Frauen ...«

»Okay«, sagte Muley resigniert. »Wenn Sie uns aus dem Speisesaal verbannen, kann ich halt auch nichts machen ... Ich hab' sie nicht hierhergebracht, um sie zu verstecken. Wenn Ihr Personal es nicht ertragen kann, mit anzusehen, wie traurig ein Leben manchmal zu Ende geht, dann tut es mir leid. Ich werd' Marjorie ab sofort vom Speisesaal fernhalten.«

Er hielt sein Wort. Hin und wieder ließ er sie in ihrem Zimmer von der Krankenschwester füttern, wenn er allein im Gemeinschaftshaus oder mit alten Freunden speiste, und manchmal, wenn ein Mann, der seine Frau verloren hatte, Muley allein zu Abend essen sah, dann konnte es ihm passieren, daß ihm die Tränen kamen, denn er wußte, daß er seiner Frau niemals auch nur halb soviel Liebe erwiesen hatte, wie Muley seiner Frau nach wie vor entgegenbrachte. Doch kam es immer öfter vor, daß ein einsamer Mann oder eine einsame Frau, wenn er oder sie in den Speisesaal kam und Muley allein sitzen sah, zu ihm ging und ihn höflich fragte: »Darf ich mich zu Ihnen setzen, Mr. Duggan?« Und irgendwann während der Mahlzeit würde unweigerlich die Frage kommen: »Und wie geht es Mrs. Duggan?« Worauf Muley ebenso unweigerlich antworten würde, fast, als sei er selbst überzeugt von dem, was er sagte: »Ganz gut. Es scheint ihr jeden Tag besser zu gehen.«

EINES MORGENS gegen Ende August, als der Sommer seinem Ende entgegenging, kam Schwester Varney, ohne anzuklopfen, in Dr. Zorns Büro gestürmt, sackte auf einen Stuhl und begann zu schluchzen. Er sprang auf, lief um seinen Schreibtisch herum zu ihr, nahm ihre Hände und fragte: »Jaqmeel?« Und als sie nickte, unfähig, auch nur ein Wort herauszubekommen, legte er den Arm um ihre breiten Schultern. »Ist die Nachricht wirklich so schlimm?«

»Mrs. Angelotti hat angerufen. Sie sagte, es geht dem Ende entgegen.«

Da er sich nicht mit einem Bericht aus zweiter Hand begnügen wollte, rief Zorn das Hospiz an und erfuhr: »Wir erleben eine Menge dieser Fälle, Dr. Zorn, und die beiden Pfleger sind sich einig, daß es bald soweit ist. Ich habe mir daraufhin selbst ein Bild gemacht, und ich bezweifle, daß er die Nacht noch erleben wird.«

»Haben Sie sich denn schon einmal geirrt?«

»Schon oft. Bei AIDS sieht es oft so aus, als stünde der Patient kurz vor dem Tode. Bedenken Sie, er war ein Leistungssportler. Er könnte durchaus noch gewisse Reserven haben.«

Doch als Zorn daraufhin Dr. Leitonen anrief, sagte dieser schlicht: »Treffen wir uns in zwanzig Minuten dort. Es könnte sein, daß ich Ihre Hilfe brauche.«

Die letzten Worte machten Zorn angst, denn als Direktor von *The Palms* konnte er es nicht riskieren, sich medizinisch noch tiefer in einen AIDS-Fall zu verstricken, als es ohnehin schon geschehen war; doch als Nora ihn unter Tränen beschwor, doch dorthin zu fahren, verscheuchte er seine Bedenken, da er fand, daß er ihr das schuldig war. »Steigen Sie ins Auto, und dann werden wir sehen, was wir tun können.« Zu seiner Überraschung und Bestürzung weigerte sie sich jedoch mitzukommen. »Nein!« sagte sie, heftig den Kopf schüttelnd. »Ich kann unmöglich zuschauen, wie er stirbt. Er war die ganze Hoffnung unserer Familie ...« Und wieder begann sie hemmungslos zu schluchzen.

Andy packte sie grob bei beiden Händen und zog sie von ihrem Stuhl hoch. »Nora! Sie bedeuten ihm mehr als jeder andere. Sie *müssen* mitkommen! Sie sind seine Familie – sein letztes Band zu dieser Welt.«

Mit großer Überwindung riß sie sich zusammen, und sie gingen zum Wagen. Als sie im Hospiz ankamen, sagte Mrs. Angelotti zu Andy: »Sie werden oben gebraucht.« Andy fragte sich, warum. Fast widerstrebend stieg er die Treppe hinauf. Dr. Leitonen war bereits eingetroffen. Er stand am Bett des Todkranken, in der Hand eine Bibel, aus der ein Lesezeichen hervorlugte.

»Mr. Reed«, sagte Leitonen, »Sie haben mich gebeten, Ihnen die Wahrheit zu sagen, und ich sage Ihnen jetzt die Wahrheit. Die Zeichen sind nicht gut. Sie haben eine schwere Infektion in beiden Nieren und in der Lunge.«

»Wie viele Tage habe ich noch?«

»Vielleicht zwei, vielleicht aber auch zweihundert.«

»Aber zweitausend auf keinen Fall?«

»Ich fürchte, nein.«

»Und die Schmerzen werden immer stärker werden?«

»Ja. Ihre Systeme sind dabei, zusammenzubrechen – alle.«

»Können Sie nichts machen, damit es schneller geht?«

»Sie wissen, daß ich das nicht darf – weder von meinem Eid noch vom Gesetz her.«

»Das heißt also, ich muß es bis zum bitteren Ende ertragen?«

»So wird es wohl leider sein müssen, Jaqmeel. Aber ich kann Ihre Schmerzen ein wenig lindern.«

»Keine Beruhigungs- oder Schmerzmittel, Doktor. Ich will jede Minute spüren.«

»Dann werden Sie auch keine von mir bekommen. Sie sind ein tapferer Bursche, Reed. War irgend jemand von der Uni hier und hat Sie besucht? Die Trainer vielleicht?«

»Für die sind Sie nur interessant, wenn Sie zwanzig Punkte machen«, sagte er voller Bitterkeit. Doch kaum hatte er diese harten Worte ausgesprochen, bereute er sie auch schon, und er fügte in versöhnlicherem Ton hinzu: »Die haben eine Heidenangst vor AIDS. Sie haben ja selbst erlebt, wie die Kollegen von Magic Johnson reagiert haben, als feststand, daß er infiziert war. Und Collegestudenten haben genausoviel Schiß wie Profis.« Als Zorn Jaqmeel so reden hörte, dachte er: Was für eine Verschwendung! Und am liebsten hätte er ihn in diesem Moment gefragt: »Wie haben Sie sich diese Krankheit eigentlich geholt? Eine infizierte Nadel? Irgendein Mädchen? Homosexueller Verkehr? Eine Bluttransfusion? Aber ganz gleich wie er seine Frage auch formuliert hätte, sie wäre zu Recht als aufdringlich, moralistisch und kränkend empfunden worden. Es war nun einmal passiert, und angesichts des tragischen Ergebnisses war das Wie letztendlich unerheblich.

»Das heißt also, Sie sind allein?« fragte Leitonen.

»Nicht, wenn meine Tante hier ist.« Er lächelte Nora an, und sein Blick drückte eine solch überströmende Liebe aus, daß Nora den Blick abwandte, von Scham erfüllt über ihre anfängliche Feigheit, zu ihrem sterbenden Neffen mitzukommen.

An dieser Stelle nahm diese letzte Zusammenkunft eine Wendung, die dermaßen bizarr war, daß Zorn sie unmöglich hätte vorausahnen können. Dr. Leitonen wurde noch einmal der fromme Lutheraner, der er als Knabe gewesen war, und mit bedächtiger, tröstender Stimme sagte er: »Mr. Reed, ich möchte, daß Sie sich so sehen, wie Sie sind – was Sie darstellen – Ihren Platz in der Geschichte.«

»Ich weiß schon, was ich bin: der Bursche, der alles weggeworfen hat.«

»Nein, Sie sind der junge Mann von vor dreitausend Jahren, von dem Gott im Buch Leviticus sprach, und ich möchte, daß

Dr. Zorn laut vorliest, was für Anweisungen Gott Menschen wie Ihnen in jenen Tagen gab!« Er schlug die mitgebrachte Bibel bei Leviticus 14, Vers 21, auf, doch bevor Andy mit dem Vorlesen beginnen konnte, gab Leitonen noch eine medizinische Erläuterung: »Die Juden jener Zeit wurden von einer Seuche heimgesucht, die genauso verheerend war wie unser heutiges AIDS. Unzählige Menschen starben an Lepra, ihre Körper zerfielen einfach, und es gab keine Heilung für sie.« Er machte eine Kunstpause, schaute Reed in die Augen und sagte: »Fünftausend Jahre lang gab es kein Heilmittel gegen diese entsetzliche Seuche. Doch so wie ich heute, taten die Ärzte jener Zeit alles Erdenkliche, um die Verbreitung der Seuche aufzuhalten und um die zu heilen, die sich angesteckt hatten. Hören Sie nun, Jaqmeel, was Gott befahl, was getan werden solle, um zu versuchen, einen mittellosen Juden vor fünftausend Jahren zu heilen.«

Bevor er Zorn das Zeichen gab, mit dem Lesen zu beginnen, zog er seine Gummihandschuhe aus und stellte sich vor Reed wie ein altertümlicher Priester, mit den bloßen Händen die Hände des Todgeweihten ergreifend. Und dann las Andy den Text aus dem Buch Leviticus vor – Anweisungen, wie einem armen Mann zu helfen sei, der an Lepra leidet:

> »Und wenn er arm ist und nicht soviel bekommen kann, dann soll er ein Scheit Öl nehmen;
> Und zwei Turteltauben, oder zwei junge Tauben ...«

Als er zum nächsten Vers kam, holte Leitonen ein Fläschchen Babyöl hervor, das er sich in die hohle Hand goß:

> »Und der Priester soll von dem Öl in die Höhlung seiner eigenen linken Hand gießen.«

Während er dies tat, schaute Andy schon voraus zu den Worten des nächsten Verses – pathetische, fromme Worte, von denen die Juden hofften, daß sie gegen die Seuche helfen würden:

»Und der Priester soll von dem Öl, das in seiner Hand ist, auf die Spitze des rechten Ohres von dem tun, der gereinigt werden soll, und auf den Daumen seiner rechten Hand, und auf den großen Zeh seines rechten Fußes, und auf den Ort des Blutes ...«

Als Leitonen sich über den Kranken beugte, seinen rechten Fuß entblößte und den dicken Zeh salbte, bewahrte allein die gravitätische Feierlichkeit, mit der der Arzt dieses Ritual vollführte, Andy davor, laut loszulachen. Er las weiter:

»Und den Rest von dem Öl, der in des Priesters Hand ist, soll er auf das Haupt von dem tun, der gereinigt werden soll ...«

Bei diesen Worten fuhr Leitonen Reed mit seiner öligen linken Hand durch das Haar und rieb es ihm fest und gründlich hinein. Dann kam der Schlußvers:

»Und er soll eine von den Turteltauben oder eine von den jungen Tauben zum Opfer darbringen ...«

Und Leitonen tat so, als ließe er eine Turteltaube und eine Taube aufsteigen.

Andy und Nora waren verblüfft über dieses Ritual, aber sie sagten nichts. Leitonen fuhr fort: »Jaqmeel, Sie sind jetzt eins mit dem armen Mann, zu dem Gott gesprochen hat. Sie sind wie er gesalbt, und wie er waren Sie Teil eines Rituals, das ebenso machtlos gegen Ihre Seuche war, wie mein fruchtloses Ritual machtlos gegen Ihre Seuche ist. Aber Sie sind eins mit dem mittellosen Juden, und ich bin eins mit dem traurigen, enttäuschten Priester, und möge Gott uns allen gnädig sein.«

»Warum erzählen Sie mir das?« schrie Reed mit matter Stimme, mit den Fäusten auf sein Laken hämmernd und gegen einen Hustenanfall ankämpfend. Leise antwortete Leitonen: »Weil ich möchte, daß wir beide, Sie und ich, Patient und Arzt, die Natur unserer Seuche begreifen. Immer wieder, die ganze Menschheitsgeschichte hindurch, hat sie zugeschlagen, und brave Männer und Frauen haben gegen sie gekämpft, so gut sie konnten. Sie und ich, Jaqmeel, sind verlorene Seelen, aber wir sind Teil eines langen Zuges, der Tausende von Jahren zurückreicht.«

Zorn, der gebannt zugeschaut hatte, wie das Ritual zu Ende ging, hatte nicht bemerkt, daß eine vierte Person in das Zimmer getreten war. Reed, der offenbar schon früher mit dem Neuankömmling gesprochen hatte, begrüßte ihn mit einem matten Lächeln: »Ich bin froh, daß Sie gekommen sind, mich zu retten.« Dr. Leitonen indes begrüßte den Mann nicht nur nicht, sondern entriß Andy regelrecht seine Bibel und ging aus dem Zimmer, ohne den Fremden auch nur eines Blickes zu würdigen. Im Hinausgehen sagte er zu Andy: »Zorn, Sie können bezeugen, daß ich diesen Mann nicht gesehen habe und daß ich auch nicht mit ihm gesprochen habe. Ich kenne diesen Mann überhaupt nicht.« Er hastete die Treppe hinunter und schlug die Tür hinter sich zu. Mrs. Angelottis Stimme scholl von unten herauf: »Ihr könnt alle bezeugen, daß weder ich noch Dr. Leitonen ihn gesehen haben.«

Der Fremde, der diese Hektik versursacht hatte, war der Mann, den Andy am ersten Tag kurz im Treppenhaus gesehen hatte, der Mann in Schwarz mit dem Borsalino. Als auch Zorn sich anschickte, die Kammer zu verlassen, bat ihn Nora zu seiner Überraschung: »Bitte bleiben Sie noch.« Dem wollte er sich nicht verweigern.

»Nennen Sie mich Pablo«, sagte der Fremde mit einem typischen Akzent des Mittleren Westens, der keinerlei Spur von italienischem oder spanischem Erbe aufwies. »Ich ändere meinen Namen wöchentlich; Sie können also abstreiten, daß Sie mich je gesehen haben oder mir geholfen haben. Sie haben gerade den Doktor wegrennen sehen. Das mußte er. Sie haben gehört, wie Mrs. Angelotti sagte, Sie hätte mich nie in ihr Hospiz schleichen sehen. Sie haben wirklich Mut, Doktor, daß Sie hierbleiben.«

Als Zorn den Mann fragte, warum die anderen sich so verhielten, deutete der mit dem Daumen zum Fenster, das mit Vorhängen verhangen war. »Weil die zwei da draußen mit der Kamera ein scharfes Auge auf Häuser wie dieses haben.« Als Zorn nach draußen spähte, ganz vorsichtig, damit die Vorhänge sich nicht bewegten, sah er auf der anderen Straßenseite denselben großgewachsenen Mann und dieselbe rundliche Frau, die er schon beim erstenmal gesehen hatte.«

»Sind das Polizisten?«

»Selbsternannte. Sogenannte Hüter von Sitte und Moral, die Ärzte, Krankenschwestern und Leute wie mich überwachen. Das sind diejenigen, die predigen, daß jedes menschliche Leben heilig sei und daß unter keinen Umständen der Tod beschleunigt oder vorzeitig herbeigeführt werden dürfe. Sie würden nicht einen Finger krumm machen, um Reed hier zu helfen oder um für ihn einen Ort zu finden, an dem er in Würde sterben kann, aber sie bestehen darauf, daß er acht oder zehn Monate elend und unter höllischen Qualen dahinsiecht, um dann schließlich so zu sterben, wie sie es für richtig erachten.«

Als Andy wieder nach draußen spähte, sah er das Paar in einem anderen Licht. Die Selbstgerechtigkeit der beiden machte ihn wütend, aber zu seiner Überraschung verteidigte Pablo sie: »Wenn Sie bedenken, wie Hitler jeden umbringen ließ, den er als lebensunwert betrachtete, wie Juden, Zigeuner und Geisteskranke, müssen Sie zugestehen, daß die Gesellschaft Wachhunde braucht, und auch ich bin der Auffassung, daß das Leben fast immer dem Tod vorzuziehen ist. Aber bei AIDS ist das etwas anderes. Niemand in diesem verdammten Land scheint das zu begreifen. AIDS ist der Tod mitten im Leben, unabwendbar und unwiderruflich. Die alten Regeln passen hier einfach nicht.«

»Warum sind Sie hier?« fragte Andy, und der Mann sagte mit seinem breiten, nasalen Akzent, der ihn als in Texas oder Arkansas beheimatet auswies: »Sie machen wohl Witze! Ich habe in allen Zeitungen Floridas gestanden. Sie haben mir den Spitznamen ›der treue Freund‹ gegeben. Es gibt noch drei oder vier andere, die das gleiche tun wie ich. Niemand weiß, wer wir sind, und wir kennen uns untereinander nicht. Wir sind eine Lösung für ein Problem, und ich bin wahrscheinlich der geringste von uns. Aber dieser Bursche hier« – er zeigte auf Jaqmeel – »kennt mich schon von dieser anderen Unterkunft her«, und als Zorn den Patienten anschaute, nickte dieser, und der Mann in Schwarz sagte: »In jenem scheußlichen Rattenloch rufen sie oft nach mir.«

»Weswegen?«

»Wollen Sie, daß ich es geradeheraus sage? Ich habe eh schon die Polizei auf dem Hals.«

Andys Befürchtungen hatten sich bestätigt: Der Todesengel war von Jaqmeel gerufen worden, damit er ihm half, Selbstmord zu begehen. Da Zorn nichts mit dieser kriminellen Handlung zu tun haben wollte, versuchte er aus der Kammer zu flüchten und Nora mit sich zu ziehen, aber der Engel versperrte ihnen den Weg. »Ihr zwei könnt helfen. Es ist besser, wenn Freunde dabei sind.« Von seinem Bett aus flehte Reed, der von den Ereignissen des Tages zu erschöpft war, um sich aufzusetzen, mit Tränen in den Augen: »Tante Nora, bitte bleib bei mir!«

Mit seiner näselnden Stimme tröstete der Engel den Mann, der ihn in seiner Not gerufen hatte: »Sie hatten recht mit dem, was Sie mir an diesem anderen Ort gesagt haben. Es ist besser, zur richtigen Zeit abzutreten und auf die richtige Art. Ein saubereres Bett bedeutet nicht auch automatisch ein saubereres Leben oder einen angemesseneren Tod.«

»Was sind Sie?« fragte Zorn. »Sie sprechen wie ein Geistlicher oder ein Anwalt oder vielleicht auch ein Lehrer.«

»Sie liegen teilweise richtig.«

»Haben Sie meinen Namen irgendwo genannt?«

»Sie haben also auch Angst? Es ist natürlich ... Sie wollen wissen, was ich mache. Nun, ich hatte eigentlich vor, die Lehrerlaufbahn einzuschlagen. Ich brauchte einen Magisterabschluß und stand kurz davor, ihn zu machen – an einer Universität, die ich nicht nennen werde, in einem Staat, den ich ebenfalls nicht nennen werde. Doch dann mußte ich mit ansehen, wie zwei meiner

Freunde an AIDS starben, und es ist schrecklich, wie Reed Ihnen bestätigen wird ... Als ich sah, daß es diesen Freunden verwehrt war, in Würde und Anstand zu sterben, entschied ich, daß ich keine Kinder lehren wollte, sondern ich wollte unsere ganze Gesellschaft lehren. Aber ich bin nur einer von vielen, müssen Sie wissen. Wenn die Kirchen und die Gerichte und die Krankenhäuser und die Polizei sich weigern, das zu tun, was richtig ist, dann schießen Männer wie ich überall wie Pilze aus dem Boden. Dieses Land wird von einer schrecklichen Seuche heimgesucht, und wir weigern uns, es zuzugeben. Für Jaqmeel war ich die letzte Zuflucht.«

Er ging zum Bett. »Jaqmeel, haben Sie es sich noch einmal anders überlegt?«

»Nein«, antwortete der Todkranke im Flüsterton.

»Sie bitten mich aus freien Stücken um Hilfe?«

»Ja.«

»Würden Sie das bitte Ihrer Tante und Dr. Zorn bestätigen?«

»Ich will sterben. Ich kann die Schmerzen nicht länger ertragen. Dieser Tunnel – es gibt kein Licht an seinem Ende.«

Der Engel wandte sich wieder Zorn und Nora zu und sagte eindringlich: »Sie haben nicht gesehen, was ich mache. Sie erinnern sich an nichts mehr, nur an meinen Namen – Pablo.« Aus seiner Aktenmappe holte er Pillen und eine Spritze hervor und bat Nora, sich neben das Bett zu stellen und Jaqmeel ihre Hand halten zu lassen.

Der Todgeweihte nahm die Hand, hielt sie an seine Lippen und küßte sie. »Es ist lieb von dir, daß du bei mir bleibst. Die anderen sind alle gegangen.« Er sagte eine Zeile aus einem Gedicht auf, das Andy nicht kannte: *»About, about in reel and rout«*, und dann sagte er: »Ich bin bereit«, und Nora beugte sich über ihn und küßte ihn auf die Stirn.

Doch als sie Pablo die scheußlichen Werkzeuge seines verbotenen Gewerbes hervorholen sah – eine weiße Pille, die vielleicht eine tödliche Dosis Strychnin enthielt, und die Spritze, welche eine tödliche Dosis irgendeiner wirkungsvollen Droge injizieren konnte – da begriff sie plötzlich mit brutaler Klarheit, was jetzt passieren würde, und sie konnte es nicht aushalten. Jaqmeels Kopf an ihrem Busen bergend, rief sie weinend: »Ich kann da nicht bei zusehen, Jaqmeel! Du warst immer unser Goldjunge ...« Schluchzend und in Tränen aufgelöst bedeckte sie sein Gesicht mit Küssen, und dann ließ sie sich von Pablo vom Bett weg und zur Treppe führen. »Es ist besser, wenn einige von uns es nicht sehen«, sagte sie, und Andy hörte, wie sie schweren Schrittes die Holztreppe hinunter nach unten ging.

Alle Aufmerksamkeit konzentrierte sich jetzt auf Jaqmeel, dem Pablo zwei Pillen überreichte mit der knappen Aufforderung: »Runterschlucken!« Und als Reed dies mit einiger Mühe getan hatte, befahl Pablo: »Und jetzt geben Sie mir Ihren Arm!« Der junge Mann hielt ihm einen Arm hin, der so dünn war, daß es weh tat, ihn zu sehen. »Schauen Sie weg«, sagte Pablo leise. »Beide.« Reed und Zorn sahen sich gegenseitig an, die Hände vor Anspannung verschränkt.

Ob Pablo irgend etwas in den spindeldürren Arm spritzte, und wenn, ob es ein Placebo oder irgendein wirkungsvolles Gift war, das durfte Zorn nicht wissen, aber entweder die Pillen oder die Spritze wirkten unmittelbar, denn während Jaqmeel Zorn ansah, immer noch seine Hand fest haltend, dankbar für seine Anwesenheit, wurden seine Augen langsam glasig, er hörte auf zu atmen und fand seine Erlösung im Tod.

Als Andy seine Hand losließ, sagte Pablo: »Wenn die Polizei kommt, um hier herumzuschnüffeln, beschreiben Sie mich ruhig in allen Einzelheiten. Ich werde diese Verkleidung nämlich nie mehr benutzen.« Mit diesen Worten verschwand er, Zorn mit dem Toten und mit der Verantwortung zurücklassend, Mr. und Mrs. Angelotti über das zu informieren, was sie erwarteten zu hören. Zorn sah, daß die Hintertür offengelassen worden war, damit der Todesengel ungesehen aus dem Hospiz verschwinden konnte.

WIE DIE MEISTEN Ruhestandszentren hatte auch *The Palms* etwas, welches das Management »unser kleines Geheimnis« nannte, denn obwohl die teure »Eintrittsgebühr« mindestens 110 000 Dollar betrug, waren zwei oder drei von den kleinsten Zimmern auf Mietbasis zu haben, so als gehörten sie zu einem teuren Hotel.

Gegen Ende August zog ein ziemlich merkwürdiges Individuum in eines dieser Zimmer. Der Mann war erst dreiundsechzig und schien viel zu jung für ein Seniorenwohnheim zu sein. Aus seiner Akte ging hervor, daß er seine Ausbildung am Holy Cross erhalten hatte, einen juristischen Abschluß von einer der kleineren Abendschulen in Cambridge besaß und Vater von sechs Kindern war, die in verschiedenen Teilen des Landes lebten. Seine Frau war an Krebs gestorben. Dr. Zorn bemerkte den Eintrag, der besagte, daß Clarence Hasslebrook im Alter von Mitte fünfzig einen, wie die Ärzte es bezeichneten, »Nervenzusammenbruch aufgrund von Überarbeitung und Streß« erlitten hatte. Offenbar hatte sich der Streß später gelegt, denn in den darauffolgenden Jahren war er als eines der unbedeutenderen Mitglieder einer nicht näher bekannten Bostoner Anwaltskanzlei tätig gewesen. Warum er diese doch gewiß nicht unlukrative Tätigkeit aufgegeben hatte, ging aus der Akte nicht hervor.

Was Zorn weiter erstaunte, war, daß alle Vorkehrungen für Hasslebrooks Einzug in *The Palms* nicht von ihm selbst, sondern von einem weiblichen Mitglied seiner Anwaltskanzlei getroffen worden waren. Die Frau hatte auch die Miete für ein Jahr im voraus bezahlt. Die Verwaltung bekam Hasslebrook erst bei seinem Einzug zum erstenmal zu Gesicht, aber die Frau versicherte jedem: »Sie werden diesen Mann gern haben. Er ist einer der besten.«

Zorn war natürlich mehr als froh darüber, mit Clarence Hasslebrook einen weiteren Single für eines der schwer vermietbaren Einzelzimmer gefunden zu haben, doch als er ihn anläßlich seines Einzugs zum erstenmal sah, fürchtete er, möglicherweise einen Fehlgriff getan zu haben, denn der Mann hatte etwas Durchtriebenes in seinem Blick, verbunden mit einer unterwürfigen Art, die irgendwie nicht zu seiner Kleidung paßte. In der Hitze von Florida trug er einen dreiteiligen Anzug im Ostküstenstil, der ein bißchen zu eng war und dessen Hosenbeine eine Spur zu kurz waren. Es war ein Anzug von der Stange, hergestellt aus einem billigen Material, das die Form nicht hielt, und vom langen Tragen war er am Hosenboden und an den Ellenbogen speckig geworden. Dazu trug Hasslebrook eine unscheinbare blaue Krawatte, die ebenfalls so aussah, als trüge er sie seit Ewigkeiten, ohne sie je neu gebunden zu haben, sowie schwarze Schuhe, die auch schon längere Zeit keine Schuhkreme mehr gesehen hatten. Sein äußeres Erscheinungsbild entsprach ganz entschieden nicht dem des typischen männlichen *Palms*-Bewohners. Auch seine Körperhaltung war ungewöhnlich: er ging leicht nach vorne gebeugt, als sei ihm daran gelegen, Eindruck auch auf Fremde zu machen, denen er offensichtlich nicht gern begegnete.

Als er zum erstenmal im Speisesaal erschien, führte Zorn ihn an den langen Tisch, wo er in seinem dunklen Dreiteiler unter all den anderen Männern ziemlich deplaziert wirkte. Raúl Jiménez und Chris Mallory trugen pastellfarbene Guayaberas, und die anderen Männer trugen leichte, einfach geschnittene Freizeitkleidung. Als der Neuankömmling sagte: »Wie ich sehe, herrscht hier eine andere Kleiderordnung«, erklärten zwei der Männer sich spontan dazu bereit, ihm die guten Läden zu zeigen. Weitere Aufmerksamkeit erregte er durch seine Weigerung, irgend etwas über sein früheres Leben zu enthüllen, das hinausging über die Auskunft: »Ich habe früher in Boston gearbeitet. Ich war mit kleineren Geschäftsverhandlungen befaßt.« Was die Tatsache verschleierte, die bereits allen bekannt war, nämlich, daß er Anwalt gewesen war.

Bei den Frauen fand er Beifall, indem er sich jedesmal, wenn eine Frau an den Tisch kam oder sich von ihm entfernte, ostentativ von seinem Stuhl erhob, und da dies ein Büffet-Abend war und ein ständiges Kommen und Gehen am Tisch herrschte, schoß er dauernd wie ein Stehaufmännchen von seinem Platz hoch, bis Senator Raborn schließlich mit warnender Stimme sagte: »Wenn

Sie so weitermachen, Mr. Hasslebrook, verwandeln Sie sich noch in ein Jojo. Abgesehen davon sind die Frauen hier solche Galanterie nicht gewohnt.«

»Meine Mutter hat mich so erzogen; ich kann es mir einfach nicht abgewöhnen«, erwiderte er, und Señora Jiménez sagte: »Tun Sie das bloß nicht! Wir Frauen werden gerne daran erinnert, daß es immer noch Gentlemen auf der Welt gibt.«

»Ihr Name, Hasslebrook«, fragte Präsident Armitage, »wo stammt der her?«

»Wahrscheinlich aus Deutschland«, sagte der Neue, aber anders als andere Neuankömmlinge, denen Armitage diese Frage gestellt hatte, um sie auf eine höfliche Art und Weise dazu zu ermuntern, etwas über sich und ihre Familie zu erzählen, ließ sich Hasslebrook nichts entlocken.

Armitage, dessen frühere Position als Hochschulpräsident es erfordert hatte, daß er soviel wie möglich über auf Besuch weilende Professoren, die er möglicherweise an seine Fakultät holen wollte, in Erfahrung brachte, mochte sich mit dieser knappen Antwort nicht begnügen. »Ich könnte mir denken, daß die ursprüngliche Endung *bruch* oder *burg* war. Das *brook* ist wahrscheinlich eine amerikanische Verballhornung.« Keine Reaktion. »Oder könnte es sein, daß irgendein amerikanischer Einwanderungsbeamter die Endung willkürlich abgeändert hat, als Ihre Vorfahren ins Land kamen?« Als auch dies keine Reaktion bei Hasslebrook hervorlockte, fragte Armitage: »Oder hat vielleicht das Wort selbst, als solches, oder als zusammengesetztes Wort, irgendeine spezielle Bedeutung im Deutschen?« Hasslebrook zuckte bloß mit den Achseln, und Armitage war darüber so frustriert, ja wütend, daß er hartnäckig weiter auf dem Thema herumritt. »Ich habe mir oft über die Zusammensetzung meines Namens Gedanken gemacht. Er dürfte im Zuge der normannischen Eroberung aus Frankreich nach England herübergekommen sein. Der erste Teil muß irgend etwas mit *arm* oder *arme* – also Waffe – zu tun gehabt haben. Und das Suffix *tage*? Es muß von irgendeiner Beschäftigung oder Tätigkeit herrühren – etwa, ein Mann, der

Waffen lieferte oder schärfte oder weiß der Himmel was mit ihnen machte.« Als Hasslebrook auch hierauf nur mit den Schultern zuckte, wurde es Armitage dann doch zu bunt, und er gab es auf.

Señora Jiménez war liebenswürdiger zu Hasslebrook, vielleicht davon beeinflußt, daß dieser ihr zweimal den Stuhl gehalten hatte: »Sir, heute abend gibt es Büffet. Da ist Selbstbedienung – keine Kellner. Sie nehmen einfach Ihren Teller und suchen sich das aus, was Sie mögen. Kommen Sie, ich nehme Sie mit.« Sie ging mit ihm zum anderen Ende des Speisesaales, wo ein reichhaltiges Büffet, bestehend aus warmen und kalten Speisen, Salaten und Desserts aufgebaut war. Unter ihrer fachmännischen Anleitung wählte Mr. Hasslebrook eine Scheibe Roastbeef, gut durchgebraten, drei Sorten Gemüse, nicht zu weich, sondern schön knackig, und eine dicke Scheibe von dem leckeren Vollkornweizenbrot, das zu allen Mahlzeiten in John Taggarts Einrichtungen gereicht wurde. Auf ein Dessert jedoch verzichtete der Neuankömmling mit dem Hinweis auf seinen zu hohen Cholesterinspiegel.

In der Folgezeit verwandten die gutherzigen Bewohner des Gemeinschaftshauses beträchtliche Mühe darauf, Mr. Hasslebrook die Eingewöhnungsphase so angenehm zu gestalten, da es ihnen selbst nach ihrem eigenen Einzug nicht anders ergangen war, als sie nervös und unsicher gewesen waren, ob sie sich denn nun wirklich in einem Seniorenheim niederlassen wollten. Sie erinnerten sich an die Warmherzigkeit, mit der Bewohner wie die praktisch veranlagten Mallorys ihnen bei vielen Dingen zur Hand gegangen waren, oder an den Enthusiasmus, mit dem ihnen Senator Raborn beim Kauf eines günstigen Gebrauchtwagens geholfen hatte. Und erst viel später wurde ihnen bewußt, daß zum Beispiel Muley Duggan keine Sekunde gezögert hatte, ihnen zu helfen, obwohl er genau wußte, daß er deswegen von seiner Frau fürchterlich Schimpfe bekommen würde.

Der gute Chris Mallory war es auch, der sich Hasslebrook eines Abends nach dem Dinner schnappte und sagte: »Alter Freund, es geht mich ja nichts an, aber Sie werden sich hier erheblich wohler fühlen, wenn Sie mir erlauben, Ihnen ein paar gute Herrenausstatter zu zeigen, wo Sie wirklich attraktive Sommeranzüge kriegen können. Die können Sie in diesen Breiten das ganze Jahr über tragen.«

Hasslebrook lehnte das Angebot mit den Worten ab: »Ich habe noch zwei andere Anzüge. Damit komm' ich schon hin.« Aber Chris Mallory war kein Mann, der sich so leicht abspeisen ließ. Er wußte, daß Hasslebrook Sommeranzüge brauchte, und er wußte, wo man solche Anzüge zu anständigen Preisen finden konnte. Also klopfte er eines Morgens ohne Vorwarnung an die Tür des Neuen, bis dieser sie widerstrebend einen Spaltbreit öffnete. »Ja? Was ist denn?« fragte Hasslebrook genervt.

»Ich fahr' jetzt mit Ihnen zu ein paar der feinsten Bekleidungsgeschäfte von ganz Florida, wo Sie hübsche Sachen zu vernünftigen Preisen kriegen.«

»Ich brauche wirklich ...«

»Nun kommen Sie schon! Sie müssen die Umgebung ein bißchen kennenlernen, wenn Sie sich hier richtig wohlfühlen wollen.« Und er schleifte Hasslebrook fast schon mit Gewalt aus seinem Apartment und nach unten, wo der Mallorysche Cadillac wartete. »Das ist der Wagen meiner Frau. Fahren wir lieber mit Ihrem.« Und obwohl er ganz genau wußte, daß er keinen Führerschein mehr besaß, setzte er sich an das Steuer von Hasslebrooks preiswertem Mietwagen. Als er nach langer Zeit wieder das prickelnde Gefühl spürte, am Steuer eines Autos zu sitzen, kicherte er wie ein Dreizehnjähriger, der seinem Vater den Zündschlüssel stibitzt hatte, um heimlich mit seinen Freunden eine Spritztour mit der teuren Familienkutsche zu machen.

Schließlich bekam Hasslebrook doch den Mund auf. Wenn er denn schon mit einem Mann, der seine besten Jahre eindeutig hinter sich hatte, durch den dichten Stadtverkehr von Tampa fahren müsse, wolle er wenigstens das Schlimmste wissen: »Wie alt sind Sie überhaupt?«

»Neunzig, und meine Frau und ich gehen noch mindestens zweimal die Woche tanzen, manchmal sogar öfter.« Hasslebrook sagte dazu nichts, und Mallory konnte auch nicht erahnen, was er dachte, denn sein Blick war starr nach vorn auf die Straße gerichtet, als stände er unter Hypnose oder als wäre er starr vor Angst.

Ihre erste Station war Mallorys Lieblings-Herrenausstatter Klaus Ruger, ein gebürtiger Wiener, der seine Kollektionen aus Italien, Spanien und England importierte. Als Hasslebrook den Laden betrat, war er verblüfft über die leuchtenden Farben der Kleider und über ihre weichen, fließenden Linien, aber als er die Preisschilder sah, bekam er einen gehörigen Schreck, denn für einen Sportsakko hätte er 495 Dollar hinblättern müssen, und für eine passende Hose wurden 225 Dollar verlangt. »Liegen die Sachen hier alle in dieser Preisklasse?« fragte er, und Mallory antwortete: »Die, die Esther mir zum Geburtstag geschenkt hat, sind hier drüben – modischerer Schnitt, bessere Verarbeitungsqualität, liegen in der 600-Dollar-Preisklasse. Die Hosen sind mit ihren 340 Dollar ein echtes Schnäppchen.« Es gab auch feine Gürtel von 55 Dollar aufwärts.

»Kaufen Sie sich solche Sachen wie die hier?«

»Aber natürlich, Mr. Hasslebrook. Ich bin neunzig, und ich möchte mir was gönnen. Meine Devis ist: das Beste ist gerade gut genug für mich.« Ein schelmisches Lächeln huschte über sein Gesicht, als er hinzufügte: »Mir geht's blendend, ich amüsiere mich glänzend, und in meinen Räumen in *The Palms* fühle ich mich sauwohl ...«

»Sie haben mehr als ein Zimmer?«

»Drei – zwei davon brauche ich für Gäste. Aber wie ich schon sagte, das beste, was meine Frau je für mich getan hat, war, diesen Cadillac zu kaufen. Sie fährt uns zu allen Ecken der Westküste, und es gibt wunderbare Ecken hier, bis runter nach Naples.«

»Gibt es kein Geschäft mit zivileren Preisen? Ich gebe ja zu, daß ich einen etwas legereren Anzug brauche, aber ich gehe noch nicht auf die neunzig zu. Ich muß –«

»Natürlich gehen Sie auf die Neunzig zu, Mr. Hasslebrook. Jeder geht auf die Neunzig zu, und nur weil ich näher an den neunzig dran bin als Sie, heißt das noch lange nicht, daß ich nach besonderen Regeln lebe. Leben Sie einfach ein bißchen. Kaufen Sie sich vier oder fünf schicke Sakkos! Aber ich stimme Ihnen zu – Sie brauchen nicht unbedingt gleich fünfhundert Dollar für einen auszugeben. Ich muß gestehen, ich erfreue mich besonderer Freiheit. Ich muß mir nicht den Kopf über die nächsten zehn Jahre zerbrechen. Einer auf einmal ist gut genug für mich.«

Ohne einen weiteren Kommentar führte er Hasslebrook zum nächsten Geschäft, wo die Preise etwas gemäßigter waren. Ein Sakko, der fast genauso makellos war wie der bei Klaus Ruger, kostete hier lediglich 290 Dollar. Die Hose kostete 115 Dollar, und Gürtel gab es ab 45 Dollar. Mallory hatte erwartet, daß der Neue zwei oder drei von jedem Artikel kaufen würde, aber als er den Mann beim ersten Preisschild blaß werden sah, war ihm klar, daß sie schnell zu einem preiswerteren Laden mußten. Hier lagen die Preise bei 240 Dollar für ein Jackett, 95 Dollar für eine Hose und 30 Dollar für einen Gürtel, was noch immer mehr war als das, was Hasslebrook auszugeben bereit war. Mallory fragte daher den Besitzer des Geschäfts, wo sein mittelloser Gast die Art von Sachen finden würde, die ein Collegestudent mit begrenzten Geldmitteln kaufen würde, und der Mann gab ihm bereitwillig Auskunft:

»Im Hispano-Viertel von Tampa, ganz in der Nähe der schönen Häuser, in denen die Kubaner früher Zigarren herstellten, gibt es ein Bekleidungsgeschäft. Es heißt Charley's und liegt ein wenig versteckt. Dort kann man mitunter ein gutes Schnäppchen machen. Ware aus Konkursen und den einen oder anderen Markenartikel mit kleinen Fehlern.« Der Händler befühlte fachmännisch Mallorys Sakkorevers. »Den hier haben Sie aber nicht von Charley's.«

»Nein, der ist von Klaus Ruger. Ich helfe dem Herrn dort.« Er zeigte auf Hasslebrook, der noch immer mit unglücklicher Miene die Preise in dem Laden studierte.

Sie fanden Charley's ohne Probleme, aber die ersten Jacketts, die sie dort sahen, waren Hasslebrook mit 85 beziehungsweise 65 Dollar immer noch zu teuer. Doch als Hasslebrook sich schon wieder zum Gehen wandte, fiel sein Blick auf ein Schild:

MARKENWARE MIT KLEINEN FEHLERN – AB 35 DOLLAR. Das war genau das, was er wollte, und als er die Kleiderständer entlangstöberte, fand er schließlich einen attraktiven Sakko in echtem Florida-Look. »Der hier gefällt mir – hoffentlich paßt er.« Der Besitzer half ihm in den Sakko und sagte im Brustton der Überzeugung: »Paßt wie maßgeschneidert.« Und der Handel war perfekt.

»So«, sagte Mallory, »und welche wollen Sie außerdem noch?« Hasslebrook schaute ihn überrascht an. »Der hier gefällt mir – das reicht doch wohl.«

»Aber bei diesen günstigen Preisen sollten Sie sich drei oder vier kaufen. Die Woche hat schließlich sieben Tage.«

»Wie viele haben Sie denn?«

»Etwa ein Dutzend. Können auch fünfzehn sein, so genau weiß ich das nicht. Ich möchte mich ja feinmachen können, wenn ich tanzen gehe.«

»Sie kaufen sich immer noch neue Sakkos? In Ihrem Alter?«

»Was soll ich denn sonst machen? Ich sehe gerne fesch aus, gut gestylt, wie man heute sagt. Und daran möchte ich auch nichts ändern, solange ich lebe. Der Doktor hat neulich zu mir gesagt: ›Ihre Werte würden einem Sechzigjährigen alle Ehre machen.‹ Und solange sie noch so gut sind, gehe ich weiter tanzen. Der Doc meinte: ›Vielleicht sind sie ja so gut, *weil* Sie immer noch tanzen gehen.‹«

Hasslebrook widerstand der Verlockung, die vier oder fünf Anzüge zweiter Wahl zu kaufen, die Mallory und der Verkäufer für ihn aussuchten, und legte sich lediglich noch eine Hose zu 19 Dollar fünfzig mit eingenähtem Gürtel zu. Auf dem Rückweg nach *The Palms* sagte er zu Mallory: »Es war ein sehr erfolgreicher Morgen.«

Als er an dem Abend in den Speisesaal kam, begrüßte ihn Señora Jiménez mit Beifall: »Sie sehen großartig aus. Mein Mann hat nicht eine Kombination, die auch nur halb so gut aussehen würde wie Ihre.« Und das war sogar wahr, denn Raúls Kombinationen für zweihundert Dollar hatten bei weitem nicht den Pfiff, den die Ensembles der prominenten Hersteller besaßen, auch wenn es sich wie bei Hasslebrook lediglich um Stücke zweiter Wahl handelte. Freilich, als Hasslebrook in der Folgezeit Abend für Abend in derselben Kleidung auftauchte, begannen die Leute sich das Maul zu zerreißen, und eines Abends, als Chris Mallory mit der Tertulia zu Abend aß, da seine Frau zu einem Kirchentreffen gefahren war, erzählte er ihnen von der fruchtlosen Einkaufsexpedition mit dem Neuen.

»Was halten Sie von ihm?« fragte Präsident Armitage, und Chris sagte: »Er ist ein armer Knilch. Er hätte nie in ein Haus wie dieses einziehen sollen.«

»Aber das wußten wir doch vom ersten Abend an«, sagte St. Près. »Aber ist er denn ein gefährlicher Knilch?«

»Ich glaube, er ist einfach nur dumm.«

»Er hat immerhin einen juristischen Abschluß«, gab Armitage zu bedenken, und St. Près sagte trocken: »Behauptet *er*.«

Das Ergebnis von Mallorys Bericht war, daß Armitage und St. Près Dr. Zorn um ein Gespräch baten, und als sie in seinem Büro Platz genommen hatten, redeten sie nicht lange um den heißen Brei herum, sondern kamen sofort zur Sache. »Sagen Sie, Zorn, was wissen Sie von diesem Hasslebrook?«

»Ich weiß nicht mehr als das, was allgemein bekannt ist: Er hat in Boston in einer kleinen Anwaltssozität gearbeitet. Gute Bonität. Keine verdächtigen Einträge in seinem Führungszeugnis. Seine Frau ist vor ein paar Jahren gestorben – auch nichts irgendwie Auffälliges. Hat sechs Kinder, alle verheiratet, und er wollte in ein südlicheres Klima. Hatte die Nase voll vom Schneeschippen.«

»Das ist alles?«

»Einen ungewöhnlichen Aspekt gab es. Er hat uns, bevor er hierherkam, nicht einmal besucht. Eine Frau von seiner Kanzlei ist runtergeflogen, hat sich alles genauestens angeschaut und dann mit Ken alles Nötige für seinen Einzug geregelt.«

»Was halten Sie davon?«

»Offenbar ist er nicht der *Palms*-Standardwitwer mit seiner

CD-Sammlung, seinem Cadillac und seinen drei Enkeln, die in Yale studieren. Er ist irgendwie ziemlich anders, und wenn Sie herauskriegen sollten, was dahintersteckt, dann lassen Sie es mich bitte als ersten wissen.« Als er seine Gäste zur Tür geleitete, fügte er hinzu: »Sie wissen ja, daß wir in *The Palms* nicht in anderer Leute Angelegenheiten herumschnüffeln. Wir gehen davon aus, daß wir es mit Ladys und Gentlemen zu tun haben, mit Leuten, die eine gute Kinderstube genossen haben.«

Nachdem mehrere Wochen vergangen waren und Hasslebrook immer noch jeden Abend mit derselben Kombination im Speisesaal aufkreuzte, klopfte Chris Mallory eines Morgens erneut an seine Tür. »Mr. Hasslebrook, wir beide hatten doch neulich einen sehr profitablen Einkaufstrip. Sie fanden ein Jackett, das ich, wenn es mir gehören würde, mit Stolz tragen würde. Aber Sie können hier in *The Palms* auf die Dauer unmöglich mit nur einer Hose auskommen. Setzen Sie sich. Ich möchte wie ein guter Freund mit Ihnen sprechen, und ich versichere Ihnen, daß niemand je auch nur ein Wort von dem erfahren wird, was ich Ihnen jetzt sagen werde. Sie waren damals sehr überrascht, als ich Ihnen bei Charley's sagte, ich hätte ungefähr fünfzehn Sportkombinationen. Ich habe nachgezählt. Tatsächlich habe ich achtzehn, und drei davon habe ich hier in *The Palms* so gut wie nie angehabt. Sie würden Ihnen bestimmt passen, Mr. Hasslebrook, und sie würden Ihnen gewiß ganz ausgezeichnet stehen, und es wäre mir eine Ehre, wenn Sie die drei Sakkos und Hosen und die dazu passenden Gürtel annehmen würden als mein Geschenk an einen Mann, der sie mit Würde tragen könnte.« Er streckte die Hände aus, mit den Handflächen nach oben, als wäre er in der Wüste und wolle einem Fremden beweisen, daß er keine versteckte Waffe bei sich trug.

Die Wirkung, die das bei Hasslebrook auslöste, war verblüffend. Er senkte den Kopf, als wolle er tiefe Gemütsbewegung verbergen, und sagte: »Sie sind wirklich außerordentlich großzügig, Mr. Mallory – ich bin tief bewegt. Aber ich habe eine Menge Geld; ich war erfolgreich in meiner Firma. Es ist nur halt so, daß ich jede Art von Protzgehabe, Angeberei und Zurschaustellung von Reichtum verabscheue. Selbst wenn Sie mich mit glühenden Zangen traktieren würden, könnten Sie mich nicht dazu bewegen, mein Geld für diese sündhaft teuren Anzüge auszugeben, die wir in dem ersten Geschäft, bei diesem Österreicher, gesehen haben. Wenn ich so einen Anzug mit nach Hause nehmen und ihn mir ansehen würde, würde ich ihn sofort verbrennen. Ich hätte Angst, mich damit zu verseuchen.«

»Sind Sie Puritaner? Sie reden ja gerade so, als wären Sie ein Anhänger der Selbstkasteiung.«

»Ich selbst bin gar nichts. Meine Frau war Katholikin. Ich habe viel von ihr gelernt.«

»Hat sie Sie konvertiert?«

»Ich gehöre nach wie vor keiner Kirche an. Ich bin allerdings zum Holy Cross gegangen, wo ich lernte, praktizierender Christ zu sein. Ich lehne jede Form von Eitelkeit ab.«

»Ich bin Baptist – kein besonders guter, aber ich bin einer. Lassen Sie uns also vernünftig miteinander reden, von Christ zu Christ sozusagen. Mr. Hasslebrook, wenn Sie vorhaben, hier in *The Palms* zu bleiben –«

»Das habe ich.«

»Dann können Sie das nicht mit einem Winter-Dreiteiler und einer Sommerhose. Steigen Sie jetzt gleich mit mir ins Auto, das Geld kann ich Ihnen meinetwegen vorschießen, und dann fahren wir zu Charley's und kaufen Ihnen drei oder vier von den Sakkos, die ich neulich für Sie ausgesucht habe. Wenn Sie sich bereit erklären, gleich so viele auf einmal zu kaufen, macht er Ihnen bestimmt einen guten Preis. Weit unter zweihundert Dollar.«

Hasslebrook erwog den Vorschlag einen Moment, dann fragte er: »Sie meinen, es muß sein?« Und bevor Mallory darauf antworten konnte, fügte er hinzu: »Haben einige von den Frauen über mich geredet?«

»Meine Frau jedenfalls nicht. Sie tratscht über niemanden.«

»Aber die anderen?«

»Ja.«

»Okay. Ich komm' mit. Sie glauben, daß ich mich für zweihundert Dollar so ausstaffieren kann, daß ich einigermaßen präsentabel bin?«

»Ja, und das Geld werde ich Ihnen leihen.«

»Das ist nicht nötig.«

Sie fuhren die belebte Fünfunddreißigste Straße hinauf zu Charley's, wo Mallory sagte: »Mr. Charles, ich möchte, daß Sie mir einen persönlichen Gefallen tun. Ich möchte, daß Sie für iesen Gentleman hier vier von Ihren besten Kombinationen von denen mit den kleinen Fehlern raussuchen: Sakko, Hose, Gürtel – und das Ganze darf nicht mehr als zweihundert Dollar kosten.«

Während Hasslebrook die vier Sakkos begutachtete, flüsterte Mallory dem Inhaber zu: »Wenn es mehr wird als die zweihundert Dollar, die er mit hat, werde ich für die Differenz aufkommen.« Und so geschah es, daß der ernste, verschlossene Clarence Hasslebrook fortan mit fünf verschiedenen kleidsamen Kombinationen zum Abendessen im Speisesaal erscheinen konnte. Seinen dunklen Dreiteiler aus Schurwolle zog er nur noch sonntags an, zum Kirchgang.

Am letzten Augusttag, an dem es in Florida eigentlich unheimlich heiß hätte sein müssen, stellte Andy fest, daß die Temperatur außergewöhnlich angenehm war: genau der richtige Tag, um mal wieder einen Inspektionsrundgang über das *Palms*-Gelände zu machen, was er ohnehin schon lange vorgehabt hatte. Sein besonderes Augenmerk galt den Gehwegen, den Blumengärten und dem Swimmingpool.

Als er um eine Ecke bog, um den Tennisplatz zu inspizieren, bot sich ihm ein verblüffendes Schauspiel. Am anderen Ende des Platzes stand Bedford Yancey, in Tenniskleidung und mit einem Schläger in der Hand. Ihm gegenüber, auf der Andy zugewandten Seite, standen zwei Frauen, ebenfalls in Tenniskleidung: die eine war Yanceys Frau Ella, die allem Anschein nach eine recht gute Spielerin war, und die andere war Betsy Cawthorn mit ihren nagelneuen Prothesen. Es war, als hätte ein Bildhauer die wohlgeformten Beine, die Betsy früher gehabt hatte, naturgetreu nachgebaut, nur, daß sie jetzt in ziemlich großen, klobigen Schuhen mit flachen Sohlen steckten. Betsy stand mit leicht angewinkelten Beinen, den rechten Fuß ein wenig nach vorn geschoben wie bei der Rückhandstellung; in der Linken hielt sie einen Krückstock mit einem dicken Gummifuß, der ihr ein Maximum an Halt bot, während sie den Oberkörper und die Arme bewegte, um die sanft geschlagenen Bälle zu returnieren, die ihr Reha-Leiter ihr zuspielte.

Aber sie spielte die Bälle nicht bloß weich übers Netz; sie schlug sie hart zu ihm zurück, ihren ganzen Körper in die Schläge legend, und obwohl sie nicht an der Grundlinie hin und her laufen konnte, schaffte sie es allein durch Strecken ihres Oberkörpers und ihres Schlagarms, Bälle zu erwischen, von denen Andy glaubte, daß sie nie und nimmer an sie herankommen würde. Wenn ein Ball von Bedford weit danebenging, rannte seine Frau, ihn zu holen, aber wenn ein Schmetterball Betsy verfehlte und zu Ella kam, konnte sie ihn gerade noch erwischen. Die drei spielten einen schnellen, anstrengenden Ballwechsel, als wollten sie sich für ein Match warmmachen.

»Super!« schrie Andy, als Betsy sich weit nach rechts streckte, um einen hart geschlagenen Cross zu returnieren. »Das ist einfach wunderbar! Betsy, Sie spielen wie ein Champion! Ich kann's einfach nicht glauben!«

Die drei hielten für einen Moment in ihrem Spiel inne, um ihn zu begrüßen, und Ella schlug vor: »Setzen Sie sich ein bißchen da drüben hin und schauen Sie unserer Betsy dabei zu, wie sie ihre neu erworbenen Fähigkeiten vorführt.« Andy nahm die Einladung an und setzte sich auf den Netzrichterstuhl und schaute eine gute Viertelstunde zu, wie Betsy die Bälle zurückschlug, die Bedford ihr zuspielte. Er bemerkte, wie ihre Bewegungsfreiheit in dem Maße zunahm, wie es ihr gelang, ihre Standfestigkeit zu verbessern. Nach zehnminütigem Spielen gelangen ihr Returns, die Andy vorher für unmöglich gehalten hätte.

Sie trug einen weißen Teddy-Tingling-Dress, wie er von eleganten Spielerinnen bevorzugt wurde, und als Andy ihr so zuschaute, wurde ihm plötzlich bewußt, wie schön sie war – und wie sexy. Er hatte sich bis zu diesem Moment noch nie gestattet, sie unter diesem Aspekt zu betrachten.

In dem Moment unterbrach Ella den Ballwechsel und schlug vor: »Dr. Zorn, wie wär's, wenn Sie meinen Schläger nehmen und ein bißchen für mich weiterspielen?« Er wollte erst ablehnen, da er keine Tennisschuhe anhatte, doch Betsy sagte in einem so unwiderstehlichen Ton »Bitte, Dr. Zorn! Wir brauchen Sie!«, daß er gar nicht anders konnte, als Ella abzulösen.

Die nächsten Momente waren traumhaft. Andy war nie ein überragender Spieler gewesen, aber er konnte mit einem Schläger umgehen und war gut im Überkopf-Spiel, und mit Betsy zu seiner Rechten griff er schwungvoll in das Spiel ein. Er schlug seine eigenen Bälle zurück und erlief darüber hinaus die Bälle, die Betsy nicht erreichen konnte. Selbstverständlich holte er auch die Bälle, die sie beide verfehlt hatten oder die Bedford von sich aus ins Aus geschlagen hatte. Je länger sie spielten, desto selbstbewußter wurde Betsy, und als Yancey einmal einen Ball weit auf ihre Rückhand spielte, wollte Andy galant für sie in die Bresche springen und ihn mit der Vorhand nehmen, aber ein energisches »Meiner!« von Betsy ließ ihn seinen bereits zum Schlag erhobenen Schläger blitzschnell aus dem Weg ziehen, so daß sie den Ball mit der Rückhand returnieren konnte. Sie machte das so gekonnt, im Ausholen ihr Gewicht so geschickt auf die Krücke verlagernd, daß der Ball wie an der Schnur gezogen flach über das Netz flog und auf der anderen Seite unerreichbar für Yancey genau in den Winkel paßte.

Mit einem schelmischen Grinsen sagte sie zu Andy: »Ich hatte schon immer eine gute Rückhand.« Sprach's und haute auch den nächsten Ball so hart mit der Rückhand über das Netz, daß Yancey ihm nur staunend hinterherschauen konnte.

Sie war so begeistert über ihre Vorstellung, daß sie nach zwei weiteren geglückten Rückhandschlägen Yancey zurief: »Jetzt probier' ich mal einen Volley!« Yancey spielte ihr die Bälle hoch zu, und sie verblüffte alle Beteiligten, sich selbst eingeschlossen, damit, daß sie die Krücke hochhob, so daß sie nur auf ihren Schuhen stand, und die Bälle zweimal hintereinander zurückschlug, ohne ins Wanken zu geraten.

»Sie benehmen sich wie zwei richtige Füße!« rief sie enthusiastisch, während sie sich erneut hochreckte, um einen Lob von Yancey zu erreichen. Doch diesmal hatte sie zuviel Schwung geholt. Sie geriet aus dem Gleichgewicht und begann zu fallen.

»Fang sie auf!« schrie Yancey und stürmte vorwärts. Seine Frau sprang von ihrem Stuhl auf, um Betsy davor zu bewahren, daß sie auf den harten Boden schlug, aber ihre Hilfe war nicht erforderlich, denn Andy war blitzschnell zur Stelle und fing sie auf. Einen atemlosen Moment standen sie sie sich so gegenüber, eng umschlungen. Diesmal küßte sie ihn nicht, aber mit ihrem linken Arm, in dem sie noch immer die Krücke hielt, drückte sie ihn noch ein wenig fester an sich und sagte leise, fast flüsternd: »Ich hatte keine Angst. Ich wußte, daß Sie da sein würden, um mich aufzufangen.«

Andy war so verzaubert von all dem, was während der letzten halben Stunde passiert war, daß er impulsiv rief: »Dieser Vormittag ist bisher so wunderbar gewesen, setzen wir ihn mit einem gemeinsamen Mittagessen in meinem Büro fort!« Als die vier gutgelaunt zum Gemeinschaftshaus zurückgingen, ließ Yancey sich mit Andy ein Stück zurückfallen, und als die beiden Frauen außer Hörweite waren, sagte er: »Jetzt haben Sie sich selbst davon überzeugen können, welche außerordentlichen Fortschritte Betsy gemacht hat. Ich bin sicher, sie ist jetzt dazu bereit, ihre neugewonnenen Fähigkeiten in der Welt draußen zu testen. Und ich empfehle, daß sie sich wieder in die Welt hineinbegibt – es sei denn, es tritt irgendein unvorhergesehener Grund ein, der sie noch ein Weilchen hier bei uns hält.«

Andy war wie vor den Kopf geschlagen – der Schmerz, den er

fühlen würde, wenn sie *The Palms* – und ihn – verließ, würde unerträglich sein. Alles war anders geworden während der letzten halben Stunde auf dem Tennisplatz. Aus medizinischer Sicht konnte er Yanceys Vorschlag nur unterstützen – »Ja, es ist an der Zeit, daß sie ins wirkliche Leben zurückkehrt!« –, aber in seinem Innern sträubte sich alles dagegen, daß sie *The Palms* verließ.

Mit Mühe schaffte er es, seine Fassung wiederzugewinnen, bevor sie sich wieder zu den beiden Frauen gesellten. Er rief Nora an und bat sie, eine Lunchparty für die Vier plus Nora selbst, Krenek und Miss Foxworth zu arrangieren. Als endlich alle am Tisch versammelt waren, begann Andy mit der förmlichen Diskussion. »Unsere Betsy hat ihre Rehabilitation hier bei uns in *The Palms* so gut wie abgeschlossen, und wir sollten uns ein paar Gedanken darüber machen, was sie als nächstes machen sollte.«

Nach einem kurzen Moment des Schweigens, während alle auf Betsy schauten, sagte Miss Foxworth: »Wenn Sie gehen, Betsy, werden Sie eine schrecklich große Lücke hinterlassen. Wir haben Sie alle lieben gelernt. Aber ich denke, es ist an der Zeit, daß Sie nach Chattanooga zurückkehren und dort ihr altes Leben wieder aufnehmen.«

Yancey fügte hinzu: »Betsy, Sie haben die Rehabilitation mit Auszeichnung bestanden.« Und seine Frau pflichtete ihm bei: »Sie waren eine bewundernswerte Schülerin. Sie werden eine abgespeckte Version Ihres Übungsprogramms beibehalten müssen, aber Yancey und ich kennen ein paar gute Physiotherapeuten, mit denen Sie in Chattanooga weiterarbeiten könnten.«

Ken Krenek sagte: »Sie haben während Ihres Aufenthaltes bei uns eine ganze Reihe von Sachen erworben, Betsy, aber wenn Sie uns einen Lieferwagen von Chattanooga runterschicken, übernehmen wir das Packen für Sie.« Und Nora gab ihr den Ratschlag: »Wenn Sie nach Hause kommen, ziehen Sie sich, um Himmels willen, nicht sofort wieder in die Isolation zurück. Gehen Sie raus, unter Leute; nehmen Sie wieder am Leben teil.« Andy fügte hinzu: »Bleiben Sie mit uns in Verbindung. Halten Sie uns über Ihr Befinden auf dem laufenden. Wir wollen doch nicht den Kontakt zu jemandem verlieren, den wir alle in unser Herz geschlossen haben.«

Schließlich sprach Betsy zu diesen lieben Leuten, die ihr Leben für sie planten. Ganz leise, fast flüsternd, sagte sie: »Aber ich gehe nicht nach Chattanooga zurück.«

Alle waren sprachlos vor Verblüffung über diese Neuigkeit, die sie mit solcher Entschlossenheit verkündet hatte. Miss Foxworth war die erste, die ihre Worte wiederfand: »Betsy, Ihre Genesung hier war wirklich bemerkenswert. Wir freuen uns alle unheimlich darüber. Aber Sie sind noch nicht so weit, daß Sie schon ganz allein zurechtkommen können. Sie müssen noch eine Weile in der Nähe Ihrer Familie und Ihrer Freunde bleiben.«

»Eben das tue ich ja. Ich bleibe hier«, sagte sie mit der gleichen leisen und doch so festen Stimme.

Ein wenig verunsichert sagte Miss Foxworth: »Nun, Platz, um Sie unterzubringen, hätten wir wohl.« Und Mr. Krenek fügte sofort hinzu: »Wir könnten Ihnen aber auch eine Unterkunft besorgen, die besser auf Ihre Bedürfnisse zugeschnitten wäre.«

Als jeder seine Überlegungen dazu beigesteuert hatte, wie Betsy den Rest ihres Lebens verbringen sollte, saß sie ganz ruhig da, die Augen niedergeschlagen, die Hände um eine Colaflasche gelegt, und sagte versonnen: »Ich habe hier ein Zuhause gefunden. Ich habe hier liebe, treue Freunde gefunden, die mir mein Leben und meine körperliche und seelische Gesundheit gerettet haben. Und ich habe eine sinnvolle Lebensaufgabe gefunden. Ich werde die jüngste Bewohnerin sein, die Sie haben, viel zu jung, aber ich möchte ein Leben führen, das dem Dienst am Nächsten gewidmet ist, so wie Berta Umlauf oder meine liebe Freundin Nora Varney oder mein Wundermann Bedford Yancey.« Sie hielt einen Moment inne und sagte unter Tränen: »Ich schätze, Sie werden mich nicht mehr los, Dr. Zorn.«

Von all denen, welche dieser Erklärung beiwohnten, vermochte allein Nora ihre ganze Bedeutung zu ermessen: Braves Mädchen, sie will es wissen. Sie will ihren Mann haben, und keine Macht der Welt wird sie davon abhalten. Ob Andy sich wohl über die Bedeutung dessen, was sie soeben gesagt hat, voll und ganz im klaren ist? Als sie über den Tisch zu Andy blickte, mußte sie an den Spruch denken, den ihr Neffe Jaqmeel oft benutzt hatte: »Armer Zombie, keine Ahnung von nichts.« Und sie empfand Mitleid für ihn, und auch für Betsy, als sie an die Kämpfe dachte, die ihnen noch bevorstanden.

Als das Mittagessen zu Ende war, blieb Andy allein in seinem von der Mittagssonne durchfluteten Büro zurück, und er setzte sich an seinen Schreibtisch und dachte noch einmal in Ruhe über all das nach, was in den letzten Stunden auf ihn eingestürmt war. Weit mehr als Nora ahnte, war ihm bewußt, wie die Dinge sich geändert hatten seit jenen dramatischen Momenten auf dem Tennisplatz, als er Betsy nicht als Patientin gesehen hatte, sondern als eine höchst begehrenswerte Frau. Das Bild, das ihm beharrlich immer wieder vor Augen erschien, war das von Ted Reichert, dem jungen Doktor aus seiner Klinik, der sich selbst, seine Ehe und seine Karriere zerstört hatte, indem er sich mit seinen Patientinnen eingelassen hatte. Und das Schlimmste war eigentlich, dachte Andy, daß er das Leben dieser Patientinnen ruiniert oder zumindest schwer beschädigt hatte. Und er wußte, um wieviel schlimmer erst sein Fall in den Schlagzeilen klingen würde: ARZT MACHT SCHAMLOS JAGD AUF REICHE BEINAMPUTIERTE PATIENTIN. Und Betsy? Sie muß verängstigt sein, dachte er verwirrt. Sie glaubt, in *The Palms* bleiben zu wollen, aber das ist verrückt. Sie ist ein Viertel so alt wie manche Patienten. Sie hat ihr ganzes Leben noch vor sich.

Einem spontanen Impuls folgend, rief er Krenek, Miss Foxworth und Nora in sein Büro zurück, und als sie Platz genommen hatten, sagte er mit Nachdruck: »Ich fürchte, Betsys Plan, bei uns zu bleiben, ist ein schwärmerischer Traum, der dazu geeignet ist, *The Palms* eine Menge Ärger einzubringen. Ich will, daß ihr drei ihr das ausredet. Es wäre einfach lächerlich, wenn sie mit ihren gerade einmal dreiundzwanzig Jahren hier bleiben würde.«

»Und wie sollen wir ihr das ausreden?« fragte Krenek, und Zorn erwiderte: »Es wird Ihnen schon was einfallen.«

Miss Foxworth sprach als erste: »Ich bin in einem Zwiespalt. Als Finanzverwalterin von *The Palms* möchte ich natürlich, daß Miss Betsy bei uns bleibt und ihr Vater in Chattanooga uns weiter seine dicken Schecks schickt. Aber von Frau zu Frau würde ich ihr raten, aus *The Palms* mit seiner Horde alter Leute zu verschwinden. Sie gehört unter Gleichaltrige, damit sie irgendwann einmal einen netten jungen Mann findet, den sie heiraten kann.«

Nora fragte geradeheraus: »Als Sie in ihrem Alter waren, haben Sie da je einen Job angenommen, wo es keine brauchbaren Männer gab?« Und Miss Foxworth erwiderte trocken: »Ja. In Washington – und die Jahre vergingen. Sie sollte von hier abhauen.«

Als Zorn Nora fragte, was sie dazu meinte, sagte sie: »Ich glaube, Betsy hat einen starken Willen. Ich glaube, sie wird darauf bestehen, daß sie hier bleibt, egal, was wir sagen.«

»Aber ich habe Ihnen doch gerade gesagt, daß es unser Entschluß ist, daß sie gehen muß – daß sie weg muß von einem Ort, der nicht das Richtige für sie ist.«

»Aber wenn sie nicht gehen will?« fragte Nora, und er erwiderte lahm: »Uns wird schon irgend etwas einfallen.«

Als sie wieder draußen waren, blieb er noch eine Weile an seinem Schreibtisch sitzen, vor sich hin grübelnd und mit den Fingern auf der Tischplatte trommelnd. Er schaute auf den Stuhl, auf dem Betsy beim Lunch gesessen hatte und sah sie wieder vor sich in dem hübschen Tennisdress, und erlebte im Geiste noch einmal den Moment, als er sie aufgefangen und in die Arme genommen hatte. Er verspürte eine ungeheure Sehnsucht nach ihr, und er war erschüttert über die Tiefe seiner Gefühle. Doch dann tauchte wieder das Bild von Ted Reichert vor ihm auf, und diese beiden im Widerstreit liegenden Bilder – hier Betsy in seinen Armen, da Ted Reichert und seine ruinierte Karriere – hielten ihn den größten Teil der Nacht wach.

ABREISE

DIE VERWALTUNG von *The Palms* hätte die Gründe für die ungewöhnliche Weise, in der Clarence Hasslebrook seine Unterkunft im Gemeinschaftshaus gemietet hatte, und für sein sonderbares Benehmen nach seinem Einzug wohl nicht so schnell aufgedeckt, hätte nicht die Gräfin das Geheimnis durch ihren Hang zum Schnüffeln ergründet. Das Auftauchen eines geheimnisumwitterten Mannes wie Hasslebrook hatte ihren Jagdtrieb angestachelt, und sie wandte die gleiche Taktik an wie damals, als sie entdeckt hatte, daß Reverend Quade Bücher schrieb. Eines Tages kam der Postbote früher als üblich, und von ihrer günstigen Warte gleich vorne am Eingang aus sah die Gräfin, wie er in das Oval einbog, sein Postauto auf dem eigens für ihn reservierten Halteplatz abstellte und in die Eingangshalle hastete, wo er die Briefe in die Briefkästen verteilte und dann das halbe Dutzend größerer Pakete, die er heute bei sich hatte, an ihren üblichen Platz neben den Briefkästen legte.

Sobald er wieder weg war, huschte die Gräfin aus ihrem Apartment, einen Spitzen-Morgenrock im französischen Stil hastig über ihr Nachthemd geworfen, trippelte zu dem Päckchenstapel, wühlte ihn hastig durch, genau registrierend, wer was bekam, und nachdem sie zunächst wenig außer den normalen Sendungen gefunden hatte, die für den normalen Empfänger bestimmt waren – L.-L.-Bean-Kataloge für die Männer, Neiman Marcus für ihre Frauen – stieß sie auf eine Sendung, in der sie mit sicherem Instinkt sofort eine Goldmine erkannte. Es war das erste Paket, das der Neue, Hasslebrook, je bekommen hatte, und es sah so aus, als enthielte es entweder zwei großformatige Bücher oder eine Kollektion von Papieren, die nicht geknickt werden sollten. Sie wog es prüfend in der Hand und entschied, daß es weder das eine noch das andere war, doch was es nun letztlich war, vermochte sie auch nicht zu sagen. Sie vergewisserte sich jedoch genau, wer der Absender war: *Life Is Sacred, Beacon Street, Boston, Massachusetts*. Der Name – »Das Leben ist heilig« – kam ihr bekannt vor; sie hatte von dieser Organisation schon gehört.

Die Frage, warum *Life Is Sacred* Hasslebrook ein Paket von diesem Format schicken mochte, beschäftigte sie so sehr, daß sie ernsthaft mit dem Gedanken spielte, es sich unter den Nagel zu reißen, bevor irgend jemand vom Personal kam, und einen Blick hineinzuwerfen, um zu sehen, was drin war, doch dann entschied sie, daß dies doch zu riskant war und zudem ungesetzlich. Nach kurzem Zögern jedoch ging sie mit dem Paket in die hinterste Ecke der Eingangshalle, beugte sich ein Stück darüber, damit nur ja niemand sehen konnte, was sie machte, und ritzte mit dem Daumennagel eine kleine Öffnung in eine der Ecken. Sie war groß genug, um einen Blick auf den Inhalt zu gestatten, aber das reichte der Gräfin noch immer nicht. Von ihrer Neugier überwältigt, zwängte sie ihre Finger durch die Öffnung und zerrte ein Teil von dem Inhalt heraus. Es war ein Pamphlet, attraktiv gestaltet, auf dessen Deckel der Gekreuzigte abgebildet war. Darunter stand fett gedruckt und in Großbuchstaben: ER STARB, AUF DASS WIR LEBEN und der Name der Organisation, die es herausgab: *Life Is Sacred*.

Zurück in ihrem Zimmer, der Postwagen war wieder weggefahren, und die ersten Angehörigen des Personals trafen ein, setzte sie sich ans Fenster und studierte ihren »Fund«. Es war ein gut geschriebenes, hübsch illustriertes religiöses Traktat, welches das menschliche Leben gegen die Feinde verteidigte, die es bedrohten: Abtreibung, Drogen, Suizid und, ganz besonders, legale Euthanasie. Die Haltung der Organisation zu diesen Fragen war kompromißlos: Derartige Handlungen waren unmoralisch, ungesetzlich und unvereinbar mit den Lehren der Bibel. Die Mitglieder des Vereins waren verpflichtet, gegen die Feinde zu kämpfen, und diejenigen, die noch nicht Mitglied waren, wurden herzlich eingeladen, beizutreten und den Kampf in ihre eigene Gemeinde zu tragen.

Sie stellte fest, daß Mr. Hasslebrooks Name nirgends auftauchte, er also offenbar zumindest nicht zu den führenden Köpfen des Vereins gehörte, aber das Pamphlet vermerkte stolz, daß der Verein landesweit mehr als zweitausend Mitglieder hatte. Es war ein beeindruckendes Dokument, und die Gräfin blieb zwischen neun und zehn Uhr an ihrem Fenster sitzen und fragte sich, was sie nun damit machen sollte. Sie schloß zu Recht, wenn herauskäme, daß sie ein Exemplar besaß, würde sie erklären müssen, wie sie daran gekommen war, aber sie löste dieses Problem kurzerhand dadurch, daß sie das Pamphlet unter ein paar Kleidungsstücken auf dem Boden eines kleinen Koffers in ihrem Schlafzimmer versteckte. Danach wischte sie sich die Hände ab, als bedürften sie der Reinigung, und schlenderte fröhlich, als sei nichts geschehen, ins Hauptbüro, wo sie Schwester Varney fragte, ob sie Dr. Zorn sprechen könne. Als sie in seinem Büro Platz genommen hatte, lächelte sie ihn wie ein unschuldiges Kind an und sagte: »Wir haben uns ja alle schon die ganze Zeit gefragt, was dieser Hasslebrook wohl für einer sein mag, und ich glaube, ich bin auf die Antwort gestoßen. Heute früh beim Abholen meiner Post sehe ich zufällig auf dem Stapel mit den Paketen neben den Briefkästen ein an ihn adressiertes Päckchen liegen. Ich habe bestimmt nicht geschnüffelt; der Name sprang mir ganz zufällig ins Auge. Und da hab' ich mich natürlich gefragt, wer ihm wohl so ein wichtig aussehendes Paket geschickt haben könnte.« Sie machte eine Kunstpause, um ihre Worte wirken zu lassen, dann sagte sie leise: »Ein Verein in Boston. *Life Is Sacred.*

Ich hab' mich natürlich gefragt, warum sie wohl an einem so unbedeutenden Menschen wie Hasslebrook interessiert sind.«

»Wissen Sie zufällig, was für ein Verein das ist?«

»Sie haben bestimmt von ihrem Auftreten bei dem Fall in Montana gehört, wo sie die treibende Kraft waren, die dafür gekämpft hat, daß das arme Mädchen am Leben blieb, als die Eltern sein Leben beenden wollten.«

»Ach, *die* waren das? Die haben damals eine Riesen-Publicity gehabt.«

»Die sind sehr gut im Organisieren von Publicity.«

»Wie kommt es, daß Sie so viel über diesen Verein wissen, Mrs. Elmore?«

»Viele von uns älteren Menschen betrachten sie als unsere Beschützer. Davor, daß wir vor unserer Zeit getötet werden. Vor habgierigen Verwandten, die an unser Geld wollen. Irgend jemand muß sich ja für unsere Rechte einsetzen.«

»Haben Sie Verwandte, die habgierig sind?«

»Mehrere – in Kalifornien. Denen würde ich nicht einmal einen Cent hinterlassen.«

»Nun, dann danke ich Ihnen erst einmal für Ihre interessanten Neuigkeiten.« Er komplimentierte sie zur Tür, obwohl sie keine Anstalten gemacht hatte, zu gehen. Sie mochte Zorn und unterhielt sich gerne mit ihm über allgemeine Fragen, die *The Palms* betrafen; daher sagte sie beim Hinausgehen: »Wenn ich mich irgendwie im Essensausschuß nützlich machen kann, sagen Sie's mir. Mein Mann und ich hatten einen Cordon-bleu-Küchenchef in unserem Haus in Frankreich, und der hat mir einiges beigebracht.«

Als sie fort war, lehnte Andy sich zurück und starrte zur Decke. Wo er auch hinzog, was er auch machte, es schien, daß er immer über kurz oder lang mitten in irgendein medizinisches Problem hineinkatapultiert wurde, dem er liebend gern aus dem Weg gegangen wäre. Und nun hörte es sich ganz so an, als wäre er aufgerufen, die Integrität von Ruhestandseinrichtungen zu verteidigen, denn er hatte keinen Zweifel daran, daß Hasslebrook, wer immer er auch war, nach *The Palms* geschickt worden war, um die Gesundheitsabteilung auszuspionieren. Und er fragte sich, ob er dem Mann seinen Verdacht jetzt sofort auf den Kopf zusagen sollte, damit die Fronten in dem Kampf, der womöglich folgen würde, geklärt waren. Er war fest entschlossen, rasch und hart zu reagieren, doch vorher würde er erst einmal den Rat von Ken Krenek und Nora Varney einholen.

»Nun, ich möchte nicht, daß irgend jemand in Panik gerät oder voreilige Schlüsse zieht, aber die Gräfin erzählte mir, es sähe ganz so aus, als ob unser Clarence Hasslebrook ein Agent der *Life-Is-Sacred*-Bewegung in Boston wäre. Er hat heute mit der Post ein großes Paket erhalten, und sie vermutet, daß es Material von seiner Organisation enthält. Was wissen wir von dieser Gruppe? Wie sollen wir reagieren?«

»Sie sind sehr gut organisiert. Sehr überzeugend«, wußte Krenek zu berichten. »Sie veröffentlichen gute Materialien und erfreuen sich wachsender Verbreitung.«

»Was könnten sie speziell hier in *The Palms* wollen?«

»Sie haben einen Riesenwirbel wegen der Altersheime in Texas gemacht. Und ich muß sagen, einige von ihnen hatten es nicht anders verdient, und *Life Is Sacred* erhielt Lob von allen Seiten, weil sie mit ihrem Engagement der Öffentlichkeit einen guten Dienst erwiesen hätten. Und was einige ihrer anderen Kampagnen betrifft, nun, da hatte ich den Eindruck, daß es ihnen vornehmlich um Publicity für ihre diversen Aktivitäten ging.«

»Worum könnte es ihnen bei uns gehen?«

»Sie sind engagierte – und grimmige – Gegner von allem in der Altenpflege, was irgendwie nach Sterbehilfe riecht.«

Andy warf ein: »Ich hab' mal gelesen, daß sie es meisterhaft verstehen, die Gerichte für ihre Sache einzuspannen.«

»Das kann man wohl sagen«, bestätigte Krenek. »Ich habe ein paar von ihren Fällen in der Presse verfolgt, und ihre Methode ist, dich festzunageln. Dir regelrecht jede Bewegungsfreiheit zu rauben, damit du nach ihren Regeln spielen mußt.«

»Was meinen Sie? Warum ist er hier?«

»Offensichtlich will er uns ausspionieren, aber es könnte sehr gut sein, daß er uns gewählt hat, weil wir zur Taggart-Kette gehören. Betrachten Sie ihn als so etwas wie einen Industriespion.«

Andy überlegte einen Moment, dann sagte er: »Sie könnten recht haben. Also, was wissen wir von dem Kerl? Zählen wir mal alles auf, was wir wissen. Auch vermeintliche Kleinigkeiten. Nora?«

»Die High-School-Kellnerinnen sagen, er ist ein Langweiler. Sitzt bloß da und macht nie den Mund auf.«

»Wie alt ist er?«

»Ich würde sagen, Mitte Sechzig«, sagte Nora.

»Ken, wie ist er hierhergekommen? Wie war das genau?«

»Ich war selbst mit dem Fall befaßt. Eine Anwältin von seiner Kanzlei in Boston hat sich um alles gekümmert. Sagte, sie bräuchte das Zimmer für einen Kollegen, der seine Frau verloren hätte. Die Kinder wären alle verheiratet.«

»Kinder?«

»Ja – sechs, so weit ich mich erinnere. Seine finanziellen Verhältnisse haben wir nicht überprüft, da die Kanzlei alles bezahlt hat und die Frau mir versicherte, er hätte ein bißchen was auf der hohen Kante. Aber ich bin da nicht so sicher. Vielleicht sollten wir mal Chris Mallory fragen. Er ist neulich mit ihm in die Stadt gefahren, um einen neuen Anzug für ihn zu kaufen, und was er über diese Fahrt erzählte, war ziemlich erheiternd.«

»Inwiefern?«

»Hasslebrook muß ein unheimlicher Geizkragen sein. Das Höchste, was er für ein Sportsakko, das er dringend brauchte, ausgeben wollte, war fünfunddreißig Dollar, und das bei *Charley's*, dem Laden im Hispano-Viertel, der auf Ausschußware spezialisiert ist. Steinreich dürfte er also nicht gerade sein.«

»Was sollen wir also tun?« Andy lehnte sich zurück, blickte über die Köpfe seiner beiden Assistenten hinweg und dachte einen Moment lang über diese unerfreuliche Geschichte nach.

Plötzlich rief Krenek: »Ich glaub', ich hab's! Bei diesem berühmten Fall in einem der Staaten im Westen mischte sich ein Vertreter von *Life Is Sacred* in ein Familienproblem ein. Die Eltern wollten nichts anderes, als dem Wunsch ihrer hirntoten Tochter Folge zu leisten, den sie Jahre zuvor einmal geäußert hatte, nämlich, daß man sie auf keinen Fall künstlich am Leben halten solle, falls sie irgendwann einmal nur noch dahinvegetieren würde. Der Bursche schaffte es damals tatsächlich, einen Gerichtsbeschluß zu erwirken, der ihn zum Vormund der jungen Frau machte; und mit diesem Gerichtsbeschluß in der Hand hinderte er die Eltern daran, zu tun, was sie versprochen hatten, nämlich, das Mädchen in Würde sterben zu lassen.« Er legte eine Kunstpause ein, dann sagte er: »Ich bin sicher, der Name des Kerls war Hasslebrook. Wenn er es im Westen gemacht hat, dann kann er es genausogut auch in Florida machen. Einen Gerichtsbeschluß erwirken und uns alle unsere Optionen wegnehmen.«

Nora sagte: »Die Gerichte in Florida werden sich diesen Unsinn nicht gefallen lassen. Es kommen hier zu viele alte Leute hin, die Schutz erwarten.« Aber Krenek wandte ein: »Das Problem ist nur, die alten Leute könnten vielleicht auf den Gedanken kommen, daß Hasslebrook sie beschützt. Auf dem Papier sehen seine Ideen gut aus, aber in der Praxis können sie manch einem die Hölle heiß machen. Ja, jetzt erinnere ich mich wieder. Es gab ein zweistündiges Fernsehspiel über diesen Fall im Westen. Ziemlich grausig aus unserer Sicht.«

Andy kam zu dem Schluß, daß Hasslebrooks Auftauchen doppelt Ärger bringen konnte, für ihn, Zorn, für *The Palms* und vielleicht sogar für Taggart. Was für eine Art von Ärger, blieb noch zu definieren, aber Andy hatte das starke Gefühl, daß es am besten sein würde, wenn diese Definition jetzt sofort stattfand. Er seufzte schwer. »Wenn ich daran denke, daß ich hier runter gekommen bin, um von dieser Art von juristischem Unfug wegzukommen.«

Nach einer kurzen Pause des Schweigens legte er beide Hände auf die Schreibtischplatte, stemmte sich hoch und sagte:

»Ken, gehen Sie ihn holen. Es ist besser, wenn wir sofort wissen, was Sache ist.«

Krenek sprang jedoch nicht sogleich zur Tür. Statt dessen warnte er: »Unterschätzen Sie diesen Mann nicht, Andy. Sie und ich haben nur eine Seite von dem Burschen kennengelernt, eine Seite, die er uns sorgfältig präsentiert hat – den Doofmann. Er ist aber alles andere als das. Glauben Sie mir, Andy, dieser Mann ist gefährlich – für Sie – für mich – für die gesamte Taggart-Kette.«

»Sie haben mich davon überzeugt; deshalb möchte ich ihn jetzt gleich, am Anfang, damit konfrontieren.«

»Nora«, wandte sich Krenek an Schwester Varney, »was meinen Sie?« Doch bevor sie etwas erwidern konnte, sagte Andy leise, aber entschlossen: »In einem Fall wie diesem, wo wir es mit einer echten Gefahr zu tun haben, zählt das, was *ich* sage. Ich trage die Verantwortung, und ich habe immer nach dem Prinzip gelebt, einer Gefahr direkt zu begegnen.« Er lachte und fügte hinzu: »Und Sie sehen ja, wohin mich das gebracht hat. Aus Chicago rausgeflogen, und jetzt vielleicht auch aus Tampa. Aber was soll's? Holen Sie ihn, Ken.«

Als Krenek Hasslebrook in das Büro führte, trat Andy vor, um ihm die Hand zu geben, und sagte: »Meine Oberschwester, Mrs. Varney, kennen Sie ja sicher schon, und Mr. Krenek haben Sie kennengelernt, als Sie sich beworben haben –« Ein wenig verlegen korrigierte er sich: »Nein, Mr. Krenek haben Sie noch nicht kennengelernt, oder? Die Formalitäten wurden von einer Dame aus Ihrer Kanzlei in Boston erledigt. Nun denn, dies ist also Kenneth Krenek, und wenn Sie mich jetzt mit Mr. Hasslebrook allein lassen würden, damit wir zum Thema kommen können ...« Die Entlassung war ein wenig verunglückt, und alle wußten es, aber Ken und Nora gingen trotzdem hinaus.

Jetzt waren sie zum erstenmal miteinander allein: Clarence Hasslebrook, dreiundsechzig Jahre alt, leicht übergewichtig, leicht ungepflegt, und Andy Zorn, fünfunddreißig, schmuck anzuschauen in seinem leichten Florida-Sommeranzug, offensichtlich willens und in der Lage, Ärger möglichst zu vermeiden. Er kam ohne Umschweife zur Sache.

»Eine unserer Bewohnerinnen hat mich davon unterrichtet, daß sie, als sie heute morgen ihre Post abholte, neben ihrem Paket ein großes, an Sie adressiertes Paket sah, und daß sie dabei aus Versehen bemerkte, daß es von einer Organisation kam, die sie gut kannte, *Life Is Sacred.*«

Hasslebrook lehnte sich zurück, lächelte und sagte: »Dann waren Sie es also, der mein Paket an der Ecke aufgeschlitzt und hineingeschaut hat. Ich nehme an, Dr. Zorn, Ihnen ist klar, daß Sie dafür ins Gefängnis gehen können.«

Zorn war verblüfft von dem Tempo und der Kühnheit, mit denen Hasslebrook seine Bereitschaft zeigte, sein Ziel frontal anzugreifen, aber er wich nicht zurück: »Ich kann Ihnen versichern, als Direktor von *The Palms* würde ich dergleichen niemals machen. Fangen wir also nicht damit an, daß wir uns gegenseitig drohen. Als derjenige, der für die Verwaltung dieser Einrichtung verantwortlich ist, habe ich jedoch ein Recht darauf, zu wissen, ob Sie ein Agent von *Life Is Sacred* sind, und wenn ja, warum Sie sich hier als eine Art Spitzel eingeschlichen haben. Und das Wichtigste von allem: Was wollen Sie eigentlich ausspionieren?«

Hasslebrook lächelte, dann wies er darauf hin, daß Zorn »drei monumentale Fragen« auf einmal gestellt habe, von denen jede einzelne als ziemlich neugierig betrachtet werden könne und daß er keineswegs verpflichtet sei, auch nur eine davon zu beantworten.

Zorn brach in Lachen aus und sagte dann: »Man hat mir Sie als Dummkopf hingestellt. Sie würden keine drei Worte hintereinander rauskriegen. Das ist ganz offensichtlich falsch. Tatsächlich sind Sie ganz schön clever.«

»Holy Cross, Boston Law School und nicht besonders clever, aber sehr entschlossen.«

»Helfen Sie mir – entschlossen wozu?«

»Die Arbeitsweise und die internen Abläufe einer Luxus-Privatklinik zu kontrollieren.«

»Ein Ausdruck, den wir nie verwenden.«

»Aber die Öffentlichkeit verwendet ihn und die Gerichte. Und glauben Sie mir, Dr. Zorn, Privatkliniken bedürfen dringend der Kontrolle.« Er hielt einen Moment inne, dann fragte er: »*Doktor* Zorn? Sind Sie verantwortlich für die medizinische Betreuung hier? Sind Sie der Anstaltsarzt?«

Andy lächelte. »Kommen Sie, Mr. Hasslebrook, Sie wissen die Antworten auf Ihre Fragen besser als ich. Ich bin nicht berechtigt, hier in Florida zu praktizieren, und wie Ihnen sicher bekannt ist, verfügen Ruhestandseinrichtungen in diesem Staat selten über festangestellte Ärzte. Wir vertrauen auf die Ärzte aus der benachbarten Gemeinde.«

Die beiden Männer waren in eine Sackgasse geraten: jeder hatte dem anderen klar zu verstehen gegeben, daß er sich nicht einschüchtern lassen würde. Andy brach als erster das Schweigen: »Okay, Mr. Hasslebrook, kommen wir zur Sache. Sie sind, nehme ich an, ein wichtiges Mitglied Ihrer Gruppe?«

»Kein Funktionär. Aber ein, wie Sie sagen, wichtiges Mitglied. Und wir sind entschlossen, Privatkliniken und ähnliche Einrichtungen zu überwachen, um sicherzustellen, daß alte Menschen nicht mißbraucht werden – und in den Tod getrieben werden.«

»Ist das Ihr Job hier?«

»Ja. Hier und in den anderen Einrichtungen in dieser Gemeinde.«

»Ihr Komitee gibt eine Menge Geld unnötigerweise aus, indem es Sie hier unterbringt. Hätte es irgendeine preiswerte Pension nicht auch getan?«

»Meine Organisation weiß sehr wohl, wofür sie welche Mittel einsetzt und wofür nicht. Es geht ihr halt um einen direkten Einblick in das Innenleben einer Luxuseinrichtung wie dieser.«

»Den kann ich Ihnen sofort verschaffen – und Ihnen so eine Menge Geld sparen.«

»Ich will nicht Ihre Version Ihres Verhaltens sehen, ich will unsere Version Ihres Fehlverhaltens sehen.«

»Kann ich Sie denn nicht davon überzeugen, daß es für alle Beteiligten besser ist, wenn Sie Ihr Hauptquartier woanders aufschlagen? Sie hier bei uns zu haben wird peinlich sein – sowohl für Sie als auch für uns.«

»Wenn Sie auch nur die Andeutung machen würden, mich rauszuschmeißen, hätten Sie sofort ein Verfahren am Hals, und ein sehr häßliches dazu, das versichere ich Ihnen. Und Sie würden es verlieren, denn unser Name hat einen magischen Klang. *Life Is Sacred.* Das ist nicht nur wahr, sondern es ist auch etwas, das der Öffenlichkeit zutiefst aus der Seele spricht. Dr. Zorn, ich rate Ihnen gut, messen Sie sich nicht mit mir vor Gericht. Sie würden den kürzeren ziehen, das versichere ich Ihnen.«

Andy hatte Drohungen wie diese schon früher gehört, und beide Male hatte der Anwalt, der sie ausgestoßen hatte, recht behalten: Er, Andy, hatte den kürzeren gezogen. Er fühlte sich umzingelt, aber da er nicht zum erstenmal in dieser Situation war, geriet er nicht in Panik. Statt dessen fragte er: »Wie soll unsere Beziehung also aussehen?« Und Hasslebrook antwortete: »Freundlich. Ich habe meine Arbeit zu tun – nämlich Sie überwachen. Sie haben Ihre Arbeit zu tun, den Ruf Ihrer Einrichtung zu schützen. Wenn Ihre Leute nicht in ungesetzliche Praktiken verwickelt sind, werden Sie keine Probleme mit mir haben, aber wenn sie es sind, werden Sie echte Probleme bekommen.« Er streckte die Hand aus, als wolle er signalisieren, daß er den Kampf offen und ehrlich führen wolle, aber die Geste war fruchtlos, weil Andy in einer Aufwallung von Wut die dargebotene Hand unklugerweise ausschlug. Hasslebrook zog, wie als wolle er beweisen, daß er in solchen Dingen geschickter war als Andy, die Hand lächelnd zurück und sagte freundlich im Gehen: »Ich glaube Ihnen, Dr. Zorn. Ich bin überzeugt, daß Sie nicht in meiner Post herumgeschnüffelt haben. Aber jemand aus Ihrer Einrichtung hat es getan, und das ist kein ermutigender Beginn für unsere Beziehung.«

IM SEPTEMBER, als die Zeit der World Series nahte, erhielt die männliche Bewohnerschaft von *The Palms* eine aufregende Nachricht, die allen Freude machte. Auf Long Island nahe bei New York City verdiente sich eine Gruppe von Baketballfans ihren Lebensunterhalt mit dem Handel mit kleinen Spielkarten, auf denen die berühmten Cracks bis zurück zum Beginn des zwanzigsten Jahrhunderts abgebildet waren. Diese Karten, zum Beispiel das äußerst seltene Exemplar mit dem Bild von Honus Wagner, dem Spieler von Pittsburgh, der als der größte dritte Baseman aller Zeiten gilt, erzielten sagenhafte Preise, bis in den Hunderttausend-Dollar-Bereich hinein, aber auch spätere Stars wie Mickey Mantle brachten hohe Preise – immerhin noch um die vierzigtausend Dollar herum. Baseballkarten waren ein großes Geschäft. In diesem Jahr hatten die Händler im Long Island District ein Festival organisiert, das sie als »die Mutter aller Karten-Cons« anpriesen, eine dreitägige Veranstaltung, auf der zeitlose Heroen wie Stan Musial, Whitey Ford und Mickey Mantle erscheinen würden, um sich mit ihren Autogrammen auf Basebällen zu verewigen, oft für sieben oder acht Dollar pro Autogramm. Eine Menge Geld wechselte bei diesen Veranstaltungen den Besitzer, und dieses Festival versprach die absolute Galaveranstaltung der letzten fünf Jahre zu werden.

Einer der Händler, die das Festival organisierten, hatte die exzellente Idee, den einzigen noch lebenden Spieler jenes legendären Matches aus der World Series des Jahres 1929, bei dem die Philadelphia Athletics zehn Runs in einem einzigen unglaublichen Inning geschafft hatten, einzuladen. »Er heißt Buzz Bixby«, sagte der clevere Manager dem Komitee, »und wie ich hörte, lebt er irgendwo unten in Florida, ist immer noch auf Zack und erzählt immer wieder gern von jener historischen Begegnung.« Seine Kollegen, die noch gar nicht geboren waren, als Bixby Baseballstar gewesen war, waren von der Idee begeistert, da sie zu Recht der Meinung waren, daß sie mit Bixby ihre Veranstaltung enorm aufwerten konnten. »Ihn einzufliegen würde uns gar nicht viel kosten«, sagte der Händler, der den Vorschlag gemacht hatte. »Wir könnten ihn im Hotel meines Bruders unterbringen, das würde uns nicht einen Cent kosten, und wir bekämen jede Menge Publicity auf den Sportseiten der New Yorker Zeitungen, und vielleicht würde sogar das Fernsehen was darüber bringen.«

Die Organisatoren stellten Nachforschungen in Florida an und erfuhren, daß Buzz in *The Palms* lebte. Sie beauftragten einen Händler in Florida, Kontakt aufzunehmen und Buzz zu dem Festival auf Long Island einzuladen. Als der Händler *The Palms* besuchte, um die Einladung zu überbringen, sprach er auch mit Zorn und schickte seinen Kollegen gleich im Anschluß an das Gespräch folgendes Fax:

> Buzz Bixby ist bei guter Gesundheit und hat noch alle fünf Sinne beisammen. Kommt gerne nach Long Island, um von dem Spiel zu erzählen. Aber in seinem Alter wollen sie ihn nicht gern alleine fliegen lassen, was einleuchtend ist. Sie müssen also zwei Flüge nach La Guardia buchen. Wenn das klappt, ist die Sache abgemacht.

Die Organisatoren hatten bereits breite Publicity allein aufgrund des Gerüchtes erhalten, Buzz Bixby werde *möglicherweise* teilnehmen. Da sie erkannten, daß ihr großer Coup womöglich ein Flop werden würde, wenn sein Besuch an einem Flugticket von Florida nach New York scheitern würde, wiesen sie ihren Kontaktmann in Florida unverzüglich an, die beiden Flugtickets zu kaufen.

Die Frage, die sich jetzt stellte, war, wer Buzz nach Long Island begleiten sollte. Sowohl Ken Krenek als auch Bedford Yancey führten ins Feld, daß sie von jeher Baseballfans gewesen seien und daß es ihnen ein Vergnügen sein würde, die erforderlichen fünf Tage in der Gegend von New York zu verbringen; es erwies sich als schwierig, eine Entscheidung für einen von beiden zu treffen. Es war schließlich Dr. Zorn, der diese Pattsituation löste, indem er sagte, daß Buzz nicht von jemandem begleitet werden sollte, der ihm lediglich den Koffer tragen würde, sondern von jemandem, der über medizinische Kenntnisse verfügte. Krenek und Yancey beugten sich der Autorität und stimmten Andys Vorschlag zu, daß er den alten Mann begleiten solle, um sicherzustellen, daß er sich auf der Reise nicht überanstrengte.

Unterdessen packte Bixby seinen Koffer, ging noch einmal seine einstudierte Rede durch und fieberte seiner Reise entgegen, die ihn wieder in Kontakt mit den Fans und mit vielen der großen Spieler bringen würde, die seit seiner Zeit in diesem Sport Berühmtheit erlangt hatten. Andy sah, daß das einzige, was Buzz möglicherweise Probleme bereiten würde, sein begeisterter Wunsch war, zuviel des Guten zu tun, eine Befürchtung, die sich in den Tagen vor der Abreise als wohlbegründet erwies, als nämlich eine Organisation nach der anderen, sobald sie erfuhr, daß Bixby an dem Festival teilnehmen würde, ihn für irgendeinen Auftritt gewinnen wollte oder für ein Interview oder für einen Kurztrip nach New York City, um bei irgendeiner der morgendlichen Talkshows aufzutreten. Buzz wollte es allen recht machen, und erreichte ihn ein Telefonanruf ausnahmsweise direkt, statt über Dr. Zorns Büro, versprach er fröhlich: »Klar bin ich dabei!« Es war klar, daß das Ganze ein ziemlich hektisches Unternehmen werden würde.

An einem Donnerstagmorgen fuhren vier Baseballenthusiasten von *The Palms* Bixby und seinen »Aufpasser« zum Flughafen von Tampa, wo Buzz tatsächlich im Laufschritt die diversen Rampen hinaufstürmte, um den Zug zu erreichen, der die Passagiere zu den Maschinen brachte. Nachdem sie es sich in den Sitzen für den langen Flug nach New York bequem gemacht hatten, gingen Buzz und Andy den vorgeschlagenen Terminplan für Long Island durch. Dabei stellte Andy zu seiner Überraschung fest, daß es zwei Terminpläne gab, einen, den er nach reiflicher Überlegung und nach Absprache mit den Organisatoren des Cons gebilligt hatte – und einen, den Buzz sich bei seinen informellen Telefongesprächen mit jedem, der ihn zufällig am Apparat erwischt hatte, gleichsam hatte aufdrängen lassen. Da zwischen beiden

Plänen wenig Ähnlichkeit bestand, war klar, daß Anpassungen vorgenommen werden mußten, in der Form, daß den wichtigsten Terminen Priorität eingeräumt wurde. Buzz wischte derartige Diskussionen jedoch mit der grandiosen Ankündigung beiseite: »Wir nehmen sie alle wahr!«

Nachdem sie ihr Gepäck im Motel deponiert hatten, begaben sie sich zu der riesigen Ausstellungshalle, die größer als ein Footballfeld war. Etwa achtzig Kartenhändler hatten dort ihre Stände aufgebaut. Die Halle war so vollgepropft, daß Andy kaum vom einen Ende zum anderen sehen konnte: fast alles, was irgendwie mit Baseball in Verbindung gebracht werden konnte, war hier zu bekommen.

Die Glanzlichter des Angebots setzten freilich die Stände, deren Besitzer Baseballkarten zum Kauf oder zum Tausch anboten. Es gab davon bestimmt vier Dutzend, und wann immer Andy und Bixby an einem vorbeikamen, kamen die Besitzer sofort neugierig hinter ihrer Verkaufstheke hervor, da der alte Mann, der da vorbeiging, nur der unsterbliche Buzz Bixby sein konnte. Sie wollten seine Zusage, daß er später einige der Sonderkarten mit seinem Bild aus der legendären Begegnung von 1929 signieren würde, die sie eigens für diese Veranstaltung hatten drucken lassen. Er gab sie jedem.

Die Organisatoren hatten ein kleines Abendessen zu Ehren Bixbys am Abend vor der Eröffnung arrangiert, und Bixby präsentierte sich zu diesem Ereignis einmal mehr in Glanzform. Er hatte mit den Jahren Geschmack an deutschem Bier gefunden, aber mit dem Guinness, das es an diesem Abend gab, war er auch zufrieden. Doch mit der Selbstdisziplin, mit der er sich als Aktiver so lange in der höchsten Spielklasse hatte halten können, beschränkte er sich auf eine Flasche pro Abend. Er wollte das Bier nicht im Glas serviert bekommen, weil dann die Portion in der Regel kleiner war, und er trank es in kleinen, genießerischen Schlucken. Er gab, dachte Andy, während dieser erste Abend voranschritt und Bixby Anekdoten aus den verschiedenen Partien der zwanziger und dreißiger Jahre zum besten gab, ein so prächtiges Beispiel für einen berühmten ehemaligen Profisportler ab, wie man es sich nur wünschen konnte. Zorn wurde bewußt, daß er diesen alten Mann jetzt weit mehr schätzte als damals, als er ihn zum erstenmal das historische Match von 1929 in Philadelphia hatte schildern hören.

Andy mußte jedoch zugeben, daß es sehr anstrengend war, drei Tage hintereinander dazusitzen und Buzz zweimal am Tag, nachmittags und abends, bei seiner Rede zuzuhören. Es begann jedesmal auf die gleiche Weise: Zuerst kam ein Trommelwirbel, und dann sprach Buzz, in einem bequemen Sessel sitzend, das Glas Wasser griffbereit vor sich auf dem Tisch, mit warmer, sonorer Stimme seinen altvertrauten Eröffnungssatz: »Ein paar Leute, von denen man annehmen sollte, daß sie wissen, wovon sie reden, glauben, daß es das größte Spiel in der Geschichte des Baseballsports war, aber ich habe schon bessere im Fernsehen gesehen. Bobby Thomsons One-Out-Homer gegen Ralph Branca ...«

Andy fand, daß Bixbys Rede mit jedem der sechs Male, an denen er sie hielt, besser wurde, aber wahrscheinlich bildete er sich das bloß ein, denn sowohl die Worte als auch der Vortragsstil waren stets identisch. Diese Veranstaltungen waren die größten Ereignisse in Buzz' Leben, und er genoß sie entsprechend. Was Andy freilich am meisten überraschte, war, daß Bixby nach seinen anstrengenden Vorträgen immer noch genügend Energie hatte, um sich unter die Händler zu mischen und so ziemlich alles mit seinem Autogramm zu zieren, was sie ihm vorlegten. »Buzz Bixby, 12. Oktober 1929.«

Bixby mit seiner enormen Popularität als der älteste World-Series-Spieler, der jemals bei einer solchen Veranstaltung erschienen war – »neunzig Jahre und immer noch fit wie ein Turnschuh«, sagte der Moderator jedesmal, wenn er Bixbys Rede ankündigte –, sah sich jedesmal, wenn er zu seiner verabredeten Autogrammstunde am Stand eines Händlers erschien, einer langen Warteschlange gegenüber, und bei sieben Dollar pro Autogramm plus ein bißchen Smalltalk mit jedem der Autogrammjäger würde er im Verlaufe des Festivals weit mehr verdienen als in dem ganzen Jahr, in dem er in der World Series gespielt hatte.

Andy war verblüfft, wieviel Geld bei einem solchen Ereignis zu verdienen war, und einer der Organisatoren klärte ihn auf: »Diese berühmten alten Spieler verdienen jedes Jahr viel mehr Geld bei uns als zu ihrer aktiven Zeit, als die Spielergehälter noch recht bescheiden waren.«

»Finden solche Veranstaltungen auch noch in anderen Städten statt?«

»Ständig. Überall, wo es sich lohnt und genügend Besucher kommen. Und bei den meisten findet ein sogenanntes Oldie-Match mit Größen von einst statt. Da sehen Sie die Stars von früher wieder live in Aktion, aber sie lassen es natürlich eher gemächlich angehen. Keiner ist scharf darauf, sich eine Sehnenzerrung vom zu schnellen Laufen zu holen, und seine Brille will sich auch keiner von einem Ball zerdeppern lassen.«

Es war dies ein Phänomen, das es so in keiner anderen Sportart gab. Einer der Organisatoren erklärte es: »Kein Footballspieler könnte bei den Fans je einen solchen Kultstatus erlangen wie ein Baseballspieler. Ein Baseballspieler macht hundertdreiundsechzig Spiele im Jahr, und das oft jahrzehntelang – und, das Wichtigste, im Normalfall seine ganze Karriere lang für ein- und dasselbe Team. Die Fans seines Teams lieben und verehren ihn heiß und innig; er wird für sie zu einer echten Identifikationsfigur. Nehmen Sie im Vergleich dazu den Footballspieler. Es fängt schon damit an, daß sie so dick eingepackt sind, daß die Fans sie eigentlich nie richtig sehen. Sie identifizieren sich nicht mit ihm, und lieben tun sie ihn schon gar nicht. Außerdem wechseln Footballspieler im Laufe ihrer Karriere so oft das Team, daß so etwas wie Verbundenheit sich erst gar nicht entwickeln kann.«

»Was ist denn da drüben los?« fragte Andy. Eine Menschenmenge umringte einen Spieler.

»Das ist ein echtes Baseballphänomen, Pete Rose. Sehr stürmische Karriere, wurde lebenslänglich gesperrt, weil er auf Spiele seines eigenen Teams gewettet hat, aber trotz alledem ein großer Baseball-Held. Die Fans lieben ihn, und Pete ist mit zwei LKW-Ladungen Zeug angereist. Er verkauft alles. Das Trikot, das er trug, als er Ty Cobbs Rekord brach, seinen legendären Schläger – alles. Er verkauft sie überall. Sie und alles andere, das Sie irgendwie interessieren könnte. Er verdient bei diesen Cons ein Vermögen.«

Später war Andy erstaunt, als Buzz, nachdem er mit seiner Rede fertig war und seine Autogrammstunde beendet war, unbedingt Pete Rose einen Besuch abstatten wollte. Als die beiden zusammen für die Fotografen posierten, führte Buzz pantomimisch eine der denkwürdigen Szenen aus einem berühmten Spiel der World Series vor. »Spiel sechs der World Series«, instruierte er den Kameramann, »Dienstag, 21. Oktober 1971, Kansas City ist mit Schlagen dran, im neunten, Bases voll. Kritische Situation. Frank White, der Batter von Kansas City, schlägt einen hohen, scheinbar leichten, ganz gemeinen Ball, den Boone, der Fänger von Philadelphia, eigentlich mühelos kriegen müßte, aber der Ball springt ihm aus der Tatze, und White kriegt noch eine weitere Chance, das Spiel zu gewinnen.

Aber halt! Pete Rose weit hinten am ersten Base ahnt, daß sein Fänger Probleme mit dem Ball kriegen könnte. Was macht er also? Galoppiert volle Pulle dahin, wo seiner Berechnung nach der Fänger enden wird, und siehe da, als der Fänger sich den Ball wieder aus dem Handschuh springen läßt, steht Pete schon bereit und holt ihn sich!« Und zu Andys großem Erstaunen sprang der neunzigjährige Buzz Bixby mit einem Satz vorwärts, fiel auf die Knie und tat so, als fange er mit ausgestreckten Händen den Ball auf, ein paar Zoll über dem Boden der Halle, so wie Pete Rose es ein knappes Vierteljahrhundert zuvor getan hatte. »Ich bewundere und verehre Pete für diese famose Leistung, die ihn als echten Champion ausweist.«

Am späten Sonntagabend, zum Abschluß des dreitägigen Festivals, gaben die Veranstalter ein kleines Abendessen, um Bixby ihren Dank für seine Teilnahme an ihrem Festival auszudrücken. Er verzehrte ein kleines Steak, nicht durchgebraten, und ein großes Stück Pecan Pie; dazu trank er eine Flasche deutsches Starkbier. Die Lobesreden, welche die Veranstalter anläßlich dieses Essens auf ihn hielten, beantwortete er mit einer eigenen Rede. »Und so sehen wir, daß wir Spielzeuge des Schicksals sind. Der Zufall entscheidet über so vieles in unserem Leben, wie mein Beispiel beweist. Ich besitze Fotos von meinen zwei Hits in dem wilden Inning. Sie zeigen, wie Hornsby meinen Aufsetzer um weniger als einen Zoll verfehlt und meinen Texas Leaguer ebenso knapp. Anderthalb Zoll zu seinen Gunsten, und ich bin der Dumme. Anderthalb Zoll zu meinen Gunsten, und ich lande in der Hall of Fame. Hopp oder topp, es ist alles bloß eine Frage des Glücks.«

Um Mitternacht, als sie mit dem Taxi zurück zum Motel fuhren, lehnte sich Buzz zu Dr. Zorn herüber, tätschelte ihm die Hand und sagte: »Ich bin so froh, daß Sie mir erlaubt haben, hierherzukommen. Und vielen Dank, daß Sie mich begleitet haben. Ich hätte das nie alleine durchgestanden.« Er drückte Andys Hand und sagte mit kindlicher Freude: »Sie haben sich an mich erinnert. Sie haben Schlange für mein Autogramm gestanden, als hätten sie gewußt, wer ich war. Und wenn ich daran denke, wieviel Geld ich mit diesem Spaß verdient habe!« Und er ging glücklich auf sein Zimmer.

Andy war gerade eingeschlafen, als er ein Klopfen an seiner Tür hörte. Es war Buzz. Er hatte nicht einschlafen können, weil er, wie er sagte, ein schlechtes Gewissen gehabt hätte. Zuerst hätte er sich vorgenommen, bis zum Morgen zu warten und die Sache erst dann mit Dr. Zorn zu klären, aber je mehr er sich den Kopf zerbrochen hätte über den Eindruck, den er gemacht haben könnte, desto klarer wäre ihm geworden, daß er die Sache jetzt gleich, noch vor dem Schlafengehen, klären müsse. Deshalb hätte er bei ihm angeklopft.

Andy kletterte wieder ins Bett und forderte Buzz auf, sich auf den Stuhl neben dem Bett zu setzen. Dann hörte er zu, wie der alte Baseballcrack sich seinen Kummer von der Seele redete: »Ich möchte nicht, daß Sie mich mißverstehen – ich meine, wie ich Pete Rose behandelt habe. Ich liebe diesen Mann. Er verkörperte auf dem Feld immer genau den Typ von Spieler, den ich bewundere. Kampf bis zum Letzten. Niemals, unter keinen Umständen, aufstecken.«

»Warum sagen Sie das? Sie haben ihn doch prima behandelt, als Sie ihn gesehen haben.«

»Ich rede von einem anderen Anlaß. Als Pete in die Hall of Fame gewählt werden sollte, wo die besten Spieler aller Zeiten versammelt sind, schrieben sie Briefe an Leute wie mich, die bereits drin waren. Sie wollten wissen, ob ich es richtig fände, daß Pete in die Ruhmeshalle käme, ein Spieler, der gegen die Statuten verstoßen hätte.« Er hielt inne, offensichtlich von Schmerz erfüllt bei der Erinnerung an diese schwierige Entscheidung, und Zorn wartete, bis er fortfuhr: »Ich habe damals lange mit mir gerungen – und schließlich gegen seine Aufnahme gestimmt. Ja, ich habe gegen denselben Mann gestimmt, mit dem ich mich vor ein paar Stunden Arm in Arm habe fotografieren lassen.«

Als Andy ihn fragte, warum, erklärte Buzz: »Vielleicht verstehen Sie nichts von Baseball, Dr. Zorn, aber daß ein Manager auf Spiele seines eigenen Teams wettet, das geht einfach nicht.«

»Aber er hat doch, so weit ich weiß, niemals gegen sein eigenes Team gewettet – Pittsburgh, glaube ich, nicht?«

»Cincinnati. Sehen Sie, ein Manager kann alle Facetten des Spiels bestimmen. Besonders die Reihenfolge der Pitcher. Er weiß, wer am nächsten Tag pitcht, und am Tag danach und so weiter. Heute ein guter Pitcher, der schon zwanzig Spiele gewonnen hat, morgen, gegen ein schwaches Team, ein schwacher Pitcher. Er muß die Spieler, also die, die wetten, meine ich, wissen lassen, wann er wettet und wann nicht, und dann kann sich das rumsprechen. ›Rose wettet am Freitag nicht‹, oder ›Pete wettet einen dicken Batzen darauf, daß er Donnerstag gewinnt.‹ Das bringt das ganze System durcheinander.« Er saß eine Weile schweigend da, dann sagte er mit einem tiefen Seufzen: »Der arme Pete. Ich bin sicher, daß er nie gegen sein eigenes Team gewettet hat. Aber er hatte sich in eine ganz dumme Situation hineinmanövriert, aus der er nicht mehr herauskam. Deshalb mußte ich gegen ihn stimmen.«

»Das muß Ihnen sehr schwergefallen sein.«

»Ist es auch, und wie. Ich war in einer ganz schönen Zwickmühle. Peter Rose ist nämlich in meinem persönlichen Idealteam. Ich liebe diesen Burschen, aber mein Team, das ist meine ganz persönliche Sache. Als ich mich entscheiden mußte, ob ich ihn in das Hall-of-Fame-Team des Baseballs aufnehmen sollte, das für das Spiel selbst steht, da konnte ich das einfach nicht. Ich persönlich kann Pete Rose verkraften. Aber das Spiel könnte es nicht.« Und als er diesmal aufstand und hinausging, kam er nicht mehr zurück.

Als Zorn ihn den Flur hinuntergehen hörte, dachte er: Wie merkwürdig! Niemand in diesem Leben drückt sich vor einer Auseinandersetzung mit moralischen Problemen. Die Hälfte aller Diskussionen der Tertulia dreht sich um profunde Probleme von Recht und Unrecht. Wer hätte gedacht, daß der stille Buzz Bixby, der sich für nichts anderes als Baseball interessiert, sich mit einem Problem herumschlägt, das eines Immanuel Kant würdig ist? Dies ließ ihn an sein eigenes moralisches Dilemma denken, und es dauerte eine ganze Weile, bis er Schlaf fand.

Als am Montagmorgen der Zeitpunkt kam, wo sie zum Flughafen aufbrechen mußten, erschien Buzz zu Andys Überraschung nicht zum verabredeten Treffpunkt. Da Buzz auch nicht ans Telefon ging, als er ihn in seinem Zimmer anrief, nahm er an, daß der alte Mann bereits unterwegs war und jeden Moment auftauchen würde. Als Buzz jedoch nach einer Weile immer noch nicht erschienen war, bekam Andy böse Vorahnungen und ließ Buzz' Zimmer öffnen. Buzz war friedlich im Schlaf gestorben, nicht betrunken von deutschem Bier, sondern berauscht von der Zuneigung, die ihm die Baseballfans auf Long Island entgegengebracht hatten – von denen nicht ein einziger ihn je hatte spielen sehen.

Als Zorn am nächsten Morgen auf dem Rückflug nach *The Palms* die *New York Times* aufschlug und zu der Seite kam, auf der die prominenten Verstorbenen gewürdigt wurden, fand er eine

Antwort auf die Frage, welche die Männer der Tertulia sich vor einiger Zeit gestellt hatten, nämlich, wer von allen Bewohnern von *The Palms* bei seinem Ableben das größte Echo in der Presse finden würde.

Er hatte die Antwort schwarz auf weiß vor sich: zwei Spalten über den im Alter von neunzig Jahren verstorbenen Buzz Bixby, den berühmten Baseballspieler der 1929 Athletics, der in der World Series desselben Jahres in jenem legendären siebten Inning durch seine famosen Leistungen das Spiel noch herumgerissen und die Athletics auf die Siegerstraße gebracht hatte.

NOCH MEHRERE WOCHEN nach ihrem Erlebnis mit dem Tod des Basketballstars Jaqmeel Reed vermieden Dr. Zorn und Schwester Varney jeglichen Kommentar zu jener Tragödie oder zur AIDS-Problematik überhaupt: zu frisch, zu schmerzhaft war noch die Erinnerung. Aber es gab noch ein Abschreckungsmittel, und vielleicht war es sogar das potentere: als medizinische Fachleute, die sie waren, waren sich sowohl der Arzt als auch die Krankenschwester darüber im klaren, daß sie sich irgendwie in dem Kampf gegen die rasche Verbreitung der Krankheit engagieren mußten, und sie schämten sich, lediglich Zuschauer zu sein, während den Kampf andere führten, wie die Angelottis mit ihrem Hospiz und Dr. Leitonen mit seinem persönlichen aufopferungsvollen Einsatz für die Todgeweihten.

Und eines Tages schließlich ließ sich Nora, als sie Dr. Zorn ihren routinemäßigen Bericht über die Gesundheitsabteilung gab, plötzlich auf ihren Stuhl plumpsen und sagte mit kummervoller Stimme: »Ich fühle mich schuldig.«

»Weswegen?«

»Weil ich Jaqmeel in seiner letzten Stunde allein gelassen habe.«

»Nora! Er war nicht allein! Ich war da, um ihm Trost zuzusprechen, und Dr. Leitonen. Und natürlich – und ganz besonders – Pablo.«

Die farbige Oberschwester erschauerte, senkte den Kopf und sagte ganz leise: »Das ist es ja, was ich meine. Als Sie und die anderen beiden nicht dabei waren, hat Jaqmeel zu mir gesagt: ›Du mußt bei mir bleiben. Ich möchte nicht allein sterben, umringt von Weißen mit Gummihandschuhen.‹« Sie hielt inne, dann sagte sie voller Bitterkeit: »So sterben sie alle. Ohne Menschlichkeit.« Wieder erschauerte sie. Nachdem sie mit Mühe ihre Fassung wiedergefunden hatte, sagte sie: »Wir kehren ihnen den Rücken zu. Und gerade ich, wo ich am meisten gebraucht wurde.«

»Nora! Dr. Leitonen ist auch geflüchtet. Er konnte nicht riskieren, zusammen mit Pablo gesehen zu werden. Als staatlich geprüfte Krankenschwester haben Sie richtig gehandelt – klug gehandelt.«

»Aber ich war nicht bloß Krankenschwester – ich war seine Tante, seine Familie.«

Zorn erhob sich hinter seinem Schreibtisch und begann im Zimmer auf und ab zu schreiten; er versuchte, seine Gedanken zu ordnen, seine Gedanken zu dieser schrecklichen Seuche, welche die Medizin so überwältigt und erschüttert hatte. Wie viele andere Ärzte im ganzen Land fühlte er sich total hilflos und verunsichert.

»Lassen Sie mich Ihnen eines sagen, Nora: Sie sind die fähigste Krankenschwester, die wir in *The Palms* haben. Sie sind den anderen Schwestern und Pflegern weit voraus – und auch mir sind Sie ein gutes Stück voraus. Sie sind die Trostspenderin, der feste Halt, die starke Persönlichkeit, an die wir uns wenden, wann immer wir nicht weiter wissen.« Er blieb neben ihrem Stuhl stehen und legte eine Hand auf ihre Schulter. »So sehen wir Sie, Nora, also setzen Sie sich nicht selbst herab.«

»Ja, ich weiß, ich kann jedem Trost spenden – außer meinem sterbenden Neffen. Das war einfach zu schwer zu ertragen für mich. Also ließ ich ihn im Stich. Und weiße Männer mit Gummihandschuhen beendeten sein Leben für ihn.« Sie brach in herzzerreißendes Schluchzen aus. »Er war die Hoffnung, der ganze Stolz unserer Familie, und ich habe ihn in seiner schwersten Stunde im Stich gelassen!«

»Seine Eltern auch«, sagte Zorn. »Und seine Trainer auch.«

»Aber sie wußten es nicht besser«, schluchzte Nora. »Ich bin Krankenschwester. Es ist mein Job.«

»Aber ist es denn Ihre Aufgabe allein? Abgesehen von Leuten wie Leitonen und Pablo, wie viele von uns waren denn bisher überhaupt bereit, sich mit dieser schrecklichen Geißel auseinanderzusetzen? Ich bin genauso hilflos und überfragt wie Sie, Nora. Ich bin Doktor der Medizin, und AIDS ist eine medizinische Krise. Ich sollte ganz vorne stehen im Kampf gegen diese Seuche, an der Front, aber ich habe aufgehört zu praktizieren, wegen der schlimmen Dinge, die man mir angetan hat, und jetzt stehe ich abseits des Schlachtfeldes, und das macht mir schwer zu schaffen.«

Sie erinnerte ihn daran, daß er frischen Wind nach *The Palms* gebracht und mit seiner Tatkraft und seinem Elan dafür gesorgt hatte, daß sich fast für jeden dort die Dinge zum Besseren gewandt hatten. »Sie brauchen sich wahrlich bei niemandem zu entschuldigen, Dr. Zorn.«

»Aber als Sie mich damals zu Jaqmeel mitgenommen haben, in dieses Rattenloch, da haben Sie mich ins Zentrum der Hölle mitgenommen – denn nichts anderes ist dieses AIDS –, und seitdem fühle ich ein tiefes Unbehagen in mir. Ich habe das Gefühl, als hätte ich meinen Beruf verraten, als hätte ich die Ideale verloren, die ich als Junge hatte.

Aber ich will nicht, daß Sie sich grämen und sich Vorwürfe machen, Nora. Zu viele Menschen sind auf Sie angewiesen.«

Nora erhob sich. An der Tür hielt sie inne, blickte zurück zu Dr. Zorn, der wieder hinter seinem Schreibtisch Platz genommen hatte, und sagte: »Trotzdem, Andy; wir können einander noch so viel Tröstliches sagen – die Tatsache, daß ich Reißaus genommen habe, als Jaqmeel im Sterben lag, wird dadurch nicht ungeschehen gemacht. Das Echo der Schritte, mit denen ich die dunkle Treppe hinuntergeflüchtet bin, wird mir immer in den Ohren klingen.«

Sie sprachen danach nicht mehr über AIDS – bis Andy eines Morgens plötzlich zu Nora sagte: »Ich habe über diese nette Frau mit dem italienischen Namen nachgedacht, die das Hospiz leitet«, und Nora sagte: »Mrs. Angelotti – ja, ich habe auch über sie nachgedacht, und über das Hospiz und Dr. Leitonen.«

»Ich meine, wir sollten uns mal erkundigen, wie es bei den Angelottis aussieht.« Nora pflichtete ihm bei, und sie fuhren gemeinsam zu dem Haus, in dem ihr Neffe gestorben war.

»Was führt Sie hierher?« fragten die Angelottis. »Sagen Sie bloß nicht, Sie haben schon wieder einen Patienten für uns.« Nora antwortete als erste: »Ich wollte Ihnen noch einmal für alles danken. Sie haben meinem Neffen das Sterben erträglich gemacht.« Dann schaute sie auf Zorn und sagte: »Warum er mitkommen wollte, weiß ich nicht.« Und Andy sagte mit offensichtlicher Verlegenheit, als er einen Umschlag aus der Tasche zog und ihn Mr. Angelotti überreichte: »Ich wollte Ihnen helfen, dieses Hospiz weiterzuführen. Es wird dringend gebraucht.« Und an Mrs. Angelotti gewandt sagte er: »Und ich wollte Ihnen sagen, daß wenn Sie irgendwelche jungen Männer mit ›gewöhnlichen‹ Krankheiten haben, die medizinische Betreuung brauchen – nicht im Stadium kurz vor dem Tod, da kann ich nicht helfen – aber –« Ihm wurde in diesem Moment selbst bewußt, wie schrecklich die Unterscheidung war, die er machte, aber er wußte auch nicht, wie er es anders hätte formulieren sollen. Hastig fügte er hinzu: »Sie wissen, was ich meine. Ein junger Mann, der an, sagen wir –« Wieder brachte er den Satz nicht zu Ende, und Mrs. Angelotti half ihm: »Ja, ich weiß, was Sie meinen. Die Männer im Gemeinschaftsraum, die, die noch ein paar Monate zu leben haben. Auch sie brauchen Hilfe. Wenn man die Nierenkrankheit, die sie normalerweise im Endstadium bekommen, stoppen kann, haben sie die Chance, sechs Monate länger zu leben.«

»Ich nehme an, Sie wissen, daß ich nicht befugt bin, hier als Arzt zu praktizieren.«

»Wer von uns ist das schon? Deswegen ist Leitonen in unseren Augen ja auch so ein Engel. Er hat die amtliche Befugnis und setzt sie jeden Tag aufs Spiel.«

»Aber ich könnte Ihnen Ratschläge geben«, sagte Andy. »Wenn Sie eine Frage haben, könnte ich Ihnen helfen, eine Antwort zu finden.«

»Und wie könnten wir mit Ihnen Kontakt aufnehmen?«

Er dachte eine Weile über diese kritische Frage nach. In *The Palms* durften sie auf keinen Fall anrufen, denn das konnte die Lizenz der Ruhestandseinrichtung gefährden. Nora kam ihm zu Hilfe. »Sie könnten mich anrufen, Mrs. Angelotti.« Dagegen protestierte wiederum Zorn: »Nein, das geht nicht; sie würden erfahren, daß Sie in *The Palms* beschäftigt sind, und das wäre zu gefährlich –«

»Ich bin mir dieser Gefahr bewußt«, sagte Nora. »Sie können mich bei mir zu Hause anrufen.« Sie gab den Angelottis ihre Privatnummer. »Und wenn Sie spezielle Krankenpflege benötigen, wählen Sie dieselbe Nummer.«

Mrs. Angelotti wandte sich zu Dr. Zorn und fragte: »Das heißt also, wenn ich junge Männer mit medizinischen Problemen habe, die mit der Grunderkrankung zusammenhängen, kann ich Sie über Schwester Nora anrufen, und Sie werden kommen und ihnen helfen.«

Sorgfältig die Folgen abwägend, auf die er sich einließ, wenn er sich bereit erklärte, diesen Dienst zu leisten, sagte er: »Ja, dann werde ich kommen und helfen.« Und mit dieser Entscheidung fand er sich unversehens in den Arztberuf zurückversetzt – und das in einer der schwersten Krisen, welche dieser Beruf durchmachte.

EINES MORGENS biß Laura Oliphant vom Erdgeschoß beim Frühstück so unglücklich auf eine Brotkruste, daß sich an ihrem Gebiß eine Porzellankrone auf einer Brücke lockerte. Beim nächsten Biß löste sich die Krone ganz und fiel in ihren Mund.

Sie ärgerte sich zwar darüber, war aber in keiner Weise besorgt, denn bei einem Gebiß mußte man immer mit solchen kleinen Mißgeschicken rechnen. Ein kurzer Zahnarztbesuch, und das Problem würde schnell wieder gelöst sein. Das Ganze würde nicht länger als eine Viertelstunde dauern, gerade so lange, wie der Klebstoff brauchte, um auszuhärten.

Aber ihr Gebiß war in solch gutem Zustand, daß sie bis zu diesem Zeitpunkt noch nicht in die Verlegenheit gekommen war, sich in der Stadt einen Zahnarzt suchen zu müssen. Sie ging also in die Verwaltung, um sich bei ihrer guten Freundin Schwester Varney Rat zu holen. Als die schwarze Frau hörte, was das Problem war, sagte sie lachend: »Keine Sorge; damit können Sie getrost zu jedem Zahnarzt gehen.«

»Aber muß ich wirklich den weiten Weg zu einem Zahnarzt fahren? Kann nicht vielleicht jemand –«

»Ms. Oliphant, wir haben in Florida ein Gesetz, das vorschreibt, daß man einen lizenzierten Zahnarzt aufsuchen muß, wenn man Probleme mit den Zähnen hat.«

»Auch wenn es nur darum geht, eine abgebrochene Porzellankrone wieder anzukleben?«

»Gerade dann. Ich kenne da einen jungen Mann in meiner Nachbarschaft; er ist einer der besten Dentalmechaniker von ganz Tampa. Der könnte Ihnen Ihre Brücke in zehn Minuten reparieren – für drei Dollar.«

»Würden Sie mich zu ihm bringen?«

»Nein, nein! Wenn auch nur eine Zahnecke in der Werkstatt dieses Jungen ohne einen ordnungsgemäß unterzeichneten Auftrag von einem lizenzierten Dentisten ist, kriegt der junge Mann größten Ärger.«

»Ich muß also zu einem Dentisten?«

»Ja.«

»Wieviel wird das kosten – was glauben Sie?«

»Wir haben einen Dentisten im Norden der Stadt, in Royal Glade, Dr. Velenius; bei dem kostet das ungefähr fünfundzwanzig Dollar.«

Und so fuhr denn Ms. Oliphant nach Norden in den hübschen Vorort Royal Glade, wo Dr. Velenius, ein reizender junger Mann mit einer hübsch eingerichteten Praxis die abgebrochene Porzellankrone wieder anklebte, sie mit Bimsstein glattschliff, ihre anderen Zähne inspizierte, hier und da ein bißchen Zahnstein entfernte, die anderen Zähne ebenfalls abbimste – und ihr für seine Bemühungen dreihundertfünfundzwanzig Dollar in Rechnung stellte, die sie mit einem Scheck bezahlte.

Zurück in *The Palms*, ging sie in Schwester Varneys Büro und sagte: »Ihr Dr. Velenius war gut, nur sehr teuer.«

»Wieviel?«

»Dreihundertfünfundzwanzig Dollar.«

Die Oberschwester japste erschrocken, bat Ms. Oliphant, das noch einmal zu wiederholen, und fragte dann: »Aber dann hat er doch bestimmt außer dem Ankleben der Facette noch diverse andere Dinge gemacht.«

»Er hat ein bißchen rumgepult. Zahnstein entfernt und poliert.«

»Wie lange?«

»Eine Viertelstunde.«

Schwester Varney war so empört über diesen offenkundigen Wucher, daß sie sofort Dr. Zorn verständigte, und als der hörte, was Ms. Oliphant für diese Routinesache, die nicht mehr als hundert Dollar – allerhöchstens – hätte kosten dürfen, berappt hatte, schlug er mit beiden Handflächen auf seine Schreibtischplatte und stand auf. »Haben Sie mir nicht vor einiger Zeit erzählt, daß ein junger Mann in Ihrer Nachbarschaft –«

»Ja. Er ist Dentalmechaniker.«

»Zahntechniker nennt man solche Leute.«

»Er selbst bezeichnet sich als Mechaniker.«

»Fahren wir zu ihm.«

»Einen Moment, Dr. Zorn. Ich möchte nicht, daß Sie ihn in irgendwelche Schwierigkeiten bringen.«

»Keine Angst. Ich kann mir vorstellen, unter was für einem Druck er eh schon steht.« Als Andy und seine Oberschwester ins Schwarzenviertel von Tampa fuhren und ein kleines, gut organisiertes Labor betraten, das ausgerüstet war mit offenkundig teuren Geräten zum Formen und Härten der Metallrahmen, die das Gerüst eines Gebisses bilden, sowie mit anderen Geräten und Materialien zur Herstellung und Endfertigung von Gebissen, konnte Andy sich rasch vergewissern, daß der junge Mann sich mit allen Aspekten seines hochtechnisierten Metiers bestens auskannte.

»Ich möchte Ihnen ein paar Fragen stellen, damit ich unseren Bewohnern besser helfen kann.«

»Sie wissen, daß ich Ihnen weder etwas verkaufen noch etwas reparieren kann.«

»Das hat mir Mrs. Varney bereits erklärt. Aber als Leiter eines Seniorenheimes würde ich Ihnen trotzdem gern ein paar Fragen stellen.«

»Dann schießen Sie los.«

»Trifft es zu, daß Sie nur dann an einem Zahn oder Gebiß arbeiten dürfen, wenn der Auftrag dazu von einem Dentisten kommt, der eine Lizenz zum Praktizieren in Florida besitzt?«

»Richtig.«

»Und dieser Auftrag muß in der Form eines schriftlichen Rezepts erteilt worden sein?«

»Schauen Sie sich einmal die Sachen auf dem Tisch an«, sagte der junge Mann, und als Andy das tat, sah er, daß an jedem Gebiß ein mit Gummiband befestigtes Rezept von einem autorisierten Zahnarzt hing.

»Und wenn ich versuchen würde, Ihnen ein Gebiß unterzuschmuggeln, an dem lediglich eine abgebrochene Porzellanfacette wieder angeklebt werden muß – ?«

»Dann könnte mich das meine Lizenz kosten.«

»Was würde es mich kosten, wenn ich mir meine Facette von Ihnen wieder ankleben lassen könnte?«

»Drei Dollar – und zwei davon wären mein Gewinn.«

»Was würden Sie sagen, wenn ich Ihnen erzählen würde, daß eine unserer Seniorinnen von *The Palms* dreihundertfünfundzwanzig Dollar für diese Leistung bezahlen mußte?«

Der Techniker sagte nichts, sondern senkte bloß den Kopf. Eine Aussage wie die, die Andy gerade gemacht hatte, umriß das Problem der medizinischen Versorgung nicht bloß in Florida, sondern in den gesamten Vereinigten Staaten so präzise, daß er nur noch fassungslos und angewidert den Kopf schütteln konnte. Ein ehrbarer Handwerker wie er wurde für eine ehrliche Arbeit mit Pfennigbeträgen abgespeist, während ein Starchirurg Hunderttausende verdiente. Ein ungerechter und unhaltbarer Zustand!

»Wer war dieser Räuber?«

»Nein«, erwiderte Zorn. »Ich bin nicht hierhergekommen, um mich über bestimmte Individuen zu beklagen. Das System als solches macht mich wütend.«

»Velenius«, sagte die Oberschwester. »Ich hab' sie dort hingeschickt.«

Der junge Mann schüttelte betrübt den Kopf. »Er ist ein guter Mann. Verschafft mir eine Menge Arbeit.« Er deutete auf eine Werkbank, auf der drei oder vier von Velenius' Rezepten lagen. »Er ist wirklich ein prima Zahnarzt. Er hat es eigentlich nicht nötig, jemanden so über den Tisch zu ziehen. Ich bin erstaunt.«

Als Zorn Nora in *The Palms* abgesetzt hatte, beschloß er, zurückzufahren und sich diesen Dr. Velenius einmal vorzuknöpfen. Vielleicht ließ sich an Ms. Oliphants Rechnung ja noch etwas machen. Er fuhr nach Norden auf einer Allee, die zu dem hübschen Dorf Royal Glade führte. Dort angekommen, hatte er keine Schwierigkeiten, die Praxis von Dr. Mark Velenius zu finden.

Da der Zahnarzt gerade einen Patienten hatte, nahm Andy im Wartezimmer Platz und blätterte den dicken Packen Zeitschriften durch, die in großer Auswahl in einem handgeschnitzten Ständer bereitlagen. Andy wählte eine Ausgabe des *Scientific American*, der einen Bericht über die neuesten Entwicklungen in der Alzheimer-Forschung enthielt, und er vertiefte sich so sehr in die Lektüre – besonders spannend waren Details über die Chromosomen 21, 19 und 14 – , daß er gar nicht hörte, wie die Sprechstundenhilfe sagte: »Dr. Velenius kann Sie jetzt empfangen, Dr. Zorn.«

»Haben Sie gerade meinen Namen aufgerufen?«

»Ja. Der Herr Doktor erwartet Sie.«

Andy trat in ein geräumiges Behandlungszimmer, das drei unterschiedliche Behandlungsstühle enthielt und an dessen Wänden teuer gerahmte Drucke von Monet, Renoir und Picasso hingen. Aus zwei Stereolautsprechern drang leise Klaviermusik von Chopin.

»Ich hörte, Sie sind der tüchtige neue Verwaltungschef von *The Palms*, einem der besten Seniorenheime von ganz Florida.«

»Ich arbeite dran. Und wir versuchen in der Tat, Verbesserungen zu machen.« Er zögerte, schaute auf die drei gerahmten Drucke und sagte: »Wie ich sehe, versuchen auch Sie, mit der Zeit zu gehen.«

»Ja. Wenn einige meiner Patienten einen Besuch im Behandlungsstuhl als unangenehm empfinden, dann sollen sie wenigstens das Drumherum angenehm finden; das ist das Mindeste, das ich für sie tun kann. Sie mögen Chopin?«

»Wie Sie finde ich Klaviermusik beruhigend und wohltuend.«

»Nun, was kann ich denn für Sie tun?«

Zorn zögerte einen Moment, dann schaute er Dr. Velenius direkt ins Gesicht und sagte: »Ich würde mich gern mit Ihnen über eine Rechnung unterhalten, die eine unserer Bewohnerinnen, Ms. Oliphant, heute morgen von Ihnen bekommen hat.«

Dr. Velenius wich seinem Blick nicht aus. »Oliphant? War das die alte Dame mit dem gebrochenen Gebiß?«

Andy war nicht entgangen, daß der Zahnarzt gleich von Anfang an klargemacht hatte, daß Ms. Oliphant alt war und deshalb einer besonderen Gruppe angehörte. »Ja, sie ist eine ältere Dame, aber sie ist keineswegs verwirrt oder außerstande, eigene Entscheidungen zu treffen.«

»Absolut! Ich habe sie als außerordentlich wache Frau in Erinnerung. Sie wußte genau, was sie wollte.«

»Ihr Gebiß war nicht gebrochen, Dr. Velenius. Es war lediglich eine Porzellanfacette herausgebrochen.«

»Wir stufen alle Beschädigungen dieser Art als Brüche ein. Notfälle. Mitunter wachsen sie sich sogar zu Katastrophen aus.«

»Ich habe mich erkundigt. Die Reparatur einer herausgebrochenen Porzellanfacette kostet drei Dollar. Ein Dollar für das Material, zwei für die Arbeitszeit und das Wissen um die richtigen Materialien.«

Velenius lächelte, reckte sich auf seinem Stuhl zu voller Größe hoch und sagte: »Das könnten Sie von fast jeder menschlichen Anstrengung sagen. Materialkosten drei Cent, Kosten für das angesammelte Wissen und das handwerkliche Geschick, dreihundert Dollar.«

»Aber Sie haben ihr dreihundertfünfundzwanzig Dollar in Rechnung gestellt.«

Velenius zeigte sich weder überrascht noch alarmiert. »Keineswegs zuviel für all das, was ich gemacht habe.«

»Zum Beispiel?«

»Dr. Zorn. Gehe ich recht in der Annahme, daß Sie zur Zeit nicht als Mediziner praktizieren? Daß Sie für Florida keine Lizenz besitzen? Daß Sie als Verwaltungsdirektor in *The Palms* tätig sind?«

»Absolut korrekt.«

»In diesem Fall möchte man eigentlich annehmen, daß Sie vielleicht etwas zurückhaltender sein sollten und es sich zweimal überlegen, bevor Sie die Praktiken von jenen von uns in Frage stellen, die mit einer ordentlichen Lizenz ausgestattet sind. Meinen Sie nicht, Sie überschreiten hier ganz eindeutig Ihre Grenzen?«

»Das würde ich in der Tat, wenn ich mir anmaßen würde, Ihre Fähigkeiten als Zahnarzt oder die medizinische Behandlung, die

Sie an einer meiner Bewohnerinnen vorgenommen haben, in Zweifel zu ziehen. Aber wenn eine alte Dame, wie Sie sie akkurat beschreiben, für das bloße Ankleben einer abgebrochenen Porzellanfacette den Wucherpreis von –«

»Dr. Zorn, Sie vergessen die Einpassung, die vorgenommen werden muß, damit die neue Facette exakt mit den unteren Schneidezähnen zusammenpaßt, die sorgfältige Überprüfung des gesamten Gebisses, die Dutzend anderen Dinge, die ein gewissenhafter Zahnarzt macht.«

»Und Sie meinen, das würde eine Rechnung von dreihundertfünfundzwanzig Dollar rechtfertigen?«

Velenius stand auf und ging zur Tür, wo er mit steifer Förmlichkeit wartete. »Dr. Zorn, es steht einem Mann, der in Chicago wegen ärztlichen Fehlverhaltens praktisch seine Lizenz verloren hat, nicht an, hierher nach Florida zu kommen und Vertretern der medizinischen Profession, die ihren Beruf gewissenhaft ausüben, Belehrungen zu erteilen. Ich betrachte diese Unterhaltung hiermit als beendet.«

»Noch nicht ganz. Sie haben schamlos eine alte Dame ausgenommen, in der Annahme, daß sie ohnehin bald nicht mehr da sein wird, und daß dann schon lieber Sie sie schröpfen, als daß Sie sie ihr Geld zu einem anderen tragen lassen.«

Jetzt wurde Velenius rot, und nur mit eiserner Selbstbeherrschung bewahrte er sich davor, Zorn ins Gesicht zu schlagen. Velenius würde niemals, nicht einmal vor sich selbst, zugeben, daß er es im Grunde für sein gutes Recht hielt, wohlhabenden alten Leuten das abzuknöpfen, was er kriegen konnte – aber genau das tat er, und er wußte es. Aber sich solche Vorwürfe von einem dahergelaufenen Emporkömmling anhören zu müssen, der wegen dubioser Praktiken Chicago den Rücken hatte kehren müssen – in Tampaer Medizinerkreisen wurde seit seiner Ankunft in *The Palms* ausgiebig über Zorn getratscht –, das empfand er als eine unerträgliche Zumutung. Nachdem er Zorn praktisch aus seiner Praxis geworfen hatte, setzte er sich an seinen Schreibtisch und diktierte seiner Sekretärin ein langes Memorandum über das standeswidrige Verhalten von Dr. Andy Zorn von *The Palms*, einem in Florida nicht zur Ausübung seines Berufes berechtigten Arzt, der wegen des Vorwurfs des ärztlichen Fehlverhaltens aus Illinois geflüchtet war.

ALS HÄTTE ZORN mit der Fülle von Problemen, mit denen er sich herumschlagen mußte – von denen die kritischsten die Sache mit Hasslebrook, die Beerdigung von Buzz Bixby und die möglichen Folgen der Auseinandersetzung mit dem Zahnarzt waren, nicht schon wahrlich genug um die Ohren, war da auch noch die Sache mit Betsy Cawthorn. Sie weigerte sich schlicht, seiner Aufforderung, *The Palms* zu verlassen, Folge zu leisten, und wurde darin auch noch von Andys engsten Mitarbeitern unterstützt. Einer nach dem anderen, erst Miss Foxworth, dann Ken Krenek und schließlich Nora, rieten sie ihm von seiner Entscheidung, die er ihrer Meinung nach zu schnell getroffen hatte, ab.

Aber das überraschendste Veto kam von Betsys Vater, der ihm aus Chattanooga folgenden Brief schrieb:

Lieber Andy,

ich war wirklich platt, als Betsy mir am Telefon sagte, Sie hätten beschlossen, daß es Zeit für sie sei, *The Palms* zu verlassen und nach Chattanooga zurückzukehren. Ich halte diese Entscheidung für grundfalsch, und ich hoffe, daß Sie sie nicht in die Tat umsetzen werden.

Sie machen sich keine Vorstellung davon, wie es um Betsy bestellt war, als sie noch hier war. Ich glaube, daß sie dem Tode nahe war – entweder von eigener Hand oder vor lauter Hoffnungslosigkeit. Sie und Yancey haben ihr das Leben gerettet, gerade noch rechtzeitig.

Zembright und ich sind der Auffassung, daß sie mindestens noch ein Jahr bei Ihnen und Yancey braucht. Als ich sie das letzte Mal in Ihrer Einrichtung besuchte, war ihr Zustand so, wie er sein sollte, und ich befürchte, daß sie einen schweren Rückfall erleiden würde, wenn sie hierher zurückkäme und plötzlich wieder ohne Ihre und Yanceys Hilfe dastünde. Bitte überlegen Sie es sich noch einmal.

Oliver Cawthorn

Als Andy einsehen mußte, daß seine Anweisung, Betsy nach Hause zurückzuschicken, nicht durchzusetzen war, fand er sich in einem seltsamen Zwiespalt. Auf der einen Seite empfand er einen gewissen Ärger, weil sie ihn ausmanövriert hatte. Und das hinderte ihn daran, ihr entgegenzukommen, denn er empfand sie jetzt als angriffslustig, halsstarrig und verschlagen – was sie aufgrund ihrer tiefen Zuneigung zu ihm allesamt auch wirklich war.

Auf der anderen Seite ging er, als Yancey ihn aufforderte, mit Betsy Tennis zu spielen, begeistert auf diesen Vorschlag ein, als herrsche zwischen ihnen vollkommene Harmonie. Und wenn er sich so im Spiegel betrachtete in seinem neuen Tennisdress mit dem Logo eines berühmten französischen Tennisstars von einst auf der Brust, dann mußte er zugeben, daß er darin nicht schlecht ausschaute – vielleicht sogar attraktiv.

Wann immer er auf dem Platz erschien, begrüßten sowohl Yancey als auch Betsy ihn voller Herzlichkeit, und wenn er neben Betsy stand, blieb jeder Bewohner, der zufällig des Weges kam, stehen, um die beiden anzufeuern und Komplimente zu machen. »Ihr beiden gebt ein hübsches Paar ab!« war der am häufigsten zu hörende Kommentar, und viele äußerten ihr Erstaunen darüber, welch ungeheure Fortschritte Betsy gemacht hatte. »Nicht mehr lange, und Sie können Ihren Krückstock in die Ecke stellen!« prophezeite Mr. Mallory.

Und Ella Yancey rief von der Seitenlinie, wo sie saß und den dreien bei ihren Ballwechseln zuschaute: »Ihr seid wirklich das perfekte Doppel!« All diese Bemerkungen gingen Zorn noch lange nach dem Spielen durch den Kopf und verwirrten ihn nur noch mehr.

Die einzige Person in *The Palms*, die das »Wartespiel«, das Betsy spielte, durchschaute, war Schwester Nora – aufgrund der mütterlichen Gefühle, die sie für die junge Frau hegte. Miss Foxworth sah in Betsy in erster Linie die Mieterin eines der teureren Apartments. Ken Krenek sah in ihr eine junge Frau, die noch weiterer Rehabilitation im heilsamen Klima Floridas bedurfte. Die Yanceys sahen sie als eine sture, aber mutige junge Frau, deren Vater bereit war, zusätzliche Geldmittel auszugeben, um ihr ihre Wünsche zu erfüllen.

Nora jedoch, der die beiden jungen Leute wie Schattenboxer vorkamen, die sich gegenseitig vorsichtig umschlichen, weil sie Angst hatten, einen Fehler zu machen, verlor allmählich die Geduld mit ihrem »Teenagerverhalten«, wie sie es treffend charakterisierte, und sie wartete auf eine passende Gelegenheit, um selbst aktiv zu werden. Als sie Andy eines Tages wieder einmal allein in seinem Büro sitzen sah, ging sie kurzentschlossen hinein, setzte sich auf die Kante seines Schreibtisches und fragte geradeheraus: »Wäre es nicht gut für unsere kleine Betsy, wenn Sie –«

»Sie ist nicht unsere ›kleine‹ Betsy, Nora. Sie ist eine erwachsene Frau.«

»Um so besser; das macht meine Frage noch angemessener. Wäre es nicht gut, sie mal zum Essen oder vielleicht auch zu einem Kinobesuch einzuladen?«

»Keine schlechte Idee; würde ihr bestimmt helfen, weiteres Selbstbewußtsein zu entwickeln. Nehmen Sie sich doch heute mal den Nachmittag frei und ziehen mit ihr los.«

»Andy! Tun Sie nur so, oder sind Sie wirklich so schwer von Begriff? Jetzt, wo feststeht, daß sie noch eine Weile länger bei uns bleiben wird, sollten *Sie* sie ausführen, um ihr zu zeigen, daß es kein böses Blut gibt.«

»Meinen Sie?«

»Ich meine es nicht, ich *weiß* es. *Sie* werden sich den Nachmittag freinehmen.«

»Ich bin da nicht so sicher. Es hat da in letzter Zeit zwischen uns ... nun, wie soll ich sagen –«

»Papperlapapp! Sie rufen sie jetzt gleich an, hier und jetzt, in meiner Gegenwart!«

Zum Glück war Betsy in ihrem Apartment. Mit einem gewissen Zögern sagte Andy: »Nora hat mich gerade darauf hingewiesen, daß ich heute nachmittag keine Termine habe, und da dachte ich mir, ich frag' Sie mal, ob Sie vielleicht Lust hätten, mit mir essen zu gehen, in irgendeinem Restaurant hier in der Nähe.«

Betsy versuchte erst gar nicht, ihre Freude über diese Einladung zu verbergen. »Aber gern! Das fände ich ganz toll. Wo?«

»Ich habe keine Ahnung. Aber ich dachte an irgendwas Kleines, Gemütliches, wo wir reden könnten.«

»Ich wüßte da wohl einiges. Es gibt ein paar sehr gute Chinesen in der Umgebung, aber ich hörte, die vietnamesische Küche soll noch leichter und schmackhafter sein. Dann gäbe es da noch ein deutsches Restaurant, das erstklassig sein soll, aber das Essen ist zu mächtig, wenn Sie später noch Tennis spielen wollen.« Nach kurzem Zögern fuhr sie fort: »Meine Bridgepartner schwärmen in höchsten Tönen von einem kleinen Fischrestaurant in Tampa, dem *Captain's Table* draußen am Hafen. Es soll dort tolle Fischgerichte geben.«

»Okay, probieren wir's aus«, sagte er begeistert, und wenig später saßen sie in seinem Wagen und fuhren nach Tampa. Die Wände der drei recht kleinen Räume des *Captain's Table* waren mit Fischfangutensilien verziert, wie Ruder und Netze und Ruderpinnen, aber die beherrschenden Einrichtungsgegenstände waren ausgestopfte Fische wie Schwertfische, Delphine und – in dem Raum, den Betsy gewählt hatte – ein riesiger Hai mit einem monströsen, klaffenden Schlund, der mit messerscharfen Reißzähnen gespickt war.

Sie bestellten das Tages-Mittagsmenü, bestehend aus einer Terrine »Louisiana Gumbo«, einer Schmorpfanne mit drei Sorten Fisch und einer Backkartoffel in Folie. Auf jedem Tisch stand eine Auswahl von Flaschen mit Gewürzen, von einer extrem scharfen Peperonisauce bis hin zu einer milden Worcestersauce aus England. Es war ein lukullisches Festmahl.

»Was ist das?« fragte Andy die Kellnerin, als sie eine etwas ungewöhnlich anmutende Beilage servierte, und sie sagte: »Schmutziger Reis.«

»Und was ist da außer diesem verfärbten Reis sonst noch drin?« wollte er wissen.

»Hühnerklein, etwas Krabbenfleisch, kleine Fischstücke und Bouillon. Es ist eine Spezialität aus New Orleans.«

»Schmeckt köstlich.«

»Und zum Nachtisch gibt es ein Stück Key Lime Pie.«

Während er sein extrem schmackhaftes Mittagessen verputzte, sagte Andy: »Wenn das deutsche Essen schwerer ist als das hier, dann tun mir die Krauts wirklich leid.« Und Betsy erwiderte mit einem Augenzwinkern: »Es hat Sie ja keiner gezwungen, es ganz aufzuessen. Andererseits, bei Ihrem Gewicht können Sie sich hin und wieder eine üppige Mahlzeit leisten, zumal jetzt, wo Sie neuerdings soviel Tennis spielen.«

Während sie dies sagte, bemerkte sie, daß aufgrund des relativ kleinen Tisches seine rechte Hand ganz nah an ihrer war, und als sie sich nach dem Nachtisch zurücklehnten, um ihren Kaffee zu genießen, berührten sich ihre Hände, und beide hatten ein Gefühl, als hätten sie sich elektrisiert. Den Blick geradeaus gerichtet, fuhr Betsy mit den Fingerkuppen ihrer freien Hand den feinen Rillen auf der wundervollen Tischplatte aus Eichenholz nach, die Jahrzehnte alt war und so oft geschrubbt worden war, daß das Holz an den weicheren Stellen zwischen den Graten abgewetzt worden und eine fast satinartige Oberfläche zurückgeblieben war. »Das ist wirklich wunderschön«, sagte sie, aber ihre ganze Konzentration war auf ihre Hände gerichtet.

Als sie sich anschickten, das Restaurant zu verlassen, sahen sie an der Wand neben der Registrierkasse ein Plakat von einem der Tampaer Kinos, auf dem eine Sondervorstellung von einem Film mit Anthony Hopkins angekündigt wurde, worauf Betsy spontan und ohne irgendwelche Hintergedanken ausrief: »Ich hab' gehört, das soll ein toller Film sein. Anthony Hopkins ist ein hervorragender Schauspieler, immer voller Überraschungen.« Und

Andy erwiderte ebenso spontan: »Okay, fahren wir hin und schauen ihn uns an.«

Irgendwann während des Films berührten sich ihre Hände erneut, und diesmal ließen sie sich bis zum Ende des Films nicht mehr los.

Von nun an war es Andy, der Betsy und Yancey bei jeder sich bietenden Gelegenheit auf einen Satz Tennis einlud, und stets spielte er mit Betsy zusammen.

Zwei Wochen später überraschte er sie damit, daß er ihr vorschlug, noch einmal zusammen zum Dinner ins *Captain's Table* zu gehen, und als sie an dem Tisch Platz genommen hatten, an dem sie schon bei ihrem ersten Besuch gesessen hatten, und der große Hai auf sie herunterstarrte, sagte er leise: »Ich mag diesen Ort. Ich habe mich jetzt schon öfter während der Arbeit dabei ertappt, daß ich mir vorstellte, hier mit Ihnen zu sitzen, so als wäre es ›unser‹ Restaurant.« Auch an dem Abend gingen sie wieder ins Kino und hielten wieder während der ganzen Vorstellung Händchen. Als er sie nach Hause brachte und mit ihr durch die Flure zu ihrem Apartment ging, blieb sie vor ihrer Tür stehen, als wäre der Abend für sie noch nicht beendet. Er machte einen Schritt zu ihr hin, nahm ihre Hand, zog sie sanft an sich und gab ihr einen Gutenachtkuß.

Auf dem Rückweg zu seinem eigenen Apartment dachte er: Ich benehme mich wie ein vierzehnjähriger Schuljunge. Aber ich habe Probleme, die ein Schuljunge nicht hat. Ich werde noch immer von den Geistern der Vergangenheit heimgesucht.

Aber er schaffte es schließlich doch, den ersten wichtigen Schritt zu machen. Mit einer schmerzhaften Anstrengung gelang es ihm, für immer den Geist von Ted Reichert zu begraben, jenem bedauernswerten jungen Arzt, den er aus seiner Klinik hatte entlassen müssen. Die Erinnerung an ihn hatte Andy schwer zu schaffen gemacht. Doch nun hielt er sich vor Augen: »Zwischen Reichert und mir gibt es keine Parallele! Er war ein arroganter Narr. Das bin ich nicht. Er war auf schnelle Abenteuer aus. Ich nicht.« Und damit war die Angst für immer gebannt.

Zum erstenmal begann er ernsthaft die Möglichkeit eines Lebens mit Betsy in Betracht zu ziehen: »Ich bin nur zwölf Jahre älter als sie. Es gibt eine Menge Paare im Gemeinschaftshaus, bei denen der Altersunterschied genauso groß oder sogar noch größer ist.« In seinem Apartment angekommen, ging er ins Bad, stellte sich vor den Spiegel und begutachtete sich. Nachdem er sich gekämmt und seinen Bauch eingezogen hatte, befand er, daß er immer noch ganz passabel aussah und daß zwölf Jahre nicht die Welt waren.

NACHDEM SICH erst einmal herumgesprochen hatte, wer Mr. Hasslebrook in Wahrheit war, wurde der Vertreter von *Life Is Sacred* zu einer wichtigen festen Einrichtung in *The Palms*. Er machte sein Zimmer im Gemeinschaftshaus zu einer Art Büro und wurde sowohl zum Kritiker des gesamten Betriebes der Senioreneinrichtung als auch zum selbsternannten Verteidiger des Lebensrechts der Patienten. Auf dem Tisch in seinem Zimmer lagen nicht nur die von *Life Is Sacred* herausgebrachten Pamphlete gegen Euthanasie aus, sondern auch die von Schwesterorganisationen, die den Kampf gegen die Abtreibung auf ihre Fahnen geschrieben hatten. Er selbst erwähnte den Kreuzzug für die Lebensrechte der Ungeborenen nur selten, da er fand, daß sein Hauptanliegen wichtig genug war, um seine ganze Energie zu erfordern.

Als Dr. Zorn und Krenek versuchten, ihn daran zu hindern, sich ständig im dritten Stock des Gesundheitstraktes herumzutreiben, erfuhren sie, daß er den halblegalen Status eines *amicus curiae*, eines Freundes des Gerichts, erlangt hatte, der berechtigt war, Alters- und Pflegeheime zu kontrollieren, um sicherzustellen, daß niemand Sterbehilfe leistete. Als er die bettlägerigen Insassen des Hospizes besuchte, versicherte er jedem, daß er da war, um zu garantieren, daß sie gute Pflege erhielten und davor geschützt waren, daß irgend jemand ihr Leben verkürzte. »Ich bin hier, um Gottes Werk zu tun und um sicherzustellen, daß Sie nach christlichen Prinzipien behandelt werden. Ich bin Ihr Freund, und Sie können sich jederzeit an mich wenden, wenn Sie Rat und Hilfe brauchen.« Seine Art war ein wenig gravitätisch, aber von beruhigender Wirkung, und er gab vielen das Gefühl, in der verwirrenden Welt des Hospizes einen Freund zu haben, auf den sie vertrauen konnten.

Wenn jemand wie Mrs. Umlauf in seinem Letzten Willen festgelegt hatte, daß die Ärzte seinem – oder ihrem – Leben ein Ende setzen durfte, wenn dieses keinen Sinn mehr hatte, dann versuchte Hasslebrook nicht, den Patienten oder die Patientin dazu zu überreden, diese Entscheidung zu widerrufen. Er erbot sich statt dessen, mit solchen Patienten zu beten, in der Hoffnung, daß ihr Leben bei Bewußtsein verlängert werde, und versprach ihnen, alles zu tun, was in seiner Macht stehe, um ihnen zu helfen, daß sie nicht in ein Koma fielen. Was Mrs. Carlsons nicht enden wollendes Dahinvegetieren betraf, so bestand er darauf, daß dies die Art zu sterben sei, die Gott für sie ausersehen habe. Er schaute den Ärzten und dem Pflegepersonal genau auf die Finger, und es freute ihn, daß Mrs. Umlauf ihre Besuche in Mrs. Carlsons Zimmer einstellte. Sie hatte der Verwaltung gesagt: »Ich kann nicht ertragen, was mit Mrs. Carlson gemacht wird. Es ist unmenschlich, unchristlich, und wahrscheinlich verstößt es auch gegen das Gesetz.« Man versicherte ihr, daß sie hier hundertprozentig falsch liege. Es geschehe in strikter Übereinstimmung mit den Gesetzen Floridas, und Mr. Hasslebrook sei praktisch ein Vertreter dieses Gesetzes.

Mehrere Wochen lang beobachteten die Mitglieder der Tertulia Mr. Hasslebrook aus der Distanz, verblüfft von dem, was sie sahen, und besonders von dem, was sie hörten. Manche Bewohner hielten ihn für jemanden, den der Himmel geschickt hatte, weil er sich so um ihr Wohlbefinden sorgte, andere sahen in ihm einen gewissenlosen Wichtigtuer. Dieser Meinungsunterschied erregte die Neugier der Tertulia, und Raúl Jiménez machte den Vorschlag, sie sollten Hasslebrook doch einmal dazu einladen, mit ihnen zu Abend zu essen. Präsident Armitage sprach sich dagegen aus: »Ich habe mich einmal lange mit ihm unterhalten – beziehungsweise, es versucht. Ich fand, daß er ein totaler Langweiler ist, einer, der auf alles nur mit ja oder nein antwortet und dem man jedes Wort aus der Nase ziehen muß. Mein Eindruck war, daß es ein Fehler von ihm gewesen ist, in ein Haus wie dieses zu ziehen.«

Dagegen wandte Jiménez ein: »Aber wenn er ein Vertreter von *Life Is Sacred* ist, dann muß er irgend etwas zu sagen haben, und mich würde interessieren, was.«

Und so wurde die Einladung denn ausgesprochen, und die Männer, die von seiner Einsilbigkeit und Ideenlosigkeit gehört hatten, waren überrascht, eine völlig andere Person kennenzulernen. Hasslebrook sprach nicht nur mit Energie und Nachdruck, er wußte sich auch durchaus auszudrücken. Ja, er war geradezu redselig. »Ich habe mein Examen zwar auf dem Holy Cross gemacht, aber ich bin nicht katholisch. Meine Frau ist vor ein paar Jahren gestorben. Hat sechs Kinder hinterlassen, und aus allen ist was geworden. Ich war Angestellter – jedoch nicht Partner – einer guten Anwaltssozietät in Boston. Als ich mich nach einer Aufgabe umsah, etwas, wofür ich mich engagieren konnte, stieß ich auf *Life Is Sacred*. Ich nehme an, der Verlust meiner Frau hatte mir den Anstoß dazu gegeben, über solche Fragen nachzudenken.«

»Für welche Prinzipien tritt *Life Is Sacred* ein?« fragte Botschafter St. Près, und Hasslebrook erklärte es. »Der Name sagt eigentlich schon alles. Vom Augenblick der Empfängnis an wird das menschliche Leben zum kostbarsten Gut auf Erden. Ich befasse mich nicht so sehr mit dem Problem der Abtreibung; da gibt es eine Menge anderer guter Christen, die sich in dieser Frage engagieren. Ich beschäftige mich mit dem christlichen Wunder des Todes, dem Ende eines heiligen Lebens.«

»Ich darf annehmen«, sagte Senator Raborn, »daß Sie gegen Euthanasie sind.«

»Ein schlimmes Wort. Ein abscheulicher Akt. Ich sehe meine

Pflicht darin, sie in jeder Weise zu bekämpfen. Deshalb bin ich hier. Unsere Gruppe schleust Leute in Organisationen wie diese ein, die Hospize betreiben, wo schreckliche Dinge vorgehen. Die Übeltäter müssen entlarvt und verurteilt und ins Gefängnis gesteckt werden, wenn sie weiter morden.«

»Sie bezeichnen es als Mord?« fragte Raborn, und Hasslebrook holte zu einer ausführlichen Erwiderung aus: »Ich denke, daß man Sie – ich meine, Sie alle – wohl als typische Ostküsten-Liberale bezeichnen könnte –«, aber Jiménez fiel ihm ins Wort: »Ich bin ein katholischer Konservativer, wie wahrscheinlich Ihre verstorbene Frau auch, und ich bin entschieden gegen Euthanasie. Auch ich betrachte sie als Mord.«

Hasslebrook entschuldigte sich, und dann fuhr er mit seiner wohlgesetzten Rede fort: »Die Leute, die meine Art von Arbeit machen – die Betagten schützen, als Freunde des Gerichts fungieren, um darauf zu achten, daß die Gesetze eingehalten werden, sind zumeist durch die Erfahrungen mit Nazideutschland beeinflußt worden. Zuerst haben die Nazis die Juden umgebracht, weil sie in ihren Augen eine unreine Rasse waren. Dann kamen die Zigeuner dran. Dann die Polen, als Angehörige einer ›minderwertigen‹ Rasse – und die Homosexuellen, als Perverse, die von der Norm abwichen. Und die Behinderten. Und in den Gefangenenlagern praktizierten sie die planmäßige Ausrottung der Alten, weil sie nicht mehr zum Arbeiten taugten. Meine Herren, wenn Sie erst einmal diesen fatalen Weg einschlagen, kommen Sie irgendwann unweigerlich dahin, daß Sie jeden umbringen, der nicht so ist wie Sie. Wenn Hitler es geschafft hätte, irgendeine Nation mit einem großen Anteil an Schwarzen zu erobern, hätte er sie auch ausrotten müssen. Und man muß sich noch immer wundern, wie diese ›reinrassigen‹ Arier überhaupt je harmonisch mit den Japanern kooperiert haben können. Ich denke, früher oder später –«

Präsident Armitage, der anfangs von Hasslebrook angewidert gewesen war, als dieser in *The Palms* aufgekreuzt war, sah sich jetzt höchst angetan von der klugen Logik, die hinter seiner Ablehnung der Euthanasie steckte. »Erklären Sie mir, Mr. Hasslebrook, wie Sie zu solch drastischen Schlußfolgerungen kommen.«

»Gern. Wenn das Gesetz Ihnen erst einmal erlaubt, Leben an einem der beiden äußersten Enden – dem ungeborenen und dem hochbetagten – auszulöschen, werden Sie früher oder später auch eine Rechtfertigung dafür finden, warum Sie es genauso gut auch an irgendeinem beliebigen Punkt dazwischen beenden können. Es fängt damit an, daß Sie einer Schwangeren zur Abtreibung raten, weil die fünfzigprozentige Chance besteht, daß sie ein mongoloides Kind zur Welt bringt. Wenn Sie erst einmal so weit sind, können Sie auch irgendwann auf die Idee kommen, sich Ihre Tante vom Hals zu schaffen, weil sie so eine Nervensäge ist. Und natürlich auch Ihre Großmutter, weil sie ein ›nutzloser Fresser‹ ist und Ihnen nur noch zur Last fällt. Und schließlich erschießen Sie Ihre Frau, weil sie Schmerzen leidet und *Sie* es nicht mehr ertragen können, sie leiden zu sehen. Es ist nicht so, daß *sie* es nicht ertragen könnte. *Sie* können es nicht ertragen, also ermorden Sie sie. Das Wort heißt ›Mord‹, meine Herren, und versuchen Sie nicht, es mit Fremdwörtern aus dem Griechischen oder irgendwelchen wohlklingenden Umschreibungen zu verbrämen.«

Die letzten Worte sprach er mit solcher Vehemenz, daß die Tertulia für mehrere Augenblicke stumm blieb, ein Phänomen in sich; doch dann fragte Armitage, als der Humanist: »Und Sie sind überzeugt, daß Sie das Recht haben, zu bestimmen, wie wir unser Leben zu beenden haben. Wer gibt Ihnen dieses Recht?«

»Wer gab irgend jemandem das Recht, im Jahre 1933 zu sagen: ›Adolf Hitler, einen Menschen zu töten, bloß weil er Jude ist, ist ein Verbrechen. Und wenn du es trotzdem tust, wird die Gesellschaft dich hängen müssen.‹ Niemand war berufen, das zu sagen, aber irgend jemand hätte es sagen müssen. Genauso wie heute. Ich habe keine moralische ›Genehmigung‹ für das, was ich tue, nur meinen Anteil an der menschlichen Erfahrung. Das verleiht mir die Berechtigung, weiht mich sozusagen zu einem Priester des höchsten Ordens.«

Raborn stellte die fast beleidigende Frage: »Sind Sie schon

einmal auf die Idee gekommen, daß Sie vielleicht ein Fanatiker sein könnten?«

Hasslebrook lächelte ihn an. »Nein, ich teile nicht Goldwaters Credo, der sagte: ›Extremismus zur Verteidigung der Freiheit ist nichts Verwerfliches.‹ Wenn ich ein Fanatiker wäre, würde ich Schaden anrichten und mich strafbar machen. Aber wenn die Gesellschaft sich auf gefährliche Abwege begibt, muß irgend jemand da sein, der laut ›Halt!‹ ruft.«

»Und Sie finden, daß jede Form von Euthanasie ein gefährlicher Abweg ist?« fragte Raborn, und Hasslebrook versetzte scharf: »Ja!« Daraufhin fragte Raborn, der nun Hasslebrook darauf festnageln wollte, wie weit er in seinem Kampf gegen bestehendes Recht gehen würde: »Wie viele von uns, die wir hier an diesem Tisch sitzen, haben eine Willenserklärung, ein sogenanntes Patiententestament, aufgesetzt und Kopien davon an unsere Familien und engen Freunde verteilt?«

Bevor die Männer darauf antworten konnten, sah Jiménez Dr. Zorn zu seinem täglichen Inspektionsbesuch in den Speisesaal kommen, und rief: »Zorn! Kommen Sie! Setzen Sie sich zum Nachtisch zu uns. Wir führen hier gerade eine äußerst faszinierende Diskussion!« Rasch wurde ein sechster Stuhl organisiert, und Andy gesellte sich zu ihnen.

Zufällig ergab es sich, daß Hasslebrook und Andy sich gegenüber saßen, und der stets aufmerksame Armitage spürte sofort, daß es zwischen den beiden böses Blut gab. Offenbar sah der Doktor in dem Neuen einen Spitzel, der die Absicht hatte, *The Palms* zu schaden, und Hasslebrook war sich darüber im klaren, daß er bei seinem Versuch, die Intensivpflegeabteilung zu überwachen, unweigerlich mit Zorn die Klinge kreuzen mußte.

Jiménez erklärte rasch, worum es ging: »Mr. Hasslebrook hat uns gesagt, daß er ein strikter Gegner der Euthanasie ist, und Senator Raborn hat um eine Abstimmung gebeten. Wie viele von uns haben eine schriftliche Willenserklärung hinterlegt, ein sogenanntes Patiententestament, in dem wir gute Freunde oder Ärzte unseres Vertrauens dazu ermächtigen, im Falle eines Falles unserem Leben ein Ende zu setzen? Bitte die Hand heben!« Jiménez und St. Près rührten sich nicht, aber Raborn, Armitage und Zorn hoben die Hand.

»Ich bin überrascht –«, begann Hasslebrook, zog es dann aber vor, nicht weiterzusprechen.

»Was wollten Sie sagen?« bohrte Armitage nach. »Sie haben eben Dr. Zorn angesehen.«

Widerstrebend sagte Hasslebrook: »Ich war überrascht, daß Dr. Zorn, der ein Hospiz leitet –«

»Wir benutzen dieses Wort hier nicht«, sagte Andy in gereiztem Ton.

»Aber das ist es, ganz gleich wie Sie es auch immer nennen. Ich bin überrascht, daß ausgerechnet er für Sterbehilfe eintritt. Ist es nicht vielmehr Ihre heiligste Pflicht, die Menschen im dritten Stock so lange wie irgend möglich am Leben zu halten? Gebietet das nicht das Gesetz? Gebietet das nicht die christliche Nächstenliebe?«

Langsam, jedes Wort betonend – und im stillen sich dafür verfluchend, daß er sich von Jiménez in diese Diskussion hatte hineinziehen lassen – , sagte Andy: »In der Intensivpflege sind alle, und ich wiederhole: alle, unsere Ärzte, unsere Schwestern und Pfleger und unser gesamtes sonstiges Personal einschließlich meiner Wenigkeit, absolut gegen Euthanasie –«

»Davon war nicht die Rede«, fiel ihm Hasslebrook ins Wort. »Die Rede war von Sterbehilfe – von der Ermunterung anderer, einen Mord zu begehen.«

»Moment mal!« brauste Senator Raborn auf. »Ich trete keineswegs mein Recht zu entscheiden, wann meinem Leben ein Ende gesetzt werden soll, an andere ab! Aber wenn ich nur noch so dahinvegetiere –«

»Benutzen Sie nicht dieses dumme, schlimme Wort, um den Zustand eines Menschen zu beschreiben, der in einem vorübergehenden Koma liegt.«

»Wenn es endgültig ist, kann man es wohl kaum als vorübergehend bezeichnen.«

»Meine Herren!« rief Jiménez mahnend. »Wir führen eine Diskussion, keine Straßenschlacht! Die Frage, um die es geht, lautet, wenn ich mich richtig erinnere: Wie kann ein Mann wie Andy Zorn, der als Doktor der Medizin verpflichtet ist, menschliches Leben unter allen Umständen zu retten, für Sterbehilfe eintreten? Nun, Zorn?«

Mit einigem Widerstreben sagte Andy: »Als Verantwortlicher für die Intensivpflegeabteilung bin ich absolut dazu verpflichtet, Leben bis zum letzten Moment zu erhalten. Als normal empfindender Mensch, dem sein eigenes Wohlergehen am Herzen liegt, bin ich dagegen, daß ich durch die neueste Errungenschaft der Apparatemedizin, die vielleicht letzte Woche von irgendeinem ehrgeizigen Forscher erfunden worden ist, auf Biegen und Brechen am Leben gehalten werde.«

»Jemand, der solche Anschauungen vertritt, ist nicht geeignet, eine Einrichtung zu leiten, deren wichtigste Dienstleistung die Gesundheitsfürsorge ist – auch nicht ein Hospiz«, sagte Hasslebrook.

»Wenn er Charakter und Verantwortungsbewußtsein besitzt, dann ist er es sehr wohl«, widersprach Armitage, doch wurde die Konfrontation dadurch entschärft, daß St. Près in versöhnlichem Ton sagte: »Lassen Sie uns auf Senator Raborns Frage zurückkommen, welche diese Debatte überhaupt erst ins Rollen gebracht hat: ›Wie viele von uns haben ein Patiententestament aufgesetzt?‹«

Jiménez meldete sich zu Wort. »Ich möchte als erster antworten. Ich habe es nicht gemacht, weil ich ein guter Katholik bin, und unsere Kirche hat strenge Regeln. Ein Selbstmörder darf nicht in geweihter Erde bestattet werden.«

»Betrachten Sie das Aufsetzen eines Patiententestaments als gleichbedeutend mit Selbstmord?« fragte Raborn.

»Die Kirche tut es jedenfalls, und das reicht für mich aus«, antwortete Jiménez.

»Und du?« fragte Raborn den Botschafter, der zur Antwort gab: »Ich habe die Wogen des Lebens, das Auf und das Ab, so sehr genossen, daß ich dabei sein möchte, wenn es zu Ende geht, egal, wie das Ende aussieht.«

»Aber wenn du bewußtlos daliegst?« fragte Raborn. »Was für eine Art von Ende würde das sein?«

»Ich möchte einfach glauben, daß ich klug genug sein würde, um ein paar Signale von dem, was da vor sich geht, aufzufangen, auch wenn es vielleicht so aussieht, als wäre ich bewußtlos. Ich wäre noch immer bei dem großen Spiel dabei. Das ist Lohn genug. Ich werde kein Testament unterschreiben, das irgendeinem Schiedsrichter, den ich nicht kenne, das Recht gibt, das Spiel abzubrechen. Ich möchte den Schlußpfiff hören.«

Raborn wandte sich Hasslebrook zu und fragte ihn: »Was erzählen Sie nun also Armitage und mir, die wir ein Patiententestament unterschrieben haben, das, wie Sie sagen, den Selbstmord legalisiert?«

»Ich kann nur hoffen, daß irgendein Aspekt der Großartigkeit des Lebens Sie dazu bewegen wird, Ihre Meinung zu ändern.«

»Und Sie wollen, daß Leute wie Armitage und ich so enden wie Mrs. Carlson oben in der Intensivpflege? Ist das das hehre Ziel Ihres Vereins?«

»Senator Raborn, Gott pflanzt bestimmte Wesen auf die Erde, die als Maßstab für alle anderen dienen. Diese verwirrenden Fälle sind nicht aus Zufall hier. Gott will, daß sie wie Leuchttürme herausragen. Das mongoloide Kind, das die Größe der Liebe seiner Familie auf den Prüfstand stellt. Der homophile sechzehnjährige Knabe, der sich mit AIDS infiziert. Mrs. Carlson mit ihrem quälend langsamen Dahinscheiden aus diesem Leben. Sie sind der Lackmustest, der uns übrige erleuchtet. Mrs. Carlson adelt diese gesamte Einrichtung. Gott prüft nicht Sie und mich; er ist noch nicht bereit für uns, aber er schaut zu, wie wir auf die Lackmusstreifen reagieren, die er ausgestreut hat.«

Senator Raborn hatte sich in seiner Zeit als Senatsausschußvorsitzender wegen seiner Hartnäckigkeit beim Vernehmen von Zeugen, die vor einem seiner diversen Ausschüsse ausgesagt hatten, den Ruf einer Bulldogge erworben, und jetzt fragte er:

»Aber werden Sie – ich meine damit natürlich Ihren Verein – zulassen, daß mein Patiententestament nach dem neuen in Florida gültigen Gesetz vollstreckt wird?«

»Gebt dem Kaiser, was des Kaisers ist. Das Gesetz ist ein vorübergehender Irrweg, der hoffentlich bald wieder korrigiert wird.«

»Und Ihre Organisation wird alles, was in ihrer Macht steht, dafür tun, daß es wieder aufgehoben wird?«

»Ja.«

»Ich bin einer Meinung mit Ihnen, Mr. Hasslebrook«, sagte Jiménez. »Sie sind eine Stimme der Vernunft in einer Welt, die aus den Fugen geraten ist.«

»Und ich fürchte, Sie sind ein Fanatiker, der wahrscheinlich mehr Schaden als Nutzen anrichten wird«, sagte Raborn. »Lassen Sie gefälligst die Finger von meinem Patiententestament.«

Präsident Armitage machte zum Abschluß der Diskussion die Bemerkung: »Mr. Hasslebrook, an dem Abend, als wir uns kennenlernten – vielleicht erinnern Sie sich noch daran –, machten Sie auf mich den Eindruck eines ungewöhnlich reservierten Menschen, ja Sie wirkten in Ihrer Schweigsamkeit fast schon unhöflich auf mich. Heute abend präsentieren Sie sich nun als der scharfsinnige Bostoner Rechtsanwalt. Wieso dieser Wandel?«

»Ganz einfach. An jenem ersten Abend haben Sie mich mit Fragen gelöchert, auf die ich nicht vorbereitet war. Ich mußte mich erst einmal vortasten. Jetzt, wo Sie wissen, wer ich bin und welches meine Mission ist, muß ich Ihnen die Höflichkeit erweisen, offen und geradeheraus zu sein.«

Eines Abends während des Essens bat Richter Noble um das Mikrophon und kündigte mit freudig bebender Stimme an: »Sie sind wieder da! Die Sirenen sind heute am späten Nachmittag Richtung Norden aufgebrochen!«

Der Zug der Sirenen zu ihrem warmen Winterrefugium war kein atmeberaubend schönes Spektakel wie ein Schwarm kanadischer Gänse in schnittiger V-Formation auf dem Flug in südliche Gefilde, und die Tiere als solche hatten beileibe auch nichts von dem exquisiten Zauber eines Silberreihers oder von der würdevollen Grazie eines majestätischen Blaureihers. Um an einer Sirene – auch Rundschwanzseekuh genannt – Gefallen zu finden, mußte man schon die Natur an und für sich lieben; aber um die plumpen Geschöpfe zu lieben, mußte man wahrlich schon ein bißchen verrückt sein. Gleichwohl stellten sich viele Bewohner an jenem ersten Abend den Wecker, um dabeizusein, wenn früh am Morgen die feierliche Prozession dieser seltsamen Wasserbewohner vorüberzog.

Schon früh am Morgen saß Richter Noble auf einem Stuhl am Kanal, bewaffnet mit einem Fernglas und einem Eimer mit Happen für Rowdy, den Pelikan, falls dieser vorbeikommen sollte. Doch seine Aufmerksamkeit – und die derer, die sich mit ihren eigenen Ferngläsern um seinen Stuhl drängten – war auf die Mitte des Kanals gerichtet, wo die Seekühe zu sehen sein würden. Plötzlich rief Ms. Oliphant, die wie immer das schärfste Auge hatte: »Da kommen sie!« Und viele Bewohner sahen zum erstenmal in ihrem Leben eine Sirene.

Wenn man nahe ans Ufer ging, konnte man ein riesiges, speckbepacktes Tier von fast viereinhalb Meter Länge mit einem monströsen platten Schwanz sehen. Die Seekuh ähnelt im Prinzip einem kleinen Wal, aber die Schwerfälligkeit, mit der sie sich bewegt, macht sie einzigartig unter den Wasserbewohnern. Sie ist ein träges, faules Biest, aber ihre Gemütlichkeit und ihr tolpatschiger Charme verleihen ihr etwas Liebenswertes, etwa so wie ein abgewetzter Teddybär.

Was sie berühmt gemacht hatte in der Meereskunde, war ihr monströser Kopf, ein riesiger, unförmiger Klops, und das Gesicht: eine platte Nase, ein gewaltiges Sabbermaul und ein mächtiger Schnauzbart, der sie bei bestimmten Lichtverhältnissen so aussehen ließ wie einen ungepflegten alten Mann, der sich nicht mehr rasiert und sich auch ansonsten nicht mehr um sein Äußeres kümmert.

Muley Duggan, der wie viele andere zum erstenmal eine Herde Seekühe sah, schrie: »Die sehen aus wie fette alte Männer in einem türkischen Bad!« Den Vogel aber schoß die Gräfin ab mit dem Vergleich: »Die da vorne sieht aus wie mein Onkel Jason!« Und nach einem Moment des Zögerns fügte sie, als ob das irgendwie bedeutsam für sie sei, hinzu: »Väterlicherseits.«

Während die Tiere sich träge Richtung Norden bewegten, erklärte Richter Noble: »Sie haben eine große Vorliebe für warmes Wasser; also sollte man eigentlich meinen, sie müßten nach Süden schwimmen, wenn der Winter naht. Aber im Norden von Tampa gibt es eine Fabrik, die warmes Abwasser in den Kanal leitet. Die Spur dieser warmen Strömung haben sie jetzt aufgenommen und folgen ihr bis zu ihrer Quelle.«

»Wie machen sie das?« wollte eine Frau wissen, und der Richter sagte: »Da gibt es zwei Theorien. Entweder sind die Tiere extrem sensibel für selbst geringste Temperaturschwankungen, oder sie reagieren auf irgendwelche Chemikalien im Abwasser.«

Als der Morgen voranschritt, wurden die Zuschauer von *The Palms* Zeugen einer Tragödie, die sich Jahr für Jahr vor der Westküste Floridas abspielte, denn bald tauchten die ersten Power-Motorboote auf, die täglich die Küstengewässer dieser Region unsicher machten und die eine enorme Gefahr für die sich nur langsam vorwärtsbewegenden Tiere darstellten. »Es ist einfach schrecklich!« klagte Richter Noble. »Die Boote sind so schnell, und die Sirenen sind so langsam, daß Zusammenstöße einfach unvermeidlich sind. Und dann werden die armen Tiere regelrecht zu Tode gehackt.« Mit seinem Fernglas beobachtete er eine Seekuh, die dicht am Ufer entlangtrieb, und dann reichte er das Fernglas herum, damit auch die anderen sehen konnten, wie schrecklich aufgeschlitzt die Haut des Tieres war. »Noch ein solcher Zusammenstoß, und die Sirene ist tot«, sagte er. »Das Gemetzel, das hier jedes Jahr aufs Neue stattfindet, ist schlimm und beschämend.«

»Gibt es denn keine Gesetze, welche die Tiere schützen?« fragte ein Mann, und Noble antwortete: »Doch, die gibt es. Und es gibt auch Beamte, die sie durchzusetzen versuchen. Die Motorboote müssen ihre Fahrt verringern und einen Sicherheitsabstand einhalten. Aber seht doch selbst!«

Zwei Boote, die offenbar ein Privatrennen veranstalteten, kamen von Süden her angerast, schossen vorbei und hielten direkt auf die gemächlich dahinschwimmenden Seekühe zu. Allen war klar, daß sie, wenn sie ihre Geschwindigkeit nicht drosselten, unweigerlich die Tiere rammen und sie mit den rasiermesserscharfen Blättern ihrer Schrauben aufschlitzen würden.

»Achtung! Fahrt langsamer!« schrie der Richter in ohnmächtiger Wut gegen den Motorenlärm der vorbeibrausenden Boote an. Es kam, wie es kommen mußte: das führende Boot krachte mitten in die Herde hinein, verletzte eines der Tiere schwer und schwenkte ab.

Um weitere Zusammenstöße zu verhindern, knotete Richter Noble hastig aus seinem Taschentuch und zwei weiteren, die er sich von anderen Zuschauern borgte, eine improvisierte Fahne, um die vorbeifahrenden Boote auf die Seekuhherde aufmerksam zu machen. Die meisten der Fahrer, die ihn winken sahen, verlangsamten ihre Fahrt und kamen sogar näher ans Ufer, um zu sehen, ob irgendein Unfall passiert war. Und als er schrie: »Seekühe voraus!« fuhren sie noch langsamer und hielten sich an die Vorschrift. Ein paar freilich faßten die Warnung als eine Art Herausforderung auf und gaben erst recht Gas, als legten sie es geradezu darauf an, die ersten zu sein, die eine Seekuh rammten.

Das machte den Richter so wütend, daß er schnaubte: »Ich wünschte, ich hätte eine Uzi. Damit würde ich diese Verbrecher aus dem Wasser pusten!« Und als einer der Männer ihn darauf fragte, woher er denn diese israelische Mordwaffe kenne, antwortete er: »Wenn Sie Bundesrichter sind, lernen Sie heutzutage eine Menge über Uzis.«

Dr. Zorn, der die fruchtlosen Versuche des Richters, die Gesetzesbrecher zu stoppen, verfolgt hatte, ging ins Haus und kam wenig später wieder mit einem alten Billardqueue, an dem er ein großes rotes Tischtuch befestigt hatte, und einem kleinen tragbaren Funkgerät, das er auf die Frequenz der Hafenpolizei von

Tampa eingestellt hatte. Jetzt verfügte der Richter sowohl über ein gut sichtbares Signal, mit dem er die Boote warnen konnte, als auch über ein Funkgerät, mit dem er der Polizei mitteilen konnte: »Richter Noble in *The Palms*. Hier sind gerade zwei ›Boston Whaler‹ vorbeigekommen, ein weißer und ein grüner. Beide hatten mindestens dreißig Knoten drauf, obwohl vor ihnen eine Herde Seekühe war.«

Während der Pausen, wenn weder Seekühe noch Motorboote in Sicht waren, erzählte er den aufmerksam lauschenden Mitbewohnern, was er über die Seekühe wußte. »Zu den Zeiten der alten Römer hielten die Seeleute die Seekühe für Menschen mit dem Körper eines Wals, und sie schlossen messerscharf, daß wenn die, die sie sahen, die Männer waren, es natürlich auch Frauen geben mußte und daß die selbstverständlich nur wunderschön sein konnten. So entstand die Legende von den Meerjungfern.«

Als der Tag sich dem Ende zuneigte, kam Dr. Zorn zurück, um Richter Noble seinen Dank und seine Hochachtung auszudrücken. »Sie haben heute eine Menge Menschen glücklich gemacht, Richter Noble – sie haben viel von Ihnen gelernt. Vielen Dank.«

»Setzen Sie sich doch einen Moment«, sagte der Richter und bot dem Doktor seinen Stuhl an. »Ich habe den ganzen Tag gesessen und würde mich gerne ein bißchen bewegen.«

»Haben Sie je herausbekommen, warum die Leute sich für die Seekühe so begeistern können? An ihrer Schönheit kann's bestimmt nicht liegen.«

»Ich habe schon oft darüber nachgedacht, besonders heute. Ich glaube, so paradox es auch klingen mag, es hat letztlich doch mit dem Problem der Schönheit zu tun.«

»Wie das? Wie gesagt, von Schönheit kann man bei diesen Tieren nun ja gewiß nicht reden.«

»Richtig. Und genau das ist das Problem. Warum sind unsere Leute scharenweise hier runtergekommen, um sich die Sirenen anzusehen? Es sind wahrscheinlich die häßlichsten Geschöpfe auf Gottes Erde; trotzdem sind sie unwiderstehlicher als ein elegant geformter Fisch. Ist es irgend etwas Urtümliches, das den Reiz dieser Tiere ausmacht, so wie zum Beispiel bei einem Elefanten? Einen Elefanten kann man ja nun auch gewiß nicht als schön bezeichnen, aber er hat so etwas Imponierendes. Auch Größe zählt. Und nicht zuletzt auch – Gott möge mir verzeihen, daß ich das zugebe – die Farbe.«

»Was meinen Sie damit?«

»Wenn Sie heute hier gewesen wären, hätten Sie sie gehört. Jedesmal wenn einer dieser majestätischen Silberreiher hierherkam, in der Hoffnung, einen Fisch von mir zu ergattern, riefen die Leute: »Ist das nicht ein wunderschöner Vogel?« Kam aber ein Blaureiher vorbei, ein unendlich eleganterer Vogel, machte keiner auch nur eine Bemerkung über seine Schönheit. Warum? Weil er die falsche Farbe hat. Wie nannte Muley Duggan diesen gebieterischen Burschen von unserem Reiherstand dort drüben? ›Einen Dorfpolizisten auf Stelzen.‹ Ein dunkelblauer Reiher ist für Gott in seinem Tierreich genauso wertvoll wie ein weißer Silberreiher, nur weigern wir uns, das zuzugeben.«

»Wollen Sie damit sagen, daß eine dunkle Färbung – zum Beispiel eine schwarze Hautfarbe – sich sogar für einen Mann von überragenden Qualitäten wie Sie negativ auswirkt?«

»Das bestätigt sich Tag für Tag aufs Neue. Und ich glaube, es hat schon etwas mit dem Schönheitsempfinden zu tun und dem Widerstreben der Menschen, etwa einen Vogel mit schwarzem Gefieder als schön zu empfinden.«

»Übrigens – wie sind Sie eigentlich Richter geworden?«

»Da muß ich sehr weit ausholen – in die Zeit des Zweiten Weltkrieges, als ich als Achtzehnjähriger zur Navy eingezogen wurde und im Südpazifik auf einem Munitionsboot diente. Die weißen Südstaatler unter den Offizieren der Navy weigerten sich zu glauben, daß wir Schwarzen kämpfen können, oder daß anständige weiße Südstaatenjungs, die einen großen Teil der Navy ausmachten, jemals zusammen mit uns auf einem Schiff Dienst tun würden. Also kommandierten sie uns auf die Munitionsboote ab, und eines nach dem anderen von diesen schwimmenden Pulverfässern explodierte und riß uns farbige Jungs zu Hunderten und Tausenden mit in den Tod. Wenn wir Glück hatten, kriegten wir einen Job als Kellner in irgendeiner Offiziersmesse.

Jahre später erzählte mir jemand, ich solle mir einmal dieses neue Musical *South Pacific* ansehen, und das tat ich auch, aber ich ging vor Ende der Vorstellung wieder raus. Das war nicht der Südpazifik, wie ich ihn kennengelernt hatte. Ich mußte unter Deck schuften, Munition durch die Gegend schleppen, von der ständigen Angst verfolgt, wann wir alle in die Luft fliegen würden.«

»Heißt das, Sie haben den ganzen Krieg nichts anderes getan, als auf Munitionsschiffen oder in Offiziersmessen zu dienen?«

»Ja. Die hohen Tiere hatten entschieden, daß das alles sei, wofür wir zu gebrauchen wären – daß das die Grenze unserer Fähigkeiten sei.«

»Und wo ist nun der Zusammenhang mit Ihrer Karriere als Bundesrichter?«

Noble wurde für einen Moment durch seinen Pelikan Rowdy abgelenkt, der nach einem Fisch tauchte. Als der Vogel wieder auftauchte, einen großen Fisch im Schnabel, rief der Richter: »Gut gemacht, Rowdy!« Dann wandte er sich wieder Dr. Zorn zu. »Meine Befreiung begann, als ich anfing, ins Büro des Feldgeistlichen – des *schwarzen* Feldgeistlichen, versteht sich – zu gehen, um mir die Sonntagsausgabe der *New York Times* zu holen, die mit einmonatiger Verspätung eingeflogen wurde. Die Offiziere, die mich in der *Times* herumblättern sahen, dachten wahrscheinlich: Dieser Noble versucht, was aus sich zu machen. Aber was sie natürlich nicht wußten, war, daß ich mir immer die Magazinbeilage unter den Nagel riß, bevor die anderen Jungs sie in die Finger kriegten. Wir wollten alle diese tollen langbeinigen blonden Girls in den Reklameanzeigen für Dessous sehen. Ein Seemann meinte scherzhaft: »Die weißen Kids reißen sich alle um den *National Geographic*, um zu sehen, wie nackte schwarze Mädchen aussehen, und wir reißen uns um die *Times*, um die weißen Mädchen zu sehen.‹«

Während eine Seekuh vorüberschwamm, eine Nachzüglerin,

sagte er fast bitter: »Die grausame Tatsache des Lebens, Dr. Zorn, ist doch, daß die meisten Mädchen auf der Welt nicht schön sind. Sie sind nicht groß und langbeinig und blond, genauso wie die Seekuh da draußen nicht schön ist. Aber die Gesellschaft zwingt uns die Vorstellung auf, daß weiß gleich schön ist und schwarz irgend etwas anderes. Und nicht einmal ich kann mich davon freimachen: Selbst heute noch, wenn ich mir ein wirklich schönes Mädchen vorstellen möchte, denke ich sofort an die Dessous-Reklameanzeigen in der *Times* zurück.«

In diesem Moment – die Seekühe waren endgültig vorübergezogen – biß ein Fisch an seiner Angel an, und sofort kam ein Schwarm der stets wachsamen Silber- und Blaureiher herbeigeflogen, um ihren Anteil an der Beute zu erheischen. Als der Richter sein Taschenmesser hervorholte, um den Fang in Portionen zu zerlegen, damit alle etwas abbekamen, stieß er hervor: »Mein Gott, Zorn! Ist dieser Silberreiher dort nicht wunderschön? Sehen Sie doch, wie sein weißes Gefieder im Sonnenlicht funkelt und seinem Namen alle Ehre macht! Dagegen der Blaureiher gleich neben ihm! Ist er nicht schrecklich benachteiligt?« Während er darüber nachsann, schnitt er wütend den Fisch in zwei Hälften und warf die größere dem Blaureiher und die kleinere dem Silberreiher zu, wie als wolle er ihn für seine Schönheit bestrafen. Und als Rowdy angerauscht kam und mit einem mächtigen *Platsch!* wie ein beschädigtes Wasserflugzeug auf dem Kanal landete, schimpfte der Richter ihn aus: »Und du, du tolpatschiger Dämel, kommst nicht einmal in die Endausscheidung!«

»Kann ich Ihnen helfen, die Sachen zurück zu Ihrem Zimmer zu tragen?« fragte Zorn, und ohne eine Antwort abzuwarten, schnappte er sich das Fernglas und den Kurzwellensender. Dem Richter überließ er die Angelrute, die dieser sich vor mehr als vierzig Jahren gekauft hatte und mit der er schon an vielen Gewässern geangelt hatte. Als sie zum Gemeinschaftshaus zurückgingen, sagte Zorn: »Sie haben mir noch immer nicht erzählt, was Ihr Dienst auf den Munitionsschiffen im Südpazifik nun mit Ihrer späteren Tätigkeit als Richter zu tun hatte.«

»Das ging auch über ein paar Umwege. Als ein paar von uns Schwarzen die Nase voll davon hatten, ständig, Tag für Tag, in der Gefahr zu schweben, in die Luft gejagt zu werden, protestierten wir gegen diese Behandlung, die wir als ungerecht empfanden. Weiße Offiziere aus dem Süden, die ebenso wenig Lust gehabt hatten, auf die Munitionsschiffe abkommandiert zu werden, bezichtigten uns daraufhin der Meuterei, und sie wären wahrscheinlich auch damit durchgekommen, wenn nicht ein junger weißer Rechtsanwalt, der ebenfalls dienstverpflichtet worden war und der auch immer mit mir ins Büro des Feldgeistlichen gekommen war, um die *New York Times* zu lesen, und mich daher als einen anständigen Menschen kennengelernt hatte – wenn also dieser junge Anwalt nicht darum gebeten hätte, mich vor dem Kriegsgericht verteidigen zu dürfen. Er argumentierte so bestechend, so überzeugend, daß ich gleich nach der Verhandlung – in der ich natürlich freigesprochen wurde – zu ihm ging und zu ihm sagte: »Wenn der Krieg zu Ende ist, möchte ich auch Anwalt werden, so wie Sie.« Worauf er antwortete: »Nach dem neuen GI-Gesetz, das Ihnen eine kostenlose Ausbildung garantiert, wenn das hier vorbei ist, können Sie das tatsächlich.« Wir blieben in Verbindung, und Jahre später empfahl er mich Lyndon B. Johnson, der mich zu einem seiner Bundesrichter ernannte.«

Als der Richter seine Erklärung beendet hatte, verspürte Zorn den Drang, ihn zu fragen, warum er sein Amt als Bundesrichter aufgegeben hatte. Er hatte nämlich munkeln gehört, daß es da irgend einen Skandal gegeben hatte, und als er Noble in die Augen schaute, glaubte er Anzeichen tiefen Bedauerns zu erkennen, als bedrücke ihn noch immer eine schwere Last. Doch Zorn verkniff es sich, Noble auszufragen. Seltsam, dachte er, andere Bundesrichter stellen sich, auch nachdem sie sich aus dem Vollzeitamt zurückgezogen haben, weiterhin für Notfälle zur Verfügung und werden von Zeit zu Zeit an Orte gerufen, wo sich die Fälle übermäßig gestaut haben und sie wertvolle Hilfe leisten können; aber Richter Noble ist noch nie gerufen worden – ich frage mich, warum.

Inzwischen war es dunkel geworden, und als er und Noble zu den Umrissen von *The Palms* hinüberblickten, die sich gegen den Himmel abzeichneten, sagte er: »Dank Ihres Engagements ist den Menschen dort drinnen heute vielleicht ein bißchen mehr bewußt geworden, daß sie die Natur respektieren müssen. Vielen Dank, Richter Noble.«

Als sie sich zum Haus aufmachten, um sich fürs Abendessen frischzumachen, flogen die Vögel zu ihren Nestern zurück, und die Sirenen näherten sich immer mehr den warmen Gewässern, in denen sie überwintern würden.

ANFANG OKTOBER, als Berta Umlauf einundachtzig wurde, schien es, als forderten die großen Anstrengungen, die sie sich während des langen Siechtums von gleich drei Angehörigen der Familie Umlauf aufgebürdet hatte, verspätet und mit Macht ihren Tribut. Ihr allgemeiner Gesundheitszustand verschlechterte sich; besonders betroffen waren die Zähne, die Augen und die Nerven. Als kluge und umsichtige Frau, die sie immer gewesen war, überließ sie nichts dem Zufall und suchte sogleich einen Augenarzt auf, der ihr die gute Nachricht verkündete: »Gutes Augenlicht, kein Glaukom, kein Altersstar, keine Netzhautablösung, aber angegriffene Nerven. Die Gefahr, daß Sie erblinden könnten, besteht nicht, aber Sie werden leider auch nie mehr so gut sehen können wie früher. Doch keine Angst, mit einer guten Brille läßt sich heutzutage eine Menge machen.«

Wegen ihrer Zähne suchte sie Dr. Velenius auf, den geschickten Zahnarzt in dem Dorf im Osten Tampas. Nachdem er sich bei seinen Verbündeten in *The Palms* erkundigt und erfahren hatte, daß sie wohlhabend war, verlangte er für die Behandlung, die er bei ihr vornahm, einen unverschämten Preis; da ihr die Vergleichsmöglichkeiten fehlten, zahlte sie ihn anstandslos. Als Andy erfuhr, daß sie bei Velenius gewesen war, tat er etwas sehr

Unvorsichtiges: »Fänden Sie es sehr neugierig von mir, wenn ich Sie fragen würde, was Ihr Zahnarzt für die Behandlung verlangt hat, Mrs. Umlauf?« Sie fand nichts dabei, es ihm zu sagen, und zeigte ihm die Rechnung. Für eine Routinebehandlung, die in Chicago allerhöchstens zweihundert Dollar gekostet hätte, hatte er ihr sage und schreibe achthundert Dollar abgeknöpft, indem er ihr in überzeugender Manier dargelegt hatte, daß sie über kurz oder lang wichtige Zähne verlieren würde, wenn er nicht sofort etwas unternähme – ein Verdacht, den sie schon die ganze Zeit über gehegt hatte und dessentwegen sie überhaupt erst zu ihm gegangen war. Hätte man ihm wegen seines horrenden Honorars Vorhaltungen gemacht, hätte er darauf erwidert: »Ihr Sicherheit zu geben und bestimmte reale Gefahren zu eliminieren, war jeden Cent, den sie bezahlt hat, wert.«

Aber die Gefahr, die ihrem Nervensystem drohte, war in der Tat real. Sie erlitt häufig Schwindelanfälle, verbunden mit weichen Knien, und sah Sterne vor den Augen, die nicht von Problemen mit den Augen herrührten. Zweimal wurde sie ohne das geringste Warnzeichen auf ihrem Zimmer ohnmächtig. Tatsächlich wußte sie kaum, daß sie zusammengeklappt war, und hätte sie nicht auf dem Boden gelegen, als sie wieder aus der Ohnmacht erwachte, hätte sie es wohl überhaupt nicht wahrgenommen.

Sie bekam einen gehörigen Schreck und konsultierte umgehend Dr. Farquhar. Er war gewohnt gründlich, scharfsichtig und hilfreich: »Berta, seit jenem Tag, an dem Sie mich aufsuchten, als Ihr Leben Ihnen als ein unüberschaubarer Wirrwarr erschien, weiß ich, daß Sie anfällig für nervöse Erschöpfung sind. Sie fordern sich selbst zuviel ab, und Ihre zwei Ohnmachtsanfälle könnten ein Anzeichen dafür sein, daß zu wenig Blut in Ihr Hirn gelangt. Wenn das der Fall ist – und Sie so weitermachen wie bisher – könnten Sie Kandidatin für einen Schlaganfall werden. Ich werde ab morgen alle notwendigen Tests bei Ihnen vornehmen. Als erstes den Streß-Test, um zu sehen, ob es an etwaigen Gefäßverengungen liegen könnte. Dann ein Standard-EKG. Als nächstes schick' ich Sie dann nach Tampa für einen Karotis-Test, damit wir sehen, ob Ihr Hirn ausreichend mit Blut versorgt wird. Danach – vorausgesetzt, alle anderen Tests ergeben nichts, was ich hoffe – lassen wir eine Kernspintomographie von Ihrem Gehirn machen, und auch da bin ich ganz zuversichtlich, daß wir nichts Schlimmes finden werden.«

»Ist das dieses Ding, wo Ludwig rebellisch geworden ist und randaliert hat?«

»Nein, das war eine Computertomographie. Die ist längst nicht so fein wie eine Kernspintomographie. Die Kernspintomographie ist das fortschrittlichste Verfahren, das es zur Zeit gibt. Sie liefert exzellente, gestochen scharfe Bilder vom Gehirn. Sie ist nicht so leicht durchzuführen wie eine Computertomographie, aber wir haben hochspezialisierte Techniker, die Ihnen die Sache ganz erträglich machen.« Er überlegte einen Moment und fügte hinzu: »Wenn Sie freilich anfällig für klaustrophobische Zustände sind, sagen Sie es uns. In dem Fall hat es nämlich keinen Zweck; Sie würden das Gefühl des Eingeschlossenseins nicht aushalten. Das zuzugeben ist keine Schande. Sind Sie anfällig dafür?«

Sie sagte lachend: »Wenn ich gegen etwas anfällig bin, dann ist es Rosenkohl.«

Die Tests wurden in Angriff genommen, doch bevor sie die Hälfte hinter sich gebracht hatte, wachte sie eines Nachts in Panik auf, schweißgebadet und schwer nach Atem ringend. Offenbar ging jedoch Sauerstoff durch ihre Lunge, denn sie fiel nicht in Ohnmacht, aber das Gefühl, zu ersticken, wollte nicht aufhören. An Weiterschlafen war nicht zu denken. Sie wälzte sich hin und her, probierte diese Schlafstellung aus und jene, und dabei stellte sie fest, daß die Beschwerden ein wenig abklangen, wenn sie sich Kissen hinter den Rücken stopfte, bis ihr Oberkörper fast aufrecht war. Als eine Frau, die es gewohnt war, sich auch in Momenten der Krise besonnen zu verhalten, klingelte sie nicht nach der Nachtwache.

Sie ging jedoch gleich am nächsten Morgen erneut zu Dr. Farquhar, und wieder wurde ihr vor Augen geführt, wieviel ein guter Arzt ausmachen kann. Nachdem er sie sorgfältig betastet und abgehorcht hatte, sagte er zu ihr: »Sie haben Flüssigkeit in der Lunge – nicht so viel, daß es besorgniserregend wäre, aber genug, daß etwas dagegen unternommen werden muß. Wenn wir sie nicht rauskriegen, kann es zu echten Komplikationen kommen.« Als er sie weiter untersuchte, stellte er fest, daß auch ihre Fußknöchel stark geschwollen waren.

»Das bestätigt meine Vermutung, Berta. Kongestive Herzschwäche.« Doch bevor dieses häßliche Wort sie erschrecken konnte, fügte er auch schon mit einem Schmunzeln hinzu: »Schrecklicher Name für ein sehr verbreitetes Leiden. Wir verfügen heutzutage über ausgezeichnete Medikamente, welche die überschüssige Flüssigkeit aus dem Körper treiben, und mit einem weiteren Medikament beruhigen und kräftigen wir Ihr Herz. Ich habe Patienten, die schon seit dreißig Jahren an kongestiver Herzschwäche leiden.« Er schrieb zwei Rezepte und gab sie ihr. »Das Diuretikum, das ich Ihnen gebe – das ist das Medikament, das die Flüssigkeit aus Ihrem Körper treibt –, hat eine Nebenwirkung, auf die Sie unbedingt achten müssen. Es treibt nämlich nicht nur die überschüssige Flüssigkeit aus Ihrem Körper, sondern auch Kalium, das der Körper braucht. Um diesen Verlust auszugleichen, müssen Sie Ihren Speiseplan mit der sogenannten BOB-Diät ergänzen: Bananen, Orangen, Bohnen – ganz besonders aber Bananen.«

»Kein Problem«, erwiderte Berta. »Das mag ich alles.« Und als bald darauf die Schwellung in ihren Knöcheln nachließ und die Flüssigkeit aus ihrer Lunge verschwand, hörten auch ihre Anfälle von Atemnot auf, und sie konnte wieder ungestört durchschlafen.

Aber ihr schweres Leben und ihre fortgesetzte aufopfernde Fürsorge für andere hatte ihre physischen Reserven erschöpft, und das Herumdoktern an ihren Symptomen konnte das Grundproblem nicht lösen: daß ihr genetischer Wecker, der bei ihrer Geburt auf gut achtzig Jahre harter körperlicher und geistiger Anstrengung gestellt worden war, Signale aussandte, daß er im Begriff war, abzulaufen. Seltsamerweise war sie es, und nicht Dr.

Farquhar, welche diese Signale richtig deutete. Als Noel und seine Frau Gretchen sie wenig später wieder einmal in *The Palms* besuchten, sagte sie zu ihnen ohne jede Spur von Dramatik in der Stimme: »Ich spüre, daß meine Kraft langsam versiegt. Zu viele Tänze auf zu vielen Hochzeiten.«

»Mom!« protestierte Noel. »Du bist der Typ, der erst mit Ende Neunzig anfängt abzubauen.«

»Aber wenn ich die Signale richtig deute, werde ich in nicht allzu ferner Zukunft nach drüben in die zweite Etage ziehen, in die Betreuung, und wenn es soweit ist, möchte ich, daß ihr dieses schöne Apartment veräußert. Kein Bedauern, keine Reue. Ich habe eine verdammt gute Zeit hier verlebt, es schuldet mir nichts.«

»Mutter«, begehrte Gretchen auf, »du wirst hier wohnen, bis du fünfundneunzig bist.«

»Nein, nein«, wehrte Berta ab. »Ich habe die Erfahrung gemacht, daß der Umzug vom Gemeinschaftshaus in die Betreuung in aller Regel unumkehrbar ist. Dr. Zorn und Mr. Krenek streiten das zwar ab; sie sagen immer, wenn ein Bewohner oder eine Bewohnerin rüberzieht: ›Das ist nur vorübergehend. Wir halten Ihnen Ihr Apartment frei.‹ Aber sie wissen und wir wissen, daß der Umzug immer nur in die andere Richtung geht. Wir kommen nicht mehr hierher zurück. Wenn wir noch einmal umziehen, dann eine Etage höher, in die Intensivpflege.«

»Mutter, rede nicht so fatalistisch daher. Du bist noch Jahrzehnte vom dritten Stock entfernt.«

»Nein, Gretchen. Ich habe dort gearbeitet. Ich weiß, wovon ich rede.« Und vier Tage nach Noels und Gretchens Abreise hatte sie einen schweren Rückfall, der ein weiteres Wohnen im Gemeinschaftshaus ohne Betreuung, besonders während der Nacht, problematisch machte. Der ominöse erste Schritt auf dem langen Rückzug aus dem Leben war unausweichlich geworden, aber sie haderte nicht mit dem Schicksal, als zwei Pflegehelfer mit einer fahrbaren Trage in ihrem Apartment anrückten, um sie in den Gesundheitstrakt zu bringen. Sie lachte und sagte mit fester

Stimme: »Ich weigere mich, auf eurem Karren durch das Haus zu fahren. Es würde meine Freunde deprimieren.« Sie bestand darauf, daß sie die Trage wieder wegbrachten. Eingehakt in den Arm von nur einem der Männer, ging sie mit festem Schritt zum Aufzug auf ihrer Etage und dann durch den langen Flur zum Gesundheitstrakt, wo sie schließlich in den Fahrstuhl stieg, der sie hinauf zu ihrem künftigen Heim bringen würde, einer hübsch möblierten Zwei-Zimmer-Suite in der Betreuung. Hätte sie ihr Apartment im Gemeinschaftshaus verkauft, dann hätte sie den Sprung in die Betreuung mit nur minimalen zusätzlichen Kosten bewerkstelligen können, aber ihre Familie hatte sich standhaft geweigert, zuzulassen, daß sie sich von ihrem Quartier trennte: »Du wirst bald wieder hier sein«, hatten Noel und Gretchen verkündet, und da sie sich die doppelte finanzielle Belastung durchaus leisten konnte, hatte sie keine Einwände erhoben, aber sie war fest entschlossen, das Apartment abzustoßen, sobald sie nicht »hinguckten«.

Als sie sich nach einer gewissen Anlaufzeit in den Alltag in der Betreuung eingelebt hatte, wußte sie mehr und mehr zu schätzen, was dieses Haus alles zu bieten hatte, und eines Morgens, als sie den ausgebildeten Schwestern und Pflegern wieder einmal dabei zuschaute, wie sie ihren Aufgaben und Pflichten, der Versorgung und Betreuung Dutzender von Patienten und Patientinnen, so effizient und kompetent nachkamen, daß es geradezu mühelos erschien, da brach sie unvermittelt in Tränen aus.

»Mrs. Umlauf! Was ist passiert? Eine Schmerzattacke?«

Sie streckte die Hand aus, ergriff die Hand einer der Schwestern und preßte sie an ihre Lippen: »Ich mußte gerade an das sinnlose Leid denken, das ich in dem Haus dort drüben auf Insel Fünf, dem einen dort direkt am Wasser, mit dem roten Dach, ertragen mußte.« Als noch weitere Schwestern ans Fenster gingen, um zum Umlauf-Haus hinüberzuschauen, sagte Berta: »Ich bin in dem kleinen Paradies dort drüben durch die Hölle gegangen, als ich zwei bejammernswerte Menschen bis zu ihrem Tode begleitete, als ihre einzige Bezugsperson, die für alles und jedes verantwortlich war, während die ganze Zeit über diese Einrichtung hier drüben war und nur darauf wartete, genutzt zu werden.« Sie schüttelte den Kopf. »Es war so, als ob ihr jungen Frauen die ganze Zeit über förmlich durch die Nacht gerufen hättet: ›He, Dummerchen! Hier sind wir, jederzeit bereit, dir deine Last abzunehmen!‹«

»Und Sie haben uns nie gehört?« fragte eine der Schwestern, und Berta sagte grimmig: »O doch, ich habe euch durchaus gehört. Laut und deutlich. Die Stimmen der Vernunft. Aber die, die im Sterben lagen, weigerten sich, auf sie zu hören, und sie wollten auch nicht zulassen, daß ich auf sie hörte. Sie ließen mich mit einer der grausamsten Phrasen abblitzen, die ich je gehört habe: ›Was würden die Leute zu Hause denken, wenn sie erfahren würden, daß man uns in ein Altersheim abgeschoben hat?‹ Sie zerbrachen sich den Kopf mehr über vermeintliche Freunde zu Hause in Nord-Michigan als über mich – oder eigentlich sogar über sich selbst. Und Michigan ist fast tausend Meilen von hier entfernt.« Sie hielt inne, lachte sardonisch und sagte zu den Schwestern: »Und ich wette, es gab keine sechs Leute in Marquette, die auch nur einen Gedanken daran verschwendet hätten, ob meine Schwiegermutter und mein Mann in einem Altersheim gewesen wären oder nicht.«

Einer der Vorteile, die das Leben in der Betreuung mit sich brachte, war, wie sie sehr bald merkte, daß Dr. Farquhar zwei- oder dreimal die Woche hereinschaute und viel mehr Zeit für die einzelnen Patienten mitbrachte, als er es je in seiner stets überfüllten Praxis gekonnt hätte. »Sie sind so sehr da für Ihre Patienten, Dr. Farquhar, und Sie haben eine so beruhigende Wirkung.« Er war mehr als das, er war ein Musterbeispiel für das, was ein Arzt sein sollte: bereit, sich selbst zu korrigieren und neue Diagnosen zu stellen, wenn frühere sich als falsch oder nicht zufriedenstellend herausstellten; stets offen dafür, auch Rat von Kollegen einzuholen; und zumindest nicht vollkommen ablehnend eingestellt gegen neue Medikamente, von denen seine Patienten und Patientinnen im *Reader's Digest* oder in *Prevention* gelesen hatten.

Eines Tages lachte er über einen Vorschlag, den Berta machte: »Ich sollte beide Zeitschriften abonnieren. Sie sind für etwa die Hälfte der Anrufe verantwortlich, die ich kriege: ›Dr. Farquhar, haben Sie schon von dieser neuen Wundermedizin gegen Bronchitis gehört?‹ Das neue Medikament wirkt selten Wunder, aber es schadet auch nur selten, also verschreibe ich es. Wenn's die Leute denn glücklich macht …«

Berta fand indes, daß *er* kleine Wunder vollbrachte, indem er sie am Leben hielt und dafür sorgte, daß sie in der Lage blieb, ihren Lebensrhythmus einigermaßen aufrechtzuerhalten. Er behielt sie gut im Auge und wechselte sofort das Medikament, wenn er merkte, daß es nicht so anschlug, wie es sollte. Eines Tages sagte Berta zu einer Krankenschwester: »Wenn ich Dr. Farquhar bei der Arbeit zuschaue, habe ich das Gefühl, ich würde Hippokrates über die Schulter blicken, dem Vater von euch allen.«

Doch auch ein Dr. Farquhar konnte natürlich nicht wirklich Wunder vollbringen, und Anfang November kam schließlich der Moment, wo er ihre Kinder Noel und Gretchen zu sich rufen und ihnen die schlechte Nachricht geben mußte: »Ihre Mutter baut zusehends ab. Sie spricht nicht mehr auf ihre Medikamente an, und wir haben keine realistische Hoffnung mehr, daß ihr Zustand sich noch einmal verbessern könnte.«

Noel versuchte, den Doktor aufzumuntern: »Sie hat schon vor einer ganzen Weile vorausgesagt, daß ihre genetische Uhr, wie sie es nannte, irgendwann um diese Zeit aufhören würde zu ticken. Sie ist hochzufrieden mit Ihrer Behandlung, also machen Sie damit weiter. Sie können sich des vollen Vertrauens der gesamten Familie sicher sein.«

»Aber die Dinge stehen nicht so gut, wie Sie und Ihre Mutter vielleicht denken. Es könnte sein, daß es zu einer rapiden Zuspitzung kommt.«

Diese Worte waren so niederschmetternd, zumal sie aus dem Munde eines so zurückhaltenden, eher moderaten Tönen zugeneigten Mannes wie Farquhar kamen, daß die beiden Umlaufs für einen Moment nicht wußten, was sie sagen sollten. Aber um die entscheidende Frage kamen sie nicht herum: »Dr. Farquhar, versuchen Sie, uns schonend beizubringen, daß unsere Mutter nicht mehr lange zu leben hat?«

»Ich lehne es grundsätzlich ab, zeitliche Voraussagen zu machen, aber es stimmt, sie baut extrem ab.«

»Und Sie wollen uns außerdem darauf vorbereiten, daß sie in absehbarer Zeit auf die Intensivpflege verlegt werden muß?«

»Richtig. Das wollte ich als nächstes ansprechen.«

Noel fiel wie ein Häufchen Elend in sich zusammen, für den Moment außerstande zu irgendeiner Erwiderung, aber Gretchen sagte: »Wir haben diesen Punkt untereinander nie angesprochen, aber ich denke, wir haben es immer gewußt. Und Sie meinen, da läßt sich nichts mehr dran ändern?«

»Nein. Die Betreuung ist nicht dafür gerüstet, Ihrer Frau Mutter die nötige Pflege zuteil werden zu lassen. Wir werden nicht umhin kommen, sie zu verlegen.«

»Diese Verschlimmerung – können Sie ungefähr sagen, wann damit zu rechnen ist?« fragte Gretchen.

»Das kann man nie genau sagen. Es kann noch eine ganze Weile dauern, aber wir müssen von unseren durchschnittlichen Erfahrungswerten ausgehen, und im Fall Ihrer Mutter – was für eine tapfere kleine Frau sie doch ist –«

Die drei saßen eine Weile schweigend da, so als scheue sich jeder davor, das nächste unvermeidliche Problem anzusprechen. Schließlich sagte Noel, an den Schwur denkend, den sie in Berta Umlaufs Wohnzimmer abgelegt hatten: »Mom hat eine Erklärung vorbereitet. Meine Kopie davon liegt zu Hause im Safe, und ich glaube, ihre ist in ihrem Zimmer. Soll ich sie Ihnen bringen?«

Dr. Farquhar beeilte sich, ihn zu beruhigen: »Noel, *davon* ist sie noch weit entfernt – vielleicht noch Jahre. Sie ist eine ungeheure Kämpfernatur. Für Individuen wie sie gelten die normalen Regeln nicht.«

»Wenn Sie auf die dritte Etage verlegt werden müßte –«

»Noel, Sie haben mir nicht richtig zugehört. Sie muß noch morgen dorthin verlegt werden. Wir haben keine andere Wahl.«

Die beiden Umlaufs saßen schweigend da. Sie waren gefühlsmäßig darauf vorbereitet gewesen, diese Worte zu hören, hatten sogar damit gerechnet, als Dr. Farquhar sie gebeten hatte zu kommen, doch jetzt fanden sie es schwer, ja fast unmöglich zu akzeptieren, daß es soweit war. Sie konnten einfach immer noch nicht fassen, daß die zähe, tapfere kleine Berta Umlauf, die ihr Leben lang gegen das Unvermeidliche angekämpft hatte, ein Pflegefall war.

Dr. Farquhar, der ihre niedergeschlagenen Gesichter sah, versuchte erneut, sie zu beruhigen: »Sie zieht zwar in die Intensivpflege um, aber das ist doch kein Todesurteil. Es kann sein, daß sie noch lange unter uns weilt.«

Aber das sollte ein frommer Wunsch bleiben, denn kurz nach Mitternacht erlitt Berta Umlauf eine schwere Herzattacke, und sie mußte mit Blaulicht ins Krankenhaus gebracht werden. Als der rasch herbeigerufene Dr. Farquhar dort eintraf, sah er sofort, daß sie sich davon wohl nicht mehr erholen würde. Doch in den darauffolgenden Tagen zeigte sich wieder einmal, was für eine enorme Kämpfernatur Berta Umlauf war, denn sie kam wieder zu Kräften, ihr Herzrhythmus stabilisierte sich wieder einigermaßen, und nach einer Weile besserte sich ihr Allgemeinzustand wieder soweit, daß sie nach *The Palms* zurückverlegt werden konnte, wo man sie auf der dritten Etage, in der Intensivpflege, unterbrachte.

Leider jedoch machte ihr Geist diese Reise nicht mehr mit: Sie hatte bei dem letzten schweren Herzanfall das Bewußtsein verloren, und als sie schließlich in Zimmer 312 im dritten Stock zu liegen kam, besaß sie nicht mehr die Fähigkeit, sich an ihre Berührung mit dem Zimmer zu erinnern, in dem einst Mrs. Carlson gelegen hatte, die immer noch an ihren diversen Apparaturen hängend ihr Dasein fristete, nur inzwischen in einem erheblich kleineren Raum, da ihre finanziellen Mittel allmählich zur Neige gingen.

EINES ABENDS, als Andy Betsy von einem Kinobesuch nach Hause brachte, lud sie ihn dazu ein, sie zu begleiten, und sie gingen zusammen in ihr Apartment auf der Halbinsel, mit seiner wunderschönen Aussicht sowohl auf den Fluß als auch auf die prachtvolle Zufahrt mit ihren hohen Palmen und den farbenprächtigen Oleanderbüschen. Sie gab ihm den Schlüssel, und als er die Tür öffnete, fragte sie beiläufig: »Wie wär's mit einem Glas Weißwein?«

Er nahm die Einladung nur zu gern an. In ihrem Apartment angekommen, stieß Betsy mit ihrem Krückstock die Tür zu, und dann, mit einer prononcierten Geste der Unabhängigkeit, legte sie den Krückstock beiseite und bewegte sich auf ihre eigene sichere, wenn auch vorsichtige Art in ihrem Zimmer. Von der Couch aus schaute er ihr bewundernd dabei zu, wie sie zu ihrer kleinen Küchenzeile ging, eine Flasche Wein mit einem Korkenzieher öffnete und die Flasche sowie zwei Gläser auf ein Tablett stellte. Als er ihr zuschaute, wie sie zu ihm kam, vorsichtig ihre Schritte setzend, dachte er: Wie schön sie ist! Als sie im Mai hierherkam, war ihr Gesicht blaß, ja fast bleich. Jetzt hat ihr langer, erfolgreicher Kampf es in wahre Schönheit verwandelt, wie aus Marmor gemeißelt.

Bei diesem frohen Gedanken mußte er unwillkürlich lächeln, und als sie ihn fragte, warum er so fröhlich sei, erklärte er: »Ich habe gerade daran gedacht, wie schön du geworden bist, seit du hier runter gekommen bist, und wie sehr dein neues Gesicht mich an eine hübsche Marmorstatue erinnert.«

»Nun übertreib' mal nicht so«, sagte sie lächelnd. »Du machst mich ganz verlegen.«

»Doch, doch«, beharrte er. »Du bist viel schöner als damals, als du hier ankamst. Kein Vergleich. Yancey hat wirklich ein Wunder vollbracht.«

Ganz ruhig und ernst sagte sie: »Ich glaube, der größere Doktor warst du«, und als er protestierte, sagte sie: »Damals, als das Leben die reine Hölle für mich war, fand ich nur einen einzigen Lichtstrahl der Hoffnung: mein Bild von dir. Ich hatte keinen

Schimmer, wie du aussahst, ich wußte nur, daß du quasi aus dem Nichts aufgetaucht warst, um mir das Leben zu retten. Es war auch nicht nötig für mich, zu wissen, wie du aussahst, ich konnte deine Hände spüren, wie sie mich aufhoben. Ich konnte fühlen, wie du deinen Mantel um meine zerschmetterten Beine hülltest. Ich konnte deine Stimme hören, als du mir versichertest, ich würde wieder gehen können. Aus diesen Erinnerungen baute ich mir eine Traumwelt. Irgendwo da draußen war jemand, der mich verstand, der mich gerettet hatte. Meine Aufgabe war es, ihn zu finden.«

Er beugte sich zu ihr hinüber und umarmte sie fest: »Ich werde für immer und ewig dankbar dafür sein, daß du mich gefunden hast. Daß du mich gefunden hast, ist für mich viel wichtiger als für dich.«

»Ist das wirklich wahr?«

»O ja!«

Sie küßte ihn und schmiegte sich selig in seine Arme. Dann fuhr sie mit ihrer Geschichte fort: »Dad heuerte einen Privatdetektiv an, der erfuhr von Dr. Zembright, daß du in Chicago als Arzt gearbeitet hattest und daß du deine Praxis aufgegeben hattest, um irgendeine Aufgabe in Florida zu übernehmen. Von da an war es nur noch eine Frage der Zeit, dich zu finden.«

Zorn löste sich aus der Umarmung und schaute Betsy an. Eine alte Angst kam in ihm hoch. »Das heißt also, wenn du mich wegen unerbetener Einmischung hättest belangen wollen, hättest du das ohne weiteres tun können. Du hättest meine kompletten Personendaten haben können.«

»Was redest du da?« fragte sie verwirrt, und er erzählte ihr von der Warnung, die Dr. Zembright ihm gegeben hatte, niemals bei einem Verkehrsunfall erste Hilfe zu leisten, weil dann die Gefahr bestand, wegen unsachgemäßen Eingreifens belangt zu werden. »O Andy! Was für ein entsetzlicher Gedanke! Du hast mir das Leben gerettet. Ohne dich wäre ich heute nicht hier – wäre ich gar nicht mehr am Leben!« Sie küßte ihn und sagte leise: »Solange ich lebe, Andy, wird mein Leben an deines gebunden sein –

da gibt es kein Entkommen für mich – und ich hoffe, auch keines für dich.«

Und dann kam der Augenblick der Entscheidung. Sie stand auf, stellte die Gläser beiseite und ging langsam Richtung Schlafzimmertür, eindeutig signalisierend, er möge ihr folgen. Er rührte sich nicht. Sie sah sein Zögern, und für einen Moment standen sie beide wie angewurzelt da, beide aufgewühlt von einem inneren Aufruhr aus Angst und Unschlüssigkeit. Sie dachte: Ist es möglich, daß er mich nicht als Frau wahrnehmen kann? Und sie erschauerte, als sie sich die eigentliche Frage stellte: Kann ein Mann eine Frau ohne Beine lieben?

Er wiederum wurde von seinen eigenen Ängsten bedrängt: Könnte ich sie ein ganzes Leben lang emotionell stützen? Hängt sie vielleicht nur irgendwelchen Jungmädchenphantasien nach – einem Traum, den sie sich während ihres Deliriums zusammengesponnen hat? Ich habe schon eine gescheiterte Ehe hinter mir – obwohl es anfangs auch so ausgesehen hatte, als würde sie für immer halten. War es womöglich ein schlimmer Fehler, sie mit ihren Phantasien hier runterkommen zu lassen? Hat sie überhaupt irgendeine Vorstellung davon, wer ich wirklich bin?

Doch während dieses langen, quälenden Moments gewannen andere, mächtigere Gefühle die Oberhand, und Betsy sagte schließlich mit klarer, fester Stimme: »Andy, du bist sogar noch besser, als ich es mir damals in Chattanooga erträumt habe. Du bist ein Mensch unter Menschen; das sehe ich, wenn du dich mit Bewohnern unterhältst, wenn du Patienten oben besuchst. Du bist der Mann, nach dem ich mich so sehr gesehnt habe, nach dem ich so lange gesucht habe, und jetzt kann ich dich nicht mehr loslassen! Ich liebe dich!«

Er ging zu ihr, nahm ihre Hand und sagte: »Es ist schlimm, daß ich solange gebraucht habe, um aufzuwachen, aber Gott sei Dank hast du mich gefunden.« Er zog sie an sich und küßte sie heiß und innig.

Als er früh am nächsten Morgen ihr Apartment verließ, da wußten sie beide, daß sie sich wirklich liebten, eine Erkenntnis, die sich in vielen darauffolgenden Nächten bestätigen sollte. Aber beide waren sich auch darüber im klaren, daß einer lebenslangen Verbindung viele Hindernisse im Weg standen. Doch als sie sich zum Abschied küßten, konnte jeder von beiden sicher sein, daß der andere dieselbe Liebe empfand.

Wie Millionen anderer Männer und Frauen, die sich gern an ihre Schul- und Studienzeit erinnern, weil sie es ihnen ermöglichte, einem eintönigen, trostlosen Dasein zu entrinnen, fand Richter Lincoln Noble, daß das geistige Jahr eines Menschen nicht im Januar begann, sondern im Oktober, und er hatte immer jedem Herbst mit hohen Erwartungen und Vorfreude entgegengefiebert, als ob die Tage jetzt doppelt bedeutungsvoll wären. Er hatte guten Grund für dieses Gefühl, denn die meisten schönen Dinge in seinem Leben hatten sich im Oktober ereignet.

Jetzt, in der kühlen, frischen Mitte dieses Monats, die nach dem sonnendurchglühten Sommer so willkommen war, kreisten, während er in Schwester Varneys Büro saß, seine Gedanken um diese ununterbrochene Kette bedeutsamer Herbste. »Ich erinnere mich noch, als ich sechs war«, erzählte er Schwester Varney, »und Mutter, während sie mein neues Hemd und meine neue Hose für meinen ersten Schultag bügelte, sagte: ›Lincoln, was du heute beginnst, wird entscheiden, was für ein Mann du einmal werden wirst.‹«

»Ich hatte auch so eine Mutter«, sagte Nora. »Sie trieb mich zur Krankenpflegeschule – Gott sei Dank.«

Wie andere Bewohner auch unterhielt er sich gerne mit der Oberschwester, nicht nur, weil sie eine Schwarze war und ähnliche Lebenserfahrungen wie er gemacht hatte, sondern auch, weil sie einem Verständnis entgegenbrachte, ganz gleich, ob man schwarz oder weiß, männlich oder weiblich, jung oder alt war.

Er fuhr mit seinen Reminiszenzen fort: »Der Oktober, in dem

ich zwölf wurde, war auch sehr bemerkenswert. Ich kam damals auf die Thomas Jefferson Junior High, und unser Fräulein, Miss Lear, drohte uns: ›Die leichten Klassen sind jetzt vorbei. Jetzt müßt ihr euch auf den Hosenboden setzen und richtig arbeiten.‹ Sie hatte recht: Meine Arbeitsgewohnheiten, die ich mein Leben lang beibehalten sollte, wurden in jenen drei Jahren von Miss Allen in Englisch und dem jungen Mr. Barney in Mathe geprägt. Sie müssen wissen, das war in Mississippi, und jeder, Lehrer wie Schüler, war schwarz wie ich.«

»Das war bei mir in Alabama genauso, und ich fand nie, daß es mir geschadet hat, außer, daß ich während meiner ganzen Schulzeit nie ein eigenes neues Buch hatte. Ich hatte immer welche, die mindestens zehn Jahre alt waren, und die von den weißen Kindern an uns weitergegeben worden waren.«

»Der Herbst, in dem ich auf die Kennedy High kam, war eine regelrechte Offenbarung für mich, denn das erste, was ich am ersten Schultag in unserem Klassenzimmer sah, war eine Vision: Edith Baxter, eine fünfzehnjährige Engelsgestalt, die in unsere Stadt gekommen war.« Er hielt inne und schwelgte in den Erinnerungen an jenen denkwürdigen Tag. Dann hustete er und sagte beinahe im Flüsterton: »Pechschwarze Haare, vorne zum Pony gekämmt, hinten zu Zöpfchen geflochten. Helle Gesichtshaut, und Bewegungen, daß man hätte glauben können, sie würde schweben. Aber als ich die anderen Jungs fragte, wer sie sei, sagten sie: ›Kannst du vergessen. Ihr Vater ist ein Ganove, und ihre Mutter taugt auch nichts.‹ Und während meiner drei Jahre auf der Kennedy High sollte sich dieses harte Urteil mehrfach bestätigen, denn ihre Eltern waren wirklich Lumpen, die ständig Ärger am Hals hatten. Aber Edith schien einfach heiter vorüberzusegeln, wie eine von diesen Yachten, die wir manchmal den Kanal heraufgleiten sehen, unbehelligt von den Stürmen draußen in der Bucht.« Er hielt erneut inne. »Deshalb hielt ich immer zu ihr, obwohl meine Mutter predigte: ›Du bleibst mir von diesem Kind fern. Sie stammt von Gesocks ab, sie wird immer Gesocks bleiben. Sie ist verdorben, wie ihre Eltern.‹ Ich habe das Rätsel nie gelöst; Edith war gut in der Schule und sang im Kirchenchor. Aber alle außer mir fanden sie verdorben.

Meine Noten auf der Kennedy High waren so gut, daß alle meine Lehrer, und die Schulleitung auch, mich drängten, aufs College zu gehen. Und ich selbst wollte auch – aber da gab es ein Problem.«

»Ich weiß«, sagte die Oberschwester. »Ich selbst kenne dieses Problem nur zu gut. Man könnte es ›das schwarze Problem‹ nennen – Geld. Ihre Eltern hatten keines. Meine auch nicht.«

»Geld war in der Tat ein Problem, aber der Zweite Weltkrieg war ein noch dringlicheres Problem, und ich wurde eingezogen. Ich kann mich immer noch gut an den Tag erinnern – es war natürlich, wie sollte es auch anders sein, im Oktober –, an dem ich von meiner Tour durch den Pazifik wieder nach Hause zurückkam. Er brennt bis heute wie eine langsam kokelnde, nie erlöschende Glut ganz nahe an meiner Seele. Mutter nahm mich beiseite und zeigte auf meine beiden Schwestern, beide älter als ich, beide ganz prachtvolle Mädchen – Kate und Esmeralda. Sie sagte: ›Lincoln, du sollst aufs College, aber wir haben das Geld nicht, und alles bezahlt die Army auch nicht. Ich habe in der Gemeinde herumgefragt, und ein paar gute Leute haben sich bereit erklärt, für dich zu spenden; es sind fast hundert Dollar zusammengekommen. Deine Schwestern haben gesagt, sie würden dich mit den Trinkgeldern, die sie verdienen, unterstützen. Du fährst jetzt also rüber nach Jackson und meldest dich an. Es ist spät, vielleicht sogar schon zu spät, aber wenn sie deine Zeugnisse sehen, werden sie schon noch einen Platz finden. Ich weiß es.‹ An jenem Abend halfen meine Schwestern mir beim Packen. Es dauerte nicht lange, weil ich nicht viel besaß, und am nächsten Morgen sagte ich Mom und meinen Schwestern Lebewohl ...« Seine Stimme versagte ihm den Dienst, und einen Moment lang sah er die Oberschwester durch einen Tränenschleier an. Schließlich sagte er: »Die Mädchen – und Sie wissen, daß das wahr ist – waren genauso helle wie ich. Es waren prachtvolle Mädels, und sie besaßen Charakter. Es waren ihre Trinkgelder, die sie sich in den

Restaurants verdienten, in denen sie arbeiteten, welche es mir ermöglichten, aufs College zu gehen.«

Nora bot ihm eine Tasse Kaffee und selbstgebackene Plätzchen an, und nach dieser angenehmen Unterbrechung fuhr Richter Noble fort: »Jeder neue Oktober auf dem College war wunderbar; jeder eröffnete einen neuen Ausblick auf eine immer größer werdende Welt. Ideen, moralische Probleme, neue Aufgaben. Mein Charakter wurde ans Licht gezerrt, von allen Seiten geprüft und beknetet, und als er wieder an seinen Platz zurückgesteckt wurde, war er viel besser als zu der Zeit, als ich angefangen hatte. Ich konnte meiner Familie die tollen Dinge, die mit mir passierten, gar nicht erklären. Alles, was sie sehen konnten, waren meine Semesterabschlußnoten, und da das in der Regel Einsen oder Zweien waren, waren sie zufrieden und überzeugt, daß sie ihr Geld gut angelegt hatten, indem sie mich aufs College schickten.

Meine Zeugnisse sahen so gut aus, daß mir zwei Stipendien für ein Jurastudium angeboten wurden, und als ich Mom und den Mädchen die Briefe mit den Angeboten zeigte, feierten wir. ›Du wirst eines Tages noch Richter am Obersten Bundesgericht werden‹, prophezeite meine Schwester Kate, und wir kamen an dem Abend nicht vor Mitternacht ins Bett. Als ich mit meinem Jurastudium anfing, stellte ich fest, daß ich gegenüber weißen Studenten, die von Colleges wie Yale, Williams und Duke kamen, Nachteile hatte in punkto Allgemeinwissen, das von Europaaufenthalten mit weiten Reisen und Museums- und Theaterbesuchen herrührte; aber in meiner Fähigkeit, hart zu arbeiten und rasch zu lernen, brauchte ich mich vor niemandem zu verstecken. Nach dem Examen erhielt ich dann von einem Richter am Obersten Gerichtshof von Alabama den Ruf, bei ihm als Praktikant zu arbeiten. Und in jenem Jahr fing mein Glück wirklich im Herbst an, denn das Gericht trat nach der Sommerpause erstmals wieder zusammen.

Alle guten Dinge in meinem Leben rührten letztlich von dieser Ernennung zum Praktikanten eines weißen Richters her. In seiner Eigenschaft als mein Mentor führte er mich bei namhaften

Anwaltskanzleien im Süden ein und versicherte mir: ›Die werden sich darum reißen, einen guten schwarzen Anwalt zu gewinnen, Lincoln. Halt die Augen offen und die Ohren steif.‹ Und so schaffte ich denn den direkten Sprung in eine Anstellung bei einer großen Kanzlei in New Orleans, und von dort aus den Sprung zum Bundesrichter. Wie das passierte? Während meines Dienstes bei der Navy hatte ich großen Eindruck auf einen jungen weißen Offizier gemacht. Die Leute zu Hause sagten damals zu meiner Mutter: ›Jetzt kann nichts mehr Lincoln aufhalten.‹ Aber sie kannten Windy Wilson nicht. Er hatte gewiß die Macht, mich aufzuhalten.«

»Ich hab' von ihm in den Zeitungen gelesen«, sagte Schwester Varney. »War viel von dem, was da stand, wahr?«

»Wie Sie wissen, wenn Sie den Fall verfolgt haben, war alles gelogen. Das FBI wies meine Unschuld zweifelsfrei nach. Aber der Schaden war nun einmal angerichtet. Als die Story zum erstenmal erschien, gab es sofort Stimmen, die meine Amtsenthebung forderten – in allen Zeitungen und Fernsehsendern –, und bis heute glauben die meisten Leute, daß tatsächlich ein Verfahren gegen mich eingeleitet wurde und ich meines Amtes enthoben wurde.«

»Ich habe davon auch hier in *The Palms* munkeln hören. Viele Leute sind wegen Vergehen angeklagt worden, die sie nicht begangen haben. Was zählt, ist, daß man zwar groß herumtönte, man würde Sie Ihres Amtes entheben, es dann aber doch nicht geschah. Sie haben Ihren Sitz am Gericht behalten, nicht wahr?«

Das stimmte, doch es war ein Pyrrhussieg gewesen. Aber in diesem Moment mußte er an das eigentliche Verbrechen denken, das er begangen hatte, und das ihm bis heute auf der Seele lag: »Als ich fünfzehn war, damals auf der Kennedy High, verliebte ich mich bis über beide Ohren in Edith Baxter, und ich glaube, sie mochte mich auch, aber der Druck, dem ich von allen Seiten ausgesetzt war, schreckte mich ab. Wir trafen uns ein paarmal heimlich, sahen uns so oft wie möglich, und ich erfuhr, daß sie sogar noch größere Träume hatte als ich. Sie wollte weg vom ländlichen

Mississippi und die Welt verändern. Wenn ich heute einen weiteren Horizont habe als die meisten anderen, dann deshalb, weil ich Edith in jenen Tagen und Nächten der hochfliegenden Gedanken kennenlernte.«

Unschlüssig, ob er mit solcherlei Enthüllungen fortfahren sollte, wippte er einen Moment hin und her, doch dann gab er sich einen Ruck und sagte: »Ich denke, Sie werden verstehen, Mrs. Varney.«

»Sie brauchen es mir nicht zu erzählen, wenn Sie nicht wollen. Sie zogen sich von der einen großen Liebe Ihres Lebens zurück.«

»Ich war einfach feige. Mit ihr hätte ich nach den Sternen greifen können, verdammt, ich wußte es die ganze Zeit. Gott, was war ich für ein Idiot! Auf dem College dachte ich: Ich habe sie hinter mir gelassen. Sie wird das niemals aufholen. Wenn ich eine Stelle in einer der großen Kanzleien finden will, brauche ich eine Frau mit Collegeabschluß. Ich fand eine solche Frau, sie brachte mich mit ihrem guten Freund Windy Wilson zusammen.«

»Was wurde aus Edith?«

»Machte einen Super-High-School-Abschluß, aber konnte nicht aufs College. Sie wandte sich der Sozialarbeit zu, wurde zu einer Kraft, mit der man im Süden rechnen mußte, und brachte es schließlich zur US-Abgesandten bei den Vereinten Nationen.«

»Sie meinen *die* Edith Baxter Jackson?«

»Genau die. Das kleine Mädchen von der High-School, das nicht als Ehefrau zu mir gepaßt hätte.«

Nora lachte, aber nicht über Richter Noble, sondern über sich selbst. »Ich denke manchmal an die jungen Männer zurück, die ich hätte heiraten können, und frag' mich: ›Warum hab' ich mir von all diesen wunderbaren Burschen bloß den einen Oberversager ausgesucht?‹ Keiner von uns ist gegen diese Krankheit gefeit.«

Die beiden Freunde lachten über die Desaster, die so oft wertvolle Angehörige ihrer Rasse heimsuchten, und obwohl Nora sehen konnte, daß Noble noch bleiben und sich weiter unterhalten wollte, mußte sie sich entschuldigen: »So leid es mir tut, Richter

Noble, aber ich muß jetzt in der Betreuung und in der Intensivpflege nach dem Rechten sehen. Dafür werd' ich schließlich bezahlt.« Sie ließ ihn in ihrem Büro zurück.

Nach ungefähr zehn Minuten weiteren Nachdenkens über vergangene Zeiten stand er auf, rückte seinen Stuhl wieder ordentlich zurecht und wanderte in die Küche, um sich die Essensreste abzuholen, welche die Köche für seine Vögel aufbewahrt hatten. Mit einer prall gefüllten Papiertüte schlenderte er zum Kanal hinunter, wo zwei lärmende Möwen ihren Artgenossen ankündigten: ›Da kommt er wieder – vollbepackt!‹ Und sofort tauchte ein riesiger Schwarm Möwen auf. Als nächstes erschienen dann die drei majestätischen Blaureiher auf dem Plan. Sie sahen genauso aus wie die drei Richter, die früher immer zusammen in ihren schwarzen Roben in den Gerichtssaal in Louisiana getreten waren. Er mochte diese Vögel.

Alsdann kamen von Süden her ein halbes Dutzend schneeweiße Silberreiher, diese Poeten des Sumpflandes, und sie hatten sich so an den Richter gewöhnt – und daran, daß er etwas für sie dabei hatte, ganz gleich wie wenig es auch sein mochte –, daß sie sich um ihn drängten, als wären sie seine Kinder, die gekommen waren, um ihm aus der Hand zu fressen. Und in der Tat: sie waren seine Familie, jeder mit seinen besonderen Meriten. Niemand flog schneller oder mit mehr Grazie als die Möwen, jene weißen Bombardiere der Lüfte; niemand war schöner als die großen weißen Silberreiher. Doch seit dem ersten Tage galt seine tiefste Zuneigung den dunklen, stattlichen Blaureihern, mit denen er sich regelrecht identifizierte: Es sind edle Vögel. Ich wünschte, ich könnte so sein wie sie.

Als sein Vorrat an Futter zu schwinden begann, bemerkte er mit Bedauern, daß der Vogel, den er am meisten liebte, nicht dabei war. Rowdy, der zahme Pelikan, war nirgendwo zu sehen, weder am Himmel, noch auf dem Wasser. »Rowdy!« schrie der Richter. »Wo steckst du?« Keine Reaktion. Er ließ ein paar Reste in seiner Tüte zurück und murmelte bei sich: »Dein Mittagessen steht bereit – wann immer du kommst.«

Seine Vögel verließen ihn wieder; zuerst die Silberreiher, dann die Blaureiher, und schließlich die Möwen. Er war wieder allein mit den schwermütigen Gedanken, die ihn schon in Schwester Varneys Büro bedrängt hatten: »Ich habe alles falsch gemacht. Ich habe die großartigste Möglichkeit, die einem Schwarzen zu meiner Zeit überhaupt geboten werden konnte, schlichtweg verpatzt. In meinen Anfangstagen auf der Richterbank hätte ich jene juristischen Essays schreiben sollen, die ich so klar in meinem Kopf hatte. Vier oder fünf von den Thesen, die ich damals hätte vorbringen können, sie hätten mich an die Spitze meiner Generation gebracht. Warum habe ich es bloß nicht gemacht? Die Streitfragen, zu deren Klärung ich hätte beitragen können, sind die gleichen, die uns noch heute so sehr verblüffen. Ich sah das Licht, aber ich drehte den Docht herunter.«

Die Metapher gefiel ihm, erinnerte sie ihn doch daran, wie er auf dem College durch die Originalität seiner Argumentation die Aufmerksamkeit seiner Professoren erregt hatte, aber seine Freude war nur von kurzer Dauer, denn seine eigenen Worte »drehten den Docht herunter«, beschworen Visionen von der moralischen Dunkelheit herauf, in die er getaumelt war.

»Warum habe ich mich damals nur mit Windy Wilson eingelassen? Sein Spitzname hätte sämtliche Alarmglocken bei mir schrillen lassen müssen – und tat es auch –, aber ich wollte sie nicht hören.« Er stützte den Kopf auf die Hände und vergaß die Vögel und die Schönheit des Kanals. Er sah nur noch Windy Wilson vor sich, jenen redegewandten Schwarzen, der tausend Wege gekannt hatte, auf illegale Weise hier und da den schnellen Dollar zu machen. Normalerweise hätte er sich von solch einer Falle ferngehalten, selbst wenn er nicht Richter gewesen wäre, aber Windy war ein Freund seiner Frau gewesen, ja er war sogar vor ihrer Ehe eine kurze Zeit mit ihr gegangen, und als Ellen darauf bestanden hatte, den Burschen zum Dinner einzuladen, oder den Richter zu Veranstaltungen mitgenommen hatte, bei denen Windy zugegen war, hatte Noble sich dem Wunsch seiner Frau gebeugt – wider sein besseres Wissen. Mehrere Male, wenn er

Einladungen ausgesprochen oder erhalten hatte, hatte er sich an die Warnung eines angesehenen Richters am Obersten Gerichtshof von New York erinnert: »Halten Sie sich immer eines vor Augen: Wenn Ihr Metzger einen Blutfleck auf der Hose hat, dann ist das eine entschuldbare Folge seines absolut ehrenhaften Berufes, aber wenn Sie als Richter einen Fleck auf Ihrer Robe haben, ist das ein schweres Vergehen, das alle Welt sehen kann und das, falls der Fleck nicht entfernt werden kann, Ihren Ruf und Ihre Karriere zerstören wird.« Er hatte das näher ausgeführt: »Sie brauchen für den Fleck auf Ihrer Robe nicht einmal selbst verantwortlich zu sein. Es kann jemand zufällig Dreck auf Sie geschmissen haben. Der springende Punkt ist, Sie hätten sich schlicht nicht dort aufhalten dürfen, wo mit Dreck geworfen wird.«

Als das FBI einen Gerichtsbeschluß erwirkte, Windy Wilsons Telefon anzuzapfen, schnitten die Techniker zwei separate Gespräche über zwei Gerichtsverfahren mit, in die Kumpel von Windy verwickelt waren. Windy hatte großspurig verkündet, die Männer hätten nichts zu befürchten, »weil ich Richter Noble in der Tasche habe«. Diese Anschuldigung war so ungeheuerlich, daß sie untersucht werden mußte, und schon eine erste, diskrete Befragung ergab, daß Windy Wilson und Richter Noble häufig zusammen gesehen wurden. Die FBI-Agenten brauchten sich gar nicht erst die Mühe zu machen, heimlich Fotos von den beiden zu schießen. In der Presse waren bereits zahlreiche Fotos erschienen, welche die beiden zusammen zeigten.

Es kam nie ans Licht, wer die Nachricht von der drohenden Anklageerhebung gegen Noble durchsickern ließ, aber Windy Wilsons prahlerische Behauptung, er habe Richter Noble »in der Tasche«, ging wie ein Lauffeuer durch die Presse, und mehrere Senatoren, die schon immer dagegen gewesen waren, schwarze Juristen in den Bundesgerichtshof zu berufen, sahen im Fall Noble die große Chance, die Praxis, schwarze Richter zu Bundesrichtern zu ernennen, zu beenden oder zumindest zu erschweren.

Es wurde vorgeschlagen, ein Amtsenthebungsverfahren einzuleiten, und obwohl es niemals dazu kam, weil weitergehende Ermittlungen ergaben, daß Windy Wilson nichts weiter als ein Großsprecher war, der den Mund zu voll genommen hatte, war der Schaden nun einmal angerichtet. Richter Noble blieb im Amt, denn es gab keinen Grund, ihn zu entlassen, aber an eine Beförderung gleich welcher Art war von jetzt an natürlich nicht mehr zu denken. Er rehabilitierte sich zwar durch seine tadellose Arbeit und stellte seinen Ruf einigermaßen wieder her, aber er wußte, daß jede Chance für ein Weiterkommen auf der Karriereleiter dahin war, und so zog er denn schließlich die Konsequenz und reichte seinen Rücktritt ein. Seine Pension ermöglichte es ihm und seiner Frau, nach *The Palms* zu ziehen. Ellens allzu früher Tod kurz nach ihrem Einzug in *The Palms* hatte seinen Hang zur Zurückgezogenheit noch verstärkt.

Und wie er nun so allein dasaß im herbstlichen Sonnenlicht, das so oft den nächsten Schritt in seinem scheinbar beharrlichen Vorwärtskommen auf der Karriereleiter markiert hatte, empfand er tiefstes Bedauern, ein Bedauern, das er niemandem mitteilen konnte: Wenn ich diese Abhandlungen geschrieben und mir so einen wachsenden Ruf erworben und mich gleichzeitig von Windy Wilson ferngehalten hätte, dann wäre ich einer der ersten Anwärter dafür gewesen, in die Fußstapfen von Thurgood Marshall zu treten. Den schwarzen Traum am Leben zu halten. Dem Obersten Gerichtshof eine Stimme der Vernunft zu leihen. Ich hätte es schaffen können, das weiß ich.

Und dann kam die schmerzliche Wahrheit, die ihm fast das Herz zerriß: Ich wäre wahrscheinlich derjenige gewesen, der anstelle von Clarence Thomas berufen worden wäre. Wie töricht es von George Bush gewesen war, zu behaupten, mit der Wahl von Thomas habe er den bestqualifizierten Richter in Amerika berufen. Wie absolut lächerlich. Ich kann ein halbes Dutzend anderer schwarzer Richter aufzählen, die tausendmal besser qualifiziert sind, zum Beispiel Leon Higginbotham oben in Philadelphia, um nur einen zu nennen.

Doch in diesem Moment höchster Bitterkeit kam er auf den wirklichen Grund, warum er Thomas so sehr verachtete: jenes Interview, das Thomas Jahre vor seiner Ernennung gegeben hatte, und in dem er sich über seine Schwester lustig gemacht hatte, weil sie von der Wohlfahrt lebte. Ihre Kinder, hatte er gehöhnt, seien in dem Bewußtsein aufgewachsen, den Scheck von der Wohlfahrt als ihr selbstverständliches Recht zu betrachten, auf das sie einen Anspruch hätten. Er hatte seine eigene Schwester verunglimpft, die immer zu ihm gestanden hatte. Dieses Verhalten empfand Noble als so schändlich, daß er Thomas wünschte, er würde sich jede Nacht daran erinnern und könne vor Scham nicht schlafen. Er hatte seine Rasse und seine Familie besudelt, die ihn immer unterstützt hatte.

Aber könnte es sein, daß mein Verhalten vielleicht schlimmer war als seines, dachte er. Jenes letzte Zusammentreffen mit Edith Baxter. Ich war mit den zwei Stipendiumsangeboten für das Jurastudium vom College nach Hause gekommen. Ich hatte Sterne in den Augen, und mit ihrer Hilfe konnte ich in die Zukunft schauen, konnte die glänzende Karriere sehen, die mir bevorstand. Und da sagte ich – zu meiner ewigen Verdammnis: »Edith, wir werden uns nicht mehr sehen. Die Universität wird meine ganze Kraft fordern, und es wird viele neue Aufgaben geben, auf die ich mich voll und ganz konzentrieren muß. Es besteht keine Chance, daß wir je heiraten werden, also warte nicht länger auf mich.« Ich kann kaum glauben, daß ich so etwas gesagt habe. Mit solchen Worten. Aber ich hab' es nun einmal gesagt, und wenn ich heute nacht sterben sollte, dann würde ich als ein unbedeutenderer Mann dahingehen als der, der ich hätte sein können.

Die Reue war schmerzhaft – schneidend wie ein eisiger Wind, Vorbote des nahenden Winters, der über den Kanal blies und die Federn der Vögel und sein Gewissen zerzauste. Schlaff auf seinem Stuhl hängend, fiel er in eine Art Dämmerzustand, verloren zwischen einer schuldbeladenen Vergangenheit und einer ereignislosen Zukunft. Ein willkommenes Geräusch riß ihn aus seiner trübsinnigen Träumerei. Rowdy war zurück, arg verspätet, um sich sein Abendessen zu holen, und veranstaltete seinen üblichen Lärm im Kanal. Als Richter Noble ihm zuschaute, wie er mit seinen großen Flügeln im Wasser schlug, dachte er: Armer Rowdy, was für ein schwerfälliger, unbeholfener Vogel du doch bist! Doch bei genauerem Hinschauen sah er zu seinem Entsetzen, daß Rowdy sich in einem langen Stück von der extrem festen Nylonschnur verheddert hatte, wie die Angler sie benutzten. Die Schnur hatte sich fest um den Hals des Vogels gewickelt und drohte ihn nicht nur zu Tode zu strangulieren, sondern auch unter Wasser zu ziehen.

Als der Richter die Gefahr erkannte, in der sein Freund schwebte, und begriff, daß Rowdy seine letzten Kräfte mobilisiert hatte, um sich mühevoll seinen Weg stromaufwärts zu bahnen, zu der Stelle, von der er wußte, daß der Richter dort sein würde, um ihm zu helfen, sprang er von seinem Stuhl auf und watete in das kalte Wasser des Kanals. Rowdy Worte der Ermunterung zurufend, bewegte er sich vorsichtig vorwärts, um den Vogel von seiner todbringenden Fessel zu befreien, aber er verlor auf dem glitschigen Grund den Halt und fiel ins tiefe Wasser. Als er versuchte, sich an die Oberfläche zu strampeln, verhedderte er sich selbst in der Angelschnur, die fester war als ein Drahtseil, und zog sich und seinen gefiederten Freund in den nassen Tod.

Die drei Blaureiher stolzierten, berobten Richtern gleich, zu der ungeöffneten braunen Papiertüte, die neben dem Stuhl auf der Erde stand, und hackten so lange mit ihren spitzen Schnäbeln darauf herum, bis die Tüte aufplatzte. Unbeeindruckt von der zweifachen Tragödie, die sich nur wenige Meter von ihnen entfernt abspielte, hielten sie ihr Festmahl.

An einem sternklaren, vollmonderleuchteten Novemberabend wartete Botschafter St. Près bis Mitternacht, dann ging er leise zu dem provisorischen Schuppen am Rande der schmalen Start- und Landebahn, die gemäht und gewalzt worden war. Darin stand das Flugzeug. Nachdem er seinen Blick über die schlanken Konturen, die kräftigen, sicher am Rumpf befestigten Flügel und den schimmernden Propeller hatte schweifen lassen, nahm er die Prozedur in Angriff, die ihm die Airforce-Leute beigebracht hatten, als sie damals an der Botschaft bei ihm in Afrika gedient hatten. Als erstes prüfte er den Tankinhalt mit einem Meßstab, der den Benzinpegel anzeigte. Dann kroch er unter den Rumpf der Maschine, um den Ablaßhahn an der Unterseite des Benzintanks zu öffnen; jetzt konnte alles Wasser ablaufen, das sich im Tank angesammelt hatte, ob es nun von unsauberem Benzin aus der Pumpe stammte oder durch Kondensation im Tank selbst entstanden war. Nachdem er an den letzten Tropfen geschnuppert hatte, um sich zu vergewissern, daß sie Benzin waren und nicht Wasser, schloß er den Hahn wieder, prüfte den Luftdruck der Reifen und versuchte dann den Propeller zu drehen, um sicherzugehen, daß er sich nicht losdrehte. Sodann ging er zu den Spitzen der Flügel und prüfte durch kräftiges Hin- und Herruckeln ihre Stabilität. Schließlich band er das Flugzeug los und schob es zur Startlinie. Als es in der vorgesehenen Position stand, ging er zu dem Telefon, das im Schuppen installiert worden war und rief die Luftraumüberwachung im Internationalen Flughafen von Tampa an. »Hier spricht Botschafter Richard St. Près aus *The Palms*, südlich von Tampa. Sie haben vielleicht gehört, daß fünf von uns hier in *The Palms* sich ein eigenes Flugzeug gebaut haben – bis auf die Maschine natürlich, die haben wir fertig gekauft. Ich würde gerne innerhalb der nächsten Minuten zu einem Testflug starten, und ich möchte etwa eine halbe Stunde in der Luft bleiben. Habe ich Ihre Genehmigung?«

»Herr Botschafter, es freut mich, daß Sie sich die Mühe gemacht haben, anzurufen, aber wenn Sie unter zwölfhundert Fuß bleiben, brauchen Sie keine Startfreigabe von mir. Sollten Sie aber höher gehen und in unseren Luftraum kommen, dann bricht hier die Hölle los.«

»Dann kann ich also starten?«

»Haben Sie eine Nachtfluglizenz?«

»Die habe ich erworben, als ich in Afrika gearbeitet habe.

Und ich habe meine Flugpapiere stets ordnungsgemäß verlängern lassen.«

»Dann haben Sie mein O. K., aber ich muß Sie vor einer Sache warnen: Die Maschinen unserer Küstenwache überwachen die hiesigen Küsten und halten Ausschau nach kleinen Flugzeugen wie Ihrem, weil die gerne von Kokainschmugglern benutzt werden. Keine abenteuerlichen Manöver, sonst schießen die Sie noch ab.«

»Können Sie die informieren, daß ich in der Luft bin?«

»Klar. Wird sofort erledigt. Es ist eine wunderschöne Nacht zum Fliegen.«

Zufrieden, daß er sich an die Vorschriften gehalten hatte, ging er zurück zu seinem Wagen und rangierte ihn so, daß die Scheinwerfer die erste Hälfte der Start- und Landebahn beleuchteten. Er ließ den Wagen mit brennenden Scheinwerfern stehen, ging wieder zum Flugzeug, kletterte ins Cockpit, rückte sich in die richtige Sitzposition auf dem einzelnen Sitz und sprach leise ein Gebet. Dann drehte er den Zündschlüssel herum, wartete, bis der Motor rund lief, checkte die Instrumente und sagte leise zu sich selbst: »Auf geht's!«

Als er die Bremse löste und das Flugzeug auf den Start- und Landestreifen steuerte, packte ihn für einen Moment eine ungeheure Erregung, doch sobald die Maschine ins Rollen kam, beruhigten sich seine Nerven wieder, die Zeit drehte sich zurück, und er war wieder ganz ein Pilot, der sich zu einem Flug über die unendliche Steppe Afrikas aufmachte. Als die Maschine die zum Abheben erforderliche Geschwindigkeit erreicht hatte, lehnte er sich zurück, zog den Knüppel sachte an, spürte, wie die Nase des Flugzeugs sich hob, lauschte den letzten Rumpelgeräuschen der Räder auf der Startbahn und zog die Maschine hoch. Kein Flugzeug, auch kein noch so kunstfertig von professionellen Flugzeugbauern konstruiertes, hätte sich besser verhalten können, und mit diesem beglückenden Gefühl – und unter sich das vom Vollmond beschienene Land – schwenkte er nach rechts ab und jagte mit Vollgas über den Kanal, vorbei an der Reihe von Baugrundstücken mit den teuren Häusern und hinaus über den Golf von Mexiko. Erst dann gestand er sich selbst den Grund ein für das, was er da um Mitternacht im November machte, allein über den Golf von Mexiko zu fliegen: »Ich habe sie dazu überredet, dieses Flugzeug zu bauen. Immer wenn ich sah, daß sie in ihrem Eifer erlahmten, sagte ich zu ihnen: ›Durchhalten! Wir schaffen das!‹ Und als meine eigenen Ängste mich bedrängten, biß ich mir auf die Zunge. Also war es meine moralische Verantwortung. Ich wußte, daß es eine solide Arbeit war, prüfte jedes Detail nach, und dank Lewandowski, der das kritische Auge hat, machten wir alles richtig. Aber wenn es nun dazu bestimmt gewesen wäre, in die Luft zu steigen, nur um gleich darauf ins Trudeln zu geraten und mit stotterndem Motor wieder runterzufallen, dann hätte ich es mir nicht leisten können, ich hätte es mir einfach nicht leisten können« – er umklammerte den Steuerknüppel mit beiden Händen –, »es vor aller Augen runterkrachen zu lassen, und womöglich vor laufenden Fernsehkameras. Das hätte ich nicht zulassen können.«

Doch nun, da er sicher in der Luft war und unter ihm der Golf lag, der sein mögliches Versagen mit dem Mantel des Schweigens zugedeckt hätte, konnte er sich darüber freuen, daß seine Freunde gute und gründliche Arbeit abgeliefert hatten. Der Motor lief sauber und gleichmäßig wie ein Uhrwerk, die Flügel hielten, der Kompaß drehte sich mit der Nase des Flugzeugs, der Benzintank war fast voll, und die Großartigkeit, nach der er gestrebt hatte, als er das Unternehmen gestartet hatte, lag vor ihm, so nahe, daß er sie mit den Händen greifen konnte, und so flog er weit hinaus auf den Golf, wo die Schaumkronen der Wellen im Mondlicht glitzerten und die Stille einen Mantel über das sonore Dröhnen der Maschine legte und ihren Klang dämpfte. Er war frei, zwischen Himmel und Erde dahingleitend, wie schon vor so vielen Jahrzehnten, als er über die unendlichen Weiten Afrikas um sein Leben geflogen war. Damals war er ein Neuling gewesen, tapfer und entschlossen, anderen zu helfen, und heute war er wieder ein Neuling, der die Kenntnisse und Fähigkeiten wieder hervorkramte, die er schon vergessen fürchtete. Wie herrisch, ja gebieterisch der Nachthimmel doch war, vor ihm eine ununterbrochene Weite bis zu den Hügeln Mexikos, hinter ihm die unsichtbare Küste Floridas, und er war eine freie Kraft, die zwischen ihnen dahinschwebte.

Er vollführte eine Wende auf der gesenkten Spitze der linken Tragfläche und flog wieder zurück, dem Land entgegen. Das Meer lag nun hinter ihm, und bald tauchten vor ihm die ersten Lichter auf. Wie tief in der Erfahrung der Menschheit es doch steckte, nachts über das Meer zurückzukommen oder durch die Wüste oder die schneebedeckte Tundra, und in der Ferne das Licht zu sehen und die Verheißung des Zuhauses! »Es ist schon merkwürdig«, sagte er bei sich, als er die Landebahn anflog und den Schuppen, in dem das Flugzeug untergestellt war, »daß ich als Fremder nach *The Palms* gekommen bin und es so heimlich, still und leise in mein Herz geschlossen habe, daß ich es jetzt mein Zuhause nenne. Ich habe so wenig ausgegeben und so viel bekommen! Und dort liegt es vor mir im Mondlicht und wartet auf mich!«

In seiner Euphorie schmetterte er ein paar Takte von dem Lied, das ihm die Airforce-Leute in Afrika beigebracht hatten, die Stelle, wo es um Ruhm, Ehre und Tod ging, und sein Herz jubilierte. In exakt der richtigen Höhe anfliegend, fuhr er die Landeklappen aus und setzte butterweich auf, wie aus dem Lehrbuch. Er machte eine weiträumige Wendung, um das Außenrad nicht so sehr zu belasten, und lenkte die Maschine zum »Hangar« zurück.

Er wurde von Senator Raborn in Empfang genommen, der ihn mit der gleichen Zurückhaltung begrüßte, die auch St. Près an den Tag legte, als er aus dem Flugzeug stieg. »Ich konnte mir denken, was du vorhattest. Ich hatte mir mehr oder weniger vorgenommen, das gleiche nächste Woche zu machen, wenn du mir nicht zuvorkommen würdest. Mir wäre es auch nicht lieb gewesen, wenn jede Menge Gaffer dabeigewesen wären, wenn das Ding runtergefallen wäre. Das hätte *The Palms* nicht verdient gehabt.«

St. Près nickte, während er mithalf, das Flugzeug in den Schuppen zu schieben, und als es vertäut war, fragte Raborn: »Und? Wie ließ es sich fliegen? Ist es schwierig oder leicht zu beherrschen?«

»Weißt du, Stanley, ich habe keine großen Vergleichsmöglichkeiten, also kann ich die Frage schwer beantworten. Aber ich finde, es ließ sich gut fliegen, und die Instrumententafel funktionierte gut und leuchtete hübsch. Ich glaube, wir haben unseren Job sehr gut gemacht, Lewandowski und wir anderen. Und diese extreme Sorgfalt hat uns einen großen Sicherheitsspielraum geschaffen.«

»Du meinst also, wir können es gleich nach Weihnachten öffentlich vorführen?«

»Wie geplant«, sagte der Senator mit einem Nicken. Es wäre für die beiden alten in Ehren ergrauten Haudegen undenkbar gewesen, den Rückweg zu ihren Autos Arm in Arm zurückzulegen, als Geste ihrer Verbundenheit bei diesem bizarren Projekt, aber St. Près gestattete sich denn doch zu sagen: »Stanley, ich fand es ganz großartig von dir ...« Es fiel ihm schwer, die richtigen Worte zu finden. »Ich meine, als sich Zweifel breitzumachen begannen ... als die Maschine geliefert wurde und ich sehen konnte, daß einige einen Rückzieher machen wollten. Also, da fand ich es ganz toll von dir, daß du dich so vehement für das Projekt eingesetzt hast und uns zum Weitermachen ermuntert hast.« Als Raborn darauf nichts erwiderte, sagte der Botschafter, als sie ihre Autos erreicht hatten: »Ein ebenso energisches Votum dagegen ... gleich von wem es gekommen wäre – auch von dir ... es hätte das ganze Gefüge zum Einsturz gebracht ... ich hätte mich womöglich diesem Votum angeschlossen. Bestimmt hast du das im Senat oft erlebt, wenn das Schicksal irgendwelcher bedeutenden Unternehmungen von dem ersten Sprecher abhing und von der Lautstärke und Überzeugungskraft in seiner Stimme.«

»In dem Fall besteht der Trick darin, sich zu vergewissern, wer als erster spricht. Du hättest mir an jenem Abend einen Wink geben müssen, Richard. In meinen Ausschüssen hab' ich das immer organisiert.« Er lächelte, während er sich an bedeutende Ereignisse zurückerinnerte, und sagte schließlich: »Es fliegt also? Und drei Tage nach Weihnachten willst du es dem staunenden und jubelnden Publikum vorführen?«

»Das war von Anfang an unser Plan, nicht wahr?« Und die beiden Veteranen vieler Schlachten sagten sich gute Nacht.

Nora Varney wusste in ihrer Eigenschaft als selbsternannte Ersatzmutter sowohl von Dr. Zorn als auch von Betsy Cawthorn, daß es Zeit war, daß sie dem Glück der beiden wieder einmal ein bißchen nachhalf. Also lud sie die jungen Leute auf einen Samstagabend zum Essen in ihr Haus in Tampa ein. Die beiden hatten – jeder auf seine Weise – Nora inzwischen so sehr in ihr Herz geschlossen, daß sie die Einladung mit Freude annahmen.

Als sie auf den Parkplatz kamen, steuerte Andy auf sein Auto zu, aber Betsy sagte: »Nein, heute abend mal nicht. Ich möchte gerne mal ausprobieren, ob ich mit meinem Wagen auch im Dunkeln zurechtkomme.«

»Nun ja«, sagte Andy eher zögernd, »irgendwann mußt du ja mal damit anfangen.« Darauf schalt sie ihn scherzhaft, ein Defätist zu sein. »Yancey hätte gesagt: ›Na dann los!‹ Und er hätte mich angespornt.«

»Aber ich fühle mich für dich verantwortlich. Dein Vater hat dich mir sozusagen zu treuen Händen übergeben.«

»Willst du mir etwa verbieten zu fahren?«

»Ich will dich nur bitten, sehr, sehr vorsichtig zu sein.« Und dann fügte er die Worte hinzu, die er sofort bedauerte: »Du hast ja am eigenen Leib erlebt, wie gefährlich Autos sein können.«

Sie schwenkte auf ihrer Krücke herum und starrte ihn an: »Andy, mit Yanceys beharrlicher Aufmunterung habe ich ein Selbstvertrauen wiedererlangt, von dem ich befürchtete, ich würde es nie wieder bekommen. Und jetzt bin ich wieder richtig in Fahrt. Also hör bitte auf, mich zu bremsen.« Sie nahm ihn in den Arm und küßte ihn.

Er half ihr in ihren speziell umgerüsteten Wagen und achtete darauf, daß sie ihre Füße an eine neutrale Stelle positionierte, wo sie nicht dem Bremspedal in die Quere kamen, das ohnehin keine Funktion besaß. Alsdann prüfte er zusammen mit ihr die Funktion der einzelnen Schalter und Hebel, die nachgerüstet worden waren.

»Die haben das wirklich toll gemacht«, sagte Betsy, um ihr Selbstvertrauen zu stärken, das Andy durch seine skeptischen Bemerkungen angekratzt hatte. »Bei der Probefahrt heute nachmittag hat alles gut geklappt. Die Technik kriegt heutzutage wirklich die unglaublichsten Sachen hin.«

Da weder Andy noch Betsy jemals bei Nora zu Hause gewesen waren, hatte die Oberschwester ihnen den Weg auf einem Blatt Papier aufgezeichnet. Nachdem Andy auf dem Beifahrersitz Platz genommen und sich den Plan auf den Schoß gelegt hatte, wo er ihn mit der Kartenleselampe am Armaturenbrett studieren konnte, setzte Betsy den Wagen rückwärts aus dem Parkstreifen und fuhr los Richtung Osten zur Route 78 und der Schnellstraße nach Tampa. Andy gab die Anweisungen zum Abbiegen rechtzeitig im voraus, und Betsy rief begeistert: »Das klappt ja wie geschmiert!«, als sie die Schnellstraße verließen und in eine der Nebenstraßen abbogen, die zu Noras Haus führten. Sie hatten beide keine Vorstellung, wie Nora wohnte. Das einzige, was Andy wußte, war, daß *The Palms* ihr ein ordentliches Gehalt zahlte, daß sie recht bescheiden war und daß sie einen Mann und zwei Kinder gehabt hatte; ob die jedoch noch bei ihr wohnten, konnte er auch nicht sagen.

Als sie durch eine triste Ecke von Tampa kamen, sagte Betsy: »Es ist schon seltsam: Wir kennen Nora so gut und schätzen sie so hoch, aber wenn sie uns nicht heute zum Essen eingeladen hätten, hätten wir nie erfahren, wo und wie sie lebt. Zwei Welten, die einander so nahe sind – und doch so fern.« Auf Andy Erwiderung: »Wir wissen ja auch nicht, wie die Milliardäre leben«, versetzte Betsy ziemlich spitzzüngig: »Da es ja davon nicht so viele gibt, besteht dazu auch nicht die gleiche Verpflichtung.« Worauf Andy mit einem Schmunzeln erwiderte: »Ich mag es, wenn du zurückschießt. Sehr vielversprechendes Zeichen.«

Noras Domizil war ein kleines, gepflegt wirkendes Häuschen im Schwarzenviertel von Tampa. Andy half Betsy beim Aussteigen und bot ihr den Arm, damit sie die zwei Stufen, die zu der kleinen Veranda führten, bequemer bewältigen konnte. Nora machte ihnen auf und begrüßte sie. Das erste, was Andy ins Auge fiel, als er in die Diele trat, war ein großes Schwarzweiß-Basketballposter, das Jaqmeel Reed, Noras talentierten Neffen, in voller Größe in seinem Basketballdress zeigte, aufgenommen in jenen glücklichen Tagen, als er noch ein landesweit bekannter Star gewesen war. Das Foto mußte lange vor der Zeit gemacht worden sein, als er sich mit AIDS infizierte, aber Andy dachte: Kann man sich das vorstellen? Bereits das tödliche Virus im Körper, und doch steht er da, groß und unbesiegbar. Und dann der schnelle Verfall. Betsy, die sich bei Nora untergehakt hatte, sah, wie seine Augen feucht wurden.

In der anschließenden Unterhaltung rief Nora noch einmal Jaqmeels glorreiche Zeiten auf dem Basketballfeld in Erinnerung, und dann die tragische Geschichte seines unabwendbaren Verfalls. »Er ist nicht verfallen im eigentlichen Sinn«, sagte Nora. »Er ist auf das weiße Pferd des Todes gestiegen und geradewegs den Hang hinunter galoppiert, direkt in den Abgrund.« Als sie in höchsten Tönen von Dr. Leitonen sprachen und von der so bitter notwendigen Arbeit, die er so unermüdlich machte, rief Betsy: »Einen Mann, der soviel Herz hat und soviel Engagement, würde ich gerne kennenlernen!« Und Andy versicherte ihr: »Das ließe sich einrichten. Wir sehen ihn immer noch hin und wieder.«

Gleichermaßen fasziniert war Betsy von der undurchsichtigen Gestalt von Pablo, dem Todesengel, doch als sie über ihn sprachen, schauderte sie zusammen und sagte: »Ich finde, man sollte das nicht zulassen.« In diesem Punkt widersprachen ihr sowohl Andy als auch Nora und wiesen sie auf die segensreiche Erlösung hin, die er den jungen Männern brachte, die sich im letzten Stadium eines unvermeidlichen, qualvollen Todes befanden. »Haben sie nicht einen anständigen, würdigen Abgang verdient?« fragte Nora, und Betsy erwiderte: »Ich habe dabei nicht an sie gedacht. Ich habe an mich gedacht. In der ersten Zeit nach meinem Unfall waren die Verbände an meinen Knien so groß und dick, daß ich nicht einmal die Beine schließen oder ins Bad gehen oder überhaupt noch irgendeine Zukunftshoffnung sehen konnte. Ich war so verzweifelt, daß ich an Selbstmord dachte, an einen schnellen, schmerzlosen Abgang. Ein Glück für mich, daß da so jemand wie Ihr Señor Pablo nicht greifbar war. Ich wäre in Versuchung gekommen, und das wäre entsetzlich falsch gewesen. Wer hätte denn zu dem Zeitpunkt schon ahnen können, daß ich noch vor Thanksgiving wieder würde tanzen können?« Sie schüttelte den Kopf: »Eine schreckliche Vorstellung, daß ich diesem Impuls womöglich nachgegeben hätte!« Darauf erwiderte Nora bloß: »Aber Sie hatten noch eine Chance. Von einer Beinamputation kann man sich wieder erholen. Jaqmeel hingegen –« Sie brachte den Satz nicht zu Ende. Betsy war so betroffen, daß auch ihr Tränen in die Augen schossen.

Den beiden Gästen war beim Eintreten aufgefallen, daß der Tisch für fünf Personen gedeckt worden war, aber sie hatten nicht danach gefragt, wer außer ihnen noch alles kommen würde. In diesem Moment klopfte es an der Tür, und als Nora öffnete, sah Andy zu seiner Freude, daß es die Scotts waren, die er in ihrer Pelikan-Heimstatt kennengelernt hatte. Sie strahlten und hatten geradezu etwas Weihnachtliches in ihrem Blick, denn sie hatten Nora zwei in Geschenkpapier eingeschlagene Schachteln mitgebracht, die Nora in einer Ecke ihres Wohnzimmers deponierte.

Sofort entspann sich eine angeregte Unterhaltung über den Gang der Dinge in der Heimstatt, und die Scotts wollten wissen, wie die Dinge in *The Palms* standen. »Wir hörten die schreckliche Nachricht vom Ertrinkungstod unseres guten alten Freundes Noble«, sagte Scott, und seine hübsche Frau fügte hinzu: »Wie ungerecht! Zu sterben, während er versuchte, eine unschuldige

Kreatur zu retten – es hätte auch einer unserer eigenen Pelikane sein können.«

Diese Bemerkung rief Überraschung hervor, aber Scott bestätigte, was seine Frau gesagt hatte: »Ja, es stimmt, die Vögel, die sich zur Fütterungszeit an unserem Strand versammeln, kommen tatsächlich so weit nach Norden. Es tut mir so leid, daß er so sterben mußte. Er war ein hervorragender Richter, der von seinen Freunden beschwindelt wurde.«

Nora nahm nur sporadisch an der Unterhaltung teil, da sie sich um die Töpfe kümmern mußte, die auf dem Herd vor sich hin brutzelten. Jetzt erklärte sie: »Heute abend gibt es ein Gericht, das ich von meiner Großmutter habe. ›Arme Leute sollt'n besser lern'n, wie man 'n Reeblie Stew macht‹, pflegte sie zu sagen.«

»Was könnte das sein?« fragte Scott. »Beutelratte vielleicht?«

»Huhn. Reeblies, und ich habe das Wort nie wieder gehört, seit ich von zu Hause weggegangen bin, sind eine Art kleine Knödel aus gesalzenem Mehl, die man dadurch erhält, daß man den Teig ganz schnell auf einem Brett reibt, so daß kleine schnurdicke Stücke wegfliegen. Sie sind so klein, daß sie den Geschmack viel besser in sich aufnehmen als gewöhnliche Nudeln, und hier ist nun der Reeblie Stew.« Es war köstlich – ein leckeres Hühnchengericht, angedickt mit den schnurdünnen Reeblies und lediglich mit ein wenig Pfeffer gewürzt.

Als das Mahl richtig im Gange war, erheischte Nora, die am Kopf des Tisches saß, Gehör, indem sie auf den Tisch klopfte. »Das ist wie ein Rätsel in einem Roman von Agatha Christie«, begann sie. »Der Besitzer des verfallenden Hauses sagt: ›Sie werden sich gewiß gefragt haben, warum ich Sie heute abend hierher eingeladen habe, speziell Sie vier.‹ Nun, ich habe es aus einem ganz speziellen Grund getan, einem, der längst überfällig war. Ich wollte, daß Betsy Cawthorn einmal Gloria kennenlernt. Gebt euch die Hand, ihr zwei.« Und obwohl sie das schon getan hatten, als die Scotts hereingekommen waren, gaben sie sich jetzt noch einmal die Hand und blickten dann gespannt auf Nora. Was sie ihnen zu sagen hatte – und sie tat es mit leiser, beinahe musikalischer Stimme – war so kühn und unerwartet, daß ihre vier Zuhörer erst einmal platt waren: »Wenn es jemals ein Paar gegeben hat, das heiraten sollte, ja, man könnte fast sagen, das von Gott dazu bestimmt worden ist, zu heiraten, dann sind das unsere geliebte Betsy und unser Doktor Andy. Aber beide haben Angst davor, dieses Thema anzusprechen – und dies aus Gründen, die jeder verstehen würde. Er hat Angst, noch einmal das Risiko einer Ehe einzugehen, nachdem seine erste gescheitert ist, und sie kann einfach nicht glauben, daß ein netter junger Mann wie Andy ein Mädchen ohne Beine lieben könnte. Also umschleichen sie sich gegenseitig wie zwei Boxer beim Sparring. Nun, und da wollte ich halt, daß sie Sie beide kennenlernen« – sie wandte sich den Scotts zu –, »weil, wenn es je ein Paar gegeben hat, das erst einmal durch die geistige Hölle gegangen sein muß, bevor es tapfer genug war, den Schritt in die Ehe zu wagen, dann müssen Sie das gewesen sein. Denn dazu bedurfte es eines Mutes, wie ihn nur wenige Menschen aufbringen.«

Die beiden Paare saßen peinlich berührt da, die Köpfe rot vor Verlegenheit, aber Schwester Nora, einmal in Fahrt gekommen, fuhr unbeirrt fort, und zwar mit solchem Schwung, daß die Funken stoben: »Die wichtigste Tatsache an diesem heutigen Abend ist, daß ich von meinen Spitzeln erfahren habe, daß Mrs. Scott schwanger ist.«

Diese letzte Bemerkung beendete den Monolog, denn Gloria bestätigte, daß das Gerücht der Wahrheit entsprach, während ihr Mann schüchtern lächelte; und sowohl Betsy als auch Andy begrüßten die Unterbrechung, um die beiden überschwenglich zu beglückwünschen, froh, daß sie für den Moment aus dem Zentrum des Interesses geraten waren. Dann kam Nora zum springenden Punkt des Abends: »Ich will gar nicht wissen, durch welche Art von Gymnastik oder von medizinischem Wunder es unser guter Tom, der ja immerhin von der Hüfte abwärts gelähmt ist, es geschafft hat, seine Frau zu schwängern. Aber nun ist das Wurm in ihrem Bauch und wird mit jedem Tag größer.«

Es herrschte Stille im Raum; jeder der vier Besucher sah sich an eine Grenze getrieben, wo Dunkelheit und Unentschlossenheit regierten – und manchmal ein fernes, flackerndes Licht. Doch Nora, die es genau darauf angelegt hatte, eine solche Stimmung zu schaffen, nutzte sie frech aus: »Und dagegen ist euer Fall, Betsy und Andy, ein Kinderspiel. Ihr habt eigentlich überhaupt kein Problem. Ihr seid zwei gesunde, normale Leute – bis auf die zwei Beine halt.«

Das war eine so direkte, ja geradezu unverschämte Art, es auszudrücken, daß alle vier lachen mußten, eine Reaktion, auf die Nora gehofft hatte und die ihr den nötigen Mut machte, um zu ihrem nächsten Punkt zu kommen, dem eigentlichen Kern der Sache. »So, Betsy, der Ball ist jetzt in Ihrem Feld. Sie fragen sich, ob Sie je ein normales Leben führen können, mit Babys und allem Drum und Dran. Ich sage, Sie *können* – die Scotts sind der Beweis dafür. Und Sie fragen sich, ob Andy je den Mut aufbringen wird, um Ihre Hand anzuhalten. Er wird es nicht; er ist ein gebranntes Kind nach seiner ersten – mißglückten – Ehe, für deren Scheitern er die ganze Schuld bei sich selbst sucht.

Wenn Sie sich also selbst was Gutes tun wollen, Betsy, und ihm was noch Besseres, dann müssen *Sie* halt die Initiative ergreifen.« In der Stille, die folgte, schauten sich die beiden jungen Leute von *The Palms* an, Andy vollkommen sprachlos von dem, was er gehört hatte, Betsy zitternd vor diesem einschneidenden Moment in ihrem Leben. Doch dann kam Noras feste, beruhigende Stimme: »Es ist ganz einfach, Miss Betsy. Die Frage lautet: ›Andy, willst du mich heiraten?‹«

In der Stille, die darauf folgte, war Betsy mehr als bereit, die Frage zu stellen, denn sie hatte sich diesen Augenblick schon oft in der Phantasie vorgestellt, damals, in den ersten schlimmen Wochen nach dem Unfall – und fast ständig, seit sie nach *The Palms* gekommen war. Doch gerade als sie zum Sprechen ansetzen wollte, hob Andy die Hand und sagte mit leiser, bebender Stimme: »Das sind Worte, die ich sprechen sollte, Betsy. Ich habe versucht, dir zu helfen, dich von deinem Unfall zu erholen. Möchtest du jetzt mir helfen, das gleiche zu tun?«

Anstelle einer Antwort griff sie über den Tisch, nahm seine Hände, zog ihn zu sich heran und gab ihm einen langen, liebevollen Kuß.

Der Rest des Abends verlief in entspannter Atmosphäre, und man plauderte fröhlich über die Ehe, das Leben allgemein, und die damit verbundenen Wunder und Schrecknisse. Gloria gestand, was die anderen sich bereits hatten denken können: »Ich mußte Tom bitten, um meine Hand anzuhalten; es war ein zu großer Sprung für ihn, als daß er ihn von allein gewagt hätte. Er sagte ›ja‹ – Gott sei Dank. Was meint ihr, wie ich mich gefühlt hätte, wenn er mir einen Korb gegeben hätte.«

»Ich hab' schon mal einen Korb gekriegt«, sagte Nora, »und das ist beileibe nicht angenehm. Eines Tages stand mein Mann einfach auf und ging – keine Erklärung, kein Wort des Abschieds, nichts. Die Kinder und ich haben ihn nie wieder gesehen.«

»Was ist aus ihm geworden?« fragte Betsy, und Nora sagte: »Wer weiß? Vielleicht hat er irgendwann irgendwo mit einer neuen Frau das gleiche gemacht wie mit mir. Zwei Kinder alleine großzuziehen ist wahrlich kein Zuckerschlecken.«

»Wo sind die Kinder jetzt?« fragte Andy.

»Sie sind inzwischen beide verheiratet. Haben sich ganz gut gemacht. Ich habe sie dazu gedrängt, daß sie heiraten, besonders den Jungen. Ich wollte nicht, daß er 'rummacht und irgendwelchen Frauen Babys anhängt und sich dann nicht darum kümmert.« Sie wandte sich Zorn zu und fragte: »Erzählen Sie doch mal, wie das bei Ihnen war.«

»Ach, das würde viel zu lange dauern«, wiegelte er ab. Aber Betsy bohrte nach: »Ich meine, nach dem, was heute abend hier an diesem Tisch passiert ist, habe ich ein Recht darauf, zu erfahren, wie das damals bei dir war.«

Nachdenklich, den Blick auf seine Daumen gerichtet, die er nervös aneinander rieb, sagte er: »Ich möchte zunächst einmal vorausschicken, daß alles, was damals passiert ist, zu siebzig Prozent meine Schuld war. Junger Arzt, hübsche Krankenschwester, er Einserstudent, sie Mädel vom Lande. Sie war allerliebst und entzückend, und während der Jahre meines Praktikums und danach, als ich meine Praxis etablierte und oft die ganze Nacht durcharbeiten mußte, lernte sie ein paar junge Burschen kennen, die mehr ihrem Stil entsprachen, und einer von ihnen zeigte ihr, wie sie es mit einem guten Anwalt so hindeichseln konnte, daß ich bei einer Scheidung die Hauptlast tragen würde und sie sich eine gute Abfindung einsacken konnte.«

»Und das nennen Sie siebzig-dreißig?« fragte Scott, und Andy sagte: »Ich hatte sie oft nachts allein gelassen – und Frauen kriegen ihre Babys manchmal ja zu den unmöglichsten Stunden. Es war wirklich meine Schuld, weil, so komisch das auch klingen mag, ich nicht einmal wußte, daß es passierte. Jung, dumm, völlig beansprucht von meinen eigenen Problemen in der Klinik und meiner medizinischen Weiterbildung –« Er konnte nicht weiterreden, aber Gloria fragte: »Sie hat Sie geschröpft?«

»Total.«

»Und hat sie den anderen geheiratet?«

»Ich zog es vor, das lieber nicht zu erfahren.«

»Aber Sie wissen es.«

»Nein, ich weiß es nicht, und falls Sie es wissen, sagen Sie es mir lieber nicht.«

Mrs. Scott krähte vergnügt: »Achtung, Betsy, beschädigte Ware! Psychologisch verkrüppelt!«

Kaum hatte sie dieses unglückselige Wort ausgesprochen, das so taktlos war, so unangebracht in Gegenwart ihres Mannes und Betsys, da machte sie auch schon ein entsetztes Gesicht und schlug sich mit der Hand vor den Mund, als wolle sie es ungeschehen machen, aber Betsy rettete sie: »Wenn Bedford Yancey mich von meinem Leiden heilen kann, das mir mit jeder Woche, die vergeht, weniger schlimm vorkommt, dann bin ich sicher, daß Andy mit meiner Hilfe auch seine Probleme in den Griff kriegt.« Die Gäste applaudierten, aber Nora sagte mit einem spöttischen Augenzwinkern: »Das ist der Chor von uns schwarzen Frauen: ›Wir können den Kerl heilen, egal, was ihn auffrißt‹, aber wenn wir es dann versuchen, stellen wir fest, daß es uns auch auffrißt.«

Worauf Betsy erwiderte: »Kommen Sie uns in sechs Jahren besuchen. Dieser Mann hat mir das Leben gerettet. Ich kann's mir leisten, ein Risiko einzugehen, indem ich versuche, ihm seines zu retten.« Und alle wünschten ihr viel Glück.

Aber Nora war noch nicht fertig mit dem Thema, auf das sie zufällig gebracht worden war: »Ich habe keine Angst, das Wort *verkrüppelt* zu benutzen. Ich trage ein paar Narben mit mir herum, die auch nicht von schlechten Eltern sind.« Sie schüttelte den Kopf, als könne sie noch immer nicht glauben, was sie bei ihrem Mann durchgemacht hatte, dann sagte sie philosophisch, an die Adresse der Frauen gerichtet: »Ihr weißen Mädchen könnt den Unterschied gar nicht wahrnehmen. Wenn ihr zum Senior Prom eurer Schule geht, seht ihr ein Dutzend Jungs, die eine ziemlich gute Partie sind. Natürlich könnt ihr euch in dem Alter nicht die Überflieger wie ihn schnappen« – sie zeigte auf das Poster von Jaqmeel –, »aber ihr könnt davon ausgehen, daß aus mindestens einem oder zweien von den Jungs mal was wird. Und wenn ihr Glück habt, kriegt ihr einen davon ab.« Sie wurde ernster: »Aber bei uns schwarzen Mädchen, wir gehen zum gleichen Tanz in unserer Schule, und unsere Spekulation ist die: Welcher von diesen Clowns wird einen Job finden? Und wenn er einen findet, wird er dort jemals genug verdienen, daß er unsere Kinder ernähren kann? Und wenn wir uns umschauen, finden wir genug dreißig- oder vierzigjährige schwarze Frauen, die dieses Problem nie gelöst haben und überhaupt erst gar nicht die Chance dazu hatten.«

In ihrer Stimme schwang jetzt große Bitterkeit mit: »In meiner High-School-Gruppe gab es vielleicht gerade mal zwei schwarze Jungs von siebzehn Jahren, die das Zeug dazu hatten, die Welt aus den Angeln zu heben, die so gut waren wie jeder weiße Junge in der Stadt, aber als Mädchen, das gerade mal sechzehn oder siebzehn ist, kann man solche Gewinnertypen noch nicht erkennen. Alles, was wir tun können, ist, sie aus der Ferne anhimmeln, wenn sie in den Vierzigern sind und wir auch. Sie waren die Transatlantik-Luxusliner, die ausliefen in die weite Welt, während wir staunend und winkend am Kai standen.«

»Aber weiße Mädchen können genausogut total danebengreifen«, sagte Betsy. »Sie brauchen bloß einmal in eine Südstaatenstadt wie Chattanooga zu kommen. Der tiefe Süden kann echte Verlierer hervorbringen, und hübsche Mädchen scheinen sich besonders von ihnen angezogen zu fühlen.«

»Ja, aber die Chancen stehen um so vieles günstiger, wenn man weiß ist. Verstehen Sie das denn nicht?« Noras Stimme bekam einen fast flehenden Klang. »Wenn ein schwarzes Mädchen, das mit der Schule fertig ist, sich sechs schwarze Jungs anschaut, dann kann es davon ausgehen, daß vier von ihnen in den wichtigen Jahren, in denen sie sie brauchen, keinen Job kriegen werden und daß zwei von ihnen mit zweiundzwanzig tot sein werden, erschossen bei irgendwelchen Bandenkämpfen. Das sind die Aussichten, die wir schwarzen Mädchen haben.«

»Aber *Sie* haben überlebt«, beharrte Betsy. »Sie haben einen prima Job. Jeder in *The Palms* liebt Sie, weil Sie eine wunderbare, mitfühlende Frau sind.«

»Ich war entschlossen, mir diesen Ruf zu erwerben, als ich nach *The Palms* ging. Ich hatte genug von dem Pferdemist, den diese Nation uns schwarzen Frauen ins Gesicht wirft. Ich wollte und mußte es einfach schaffen.«

Betsy, der die Tränen in den Augen standen, bat Zorn, ihr zu helfen, und sie stemmte sich hoch, langte über den Kopf des Tisches und umarmte Nora. »Sie haben mehr als das vollbracht, Nora. Und was Sie heute abend getan haben, war Spitze.«

EINES MORGENS kurz vor Thanksgiving kam ein Trio aufgeregter Witwen in Ken Kreneks Büro marschiert und forderte ihn auf, sofort Dr. Zorn zu rufen; es sei sehr wichtig, betonten die Damen. Als die beiden Männer gespannt lauschten, denn die Frauen meinten es offensichtlich sehr ernst, hörten sie eine leidenschaftlich vorgebrachte Beschwerde, die sie nicht zum erstenmal hörten. Zuerst waren sie geneigt zu lachen, schien es doch um einen Vorfall zu gehen, der eher Belustigung als Ärger hervorrief, doch als Zorn die Sache schon abtun wollte, sagte Krenek, der gelernt hatte, die Kümmernisse von Witwen ernst zu nehmen: »Nun, meine Damen, dann sagen Sie uns doch jetzt noch einmal in aller Ruhe, was genau Sie Muley vorzuwerfen haben.«

»Gestern abend am langen Tisch ist er zu weit gegangen.«

»In welcher Hinsicht?«

»Seine Witze. Er ist weit über die Grenzen des Anstands hinausgegangen.«

»Nun ja, meine Damen, Sie wissen ja, daß Muley ein wenig ungeschliffen ist. Er bringt mit seinen Witzchen halt gern ein bißchen Stimmung in den Laden.«

»Aber in letzter Zeit sind seine Witze immer vulgärer geworden; und der jetzt hat das Maß einfach voll gemacht.«

»Was hat er denn gesagt?«

»Wir weigern uns, das zu wiederholen«, sagte Mrs. Robinson und fügte bissig hinzu: »Wenn Patrick solche Worte je in unserem Eßzimmer oder selbst in der Küche in den Mund genommen hätte, dann hätte ich ihn aus dem Haus geworfen.«

Als fest stand, daß keine der Witwen den anstößigen Witz wiederholen würde, tat Dr. Zorn sein Bestes, um sie zu besänftigen: »Sie haben das gute Recht, sich solche anstößigen Witze nicht anhören zu müssen, meine Damen, schon gar nicht beim Dinner. Ich werde mir Muley mal zur Brust nehmen und ihm sagen, daß er seine Zunge künftig in Zaum halten soll.«

»Ich versichere Ihnen, wir beschweren uns nicht ohne triftigen Grund«, sagte Mrs. Robinson. »Wenn Sie den Witz hören, den er zum Besten gegeben hat, werden Sie uns sicherlich Recht geben.«

Als die Damen fort waren, bat Andy Krenek, Muley zu holen, falls er ihn ausfindig machen konnte.

Ein paar Minuten später kam Ken mit dem einstigen LKW-Fahrer anmarschiert; er grinste schon wieder über das ganze fröhliche Gesicht, angeregt von einem neuen Witz, den er irgendwo aufgeschnappt und Krenek auf dem Weg in Andys Büro erzählt hatte. Andy kam sofort zur Sache: »Muley, drei von unseren Frauen waren vorhin hier, um sich über einen Witz zu beschweren, den Sie gestern abend am langen Tisch erzählt haben sollen. Da diese Frauen weder chronische Meckertanten noch prüde Moralapostel sind, die in Ohnmacht fallen, wenn ein Mann mal ›gottverdammt‹ sagt, müssen Krenek und ich ihre Beschwerde ernst nehmen, besonders, da der Vorfall beim Abendessen passierte, wo viele Personen anwesend sind.«

Muley lehnte sich zurück, rieb sich das Kinn und sagte nach einem Moment des Nachdenkens fröhlich: »Ach ja, jetzt fällt's mir wieder ein! Ich hatte gerade diesen herrlichen Witz von den drei alten Knackern gehört, die in der Morgensonne auf einer Bank in St. Petersburg sitzen, die weithin als ›Gottes Wartezimmer‹ bekannt ist. Als ich diesen Ausdruck benutzte, lachten die Frauen, also fühlte ich mich ermuntert, weiterzuerzählen.«

»Erzählen Sie uns den Witz mal«, sagte Krenek. »Mal sehen, ob er wirklich so anstößig gewesen ist, wie die drei Damen ihn empfunden haben.«

»Also: diese drei Männer, alle Ende achtzig, unterhalten sich über ihre Gesundheitsprobleme, und der erste sagt: ›Meine einzige ernste Beschwerde ist, daß ich nicht mehr so gut pinkeln kann. Es ist ein echtes Problem.‹ Der zweite sagt: ›Ich habe die gleiche Art von Problem, nur, bei mir ist es der Darm. Ich habe Schwierigkeiten, ihn zu entleeren. Und das kann einem ganz schön auf den Senkel gehen.‹ Und der dritte sagt: ›Also, das ist ja lustig. Ich leere meine Blase jeden Morgen um punkt sieben. Und jeden Morgen um acht mach' ich ein großes Geschäft.‹ Darauf die beiden anderen: ›Da bist du ja ein richtiger Glückspilz.‹ Worauf der dritte Mann die Hand hebt, sie hin und her schwenkt und sagt: ›Sachte, sachte. Mein Problem ist, ich wach' nie vor neun Uhr auf.‹«

Seine beiden Zuhörer konnten sich ein Grinsen nicht verkneifen, und Krenek sagte: »Etwas derb, da würde ich den Damen recht geben, aber zotig oder anstößig finde ich den Witz nun wirklich nicht.« Andy war da freilich anderer Ansicht: »Im Billardsalon kann man so einen Witz erzählen, aber in einem Speisesaal, wo Essen serviert wird – ich finde, die Damen haben sich zu Recht beschwert.«

»Aber schau'n Sie! Ich setze mich an den langen Tisch, um für mich allein zu essen, nach hinten ans Ende. Die Leute setzen sich zu mir, um meine Geschichten zu hören. Ich dränge mich Ihnen ja nicht auf!«

»Einigen wir uns doch folgendermaßen, Muley«, unterbreitete Andy einen Vorschlag zur Güte. »Unterhalten Sie weiter die Damen mit Ihren Geschichten und Witzen, sie lieben das, aber bedenken Sie dabei, daß es halt *Damen* sind und keine Fernfahrer.« Worauf Muley, den die Beschwerden natürlich getroffen hatten, Besserung gelobte. Und noch am gleichen Abend suchte er die Damen am langen Tisch auf, setzte sich zu ihnen und machte Scherze, die mehr nach ihrem Geschmack waren.

Als Dr. Zorn später am Abend seinen Inspektionsrundgang durch die Betreuung machte, hörte er vertraute Musikklänge aus dem Zimmer, in dem seit langem Muley Duggans Frau Marjorie wohnte, und er fragte sich, wer da wohl die Kassette abspielte, die Muley ihr aus ihren Lieblingsopernarien zusammengestellt hatte. Er blieb vor der Tür stehen und lauschte, und er hörte die himmlischen Frauenstimmen aus dem Duett »Mira o Norma«, aber er hörte auch Muleys Stimme, der mit flehender Stimme auf seine Frau einredete und sie immer wieder mit dem Namen ansprach, den er ihr gegeben hatte, als sie noch in der Lage gewesen war, Musik zu verstehen und zu würdigen. Jetzt, im fortgeschrittenen Stadium ihrer Alzheimer-Erkrankung, vermochte sie nichts mehr mit der Musik anzufangen, und das frustrierte ganz offensichtlich ihren Mann, der sie anflehte: »Norma? Hör dir doch bitte die Musik an! Es ist deine Musik, Norma! Ich habe das Band eigens für dich zusammengestellt. Norma, bitte, hör doch zu!«

Andy war sich darüber im klaren, daß er an der Tür lauschte und daß er eigentlich weitergehen sollte, aber die Situation hatte etwas so Herzzerreißendes, daß er sich einfach nicht losreißen konnte. Unvermittelt schrie Muley: »Verdammt noch mal, Norma, jetzt hör endlich hin! Es ist deine Musik. Ich habe sie für dich aufgenommen – um dir eine Freude zu machen.« Danach herrschte für einen Moment Stille. Dann war erneut Muleys Stimme zu hören: »Norma, um Himmels willen, jetzt hör endlich zu! Bitte!« Aber natürlich konnte sie das nicht. Jetzt endlich gab sich Andy einen Ruck und löste sich von der Tür und ging weiter. Der arme Muley tat ihm unendlich leid.

Ein paar Wochen später erhielten Krenek, Schwester Varney und Zorn eine förmliche Einladung von Muley zur Feier von Marjorie Duggans achtundsechzigstem Geburtstag, die in Muleys geräumigem Apartment im Gemeinschaftshaus an einem Mittwochnachmittag um halb sechs stattfinden sollte. Um vier fand sich Muley im Zimmer seiner Frau in der Betreuung ein, um sie für das Abendessen anzuziehen, und zu dieser Gelegenheit brachte er den Friseur mit, der dafür sorgte, daß sie genauso schön aussah wie in früheren Zeiten, als sie die Attraktion von *The Palms* gewesen war: eine hochgewachsene, graziöse Königin mit einem bezaubernden Lächeln. Ihre Mischung aus physischem Charme und gesellschaftlicher Anmut war so vollkommen, daß Muleys Gäste kaum den Blick von ihr abwenden konnten.

An diesem Abend hatten der Friseur und die beiden Krankenschwestern die Schönheit der jüngeren Marjorie wiederauferstehen lassen, und als Muley sie in das Apartment führte, wo gut zwei Dutzend ihrer früheren Freunde und Freundinnen auf sie warteten, brach die Gästeschar in spontanen Applaus aus – sowohl für sie als auch für ihren treuen Ehemann. Das Dinner war ein echtes Vergnügen, denn durch irgendeine glückliche Fügung des Schicksals benahm sie sich gut, so als wäre irgendein Rest von Verstehen auf mysteriöse Weise wiedergekehrt und hätte ihr vor Augen geführt, daß dies ein besonderer Anlaß war. Ihre makellose Haut schien weißer denn je, und sie war – wie flüchtig und fragil dieser Moment auch immer war – die strahlende Schönheit und personifizierte Anmut, die in der Vergangenheit alle für sich eingenommen hatte.

Eine Woche nach diesem Fest, das glatt und ohne jeden Zwischenfall verlief, klingelte die diensthabende Nachtschwester aus der Betreuung Muley um vier Uhr morgens telefonisch aus dem Schlaf: »Mr. Duggan, wir hielten es für das Beste, wenn Sie sofort rüberkommen würden. Ja, sie liegt wieder im Koma, aber diesmal ist es viel tiefer. Bitte kommen Sie schnell.«

Vor Aufregung zitternd zog er sich an, ein leises Stoßgebet zum Himmel schickend: »Lieber Gott, bitte nimm Sie mir noch nicht. Laß Sie bitte noch einmal wieder nach Hause kommen, wie damals.« Doch als er in der Betreuung ankam, wurde er aufgehalten, bevor er ihr Zimmer betreten konnte. »Sie ist soeben friedlich eingeschlafen.«

Als er endlich in ihr Zimmer durfte, bestand er darauf, ihr ihr Lieblingskleid anzuziehen und ihr das Haar zu bürsten, so wie er es immer getan hatte, obwohl die Schwestern zu bedenken gaben: »Man wird es eh noch einmal machen müssen, wenn man sie für die Beerdigung herrichtet.«

Diese Worte, die eigentlich hatten hilfreich sein sollen, hatten etwas so Endgültiges, daß er unter Tränen zusammenbrach, und nichts konnte ihn trösten. Er stiftete Verwirrung, als er verlangte, ihren Leichnam zum Bestattungsunternehmer begleiten zu dürfen, wo er weitere Verwirrung stiftete, indem er darauf bestand, beim Herrichten des Leichnams zugegen zu sein. Sie mußten ihn mit zwei Mann wegziehen und nach Hause fahren.

Beim Beerdigungsgottesdienst erinnerte Reverend Quade die Bewohner von *The Palms* noch einmal daran, was für ein feiner Mensch Marjorie Duggan gewesen und wie hilfsbereit sie stets allen gegenüber gewesen war, und sie schloß mit den Worten: »Sie war eine Frau, die mit Schönheit und mit Musik durchs Leben wandelte, und deshalb wollen wir sie von uns schicken auf den Schwingen der Lieder, die sie so sehr liebte«, und von Muleys Kassette hatte Mrs. Quade die »Barcarole« aus *Hoffmanns Erzählungen* und das Duett aus *Norma* ausgewählt, die Marjories Lieblingslieder gewesen waren. Als das Duett verklang, begannen die Zuhörer sich von ihren Plätzen zu erheben, doch dann kam wie ein Wunder ein engelgleiches, fernes Echo der Stimmen, und die Zeremonie endete.

In den darauffolgenden Tagen gewannen die Bewohner von *The Palms* einen neuen Einblick in die Bedeutung des Todes; denn selbst der oberflächlichste Beobachter konnte sehen, daß Muley Duggan fast genauso rapide abbaute, wie es seine Frau getan hatte. Er mochte nicht mehr unter Menschen sein. Er erzählte keine Witze mehr und wanderte ziellos umher. In der Betreuung mußten ihn die Schwestern dazu drängen, sich nicht weiter zu quälen, als er immer wieder in ihr Zimmer wollte, und zur Abendessenszeit mußte Krenek oftmals eine Kellnerin zu ihm hochschicken, um ihn dazu zu bewegen, zum Essen herunterzukommen, zu dem er eh keinen Hunger hatte. Und wenn er denn kam, saß er für sich allein, und wenn er auch niemanden abwies, der ihn fragte, ob er sich zu ihm setzen dürfe, blieb er doch sehr einsilbig und stand abrupt wieder vom Tisch auf, noch bevor der Nachtisch serviert wurde.

Eines Tages, als er Reverend Quade um eine Unterredung bat, wartete sie nicht erst, bis er das Thema des Todes und der Beerdigung seiner Frau ansprach, sondern kam ihm zuvor: »Muley, alle Ihre Freunde fühlen mit Ihnen wegen des Kummers, den Sie zur Zeit erleiden. Aber diejenigen unter uns, die mit Alzheimer-Patienten gearbeitet haben, wissen, daß es eine Erlösung für sie war, daß Gott es ihr erlaubte, ohne langwieriges Siechtum zu sterben. Als wir beim Beerdigungsgottesdienst für sie beteten, Muley, da haben wir Gott für seine Güte gedankt.«

»Ich nicht«, sagte Muley. »Sie war die schönste und beste Frau, die Gott je geschaffen hat, und ich wäre sehr glücklich gewesen, wenn ich bis zum Ende meines Lebens für sie hätte sorgen können.«

»Das wissen wir, Muley. Ihre Akte der Liebe haben uns alle reicher gemacht.«

»Mrs. Quade, glauben Sie ... was sagt Ihre Religion dazu? Wenn ich sterbe, werde ich dann im Himmel mit ihr wiedervereint sein?«

Das war die brutale Frage, der die Geistlichen nie ausweichen konnten. Der Tod eines geliebten Mitmenschen war ein solch niederschmetternder Schlag, daß selbst Menschen, die sich nie großartig Gedanken über religiöse Fragen gemacht hatten, in dieser Situation Genaueres wissen wollten, und Helen Quade war niemand, der diese Frage auf eine Weise beantworten konnte, die dem Betroffenen die Sicherheit geben konnte, die er suchte. Mit den Jahren, und aus den Lehren der vielen unterschiedlichen Gesellschaften, in denen sie als Missionarin gedient hatte, hatte sie ihre eigene Vorstellung vom Leben nach dem Tode entwickelt, aber es war keine, die sie einem anderen auf die Schnelle in einem kurzen Gespräch hätte darlegen können. Deshalb hatte sie sich als sensible Anführerin ihrer Herde auf die Strategie verlegt, die heikle Frage nach einem Leben nach dem Tode folgendermaßen zu beantworten: »Das Christentum lehrt uns, daß uns im Himmel ewiges Leben gewährt wird, und dies schließt ganz gewiß mit ein, daß wir mit unseren Lieben wiedervereint sein werden.«

Und so gab sie denn Muley, als der diese Frage stellte und sie sah, wie sehr er sich nach einer bestätigenden Antwort sehnte, ihre Standardantwort. Und sie sah, wie sofort wieder ein Leuchten in seine Züge trat, das ihm vorher abhanden gekommen war.

Gegen vier am nächsten Morgen rief die Gräfin, die ein scharfes Ohr für verdächtige Geräusche hatte, in der Zentrale an und meldete, sie habe irgendwo in einer der oberen Etagen einen gedämpften Schuß gehört. Doch als die Pfleger von der Nachtwache nachschauten, konnten sie nichts finden, und die Nachtwachen in der Betreuung und in der Intensivpflege sagten ebenfalls, sie hätten kein solches Geräusch gehört. Als die Frühschicht begann, unterrichteten die Männer von der Nachtwache Ken Krenek über Mrs. Elmores nächtlichen Anruf, worauf dieser sogleich nachforschte, jedoch mit dem gleichen negativen Ergebnis. Als er jedoch am Abend im Speisesaal prüfte, ob alle Gäste anwesend waren – ein Ritual, das in einem so großen Haus mit vielen älteren Leuten stets sorgfältig befolgt wurde – , stellte er fest, daß Muley Duggan fehlte.

Schlagartig von einem unguten Gefühl gepackt, ließ er sich von einem der Pfleger einen Hauptschlüssel holen, und als sie Muleys Apartment öffneten, fanden sie ihn ihm Bett liegend, einen großkalibrigen Revolver in der rechten Hand; er hatte sich eine Kugel in den Kopf gejagt.

Bei seiner Beerdigung rezitierten sechs verschiedene Männer seine wildesten Witze, sogar die verdorbenen, so daß anstelle von Tränen herzhaftes Gelächter seinen letzten Gang begleitete. In ihrer Trauerrede fand Reverend Quade dann aber doch wieder zu dem diesem traurigen Ereignis angemessenen Ernst: »Muley hat uns eine neue Definition des Begriffs *Liebe* gelehrt, und am Ende bewies er allen Skeptikern, daß ein Mensch tatsächlich an gebrochenem Herzen sterben kann. Wir alle wollen dafür beten, daß dieser wunderbar treue und liebenswerte Mann jetzt mit seiner schönen Braut wiedervereint ist.«

Aber sich selbst konnte sie keinen Segen erteilen, hatte sie doch allen Grund zu der Vermutung, daß es ihre tröstenden Worte über ein Weiterleben nach dem Tode und eine Wiedervereinigung im Himmel gewesen waren, die den untröstlichen Muley Duggan dazu ermutigt hatten, sich das Leben zu nehmen, um wieder mit Marjorie vereint zu sein. In ihrer Not wandte sie sich an Botschafter St. Près und fragte ihn, ob er wohl ein wenig Zeit habe, mit ihr zu sprechen, und als er sich ihr zu einem kleinen Spaziergang unter den Palmen anschloß, stellte sie ihm die Frage: »Habe ich womöglich einen schrecklichen Fehler begangen, als ich Muley versprach, daß er mit Marjorie im Himmel wiedervereint sein würde? Mit der Frau, die er so unendlich liebte? Und um die sich sein Leben drehte?«

»Wenn es ein Bestandteil Ihres Glaubens ist, haben Sie natürlich recht daran getan. Und wie es scheint, war es für ihn ja ein ganz bedeutender Bestandteil seines Glaubens.«

»Das ist ja das Schlimme, Richard. Es ist eben kein Bestandteil meiner Religion. Ich kann keine Stelle in der Bibel entdecken, an der die Wiedervereinigung mit dem Ehemann oder der Ehefrau versprochen würde. Es ist eine spätere Erfindung, um den Menschen das Herz ein wenig leichter zu machen.« Sie schlenderte ein Stück weiter, kickte einen Kiesel weg, und fügte dann hinzu: »Man liest überhaupt verflucht wenig über Ehefrauen in der Bibel. Ist es euch Männern überhaupt je aufgefallen, daß alle zwölf Apostel Christi Männer waren? Und ich wüßte auch nicht, ob irgendwo je erwähnt wird, ob irgendeiner von ihnen verheiratet war. Unser Neues Testament schweigt sich über die Ehe ziemlich aus. Und es befaßt sich auch nicht mit der Wiederheirat im Jenseits – aus dem einfachen Grund, weil die Männer sich schon im Hier und Jetzt keine großen Gedanken darüber gemacht haben.«

»Ich glaube, Helen, Sie sehen die Sache zu eng. Schauen Sie sich doch nur einmal die großartigen Liebesgeschichten im Alten Testament an, zum Beispiel die im letzten Kapitel der *Sprüche*, wo die Frauen geradezu in den Himmel gehoben werden. Ich meine, man kann von diesen Geschichten durchaus das Konzept ableiten, daß die, die auf der Erde verheiratet waren, dies auch im Himmel sein werden.«

»Aber ich habe die schreckliche Befürchtung, daß es mein Ratschlag war, den ich ihm leichtfertig gab und nicht weiter erläuterte, weil ich ihn in seinem Kummer nicht verwirren wollte –« Sie brach in Tränen aus und schluchzte: »Ich war eine schlechte Hirtin für mein Schaf, als ich ihm etwas sagte, das ihn möglicherweise in den Tod geführt hat. Es lastet schwer auf mir – und dann auch noch zuzulassen, daß seine Witze bei der Beerdigung erzählt werden! Ich muß in diesen letzten paar Tagen einfach den Verstand verloren haben!«

»Das haben Sie ganz gewiß nicht, Helen. Sie standen einfach noch – wie wir alle – unter dem Schock von Marjorie Duggans Tod, den wir als Erlösung von einer schlimmen Qual und einer drückenden Last für Muley begrüßten. Ich war genauso tief erschüttert wie Sie –«

»Aber Sie waren nicht in einer verantwortlichen Position. Ich stand vor einer schweren Prüfung und habe versagt. *Mea culpa, mea maxima culpa!*«

»Das sind die heiligen Worte, welche der Erleuchtung vorausgehen, an deren Ende Weisheit steht.«

»Sie sind ein guter Freund, Richard.« Sie gingen eine Weile schweigend nebeneinander her, und als sie durch das große Eingangstor zurückkehrten, sagte Reverend Quade: »Ich habe das Gefühl, daß mir das Gespräch mit Ihnen viel mehr Hilfe gebracht hat als dem armen Muley das Gespräch mit mir.«

SCHON SEIT EINIGEN Jahren hatte *The Palms* – mit Billigung Chicagos – dem Wissenschaftler Maxim Lewandowski und seiner Frau Hilga einen zusätzlichen Raum ohne Extrakosten überlassen. In diesem kleinen Zimmer – es war eher eine Kammer – hatte Max einen Aktenschrank, eine elektronische Schreibmaschine, einen Computer, ein Faxgerät und ein hochauflösendes Fernsehgerät sowie einen Videorecorder installiert.

Nachdem sein aufkeimender Ruf als Naturwissenschaftler durch die Kontroverse um das zusätzliche Y-Chromosom beschädigt worden war, war er als ernst zu nehmender Forscher ein für alle Mal diskreditiert gewesen. Mit seiner akademischen Karriere war es vorbei gewesen. Zum Glück hatten er und seine Frau eine Alternative gefunden; sie hatten ihr Geld gespart und hatten – mit freundlichem finanziellen Entgegenkommen seitens des Managements – nach *The Palms* ziehen können.

Die Instrumente, mit denen Lewandowskis Arbeitszimmer vollgestellt war, hatte ihm ein Konsortium von Universitäten und Wissenschaftszentren in den Vereinigten Staaten, England, Schweden und Japan zur Verfügung gestellt, Einrichtungen, die sein unvergleichliches Können als Forscher nach wie vor zu schätzen wußten. Die Institute schickten ihm Auftragsarbeiten, deren Lösung ihre Arbeit und die von anderen Wissenschaftlern vorantreiben würde. Was das Konsortium suchte – wie Hunderte anderer Forscher in anderen Ländern – war eine Antwort auf die komplexe Frage: Was ist die Ursache der Alzheimer-Krankheit, warum erkranken bestimmte Individuen an ihr und andere nicht, und was löst den Ausbruch der Krankheit aus, bei der sich große Ablagerungen einer durchsichtigen, wachsartigen Substanz im Hirn ansammeln und den Verlust normaler geistiger Funktionen herbeiführen?

Dieses gigantische Puzzle in seine unzähligen Komponenten aufzubrechen bedeutete, daß jeder brillante neue Einblick in gleich welchen Teil des verwirrenden Knäuels Licht auf ein halbes Dutzend Nebenthemen werfen konnte. Ein Forscher in Japan drückte es so aus: »Wir suchen nach Nadeln, die sich zu Gebirgszügen auswachsen können.«

Nachdem Mitglieder der Tertulia Dr. Zorn von dem faszinierenden Vortrag berichtet hatten, den Lewandowski ihnen über seine Forschungsarbeit gehalten hatte, regte dieser gegenüber Krenek an, es wäre doch vielleicht ganz lohnend, den Wissenschaftler einmal dazu einzuladen, vor den Bewohnern von *The Palms* über seine Arbeit zu sprechen. Und Krenek mit seinem unternehmerischen Geschick dachte sich auch sofort den perfekten Titel für den Vortrag aus: DAS GEHEIMNIS DER ALZHEIMER-KRANKHEIT, doch als Maxim Lewandowski das Plakat sah, bat er Krenek, es wieder abzunehmen: »Ich habe mir schon einmal die Finger verbrannt, als die Zeitungen verkündeten, ich hätte das Geheimnis der Kriminalität entdeckt.« Aber er ließ folgenden Text zu: JÜNGSTE FORTSCHRITTE IN DER ALZHEIMER-FORSCHUNG – ein Titel, der für ein volles Haus und faszinierte Zuhörer sorgte.

Er begann seinen Vortrag, indem er nüchtern eine verblüffende Tatsache nannte: »In Ländern, die Statistiken darüber führen, steht die Alzheimersche Krankheit mit an vorderster Stelle unter den Geißeln der Menschheit. Die Haupt-Todesursachen sind, in dieser Reihenfolge: Herz/Kreislauf-Erkrankungen, Krebs, Schlaganfall, Alzheimer.«

Dies wurde sofort von mehreren Zuhörern in Frage gestellt, aber er blieb standhaft: »Es ist mein Job, informiert zu sein. Aber ich werde Kopien von den Studien machen lassen; die werden beweisen, daß meine Behauptung stimmt.« Er reichte Krenek zwei Studien mit der Bitte, sie zu kopieren.

»Diese heimtückische Krankheit führt zu einem massiven Zusammenbruch des Kommunikationssystems im Gehirn. Eine durchsichtige wachsartige Masse, die aus einem sogenannten amyloiden Protein besteht, lagert sich in bestimmten Hirnarealen ab. Es kommt zu einer Verstopfung und schließlich zu einer Unterbrechung der Übermittlung von Botschaften von einem Teil des Hirns zum anderen.

Es gibt keinen medizinischen Test, mit dem sich nachweisen ließe, daß ein Patient an Alzheimer leidet. Erst die Autopsie liefert den Beweis. Die Veränderungen im Hirn sind so dramatisch, daß sogar ein Laie sie leicht erkennen kann. Die Diagnose bei einem noch lebenden Patienten geht sozusagen nur per Ausschlußverfahren: ›Wir haben nachgewiesen, daß es nichts anderes ist, also kann es nur Alzheimer sein.‹ Aber wie Sie wahrscheinlich schon selbst gesehen haben, sind die Symptome bei Leuten, die Sie lieben, geradezu verheerend. Gedächtnisverlust; Verlust der Fähigkeit, Freunde oder sogar enge Familienangehörige zu erkennen; Verlust der Kontrolle über bestimmte Körperfunktionen; ein unwiderstehlicher Drang, auszureißen und umherzuwandern; und schließlich Bettlägerigkeit und Verlust aller normalen Lebensfunktionen bis auf das bloße Dahindämmern. Das ist das schreckliche Endstadium der Alzheimer-Krankheit – ein Schwebezustand zwischen Leben und Tod.«

»Ist das alles, was wir wissen?« fragte eine Frau, die befürchtete, daß ihr Mann von dieser fürchterlichen Krankheit befallen werden könnte.

»Wir wissen eine ganze Menge. Es scheint zahlreiche Teile im Organismus zu geben, deren Fehlfunktionen Alzheimer verursachen könnten – der Blutstrom, die Innenwand einer Ader, die Schwäche eines entscheidenden Teils des Hirns, das Versagen eines Inhibitors – und an jedem dieser zahlreichen Stellen kann es eine Vielzahl von Dingen geben, die aus dem Gleis laufen können; und um die Sache noch komplizierter zu machen: es existiert eine gewaltige Vielzahl von Theorien – Vermutungen, wenn Sie so wollen –, *warum* die Dinge aus dem Gleis laufen.«

»Was sind das für Dinge?« wollte ein Mann wissen.

»Nun, es gibt sechsundvierzig Chromosomen, und jeder Strang enthält eine Unzahl von Genen, möglicherweise Millionen, und jede Abweichung ist empfänglich für hundert oder mehr wissenschaftliche Erklärungen.«

»Das ist ja ein überwältigendes Problem.«

»Eigentlich nicht. Gewaltig zwar, aber nicht unlösbar. Unser Wissen über die Chromosomen wächst beständig. So wissen wir zum Beispiel, daß ein Defekt in Chromosom vier zu Morbus Huntington führt, einer in Chromosom sieben zum Gallenblasenfibrom, einer in Chromosom dreizehn zu Augenkrebs, einer in Chromosom sechzehn zu Nierenkrankheit, einer in Chromosom neunzehn zu Muskeldystrophie.« Er hielt inne, ließ seinen Blick für einen Moment auf der gespannt lauschenden Zuhörerschaft ruhen, und sagte dann: »Und jetzt folgen Sie mir genau; machen Sie sich Notizen, wenn Sie möchten, und ich werde Mr. Krenek bitten, die Tafel zu holen, die er in seinem Büro hat. Wir wollen jetzt mal ein wenig in die Wunderwelt des menschlichen Gensystems eindringen.

Vor einiger Zeit wurde die Entdeckung gemacht, daß das Chromosom einundzwanzig mit einer seltsamen Krankheit verbunden war. Babys, die statt mit den üblichen zwei mit drei Bestandteilen von einundzwanzig geboren wurden, erkrankten generell am Down-Syndrom – ich bin sicher, viele von Ihnen wissen, was das ist.«

»Mongolismus.«

»Wir verwenden diesen Begriff heutzutage nicht mehr. Die Krankheit ist schon so schlimm genug, da braucht sie nicht auch noch einen häßlichen Namen. Das Interessante ist nun, daß jeder Down-Patient gleichzeitig auch viele der Hirnanomalien – das heißt, der Knäuel, der Amyloid-Protein-Blockaden – hat, die auch der Alzheimer-Patient aufweist. Tests haben ergeben, daß

Chromosom einundzwanzig der Spitzbube ist, der die Amyloide produziert.«

»Dann ist das Alzheimer-Rätsel also gelöst?« meldete sich einer der Zuhörer zu Wort.

»Um Himmels willen, nein! Anhand von Testergebnissen aus Schweden wissen wir auch definitiv, daß ein Defekt in Chromosom vierzehn für den Typus von Alzheimer verantwortlich ist, der in vergleichsweise frühem Lebensalter beginnt. Wir wissen also mit Sicherheit, daß Nummer einundzwanzig und vierzehn irgendwie involviert sind. Sie werden sich daher denken, daß wir unser geballtes Forschungspotential auf die Analyse dieser beiden Chromosomen richten, und genau das tun zur Zeit Hunderte unserer brillantesten Forscher.«

»Dem, was Sie gesagt haben, und wie Sie es gesagt haben, entnehme ich, daß Sie selbst an etwas anderem arbeiten«, bemerkte Senator Raborn aus dem Publikum.

»Richtig«, bestätigte Lewandowski. »Es sind mysteriöse Indizien aus verschiedenen Quellen, wie Livermore in Kalifornien oder Duke hier im Osten, durchgesickert, nach denen Chromosom neunzehn ebenfalls beteiligt ist. Es scheint jedenfalls seinen Teil beizusteuern, und meine spezielle Aufgabe ist es, alles zu sammeln, was an Hinweisen und Indizien auftaucht – ich bin sozusagen der Müllsammler, der nach allem Ausschau hält, was irgendwie darauf hindeutet, daß Nummer neunzehn mit von der Partie ist. In dem Maße, wie die Forscher auf der ganzen Welt die Gene von Chromosom neunzehn entschlüsseln – und das kann Jahrzehnte dauern, weil die Kette schier endlos zu sein scheint –, eliminieren wir diejenigen, die in keinem erkennbaren Zusammenhang mit dem Problem stehen, und melden der Welt, was wir an Hinweisen gesammelt haben, und wenn es noch so winzige Bruchstücke sind.«

»Sie sagen, viele Länder sind an der Suche beteiligt?« fragte eine Frau, und er erwiderte enthusiastisch: »O ja! Venezuela hat einen bedeutenden Hinweis auf Chromosom einundzwanzig geliefert, Schweden gab uns den Hinweis auf Nummer vierzehn, und auch Japan hat stets aktiv seinen Beitrag geleistet. Es ist ein weltumfassendes Unternehmen.«

»Man könnte also sagen, das, wonach Sie alle streben, ist die Lösung der Rätsel des Menschengeschlechts?« fragte Raborn.

»Das klingt mir eine Spur zu grandios. Ich selbst arbeite lediglich an einem winzigen Stück eines gewaltigen Puzzles. Ich bin Fachmann für genetische Strukturen, steuere meine Buchhalterfähigkeiten bei, mein angesammeltes Wissen, um den brillanten jungen Wissenschaftlern zu helfen, welche die anstrengende und anspruchsvolle Arbeit im Forschungslabor leisten.«

»Kommen Sie denn einer Antwort immer näher?« fragte eine Zuhörerin.

»Gute Frau, es gibt zehntausend Fragen. Eine Antwort auf sie alle? Nein. Aber wenn unsere Gruppe ein kleines Segment dieses gewaltigen Problemkomplexes bestätigen oder eliminieren kann, dann haben wir einen echten Beitrag geleistet.« Dieser Punkt lag ihm so sehr am Herzen, daß er mit äußerstem Ernst sprach: »Ist Ihnen bewußt, was wir da versuchen? Nicht mehr und nicht weniger, als einen Atlas der gesamten genetischen Struktur des Menschen zu erstellen. Wenn andere dieses Werk im nächsten Jahrhundert vollendet haben, werden die Experten in der Lage sein, jede menschliche Mißbildung jeglicher Art zu betrachten und das Gen oder die Gene zu benennen, die für das Problem verantwortlich sind – und es vielleicht zu korrigieren. Wußten Sie, daß schon heute geschickte Ärzte in der Lage sind, mit Hilfe einer Sonde in die Gebärmutter einer Schwangeren einzudringen, in den Fötus hineinzugehen und Anomalien im genetischen System des Ungeborenen zu beseitigen, danach alles wieder zuzunähen und auf die Geburt eines normalen Babys zu warten? Ja! Das können wir schon heute.«

»Haben Sie nicht das Gefühl, daß Sie da Gott spielen?« wollte eine Frau wissen.

»Ich habe darüber schon oft nachgedacht, seit ich nach *The Palms* gekommen bin. Der Sinn und Zweck meiner lebenslangen Arbeit, worin besteht er?«

»Und zu welchem Schluß sind Sie gelangt?« fragte ein Mann.

»Daß Gott, als er das Universum schuf, eine Handvoll von Rätseln in ihm zurückließ, die zu lösen der Mensch aufgefordert ist. Das Rad – was für eine wunderbare Erfindung. Die Elektrizität – was für eine großartige Kraft. Der Blutkreislauf. Die Entdeckung der großen Galaxien. Ein Impfstoff gegen die Polio. Die Anpassung des menschlichen Auges, daß wir Gläser herstellen können, die es uns ermöglichen, zu sehen. Ich könnte unzählige weitere Beispiele aufzählen, wo intelligente Menschen die großen Geheimnisse gelöst haben, die Gott uns hinterlassen hat. Der Funk, das Fernsehen, die Kernspaltung, und nun die Geheimnisse des genetischen Systems, die zu Millionen und Abermillionen an jenen sechsundvierzig Chromosomen hängen.«

»Sie reden wie ein Poet«, sagte einer der Männer aus der Betreuung, und Lewandowski erwiderte: »Oder wie ein Philosoph oder ein Naturwissenschaftler, der sich sein ganzes Leben lang mit diesen Problemen auseinandergesetzt hat.«

»Sehen Sie denn in der näheren Zukunft irgendeine Lösung für das Rätsel Alzheimer-Krankheit voraus?« fragte ein Mann. Und ein anderer fragte: »Und wie sieht es mit AIDS aus?« Und ein dritter wollte wissen: »Oder mit dem ganz gewöhnlichen Schnupfen?«

»Ich sitze in meinem kleinen ›Forschungszentrum‹ ganz in der Nähe Ihrer Apartments und Zimmer und setze einen winzigen Baustein nach dem andern an die Stelle, an die er gehört.« Er ging zur Tafel, nahm ein Stück Kreide und sagte: »Ich denke mir, es interessiert Sie vielleicht, was ich so treibe, während Sie schlafen. Dies ist aus einer Mitteilung, die ich heute aus Schweden bekommen habe.« Und mit großer Sorgfalt, immer wieder überprüfend, ob er die Buchstaben auch in der korrekten Reihenfolge abschrieb, schrieb er folgendes an die Tafel:

SEV KM DAEFRHDSGYEVHHQKLFVFFAEDVGSHK-
GAIIGLMVGGVVIATVIVITLVML

»Es ist ziemlich aufregend, wirklich, ein Durchbruch in der Verknüpfung von einem Teil der Beta-Amyloid-Reihe mit einer anderen. Wenn wir genügend dieser Verknüpfungen gesammelt haben, werden wir das gesamte menschliche Genom kartographisch dargestellt haben. Das wird wahrscheinlich irgendwann um das Jahr 2040 herum passieren.«

»Tappen Sie im dunkeln?« fragte ein Mann.

»Ich persönlich? Ja. Ich kann noch nicht das große Muster erkennen, das da im Entstehen ist, aber ich hoffe, daß eines Tages irgend jemand wie ich, der vielleicht in Kyoto oder Kopenhagen arbeitet, es erkennt, und dann – *peng!*« – er hieb auf das Lesepult –, »haben wir wieder eins gelöst. Zu meinen Lebzeiten wird es offenbar zu keiner sicheren Lösung des Rätsels Alzheimer mehr kommen. Zu Ihren?« Er zeigte auf eine der Kellnerinnen, die noch geblieben war, um sich den Vortrag anzuhören. »Ja. Mit Sicherheit wird die Arbeit, die wir jetzt machen, dieses Rätsel bis dahin entschlüsselt haben.«

Als der Vortrag zu Ende war, begleitete Zorn Krenek in dessen Büro. Unterwegs sagte er: »Das war eine gute Idee von Ihnen, diesen Vortrag zu organisieren, Ken. Wer hätte gedacht, daß sich so viele dafür interessieren würden – und in der Lage sein würden, Max zu folgen?«

»Das ist das Geheimnis von einem Ort wie diesem. Auf den ersten Blick schaut er aus wie eine Ansammlung von müden Kriegern, die träge in der Sonne liegen und sich an einstige Schlachten erinnern. Aber diese Leute sind immer noch mittendrin im Getümmel. Senator Raborn fliegt nächste Woche nach Chicago und versucht, seiner Republikanischen Partei ein bißchen Vernunft einzubläuen. Armitage ist in einem Komitee, das sich mit dem Problem des Konflikts zwischen Konservativen und Liberalen auf dem College-Campus befaßt. Max steht seinen Mann im Kampf gegen die Alzheimer-Krankheit. Und wußten Sie schon, daß Nora sich intensiv mit der Frage befaßt, wie man Krankenpflege für junge Männer organisieren kann, die an AIDS erkrankt sind und im letzten Stadium sind?« Als sie sein Büro betraten, sagte er: »Ich glaube, daß nicht einmal John Taggart sich darüber im klaren ist, aber ein Mann wie ich, der die Fünfzig überschritten hat, liebt diese alten Knacker tatsächlich. Sie machen mir Hoffnung, daß ich noch dreißig weitere aktive Jahre vor mir habe.«

Er nahm eine Zeitschrift von seinem Schreibtisch und sagte: »Und sehen Sie, was unser guter Raúl Jiménez hier geschrieben hat! Einen elfseitigen Artikel mit Fotos und Nennung von Namen, in dem er detailliert die Verbrechen beschreibt, welche die Drogenkartelle von Cali und Medellín sowohl in Kolumbien als auch in den Vereinigten Staaten begangen haben. Er steht immer noch an vorderster Front im Kampf gegen die Drogenmafia, und unsere Bewohner sind mächtig stolz darauf, einen Kämpfer wie ihn in ihrer Mitte zu haben.« Er überlegte einen Moment, dann resümierte er: »Wir können also mit Fug und Recht behaupten, daß wir uns in dieser unserer verträumten kleinen Welt, die auf den ersten Blick so verschlafen erscheint mit ihren alten Männern und Frauen, welche hier ihren Lebensabend verbringen, an der vordersten Front wiederfinden.«

Als sie sich gesetzt hatten, sagte Zorn: »Ken, ich mache mir Sorgen wegen dieses verrückten Flugzeugs, das die Männer da gebaut haben. Ich sehe wegen dieses Dings echten Ärger auf uns zukommen. Ich nehme an, Sie wissen, daß sie es zu einem Flugplatz rausgeschafft haben, aber wußten Sie auch, daß neulich nachts St. Près sich klammheimlich rausgestohlen hat und mit dem verdammten Ding ganz alleine einen Spazierflug unternommen hat? Auf den Golf raus und wieder zurück über die Savanne.«

»Tatsächlich? Das ist ja allerhand!«

»Wenn sie das Ding nun gleich nach Weihnachten wie geplant in die Luft bringen, vor der versammelten Presse und dem Fernsehen, und irgendwas geht schief und sie stürzen ab – » Er schauderte zusammen. »Glauben Sie, Sie könnten sie dazu überreden, die Sache abzublasen?«

»Sie sagen, er ist die Maschine geflogen? Erfolgreich?«

»Ja.«

»Tja, Andy, Jiménez und Armitage könnten Sie das Unternehmen vielleicht ausreden, und vielleicht auch noch Lewandowski, aber Raborn? Keine Chance. Der ist dermaßen stur, an dem beißen Sie sich die Zähne aus. Und St. Près wird sie überraschen. Er ist der stets korrekte Gentleman, weltmännisch, mit geschliffenen Umgangsformen, aber es heißt, daß er es war, der seine gesamte Botschaft seinerzeit in Afrika aus einer heiklen Klemme gerettet hat. Ich kann Ihnen versichern, den kann so leicht nichts erschrecken, und wenn Sie ihm und Raborn vorschlagen, die Sache fallenzulassen, werden sie –«

»Sie wollen gar nicht, daß sie die Sache abblasen, stimmt's? Sie sind auf ihrer Seite.«

»Stimmt. Lassen Sie ihnen das Vergnügen, Andy. Sie wollen es in ihrem Alter noch ein letztes Mal wissen. Man hat mir gesagt, wenn St. Près es nicht fliegt, wird Raborn es fliegen. Glauben Sie mir, Andy, Sie sind nicht stark genug, um gegen diese alten Haudegen anzukommen.«

Als Andy zurück zu seinem Apartment ging, wo Betsy ihn erwartete, fragte er sich, ob Krenek recht hatte mit seiner Ansicht, daß diese abenteuerlustigen alten Herren das Recht auf einen letzten Flug hatten, und er dachte: Vielleicht haben sie es. Aber eins ist sicher: Selbst wenn sie es schaffen, das verdammte Ding in die Luft und wieder runter auf den Boden zu bringen, am nächsten Tag werden sie jemanden finden müssen, dem sie das Ding schenken können.

Als Betsy ihn mit überschwenglichem Lob für Lewandowskis Vortrag begrüßte, sagte er: »Das macht mich richtig schwindlig – soviel erstaunliche Aktivität überall. Lewandowski dringt zu den innersten Geheimnissen der Menschheit vor, die Männer von der Tertulia bauen ein Flugzeug, das tatsächlich fliegt, Nora sucht mit aller Macht nach einem Weg, wie sie jungen AIDS-Kranken helfen kann.« Er küßte sie und sagte lachend: »Und du und ich versuchen, den nächsten Schritt in unserem Leben auszuknobeln.«

ANFANG DEZEMBER befanden sich Noel und Gretchen Umlauf in einer schrecklichen Sackgasse, was die Versorgung ihrer Mutter in *The Palms* anbelangte. Nach ihrem Herzanfall probierten Dr. Farquhar und ein Team von Experten über mehrere Wochen hinweg jedes verfügbare medizinische Mittel aus, um Berta wieder ins Bewußtsein zurückzuholen, aber alle Bemühungen blieben fruchtlos. Nachdem alle Versuche fehlgeschlagen waren, mußten sie das traurige Fazit ziehen, daß während der Herzattacke die Blutversorgung des Hirns zum Erliegen gekommen war, wodurch irreversible Schäden entstanden waren.

Schweren Herzens rief Dr. Farquhar Noel und Gretchen zu sich in sein Büro. Seit dem Herzanfall ihrer Mutter wohnten sie in einem Hotel in der Nähe von *The Palms*, verbrachten aber den größten Teil ihrer Tage und Abende in banger Wache an ihrem Bett.

»Noel, Gretchen«, begann Dr. Farquhar, »in meiner langjährigen Praxis als Arzt habe ich schon so manches Mal erlebt, daß Patienten, die zum Sterben verdammt schienen, Patienten, für die wirklich keine Hoffnung auf Besserung mehr bestand, sich plötzlich wieder erholten. Ich hatte mal einen Patienten mit Prostatakrebs, von dem ich dachte, daß er höchstens noch zwei Monate zu leben hätte. Nun, das war vor zwei Jahren, und letztes Wochenende hat mich der Kerl beim Golf geschlagen. Oder ein anderer Fall: eine Frau, die Eierstockkrebs hatte. Auch ihr gaben ihre Ärzte, ich eingeschlossen, nicht mehr viel Zeit auf dieser Erde, aber sie bekrabbelte sich wieder und lebte noch mehrere Jahre, genug, um ihre Tochter noch unter die Haube zu bringen und – selbst noch ein Kind in die Welt zu setzen. Es gibt also durchaus außergewöhnliche Fälle – Wunder müßte man sie eigentlich nennen. Sie wissen, daß ich als Freund Ihrer Familie im Falle Ihrer Mutter für ein solches Wunder bete. Ich hänge sehr an dieser tapferen kleinen Frau und möchte die Hoffnung nicht aufgeben, daß sie irgendwie noch einmal wieder zu der Berta wird, die wir alle kennen und lieben. Aber als Mediziner muß ich

Ihnen leider sagen, daß ich nicht glaube, daß noch irgendeine Hoffnung auf Besserung besteht. Ihr Hirn ist zu sehr in Mitleidenschaft gezogen, als daß sie jemals wieder die alte werden könnte. Ich glaube nicht, daß sie noch einmal aus dem Koma aufwachen wird, in dem sie sich jetzt befindet.«

Mit Tränen in den Augen versuchte Noel zu antworten. »Ich habe befürchtet, daß es keine Hoffnung mehr gibt, Dr. Farquhar. Ich habe Tag für Tag an Mutters Bett gesessen und ihr in die Augen geschaut, und da ist nichts mehr, nicht das geringste mehr –» Er schlug die Hände vors Gesicht und schluchzte.

Gretchen, die tapfer gegen die eigenen Tränen ankämpfte, ergriff das Wort: »Dr. Farquhar, wir haben das Patiententestament mitgebracht, das Mutter seinerzeit aufgesetzt hat. Genau dieser schreckliche Zustand, dieses Mehr-tot-als-lebendig-Dahindämmern, das sie am meisten gefürchtet hat, ist jetzt eingetreten. Wenn wirklich keine Hoffnung mehr besteht, daß sie sich noch einmal erholt, dann sollten wir den Anweisungen folgen, die sie in diesem Testament festgelegt hat. Es ist in ihrem Sinne. Mehr noch, wir haben ihr hoch und heilig versprochen, daß wir ihr ihren Letzten Willen erfüllen werden.« Sie zog das Schriftstück aus ihrer Handtasche und reichte es Dr. Farquhar.

Er las es sorgfältig durch, und als er fertig war, legte er es auf den Tisch und saß einen Moment schweigend da, den Blick auf seine gefalteten Hände gerichtet. Schließlich blickte er auf und schaute Noel und Gretchen an. »Wenn es Ihnen recht ist, sollten wir jetzt besser Dr. Zorn hereinrufen.«

Farquhar wählte Dr. Zorns Büronummer, sprach einen Moment leise mit ihm, dann nahm er das Testament von seinem Schreibtisch, entschuldigte sich und ging hinaus, um draußen auf dem Flur auf Dr. Zorn zu warten. Als der Direktor von *The Palms* eintraf, schauten Noel und Gretchen zu, wie die beiden Männer sich besprachen. Beide machten ein ernstes Gesicht, und Dr. Farquhar deutete wiederholt auf eine bestimmte Stelle in dem Testament. Als sie schließlich zu Noel und Gretchen in Farquhars Büro traten, begrüßte Zorn die beiden ernst und setzte sich.

Farquhar ergriff als erster das Wort: »Weder Dr. Zorn noch ich wollen die schreckliche Last, die Sie in diesem Moment bedrückt, noch schwerer für Sie machen, aber so leid es mir tut, *The Palms* kann den Anweisungen dieses Testaments beim besten Willen nicht Folge leisten.«

»Aber warum nicht?« fragte Noel. »Mutters Wille geht doch klar und unmißverständlich daraus hervor.«

»Oh, ich glaube ganz bestimmt, daß dies Bertas Letzter Wille ist«, erwiderte Dr. Farquhar, »und Dr. Zorn auch, aber dieses Testament ist ungültig.«

»Wie bitte?«

»Es weist einen entscheidenden Fehler auf. Wer hat es für Ihre Mutter aufgesetzt?«

»Sie hat es selbst aufgesetzt, mit Hilfe eines Buches, das sie sich aus der Bibliothek ausgeliehen hat.«

»Entweder stand in diesem Buch etwas Falsches, oder aber Berta hat einen entscheidenden Passus falsch verstanden oder fehlgedeutet«, sagte Zorn, traurig den Kopf schüttelnd.

»Was können wir machen?« rief Noel verzweifelt.

»Ich kenne einen guten Anwalt in der Stadt«, sagte Dr. Farquhar. »Laurence Brookfield. Sehr erfahren. Ich will, daß Sie mit ihm reden. Vielleicht weiß er einen Weg, wie wir das geradebiegen können.«

Nach einigem Hin und Her und mehreren Telefonaten wurde ein Treffen zwischen den Umlaufs und Rechtsanwalt Brookfield für den nächsten Morgen um neun in Dr. Zorns Büro anberaumt. Ebenfalls zugegen bei dem Treffen waren Ken Krenek, Dr. Farquhar und Victor Umlauf, der im sechsten Semester Jura an der Columbia-Universität studierte und der am Abend zuvor die erste Maschine nach Florida genommen hatte, nachdem seine Eltern ihn telefonisch über das fehlerhafte Patiententestament informiert hatten. Sie alle hörten gespannt zu, als Brookfield das bestätigte, was Dr. Farquhar und Dr. Zorn den Umlaufs gesagt hatten. »Ja, ich fürchte, die beiden Herren haben recht. Dieses Testament ist im Staate Florida nicht gültig.«

Der Streß der vergangenen Wochen hatte Gretchen so schwer zugesetzt, daß sie mit ihren Nerven am Ende war, und sie schrie gequält: »Wollen Sie mir etwa sagen, daß wegen irgendeines albernen Formfehlers –«

»Nun, Madam«, unterbrach sie der Rechtsanwalt, »es ist leider mehr als ein bloßer Formfehler. Das Gesetz war dazu gedacht, ältere Menschen wie Ihre Mutter zu schützen. Es sind gewöhnlich die Blutsverwandten, die den größten Vorteil vom Ableben eines älteren Familienangehörigen haben. Um etwaige familiäre Habgier in Grenzen zu halten, sieht das Gesetz deshalb vor, daß mindestens ein Nicht-Familienangehöriger als Zeuge bei der Aufsetzung eines Patiententestaments zugegen ist.«

Als er die schockierten und wütenden Gesichter der beiden Umlaufs sah, entschuldigte er sich: »Nun weiß ich, daß das bei Ihrer Familie nicht der Fall ist. Sie lieben Ihre Mutter und hängen sehr an ihr. Aber lassen Sie uns einmal den Fakten in diesem Fall ins Auge sehen. Ihre Mutter, eine wundervolle Frau von klarem Verstand, machte ihre Wünsche bekannt. Sie bestand darauf, daß keine lebensverlängernden Maßnahmen angewandt werden, sobald eindeutig feststehen würde, daß ihr Hirn tot ist, nachdem sie hier in *The Palms* hautnah miterlebt hatte, zu welchen beklagenswerten Exzessen solche Prozeduren führen können. Wir wissen, was es bedeutet, eines natürlichen Todes sterben zu dürfen, so wie Gott ihn für uns vorgesehen hat. Wir alle wissen, daß das ihr Wunsch war, und sie hat ihn ja auch in klare und unmißverständliche Worte gefaßt. Wir alle wissen das.«

Er hielt inne und nickte den diversen Zuhörern zu, die das Nicken erwiderten. »Aber das Rechtssystem des Staates Florida – und das allein zählt nun einmal – weiß das nicht, weil das Dokument, das ihren Wunsch definiert, nicht korrekt aufgesetzt wurde. Den Anweisungen eines so unzulässig verfaßten Testaments zu folgen, würde Dr. Farquhar und *The Palms* in Teufels Küche bringen.«

»Und das wollen wir doch ganz gewiß nicht«, schaltete sich Krenek ein. Zorn wußte, daß Krenek recht hatte, aber er fühlte sich hundeelend. Wieder einmal sah es ganz danach aus, als würde die Justiz es unmöglich machen, das ethisch und medizinisch einzig Richtige zu tun.

Victor meldete sich jetzt zu Wort: »Aber es muß doch irgend etwas geben, das wir tun können.« Befeuert von seinem jugendlichen Enthusiasmus zählte der Jurastudent eine Reihe von Gerichtsentscheidungen aus Missouri, Oregon und Kalifornien auf, nach denen zumindest in anderen Staaten Familien wie die Umlaufs die Erlaubnis bekommen hatten, bestimmte lebensverlängernde Maßnahmen bei altersschwachen Familienangehörigen abzubrechen. Rechtsanwalt Brookfield hörte aufmerksam zu, dann beglückwünschte er den jungen Mann zu seiner Gründlichkeit beim Zitieren der Präzedenzfälle.

»Sie haben recht, junger Mann. Und es besteht in der Tat eine gewisse Hoffnung, daß wir das gleiche auch hier in Florida erreichen können. Was wir brauchen, ist ein Gerichtsbeschluß, der einen von Ihnen, ich denke da an Noel, zum gesetzlichen Vormund macht. Als solcher wären Sie ermächtigt, Entscheidungen hinsichtlich Pflege und medizinischer Versorgung für Ihre Mutter zu treffen.«

Als Brookfield das gerichtliche Verfahren beschrieb, begannen die Umlaufs wieder Hoffnung zu schöpfen, daß das schreckliche Dilemma, in dem sie steckten, schließlich doch noch gelöst werden könnte. Doch dann sagte Brookfield: »Heute morgen, als ich meine Wohnung verließ, um hierherzukommen, bekam ich einen höchst unangenehmen Anruf von einem Anwalt namens Hasslebrook. Er gehört zu dieser sehr mächtigen und einflußreichen Organisation, die sich *Life Is Sacred* nennt.«

Zorn stöhnte auf.

»Irgendwie«, fuhr Brookfield fort, »hatte er erfahren, daß ich zu diesem Treffen kommen würde, und worum es ging.« Der Anwalt sah Zorn und Farquhar mit prüfendem Blick an. »Ich weiß nicht, was in dieser Einrichtung vor sich geht, aber wenn ich Sie wäre, würde ich versuchen rauszukriegen, wer in der Intensivpflege oder in der Verwaltung Informationen an diesen Herrn weitergibt.« Der Anwalt fuhr fort: »Er forderte, an dem Treffen teilnehmen und das Wort ergreifen zu dürfen. Er drohte, er werde den Umlaufs, *The Palms* und mir das Leben zur Hölle machen, wenn er keine Gelegenheit eingeräumt bekäme, sich dort Gehör zu verschaffen. Da seine Drohungen durchaus ernst klangen, sagte ich ihm, er solle gegen zehn Uhr kommen.«

Zorn blickte auf seine Armbanduhr; es war kurz vor zehn.

Als die Umlaufs dagegen protestierten, daß ein Wildfremder sich in ihre Familienangelegenheiten einmische, sagte Brookfield: »Ich entschuldige mich für diese eigenmächtige Entscheidung; aber dieser Hasslebrook verfügt über eine ungeheuer mächtige Waffe, von der er bedenkenlos Gebrauch machen wird: die Öffentlichkeit. Also seien Sie auf der Hut. Machen Sie sich diesen unangenehmen Burschen nicht zum Feind.«

Er hatte den Satz gerade beendet, da klopfte es an der Tür. Es war Schwester Varney, die Dr. Zorn einen Besucher meldete. Und herein kam Clarence Hasslebrook, immer noch leicht servil dreinschauend, immer noch grimmig entschlossen, seinen Kopf durchzusetzen, immer noch ein wenig unbehaglich in seinen neuen Kleidern, immer noch eine sich windende, aber furchtbare Gestalt.

Brookfield sagte: »Ich nehme an, diejenigen unter Ihnen, die mit *The Palms* zu tun haben, kennen Herrn Rechtsanwalt Clarence Hasslebrook, Bewohner des Gemeinschaftshauses und vormals Anwalt in Boston, Massachusetts. Als Mitglied der landesweit tätigen Organisation *Life Is Sacred* hat er ein beträchtliches Interesse am Fall Umlauf, und er besteht darauf, daß nichts unternommen wird, was das Leben von Mrs. Umlauf vorzeitig beenden würde.« Hasslebrook selbst sagte nichts, doch als der junge Umlauf empört rief: »Wir werden einen Gerichtsbeschluß erwirken!« lächelte er nachsichtig. Das machte den jungen Mann so wütend, daß er schrie: »Wir wissen, was Großmutter wollte, und wir werden diesen Kampf für sie ausfechten!«

»Sie wissen nicht, was Ihre Großmutter wollte«, versetzte Hasslebrook. »Ich kann eine eidesstattliche Erklärung einer

Krankenschwester beibringen, die Ihre Großmutter bei ihrer Herzattacke betreute und hörte, wie sie inständig bat, man möge alles Menschenmögliche unternehmen, um sie am Leben zu halten. Wie viele Menschen änderte sie ihre Einstellung, als sie dem Tod ins Auge schaute.«

Noel sog scharf Luft ein. Gretchen, die geistesgegenwärtigere von den beiden, sagte: »Mr. Hasslebrook, Sie lügen. Ich kenne meine Schwiegermutter besser als Sie oder irgendeine Krankenschwester. Ich weiß, wie sehr es sie schmerzte, hilflos mit ansehen zu müssen, wie ihre eigenen Schwiegereltern nacheinander während ihrer letzten Lebensmonate nur noch dahinvegetierten. Ich weiß ganz tief in meinem Herzen, daß sie ihre Meinung nicht änderte, als sie ihrem eigenen Tod ins Auge schaute.«

»Und davon werden wir auch das Gericht überzeugen«, fügte Victor hinzu.

»Das werden wir sehen«, erwiderte Hasslebrook kühl. »Ihre Familie ist entschlossen, dem Leben Ihrer Großmutter ein Ende zu setzen, und Sie haben das Geld, um sich einen Anwalt zu leisten, der Ihnen dabei hilft, aber unser Verein wird gegen Ihren Antrag Protest einlegen. Mehr noch: Im Gegenzug werden wir beim Gericht den Antrag stellen, daß ich zum gesetzlichen Vormund Ihrer Schwiegermutter bestellt werde. Wir sind entschlossen, aus diesem Fall einen Musterprozeß zu machen, dessen Ergebnis ein für alle Male verbindlich sein soll für alle Staaten, in denen Bestrebungen im Gange sind, den mutwilligen und rücksichtslosen Mord an alten Menschen zu legalisieren.«

Diese Anschuldigung war so dreist und so abwegig, daß Noel empört seinem Sohn beisprang: »Mr. Hasslebrook, wir sind eine ganz normale amerikanische Durchschnittsfamilie: wir gehen in die Kirche, wir wählen, wir zahlen brav unsere Steuern und sind Mitglied im Country Club. Wir sind keine verrückten Spinner, die sich am Rande der Gesellschaft bewegen, sondern wir stehen mit beiden Beinen in der Gesellschaft dieses Landes. Und wir werden mit all unserer Kraft dafür kämpfen, daß alte Menschen, die im Vollbesitz ihrer geistigen Kräfte sind, das Recht haben, selbst zu entscheiden, ob sie künstlich am Leben gehalten werden wollen oder nicht, wenn jede Hoffnung auf Heilung dahin ist.« Und mit dieser Kampfansage beendete er die spannungsgeladene Konfrontation.

Der lokalen Presse erklärten Noel und Gretchen, sie bäten das Gericht lediglich um »das Recht, die Geräte, die unsere Mutter künstlich am Leben halten, abzuschalten, damit die inneren Kräfte, die sie einundachtzig Jahre lang lebendig gehalten haben, auf natürliche Weise erlöschen können, so, wie es von Gott gewollt ist. Das ist alles, worum wir bitten, das ist alles, worum Mutter in ihrem Patiententestament gebeten hat. Und für dieses Recht werden wir kämpfen.«

Ken Krenek gab Anweisung, keine Fremden in die Intensivpflege hereinzulassen und strikt darauf zu achten, daß niemand sich an den Schläuchen und Geräten, die Mrs. Umlauf am Leben hielten, zu schaffen machte: »Sie dürfen von niemandem manipuliert oder verstellt oder abgestellt werden.« Zwei Sicherheitskräfte wurden eigens dafür eingestellt, den Empfangsbereich und die Aufzüge zu überwachen, und sowohl Dr. Farquhar als auch Rechtsanwalt Brookfield hatten die unangenehme Pflicht, die Umlaufs davon in Kenntnis zu setzen, daß sie jetzt von Berufs wegen dazu verpflichtet waren, ihre Mutter in der Intensivpflege zu behalten. Das hieß im Klartext, daß sie keinen Schritt mehr unternehmen konnten, der danach hätte aussehen können, als wollten sie das Ableben von Berta Umlauf beschleunigen oder mutwillig herbeiführen.

Der Fall nahm eine dramatische Wendung, als zwei Tage später der junge Victor Umlauf, zutiefst entrüstet darüber, wie seiner Familie da mitgespielt wurde, durch eine selten benutzte Hintertür in den dritten Stock schlich, einen letzten liebevollen Abschiedsgruß an seine im tiefen Koma liegende Großmutter richtete und sie ein letztes Mal küßte, bevor er begann, die Kabel und Schläuche von den diversen Geräten abzureißen, die sie am Leben hielten. Aufgeschreckt von den Alarmsignalen der Geräte rannte Schwester Grimes in Zimmer 312 und stürzte sich auf ihn, laut um Hilfe rufend. Vier junge Frauen stürmten herbei und hielten den jungen Umlauf fest, um ihn daran zu hindern, die kostbare Ausrüstung zu zerstören. Kurz darauf kam auch der Sicherheitsmann, der vor dem Fahrstuhl Wache hielt, zu Hilfe geeilt, und gemeinsam bändigten sie Victor und schleppten ihn weg.

Am Morgen verkündete Hasslebrook, daß es solche Zwischenfälle künftig nicht mehr geben würde. Ein örtlicher Richter hatte per einstweiliger Anordnung verfügt, daß der junge Umlauf sich von der dritten Etage fernzuhalten habe, widrigenfalls er mit einem Verfahren und einer Haftstrafe rechnen müsse.

Der Fall erregte natürlich rasch landesweites Medieninteresse, mit Schlagzeilen in den Zeitungen, Fernsehberichten, Interviews und allem, was dazugehört. Die Konservativen im ganzen Land stilisierten Hasslebrook zum Helden hoch, zum unbeugsamen Verteidiger des menschlichen Lebens, während die Liberalen größtenteils dazu neigten, Partei für die Umlaufs zu ergreifen, obwohl diese stramme Republikaner waren. Der junge Victor Umlauf wurde zu einer Berühmtheit, und als er ein zweites Mal versuchte, sich ins Zimmer seiner Großmutter zu schleichen, um die Geräte abzustellen, und wegen Mißachtung des Gerichts zu einer Haftstrafe verurteilt wurde, wurden überall im Land Stimmen des Protestes laut, die seine Freilassung forderten.

Noel Umlauf, der sich weitgehend verantwortlich für den ganzen Wirbel fühlte, hinterlegte eine Bürgschaft für die Freilassung seines Sohnes, lehnte jedoch jede Verantwortung für das ganze Theater ab. Seine Frau Gretchen jedoch war über die schreiende Ungerechtigkeit der Situation dermaßen empört, daß sie eines Abends ihren Sohn dazu überredete, den Gerichtsbeschluß zu ignorieren, sich ein weiteres Mal in das Zimmer seiner Großmutter zu stehlen und diesmal die Geräte wirklich außer Gefecht zu setzen. Er schaffte es auch, trotz aller Sicherheitsvorkehrungen abermals in die Intensivstation einzudringen, doch wurde er wieder von Schwester Grimes entdeckt und in letzter Sekunde an seinem Vorhaben gehindert. Wieder mußte er für zwei Wochen ins Gefängnis – und wieder tauchten überall in Tampa

Plakate auf, auf denen seine Freilassung gefordert und Bertas Recht auf einen menschenwürdigen Tod reklamiert wurde.

Clarence Hasslebrook indes blieb von dem ganzen Wirbel unbeeindruckt, fühlte er sich doch mit der ganzen Batterie von Gerichtsbeschlüssen und Verfügungen im Rücken gleichsam unantastbar. Für viele war er der einzige Schutz der alten Dame gegen ihre gefühllose Familie, und als in einem anderen Teil Floridas ein alter Mann seine hochbetagte und schwerkranke Frau aus Mitleid tötete, gab es seitens der Senioren einen öffentlichen Aufschrei: »Diesem Treiben wollen wir in Florida Einhalt gebieten! Das Leben ist heilig!«

Aber die Umlaufs und ihre Verbündeten waren nicht machtlos, auch wenn Victor im Gefängnis saß. Auch lernten sie rasch, die Presse für sich zu nutzen. Gretchen wollte den Medien zeigen, wogegen Mrs. Umlauf versucht hatte anzukämpfen, und es gelang ihr tatsächlich, zwei Zeitungsleute in das kleine Zimmer zu schmuggeln, in dem Mrs. Carlson immer noch dahinvegetierte, umgeben von chromblitzenden Geräten, Schläuchen und Kabeln, die sie am Leben hielten, die alles konnten, außer ihr Hirn wieder zum Leben erwecken. Gretchen, des Eides eingedenk, den sie abgelegt hatte, die Mutter ihres Ehemannes zu beschützen, fragte die Presseleute: »Würden Sie wollen, daß Ihre eigene Mutter ihr Leben so beendet?« Und dann fragte sie sie, was sie glaubten, wie lange Mrs. Carlson wohl schon in diesem Zimmer dahinvegetierte, und beantwortete die Frage selbst: »Sie ist seit mehr als einem halben Jahr in diesem Höllenloch. Vorher fast zwei Jahre in einem anderen Zimmer. Wollen Sie wissen, was das die Gesellschaft bisher gekostet hat? Mehr als eine Viertelmillion Dollar. Und wollen Sie wissen, was es den Carlson-Kindern eingebracht hat? Den Bankrott.«

Von diesem Moment an begann die öffentliche Meinung auf die Seite der Umlaufs umzuschwenken.

An diesem kritischen Punkt erlangte Berta Umlauf einen gewissen Grad an Bewußtsein zurück, genug jedenfalls, um dunkel wahrzunehmen, daß sie an diverse Kabel und Schläuche angeschlossen war. Als das Pflegepersonal entdeckte, daß sie es geschafft hatte, sich die IV-Kanülen aus den Armen zu ziehen, reagierte Schwester Grimes panisch und ließ sie in eine Zwangsjacke stecken, eine scheußliche Erfindung, die aus einem Hemd mit überlangen Ärmeln bestand, welche einmal um den Oberkörper herumgewickelt und auf dem Rücken zusammengeknotet wurden. Ein solchermaßen verschnürter Mensch – gleich ob Krimineller, überführter Mörder oder Tobsüchtiger – vermochte weder seine Arme zu bewegen noch ohne fremde Hilfe seine Notdurft zu verrichten. Es war eine barbarische Bestrafung, fragwürdig schon bei einem widerspenstigen Gefängnisinsassen, bei einer gebrechlichen alten Frau jedoch geradezu unerhört und im höchsten Maße verwerflich. Als die Umlaufs davon erfuhren, appellierten sie an Ken Krenek, der ihnen jedoch nichts anderes mitteilen konnte, als daß es nicht in seiner Macht stehe, die Anordnungen der Stationsschwester in der Gesundheitsabteilung zu widerrufen, und er sagte ihnen auch, daß auch Dr. Zorn hier machtlos war. Schwester Grimes' Entscheidung war unumstößlich. Eine Niederlage für die Befürworter der Sterbehilfe, ein Sieg für Clarence Hasslebrook und seinen Verein.

Aber vollkommen machtlos waren die Umlaufs auch nicht. An dem Morgen, an dem Bertas Enkel wieder aus dem Gefängnis entlassen wurde, beschlossen er und seine Mutter, dem unwürdigen Zustand endgültig ein Ende zu machen. Zwar war es Victor verwehrt, seine Großmutter zu besuchen, aber Gretchen verschaffte sich Zugang zum dritten Stock, bevor Schwester Grimes merkte, daß sie kam, und mit Entsetzen sah sie ihre Schwiegermutter hilflos in ihrer Zwangsjacke auf dem Bett liegen. Die Kabel und Kanülen waren wieder an Ort und Stelle, die diversen Geräte arbeiteten, und Berta Krause Umlauf starrte mit leerem Blick in die Augen ihrer Schwiegertochter, als wollte sie sagen: Gretchen, du hast hoch und heilig versprochen, mich vor so etwas wie dem hier zu bewahren. Darauf erwiderte Gretchen laut, als könne ihre Schwiegermutter sie hören: »Oh, Mutter! Was haben sie mit dir gemacht?«

Gretchen, zweiundvierzig Jahre alt und beileibe keine starke Frau, schwor, daß ihre Schwiegermutter aus dieser unerträglichen Situation erlöst werden würde – auf welchem Wege auch immer. Sie küßte Berta und rief nach der Stationsschwester.

»Ich kann mir nicht vorstellen, daß die Hausordnung hier in *The Palms* es gestattet, daß Patienten auf diese Weise ihrer Bewegungsfreiheit beraubt werden!« herrschte sie Schwester Grimes an, worauf diese ungerührt versetzte: »Das tut sie durchaus. Dr. Zorn wäre zwar ziemlich wütend, wenn er das sehen würde, aber Ihre Mutter hat sich widerspenstig gebärdet.«

»Machen Sie sie sofort los!«

»Sie sind nicht berechtigt, mir Anweisungen zu erteilen. Wenn Sie die Station nicht sofort verlassen, werde ich einen Wärter rufen müssen!«

»Als Verwandte habe ich sehr wohl das Recht, hier zu sein. Ich werde meine Mutter jetzt losbinden. Versuchen Sie ja nicht, mich daran zu hindern!«

Gretchen, die jünger und kräftiger war als Schwester Grimes, stieß diese mit dem Ellenbogen weg und begann damit, ihre Schwiegermutter aus der Zwangsjacke zu befreien. Nach stundenlangem Eingezwängtsein endlich wieder frei, starrte Berta in die Augen ihrer Schwiegertochter, und als Gretchen sich über sie beugte, um ihr einen Abschiedskuß zu geben, glaubte sie, Dankbarkeit in den Augen der alten Frau zu erkennen.

Als Gretchen auf halbem Wege zum Fahrstuhl war, wurde ihr übel, und sie sah sich nach einem Ort um, wo sie sich erleichtern konnte, aber Schwester Grimes war inzwischen mit einem Wärter zurückgekehrt und fragte barsch: »Nun, und wozu gibt Ihnen Ihr kostbarer Gerichtsbeschluß nun das Recht?«

»Ich suche nach ...«, begann Gretchen mit gepreßter Stimme, und dann schrie sie laut: »Ich muß mich übergeben!« Und sie erbrach sich mitten auf dem Flur. Mit loderndem Blick Schwester Grimes anstarrend, wischte sie sich den Mund ab und sagte erbittert: »Von dem, was ich da drinnen gesehen hab', ist mir schlecht geworden.« Als sie die Station verließ, schwor sie sich: Heute nacht, so Gott will, wird sie erlöst werden. Ihr Sohn hörte sich die Geschichte vom Leiden seiner Großmutter an und sagte: »Mom, sie muß erlöst werden, ganz klar. Aber wenn ich dem Gerichtsbeschluß noch einmal zuwiderhandle, kann es mir passieren, daß ich von der juristischen Fakultät fliege. Hast du genug Mumm, um etwas wirklich Verrücktes zu versuchen?«

Gretchen Umlauf war kein Freund von tollkühnen Bravourstücken, und da sie auch um keinen Preis die berufliche Zukunft ihres Sohnes gefährden wollte, schlug sie vor: »Wir müssen den vernünftigen Leuten hier eine letzte Chance geben, bevor wir zu irgendwelchen drastischen Maßnahmen greifen. Laß uns Dr. Zorn von der Zwangsjacke in Kenntnis setzen. Er ist auf unserer Seite.« Sie baten um einen Termin, den er ihnen auch einräumte – wenn auch widerstrebend, da er wußte, daß er nicht viel für sie tun konnte.

»Dr. Zorn, ist Ihnen bekannt, daß meine Schwiegermutter auf Ihrer dritten Etage brutaler Behandlung ausgesetzt ist?« Ihr Bericht machte Andy wütend, und er griff nach dem Telefonhörer, um Schwester Grimes Anweisung zu geben, sofort damit aufzuhören, doch besann er sich im letzten Moment eines Besseren. Er war sich nur allzu sehr darüber im klaren, daß er bis zu einem endgültigen Gerichtsentscheid keinen Einfluß auf die medizinische Behandlung von Berta Umlauf nehmen durfte, und er wußte, daß ein etwaiges medizinisches Gutachten bei Gericht wahrscheinlich Schwester Grimes Vorgehen als legitimes und durch die Umstände gerechtfertigtes Verhalten gegenüber einer widerspenstigen Patientin bewerten würde.

Mit müder Stimme sagte er: »Kommen Sie in einer Stunde wieder. Ich werde die Sache mit meinen Leuten besprechen.« Aber als sie gingen, warnte die jüngere Mrs. Umlauf: »Wenn Sie nichts unternehmen, werden wir es tun«, und in diesem Entschluß wankte sie auch nicht während der einen Stunde, die sie warteten.

Zorn fragte Krenek und Schwester Varney, ob sie gewußt hätten, daß im dritten Stock grobe Mißhandlungen begangen worden seien, und sie mußten eingestehen, daß sie davon gehört hätten, daß Mrs. Umlauf in eine Zwangsjacke gesteckt worden sei. Als er daraufhin lospolterte: »Und warum habt ihr Schwester Grimes nicht daran gehindert?«, antwortete Schwester Varney kleinlaut: »Weil eines meiner Mädchen neulich sie und Hasslebrook zusammen beim Abendessen sitzen gesehen hat. Können Sie sich vorstellen, was für einen Wirbel das in der Öffentlichkeit auslösen würde, wenn man sie als die Hüterin des menschlichen Lebens hinstellen würde und Sie als den gefühllosen Zerstörer?«

Ein Gefühl von ohnmächtiger Wut überkam Andy. Einmal mehr war er gefangen im Rechtssystem; einmal mehr waren ihm die Hände gebunden, war er außerstande, sich selbst zu verteidigen oder das Richtige für andere zu tun. Er steckte genauso in einer Zwangsjacke, wie die arme Mrs. Umlauf es getan hatte, und er konnte nicht das geringste dagegen ausrichten. Hilflos sagte er zu Nora: »Rufen Sie die Umlaufs rein«, und als Mutter und Sohn vor ihm saßen, mußte er ihnen die betrübliche Auskunft geben: »Mir sind die Hände gebunden. Ihre Mutter untersteht nicht mehr unserer Obhut. Wir können nichts tun als abwarten, bis das Gericht zu einer Entscheidung gelangt ist.«

Nach einer Weile betretenen Schweigens fragte der junge Umlauf leise: »Würden Sie wegschauen, wenn Mutter und ich die Sache selbst in die Hand nehmen würden?«

Andy gab keine Antwort, denn er wollte sich nicht aus der Not der Situation heraus zu einer eindeutigen Stellungnahme zugunsten der Euthanasie hinreißen lassen; diesen Schritt konnte und durfte er als Mediziner, der einen Eid geleistet hatte, menschliches Leben unter allen Umständen und zu jedem Preis zu bewahren, nicht machen. Doch als die Umlaufs ihn fest anschauten, während sie auf seine Antwort warteten, sah er allmählich ganz klar und unwiderruflich den Weg vor sich, den er als Mensch einschlagen mußte. Er blickte erst der Mutter, dann dem Sohn fest in die Augen, und wandte dann abrupt den Blick ab, um schweigend und mit zusammengebissenen Zähnen aus dem Fenster zu schauen. Sie deuteten dies zu Recht als sein stillschweigendes Einverständnis, als sein Versprechen, wegzuschauen. Als die beiden entschlossenen Schrittes sein Büro verließen, wünschte er ihnen im stillen viel Glück.

In derselben Nacht gegen Viertel vor zwei schleuste Victor Umlauf seine Mutter Gretchen, in ein wallendes weißes Kleid gehüllt, das sie sich von einer Freundin aus *The Palms* geliehen hatte, auf Schleichpfaden in den dritten Stock des Gesundheitstraktes. Nachdem sie sich vergewissert hatten, daß niemand sie beobachtete, wartete Victor am Ende des Flures, während seine Mutter auf leisen Sohlen zum Zimmer 312, dem Gefängnis ihrer Schwiegermutter, huschte und unbemerkt zur Tür hinein schlüpfte. Vor unerwünschten Blicken geschützt und in dem gedämpften blauen Licht, das Krankenzimmer immer in einen fast mystischen Schein taucht, küßte Gretchen die im tiefen Koma liegende alte Frau ein letztes Mal, bevor sie rasch einen Schlauch nach dem anderen vom Körper ihrer Schwiegermutter löste. Als sie damit fertig war, riß sie mit einem kräftigen Ruck alle elektrischen Leitungen aus der Wand und aus den Geräten, damit sie nicht sogleich wieder angeschlossen werden konnten. Sodann huschte sie unter dem Schrillen der Alarmglocke wieder zurück zum Ende des Ganges, wo ihr Sohn wartete. Sie hatten das Gesetz gebrochen, aber Berta Umlauf, die erfolglos gegen den medizinischen Berufsstand, die Juristen, Hasslebrooks Organisation und den Staat Florida gekämpft hatte, errang schließlich das Recht, in Würde zu sterben.

DR. ZORN UND BETSY wollten in *The Palms* heiraten, da dies der Ort war, an dem sie ihre Liebe zueinander entdeckt hatten, aber Oliver Cawthorn bestand darauf, daß die Hochzeit in Chattanooga stattfand, der Stadt, in der die Cawthorns seit der Gründung der Ortschaft im Jahre 1835 zu den führenden Bürgern zählten. Die Familie, die weitverzweigt war, hatte gefürchtet, daß Betsy nach ihrem schweren Unfall niemals heiraten würde, weshalb alle, als sie einen jungen Arzt fand – und einen recht gutaussehenden dazu – doppelt froh waren. Alle Cawthorns bestärkten Oliver lautstark in seinem Wunsch, seine Tochter in einer der alten Kirchen von Chattanooga trauen zu lassen.

Und so gab Betsy denn nach, und auch Zorn fügte sich dem Wunsch seines künftigen Schwiegervaters, obgleich es ihm lieber gewesen wäre, wenn die Hochzeit in *The Palms* stattgefunden hätte. Als Cawthorn jedoch auch noch den Geistlichen bestimmen wollte, der die Trauung vornehmen sollte, ein wohlbekannter Baptistenpfarrer namens Cawthorn, rannte er gegen eine Mauer. Betsy sagte: »Ich möchte von der Person getraut werden, die mir während meiner langen Genesung wirklichen spirituellen Beistand gab. Du brauchst gar nicht erst zu versuchen, mich davon abzubringen, Vater – in dem Punkt lasse ich nicht mit mir reden.«

Er zog daraufhin die Nominierung seines entfernten Cousins zurück und erzählte den Verwandten: »Ich habe meinen Willen hinsichtlich der Kirche bekommen, soll sie ihren Willen hinsichtlich des Pfarrers bekommen.« Doch als bekannt wurde, daß der Pfarrer, den Betsy sich ausgesucht hatte, eine Frau war, Reverend Helen Quade, gingen viele auf die Barrikaden. Die Südstaatenkirchen standen Frauen als Geistlichen ablehnend gegenüber, und daß eine von ihnen, noch dazu eine Fremde, ein Mitglied der örtlichen Prominenz trauen sollte, paßte der Verwandtschaft überhaupt nicht in den Kram.

Betsy war genauso dickköpfig wie jeder andere in ihrer Familie, doch bevor sie ihren Willen durchsetzte, wollte sie sich erst einmal vergewissern, ob Reverend Quade überhaupt dazu bereit war, zum Gegenstand eines heiklen, wenn nicht sogar unangenehmen Familiendisputs zu werden. Sie ging also zu Mrs. Quade und fragte sie: »Wären Sie bereit, nach Chattanooga zu kommen und uns zu trauen?«

»Es wäre mir eine Ehre. Ich freue mich so sehr für Sie und Andy.«

»Selbst wenn es womöglich Protest aus der konservativen Ecke geben könnte – weil Sie eine Frau sind?«

Helen überlegte kurz. »Mir ist natürlich bewußt, daß einige der örtlichen Geistlichen protestieren könnten – eine Außenstehende, noch dazu eine Frau, die eine Trauung in höchsten Gesellschaftskreisen der Stadt vornehmen soll. Aber ich bin in dieser Hinsicht ein altes Schlachtroß und fürchte mich niemals, etwas zu tun, was getan werden sollte.« Sie lächelte beim Gedanken an vergangene Scharmützel, und dann sagte sie mit fester Stimme: »Sie und Andy, ihr seid mir teure Freunde geworden. Ich werde ganz bestimmt kommen und dafür sorgen, daß diese wunderbare Zeit des Wartens und Werbens ihre stilvolle Vollendung findet.« Und sie nahm das Angebot Betsys, ihre Reise- und Unterbringungskosten für die Dauer der fünftägigen Festlichkeiten zu übernehmen, dankend an. »Wir Geistlichen verdienen nicht gerade üppig, und die Frauen unter uns kommen nicht einmal auf die Hälfte des ohnehin schon kargen Verdienstes, den unsere männlichen Kollegen im Durchschnitt bekommen. Ich danke Ihnen.« Andy erklärte, daß sie selbstverständlich das übliche Entgelt für eine Trauung erhalten würde, und sie erwiderte: »Natürlich.«

Betsy, die entschlossen war, ihre Entscheidung, sich von Reverend Quade trauen zu lassen, unumstößlich zu machen, lud die Gesellschaftskolumnistin einer Tageszeitung aus Chattanooga ein, auf ihre Kosten nach Florida zu fliegen und einen Artikel über Reverend Quades hervorragende Karriere zu schreiben. Die Journalistin erkannte rasch, daß sie es bei Helen Quade mit einer herausragenden Persönlichkeit zu tun hatte, und sie scheute sich nicht, das in dem Artikel, den sie an ihre Zeitung schickte, gebührend herauszustreichen. Auf Betsys Zureden hin fügte sie dem Artikel sechs Fotos bei, die Reverend Helen Quade in exotischen Ländern und bei der Entgegennahme von Orden und Verdienstmedaillen verschiedener Regierungen zeigte, unter anderem der der Vereinigten Staaten. »Indem er Helen Quade nach Chattanooga einlädt«, faßte die Reporterin zusammen, »legt Oliver Cawthorn Ehre für unsere Stadt ein.«

Nachdem diese Angelegenheit zu ihrer Zufriedenheit geregelt war, wollte sich die willensstarke Betsy ihren zweiten Herzenswunsch erfüllen, nämlich, Nora Varney als Trauzeugin zu gewinnen. Zorn war so begeistert von der Idee, daß er Betsy darum bat, die förmliche Einladung aussprechen zu dürfen, und Betsy, die wußte, welch hohen Anteil die hervorragende schwarze Oberschwester am Erfolg Andys in *The Palms* hatte, tat ihm diesen Gefallen, bestand aber darauf, persönlich dabei zu sein, wenn er Nora die Einladung überbrachte.

Das Treffen fand in Andys Büro statt, und er kam ohne Umschweife zum Thema: »Nora, wie Sie wissen, wollte ich, daß die Hochzeit hier stattfindet, unter unseren Freunden. Aber Betsys Vater bestand – verständlicherweise, wie ich meine –, darauf, daß Betsy in Chattanooga getraut wird, wo sie aufgewachsen ist und wo die Cawthorns – und es sind Hunderte – seit jeher ansässig sind. Wir werden also dort heiraten, und wir würden uns sehr freuen, wenn Sie unsere Trauzeugin sein könnten.«

Nora, die etwas Ähnliches offenbar schon vorausgeahnt hatte, hatte ihre Antwort schon parat: »Ich liebe Sie beide und wünsche Ihnen von ganzem Herzen alles Glück dieser Welt, aber ich kann Sie diesmal nicht begleiten.«

»Warum nicht?«

»Weil kein Tag vergeht, an dem meine AIDS-Kranken mich nicht dringend brauchen. Ich bin von Jaqmeels Sterbebett geflüchtet, aber ich habe mir geschworen, nie wieder jemanden, den ich kenne, allein sterben zu lassen. Aber bringen Sie mir ein Stück von der Hochzeitstorte mit.«

Mehr Glück hatte Betsy mit einer anderen Einladung, die ihr ebenso am Herzen lag. Als sie Bedford Yancey sagte, daß sie ihn bei ihrer Hochzeit dabeihaben wolle, rief dieser: »Ich wäre so oder so gekommen, ob mit Einladung oder ohne. Ich hätte draußen vor der Kirche gestanden und Ihnen zugejubelt, wenn Sie vorbeikommen.«

»Seien Sie nicht albern. Sie werden natürlich mit dabeisein, als Ehrengast.«

»Dann werde ich jetzt, wenn ich Sie vorbei*gehen* sehe, wie ich es immer vorausgesagt habe, einen echten Georgia-Jubelruf schmettern: ›Sie hat's gepackt!‹«

»Nein, Yancey. Sie durften mich rumschikanieren, als ich es nötig hatte. Aber meine Depression ist weg, und jetzt halten Sie Ihr großes Mundwerk. Werfen Sie mir einfach bloß eine Kußhand zu.« Und sie gab ihm einen Kuß.

Die Hochzeit war bei weitem gefühlsseliger, als Dr. Zorn es erwartet hatte. Die örtlichen Medien hatten – verständlicherweise – den romantischen Aspekten der Liebesgeschichte breiten Raum gewidmet. »Die hübsche Betsy, eine hervorragende Sportlerin, in der Blüte ihrer Jugend auf grausame Weise vom Schicksal geprüft ...«, »Der gute Samariter im Schnee ...«, so und ähnlich lauteten die Schlagzeilen der lokalen Presse. Die ständigen Fototermine und Proben mit Betsys Freundinnen, die als Brautjungfern fungieren würden, und die Besuche von Frauen, die den Cawthorns verbunden waren, nahmen einen großen Teil der Zeit des Brautpaares in Anspruch.

Eines Nachmittags, als Betsy und Andy endlich mal ein paar Stunden »frei« hatten, beschlossen sie, einen wichtigen Besuch zu machen.

Sie mieteten ein Auto und fuhren zu der Stelle an der Route 41, wo sich die schicksalhafte Massenkarambolage am Neujahrstag ereignet hatte. Sie stiegen aus und erkundeten noch einmal die genauen Stellen, an denen sie sich an jenem Tag befunden hatten: die Stelle, an der Andy in den Graben gefahren war – und die Stelle weiter oben, wo Betsy zwischen die Stoßstangen der beiden aufeinanderkrachenden Wagen geraten war.

Es war ein tiefbewegendes Erlebnis, noch einmal den Ort zu sehen, an dem sie sich zum erstenmal begegnet waren, und in gewisser Hinsicht noch einmal die traumatischen Momente zu durchleben, als die Toten von blutüberströmten Sanitätern weggetragen wurden, während die Helikopter wie Geier über der Unfallstelle kreisten. Sie glaubten fast, noch einmal das Heulen der Sirenen hören zu können. Im strahlenden Sonnenlicht umarmten sie sich an diesem schrecklichen Ort des Todes und besiegelten fester denn je ihre gegenseitige Zuneigung. Bewegt flüsterte Betsy ihm ins Ohr: »Hier bin ich gestorben und hier bin ich neu geboren.«

ALS CLARENCE HASSLEBROOK, der fanatische Eiferer von *Life Is Sacred*, erfuhr, daß sein Paradefall, die alte Frau, deren Geschichte in allen Zeitungen gestanden hatte und über alle Bildschirme geflimmert war, es geschafft hatte, trotz all seiner Anstrengungen zu sterben, war er sicher, daß der infame Umlauf-Clan dahinter steckte. Er sagte den Zeitungsleuten, es sei eindeutig Mord gewesen, aber er war nicht in der Lage, diejenige Person zu benennen, der ihn begangen hatte. Wie der Zufall es wollte, wurde er von der Fährte abgebracht, weil zwei Patienten aus der Intensivpflege unabhängig voneinander steif und fest behaupteten, sie hätten gesehen, wie ein Engel in wallendem weißem Gewand in Zimmer 312 geflogen sei, dort beträchtlichen Lärm veranstaltet habe und dann wieder weggeflogen sei. Geradewegs durch die Wand sei er geflogen. Hatten die beiden alten Leutchen sich miteinander absprechen können? Nein, das war unmöglich. Ihre Betten standen viel zu weit voneinander. Beide hatten die Erscheinung unabhängig voneinander gesehen. Ihre Beschreibungen stimmten verblüffend genau überein. Und beide waren sich ganz sicher, daß der Engel direkt durch die Wand geflogen war.

In einer letzten Geste des Trotzes ließen die Umlaufs ihre Mutter nach Marquette in Michigan überführen, um sie dort in der Familiengruft zu bestatten. Aus Respekt vor dem Andenken an Noels Vater Ludwig und seine Großmutter Ingrid, die sich immer so sehr darum gesorgt hatten, was die Leute in Marquette wohl denken mochten, versicherten sie allen Nachbarn, daß Berta in einer teuren Suite in einem erstklassigen Krankenhaus gestorben war. Was die Nachbarn an jenem kalten Dezembertag, an dem die

Beerdigung stattfand, zumindest dachten, war, daß Bertas Kinder ihr eine würdige Beerdigung ausgerichtet hatten.

Hasslebrook nahm seine Niederlage indessen nicht so ohne weiteres hin. Entschlossen, seine Rachegelüste zu befriedigen, aber nicht mehr in der Lage, die Umlaufs einzuschüchtern, richtete er seinen Zorn gegen *The Palms*, und insbesondere gegen Dr. Zorn, den er in Verdacht hatte, den Umlaufs geholfen zu haben. Der sollte ihn kennenlernen, dieser Scharlatan!

Es begann damit, daß er einen Mann aufsuchte, von dem er wußte, daß er Zorn geringschätzte: Dr. Velenius, den Zahnarzt in dem Vorort im Norden von Tampa. Dr. Velenius wartete mit einer Mischung aus Fakten und Mutmaßungen auf, die den Manager von *The Palms* allesamt schwer belasteten: »Wir wissen, daß er sich in mein Verhältnis zu einer Patientin eingemischt hat. Steckte seine Nase in Sachen rein, die ihn nichts angehen. Ich bin überzeugt, daß er bei bestimmten AIDS-Fällen als Mediziner tätig geworden ist, obwohl er für diesen Staat keine Lizenz zum Praktizieren besitzt.«

»Den Punkt klammern wir besser aus«, sagte Hasslebrook. »Würde in der Öffentlichkeit nicht gut ankommen, auf einen Arzt einzudreschen, weil er AIDS-Kranken geholfen hat.«

»Sie haben recht. Aber ich bin sicher, daß Zorn vorsätzlich gegen das Gesetz verstoßen hat, indem er ansonsten gesetzestreue Zahntechniker dazu verleitet hat, Gaumenplatten und Gebisse für Bewohner von *The Palms* zum halben Preis zu reparieren.«

»Behalten Sie den Lumpen weiterhin im Auge. Für nichts haben sie den bestimmt nicht aus Chicago gejagt.«

In seinem verbissenen Eifer, Zorn in Mißkredit zu bringen, beauftragte Hasslebrook die in Illinois wohnhaften Mitglieder von *Life Is Sacred*, herauszufinden, wegen welcher Vorwürfe im einzelnen der Medizinerverband von Illinois Zorn ausgeschlossen hatte. Als sie meldeten, Zorn sei niemals aus dem Verband ausgeschlossen worden und er sei nach wie vor berechtigt zu praktizieren, sofern er die horrenden Versicherungsprämien aufbringen könne, die in der Geburtshilfe verlangt würden, beauftragte

Hasslebrook, der sich noch lange nicht geschlagen gab, seine Verbündeten in Chicago, in Erfahrung zu bringen, was Zorn in den beiden Prozessen, die er verloren hatte, falsch gemacht hatte. Durch intensive Befragung von fünf Personen – den vier Eltern, die Vorwürfe erhoben hatten, und dem Winkeladvokaten, der die »Beweise« zusammengestellt hatte und sie vor Gericht vertreten hatte, sammelten sie eine Kette von solch schweren Beschuldigungen, daß es ihnen wie ein Wunder erschien, daß Zorn nicht ins Gefängnis gekommen war.

Aber das Beweisstück, mit dem er Zorn wirklich den Garaus machen konnte, das belastende Material, das Hasslebrook fast das Wasser im Mund zusammenlaufen ließ, fand er, als er in ein heruntergekommenes Viertel von Tampa fuhr, wo er sich im zweiten Stock einer ärmlichen Pension mit den beiden Fotografen unterhielt, die seine Organisation angeheuert hatte, um eine Fotodokumentation von den diversen Armen-Krankenhäusern, fragwürdigen Hospizen und sonstigen karitativen Unterkünften zu machen, in denen AIDS-Kranke im letzten Stadium behandelt wurden. Zu Hasslebrooks Freude hatten diese unermüdlichen Spitzel, der große dünne Mann und die kleine dicke Frau, sogar noch mehr Material gesammelt, als sie versprochen hatten. »Wir haben diese gestochen scharfen Schnappschüsse von Dr. Zorn gemacht«, sagte der Mann, während seine Frau die Fotos auf einem schmierigen Tisch ausbreitete. »Sie zeigen ihn dabei, wie er Häuser betritt und wieder verläßt, in denen Männer auf mysteriöse Weise sterben.«

»Wer ist die große schwarze Frau in seiner Begleitung?«

»Nora Varney, seine Oberschwester in *The Palms*. Offenbar ist sie seine Komplizin bei seinem höchstwahrscheinlich illegalen Treiben.«

»Wer sind die Männer auf diesen Fotos hier? Leider größtenteils ziemlich unscharf?«

»Das sind die Drahtzieher«, sagte die Frau. »Ihre Anwesenheit ist der eindeutige Beweis dafür, daß hier kriminelle Handlungen im Gange sind.«

»Das sind die Männer«, schaltete sich ihr Mann ein, »über die die Zeitungen schreiben. Die Agenten des Todes. Einheimische wie der Bursche in Michigan. Der hier – leider habe ich ihn nicht schärfer draufgekriegt – ist berühmt.

Die Polizei hat bisher erfolglos versucht, ihn zu schnappen. Auf diesem Foto hier ist er am besten getroffen. Er trägt zwar einen schwarzen Umhang, aber er ist kein Hispano. Aber auch kein Italiener – trotz des Borsalinos.«

»Wer ist dieser Mann? Was ist er? Inwieweit betrifft er unseren Fall gegen Zorn?«

»Er ist der Mann, der – und das können wir beweisen – immer dann auftaucht, wenn bei einem AIDS-Kranken das Ende naht. Er hilft ihnen, Selbstmord zu begehen. Absolut illegal – die Bullen sind schon lange hinter ihm her.«

»Wäre es möglich, daß wir Kontakt mit ihm aufnehmen?«

»Er scheint diese Gegend verlassen zu haben. Oder er arbeitet in einer neuen Verkleidung. Ich sehe da keine große Möglichkeit.«

»Aber wir können beweisen, daß zwischen ihm und Zorn eine Verbindung besteht?«

»Absolut. Dieses Foto hier – und das hier erst recht – beweisen unumstößlich, daß er und Zorn sich an dem Tag, an dem der schwarze Basketballspieler sich umgebracht hat, in dem Hospiz aufgehalten haben, das von den Angelottis geführt wird.«

»Wären Sie bereit, das, was Sie gerade gesagt haben, vor Gericht zu bezeugen?«

»Ja. Wir sind sicher, daß Dr. Zorn seine Finger in üblen Geschäften hat – er und die Schwarze. Sehen Sie hier: wir haben Fotos jüngeren Datums von ihm, die ihn zeigen, wie er eines der übelsten Häuser betritt. In dem Loch sterben laufend Männer. Wir haben Fotos, auf denen zu sehen ist, wie Leichen rausgetragen werden.«

Als Hasslebrook seine Daten zusammen hatte, die Unterstellungen, die unbewiesenen Beschuldigungen, die häßlichen Geschichten aus Chicago und, vor allem, die Fotos, die in den

Zeitungen und im Fernsehen einen so vernichtenden Eindruck hinterlassen würden – und all dies gesammelt und organisiert, während er, Hasslebrook, sich sozusagen unter Dr. Zorns Obhut befunden hatte, nämlich in *The Palms* –, rief er John Taggart in Chicago an. Kaum hatte er den Unternehmer am Apparat, da ging Hasslebrook auch schon voll in die Offensive: »Spreche ich mit dem John Taggart, dem die Seniorenheim-Kette gehört? ... Soweit ich weiß, sind Sie – das heißt, Ihre Organisation – der Besitzer der Nobeleinrichtung *The Palms* in Tampa ... Nun, Mr. Taggart, Sie kennen mich nicht, aber ich bin ein führendes Mitglied der landesweit operierenden Bewegung *Life Is Sacred* –«

»Oh, ich kenne Sie sehr wohl. Ich habe Ihre Aktivitäten im Westen mit großem Interesse verfolgt. Ihr Bild war mehrfach hier in Chicago im Fernsehen zu sehen. Eine erstaunliche Geschichte. Sie und der weiße Engel. Was kann ich für Sie tun?«

»Es wäre sehr von Vorteil für Sie, Mr. Taggart, wenn Sie hier herunter nach Tampa kämen – sagen wir, morgen – und sich mit mir unterhielten. Ich glaube, es könnte sehr nützlich für den Erhalt der beträchtlichen Investitionen sein, die Sie in Ihre Altenheime gesteckt haben.«

»Bitten Sie mich – oder befehlen Sie mir zu kommen?«

»Das mögen Sie selbst beurteilen.«

»Wir nennen unsere Einrichtungen übrigens niemals ›Altenheime‹.«

»Aber ich nenne sie so. Ihre Häuser sind bloß teurer. Kann ich Sie morgen hier erwarten?«

»Ich werde runterfliegen und um zehn Uhr in *The Palms* sein.«

»Sie können mich ja anrufen, sobald Sie eingetroffen sind. Die Zentrale hat meine Telefonnummer. Ich wohne nämlich in *The Palms*, müssen Sie wissen.«

»Das weiß ich. Nun denn, *hasta la vista*, Bruder Hasslebrook.«

Als Hasslebrook auflegte, war ein wenig von seiner Selbstsicherheit gewichen. Taggarts Abschied hatte ziemlich respektlos geklungen, so als sei er mehr als gewappnet, jeder Erpressungsdrohung oder sonstigen Bedrohung seiner lukrativen Geschäfte gelassen entgegenzusehen. Na schön, sagte sich Hasslebrook. Mit dem Material hier bin ich mehr als gerüstet für dich, John Taggart.

Am nächsten Morgen stand John Taggart um sechs Uhr auf. Er schnappte sich eine Handvoll trockener Granola, fuhr zum Verkehrsflughafen, wo sein Firmenjet schon bereitstand, flog nach Tampa, wo er auf dem internationalen Flughafen landete, und um Punkt neun saß er in Dr. Zorns Büro. »Sagen Sie, Andy, was in aller Welt ist hier unten passiert?« Zorn unterrichtete ihn kurz: »Eine wunderbare Frau von einundachtzig Jahren wollte, daß wir ihr Patiententestament erfüllen, das jedoch leider fehlerhaft aufgesetzt war. Dieser Hasslebrook, ein führendes Mitglied von *Life Is Sacred*, beschloß, eine Staatsaffäre daraus zu machen, einen nationalen Präzedenzfall. Ein cleverer Halunke, der weiß, wie man sich das Rechtssystem zunutze macht. Er hat versucht, einen örtlichen Richter dazu zu überreden, einen Beschluß zu fällen, ihn zum gesetzlichen Vormund der alten Dame zu machen – was zur Folge gehabt hätte, daß die Familie jede Kontrolle über die medizinische Betreuung ihrer Mutter verloren hätte. Die Frau starb jedoch, bevor das Gericht zu einer Entscheidung kam.«

»Und was war das für eine komische Geschichte mit dem weißen Engel?«

»Das weiß keiner, aber zwei Patientinnen in der Intensivpflege haben unabhängig voneinander gesehen, wie er direkt durch eine Wand geflogen ist. Sie befanden sich in verschiedenen Bereichen der Abteilung; abgesprochen haben können sie sich also nicht.«

»Was führt dieser Bursche im Schilde? Was könnte er von mir wollen, das so wichtig ist, daß ich extra nach Tampa runterfliege, um mich mit ihm zu treffen?«

»Er haßt mich wie die Pest – aus verschiedenen Gründen. Ich nehme an, er hat eine Weile rumgeschnüffelt und irgendwelche Gerüchte gesammelt, um mir was anzuhängen.«

»Und? Ist Ihre Weste denn weiß?«

»Ich denke schon.«

»Was ist an dieser Geschichte von der Zwangsjacke, in die die alte Dame angeblich gesteckt worden ist, wie die Schwiegertochter auf der großen Pressekonferenz behauptet hat? Das ist doch wohl nicht wahr, oder?«

»Doch – leider ja.«

»Andy! In einer unserer Einrichtungen? Ein verheerender Fauxpas!«

»Eine übereifrige Krankenschwester.«

»Sie haben sie doch hoffentlich achtkantig rausgeschmissen?«

»Das hätte Hasslebrook nicht zugelassen. Er drohte mir mit einem noch größeren Skandal, falls ich irgend etwas gegen die Schwester unternehmen würde.«

»Das heißt, sie ist nach wie vor bei uns beschäftigt?«

»Ja. Hasslebrook ist einer von der ganz zähen Sorte. Ein fanatischer Eiferer, wenn Sie mich fragen.«

Um zehn Uhr betrat der Agent von *Life Is Sacred* das Büro, stellte sich Taggart vor und sagte forsch: »Dr. Zorn, dies ist ein privates Gespräch zwischen Mr. Taggart und mir.«

Taggart erwiderte: »Dr. Zorn ist mein Verwaltungsdirektor. Es gibt nichts, was Sie mir sagen könnten, das er nicht mithören könnte.«

»Dann sind Sie umsonst hier heruntergeflogen. Auf Wiedersehen.« Er wandte sich zum Gehen. »Warten Sie!« rief Taggart, und an Andy gewandt, fügte er leise hinzu: »Andy, Sie sollten uns vielleicht besser allein lassen.«

Sobald Andy zur Tür hinaus war, schlug Hasslebrook einen konzilianteren Ton an, fast so, als sei er ein kluger Ratgeber, dem daran gelegen ist, einem Freund zu helfen: »Ich glaube, Sie und ich haben ein Problem mit Ihrem Dr. Zorn.«

»Aha? Was hat er Ihnen getan?«

»Es ist in erster Linie Ihr Problem. Sie und Ihre siebenundachtzig Altenheime könnten in echte Schwierigkeiten kommen – wenn Sie Dr. Zorn weiter bei sich beschäftigen.«

»Wollen Sie damit sagen, Sie raten mir, mich von ihm zu trennen? Nachdem er hier so hervorragende Arbeit geleistet hat?«

»Es wäre ganz sicher von Vorteil für Sie, wenn Sie diesen einen faulen Apfel aus Ihrem Korb herausnehmen würden.«

»Das ist aber ein ziemlich heftiger Ausdruck, den Sie da wählen! Haben Sie irgendwelche Beweise für ein Fehlverhalten Dr. Zorns?«

»Eben darum habe ich Sie eigens hierherkommen lassen – um Ihnen Beweise vorzulegen.« Hasslebrook holte die Fotos aus seiner Aktentasche und breitete sie, fein säuberlich zu Gruppen geordnet, auf dem Tisch aus. »Ich möchte, daß Sie sich diese Fotos zusammen mit mir anschauen; das wird Ihnen die Augen darüber öffnen, was für einen Mann Sie da nach Florida geschickt haben. Zum Beispiel dieses Foto hier: Hier sehen Sie, wie Ihr feiner Doktor in eines der übelsten AIDS-Asyle von Tampa geht, ein echtes Rattenloch. Und Sie werden bemerken, daß er seine dicke Krankenschwester mit dabei hat. Sie wollen wissen, was er dort treibt? Nun, er hilft den Männern, Selbstmord zu begehen.«

»Wie können Sie das behaupten?«

»Weil genau das dort geschieht. Weil genau das der Grund ist, warum er dort hingeht. Und selbst wenn er ihnen nicht eigenhändig beim Selbstmord hilft – er übt auf jeden Fall dort seinen Beruf als Arzt aus, obwohl er dazu in Florida nicht berechtigt ist. Diese nächsten Fotos hier beweisen hieb- und stichfest zumindest seine Komplizenschaft. Dieser seltsam aussehende Bursche, eine Art moderner Zorro, ist der berühmte Todesengel, von dem Sie sicher schon oft gelesen haben, der AIDS-Kranken hilft, Selbstmord zu begehen oder es, wie wir glauben, sogar eigenhändig für sie erledigt. Hier sehen Sie ihn in ein Asyl gehen, und wenig später taucht auch Zorn dort auf. Hier verläßt er dasselbe Haus wieder, und hier kommt Zorn – in gewissem zeitlichen Abstand – ebenfalls wieder heraus. Die schwarze Krankenschwester wartet derweil im Auto.«

Aber er war noch lange nicht fertig: »Die Fotos, die meine Leute vom Todesengel gemacht haben, sind leider nicht so scharf geworden, weil er es sowohl beim Betreten des Hauses als auch beim Verlassen sehr eilig hatte; und wenn er uns sah, hat er immer sofort das Gesicht abgewandt. Aber es ist ganz eindeutig er – bei seinem verbrecherischen Treiben.«

Als er schließlich mit seinem Vortrag – zu dem selbstverständlich noch eine Aufzählung der von Dr. Velenius und der Informanten in Chicago erhobenen Verdächtigungen gehörte – fertig war, bot sich seinem Zuhörer das Schreckensgemälde eines Arztes, der geradezu Amok lief, permanent gegen die Gesetze des Staates verstieß und den Ruf nicht nur von *The Palms*, sondern von allen sechsundachtzig anderen Ruhestandseinrichtungen der Taggart-Gruppe in höchste Gefahr brachte.

»Warum haben Sie keinen Gerichtsbeschluß erwirkt?«

»Dieser Zorn ist ein ganz Schlauer. Er verwischt seine Spuren – aber sein Treiben wird bald ein Ende haben, Mr. Taggart. Ich habe vor, mit meinen Anschuldigungen gegen Ihren Mann an die Öffentlichkeit zu gehen. Mit der ganzen Macht und Autorität meiner Organisation werden wir landesweite Publizität gewinnen. Ich denke daran, Vorfälle hier in *The Palms* ans Licht zu bringen, bei denen er gegen geltendes Gesetz verstoßen hat –«

John Taggart, der schon so manchen Strauß vor Gericht ausgefochten hatte, hatte die Erfahrung gemacht, daß dann, wenn ein Mann von dubiosem Charakter den Ausdruck »Ich denke daran« oder »Ich behalte mir vor« verwandte, das, woran er dachte oder was er sich vorbehielt, Erpressung auf die subtile, auf den ersten Blick rechtlich unangreifbare Art war. Taggarts Problem bestand nun darin, herauszufinden, wie teuer die Erpressung werden würde.

Als Hasslebrook sah, daß sein Opfer innehielt, um nachzudenken, vermutete er zu Recht, daß der Mann aus Chicago abzuschätzen versuchte, wie stark er und die *Life Is Sacred*-Bande ihm schaden konnten, und für diesen delikaten Punkt war Hasslebrook mehr als gerüstet: »Wenn Sie keine entsprechenden Maßnahmen einleiten, werde ich hier in der Region Tampa eine Kampagne starten – und ich habe Zugang zu allen Medien, man kennt mich dort –, in der ich das Fehlverhalten Ihrer Leute in Ihrer sogenannten Intensivpflegeabteilung – die, wie jeder weiß, nichts anderes als ein Hospiz ist – aufdecken werde; und ich werde Ihr Heim darin als ›Mordhaus‹ bezeichnen.« Er hielt inne und ließ sich das Wort auf der Zunge zergehen, wie als wolle er seine grausige Bedeutung so richtig auskosten. »Mordhaus«, wiederholte er. »Ein solcher Name prägt sich gut ein, und mit Ihrer Kette in Verbindung gebracht, könnte er beträchtlichen Schaden anrichten, besonders in Gegenden, wo die Religion ernster genommen wird als auf den Spielplätzen von Südflorida.«

Es war eine kluge Drohung – und keine leere, denn ein solches Wort, einmal in die Welt gesetzt, konnte schwere Auswirkungen zeitigen, welche gerade bei einer Einrichtung der Gesundheitsfürsorge verheerend sein mochten. Taggart mußte daher mit äußerster Vorsicht abwägen, inwieweit Hasslebrooks Drohung durchsetzbar war, und das erste und wichtigste Faktum, das er hierbei bedenken mußte, war, daß die Organisation, die er vertrat, einen höchst beeindruckenden Namen trug: *Life Is Sacred.* Niemand forderte eine solche Organisation, die sich der Unterstützung von Hunderten von Kirchen sicher sein konnte, leichtfertig heraus. Hätte der Verein einen zu ihm passenden Namen gehabt wie »Schnüffler, Erpresser und Co.« oder »Die Bande, die Ihnen vorschreibt, wie Sie zu leben haben«, dann hätte man ihn leicht zurückweisen können, aber sich mit der »Gottesschwadron« anzulegen, war gefährlich und brachte nichts. Sie konnte einfach zuviel fanatische Unterstützung mobilisieren.

Es war daher allein schon ein Gebot der Vorsicht, daß er den Mann weder gegen sich aufbrachte, noch ihn unterschätzte.

»Kommen wir zum Punkt, Mr. Hasslebrook. Sie scheinen mir ein vernünftiger Mann mit festen Überzeugungen zu sein, und Sie haben eine mächtige Organisation hinter sich. Was ich jedoch nicht ganz verstehe, ist, warum Sie ausgerechnet nach *The Palms* gekommen sind. Seien Sie doch so gut und erklären Sie mir das.«

Hasslebrook, der fälschlicherweise annahm, daß der Seniorenheimmagnat bereit war, mit ihm zu feilschen, war daran gelegen, daß sein Anliegen so leicht zu verstehen war wie möglich: »Das ist ganz einfach, Mr. Taggart. Unsere Organisation beschloß, sich *The Palms* und seine Verwaltung einmal unter die Lupe zu nehmen. Mein Komitee schickte mich hierher, damit ich die Praktiken in Ihrer sogenannten Intensivpflegeabteilung überwache. Es ging das Gerücht, daß Sie – wie viele andere Institutionen auch – zu einer sehr liberalen Interpretation von sogenannten Patiententestamenten neigen, und wir waren entschlossen, dieser Praxis einen Riegel vorzuschieben.«

Hasslebrook war so berauscht von seinem vermeintlich leichten Triumph, daß er gar nicht wahrnahm, daß Taggarts Wangenmuskeln heftig arbeiteten – so grimmig nahm der Mann aus Chicago diesen geradezu amateurhaften Erpressungsversuch auf. Er war nicht Boß eines bundesweit operierenden Unternehmens geworden, ohne zuvor zahlreichen Gegnern gegenübergestanden zu haben, die entschlossen gewesen waren, ihn daran zu hindern, das zu tun, was er als richtig und rechtmäßig ansah. Aber er hatte alle diese Auseinandersetzungen letztlich dadurch gewonnen, daß er seinen Verstand gebraucht hatte, daß er seinen Widersachern genau zugehört hatte – und daß er stets eine Lösung gefunden hatte, die seinen Gegnern die Möglichkeit gegeben hatte, ihr Gesicht zu wahren.

»Ich habe großen Respekt vor dem grundsätzlichen Anliegen Ihrer Organisation, Mr. Hasslebrook«, sagte er bedächtig. »Alte Menschen brauchen und verdienen Schutz, keine Frage. Aber ich wiederhole: Warum haben Sie sich gerade *The Palms* ausgesucht?«

»Ganz einfach«, erklärte Hasslebrook, mächtig stolz auf seine geschickte Taktik. »Wir finden es am besten, die Besten zu attackieren. Bringt uns mehr Medienecho.« Er legte eine Kunstpause ein und fügte dann hinzu: »Außerdem sind Sie ein großkalibriges Zielobjekt – Sie haben überall im Lande Altersheime.«

»Wir verwenden dieses Wort nicht.«

»Aber wir«, versetzte Hasslebrook patzig, und für einen Augenblick schien es so, als wären die beiden Männer in einer Sackgasse angelangt, aber dann fragte Taggart, scheinbar ganz ruhig: »Sagen Sie, Mr. Hasslebrook, wieso ist Dr. Zorn so ein rotes Tuch für Sie? Was hat er Schlimmes angestellt?«

»Er war grundsätzlich für das Patiententestament, für seine liberale Auslegung. Er trat dafür ein, daß es auf Ihrer dritten Etage großzügig interpretiert wurde. Er war radikal, was seine Ansichten hinsichtlich medizinischer Fragen betraf. Und er widersetzte sich mir in praktisch allem, was ich wollte.«

»Fanden Sie diese Reaktion nicht verständlich, nachdem Sie sich hier eingeschlichen hatten, quasi als Industriespion?«

»Als Aufpasser – darauf lege ich Wert. Als Wächter darüber, daß die Gesetze peinlich befolgt werden. Als Advokat der Alten, die sonst womöglich in den Tod abgeschoben werden.«

»Und Sie kaprizierten sich auf Zorn als den Mann, der Ihren Plänen *möglicherweise* in die Quere kommen würde? Weil er *möglicherweise* die legitimen Patiententestamente einlösen würde?«

»Ja. Er war der Feind, und er stellte es unter Beweis.«

Taggart wußte, daß jetzt der Moment gekommen war, wo er Hasslebrook dazu ermuntern mußte, seine Strategie offenzulegen: »Was soll ich also Ihrer Meinung nach jetzt tun?«

»Ich will, daß Sie Dr. Zorn rausschmeißen.« Bevor Taggart darauf etwas erwidern konnte, fügte Hasslebrook hinzu: »Und daß Sie ihn nicht in eines Ihrer anderen Häuser schicken – wir würden ihn früher oder später dort aufspüren. Der Mann ist ein Killer, und unsere Organisation besteht darauf, daß er aus dem Dienst entfernt wird.«

Taggart war schockiert von der Dreistigkeit dieser Forderung, aber auch von den möglichen Konsequenzen. Wenn er schon bei dieser ersten Konfrontation mit *Life Is Sacred* klein beigab, dann mußte er damit rechnen, daß diese Leute, ermuntert durch ihren Erfolg, bald fordern würden, daß alle seine Zentren die Vollstreckung von Patiententestamenten verweigerten, und dieser Forderung, sollte sie denn gestellt werden, konnte und wollte er nicht nachgeben. Aber daß er einen jungen, äußerst fähigen Mann wie Dr. Zorn feuern sollte, erst recht, wo dieser gerade frisch verheiratet war, dieses Verlangen war einfach gemein und widerwärtig. Hasslebrook, der in der langen Pause, die folgte, etwas davon spürte, half dem Mann aus Chicago, sich zu entscheiden: »Wir werden ihre gesamte Kette mit dem Namen ›Mordhäuser‹ stigmatisieren.«

Taggart, nach einer rationalen Erklärung für all dies suchend, fragte: »Warum tun Sie das? Was haben Sie davon?«

»Das Gefühl der Befriedigung, daß wir Menschenleben vor den Mördern beschützen, die unsere Gesellschaft korrumpieren, daß wir Amerika davor bewahren, den Weg zu gehen, den Hitlers Nazideutschland gegangen ist.« Er sagte diese Worte in einem solchen Brustton der Überzeugung, daß Taggart entsetzt einen Schritt zurückwich und ihn anstarrte.

»Sie glauben das tatsächlich, was Sie da von sich geben, nicht wahr?«

»Ja«, antwortete Hasslebrook, »das tue ich.«

»Sie würden diesen Kampf gegen uns also weiterführen?«

»Ja«, antwortete Hasslebrook. »Wo immer er sich auch versteckt – wenn es in einer Institution der Gesundheitsfürsorge ist, werden wir da sein und ihn bloßstellen.«

John Taggart hatte genug gehört. Er beugte sich vor, fixierte seinen Besucher mit durchbohrendem Blick und sagte mit leiser, metallischer, vor Verachtung vibrierender Stimme: »Hasslebrook, Sie sind ein billiger, schäbiger, jämmerlicher kleiner Erpresser. Menschen wie Sie nehmen sich eine wertvolle, würdige Sache vor und mißbrauchen sie für nichtswürdige Zwecke. Nein, unterbrechen Sie mich nicht! Es ist an der Zeit, daß Ihnen das mal einer so sagt. Sie haben einem ausgezeichneten jungen Arzt den Krieg erklärt, und jede der Beschuldigungen, die Sie erheben, ist falsch und untergeschoben. Zorns Aufsichtstätigkeit über unsere Intensivpflegeeinrichtung ist untadelig. Er hat niemals der Euthanasie das Wort geredet oder aktive Sterbehilfe geleistet; er hat lediglich versucht, sich an geltendes Recht zu halten. Er hat sich niemals in die medizinischen Belange der Abteilung eingemischt, was alle Beteiligten jederzeit bezeugen können. Und wie Sie sehr wohl wissen, halten wir Mrs. Carlson seit mehr als zwei Jahren künstlich am Leben.«

»Aber er will die Vollstreckung von Patiententestamenten erlauben.«

»Nur wenn sie in allen Punkten mit den neuen Gesetzen des

Staates Florida konform sind. Sie wollen also, bloß um Ihre persönlichen Rachegelüste zu befriedigen, einen der fähigsten und engagiertesten jungen Männer in unserem Unternehmen vernichten?«

»Das ist unsere Forderung.«

»Nicht die Ihrer Organisation. Es ist Ihre persönliche Forderung.« Er ging zur Tür, öffnete sie und rief: »Krenek, kommen Sie bitte mal rein!« Als Krenek erschien, sagte Taggart fast brutal: »Ken, ich wünsche, daß dieses erbärmliche Subjekt bis spätestens zum Einbruch der Dunkelheit das Gelände verlassen hat. Zahlen Sie ihm aus, was ihm an eventuellen Rückvergütungen noch zusteht, und suchen Sie ihm ein Quartier in der Stadt, das so gut ist wie das, das er hier hat, aber billiger.«

»Wenn Sie versuchen, mich aus *The Palms* rauszuschmeißen, werde ich Sie vor jedem Gericht in diesem Land verklagen. Sämtliche Gesetze sind auf meiner Seite.«

Taggart lächelte und zog ein winziges Aufzeichnungsgerät aus seiner Brusttasche hervor. »Mr. Hasslebrook, ich bezweifle, daß Sie vor irgendein Gericht gehen, es sei denn, ich beschließe, sie dort hinzuzerren.« Er lächelte breit, tippte auf das Bandgerät und sagte: »Man muß diesen Japanern ein großes Lob aussprechen. Was elektronische Geräte anbetrifft, sind sie wirklich einsame Spitze. Dieses kleine Wunderwerk hier besitzt ein so empfindliches Mikrofon, daß es sogar ein leises Flüstern in der hintersten Ecke des Zimmers klar und deutlich auffängt. Ken, holen Sie Dr. Zorn und Nora. Ich will Zeugen dabei haben.«

Als alle versammelt waren, spulte Taggart das Band zurück und spielte es ab. Aus dem Lautsprecher des kleinen Geräts kam die quäkige Stimme von Clarence Hasslebrook, so klar und deutlich, als spräche er die Worte, die ihm das Genick brachen, noch einmal live: »Ich will, daß Sie Dr. Zorn rausschmeißen ... Und daß Sie ihn nicht in eines Ihrer anderen Häuser schicken – wir würden ihn früher oder später dort aufspüren. Der Mann ist ein Killer, und unsere Organisation besteht darauf, daß er aus dem Dienst entfernt wird.«

Mit aschfahlem Gesicht schrie Hasslebrook: »Das ist illegal. Das Gesetz verbietet es, ein Gespräch aufzuzeichnen, ohne den Gesprächspartner vorher darüber in Kenntnis zu setzen.«

»Ja, es ist illegal. Aber wenn damit etwas noch viel Illegaleres aufgedeckt wird, dann kann es seinen Zweck sehr gut erfüllen – wie man in diesem Fall ja sieht. Stellen Sie sich nur einmal vor, wir würden eine Kopie an die Zeitungen schicken.« In der Stille, die hierauf eintrat, stellte sich jeder der im Raum Anwesenden die Wirkung vor, die eine Veröffentlichung des Mitschnitts auf den Ruf Hasslebrooks und seiner Organisation haben würde. In ruhigem Ton sagte Taggart: »Ich denke daher, Mr. Hasslebrook, es wäre besser für Sie, wenn Sie ganz schnell von hier verschwinden und Ihren persönlichen Rachefeldzug gegen Dr. Zorn aufgeben.« Mit diesen Worten wandte er sich ab und überließ den Erpresser der Obhut Ken Kreneks.

Als Taggart und Zorn allein waren, gelangte Andy zu einer folgenschweren Entscheidung, die er seinem Chef sofort mitteilte: »Mr. Taggart, ich höre auf.«

»Womit? Mit dem Rauchen?«

»Nein – hier in *The Palms*.«

Taggart war wie vom Donner gerührt: »Sie sind einer der besten Verwaltungschefs, die wir je hatten. Wie kommen Sie nur auf so eine dumme Idee?«

»Aus zwei sehr triftigen Gründen. Erstens kann ich nicht zulassen, daß Sie mich weiterbeschäftigen, wenn das endlosen Kleinkrieg mit Hasslebrook und seinem Verein bedeutet.«

»Andy, ich habe Ihnen gerade vorgeführt, wie wir mit so einem Wicht verfahren. Wir schmeißen ihn raus – und soll er nur wagen, vor Gericht zu gehen!«

»Aber ich habe seine Drohung auf dem Band sehr wohl gehört: ›Wo immer er sich auch versteckt – wenn es in einer Institution der Gesundheitsfürsorge ist, werden wir da sein und ihn bloßstellen.‹ Das klingt nicht gerade ermutigend.« Nach einem etwas gequält wirkenden Lächeln fügte er hinzu: »Aber mein zweiter Grund ist der eigentliche: Ich möchte wieder ein vollwertiger Arzt sein, nicht ein Verwalter einer Gesundheitseinrichtung, in der andere Ärzte für die Behandlung der Patienten zuständig sind und ich für den Papierkram.«

»Diese Sehnsucht wird wieder vorbeigehen, Andy. Hier in *The Palms* haben Sie Ihre wahre Berufung gefunden. Die Menschen hier lieben Sie. Den Höhen, zu denen Sie sich bei uns aufschwingen können, sind keine Grenzen gesetzt. Ich kann dieses Riesenunternehmen nicht mein Leben lang alleine führen.«

»Ich habe die medizinischen Fachzeitschriften durchgeblättert. Sie sind voll von Anzeigen, in denen Gemeinden händeringend nach Ärzten suchen –«

»Das sind Anzeigen für Männer, die zehn Jahre jünger sind als Sie, Andy. Lösen Sie sich von diesen Jugendträumen und wenden Sie sich wieder Ihrem Lebenswerk zu.« Er überlegte einen Moment, dann sagte er: »Wir erwägen, Sie nach Südkalifornien zu schicken, damit Sie unsere Zentren dort genauso auf Trab bringen, wie es Ihnen mit diesem hier gelungen ist.«

»Zu spät. Ich bin schon auf einem anderen Gleis. Auf dem, für das ich studiert habe.«

»Es ist Ihnen wirklich ernst damit, nicht wahr? Haben Sie sich von diesem Hasslebrook denn so ins Bockshorn jagen lassen?« Bevor Andy darauf etwas erwidern konnte, wandte der in vielen Schlachten gestählte alte Haudegen den Blick zur Decke und sagte: »Andy, ich habe mich mein Leben lang mit den Hasslebrooks dieser Welt herumschlagen müssen. Sie müssen das gleiche tun, und der Ort, an dem Sie damit anfangen, ist unser Unternehmen. Werden Sie den Job in Kalifornien annehmen?«

»Nein.«

Taggart setzte zu einer Erwiderung an, hielt dann aber inne. Statt dessen sagte er: »Dann sollten wir jetzt wohl Mrs. Zorn über diese verblüffende Entwicklung in Kenntnis setzen.« Er rief Krenek herein und bat ihn, Betsy zu dem Gespräch hinzuzuziehen. Als sie hereinkam – etwas schwerfällig, aber ohne Stock – sagte er zu ihr: »Ihr Mann hat seine Stelle bei uns gekündigt.« Er erwartete, daß sie protestierte, vielleicht sogar unter Tränen, aber sie lächelte nur, nahm Andys Hand und sagte: »Das überrascht mich nicht. Er spricht schon seit einiger Zeit davon – hat sogar schon Bewerbungsschreiben an verschiedene Gemeinden geschickt, die einen Doktor suchen.«

»Aber er hat auch einen tollen neuen Job ausgeschlagen, den ich ihm angeboten habe – in Südkalifornien, in unseren dortigen Einrichtungen.«

»Nein, Mr. Taggart, Andy ist weit über das Stadium hinaus, in dem ihm das Verwalten von Gesundheitsfürsorgeeinrichtungen noch die Erfüllung geben könnte, die er sucht. Er möchte gern in seinem erlernten Beruf arbeiten, und ich kann ihn darin nur unterstützen.«

»Aber er wird in irgendeinem Provinznest niemals das Einkommen haben, das er bei uns schon jetzt hat, und in Kalifornien würde er gut das Doppelte kriegen.«

»Andy möchte seinem Beruf als Arzt nachgehen, und was das Einkommen betrifft, nun, meine Mutter hat mir ein kleines Treuhandvermögen hinterlassen, von dessen Zinsen wir ganz gut, ja sogar bequem, leben können. Ich unterstütze ihn daher in seinem Entschluß.«

Taggart schaute die willensstarke junge Frau an, trommelte mit den Fingern auf der Tischplatte und sagte: »Sie sind genauso verrückt wie er. Dann bleibt mir ja wohl nur noch, Ihnen beiden alles Gute und viel Glück zu wünschen.«

»Mein Glück begann damit, daß ich darauf bestand, von Chattanooga nach hier herunter zu ziehen. Schwester Nora und dieser wilde Georgier Yancey haben mir das Leben gerettet, und ich wurde Mrs. Andy Zorn.«

»Nun, wir müssen die Einrichtung trotzdem weiter führen«, sagte der Tycoon. »Dann werden wir jetzt wohl mal besser die Verwaltungsspitze zusammentrommeln.«

»Wir müssen mit Schwester Varney anfangen«, sagte Andy. »Sie ist diejenige, welche die Arbeit macht.« Als Nora das Büro betrat, wußte sie noch nicht, wer der Besucher war.

»Nora, darf ich vorstellen, John Taggart, der Boß unserer

Kette. Mr. Taggart – Schwester Varney, der gute Geist unserer Einrichtung.« Als die beiden sich die Hand gaben, sagte Andy: »Nora, aus verschiedenen Gründen, von denen keiner etwas damit zu tun hat, daß ich mich hier nicht wohlfühlen würde, werde ich *The Palms* verlassen.«

»Wo gehen Sie hin?«

»Das weiß ich noch nicht. Wahrscheinlich in irgendeine Kleinstadt. Ich möchte wieder in meinem Beruf als Arzt arbeiten.«

Die stämmige Krankenschwester lächelte, da sie diesen Entschluß unterstützte – aber gleichzeitig kamen ihr auch die Tränen. »Ich lasse Sie nur sehr ungern ziehen. Sie werden hier gebraucht, Andy.« Und dann machte sie eine sehr unglückliche Bemerkung, die den Ton der Versammlung veränderte: »Dr. Leitonen wird ohne Sie kaum zurechtkommen.«

»Wer ist das?« fragte Taggart, und sie machte die Sache noch schlimmer, indem sie erklärte: »Er ist der schwedische Arzt, der einzige, der den Mut hat, sich um die jungen Männer zu kümmern, die an AIDS sterben.«

Sowohl Betsy als auch Andy konnten sehen, wie Taggart bei der Erwähnung dieses Wortes regelrecht erstarrte. Kühl sagte der Unternehmer: »Dann hatten Hasslebrooks Fotos also recht. Sie haben also doch mit dieser Sache zu tun?« Er versuchte gar nicht erst, seinen Abscheu und seine Verstimmung zu verhehlen, und alles, was Andy sagen konnte, war: »Er ist kein Schwede, sondern Finne.«

Taggart gab darauf keine Erwiderung. Er dachte: Ich habe bewiesen, daß ich sowohl die Zentren als auch Zorn vor den üblen Angriffen Hasslebrooks schützen konnte. Aber wenn AIDS öffentlich mit unseren Zentren in Verbindung gebracht würde, dann wäre der Schaden irreparabel – für alle.« Widerstrebend schaute er das frischverheiratete Paar an und sagte: »Vielleicht ist es das Beste«, und Andys Kündigung wurde angenommen.

In einer kalten Nacht Mitte Dezember wurde die Gräfin irgendwann von einem Geräusch aus ihrem ohnehin unruhigen Schlaf gerissen, das ihr einen Schauer über den Rücken jagte. Es klang, als ob jemand leise sein Auto auf ihrem angestammten Parkplatz auf dem Oval parkte, und das machte sie wütend. Es war nicht allein die Tatsache, daß da klammheimlich jemand ihren Parkplatz stibitzte, die sie ärgerte. Sie hatte Probleme mit ihrem Bentley gehabt und die Werkstatt gebeten, jemanden zu schicken, der ihn zur Reparatur abholte, und die Werkstatt hatte ihr zugesichert, daß sie den Wagen bis spätestens acht Uhr am nächsten Morgen zurückhaben würde, denn sie hatte geplant, vor neun Uhr bei Freunden in Tampa zu sein. Wenn der Mann von der Werkstatt nun kam und ihren Parkplatz besetzt fand, würde er womöglich unverrichteter Dinge wieder zur Werkstatt zurückkehren. Und was dann?

Als sie aufstand und aus ihrem Vorderfenster spähte, sah sie sich in ihrem Verdacht bestätigt. Ein dunkler Chevrolet, dessen Nummernschild sie nicht sehen konnte, stand jetzt auf ihrem Parkplatz, und da niemand mehr darin saß, war klar, daß der Wagen die ganze Nacht dort stehen bleiben würde. Sie zog ihren Frisiermantel über ihr Nachthemd und darüber einen leichten Mantel mit großen Taschen, in der Absicht, nach draußen zu gehen und sich die Nummer des Chevrolet zu notieren. Bevor sie jedoch ihr Apartment verließ, steckte sie sich ihren sechsschüssigen Revolver ein, den sie bei solchen Anlässen stets mitnahm. Sie hatte festgestellt, daß die Mitnahme dieser Waffe eine hochwirksame Abschreckungstaktik darstellte. Während sie draußen auf dem Fahrweg des Ovals die Nummer des Chevrolets aufschrieb, vernahm sie plötzlich mehrere laute, dumpf klingende Knalle, die nicht aus dem Innern des Gemeinschaftshauses zu kommen schienen, sondern von irgendwo außerhalb der Mauer, wahrscheinlich aus der Richtung des Flusses.

Verdutzt und alarmiert zugleich, steckte sie die rechte Hand in ihre Tasche, packte ihren Revolver und machte ihn schußbereit, indem sie ihn spannte, ohne ihn jedoch aus der Tasche zu nehmen. Dann ging sie behutsam, denn offenbar hatte außer ihr niemand die Geräusche gehört, zum Eingang zurück. Doch als sie in die Eingangshalle kam, sah sie sich unvermittelt zwei dunkelhäutigen Männern gegenüber, die direkt auf sie zugerannt kamen. In dem Augenblick wußte sie, daß sie irgend etwas im Gemeinschaftshaus gewollt haben mußten, und fast automatisch zog sie ihre Waffe aus der Tasche und richtete sie auf die beiden Männer, bevor sie an ihr vorbeistürmen konnten. Als der vordere, der größere von den beiden, ihren Revolver sah, griff er nach seinem eigenen, aber die Gräfin schoß zuerst und traf ihn oberhalb des Herzens. Er brach direkt vor ihren Füßen zusammen und hatte keine Chance mehr, seine Waffe abzufeuern.

Sein Komplize versuchte, an ihr vorbeizuhuschen, und schleuderte sie mit einem Schlag seines linken Arms gegen die Wand, doch noch im Fallen feuerte sie zwei Schüsse auf den Flüchtenden ab, und sie war sicher, daß wenigstens einer davon ihn getroffen hatte.

Obwohl zu Boden geschlagen und unter Schock stehend nach all dem, was in diesen wenigen Sekunden geschehen war, begann sie laut zu schreien: »Kümmert euch nicht um mich! Schnappt euch den Saukerl, der durch die Tür entwischt ist!«

Und da durch die Schüsse fast das ganze Gemeinschaftshaus wach geworden war, rannten viele an ihr vorbei, während sie dort lag und mit ihrem Revolver wedelte, um die Richtung anzuzeigen, in die der Mann geflüchtet war. Als sie das Quietschen von Reifen hörte, schrie sie: »Verdammt, er ist entwischt!« Und als Dr. Zorn und Krenek schließlich bei ihr eintrafen, sagte sie zu ihnen: »Weit wird der nicht kommen. Ich bin sicher, daß ich ihn erwischt habe.«

»Wie können Sie da so sicher sein?« fragte Andy, und sie erwiderte: »Weil ich nicht danebenschieße – nicht aus so einer kurzen Entfernung.« Die beiden Männer halfen ihr auf, und sie führte sie nach draußen auf das Oval, wo sie im Lichtkegel von Kreneks Taschenlampe die dünne Blutspur entdeckte, die zu der Stelle führte, wo die Einbrecher den Chevrolet abgestellt hatten. Sie hatte die Nummer in ihrer Tasche, und noch bevor alle wieder zurück im Haus waren, gab die Polizei in Tampa bereits über Funk das Kennzeichen des flüchtigen Chevrolets an alle Polizeistationen in der Umgebung durch.

Während die blutige Leiche aus der Eingangshalle weggeschafft wurde, begannen sich die Leute zu fragen: »Was haben diese Kerle hier gewollt?« Sofort wurden auf den einzelnen Etagen die Bewohner zusammengetrommelt und ein Anwesenheitsappell durchgeführt. Bis auf vier Paare waren alle anwesend. Drei davon hatten, wie sich rasch herausstellte, die ganze Sache schlicht verschlafen. Die einzigen Bewohner, für deren Fehlen es keine Erklärung gab, waren die Jiménez. Daraufhin wurde Ken Krenek mit einem Hauptschlüssel zu ihrem Apartment geschickt, um nachzuschauen, ob sie dort steckten. Kurz darauf hörten selbst die Bewohner, die weit entfernt vom vierten Stock waren, wo das Ehepaar aus Kolumbien wohnte, einen lauten Schrei des Entsetzens. Als sie hinauf in den vierten Stock hasteten und in das Apartment stürzten, in dem Krenek mit aschfahlem Gesicht auf einem Stuhl saß, sahen sie den Grund für seinen Schrei: Raúl Jiménez und seine Frau Felícita waren tot – ermordet! Die Gräfin, die sich mit den Ellenbogen einen Weg durch die Gaffer bahnte, sagte: »Dann waren das Schüsse, was ich gehört habe. Die Mörder müssen einen Schalldämpfer benutzt haben.« Und vor den versammelten Bewohnern, die von Schreck und Entsetzen überwältigt um die Leichen ihrer beiden Mitbewohner geschart standen, erzählte sie zum erstenmal, wie sie gehört hatte, wie der fremde Wagen auf ihren Parkplatz gefahren war, wie sie ihren Revolver eingesteckt hatte und nach draußen gegangen war, um sich das Kennzeichen des Wagens zu notieren, wie sie auf dem Rückweg den beiden Mördern direkt in die Arme gelaufen war und wie sie einen von ihnen niedergeschossen hatte, bevor er auf sie hatte schießen können. »Der zweite Mann«, schloß sie ihren Bericht, »konnte entwischen, aber er wird nicht weit kommen; ich bin ganz sicher, daß ich ihn in den Rücken getroffen habe. Vielleicht verblutet er gerade in diesem Moment.«

Krenek fragte: »Haben Sie gesagt, *dunkelhäutig*?«

»Ja.«

»Aber nicht schwarz?«

»Auf keinen Fall.«

Aus diesem spärlichen Hinweis schloß er – und wie sich bald herausstellte, zu Recht –, daß die beiden Fremden ein Killerkommando waren, das von kolumbianischen Drogenbossen geschickt worden war, um Jiménez zu ermorden, den früheren Zeitungsherausgeber aus Bogotà, der sie so unerbittlich gejagt hatte, sogar noch von seinem Altersruhesitz in Florida aus. Und als die Polizei aus Tampa eintraf, wenig später gefolgt von FBI-Agenten, war das die Hypothese, die Krenek ihnen gab.

Die Meldungen sowohl in den Zeitungen als auch im Fernsehen sprachen vorsichtig von Spekulationen, was die Theorie betraf, es handle sich um einen Racheanschlag der Drogenmafia. Alle jedoch berichteten ausführlich über die erstaunliche Unerschrockenheit von Mrs. Francine Elmore, in *The Palms* allgemein als »die Gräfin« bekannt. »Allein, lediglich mit einem Revolver bewaffnet, den ihr verstorbener Mann ihr zur Selbstverteidigung geschenkt hatte, trat sie den beiden Killern unerschrocken entgegen, tötete einen und verletzte den anderen möglicherweise schwer.« Die Fotos zeigten sie in ihrem französischen Frisiermantel, dem Mantel, den sie darüber getragen hatte, und in Pantoffeln. Alle zitierten ihre Worte: »Er wird nicht weit kommen. Ich bin sicher, daß ich ihn in den Rücken getroffen habe.«

Tatsächlich kam der zweite Killer ziemlich weit; er raste nach Norden durch die Nacht, in Richtung Georgia. Im Morgengrauen hatte er die Nachricht vom Tod seines Komplizen im Autoradio gehört, und obwohl er zu dem Zeitpunkt den Staat Florida bereits hinter sich gelassen hatte, begann er sich die Frage zu stellen, ob er überhaupt noch viel weiter fahren konnte. Die Schmerzen, die von seiner linken Hüfte ausstrahlten, wo die Kugel eingedrungen war, wurden langsam unerträglich. Er hatte bereits viel Blut verloren.

In der nächsten Stadt, in die er kam, eine Kleinstadt südlich von Macon, fragte er in einem Drugstore, das gerade aufgemacht hatte: »Wo finde ich hier einen Arzt? Ich habe schlimme Schmerzen in der linken Hüfte.« Der Besitzer erklärte ihm den Weg zur Notaufnahme des kleinen örtlichen Krankenhauses. Als der Mann hinaushumpelte, bemerkte der Besitzer die Blutspur, die er beim Hinausgehen hinterlassen hatte. Ohne gegenüber seiner Verkäuferin, einer zur Hysterie neigenden jungen Frau, etwas von seinem Verdacht zu erwähnen, ging er rasch in sein Büro im Hinterzimmer, rief die örtliche Polizeiwache an und sagte dem diensthabenden Beamten: »Hier ist Forsby. Ja, Nathaniel. Sie sollten besser rasch zum Krankenhaus rüberfahren. Am besten zu zweit oder zu dritt, und gut bewaffnet. Es könnte der Killer sein, über den sie in den Nachrichten berichtet haben. Ja. Er sah wie ein Hispano aus.«

Im Krankenhaus war der diensthabende Arzt gerade im Begriff, von seinem Nachtdienst nach Hause zu gehen, um sich ein bißchen aufs Ohr zu hauen, als der Mann hereinkam. Seine Hose war in der Hüftgegend blutdurchtränkt, und er schien starke Schmerzen zu haben, aber da die Verletzung auf den ersten Blick nicht als Schußwunde zu identifizieren war, sah er keinen Grund, die Polizei zu verständigen, wie es bei einer Schußverletzung seine Pflicht gewesen wäre. Doch als der Verwundete ausgestreckt auf dem Bett lag, noch in seinen Straßenkleidern, kamen drei Polizeibeamte unauffällig in das Zimmer nebenan und schickten eine Krankenschwester mit einer Meldung hinüber, daß der Patient am Ende des Ganges einen Herzstillstand erlitten habe, worauf der Arzt zu seinem neuen Patienten sagte: »Ich komme gleich zurück. Ein Notfall.«

Irgend etwas am Verhalten der Schwester alarmierte den verwundeten Gangster, und er zog sofort seine Waffe aus der Hosentasche. Als die drei Polizisten in das Zimmer gestürmt kamen, kam es zu einem heftigen Schußwechsel. Als die Schüsse verhallt waren, lag der Mann tödlich getroffen in seinem Blut, und einer der Polizisten war schwer verletzt.

Zur gleichen Zeit hielt in *The Palms* Reverend Quade eine

spontane Gedenkfeier für ihre beiden kolumbianischen Freunde ab. »Sie waren«, sagte sie mit bewegter Stimme, »Helden im Kampf für Freiheit und Anstand in ihrem Heimatland und leuchtende Beispiele für christliche Nächstenliebe in ihrem amerikanischen Asyl. Doch der heimtückische Arm verbrecherischer Rachsucht, der sie gnadenlos jagte, spürte sie schließlich auf, und ihr Tod ist ein herber Verlust für uns alle. Sie waren – wie wir alle – hierhergekommen, um in Frieden ihren Lebensabend zu verbringen. Sie konnten nicht vorausahnen, daß sie ihr Leben auf so brutale Weise verlieren würden. Mögen ihre Seelen in Frieden ruhen – in dem Frieden, für dessen Existenz hier auf Erden sie stets gekämpft haben.«

Als das kurze Gebet geendet hatte, warteten bereits drei Fernsehreporter von verschiedenen Sendern draußem, um die Gräfin zu filmen und zu interviewen. Sie gab ein eindrucksvolles Bild ab, wie sie da stand, eingerahmt von Kamerascheinwerfern, die ihr weißes Haar silbern leuchten ließen. Aber ihre selbstbewußte Pose war nur von kurzer Dauer, denn als ihr all das, was seit Mitternacht auf sie hereingeprasselt war, ganz plötzlich und schlagartig bewußt wurde, versagte ihr die Stimme ihren Dienst, und Andy und Nora führten sie weg. Krenek, der vieles von dem, was passiert war, als Augenzeuge miterlebt hatte und der eine wichtige Rolle beim Identifizieren des möglichen Hintergrundes des Anschlags gespielt hatte, sprang für sie ein und lieferte einen eindrucksvollen Bericht von ihrem wagemutigen und vorausschauenden Handeln. »Sie besaß sogar die Geistesgegenwart, sich die Nummer des Wagens zu notieren.«

Just in dem Moment, als das Interview beendet war, erfuhren die Fernsehleute, die in ständigem Kontakt mit ihren Redaktionen standen, daß der zweite Killer bei einem Schußwechsel mit der Polizei in einem kleinen Krankenhaus in Georgia ums Leben gekommen war. Als die Gräfin die Nachricht hörte, fand sie ihre Stimme wieder und schrie triumphierend: »Ich hab's ja gesagt: Ich schieße nie daneben!«

Als die Aufregung um den Mord an den Jiménez sich wieder einigermaßen gelegt hatte und die Bundesagenten ihre Nachforschungen beendet hatten und wieder abgereist waren, hielt Reverend Quade auf Bitten der Bewohner eines Abends nach dem Dinner einen feierlichen Gedenkgottesdienst ab. Ihre Worte waren so zutreffend, so angemessen, daß Mr. Krenek sie in einer kleinen Broschüre drucken ließ, die Fotos der beiden beliebten Mitbewohner enthielt:

> Raúl und Felícita kamen zu uns als Flüchtlinge vor einer schrecklichen Tyrannei, die sie mit ihrem ganzen Mut bekämpft hatten. Für diesen Kampf zahlten sie mit dem Verlust ihres Eigentums und der hohen Position, die sie zu Hause innegehabt hatten. Um es mit einem sehr treffenden Wort auszudrücken, das ich einmal in Missouri gehört habe: »Sie stimmten mit den Füßen ab« – und fanden ein gutes Leben in unserem Land. Mit einem hohen Maß an Liebe, das seinesgleichen sucht, schafften sie es, ihre Familie zusammenzuhalten und jedes Jahr Familienmitglieder unter enormen Schwierigkeiten hierher zu uns zu bringen. Wir kannten ihre Kinder und Enkelkinder so gut, als wären sie unsere eigenen Kinder, und sie lehrten uns, was Worte wie »Liebe«, »Familie« und »christliche Werte« bedeuten.
>
> Sie starben inmitten des Kampfes, den sie tapfer auf sich genommen hatten. Sie kämpften für uns alle, und alle, die sie kannten, stehen in ihrer Schuld. Wir sehen sie vor uns, so als weilten sie immer noch unter uns: Raúl, großgewachsen, schlank, weltgewandt, ein spanischer Grande aus einem anderen Jahrhundert; Felícita, die vor Leben übersprudelnde Frau, die sich niemals entmutigen ließ. Wenn wir die Augen schließen und lauschen, hören wir sie wieder mit uns lachen!
>
> Wir, die wir im Gemeinschaftshaus wohnen, unserem schönen, behaglichen Heim, sind ständig gezwungen, uns mit dem Wort »Tod« auseinanderzusetzen, aber wir wollen wahrhaftig nicht, daß unser Leben mit schrecklicher Krankheit,

tragischem Verlust unseres Verstandes oder gar grausamem Mord endet. Die Taten jener Mordbuben, einen Mann und seine Frau durch zwei Nationen und über zwei Ozeane zu verfolgen und sie dann kaltblütig zu erschießen, diese Taten waren brutal und unmenschlich, aber auch solch ein Tod ist ein Teil des Lebens. Raúl und Felícita wußten dies, als sie sich dazu entschlossen, ihre Stimme für die Freiheit zu erheben. Ich werde ihn stets in der Erinnerung vor mir sehen, wie wir Bridge spielten und er mich tadelnd ansah, wenn ich als seine Spielpartnerin einen dummen Fehler machte. Und sie werde ich immer vor mir sehen, wie sie an meine Tür klopfte und mir Plätzchen anbot, die sie eigens für ihre Nachbarn gebacken hatte.

Gott gebe uns die Kraft, daß wir weiterleben auf die Weise, die sie uns mit ihrem Beispiel vorgelebt haben, und mögen wir sie in einem anderen, einem späteren, friedlicheren Leben wiedersehen.

Am Morgen nach dem Gedenkgottesdienst verschwand Dr. Zorn für drei Tage, ohne irgend jemandem zu sagen, wohin – nicht einmal seiner jungen Frau hatte er gesagt, wohin er wollte, mit wem er sich treffen würde oder was er vorhatte. Krenek und Nora nahmen an, daß er nach Chicago geflogen war, um Mr. Taggart von den Nachwirkungen der Morde zu berichten, aber als die Hauptverwaltung in *The Palms* anrief, um sich eben danach zu erkundigen, stellte sich heraus, daß Andy nicht dort war und auch nicht dort gewesen war. Krenek versicherte Nora und Betsy, daß Andy trotz seiner Kündigung guter Dinge gewesen sei. »Ich vermute, er ist wegen eines neuen Jobs unterwegs, vielleicht sogar zu einem Vorstellungsgespräch, und wollte nicht zu früh irgendwelche Hoffnungen erwecken, falls die Sache nicht klappen sollte.«

Am vierten Tag landete Andy auf dem Tampa International Airport und traf sich sofort nach seiner Ankunft in *The Palms* mit Betsy, Nora und Krenek zu einer Besprechung in seinem Büro. Nachdem er seine Frau zur Begrüßung umarmt hatte und sich für seine Geheimniskrämerei entschuldigt hatte, zog er einen dicken Packen Prospekte, Poster und Karten aus seiner Aktentasche.

»Ich muß mich noch einmal bei Ihnen allen, besonders bei Betsy, entschuldigen, aber ich habe im Moment mit schwierigen Problemen zu kämpfen, und ich hielt es für das Beste, diese Sache allein auszufechten.« Er blätterte den Packen durch und zog eine medizinische Zeitschrift hervor, die er nach wie vor sorgfältig studierte, um sich über die neuesten Entwicklungen auf dem laufenden zu halten. Er blätterte bis zu einer Seite, die er mit einem Eselsohr gekennzeichnet hatte, drehte das Magazin so herum, daß die anderen es sehen konnten, und sagte: »Ich habe das Gefühl, Clarence Hasslebrook hat mir vielleicht einen großen Gefallen damit getan, daß er mich dazu gezwungen hat, diesen komfortablen Job aufzugeben. Betsy und ich hätten hier bleiben und uns ein gutes Leben aufbauen können, und nicht nur für uns, sondern, wie ich glaube, auch für die Bewohner von *The Palms*.« Er hielt einen Moment inne, dann sagte er bedächtig und in einem Ton tiefer Überzeugung: »Aber ich bin ausgebildeter Mediziner und will als solcher arbeiten. Ich möchte Menschen behandeln, die meine Hilfe und mein Wissen brauchen. Meine Arbeit mit Nora und Dr. Leitonen hat mir den richtigen Weg gewiesen. Meine Besuche bei unseren Alzheimer-Patienten mahnen mich an meine Pflichten als Arzt. Und wenn ich an dem schaurigen Zimmer vorbeikomme, in dem die arme Mrs. Carlson liegt, dann fühle ich mich buchstäblich zerrissen von der Frage, was angemessene medizinische Fürsorge ist. Ich bin Arzt. Ich bin nicht dazu geboren, Manager eines Nobelhotels zu sein.«

Seine Zuhörer spürten, wie ernst es ihm mit dem war, was er sagte, und sie konnten nur zu gut nachvollziehen, was ihn zu dem Entschluß bewegt hatte, zu seiner eigentlichen Berufung zurückzukehren, aber sie hatten nicht die geringste Vorstellung, welche geheimen Schritte er unternommen hatte, um in seinem Beruf wieder Fuß zu fassen. Doch nun tippte er mit dem Finger auf die markierte Seite in dem Magazin und erklärte: »Als ich gezwungen war, mir zu überlegen, was ich mit dem Rest meines Lebens anfangen soll, fing ich an, die Stellenanzeigen in den medizinischen Zeitschriften zu lesen – ihr wißt schon, die, in denen Kleinstädte auf dem Land einen Arzt suchen. Und dabei stieß ich genau auf das, was ich mir vorgestellt hatte.« Er deutete auf eine kleine, rotumrandete Annonce, und ließ sie herumgehen. Sie lautete: »Silver Butte, eine Stadt mit 1800 Einwohnern am schönen Madison River im Süden Montanas unweit vom Yellowstone Park gelegen, sucht einen Arzt. Praxisräume für ein Jahr mietfrei, Dienstwagen, Benzin zum verbilligten Sonderpreis und andere Extraleistungen. Malerische Landschaft, milde Winter.«

»Bist du dort gewesen?« fragte Betsy, ohne ihre Reaktion auf seine Enthüllung zu verraten.

»Ja. Ich bin zuerst nach Billings geflogen; dort wurde ich von einem Komitee der feinsten Bürger und Bürgerinnen der Stadt in Empfang genommen und fuhr mit ihnen über faszinierende Landstraßen nach Silver Butte. Unterwegs erzählten sie mir, daß die Siedlung im letzten Jahrhundert so genannt worden war, weil die Bewohner gehofft hatten, dort Silber zu finden. Aber sie fanden keins.«

»Und?« fragte Betsy. »Fandest du den Ort geeignet?«

»Für meine Ziele, ja.«

»Was genau sind Ihre Ziele?« fragte Krenek.

»Wieder als Arzt zu arbeiten. Den ganzen medizinischen Bereich abzudecken. Ein kleines Krankenhaus aufzubauen. Irgendwann noch einen jungen, ehrgeizigen Arzt einzustellen, der mir dabei hilft, eine effektive Gesundheitsversorgung für das ganze County aufzubauen. Und – jeden kranken Menschen zu behandeln, der den Weg zu meiner Tür findet.« Er hielt inne, dann präzisierte er seinen Traum: »Die Art von Arzt zu sein, die zu werden ich mir immer vorgestellt hatte, als ich vor Jahren in Illinois anfing.«

»Gibt es in der Stadt ein Krankenhaus?« wollte Nora wissen.

»Es gibt ein kleines Gebäude, das sie bisher als Erste-Hilfe-Zentrum genutzt haben. Dann gibt es noch gute Krankenhäuser in Bozeman, zweiundfünfzig Meilen entfernt, und in Butte, einundsechzig Meilen entfernt, beide im Radius des nächstgelegenen Hubschrauber-Rettungsdienst-Stützpunktes. Und es gibt erstklassige Einrichtungen in Billings, Montana.«

»Und wie sieht es mit anderen Ärzten in der Umgebung aus?« fragte Nora.

»Es gibt zwei ältere Männer in den nächsten Nachbarstädten, aber beide tragen sich mit dem Gedanken, aufzuhören.«

»Machte die Gemeinde den Eindruck, als könnte sie ... also, ich meine« – Krenek suchte nach den richtigen Worten – »hörte es sich so an, als könne sie einen Arzt tragen? Was sagen Ihre Medizinerverbände, wie hoch die Einwohnerzahl eines Ortes mindestens sein muß, damit er einen Arzt ernähren kann?«

»So weit ich mich erinnere, ungefähr zweitausendvierhundert.«

»Und dieses Silver Butte hat achtzehnhundert? Heißt das, der Doktor muß am Hungertuch nagen?«

»Ich meine, daß das heißt, daß ein guter Arzt das als Basis nehmen kann, auf der sich eine Klientel aufbauen läßt, die ihn ernähren kann.«

Nun ergriff Betsy das Wort: »Ist der Madison wirklich ein so schöner Fluß, wie es immer heißt?« Andy nahm die Broschüren, faltete sie auf und zeigte ihr die riesigen Prärien, die sich zu beiden Seiten des Madison dehnten, die nahen Gipfel des Yellowstone Park – kurz, die schönsten Seiten, die der Westen zu bieten hat. Die kluge Nora bemerkte: »Ich wette, die Fotos sind alle im Mittsommer aufgenommen worden. Haben Sie auch welche, die im Winter gemacht wurden?«

Andy schaute seine Oberschwester an und sagte: »Ich wollte Sie schon gerade fragen, ob Sie nicht Lust hätten, mitzukommen.«

»Ich glaube, Sie fragen besser erst mal Ihre Frau, ob sie Lust hat, mitzukommen. Ich wette, es gibt in Silver Butte keinen Spezialisten für Amputierte.«

Andy sah seine Frau an – nicht flehend, aber gespannt darauf, erst einmal ihre Antwort zu hören, bevor er Gelegenheit hatte, seinen Entschluß zu verteidigen. Sie dachte einen Moment nach, dann sagte sie: »Ich denke, ein praktischer Arzt ist in meinem Fall wichtiger als ein Fachmann für Amputations-Komplikationen. Was ich eher brauchen werde, ist ein zuverlässiger Geburtshelfer. Aber da hab' ich ja schon einen geheiratet.«

Die anderen drei im Zimmer starrten sie verblüfft an, und als niemand etwas sagte, erklärte sie: »Dr. Farquhar war sicher, daß ich schwanger bin, aber er schickte mich trotzdem zu einem Spezialisten, der mehrere Tests mit mir machte. Es besteht kein Zweifel: Ich erwarte ein Kind.« Sie knuffte ihrem Mann in den Arm und sagte: »Während du also deine kleinen Geheimnisse oben in Montana vor mir hattest, hatte ich meine kleinen Geheimnisse vor dir hier unten in *The Palms*.«

»Ein Baby – das ist ja wunderbar! Aber das ändert natürlich einiges«, sagte Andy, der sofort eine gänzlich neue Konstellation unterschiedlichster Probleme vor sich sah. Aber Betsy beruhigte ihn erst einmal – zumindest für den Moment –, indem sie fragte: »Wie groß ist eigentlich Butte selbst?«

»Ungefähr vierzigtausend Einwohner.«

»Dann hat es bestimmt ein ordentliches Krankenhaus. Ich denke, das läßt sich machen.«

Andy breitete Landkarten von Wyoming und dem amerikanischen Westen vor ihnen aus und zeigte ihnen, wie der Madison nahe Yellowstone entsprang, dann nach Norden floß, um sich mit dem Jefferson und dem Gallatin zu vereinigen, bevor sie in den großen Missouri mündeten, der mehr als zweitausendsechshundert Meilen dahinströmte, ehe er sich mit dem noch größeren Mississippi vereinigte. Als sein Finger an diesem gewaltigen Flußsystem entlangfuhr, einer der grandiosesten Naturschönheiten Nordamerikas, konnten seine drei Zuhörer an dem Glanz in seinen Augen sehen, daß er wirklich verliebt in die Idee war, nach Westen zu ziehen und in diesem majestätischen Teil Amerikas heimisch zu werden.

Sie verbrachten einige Zeit damit, die Broschüren und Prospekte zu studieren und sich ein Bild von Silver Butte zu machen, aber keines der Farbfotos in den teuren Hochglanzbroschüren vermochte eine exakte Vorstellung von der abgelegenen Grenzstadt zu vermitteln.

Andy hatte sich jedoch vom lokalen Drugstorebesitzer, der bei dem Begrüßungskomitee dabeigewesen war, eine Kamera ausgeliehen, und mit zwei Rollen Film hatte er das Wesentliche von dem, was möglicherweise seine und Betsys künftige Heimat sein würde, eingefangen. Als die zweiundsiebzig Fotos auf dem Tisch ausgebreitet waren, boten sie ein getreues Portrait einer Kleinstadt in Montana, und es war keineswegs eines, das ausschließlich einladend war. Nora fragte: »Was für ein Gebäude war das, von dem Sie sagten, sie hätten es als Erste-Hilfe-Station verwendet?« Andy zeigte auf ein aus Stein gebautes Haus, das er besichtigt hatte, in dem der Besitzer des Drugstores Sauerstoff, ein Atemgerät, Ammoniak und ein Regal mit rezeptfreien Standard-Medikamenten bereithielt. In der Nähe des Hauses war ein ebener Platz, auf dem ein Hubschrauber landen konnte. Doch ganz gleich wie nachsichtig oder nostalgisch gesinnt man auch war, Silver Butte war gewiß kein Ort, der sich durch Modernität und Weltläufigkeit auszeichnete.

Ein Entschluß, in den Westen zu ziehen, war von solcher Tragweite, daß Zorn beschloß, Dr. Farquhar zu Rate zu ziehen, der ja rasch zu erreichen war, und es wäre ihm in diesem Moment lieb gewesen, wenn auch der mit beiden Beinen auf dem Boden stehende Dr. Zembright irgendwo in der Nähe gewesen wäre und nicht oben in Chattanooga. Farquhar rückte das Problem eines Umzugs in die richtige Perspektive: »Wenn Sie sechsundzwanzig wären, würde ich Ihnen abraten, jedenfalls zu diesem Zeitpunkt noch. In dem Alter profitiert ein junger Mann ganz enorm davon, wenn er ältere, erfahrene Ärzte in der Umgebung hat, die er bei schwierigen Fällen zu Rate ziehen kann. Aber in Ihrem Alter haben Sie bereits Ihren eigenen Erfahrungsschatz, auf den Sie aufbauen können. Wenn es Ihnen wirklich ein Herzensanliegen ist und die Leute dort Ihnen die nötige Hilfe für einen soliden Anfang geben, dann würde ich sagen, machen Sie's.

Aber ich kann Ihnen eines versichern, Andy. Mir ist schon seit einiger Zeit klar, daß Sie wieder in Ihren Beruf zurück wollten. Die Art und Weise, wie Sie mit Leitonen zusammengearbeitet haben. Ja, wir anderen Ärzte haben davon gehört und haben es gutgeheißen. Wir wollten selber tun, was Sie gemacht haben, hatten aber nicht den Mut dazu. Und Ihr großes Interesse an Ihren Alzheimer-Fällen. Ich konnte es sehen, und sogar Schwester Nora – Gott segne das Herz dieser Frau, es ist wahrhaftig groß – sagte mir, Sie wären bereit, wieder zu Ihrer wahren Berufung zurückzukehren.

Ihre Aufgabe hier bei uns in *The Palms* haben Sie mit Bravour vollendet. Mit Krenek und einem guten neuen jüngeren Mann an Bord werden wir schon klarkommen. Ich bin optimistisch, was die Zukunft von *The Palms* betrifft, und Ihnen zu Dank verpflichtet. Bleiben Sie uns verbunden, wenn Sie in Montana sind, und freunden Sie sich mit allen Ärzten in Ihrer Umgebung an, ganz gleich, wie weit voneinander entfernt sie sind.«

Beruhigt und von solchen Worten in seinem Entschluß bestärkt, war Andy geneigt, den Leuten von Silver Butte eine feste Zusage zu schicken, aber er war noch nicht sicher, ob Betsy wirklich voll und ganz hinter ihm stand. Daß sie schwanger war, daran bestand kein Zweifel, ebensowenig wie daran, daß sie eine tapfere Frau war, aber der Sprung vom tropischen Florida ins kühle Montana bedeutete eine so riesengroße Umstellung, daß er nicht sicher war, ob sie ihn schaffen würde. In der Zwischenzeit studierte sie die Literatur über den Ort und die Gegend und träumte über den großen Landkarten, und nach und nach lösten sich ihre Zweifel in Nichts auf.

Eines Tages, Weihnachten stand vor der Tür, begrüßte sie Andy mit einem breiten Lächeln, als er zum Mittagessen in ihr gemeinsames Apartment kam: »Vor etwa einer Stunde habe ich vor meinem geistigen Auge alle unsere Probleme verschwinden sehen. Montana, wir kommen! Andy Zorn, du wirst wieder ein richtiger Doktor sein!« Und ihre Ängste – oder was noch von ihnen übriggeblieben war – zerstoben endgültig.

ABER DER RADIKALE Schritt nach Montana fand dann doch nicht statt – wegen eines überwältigenden Gegenangebots, das aus Chattanooga kam.

Als Oliver Cawthorn und seine einflußreichen Freunde, die er in dieser Stadt hatte, von Dr. Zorns Kündigung in *The Palms* erfuhren, trieben sie verstärkt Pläne für ein Projekt voran, mit dem sie sich ernsthaft beschäftigt hatten, seit Betsy nach Florida gegangen war. Nachdem die Architekten und Konstruktionszeichner auf Hochtouren gearbeitet hatten, lagen jetzt präzise Pläne für ein großes Projekt vor. Cawthorn trommelte die anderen vier wichtigen Mitstreiter bei dem Unternehmen zusammen – Dr. Zembright, den medizinischen Experten; Chester Bingham, den Bauunternehmer; Lawrence Desmond, den Grundstücksinvestor; und Charles Gilman, den Anwalt und Finanzier –, und sie flogen gemeinsam in ihrem Privatjet nach Tampa, nahmen sich dort einen Mietwagen und fuhren auf dem schnellsten Wege nach *The Palms*. Dort angekommen, riefen sie die Zorns und machten den großen Tisch in dem Büro frei, das Andy bald räumen würde. Darauf breiteten sie eine große Luftaufnahme von einer bewaldeten Gebirgsregion aus, auf der mit Rotstift die Grundstücke gekennzeichnet waren, die sie kürzlich erworben hatten.

Chester Bingham ergriff als erster das Wort: »Wir hatten das große Glück, mit fünfhundert Morgen besten Landes beginnen zu können, das Desmond bereits besaß. Zeig ihnen, wo es ist, Desmond«, und der stolze Besitzer bezeichnete mit dem Finger den Umriß seines Landes, wobei er erklärte: »Dieses herrliche Bergland hier drüben, das im Osten an meines grenzt, ist der Great Smoky Mountains National Park, ein Naturschutzgebiet. Chester, fahr du fort.«

»Also haben wir uns zusammengetan und zirka achthundert Morgen zusätzlich gekauft – hier, hier und hier.«

Mr. Cawthorn nahm den Faden auf: »Wir haben also dreizehnhundert Morgen von Tennessees bestem ursprünglichen Waldland, absolut unbebaut. Wir haben freie Hand.«

Bingham brachte ein interessantes Argument vor: »Da wir auf dieser Seite hier durch den Park geschützt sind, können wir uns erlauben, alle Flächen, welche die von jemand anderem berühren, im unerschlossenen Zustand zu bewahren. Eine Wildnis also, ideal für das, was uns vorschwebt.«

»Und das wäre?« fragte Andy, und Bingham nahm die Karte weg und legte die Zeichnung eines Architekten vor, die einen Ausschnitt des Besitzes zeigte, mit Gebäuden oben, einem See in der Mitte und zwei Bergen unten – einem kleinen im Westen und einem großen mit zwei Gipfeln im Osten. Überall war verschwenderisch Platz. »Eine atemberaubend schöne Wildnis für alles, was uns vorschwebt«, sagte Bingham, »und Platz in Hülle und Fülle.«

»Aber die Gebäude«, wandte Zorn ein, und Dr. Zembright sagte stolz: »Ein Seniorenwohnkomplex, der nach den neuesten Erkenntnissen gebaut wird«, und mit dem Zeigefinger zeigte er den Zorns auf der Karte die Umrisse eines idealen Zentrums: die drei Hauptgebäude waren halbkreisförmig angelegt; drei Spazierwege waren eingezeichnet, ein relativ kurzer, der zum Seeufer führte, ein längerer, der einmal ganz um den See herum führte, und ein langer, recht beschwerlicher, der einmal um den kleineren der beiden Berge herum führte. Hinzu kam ein Merkmal, das Andy zeigte, daß die Männer sich fachkundigen Rat eingeholt hatten: auf dem flachen Terrain westlich von den drei Hauptgebäuden standen verstreut eine Anzahl kleinerer Einfamilien- und Doppelhäuser – für Paare gedacht, die so lange wie möglich für sich leben wollten, bevor sie in die Apartments der Hauptgebäude einzogen.

»Sind Sie und Ihre Leute finanziell in der Lage, eine solche Einrichtung zu bauen?«

»Wir haben bereits mit einem Teil der Vorarbeiten begonnen, und die ersten Plätze sind sogar schon verkauft«, sagte Bingham. »Aber wir wären zur Not auch bereit gewesen, das gesamte Kapital selbst aufzubringen.«

Desmond, der Besitzer des Hauptteils des Terrains, sagte: »Dr. Zorn, Sie glauben ja gar nicht, wie viele Menschen sich ernsthaft Gedanken darüber machen, wie sie den Herbst ihres Lebens verbringen sollen. Als sie hörten, was wir vorhaben, konnten wir uns vor Anfragen kaum retten. Die Sache ist perfekt.«

»Wie hoch ist die Investitionssumme?«

»Fünfundzwanzig Millionen.«

»Mein Gott! Habe ich richtig gehört? Sagten Sie fünfundzwanzig Millionen?«

»Fünfundzwanzig. Und wie gesagt, wir haben schon mit den ersten Vorarbeiten begonnen.«

»Warten Sie! Warten Sie«, unterbrach Betsy. »Wenn wir die Leitung übernehmen sollen, und das scheint ja Ihre Vorstellung zu sein –«

»Wir bieten Ihnen diesen Job an«, bestätigte Gilman, der vierte im Bunde. »Wir haben Ihren Mann auf Herz und Nieren überprüft. Chicago und Tampa. Sie beide sind das Paar, das wir haben wollen.«

»Wenn ich mit von der Partie sein soll«, sagte Betsy, »dann möchte ich mitbestimmen können, welche Bäume gefällt werden können und welche nicht. Denn die Leute, die wir holen würden, wollen nicht weit weg von der Natur leben.«

»Sie werden zirka zehntausend Bäume haben, unter denen Sie wählen können«, sagte der Anwalt. »Es handelt sich um reines Waldland. Fragen Sie Desmond, dem gehört das meiste davon.«

»An den meisten Stellen können Sie vor lauter Bäumen die Berge nicht sehen, Betsy. Wir haben Wald nur dort abgeholzt, wo Gebäude hinkommen sollen – und der Parkplatz.«

»Also denn«, sagte Mr. Cawthorn. »Wollt ihr zwei den Job?«

»Ich würde mir lieber erst einmal mit eigenen Augen ein Bild von der Sache machen«, sagte Andy, was die Männer absolut verständlich fanden. »Und mir die Pläne für die drei Gebäude sehr sorgfältig ansehen. Es kommt bei solchen Einrichtungen manchmal gerade auf die vermeintlichen Kleinigkeiten an.«

»Wir schlagen vor«, schaltete sich Dr. Zembright ein, »daß wir jetzt gleich dort hinfliegen. Ein Anruf, und in Knoxville stehen Autos für uns bereit. Das ist der nächstliegende Flughafen.«

»Gibt es in Knoxville gute Krankenhäuser?« fragte Betsy, und Dr. Zembright versicherte ihr: »Einige der besten überhaupt. Weniger als eine Stunde mit dem Auto, sobald Sie die gutausgebauten Straßen erreicht haben.«

»Und wie lange dauert *das*?«

»Höchstens zehn Minuten.«

»Dann los!« sagte Betsy.

Als sie in der Luft waren, ließ Mr. Cawthorn seinen Arm über die Landschaft unter ihnen schweifen und sagte: »Ich möchte, daß ihr euch die ungeheure Veränderung bezüglich der Landschaft und der Kultur, die auf euch zukommt, einmal vor Augen führt. Hier unten in Florida habt ihr diese wunderbaren Gewässer, ein paradiesisches Klima, die Palmen, und die Bäume sind eher niedrig und, nun ja, eher struppig, und das Land selbst ist platt wie ein Tisch. Dort, wo wir hinfliegen, da sind richtige Berge, richtige Wälder, im Winter schneit es, dort ist noch ursprüngliche Wildnis. Macht euch also schon mal darauf gefaßt.«

»Ich habe mich bis gestern noch darauf eingestellt, nach Montana zu ziehen«, erwiderte seine Tochter, »und da wird mir die Umstellung auf das gute alte Tennessee wohl auch nicht mehr so schwer fallen.«

Sie hatten inzwischen die Grenze zwischen Florida und Georgia überflogen und näherten sich Nord-Carolina, denn die Männer wollten, daß die Zorns einmal den Great Smoky National Park von oben bewundern konnten, der bald darauf unter ihnen auftauchte. Mr. Desmond erklärte: »Was Sie dort sehen, ist herrliches Bergland, nicht so hoch wie die Rocky Mountains in Colorado, aber unendlich viel älter. Alles, was Sie jetzt dort unten sehen, wird sozusagen Ihr Vorgarten sein.«

Die Zorns sagten nichts; dies schien in der Tat genau die Art von Kulisse, die einem Seniorenheim angemessen war. Die nachdenkliche Betsy dachte indes: *Wenn* – und es war ein großes *Wenn* – es eine Gemeinde in der Nähe gab und verläßlichen Zugang zu Krankenhäusern in der näheren oder weiteren Umgebung.

Ihr Mann hatte ihre Frage vorausgeahnt, denn nun war er

es, der Dr. Zembright fragte: »Sie meinen, Sie wollen fast in der Wildnis bauen, und es besteht trotzdem die Chance, daß es irgendwo in der Nähe ein Dorf gibt, das die Bewohner besuchen können, und einigermaßen gut erreichbare Krankenhäuser?«

In Knoxville gelandet, verteilten sie sich auf die beiden telefonisch vorbestellten Mietwagen und fuhren Richtung Süden. Schon bald kamen sie durch eine behaglich ausschauende Kleinstadt von vielleicht dreitausend Einwohnern, mit sauberen Straßen und einem großen, mit Blumenbeeten verzierten Hauptplatz. »Unsere Bewohner«, führte Mr. Bingham aus, »können jederzeit, wann immer sie Lust und Laune dazu haben, zu Fuß in diese Stadt gehen.« Und richtig, schon wenige Augenblicke später bogen die Wagen in einen jetzt noch unbefestigten, nach Auskunft der Männer jedoch bald schon gepflasterten Weg ein, der zu dem Wäldchen mit hohen Bäumen führte, hinter dem sich das Terrain befand, wo die drei Hauptgebäude errichtet werden sollten, das Krankenhaus im Osten, der Bezirk für Betreutes Wohnen in der Mitte, die Apartments im Westen.

Schon in den ersten Momenten dachte Andy: Die wissen genau, was sie machen. Als Betsy den See sah, rief sie begeistert: »Der ist ja noch viel größer, als er auf der Landkarte ausgesehen hat!« Und dann tat sie einen kleinen Ausruf des Erstaunens, denn auf der anderen Seite des Sees erhoben sich die drei Berge, ein kleiner im Westen, ein großer mit zwei Gipfeln im Osten, und gleich dahinter die Great Smokies. Spontan wandte sie sich zu ihrem Vater um, küßte ihn und sagte: »Das ist ja wirklich ein Paradies – die Natur in ihrer ganzen atemberaubenden Schönheit! Die große Herausforderung wäre es, es so zu lassen, wie es ist.«

Am Ende dieser ersten kurzen Besichtigung des Landes – mehr als tausend Morgen Waldes hatten sie noch gar nicht gesehen – machte Andy einen kühnen Vorschlag: »Lassen Sie uns heute hier übernachten und gleich morgen früh nach Chicago fliegen. Das heißt natürlich, nur, wenn John Taggart auch erreichbar ist.«

»Wieso gerade Taggart«, fragte Cawthorn, »wo du doch gerade erst bei ihm gekündigt hast?«

»Weil er besser als jeder andere in Amerika beurteilen kann, welches die Voraussetzungen für den Erfolg eines Seniorenheimes sind.«

»Abgemacht; fliegen wir morgen gleich weiter nach Chicago.«

In seinem Büro über dem Boul Mich legte Taggart seine gewohnte Direktheit an den Tag: »Tolle Idee. Gute Lage. Und Ihr Mann Zorn hat in dem einen Jahr bei mir bewiesen, daß er einer der besten Leiter einer Seniorenwohnanlage in den Vereinigten Staaten ist. So, und jetzt lassen Sie mal Ihre Pläne sehen.«

Als die Blaupausen entfaltet waren, war er zunächst einmal begeistert von der Gebirgskulisse: »Kühn. Dieser See wird eine Million Dollar wert sein. Kann man diese kleineren Berge von den Häusern aus sehen?« Weniger begeistert war er indes vom Namen: »Der Name, den Sie sich ausgedacht haben, *The Hills*, gefällt mir nicht. Er ist zutreffend, wie *The Palms*, aber wir haben die Erfahrung gemacht, daß ein Adjektiv das Ganze noch zugkräftiger macht. Wir reizen das Publikum dazu an, die Berge aus unserer Sicht zu sehen. Ein Werbeeffekt, der nicht zu unterschätzen ist. Wie wär's mit *The Protective Hills*? Nein – zu farblos. *The Welcoming Hills?* Klingt auch nicht besonders. Aber ganz im Ernst, über den Namen sollten Sie sich wirklich noch ein paar Gedanken machen. Finden Sie ein gutes Adjektiv. Das hilft immer ungemein.«

Ganz strikt war er gegen den geplanten Namen *Sunset* für die Apartmentgebäude. »Das klingt nach Ende, nach letzter Zuflucht. Da können Sie's auch gleich ›Zur letzten Ruhe‹ nennen. Damit schrecken Sie die Leute ab.« Und er strich *Sunset* durch und schrieb *Sunrise* darüber. Einer der Männer protestierte: »Aber das Gebäude liegt auf der Westseite, also zum Sonnenuntergang hin!«

»Das können Sie nicht ändern«, versetzte Taggart, »aber Sie müssen die Leute ja nicht unbedingt an das Ende des Tages erinnern. Sie müssen die Betonung stets auf den Anfang legen.«

Mit Lob bedachte er ihr Vorhaben, den Krankenhaustrakt separat von den anderen Gebäuden zu errichten und es korrekt als das zu benennen, was es war, nämlich als *Health Building*, Gesundheitsgebäude. Auch gefiel ihm die Idee, Spazierwege anzulegen, welche die Gebäude miteinander verbanden: »Sorgen Sie dafür, daß die verschiedenen Dienste immer untereinander zu erreichen sind, aber sich niemals einander aufdrängen.« Kein Detail war zu unbedeutend, als daß er es nicht aufmerksam studiert hätte, und er war es, der empfahl, den drei Fußwegen unterschiedliche Namen zu geben: »Nennen Sie den kurzen, der *Sunrise*, das Hauptgebäude und den See miteinander verbindet, den *Wandelpfad.* Den längeren, der einmal um den ganzen See herumführt, nennen Sie *Spazierpfad.* Und den etwas beschwerlicheren am Fuß des Berges entlang nennen Sie *Wanderpfad.* Glauben Sie mir, den Leuten wird die Unterscheidung gefallen, und sie werden den Ehrgeiz haben, den längeren, beschwerlicheren, auf sich zu nehmen.«

Auch für die Idee, die Ein- und Zweifamilienhäuser im Westen zu bauen, fand er lobende Worte. »Die Leute werden sie Ihnen aus den Händen reißen; wahrscheinlich haben Sie schon jetzt einige davon verkauft.« Mr. Bingham nickte.

Als er zur vierten Blaupause kam, sah er etwas, das ihm offensichtlich ganz und gar nicht gefiel, und er tippte beinahe vorwurfsvoll mit dem Zeigeefinger darauf. »Was sollen diese elf kleinen Zimmer in der ersten Etage?« Zorn erklärte es ihm: »Die halten wir frei für verdienstvolle Leute, die nur über bescheidene Mittel verfügen.«

»Warum?« wollte Taggart wissen.

»Weil es mir widerstreben würde, ein piekfeines Seniorenhotel nur für Begüterte zu führen. Ich möchte, daß auch Lehrer, kleine Einzelhändler und Farmer eine Chance haben, ihren Lebensabend bei uns zu verbringen.«

»Das ist ein ausgezeichneter Weg, in die Pleite zu marschieren, Doktor. Ihre erste Pflicht ist es, dafür zu sorgen, daß Ihre Einrichtung finanziell auf gesunden Füßen steht.«

»Das hab' ich von Ihnen gelernt. Deshalb werd' ich die Verantwortung für die Finanzen auch einem knallharten Banker übertragen.«

»Wo wollen Sie den finden? Wenn das Risiko für Ihr ganzes Unternehmen auf seinen Schultern ruht?«

Desmond, der Finanzier, schaltete sich an dieser Stelle ein: »Wir haben ihn bereits. Mein jüngerer Bruder Alfred. Jedesmal wenn er zehn Cent für mein Projekt ausgeben muß, zuckt er zusammen, verlangt einen schriftlichen Kostenvoranschlag und überprüft dann alles dreimal, um sicherzugehen, ob das Geld auch richtig angelegt ist. Mit unserem Einsatz als Basis und Alfred als Finanzbuchhalter werden wir bestimmt nicht pleite gehen.«

Ein breites warmes Lächeln trat auf Taggarts Gesicht: »Ich mag diese elf Zimmer. Mir gefällt die Vorstellung, daß Farmer und Einzelhändler die Möglichkeit haben sollen, ihren Lebensabend bei uns zu verbringen. Zorn, Sie sind wirklich ein guter Mann – Sie sind genauso gut, wie ich dachte, als Sie damals an jenem eisigen Tag zum erstenmal hier in meinem Büro saßen. Machen Sie's.

Einen Moment noch«, fügte er nach einer winzigen Pause hinzu und schnippte mit den Fingern. »Ich hab's.« Er stand abrupt auf, blätterte zur zweiten Blaupause zurück und fügte das passende Adjektiv ein, *The Sheltering Hills*. Er betrachtete einen Moment lang sein Kunstwerk und sagte dann: »Das spukte mir schon die ganze Zeit über im Hinterkopf herum. *Sheltering Hills* – die Schützenden Hügel – das klingt so einladend, so anheimelnd, daß ich mich am liebsten sofort auf die Warteliste setzen lassen würde.« Alle fanden, daß es ein ausgezeichneter Name war.

Als er zur fünften Blaupause kam, derjenigen, auf der die Parkplätze eingezeichnet waren, warf er nur einen kurzen Blick darauf, nahm einen schwarzen Filzstift von seinem Schreibtisch und x-te das Blatt durch. »Vergessen Sie das. Miss Clements, bringen Sie mir bitte den Beschwerdebericht – sieben Kopien.« Als sie wenige Augenblicke später mit dem gewünschten Papier hereinkam, konnten die Besucher die Überschrift lesen: »Beschwerden von unseren einundneunzig Direktoren.«

»Ich dachte, es wären siebenundachtzig«, wandte Andy ein.

»Das war letztes Jahr«, erwiderte Taggart. Und dann las er vor: »Unzureichende Parkmöglichkeiten – 77. Einfallsloses Essen – 43. Unzureichende Gesundheitseinrichtungen – 27.«

Er hieb mit der Faust auf den Bericht und knurrte: »Sie scheren sich den Teufel um ihre Gesundheit, aber wehe, sie haben keine ausreichenden Parkplätze für ihre Autos.« Er tippte mit dem Finger auf die als Parkplätze ausgewiesenen Flächen auf der Blaupause, die er durchgestrichen hatte. »Verdreifachen Sie die.«

»Meinen Sie wirklich, so viele?« fragte Mr. Bingham ungläubig. »Schauen Sie sich einmal den Maßstab dieser Zeichnung an. Das sind große Flächen.«

»Vervierfachen Sie sie, und wenn wir uns heute in zwei Jahren wieder sprechen, sagen Sie zu mir: ›Taggart, Sie waren ein Genie.‹ Aber mit so wenig Parkraum brauchen Sie den Laden gar nicht erst aufzumachen – oder Sie kriegen Ärger, großen Ärger.«

An dieser Stelle wandte Zorn ein: »Es könnte gut sein, daß wir in einem anderen Punkt großen Ärger kriegen, und deshalb möchte ich dies vorab ein für allemal geklärt wissen. Erscheine ich auf Ihrem Briefkopf als Verwaltungschef oder als Leitender Arzt von *Sheltering Hills*?« Worauf Taggart, an die Männer gewandt, sagte: »Bevor Sie das entscheiden, sollten Sie, die Sie schließlich die ganze Sache finanzieren, sich über ein Problem informieren, mit dem Sie es möglicherweise zu tun bekommen könnten – einem Problem namens Clarence Hasslebrook.«

Mr. Bingham meldete sich zu Wort: »Also, das ist ein seltsamer Name. Ein Bursche mit diesem Namen meldete sich letzte Woche für eine unserer kleineren Unterkünfte an.«

»Dieser Drecksack!« knurrte Taggart. »Woher weiß er von Ihrem Projekt?« Und als die Männer aus Chattanooga sagten, daß ein Artikel über das Projekt in ihrer örtlichen Tageszeitung erschienen war, erklärte Taggart, wer Hasslebrook war und warum er die Macht hatte, jeder Ruhestandseinrichtung, die sich nicht seinen rigiden Vorstellungen von moralischem Verhalten beugte, großen Ärger zu machen.

»Sie meinen, er hat tatsächlich damit gedroht, jede Ihrer Einrichtungen als Mordhaus zu bezeichnen, wenn Sie Zorn nicht rausschmeißen?« fragte Bingham mit ungläubigem Staunen, und nachdem Taggart dies bestätigt hatte, analysierte die Gruppe fast eine ganze Stunde lang die grundsätzlichen Beziehungen zwischen einer Ruhestandseinrichtung, den örtlichen medizinischen Diensten, der allgemeinen Öffentlichkeit und Bewohnern, die ordnungsgemäß unter Zeugen aufgesetzte Patiententestamente unterschrieben hatten.

Nachdem Taggart und Andy Hasslebrooks stures Verhalten ausführlich geschildert hatten, fragte einer der Männer aus Chattanooga: »Müssen wir damit rechnen, daß er sich bei uns einmietet, um uns – und speziell Dr. Zorn – zu überwachen?«

»Wie sollte er das können?« gab Cawthorn zu bedenken. »Wir wußten ja selbst bis gestern noch nicht, daß wir Zorn die Stelle überhaupt anbieten würden.«

Taggart sagte: »Seine Organisation hat ihre Spitzel überall. Sie könnten ihn darauf aufmerksam gemacht haben, daß Andys Schwiegervater Interesse an einem Seniorenheim-Projekt gezeigt hat. Und denken Sie daran, Hasslebrook ist wie ein Wiesel; der Mann schleicht überall herum und steckt seine Nase überall rein.« Er hielt inne; der Vergleich gefiel ihm, aber er fand, daß es noch einen besseren gab: »Oder besser, wie ein Stinktier, der überall, wo er herumstreicht, seine üble Duftspur hinterläßt. Man kann ihn über sieben Staaten hinweg riechen.«

Mr. Gilman, dem Finanzier, gefiel diese Art der persönlichen Attacke nicht: »Wir mögen den Menschen Hasslebrook zwar verachten und sein Verhalten mißbilligen, aber das Leben *ist* heilig, und er hat allemal das Recht, hilflose Menschen, die sich selbst nicht mehr wehren können, zu verteidigen und zu beschützen. Wir können ihn bekämpfen, aber nicht beschimpfen.«

Nun ergriff Dr. Zembright, ein in Ehren ergrauter Mediziner, der auf den Ruhestand zuging, das Wort: »Es ist an der Zeit, daß wir uns diesen Moraltyrannen, die uns diktieren wollen, wie wir zu leben und wie wir zu sterben haben, entgegenstellen. Besonders wenn Sie in meinem Alter sind und erlebt haben, wie unzählige sterbenskranke oder hirngeschädigte Menschen einen angefleht haben, man möge ihnen doch helfen, ihren Schmerzen ein Ende zu machen, danken Sie Gott dafür, daß es eine so sinnvolle Einrichtung wie das Patiententestament gibt. Ich selbst habe eines unterschrieben, und ich kann nur für Sie hoffen, daß Sie das auch getan haben, denn ich weiß, was Sterben bedeutet. Es kann ein würdiger Abschluß eines gut gelebten Lebens sein oder aber eine Travestie dessen, was das Wort ›Leben‹ wirklich bedeutet. Eine Geburt, eine Zeit des Wirkens und ein unausweichlicher Abschluß.«

Auf seine leidenschaftlichen Worte folgte eine kurze Stille. Dann stimmte Zembright den Schlachtruf an: »Meine Herren, wir haben die Mittel, um einer Belagerung durch diesen Feind zu widerstehen. Und wir haben das Wissen, wie eine angesehene Altersruhestands-Einrichtung beschaffen sein sollte. Wir werden unsere Einrichtung auf die humanste Weise errichten, die möglich ist und die Rechte jedes Bewohners und jeder Bewohnerin sicherstellen. Und dann werden wir die Attacke dieses Hasslebrook mit Gelassenheit erwarten – oder besser noch: wir werden ihn selbst zu dem Kampf auffordern.«

Und er schlug vor, daß das Chattanooga-Team ein Pressestatement vorbereiten sollte, in dem Hasslebrook identifiziert wurde als jemand, der sich bereits für einen Platz in Sheltering Hills angemeldet hatte, und in dem klar gesagt wurde, wie seine Vorgehensweise war. Er schlug vor, daß die Besitzer von Sheltering Hills geradeheraus erklärten, daß sie das menschliche Leben achteten und alles unternehmen würden, um es zu verlängern und so erträglich wie möglich zu gestalten; daß sie entschieden gegen Selbstmord seien, aber daß Sheltering Hills, da vernünftige Menschen im ganzen Land den Schutz und die Sicherheit eines Patiententestaments zu wollen schienen, solche Testamente befolgen würde, vorausgesetzt, sie seien rechtmäßig aufgesetzt und der Verfasser sei sich voll und ganz über die Tragweite im klaren gewesen. »Wir werden offensiv als die wahren Beschützer des menschlichen Lebens auftreten und auch der strengsten Überwachung durch die fehlgeleiteten Clarence Hasslebrooks dieses Landes, die entschlossen sind, anderen Menschen vorzuschreiben, wie sie zu leben und zu sterben haben, mit Gelassenheit entgegensehen.« Seine Worte sorgfältig wählend, wandte er sich an Gilman, um eine Art Frieden mit ihm zu suchen: »Das Problem ist, Charles, wenn wir den falschen Leuten gestatten, die richtigen Begriffe mit Beschlag zu belegen und ihnen falsche Bedeutungen zu geben, werden wir später kämpfen müssen, um die Begriffe wieder zurückzugewinnen und ihnen ihre Reinheit wiederzugeben.«

Als die anderen Bedenken äußerten, ob es wirklich ratsam sei, Hasslebrook mit einem solchen Schritt an die Öffentlichkeit herauszufordern, wies Zembright ihre Befürchtungen zurück: »Ich werde das Statement unterzeichnen.« Als auch dies in Frage gestellt wurde, sagte Zembright: »Ich habe mir im Osten Tennessees einen respektablen Ruf aufgebaut, und ich wüßte keinen besseren Zweck, für den ich ihn nutzen könnte.«

»Sie meinen, Sie sind bereit, es mit ihm aufzunehmen? Frontal?« fragte Taggart, und der weißhaarige, altgediente Arzt sagte ganz ruhig: »Ich habe mein ganzes Leben lang medizinische Schlachten geschlagen. Einige von Ihnen werden sich vielleicht noch daran erinnern, wie ich gleich nach dem Studium meine Praxis in Chattanooga eröffnete und schon nach wenigen Monaten zu dem Schluß gelangte, daß der Öffentlichkeit besser damit gedient wäre, wenn ich eine Gemeinschaftspraxis aus sechs oder sieben Ärzten wie mir bilden würde, jeder ein Spezialist auf seinem Gebiet. Alles unter einem Dach, sozusagen. Die alteingesessenen Ärzte beschimpften mich als Kommunisten, und auch Sie, Desmond, weigerten sich damals, das Eckgrundstück für unsere Privatklinik zu verkaufen, und drei Jahre später waren Sie einer unserer besten Kunden und rieten all Ihren Freunden, sich in unsere Praxis zu begeben. Sie gaben sogar ein Interview in der Zeitung: ›Zembrights Gruppe ist der Trend der Zukunft.‹ Und als wir Schwarze direkt in unser Wartezimmer ließen, wo sie Seite an Seite neben euch Weißen saßen, da gab es noch einmal ein wütendes Geschrei. Ich habe schon einiges an Kämpfen durchgestanden, und ich habe das sichere Gefühl, daß dies hier der nächste in der Reihe ist. Ja, wir werden diesen Hasslebrook frontal angreifen – ihn und seinen Versuch, zu bestimmen, wie wir unseren Beruf als Arzt auszuüben haben.« Er überzeugte seine Partner davon, daß sie zusammenstehen und die Bevölkerung des Südostens von Tennessee informieren mußten, daß in ihrem Hinterhof ein Prinzipienkrieg im Gange war, ein Krieg, der Auswirkungen für die ganze Nation haben konnte.

Andy fand jetzt, daß es an der Zeit war, daß er den Partnern erklärte, welche Forderungen erfüllt werden mußten, bevor er den Posten annehmen würde: »Meine Herren, ich denke, wir sollten alle erst einmal tief Luft holen. Sie waren bereits so frei und haben Entscheidungen hinsichtlich meiner Position in Ihren *Sheltering Hills* getroffen. Ein großartiger Name, Mr. Taggart. Vielen Dank. Aber Sie haben mich noch nicht gefragt, unter welchen Bedingungen ich den Posten überhaupt annehmen würde. Nun, hier sind sie: Erstens, ich werde nicht Ihr Manager sein. Wir werden einen Verwaltungschef einstellen, der sich um die täglichen Belange der Bewohner kümmert. Zweitens, ich bestehe darauf, daß ich als medizinischer Leiter fungieren werde und daß wir volle medizinische Versorgung an Ort und Stelle anbieten, solange wie jeder Bewohner lebt. Ich bin fest entschlossen, wieder als vollwertiger Arzt zu arbeiten, ohne jede Abstriche. Drittens, ich möchte, daß Nora Varney meine Gesundheitsassistentin wird. Viertens, ich werde auf meine Frau Betsy, eine kluge junge Frau, als meine interne Beraterin vertrauen. Und fünftens, ich werde Mr. Hasslebrooks Antrag auf einen Wohnplatz in unserer Einrichtung abschlägig bescheiden. Ich glaube ebenfalls daran, daß das Leben heilig ist, aber ich will nicht, daß er um mich herumschleicht und die Atmosphäre vergiftet. Erstatten Sie ihm seine Anzahlung zurück. Wenn Sie bereit sind, auf diese Bedingungen einzugehen, dann bin ich zuversichtlich, daß Betsy und ich es schaffen können, diese Einrichtung zur führenden Seniorenresidenz an der Ostküste zu machen.«

Jeder der vier Männer, die beträchtliche Geldsummen in dieses Projekt investiert hatten, war davon ausgegangen, daß Andy der Manager sein würde, und jeder von ihnen meldete seine Zweifel an, ob das, was er gerade gefordert hatte, wirklich sinnvoll und durchführbar war.

»Können Sie denn überhaupt die ärztliche Zulassung für Tennessee erlangen?«

Dr. Zembright beantwortete die Frage für Andy: »Ich bin seit Jahren Mitglied unserer Zulassungskommission. Ich sehe da keine Schwierigkeiten.«

Ein anderer fragte: »Wie verhalten wir uns denn nun gegenüber diesem Hasslebrook?« Darauf erwiderte Andy mit beträchtlichem Nachdruck: »Mr. Taggart hat mir vorgemacht, wie man ihn behandeln muß: ihn sofort achtkantig rausschmeißen. Lehnen Sie sein Aufnahmegesuch ab.«

Als zwei der Geschäftsmänner dagegen Bedenken anmeldeten: »Er könnte uns verklagen. Wir müssen die Bürgerrechte beachten und uns an die Gesetze halten, die Freizügigkeit für jeden garantieren«, entgegnete Andy: »Ich glaube, die Zeit ist reif, daß Sie genau erfahren, womit dieser Mann gedroht hat.« Und er erzählte von Hasslebrooks Anschuldigungen gegen ihn und von seinem Plan, ihn zu jagen und zu vernichten. Daraufhin änderten die beiden Männer, die sich gegen einen Rausschmiß Hasslebrooks aus Sheltering Hills ausgesprochen hatten, ihre Meinung: »Jedes Gericht würde uns recht geben, daß es selbstmörderisch wäre, ihn direkt im Herzen der Institution wohnen zu lassen, deren Vernichtung er auf seine Fahnen geschrieben hat. Schmeißen Sie den Kerl raus, Andy, und warten Sie in aller Gelassenheit, ob er wirklich so weit geht, uns zu verklagen.«

Von Andys Wunsch, Betsy als seine persönliche Assistentin einzustellen, waren die Finanziers freilich nicht sonderlich begeistert: »Klingt ganz so, als hätten wir demnächst eine zweite Hillary Clinton am Hals.«

»Wir haben beide für ihren Mann gestimmt«, gestand Betsy, und die Männer stöhnten unisono auf.

»Haben Sie, als Sie Ihren Wahlzettel in die Urne steckten, daran gedacht, daß Sie gleichzeitig auch für Hillary als seine Co-Präsidentin stimmen würden?« fragte Mr. Gilman, der Finanzier.

»Sagen wir es mal so«, sagte sie vergnügt. »Sie könnten die Bedingungen, die Andy Ihnen genannt hat, auch gleich akzeptieren. Ich bin mir ziemlich sicher, daß mein Vater mir seine Anteile an dem Unternehmen überlassen wird – und damit wäre ich automatisch gleichberechtigte Anteilseignerin.«

Mr. Desmond sagte: »Nicht, wenn ich ihm seine Anteile abkaufen kann«, und die Gruppe merkte, daß die jüngsten Wortgefechte nicht bloß Spaß gewesen waren.

Der Privatjet flog zurück nach Chattanooga, wo Betsy ihrem Vater Lebewohl sagte und ihm für die mutigen Schritte dankte, die er unternommen hatte, indem er diese Gruppe von Finanzpartnern zusammengeholt hatte. »Sie werden stolz sein auf das, was Andy und ich schaffen werden. Wir werden neue Standards für die ganze Branche setzen.« Ganz warm verabschiedete sie sich auch von Dr. Zembright: »Andy hat mich gelehrt, wieder zu gehen, aber Ihre Kunst hat es mir überhaupt erst ermöglicht, zu überleben.« Und sie gab dem alten Haudegen einen Kuß.

Eines Nachts nach Mitternacht huschte Helen Quade auf leisen Sohlen durch die stillen Flure des Gemeinschaftshauses, bis sie zum Apartment von Botschafter St. Près kam. Dort blieb sie stehen, kniete nieder und schob – genauso, wie sie es versprochen hatte – einen Umschlag mit dem maschinegeschriebenen Manuskript von drei Kapiteln ihres geplanten Buches über die Beziehungen zwischen Mann und Frau, *Und die Herrin ebenso*, unter der Tür durch. Damit fertig, ging sie auf ebenso leisen Sohlen wieder zurück zu ihrem eigenen Apartment, darauf bauend, daß sie zu dieser späten Stunde niemandem begegnen würde, der ihre Absichten womöglich mißdeutete.

Als St. Près am nächsten Morgen seine Zeitung holen wollte, fand er den Umschlag. Mehr als nur beiläufig interessiert, wie Reverend Quade ihre Schlüsse über das Verhältnis zwischen Männern und Frauen erläutert haben mochte, nahm er ihn und begab sich zu Tisch, um sein aus Fruchtsaft und Müsli bestehendes Frühstück zu verzehren. Während er dies tat, las er Helens Essays quer und stellte dabei fest, daß die ersten beiden vieles von der Thematik behandelten, über die sie sich in der Tertulia auseinandergesetzt hatten, und einmal mehr fiel ihm auf, wie geschliffen und elegant ihr Schreibstil war. Das dritte Kapitel jedoch eröffnete ganz neues Terrain, zumindest für ihn, und er war gerade auf der zweiten Seite angelangt, als ein Diagramm sein Interesse gefangennahm. Es bestand aus zwei weit auseinandergezogenen Dreiecken, die parallel zum unteren Rand der Seite verliefen. Die Basis des oberen war am äußersten linken Rand der Seite zwei Zoll breit und verjüngte sich zum rechten Rand der Seite hin zu einem Punkt. Das untere Dreieck war ein Spiegelbild des oberen: zwei Zoll breit an der Basis auf der rechten Seite des Blattes, auf der linken Seite zu einer Spitze verjüngt. Das obere trug die Bezeichnung WEIBLICHE EIGENSCHAFTEN, das untere war überschrieben MÄNNLICHE EIGENSCHAFTEN. Jedes war mit einer Skala versehen, beginnend mit 100 an der Basis, endend mit 0 an der Spitze.

Was St. Près' Aufmerksamkeit freilich am meisten fesselte, war das, was Reverend Quade als Begleittext zu den Diagrammen geschrieben hatte:

> Wir können aus der Fülle der oben zitierten wissenschaftlichen Beweise den Schluß ziehen, daß die meisten Menschen weder ausschließlich männlich noch ausschließlich weiblich sind. Tatsächlich gibt es meines Erachtens gute Gründe, die Theorie zu akzeptieren, daß Menschen, die in allen Bereichen mit höchster Effizienz funktionieren, über eine gesunde Mischung aus sowohl männlichen als auch weiblichen Charaktereigenschaften verfügen, und daß jene Unglücklichen, die

zu hundert Prozent entweder männlich oder weiblich sind, für psychologische oder soziale Konflikte geradezu prädestiniert sind.

Der Mann, der zu hundert Prozent maskulin ist, dem also die mildernde – und veredelnde – Prise Weiblichkeit vollkommen abgeht, ist dazu verdammt, das zu sein, was Edgar Spencer einmal als »kompletten Macho und totalen Langweiler« charakterisierte. Desgleichen neigt das arme weibliche Wesen, das zu hundert Prozent feminin ist und keines der »härtespendenden« Attribute des Männlichen aufweist, dazu, zur Nymphomanin zu werden, unfähig, seine sexuellen Triebe im Zaum zu halten. Menschen mit Verstand und Urteilskraft empfinden jedes dieser beiden Extreme als abstoßend.

Andererseits ist die unglückselige Person, die genau in der Mitte liegt, auf der 50-Prozent-Marke, also männliche wie weibliche Eigenschaften in gleichem Maße in sich vereint, zu einem Leben im Zwiespalt und oft sogar zur Tragödie verurteilt. Das optimale Mischungsverhältnis dürfte bei 80 zu 20 liegen. Bei Frauen kann dieses Verhältnis ein Wesen von großer Schönheit und gleichermaßen starkem Willen hervorbringen, und bei Männern scheint es jenen Typ zu schaffen, der sich einerseits durch Charakterstärke und Entschlußkraft auszeichnet, andererseits aber auch eine ausgeprägte Ader für die schönen Künste, für Schönheit allgemein und ein Gefühl für soziale Gerechtigkeit besitzt.

Jedes Erziehungssystem, das darauf ausgerichtet ist, hundertprozentige Männer oder hundertprozentige Frauen zu produzieren, erweist seiner Nation einen schlechten Dienst, und jeder Mann und jede Frau, die sich zum Ziel setzen, zu hundert Prozent als Mann oder Frau zu funktionieren oder sich hervorzutun, betrügen sich selbst.

Er war so gefangen von ihrer Argumentation und so beeindruckt von dem Diagramm, das ihr Argument so plastisch veranschaulichte – jedes der Dreiecke war an der Basis, dort also, wo der

Hundert-Prozent-Bereich lag, schwarz eingefärbt, und in dem Maße, wie das Dreieck sich verjüngte, verwandelte sich das Schwarz in ein immer heller werdendes Grau, bis es an der Spitze, beim Nullwert, fast vollkommen weiß war.

»Verdammt wirkungsvoll, dieses Schaubild«, sagte er, während er den Rest des Kapitels überflog, immer wieder neue Stellen entdeckend, die ihm gefielen. Als er an die letzte Seite kam, rief er die Geistliche an: »Helen? Richard hier. Hätten Sie Lust und Zeit, einen kleinen Spaziergang mit mir zu machen? Ich habe gerade Ihr drittes Kapitel zu Ende gelesen und bin auf jede Menge Stoff gestoßen, über den ich gerne mit Ihnen diskutieren würde. Ziehen Sie sich was Festes an; vielleicht gehen wir durch die Savanne.«

Es war gegen zehn, als sie das Gemeinschaftshaus verließen, beide mit einem kräftigen Wanderstock bewaffnet, Reverend Quade darüber hinaus mit einem Fernglas. Er hatte daran gedacht, Essensreste für die Vögel mitzubringen, und als die kreischenden Möwen die Nachricht verbreitet hatten, daß Essen im Anmarsch war, machten St. Près und Reverend Quade einen kleinen Umweg an Richter Nobles altem Angelplatz vorbei, begleitet von einer Schar von Silberreihern, Blaureihern und Pelikanen, doch bald darauf tauchten sie in die Savanne ein.

Als sie den Smaragdteich erreichten, schlug St. Près vor, daß sie eine Rast einlegten. Sie setzten sich auf einen kleinen Hügel über dem grün schimmernden Wasser, und auf dieser hohen Warte, die ihnen einen wunderbaren Ausblick auf die Landschaft bot – die Savanne im Süden und im Osten, der Kanal im Westen und die Türme von *The Palms* im Norden – schnitt er das Thema an, über das er mit ihr diskutieren wollte: »Ihr Schaubild mit den männlichen und weiblichen Anteilen hat mich sehr beeindruckt, weil ich diese Wahrheit nämlich selbst entdeckte, als ich achtzehn oder neunzehn war. Meine Eltern konnten es sich leisten, mich auf eine teure Privatschule zu schicken, die einen Superathleten als Football-Coach hatte, Bully Sykes, der früher einmal ein Topspieler gewesen war, einer der legendären Granitblöcke von Fordham. Mann, war das vielleicht ein harter Bursche!«

»Und er hat Ihnen das Leben schwer gemacht?«

»Überhaupt nicht. Ich war damals schon so groß, wie ich jetzt bin, nur schlanker, aber ich war ein guter Spieler. Ich war, könnte man sagen, sein Liebling. Die Art, wie er mich behandelte, bewies, daß er auch mit einem Einserstudenten umzugehen verstand. Er mochte mich nicht, ich war nicht sein Fall, aber er akzeptierte mich, zumal da ich mehrere Spiele für ihn aus dem Feuer riß. Wie gesagt, ich war nicht schlecht.«

»Und was passierte dann?« fragte Reverend Quade, während sie mit ihrem Wanderschuh Kieselsteine in ein ziemlich großes Loch am Ufer des Teiches kickte. »Hatten Sie einen dicken Krach mit ihm?«

»O nein! Aber jedesmal wenn er uns seine blödsinnigen Anfeuerungsreden hielt, um uns auf den Gegner heiß zu machen, dachte ich: Mein Gott, redet der einen Mist! Und ein paarmal ertappte er mich dabei, wie ich die Augen verdrehte und zur Decke schaute, als er zu der Stelle kam, wo er den Ruhm der Schule beschwor und von dem bevorstehenden Härtetest faselte, bei dem sich zeigen würde, ob wir wirklich ganze Kerle waren. Ich dachte dann immer: Man kann es auch so machen wie Mr. Strang. Der hat es nicht nötig, solchen Blödsinn zu erzählen. Strang war unser Englischlehrer.

Ich erinnere mich noch ganz genau, wie ich mitten im Spiel gegen Lawrenceville, unser entscheidendes Match, bei dem es um alles oder nichts ging, dachte, daß ich weder so sein wollte wie Coach Sykes noch wie Mr. Strang. Der erste war mir zu maskulin, der zweite war mir nicht maskulin genug. Und ich glaube, daß mir mitten in diesem entscheidenden Spiel klar wurde, daß ich nicht mehr als achtzig Prozent von dem verkörperte, was Coach Sykes predigte. Und was waren die restlichen zwanzig Prozent? Damals war ich nicht in der Lage, diese andere Komponente meines Wesens zu definieren, aber ich wußte, daß sie etwas zu tun hatte mit Thomas Hardy, mit Wordsworth und diesem herrlich beschränkten kleinen russischen Büroschreiber in Gogols ›Der Mantel‹. Heute weiß ich genau, daß es das ästhetische Element war, ein

Wesenszug, der sich in späteren Jahren ziemlich stark entwickeln sollte.«

Er sah in ihr schönes, von ein paar Fältchen verziertes Gesicht. »Haben Sie eine ähnliche Erfahrung gemacht? Wie alt waren Sie, als Ihnen das klar wurde, was Sie in dem Kapitel geschrieben haben?«

»Ich glaube, ich wußte es schon als Kind. Als kleiner Junge bekommen Sie nicht dieses Macho-Gehabe beigebracht; das kriegen Sie erst, wenn Sie als Teenager jemandem wie Bully Sykes begegnen. Bei uns Mädchen ist das anders: Wir werden von Geburt an auf Weiblichkeit gedrillt. ›Rosa ist die Farbe für Mädchen. Es ist wichtig, daß Mädchen ihr Haar pflegen. Mädchen sollten beim Sitzen immer die Knie geschlossen halten.‹ All dies bekam ich auch eingehämmert, aber dann gab mir eine alte Frau in China einen guten Tip: ›Wenn eine Kamera auf dich gerichtet wird, stehe niemals mit den Füßen nebeneinander. Stelle immer den einen Fuß ein Stück vor den anderen.‹ Und wenn ich mir heute die Fotos von den Missionsstationen ansehe, da sehe ich immer aus wie ein Tausend-Dollar-Girl, während die anderen armen Mädchen, meine Klassenkameradinnen, mit ihren staksig nebeneinander stehenden Beinen wie Bauerntrampel aussehen.«

St. Près, der keinen Hehl daraus machte, wie sehr er Helens scharfen Verstand bewunderte, fragte: »Woher haben Sie soviel gelernt, Helen?« Und sie antwortete: »Durch beständiges Lesen – und indem ich stets intelligenten Leuten, Männern wie Frauen, mit offenen Ohren zugehört habe.«

»Auch auf dem College?«

»Wenn Sie das Kind einer amerikanischen Missionarsfamilie sind, dann ist Ihr tägliches Leben eine Universitätsausbildung. Die Leute sind immer verblüfft, wie gebildet die Kinder von Missionaren sind. Henry Luce, Pearl S. Buck, John Hersey, ein halbes Dutzend Collegepräsidenten. Ein wichtiger Grund liegt darin, daß der Missionar eine Ehefrau hat, die ebenfalls Missionarin ist und genauso gut ausgebildet ist wie er. Die Kinder können gar nicht anders, als intelligent zu sein, und weil die Familie so arm ist, müssen die Kinder gut mit Geld umgehen können. Diese Kombination ist fast schon die Garantie dafür, daß aus ihnen später einmal etwas wird.«

»Ihr Diagramm zur Veranschaulichung der Mischung von Geschlechtscharakteristika – das war brillant. Als Sie von der idealen Mischung sprachen, achtzig zu zwanzig, mußte ich sofort an das denken, was mir damals bei dem Spiel durch den Kopf ging. Achtzig zu zwanzig – ich bin froh, daß ich so bin. Wo würden Sie sich selbst auf der Skala einordnen?«

Sie genoß Diskussionen wie diese, deshalb antwortete sie, obwohl sie seine Frage eigentlich ziemlich indiskret fand: »Ich bin näher an fünfundsiebzig zu fünfundzwanzig. Ich habe einen ziemlich starken maskulinen ›Unterbau‹, wenn ich mal so sagen darf. Ich glaube, ohne den hätte ich in den vielen Schlachten, die ich zu schlagen hatte, nicht durchgehalten.«

»Aber die Öffentlichkeit sieht in Ihnen soviel Weibliches – soviel ›Richtiges‹.«

Als sie dieses Kompliment hörte, ausgesprochen aus keinem für sie erkennbaren logischen Grund, dachte sie plötzlich: Du liebe Güte! Ob er wohl gerade all seinen Mut zusammennimmt, um mir einen Heiratsantrag zu machen? Und sofort wurde sie wieder so aufgeregt, wie sie es damals als Backfisch in der Missionsstation in China gewesen war, als sie alles im Rahmen des Wohlanständigen getan hatte, um die Liebe jenes jungen Mannes zu gewinnen, der neu in China war. Den größten Teil des vergangenen Jahres hatte sie sich immer dort hingesetzt – oder -gestellt – wo der Botschafter sie sehen konnte, hatte sie seine Ansichten gepriesen, wenn sie gemeinsam an Diskussionen teilgenommen hatten, und viel Wesens von seiner Intelligenz gemacht, als sie zur Tertulia eingeladen worden war. Jiménez ist ein geschliffener Gentleman, hatte sie sich gesagt. Senator Raborn ist ein brillanter Politiker, und Präsident Armitage ist ein Kopf von Weltrang. Aber Richard vereint all das in sich. Und jetzt vermutete sie, daß er sich anschickte, ihr einen Heiratsantrag zu machen – er neunundsiebzig, sie fünfundsiebzig.

In den langen Gesprächspausen, die folgten, während er ihre Eigenschaften pries, schaffte sie es, klar zu denken: Ja, wenn wir in einer Kleinstadt lebten, ich in meinem kleinen Häuschen und er in dem großen Haus neben dem Golfplatz. Ich aus dem Kirchendienst ausgeschieden und von meiner kargen Pension lebend. Und ich ganz allein wäre und niemanden hätte. Ja, dann wäre es ein sinnvoller Schritt. Aber hier in *The Palms*, wo ich fast zweihundert Freunde und Freundinnen habe, wo es mir an interessanten Gesprächspartnern niemals fehlt, wo ich ein gesichertes Leben habe und sogar de facto ein Amt als Pfarrerin, und jederzeit die Möglichkeit habe, aufregende Dinge zu erleben, da brauch' ich keinen Ehemann. Und während dieses stummen Monologs wurde ihr klar, daß *The Palms* ein Leben von solch hoher Qualität bot, daß es das Beste für sie erschien, sich der gesamten Gemeinschaft gleichermaßen verbunden zu sehen.

Sie wußte, daß sie seinen Antrag anstandshalber abfangen sollte, bevor er ihn machte, und sei es aus keinem anderen Grund als dem, sein Ego zu schützen. Aber als eine Frau, die sich immer wieder gegen Männer hatte durchsetzen müssen, um Anerkennung in ihrer Kirche zu erlangen, und aus nachvollziehbaren Gründen persönlicher Eitelkeit – trotz ihres Alters – wollte sie seine Worte doch hören. Während sie also nichts tat, um ihn zu ermutigen, tat sie aber auch nichts, um ihn abzuhalten.

»Helen, ich bin so angerührt von Ihrer Menschlichkeit, Ihrem tiefempfundenen, echten Mitgefühl für Menschen jeder Art – ich bin stolz, Sie als meine neugewonnene Freundin ansehen zu dürfen.«

»Das ist ein hohes Lob, Richard.«

»Und Ihr Wirken als inoffizielle Hauspredigerin von *The Palms*, das ist wirklich außergewöhnlich. Sie sind ein geistlicher Trost für uns alle, eine unschätzbare Stütze.«

»Ich bin eine neutestamentarische Christin. So einfach ist das.«

»Aber Sie machen es so wundervoll – Sie sind ein Vorbild.« Es folgte ein langes Schweigen, dann: »Und ich frage mich schon seit langem, ob wir nicht vielleicht ... ich meine, da wir bei den Tertulia-Diskussionen so gut zusammenarbeiten ... ich frage mich, ob es nicht vielleicht eine Möglichkeit gibt, daß wir unserer Zusammenarbeit einen, wie soll ich sagen ... einen festeren Rahmen verleihen.« Diesmal fiel die Pause noch länger aus. »Ob wir vielleicht vermehrtes Glück ... und Stabilität finden könnten ... wenn Sie, ich meine, wenn wir heiraten würden?«

»Richard! Was für ein galanter Vorschlag! Er ist ganz überwältigend – in unserem Alter! Es ist eine wundervolle Idee, und ich fühle mich zutiefst geehrt.«

»Es braucht keine Veränderung in unserem bewährten Lebensmuster zu geben, auch keine radikalen Veränderungen in unseren finanziellen Arrangements. Man könnte es als eine Ehe zweier verwandter Seelen bezeichnen, sauber und einander befruchtend.«

Reverend Quade fühlte sich ziemlich überrumpelt. Dies alles hatte sich weit schneller entwickelt, als sie gedacht hatte. Er war mit seinen Gedanken schon viel weiter, als sie erwartet hatte, und sie war nicht sicher, wie sie einen so vernünftigen Heiratsantrag zurückweisen konnte, aber da sie fest beschlossen hatte, nicht zu heiraten, bevor sich das Gespräch in diese Richtung bewegt hatte, war ihr jetzt klar, daß sie ihren Standpunkt deutlich machen mußte. Alles andere wäre unfair gewesen.

»Uns bleiben nicht mehr so viele Jahre, Richard. Wir haben jeder unser Leben gut organisiert, und ich finde, wir sollten das alles nicht mehr durcheinanderbringen mit einer Handlung, die vor sechzig, oder vielleicht auch noch vor zwanzig Jahren sehr vernünftig gewesen wäre, aber heute keine wirkliche Rechtfertigung mehr hätte. Geistig, in unserer Einstellung zur Gesellschaft, in unserem Verhalten gegenüber unseren Mitmenschen, sind wir doch bereits längst verheiratet. Ich meine, wir sollten es dabei belassen.«

»Aber Sie lassen die Tatsache außer Acht, daß ich Sie lieben gelernt habe, daß ich Ihre Gesellschaft und Nähe brauche. Und daß ich fast achtzig bin, macht meinen Wunsch, mein Leben ordentlich zu organisieren, nur noch drängender. Ich würde liebend gerne die Jahre, die mir – uns – noch bleiben, gemeinsam mit Ihnen verbringen.«

»Das sollen und werden Sie auch. Hier, wo wir sind. Wir können jeden Abend zusammen essen, wann immer Sie wollen. Wir können jeden Tag miteinander spazierengehen. Wir können als gute und enge Freunde gemeinsam in unser nächstes Lebensjahrzehnt schreiten. Ich sehe keine dringende Notwendigkeit, irgend etwas zu verändern.«

Er versuchte gar nicht erst, seine Enttäuschung zu verbergen, und fragte fast flehend: »Sie sagen also nein?« Worauf sie seine Hände ergriff, ihn mit einem warmen Lächeln ansah und sagte: »Ja, das tue ich, und ich weiß, daß ich es noch oft bereuen werde. Aber ich glaube, es wäre falsch und überflüssig, wenn wir zwei heiraten würden.«

Er seufzte, stand auf, entfernte sich ein Stück vom Smaragdteich und sagte: »Sie wären die ideale Ehefrau für einen Botschafter in einem belagerten afrikanischen Land gewesen. So viel zu tun, so viele Leben zu formen …«

»Ich strebe immer noch danach, diese hehren Ziele zu erreichen, und Sie tun das gleiche, aber in diesen herbstlichen Tagen verwenden wir unsere Mühen auf die, die bald aus dem Leben scheiden werden, nicht auf die, die es erst beginnen.« Und sie nahm seine Hand, zog sich daran hoch und umarmte ihn.

Auf dem Rückweg zum Gemeinschaftshaus sagte St. Près: »Es gibt Zeiten, wo es nicht von Vorteil ist, bei achtzig zu zwanzig in Ihrem Diagramm zu stehen. Wenn ich bei, sagen wir, fünfundneunzig zu fünf stünde, hätte ich nicht so viel geredet. Ich hätte meinen Standpunkt dargelegt, und dann hätte ich Ihnen eins mit meiner Keule über den Schädel gegeben und Sie in meine Höhle geschleppt.«

Als sie über diese Alternative lachen mußte, sagte er ernst: »Wenn Sie bei neunzig zu zehn lägen, hätten Sie mich aus dem vernünftigen Grund genommen, daß jede Frau einen Mann haben sollte – als Beweis für ihre Fähigkeit, sich einen zu angeln.«

Sie dachte einen Moment über seine Worte nach, dann sagte sie: »Sie könnten recht haben, Richard. Ich war in der Tat so motiviert, als ich meinem jungen Missionar nachstellte. Aber heute …« Sie wollte eigentlich sagen, daß sie reifer geworden sei, doch statt dessen sagte sie: »Ganz gleich wie alt wir werden, wir werden wohl nie so ganz die Urtriebe verstehen, die unser Verhalten letztlich bestimmen.«

Als er sie in ihrem Apartment ablieferte und sah, daß alles nicht nur an Ort und Stelle war, sondern auch genau am richtigen Platz, sagte er mit Wehmut in der Stimme: »Es besteht wirklich kein Grund für Sie, irgend etwas zu verändern, Helen. Die moderne Gesellschaft hat den Ehemann überflüssig gemacht.« Worauf sie, als sie ihn zur Tür geleitete, erwiderte: »Aber nicht die Freundschaft eines Mannes, den ich bewundere.«

»Die Standard-Ausweichantwort: ›Laß uns gute Freunde sein.‹ Das Klagelied des modernen Werbens.« Sie nahm ihn in den Arm und gab ihm einen Gutenachtkuß.

DREI TAGE NACH Weihnachten legten die Mitglieder der Raúl-Jiménez-Tertulia, nun ihres Führers beraubt, so, wie sie es geplant hatten, Hand an das auf Hochglanz polierte Flugzeug und schoben es aus seinem provisorischen Hangar hinaus in Startposition. Fast die gesamte Bewohnerschaft des Gemeinschaftshauses war herausgekommen, die meisten von ihnen mit Kameras bewaffnet, um das Spektakel zu verfolgen. Auch zwei Fernsehteams waren erschienen. Wie schon bei seinem mitternächtlichen Jungfernflug checkte Pilot St. Près die Maschine sorgfältig durch, wobei er einige der Schaulustigen damit verblüffte, daß er sich unter die Maschine kniete und den Ablaßhahn an der Unterseite des Benzintanks öffnete, um den Kraftstoff zu prüfen. Eine winzige Menge Kondenswassers hatte sich gebildet; er ließ es ablaufen, schnupperte an seinen Fingern, um sich zu vergewissern, daß der Rest auch wirklich reines Benzin war, und als dieser Test zu seiner Zufriedenheit ausfiel, konnte es losgehen. Präsident Armitage und Senator Raborn halfen ihm in den Pilotensitz, Max Lewandowski überprüfte ein letztes Mal den Propeller, und dann traten alle von der Maschine zurück. St. Près betätigte den Anlasser, der Motor sprang an, hustete ein paarmal und drehte dann sauber und rund.

Da das Cockpit keine Türen hatte – sie gehörten zur Extraausstattung und konnten bei Bedarf nachgerüstet werden – konnte St. Près, der stolz und hochaufgereckt auf seinem Pilotensitz saß, der jubelnden Menge noch einmal ungehindert zuwinken, bevor er sich seinen Instrumenten für den Start zuwandte. Er ließ sich die Startfreigabe signalisieren, löste die Bremsen und beschleunigte die Maschine. Kurz vor dem Ende der Start- und Landebahn zog er die Maschine hoch, begleitet vom donnernden Applaus von fast zweihundert Mitbewohnern und Schaulustigen aus der nahen Stadt. Dieses Mal flog er jedoch nicht hinaus auf den Golf, sondern blieb auf Sichtweite, damit sowohl die Zuschauer am Flugfeld als auch die aufgeregt aus ihren Fenstern in der Betreuung zuschauenden und mitfiebernden Bewohner von *The Palms* seinen Flug verfolgen konnten.

Und St. Près nutzte die Gelegenheit, um ihnen zu zeigen, was er und das Flugzeug alles konnten. In großen Schleifen über dem Flugfeld kreisend, zog er die Maschine mal hoch, mal runter, flog einmal dicht über die Köpfe der Zuschauer hinweg und zog die Maschine dann wieder steil hoch, in einem Winkel, der diejenigen, die etwas vom Fliegen verstanden, in Staunen versetzte, nur um gleich darauf wieder in atemberaubendem Sturzflug auf das Flugfeld zuzudonnern. Und während das Flugzeug und sein Pilot ihre Fähigkeiten demonstrierten – und die waren wahrlich atemberaubend, wenn man bedachte, wie und unter welchen Umständen das Ding gebaut worden war –, passierte im Bewußtsein der Zuschauer etwas Wunderbares. Das Durchschnittsalter der fünf Männer, die das Flugzeug gebaut hatten, war 79,2 Jahre, das Durchschnittsalter der Bewohner von *The Palms* war vierundsiebzig, doch als die Zuschauer das Flugzeug sahen, das sie in gewisser

Weise mitgebaut hatten, und sich bewußt machten, daß der Pilot in einem Jahr achtzig werden würde, da erfaßte sie eine ungeheure Woge von Glücksgefühl und Stolz. Sie hatten es geschafft! Diese alten Herren, denen viele außerhalb von *The Palms* kaum noch irgendeine Leistung zugetraut hätten, hatten, wie sie es angekündigt hatten, ein Flugzeug gebaut – und es zur Feier des Beginns des neuen Jahres sogar geflogen!

Diese bemerkenswerte Leistung gab allen Zuschauern Auftrieb. Seht! Er fliegt ganz dicht über unsere Köpfe hinweg, um uns zu grüßen! Und ein vielstimmiger Jubelruf brandete auf, als die Menge nach vorn drängte, um zu sehen, wie der Botschafter diesen historischen Flug beenden würde – aber noch war es nicht so weit. Statt zur Landung anzusetzen, zog er die Maschine weit über das Flugfeld hinaus nach Süden, flog eine Kehre, drehte noch einmal einen kompletten Kreis – und aktivierte eine kunstvolle Vorrichtung, die Maxim Lewandowski ausgetüftelt hatte. Als St. Près einen Sperrhaken löste, entrollte sich ein langes Bündel aus dem Heck des Flugzeuges und entfaltete sich im Wind. Es war eine lange weiße Fahne. Als das Flugzeug erneut dicht über den Platz hinwegbrauste, konnten die Zuschauer die Aufschrift lesen: RAÚL Y FELÍCITA. Diesmal brandete jedoch kein Jubel auf; in stillem Salut erwiesen die Bewohner von *The Palms* ihren von Mörderhand ums Leben gekommenen Freunden die letzte Ehre.

St. Près flog eine letzte Kehre, warf einen Blick auf den Luftsack und legte eine blitzsaubere Landung hin. Er ließ die Maschine ausrollen und fuhr sie zurück zum Startpunkt, während die jubelnde Menge zu ihm strömte, um ihn zu beglückwünschen. Als an jenem Abend die Tertulia zusammenkam, mit Lewandowski als Ehrengast, war die am häufigsten gestellte Frage: »Was machen wir jetzt mit dem Flugzeug?« Präsident Armitage hatte eine gute Idee: »Stiften wir es doch einer der technischen Hochschulen! Je früher die Studenten etwas über Flugzeuge lernen, desto besser.« Die Männer klapperten daraufhin mehrere Schulen ab, bis sie ein Junior College mit einem Werkmeister fanden, der bereits einen Flugschein für Kleinflugzeuge besaß. Und in den darauffolgenden Monaten konnten die Bewohner von *The Palms* das Flugzeug gelegentlich am Himmel über den Palmen sehen, und manch einer von ihnen dachte dann an Botschafter St. Près oder Raúl Jiménez.

An seinem letzten Tag in *The Palms* stand Andy früh auf und machte ein letztes Mal die Runde durch die Gänge und Flure aller Gebäude, um sich von den Mitarbeitern zu verabschieden, die ihn so tatkräftig in seiner Arbeit unterstützt und dabei mitgeholfen hatten, daß *The Palms* heute zu sechsundneunzig Prozent belegt war. Gemeinsam hatten sie einen kränkelnden Betrieb in eine Goldgrube verwandelt, eine Leistung, auf die sie mit Recht stolz sein konnten. Obwohl sie um Zurückhaltung bemüht waren, konnte er deutlich sehen, daß sie ihn nur sehr ungern ziehen ließen und daß sie zornig waren über die Umstände, die ihn fortgetrieben hatten.

»Viel Glück in Tennessee!« riefen ihm einige zu, als er vorbeikam, und ein paar gaben ihm noch etwas handfestere Ermunterung mit auf den Weg: »Lassen Sie sich von den Schuften nicht unterkriegen!« Bei diesen Worten dachte er: das ist überhaupt die Pflicht von ehrlichen Männern und Frauen, wo immer sie arbeiten. Es gab immer widrige Kräfte, davon manche natürliche wie Hurrikane und manche wie Clarence Hasslebrook, deren Aufgabe es war, Männer und Frauen guten Willens zu bekämpfen. Niemand entrann ihrem Druck, aber starke Männer und Frauen fanden den Mut, sich gegen sie zur Wehr zu setzen, ganz gleich, was es kostete.

»Wenn Sie das neue Haus so führen, wie Sie dieses geführt haben«, meinte eine Frau, »dann wird es bestimmt ein Erfolg.«

»Das will ich doch hoffen«, sagte Andy, als er das Gebäude verließ und hinaus an die frische, klare Januarluft ging. Er fühlte, wie sowohl seine Lunge als auch sein Geist sich ausdehnten, denn jetzt war er wieder in Kontakt mit der freien Natur. Gewiß, die

Savanne war nicht mehr das, was sie einmal gewesen war, aber die neuen Pflanzungen entlang der künftigen Pfade schienen gut angeschlagen zu sein, und die vier kleinen Seen waren schon voll Wasser. Die Einzelwohnhäuser, die das Angebot von *The Palms* komplettieren und seine finanzielle Zukunft sichern helfen würden, waren schon fast fertiggestellt, und sie sahen gar nicht mal so übel aus: »Wenn da erst Leute drin wohnen und um sie herum das Gras sprießt, werden sie sich ganz gut machen.« Er mußte leise schmunzeln: »Mein Nachfolger wird die Savanne nie gesehen haben, und er wird nie wissen, was für ein herrliches Stück Natur sie war. Er wird sie nie vermissen, aber ich bin froh, daß *Sheltering Hills* von Bäumen und Seen und Bergen umgeben ist, die zumindest uns überleben werden. Danke, Herr, für diesen herrlichen Nationalpark und unsere dreizehnhundert Morgen. Wenn wir die verschandeln würden, müßten wir uns wirklich schämen.«

Er mußte schlucken, als er zu den Trümmern von Richter Nobles verwaistem, in Beton verankertem Stuhl kam, und er setzte sich eine Weile darauf und rief sich im Geiste noch einmal den Richter und seine Vögel vor Augen. Natürlich fanden sich sofort die Möwen ein und schimpften ihn laut aus, weil er kein Futter für sie mitgebracht hatte, und auch die Silberreiher und die Blaureiher kamen herbeistolziert, um sich zu vergewissern, ob er vielleicht vorhatte zu angeln. Pelikane tauchten im Kanal, und zu seiner Freude planschte eine Seekuh-Nachzüglerin faul die warme Strömung hinauf, ihrem regulären Refugium entgegen.

»Ich hatte ein gutes Jahr hier, dank der Vögel und der Seekühe. Meine besten Empfehlungen!« Und mit Bedauern dachte er: Lebt wohl, alte Freunde! So was wie euch gibt es in Tennessee nicht. Und er fragte sich, was er dort wohl vorfinden würde. Er war sicher, daß es in diesem Naturparadies wilde Tiere gab, die er genauso wunderbar finden würde wie die Pelikane und die Seekühe.

Ein kurzer Abstecher nach links brachte ihn zum Smaragdteich, der ihn in seinen ersten Tagen in *The Palms* so sehr in seinen Bann geschlagen hatte. Er setzte sich auf einen grasbewachsenen Hügel, von dem aus er einen schönen Blick auf das klare Wasser hatte, und bereitete sich auf die beiden schwierigen Gespräche vor, die er vor seiner Abreise noch würde führen müssen. Ohne große Hoffnung, diese Gespräche zu einem erfolgreichen Abschluß bringen zu können, erhob er sich wieder, straffte sich und marschierte zurück in sein Büro.

Das erste Gespräch war mit Helen Quade, und als die feine Frau, die bei allem, was sie tat, stets Würde und Anmut ausstrahlte, in sein Büro trat, sagte er in fast flehendem Ton: »Helen, ich hoffe, Sie haben es sich noch einmal anders überlegt und kommen doch mit uns nach Tennessee.«

Sie lächelte, als wäre sie eine Lehrerin und er ihr Schüler, und sagte dann mit ruhiger, fester Stimme: »Nein, Andy, ich kann nicht mit euch gehen.«

»Warum nicht?« ließ er nicht locker.

»In den letzten Tagen, seit Sie mir diesen Vorschlag unterbreitet haben, habe ich das, an was ich glaube, als Mensch betrachtet, nicht als Geistliche, und mir ist dabei klar geworden, daß ich wie all die anderen bin, die hier leben. Ich kam hierher, um ein Leben, das bis heute überwiegend schön gewesen ist, auf eine spirituell befriedigende Weise zu beschließen. Und daß es bis zum Ende so schön bleibt, dafür werde ich kämpfen wie Berta Umlauf. Ich bin zuversichtlich, daß ich mehr Glück haben werde als sie. Aber ich bin wie der gute Raúl Jiménez, der von seinen Feinden niedergeschossen wurde. Oder wie der treue Muley Duggan, der seine geliebte Frau bis zum Ende voller Hingabe gepflegt hat. Und ich bin wie all die klugen Witwen, die still hierherkommen, um den Kummer über den Verlust ihres Ehemannes zu verwinden. Andy, ich bin eine aus dieser anständigen, liebenswerten Schar; ich bin ein wichtiger Teil von ihr, und ich bezweifle, ob ich etwas von ebensolcher Bedeutung in Tennessee finden könnte.« Sie hielt inne, schaute ihn mit Tränen in den Augen an, und sagte: »Ich bin Mitte siebzig, Andy, und ich habe nicht mehr die Kraft, um mir eine neue Herde aufzubauen.« Sie wedelte mit den Händen, so als wolle sie den unwürdigen Gedanken, aufzugeben, ungesagt machen. »Natürlich hätte ich die Kraft. Ich werde sie haben bis zu dem Tag, an dem ich sterbe, aber ich habe Jahre meines Lebens investiert, um mir hier einen Hafen zu schaffen, und hier werde ich bleiben, bei meinen Freunden und Freundinnen, und gemeinsam mit ihnen werde ich erleben, wie wir mit jedem Tag älter werden und wie mit jedem Monat einige von uns hinfällig werden und mit jedem Jahr einige von uns sterben. Das war das große Abenteuer, in das ich mich einließ, als ich vor einigen Jahren hierherkam, und mit dem ich jetzt zufrieden bin.«

Sie stand auf, wünschte ihm und Betsy viel Glück und alles Gute in ihrem neuen Heim und fragte dann: »Andy, würden Sie mir gestatten, ein Gebet für uns beide zu sprechen?«

»Bitte.«

»Lieber Gott, Andy und ich waren stets Partner in dem Bestreben, Anstand und Ordnung in dieses Haus zu bringen. Wir haben Triumphe und Mißerfolge erlebt, Augenblicke großer Freude und tiefer Trauer, aber wir hatten Glück und Erfolg. Bitte gib uns auch in Zukunft die Kraft, die wir brauchen, um dein Werk zu tun, indem wir unseren Freunden helfen, ihr Leben auf eine Weise zu beschließen, die dein Wohlgefallen findet – er bei seiner neuen Aufgabe in Tennessee, ich hier in Florida.« Als ihre letzten Worte wie ein Wispern verklangen, nahm sie Andys Hände, zog ihn an sich und gab ihm den Kuß der christlichen Nächstenliebe. Dann klopfte sie ihm kräftig auf die Schulter und rief: »So, und jetzt ab mit Ihnen! Ihr Job hier ist beendet – und gut beendet.« Sie wandte sich zum Gehen, doch an der Tür drehte sie sich noch einmal um und grinste schelmisch. »Wie ich höre, hat Clarence Hasslebrook sich ein Zimmer in dem Dorf gleich in der Nachbarschaft Ihres neuen Seniorenheims gemietet.« Als Andy leicht zusammenzuckte, fügte sie hinzu: »Er ist ein Dummkopf, aber vergessen Sie nicht, er hat grundsätzlich auch recht. Das Leben *ist* heilig, und manchmal brauchen wir Leute wie ihn, die uns alte Menschen beschützen.«

»Aber müssen sie unbedingt so sein wie dieser Hasslebrook?«

»Gott benutzt für sein Werk mitunter seltsame Werkzeuge.

Machen Sie's gut!« Sie hob die rechte Hand, um Andy und seine neue Aufgabe zu segnen.

Sein nächstes Gespräch war mit Bedford Yancey, seinem genialen Physiotherapeuten, und als der schlaksige Georgier hereinkam, kam Zorn ohne Umschweife zur Sache: »Yancey, wir brauchen Sie in Tennessee. Und Sie hätten dort eine Menge Vorteile gegenüber hier: neue Gebäude, einen riesigen Gymnastikraum, neueste Geräte mit allen Schikanen, und außerdem würden Sie mehr Geld verdienen als hier. Was meinen Sie?«

»Wie ich schon vorher sagte, Dr. Zorn. Ich kann's nicht machen.«

»Ich verstehe immer noch nicht, warum«, sagte Andy, und er war geradezu schockiert, als er hörte, wie simpel die Antwort war: »Das mag ja alles so sein, wie Sie sagen, aber Tennessee hat einen schweren Nachteil.«

»Und der wäre? Vielleicht können wir ihn korrigieren.«

»Keines der großen Baseballteams trainiert dort. Im näheren Umkreis von Tampa gibt es hingegen einige davon. Und ich muß hier bleiben, um den Kontakt zu ihnen nicht zu verlieren.« Er machte eine Pause, doch bevor Andy tiefer bohren konnte, sagte er: »Ich liebe Baseball. Ich liebe den Kontakt mit den Profis. Ich werde bleiben, wo ich bin, und Ella denkt genauso.«

Auch wenn es ihm nun zweimal nicht gelungen war, hochgeschätzte Kräfte seines Personals dazu zu überreden, mit ihm nach Tennessee zu kommen, konnte er sich doch mit der Genugtuung trösten, daß seine wertvollste Mitarbeiterin die Reise nach Norden mit ihm antreten würde; denn an dem Tag, an dem Betsy und er sich entschlossen hatten, das Angebot anzunehmen, waren sie an Nora herangetreten und hatten gesagt: »Wir brauchen Sie in der neuen Einrichtung. Besonders und gerade Sie, denn dort oben werde ich wieder als Arzt tätig sein, nicht als Manager eines Luxushotels für Senioren. Für diesen Aufgabenbereich werden wir jemand anderen einstellen. Ich möchte Sie als Oberschwester gewinnen, und ich bin sicher, wir zwei werden gemeinsam das neue Haus in Tennessee zur besten Ruhestandseinrichtung in den gesamten Vereinigten Staaten machen. Genauso, wie es unser Prospekt verspricht: »Volle medizinische Betreuung für den Rest Ihres Lebens.«

»Klingt aufregend«, hatte sie geantwortet, »aber ich lasse ungern Dr. Leitonen und meine AIDS-Patienten im Stich.«

»Keiner versteht das besser als ich. Aber da oben wartet bestimmt auch jede Menge Arbeit, und ich bin sicher, Sie werden sie finden.« Nach kurzem Zögern hatte sie eingewilligt mitzukommen.

Jetzt, an ihrem letzten gemeinsamen Arbeitstag in *The Palms*, versprach Andy ihr: »Wir werden das Beste vom Besten aus der neuen Einrichtung machen, und Sie und ich werden viel Freude an unserer gemeinsamen Arbeit zum Wohle der Patienten haben.«

Auf seinem Weg nach unten zur Eingangshalle wurde er von einem Abschiedskomitee von Bewohnern aufgehalten. Die Abordnung bestand aus vier Bewohnern des Gemeinschaftshauses, die ihm besonders ans Herz gewachsen und die ihm zu Dank verpflichtet waren: die Mallorys, für die er bei ihrem Prozeß ausgesagt hatte; Ms. Oliphant, der er bei ihrem Kampf gegen den Krebs zur Seite gestanden hatte; und die Gräfin, deren Temperamentsausbrüche er stets mit Humor genommen hatte. »Wir wünschten, wir könnten mit Ihnen kommen«, sagte Ms. Oliphant, und die beiden anderen Frauen begannen verdächtig zu schniefen. Mr. Mallory scherzte: »Sind Sie nicht froh, daß Sie uns wieder aufgenommen haben, nachdem wir uns dreimal so danebenbenommen hatten?« Und die Gräfin fragte schüchtern: »Wir haben die Ehre des Hauses verteidigt, nicht wahr?«

Er umarmte sie alle nacheinander, bekam selbst feuchte Augen und sagte: »Dies ist eine wunderbare Art, Lebewohl zu sagen. Ich wünsche Ihnen allen, daß Sie hundert Jahre alt werden!« Und er wandte sich um und floh.

Als er sich zu Betsy und Nora in den Wagen setzte, hatte er sich wieder gefaßt, und er war bereit, endgültig Abschied zu nehmen.

Als er den Wagen anließ und zum letztenmal um das Oval fuhr, kam Krenek aus dem Haus gelaufen und rannte quer über den Platz, um ihn abzufangen, bevor er zum Tor hinausfuhr. »He! Andy! Ich wollte Ihnen noch einmal auf Wiedersehen sagen und Ihnen alles Gute wünschen. Sie waren einer der Besten.«

»Ich dachte, wir hätten uns eigentlich gestern abend beim Abendessen schon gebührend voneinander verabschiedet, aber ich freue mich, daß Sie trotzdem noch mal gekommen sind. Ken, Sie waren ein ausgezeichneter Assistent, und wie ich schon sagte, Sie sind reif für eine leitende Position. Richten Sie das Taggart von mir aus.«

Krenek wollte davon nichts hören: »Andy, Sie müssen das doch gesehen haben: Ich bin wie geschaffen dafür, ein verdammt guter zweiter Mann zu sein, einer, der dem großen Boß hilft, seine Ziele durchzusetzen. Alles, was darüber hinaus geht, macht mich nur nervös.«

»Sie meinen, Sie würden meinen Posten ausschlagen?«

»Ja. Ich möchte, daß alles beim alten bleibt.« Er lehnte sich durch das Seitenfenster in den Wagen, um den beiden Frauen ein letztes Mal Lebewohl zu sagen, und als er zurück zum Haus ging, sagte Betsy: »Er ist so ein feiner Kerl; ich werd' ihn echt vermissen.«

Schließlich fuhren sie auf die wunderschöne Allee mit den himmelsstrebenden Palmen zur Linken und einem »entflohenen« brasilianischen Pfefferbaum, der sich zwischen den Oleanderbüschen versteckte, zur Rechten, und als Betsy die leuchtenden roten Beeren sah, rief sie: »Halt mal an, Andy!« Und unter Zuhilfenahme ihres Stocks ging sie über das an dieser Stelle sehr unebene Gelände zu dem Pfefferbaum und brach einen Zweig ab, der über und über mit roten Beeren bedeckt war. Wieder im Auto, sagte sie: »Ich wette, die halten sich bis Tennessee; dann haben wir gleich für die ersten Tage einen schönen Schmuck, der uns den Übergang ein wenig leichter macht. Fahren wir!«

Aber Andy fuhr noch nicht sofort los, denn auch ihm war plötzlich ganz wehmütig ums Herz bei dem Gedanken, daß dies vielleicht das letzte Mal in seinem Leben war, daß er die majestätischen Palmen sah, mit ihrem grünen Glorienschein um den Wipfel. Und als sie schließlich *The Palms* endgültig hinter sich ließen, blickten sie noch lange zurück zu den hoch aufragenden Palmen, die der Stätte, der sie jetzt für immer den Rücken kehrten, ihren Namen gegeben hatten.

Als die drei Heimatlosen die Grenze nach North Carolina erreichten – den Great Smoky National Park gleich nebenan im Westen – lächelte Betsy geheimnisvoll und schmunzelte, und als die anderen fragten, was es denn so Lustiges gebe, sagte sie: »Der schwebende weiße Engel, und wie er die Aufmerksamkeit vom wirklichen Einbrecher abgelenkt hat.«

»Was weißt du von dem Engel?« fragte Andy, und Betsy sagte: »Der war meine Erfindung. Ich hab' ihn mir ausgedacht, und ich finde, er war wirklich eine tolle Idee. Ein richtiger Engel! Zwei Zeugen haben ihn unabhängig voneinander gesehen, nicht? Und andere haben ihn auch gesehen ...«

»Nun komm, spann uns nicht auf die Folter, erzähl schon!« sagte Andy.

»Das Schicksal der armen Berta Umlauf ist mir so nahegegangen. Ich habe selbst dem Tode ins Auge gesehen und viel nähere Bekanntschaft mit ihm gemacht, als ihr euch überhaupt denken könnt.

Der Tod ist deshalb für mich etwas sehr Reales, und als ich sah, wie diese tapferen Umlaufs bei jedem Schritt, den sie unternahmen, um ihrer Mutter zu helfen, in Frieden zu sterben, jedesmal eins drüberkriegten, da begann mir vor Wut das Blut zu kochen. Und ich meine das so, wie ich's sage. Mein Temperament erreichte den Siedepunkt, als ich hörte, wie Gretchen Umlauf sich hatte übergeben müssen, nachdem sie ihre Schwiegermutter gesehen hatte, ans Bett gefesselt und von all diesen Schläuchen und Maschinen umgeben, und da entschloß ich mich, ihr zu helfen. Ich sorgte dafür, daß Gretchens Sohn sie durch eine selten benutzte Hintertür in die Intensivpflege schmuggeln konnte. Dabei kam mir die zündende Idee mit dem Engel, und ich sagte zu ihr:

›Lassen Sie es uns so mysteriös wie möglich machen‹, und ich gab ihr ein hauchdünnes Nachthemd, eins mit Spitzen und Rüschen, das mir eine gute Freundin geschenkt hatte, als ich dachte, ich würde für den Rest meines Lebens bettlägerig bleiben. Als ich Gretchen hineinhalf, küßte ich sie und sagte: ›Denken Sie dran, Sie tun Gottes Werk.‹ Und das tat sie ja auch wirklich: ein Engel, der einer lieben Frau, alt und verbraucht, half, in den Himmel zu kommen, so wie Gott es für sie vorgesehen hatte.«

Unvermittelt klatschte sie in die Hände und rief: »Zur Hölle mit Clarence Hasslebrook und seinen Machenschaften! Wir werden ihm zeigen, daß wir gewillt sind zu kämpfen. Manchmal gewinnen die Guten ja wirklich.«

Als die drei Menschen, die für die Geschicke von *Sheltering Hills* verantwortlich sein würden, sich der Markierungslinie zwischen den Staaten näherten, überraschte Betsy die anderen damit, daß sie Andy bat, anzuhalten, damit sie aussteigen könne. Als sie dort stand, mit ihrer Krücke, sagte sie leise: »Letztes Frühjahr verließ ich Tennessee als hoffnungsloser Krüppel, der bereit war zu sterben. Und jetzt gehe ich auf meinen eigenen Beinen zurück in meinen geliebten Staat, zu allen Schandtaten bereit!« Und von dieser entschlossenen Stimmung beseelt überquerten die drei die Grenze nach Tennessee.

EINEN TAG NACHDEM Zorn abgereist war, wurde Richard St. Près gleich nach dem Aufwachen bewußt, daß etwas nicht in Ordnung war. Als er die Morgenzeitung aufschlug, stellte er fest, daß der graue Star in seinem linken Auge sich so verschlimmert hatte, daß er das Gedruckte nur noch mit größter Mühe lesen konnte. Er geriet indes nicht in Panik, denn man hatte ihn gewarnt, daß es wahrscheinlich zu einer allmählichen Verschlechterung kommen würde, mit der sich durchaus umgehen lassen würde, aber es irritierte ihn doch, denn es kündigte die unvermeidliche Verringerung der Sehfähigkeit bis zu dem Tag an, an dem er um eine Augenoperation nicht mehr umhinkommen würde.

Er versuchte sich selbst aufzumuntern: »Es besteht kein Grund zur Beunruhigung. Du gehst um neun in die Praxis des Augenarztes, läßt dich operieren, und um elf bist du wieder draußen, setzt dich ins Auto und fährst nach Hause. Kein Vergleich mehr mit früher, als man im Bett liegen mußte und sie einem den Kopf mit Sandsäcken fixierten, damit man ja nicht wackelte.« Doch als seine Sehschwäche sich während des Lesens immer noch mehr zu verschlimmern schien, kam er zu dem Ergebnis: »Ich sollte zu Dr. Farquhar gehen, damit der sich das mal anguckt.«

Als es an der Zeit für ihn war, sich für eine morgendliche Besprechung anzukleiden, bei der er die Bewohner von *The Palms* in einem Disput mit der Verwaltung vertreten sollte – es ging um eine Erhöhung der monatlichen Beiträge –, begann er, seine Krawatte zu binden – ein Ritual, das er schon Tausende von Malen abgespult hatte. Es war mehr als fünfzig Jahre her, daß einer seiner Kommilitonen in Harvard, der dafür berühmt gewesen war, daß er stets wie aus dem Ei gepellt auftrat, bemerkt hatte, daß St. Près sich seinen Schlips mit einem einfachen Knoten band, der immer leicht schief geriet. »Richard, mein lieber Freund«, hatte er ihn getadelt, »hat dir niemand beigebracht, wie man eine Krawatte richtig bindet?« Und dann hatte er ihm vorgeführt, wie man einen doppelten Windsor-Knoten bindet – ein kompliziertes Manöver, bei dem man mit der rechten Hand das lange Ende des Schlipses kunstvoll unter und über und um das kurze Ende herumpfriemelte, mit gleichwohl sehr ansehnlichem Ergebnis: »Na, was sagst du jetzt? Siehst du, der Knoten ist vollkommen symmetrisch und sitzt genau über deinem Adamsapfel, und er ist oben breit und verjüngt sich sauber und gleichmäßig nach unten. Voilà! Jetzt bist du ein Gentleman.«

Von dem Tag an hatte St. Près die komplizierte Prozedur stets peinlich befolgt und war zufrieden gewesen, wenn seine Seidenkrawatten, für die er viel Geld ausgegeben hatte, stets vor der

Welt und vor den Fernsehkameras ein gutes Bild abgaben. Doch als er an diesem Morgen wie üblich den Knoten binden wollte, schien er plötzlich auf rätselhafte Weise vergessen zu haben, welche Operationen er mit der rechten Hand durchführen mußte. Das lange Ende der Krawatte verhielt sich nicht so, wie es eigentlich sollte, und der Knoten mißriet. Leicht irritiert und mit einem ärgerlichen Grunzen machte er den Knoten wieder auf, strich die Enden der Krawatte glatt und begann von neuem, doch diesmal verhedderte er sich in einem Phänomen, das viele ansonsten fähige Männer und Frauen bisweilen befällt: Als er versuchte, sich das, was im Laufe von fünfzig Jahren zu einem alltäglichen Routinevorgang geworden war, der kein Nachdenken erforderte, gedanklich zu veranschaulichen, mußte er zu seiner Verblüffung erleben, daß er vollkommen blockiert war. Sein Hirn war nicht in der Lage, mit seinen Fingern synchron zu gehen; im Gegenteil, seine Finger brauchten gar keine bewußten Anweisungen vom Gehirn, und wenn dennoch welche kamen, verwirrten sie die Finger mehr, als daß sie sie anleiteten.

Erneut gelang es ihm nicht, die simple Routinehandlung zu Ende zu bringen, und der Knoten mißriet wie schon beim ersten Versuch.

Wieder löste er ihn, zog die Enden der Krawatte glatt, und diesmal sagte er sich jeden einzelnen Schritt laut vor, als wäre er wieder ein kleines Kind: »Die rechte Hand mit dem langen Ende ist die wichtige. Erst drüber, dann einmal drum herum, dann straff ziehen, damit der Knoten schön fest und gleichmäßig wird. Dann unter dem kurzen Ende durch, erneut einmal drum herum, dann einmal um den Knoten rum, dann von oben durchschieben, unten rausziehen und straffzurren. Fertig.« Mit kindlichem Stolz den fertigen Knoten, der perfekt war wie immer, begutachtend, beglückwünschte er sich: »Na also! Es war also doch kein so großes Problem!«

Doch dann starrte er sich im Spiegel an und lachte nervös, denn er erinnerte sich plötzlich wieder, wie er als Pfadfinder im Sommerlager in Vermont vom Fähnleinführer getadelt worden war: »Richard, aus dir wird nie ein richtiger Pfadfinder werden, wenn du nicht lernst, wie man einen richtigen Knoten bindet – nicht so einen Altweiberknoten, wie du ihn machst. Siehst du nicht, wie er sich auseinanderzieht, so, wie du ihn bindest? Dabei ist es so leicht!«

»Wie geht das denn?« hatte Richard gefragt, und sein Fähnleinführer hatte es ihm vorgeführt: »Die rechte Hand führt. Die linke Hand bleibt ruhig, bewegt sich nicht. Rechte Hand drunter her, dann wieder zurück – so – festziehen, und schon hast du einen perfekten Knoten.« Das Lächeln im Spiegel verflog, und an seine Stelle trat ein Ausdruck von Angst: »Fang' ich langsam an abzubauen? Eine simple Kleinigkeit wie das Binden einer Krawatte, und ich wäre fast daran gescheitert. Er betrachtete sein Gesicht im Spiegel und machte eine Art Bestandsaufnahme: Das Haar wird schütter und immer weißer. Die Zähne werden dunkler und paradontotisch. Die Nase nimmt nicht mehr so viel Sauerstoff auf wie früher, mit dem Ergebnis, daß die Lunge nicht mehr so leistungsfähig ist. Die Pumpe scheint noch ganz okay, aber die Beine werden schwächer, und dieser verdammte graue Star verschlimmert sich schneller, als mir lieb ist. Doch alles in allem betrachtet, ist die Lage noch nicht ganz hoffnungslos. Ich kann immer noch aufrecht stehen und sehe kein Stück schlechter aus als viele, die zehn Jahre jünger sind als ich.«

Doch dann kehrten die Zweifel zurück: Ob das Fiasko mit dem Schlipsknoten irgendeine Bedeutung hat? Ich meine, war es ein Vorzeichen, ein Signal dafür, daß der Zerfall jetzt wirklich rasch voranschreitet? Die Frage war so beunruhigend, daß er mehrere Minuten stumm dastand und in den Spiegel starrte, und je intensiver er sich betrachtete, desto mehr bekam er es mit der Angst zu tun – so sehr, daß er Präsident Armitage anrief und sich für die Konferenz entschuldigte: »Ich fühle mich ein bißchen unwohl, nicht so richtig fit. Ich brauche frische Luft.«

Als er sich anschickte, sein Apartment zu verlassen, fiel sein Blick zufällig noch einmal auf sein Spiegelbild, und mit einer brüsken Handbewegung wischte er es beiseite: Ich bin so gut, wie ich es gerechterweise erwarten kann, sagte er zu sich selbst. Einer plötzlichen Eingebung folgend, zog er die Krawatte wieder aus, befreite sich von seinem Hemd, zog die schwarze Hose und die feinen Schuhe aus und schlüpfte statt dessen in seine »Afrikakluft«: derbe Busch-Schuhe, Khakihose, grobes Hemd, Schal, breitkrempiger Filzhut. In diesem Aufzug schritt er forsch zur Tür hinaus, schlenderte den Flur hinunter, stieg in den Aufzug und fuhr ins Erdgeschoß. Zu seiner Erleichterung begegnete er unterwegs niemandem, dem er hätte erklären müssen, was er vorhatte.

Als er das Gemeinschaftshaus verließ und sich auf den Weg zu seiner geliebten Savanne machte – oder dem, was noch von ihr übriggeblieben war –, begannen die Möwen sich sofort in der Luft zu versammeln. Als sie nach kurzer Zeit merkten, daß er ihnen nichts zu fressen mitgebracht hatte, wurden sie wütend und stießen kreischend herab, um ihn zu ärgern. Ein paar sausten so dicht über seinen Kopf hinweg, daß sie fast seinen Safarihut berührten.

Zwei von ihnen kamen ganz niedrig aus verschiedenen Richtungen auf ihn zugeschossen; mit ihren stromlinienförmigen Körpern erinnerten sie ihn unwillkürlich an die japanischen Kamikazeflieger, die damals bei Okinawa versucht hatten, seinen Kreuzer zu versenken. Diese aus billigsten Materialien gebauten Flugzeuge, die mit unglaublich großen Mengen von Sprengstoff vollgepackt waren, wurden von furchtlosen jungen Männern geflogen, welche die Aufgabe hatten, sich auf die amerikanischen Kriegsschiffe zu stürzen und sie zu zerstören – wobei sie natürlich selbst mit draufgingen. An jenem hektischen Morgen hatten so viele von ihnen sein Schiff attackiert, daß in seiner Phantasie der Himmel sich jetzt nicht mit Seemöwen füllte, sondern mit kreischenden japanischen Kampfflugzeugen, und er war wieder in Uniform und kämpfte gegen den Feind.

Ein Vogel, besonders wütend darüber, daß St. Près mit leeren Händen gekommen war, machte in der Luft kehrt und flog direkt auf ihn zu, und seine Bewegungen ähnelten denen eines Kamikazeflugzeugs so sehr, daß St. Près schrie: »Er ist es! Der, der uns um ein Haar versenkt hätte!« Und er ballte die Hände zu Fäusten, so als wolle er noch einmal die Flugabwehrkanonen auf seinem Kreuzer abfeuern. Der Kamikazeflieger schien unverwundbar, denn er flog mitten durch einen mörderisches Sperrfeuer von Flakgeschossen und kam immer näher heran. Doch im letzten Moment trafen ihn mehrere der Geschosse und warfen ihn aus der Bahn; er raste über das Schiff hinweg, es knapp verfehlend, und explodierte im Meer.

In der fatalen Sekunde, als das Flugzeug an seinem Ziel vorbeischoß, erhaschte St. Près einen Blick auf den Piloten, einen Jungen von höchstens siebzehn Jahren. Einen Augenblick später stürzte er unverrichteter Dinge ins Meer und fand den Tod. Als St. Près mit einer unwillkürlichen Handbewegung die heranjagende Möwe abwehrte, behielt er die Hand für einen Moment oben und beendete die Geste mit einem Ehrensalut an den jungen Piloten, der um Haaresbreite den Kreuzer zerstört hätte.

Er befand sich jetzt am Rande jenes Bereiches der einstigen Savanne, der den Regionen Afrikas ähnelte, welche ihn immer am meisten beeindruckt hatten, den großen Veldtgebieten südlich des Kongos. Als er auf das vernarbte Land starrte, von dem alle Vegetation getilgt war, sah er im Geiste wieder jene endlose Weite aus dornigem Gestrüpp, beerenbehangenen Büschen und verkrüppelten Bäumen vor sich, die er so oft durchwandert hatte, und als er diese Formen wie graugrüne Geister aus dem verödeten, kahlen Land aufsteigen sah, erinnerte er sich an jene hektischen, ereignisreichen Tage, in denen er aus der Hand von Präsident Truman seine Verdienstmedaillen verliehen bekommen hatte, als noch recht junger Missionschef an einem amerikanischen Konsulat in einem der kleineren afrikanischen Staaten, die aus den ehemaligen belgischen Besitzungen am Kongo hervorgegangen waren.

Und so kam es, daß an diesem Morgen der Besinnung und der Bewertung Richard St. Près bedeutungsschwangeren Boden überquerte. Ein Stück südlich von der Stelle, an der er das Ödland betreten hatte, das inzwischen von den Bulldozern vollständig umgestaltet worden war, konnte er Flächen sehen, die nicht völlig kahlgerodet worden waren, und auf die steuerte er jetzt zu. Das könnte wirklich fast Afrika sein, dachte er. Das niedrige Gestrüpp dort vorne. Die brasilianischen Pfefferbäume. Die vereinzelt stehenden Bäume hier und dort, kurz, aber voll im Wuchs. Ich habe Heimweh. Es heißt, daß jeder, der im Ausland gedient hat, sich am klarsten an die Stelle erinnert, wo es am rauhesten war. Ich denke zehnmal öfter an Afrika zurück als an die rauschenden Ballnächte in Wien.

Doch kaum hatte er das gesagt, da fielen ihm sofort wieder die wundervollen Nächte in der österreichischen Hauptstadt ein und das ruhmreiche Opernhaus, wo die großen Sänger der Welt in berühmten Opern wie *Die Meistersinger*, *Lohengrin* und *Aida* gesungen hatten. Das war ein Leben! Feste bei Demel und im Bristol! Was für eine glorreiche Vielfalt mir doch beschieden war: Kamikazeflieger bei Okinawa, wo ich beweisen mußte, ob ich ein ganzer Kerl war oder nicht. Die Tour durch Afrika, wo ich den Nachweis erbrachte, daß ich eine abgeschiedene Mission leiten konnte. Und Wien, wo ich beweisen konnte, daß ich das Zeug dazu hatte, eine ausgewachsene Botschaft zu leiten.

Tränen kamen ihm in die Augen, als er sich an den Tod seiner Frau erinnerte, aber er wischte sie schnell wieder weg. Ich schäme mich meiner selbst, dachte er. Die Zweifel heute morgen. Die plötzlichen Bedenken. Natürlich werde ich älter, aber, um Gottes willen, Richard, tu es mit Stil und Würde. Laß dir dein verdammtes Auge reparieren. Schreib deinen alten Kumpeln. Lade den Engländer, der sich in Afrika so prächtig verhalten hat, auf einen Besuch ein. Mach voran damit, Mann! Beende die Sache mit Stil! Denk dran, was der Fähnleinführer dich gelehrt hat: »Binde niemals einen Altweiberknoten, der gleich wieder auseinandergeht. Binde einen gescheiten Knoten, den selbst zehn Pferde nicht mehr auseinanderkriegen.«

Er war auf seiner Wanderung inzwischen nahe an die Stelle gekommen, wo der Smaragdteich sich zwischen die niedrigen Bäume und das Gestrüpp schmiegte. »Wenigstens ein bißchen

Vegetation haben sie stehen lassen«, sagte er zu sich, und als er sich der Stelle näherte, sah er, daß die Überreste ungeachtet des Kahlschlags um sie herum wuchsen und gediehen. Als er noch näher kam, spürte er, wie er richtig Angst davor bekam, daß auch der Teich selbst womöglich inzwischen in Mitleidenschaft gezogen war, die Landschaft um ihn herum ebenfalls umgepflügt, alles Getier verjagt, doch zu seiner Erleichterung sah er, daß zumindest ein klein wenig von der einst so wilden Landschaft bewahrt worden war. Da lag der Teich, nach wie vor smaragdgrün schimmernd, und an den Rändern wuchsen immer noch ein paar Sträucher und ein bißchen Gras.

Als er die traurigen Überreste dieser einst so üppig wuchernden Oase betrachtete, mußte er an die vielen Veränderungen denken, die er in seinem Leben erlebt hatte: die radikalen Veränderungen auf der Landkarte Afrikas, den Untergang des Kommunismus, den allmählichen Aufstieg Chinas zur Weltmacht, den Aufstieg Japans und Deutschlands als bedeutende Konkurrenten der Vereinigten Staaten und den traurigen Niedergang der amerikanischen Wirtschaft, mit dem zugleich ein eklatanter Verlust an nationaler Führungskraft einherging. »Es war ein rauher Ritt«, sagte er laut, »aber ich möchte ihn nicht missen.«

Als seine Worte durch die Stille hallten, hörte sie eine langjährigen Bewohnerin des Areals rings um den Teich, und die wurde sogleich aufgeschreckt von dem unerwarteten Geräusch. Es war die Klapperschlange, welche die vergangenen Monate höchst beunruhigend gefunden hatte. Ihren Versuch, der großen blauen Reihermutter ihre Küken zu stehlen, hatte sie mit bösen Verletzungen bezahlt, und selbst auf ihrem Rückzug war sie immer wieder von dem Reihermännchen attackiert worden. Wochenlang hatte sie nicht ein Kaninchen gefangen, ja, nicht einmal eine Maus, und die furchterregenden, lärmenden Maschinen, welche die Erde aufrissen, waren ihrem Bau, in dem sie so viele Jahre ihres Lebens verbracht hatte, gefährlich nahe gerückt.

Die vielen Erschütterungen und Rückschläge hatten sie in gereizte Stimmung versetzt; deshalb vernahm sie die nahenden

Schritte dieses neuen Eindringlings – es war eines dieser Menschenwesen, die sie im Laufe der Jahre immer wieder beobachtet hatte, wenn sie an ihrem Bau vorbeigekommen waren – mit wachsender Sorge. Um sich gegen einen eventuellen Angriff zu wappnen, rollte sie ihren muskulösen Leib zu einer straff gespannten Feder auf, bereit, mit ungeheurer Wucht vorwärtszuschnellen, wenn sie das Gefühl hatte, angreifen zu müssen, bevor der andere sie angriff. In dieser Haltung wartete sie, kaum atmend, damit nicht das leiseste Geräusch den Eindringling warne.

Immer näher kamen die schweren Stiefel. Der nächste Schritt würde das Terrain berühren, in dem die Klapperschlange wartete, und als im nächsten Moment einer der riesigen Füße sich auf sie zubewegte, als wolle er sie tatsächlich treten, aktivierte die Schlange die Rassel an ihrer Schwanzspitze und schnellte vorwärts. Wie ein Geschoß raste der Kopf mit den gebleckten Fangzähnen auf den Unterschenkel des Eindringlings zu. Im Bruchteil einer Sekunde, während das morgendliche Sonnenlicht den langen, dicken Körper des Reptils aufblitzen ließ, bohrten sich die Zähne tief in die Wade direkt über St. Près' Buschstiefel, entluden ihre tödliche Fracht und zogen sich wieder zurück.

Der völlig ahnungslose St. Près gewahrte die Schlange nur ganz kurz, als ihr Kopf durch die Luft auf ihn zugeschossen kam, aber er sah ganz deutlich, wie er gegen sein Bein stieß, und er spürte, wie die Zähne sich in sein Fleisch bohrten. Und als die Schlange sich wieder zurückzog, verspürte er ein seltsames Pochen in seinem Bein, das sich rasch nach oben ausdehnte.

Als er sein linkes Bein packte und auf die betroffene Stelle drückte, als wolle er die Wirkung des Gifts eindämmen, fiel er rückwärts auf einen grasbewachsenen kleinen Hügel, der fast die Form eines Sessels hatte. »So soll es also enden?« fragte er sich ruhig, während er zuschaute, wie das Gras sich bewegte, als die Klapperschlange davonglitt, und er hatte den Mut zu antworten: »So weit vom Krankenhaus entfernt! Ich bezweifle, daß ich's bis dahin schaffe.« Dann, ganz der besonnene Wissenschaftler, der er immer gewesen war, wenn auch nur ein begeisterter Laie, überlegte er kühl: Sie schien mir ziemlich dick zu sein. Dick wie mein Arm. Die muß eine Menge Gift –

Er dachte den Gedanken nicht zu Ende; denn das Gift, das die riesige Schlange in ihn hineingepumpt hatte, kroch bereits auf sein Herz zu. Eine lähmende Schwäche begann seinen Körper zu erfassen, als das Gift durch seine Adern strömte und den Sauerstofftransport blockierte. Er wußte, daß er keine Überlebenschance hatte. Er gab sich einen Ruck und ließ den Blick über die zerstörte Savanne nach *The Palms* schweifen. »Wir hatten ein ordentliches Leben dort. Ich hoffe nur, daß Zorns Nachfolger und Helen Quade –«

Ein gewaltiger Schmerz packte ihn, als das Gift sein Herz erreichte, aber er war stark und in guter körperlicher Verfassung und verlor nicht sofort das Bewußtsein. Er preßte die rechte Hand auf die Herzgegend, straffte sich und wandte den Blick nach Norden, wo die Möwen, offenbar wütend darüber, daß wieder irgendein Neuankömmling mit leeren Händen kam, kreuz und quer durch den Himmel schossen und einmal mehr zu Kampfflugzeugen über Okinawa wurden. Die feindlichen Maschinen explodierten, und wieder salutierte er – mit einem Arm, der bereits so schwer war, daß er ihn kaum noch heben konnte.

Er wand sich noch einmal in dem Versuch, den mörderischen Schmerz zu lindern, dann stieß er einen röchelnden Schrei aus und sackte nach hinten. Den Blick zum Himmel gewandt, sah er noch einmal seine Orden und Medaillen aufblitzen, und mit einem letzten Aufbäumen schrie er »Margret!«, den Namen seiner viel zu früh verstorbenen Frau, bevor er ihr folgte.

Es gab keinen Grund, warum irgend jemand den Botschafter zur Mittagszeit hätte vermissen sollen, da die Bewohner das Mittagessen nicht zusammen einnahmen, und er war auch mit niemandem um diese Zeit verabredet. Um drei Uhr nachmittags jedoch rief Reverend Quade mehrmals in seinem Apartment an, um sich nach ein paar Papieren zu erkundigen, die er ihr geben wollte und in denen es um ein Stipendium für eine der Kellnerinnen ging, die sich bei der Duke University bewerben wollte. Als sie ihn beim dritten Versuch immer noch nicht erreichte, bekam sie eine seltsame Vorahnung, daß irgend etwas passiert war, eine Vorahnung, die ihre Wurzel in bösen Erfahrungen hatte.

Bei ihrer Arbeit in den drei Abteilungen von *The Palms* hatte sie es sich zur Gewohnheit gemacht, den Bewohnern direkt und intensiv in die Augen zu schauen, und dabei hatte sie entdeckt, daß die alten Leute, die begonnen hatten, zu resignieren und sich in die Unvermeidlichkeit des Sterbens zu schicken, einen ganz bestimmten Ausdruck in den Augen hatten. »Als ob sie einem signalisieren wollten: meine Zeit ist abgelaufen. Ich habe meine Dienstzeit auf den Schlachtfeldern des Lebens abgeleistet, und jetzt ist es an der Zeit, einen geordneten Rückzug anzutreten.« Ihr war aufgefallen, daß Menschen, die solche Signale aussandten, zufrieden waren, daß ihre Söhne einen sicheren Platz für sich im Leben gefunden hatten und daß ihre Töchter gut verheiratet waren. Auch ihre Enkelkinder machten sich gut, keine Drogen oder Teenagerschwangerschaften und Stipendien für die angesehenen Colleges.

»Was ich in ihren Augen sehe«, hatte sie eines Abends bei einem Treffen der Tertulia zu St. Près gesagt, »ist weniger Resignation oder Kapitulation als vielmehr so etwas wie das beruhigende Gefühl, sein Leben erfüllt zu haben. Das Rennen ist vorbei, ein bescheidener Sieg ist errungen worden.« Und jetzt wurde ihr plötzlich bewußt, daß sie in den letzten Tagen genau diesen Blick in Richards Augen gesehen hatte, nur daß es in seinem Fall ein Blick verwirrter Resignation gewesen war, kein Blick des Triumphes. Die Erinnerung an diesen Blick war es, die jetzt alle Alarmglocken in ihr schrillen ließ. Sie ging in die Zentrale und sagte: »Ich mache mir Sorgen um den Botschafter. Er wollte um drei Uhr bei mir vorbeischauen, und als ich nichts von ihm hörte, habe ich mehrere Male versucht, ihn anzurufen, aber er meldet sich nicht.«

»Ich versuch's noch mal«, sagte die Frau in der Telefonzentrale. Als niemand Antwort gab, schlug sie vor: »Sollen wir in seinem Apartment nachschauen? Um Hilfe hat er jedenfalls nicht gerufen.«

»Nein, besser nicht; das wäre zu aufdringlich.« Eine leichte Röte flog über ihr beherrschtes Gesicht. »Ich habe kein Recht, ihm nachzuspionieren.« Und so unterblieb zunächst einmal der Versuch, sich Eingang in sein Apartment zu verschaffen.

Doch als sie die Zentrale verließ, fühlte sie sich keineswegs wohler. Richard St. Près hatte signalisiert, daß er Hilfe suchte; davon war sie überzeugt. Und als sie herumzufragen begann, ob irgend jemand ihn seit dem Frühstück gesehen habe, erfuhr sie, daß er das morgendliche Meeting abgesagt hatte und in die Savanne hinausgegangen war. »Ich sah, wie die Möwen mit ihm geschimpft haben, als er ohne Futter kam«, berichtete Laura Oliphant, und jemand anderes hatte ihn in die Richtung des Smaragdteiches gehen sehen.

»Hat irgend jemand ihn zurückkommen sehen?«

»Nein.«

Sie vertraute den anderen nicht an, daß sie vorhatte, zur Savanne zu gehen und ihn dort zu suchen; schließlich war es durchaus möglich, daß er sich den Fuß verknackst hatte oder aus irgendeinem anderen Grund hilflos dort festsaß. Unauffällig machte sie sich auf den Weg dorthin.

Nachdem auch sie sich der wütend protestierenden Möwen hatte erwehren müssen, nahm sie die Abkürzung über das Ödland, das einst so voller üppiger Vegetation gewesen war, und schlug die Richtung zum Teich ein. Sie erinnerte sich an jenen Nachmittag, an dem Richard sie zum erstenmal zu dieser abgeschiedenen kleinen Idylle geführt hatte, und natürlich auch an den jüngsten Besuch dort, als er ihr den Heiratsantrag gemacht hatte. Sie erwartete halb, ihn dort auf einem Hügel sitzen und entweder lesen oder das im Sonnenlicht grün schimmernde Wasser betrachten zu sehen.

Als sie näher kam, sah sie, daß er nicht dort war, und ein Schreck durchfuhr sie; denn wenn er weiter gewandert war und ihm etwas zugestoßen war, dann würde es womöglich sehr schwer sein, ihn zu finden. Sie wollte gerade weitergehen, da sah sie ihn – mit dem Gesicht zum Himmel gewandt auf dem Erdboden liegend, gleich am Fuße der kleinen Erhebung, auf der er gesessen haben mußte, als der Tod ihn ereilte.

Sie schrie nicht auf, und sie fuhr auch nicht entsetzt zurück. Sie beugte sich zu ihm hinunter wie zu einem Kind, das hingefallen war, studierte sein aschfahles Gesicht und tastete dann nach seinem Herz, das schon lange aufgehört hatte zu schlagen. Daß er tot war, und zwar schon seit mehreren Stunden, war offensichtlich, und diese Erkenntnis ließ sie an Ort und Stelle verharren, während sie überlegte, was sie machen sollte.

Bis zum Dinner war es noch eine halbe Stunde – genau die Zeit, die sie brauchen würde, um nach *The Palms* zurückzugehen, und wenn sie mit der Nachricht dort hineinplatzte, daß der Botschafter tot war, würde es große Aufregung geben und man würde sie mit Fragen bombardieren, auf die sie keine Antwort haben würde. Woran war er nur gestorben? Herzversagen? Ein Infarkt womöglich? Sie wäre nie im Leben auf die Idee gekommen, seine Beine zu untersuchen, ob er von einer Schlange gebissen worden war. Und sie wäre auch nie auf den Gedanken gekommen, daß dieselbe Klapperschlange, die ihn getötet hatte, ganz in ihrer Nähe zusammengerollt lauerte und diesen neuen Eindringling argwöhnisch beobachtete.

Doch sie brauchte nicht noch einmal zuzustoßen, denn Reverend Quade richtete sich in diesem Moment auf und begann sich wieder von dem Teich zu entfernen. Ohne Hast und ohne irgendein Anzeichen von Verwirrung oder Verzweiflung ging sie quer über das Ödland zurück zum Hauptgebäude. Als sie es erreichte, strebten die ersten Bewohner bereits zum Speisesaal. Ihnen bewußt aus dem Weg gehend, schlenderte sie unauffällig zu Mr. Kreneks Büro, begrüßte ihn förmlich, setzte sich auf den angebotenen Stuhl und begann zu sprechen – doch in dem Moment brach sich der aufgestaute Kummer über den Verlust ihres lieben Freundes mit solcher Vehemenz Bahn, daß sie unvermittelt in Tränen ausbrach und haltlos zu schluchzen begann.

»Reverend Quade!« rief Krenek besorgt. »Was ist denn passiert?«

Sie schluchzte noch einen Moment weiter, dann gab sie sich einen Ruck, legte den rechten Zeigefinger auf ihre Lippen, um Krenek zu bedeuten, er solle keine laute Reaktion zeigen und so die Aufmerksamkeit der anderen erregen, und sagte leise, fast im Flüsterton: »Botschafter St. Près – Ihre Männer werden ihn am grünen Teich finden.«

»Tot?«

»Ja.«

»Wie ist es passiert?«

»Eine natürliche Ursache, nehme ich an.«

»Haben Sie ihn gesehen? Sind Sie sicher, daß er tot war?«

»Ja. Am Teich. Sie werden ihn dort finden.«

»Und Sie möchten, daß wir das geheimhalten? Bis die Leiche abgeholt worden ist und die Ärzte uns eine Erklärung geben können?«

»Ja. Es besteht kein Grund, die Leute jetzt damit zu erschrecken.« Sie deutete zum Speisesaal, der sich inzwischen gefüllt hatte.

»Ich werde selbst gehen und ihn holen«, sagte Krenek, und noch bevor Helen das Büro verließ, kamen zwei kräftige Arbeiter herein und erhielten Anweisungen von Krenek: »Eine traurige Pflicht, Männer. Wir müssen es absolut unauffällig machen.« Und die drei brachen zum Smaragdteich auf.

Als Reverend Quade den Speisesaal betrat, blieb sie in der Tür stehen, ließ ihren Blick über die Tische schweifen und sagte leise zu sich: »Das sind meine Schäfchen; ich bin entschlossen, ihnen zu dienen, solange ich lebe.« Als sie die vertrauten Gesichter betrachtete, wurde ihr einmal mehr bewußt, wie sehr sie diese guten Leute liebte. Sie wünschte jedem von ihnen alles Gute und noch viele schöne und zufriedene Jahre.

In dem Moment kam es ihr so vor, als vernehme sie Orgelmusik, die sie vor langer, langer Zeit gehört hatte. Sie war damals eine junge Missionarin in China gewesen und war zu einer kleinen Kirche im Hinterland entsandt worden, um dort eine Woche lang den Gottesdienst zu leiten. In der Kirche, einem ziemlich baufälligen Haus, hatte eine sehr gut erhaltene deutsche Orgel gestanden. Ein älterer Chinese hatte sich selbst beigebracht, die einfachen Lieder zu spielen, die während des Gottesdienstes gesungen wurden, und am Ende jedes Gottesdienstes, wenn sie von der Kanzel stieg, spielte er mit augenfälligem Enthusiasmus ein schönes Musikstück.

Am vierten Abend verließ sie die Kirche nicht sofort, sondern blieb noch da, um ihn zu fragen, was das für ein schönes Stück sei, das er da spiele, und er gab ihr ein ziemlich abgenutztes Notenblatt mit der Überschrift: »Schlußchoral. Am Ende des Gottesdienstes zu spielen.« Es trug keinerlei weitere Angaben, weder den Namen des Verlages, bei dem es herausgekommen war, noch ein Erscheinungsdatum, noch den Namen des Komponisten. Es hatte keinen Text, es war nichts weiter als ein Blatt Papier mit einem Musikstück, das weit in die Geschichte des Christentums zurückreichte, aber es war eine wunderbare, vortreffliche Begleitmusik für das Ende des Gottesdienstes und den Auszug der Gläubigen aus der Kirche.

»Schlußchoral«, sagte sie leise, während sie den Speisesaal betrachtete. »Wir alle scheiden langsam und würdevoll dahin, dem Schluß entgegen.«

Ihr Blick wanderte zu dem großen runden Tisch in der Mitte, wo die Tertulia, jetzt schon ihres zweiten Mitglieds beraubt, zusammenzukommen pflegte. Wen würden sie in ihren Kreis aufnehmen, wem würde die Ehre zuteil werden, den Platz des Botschafters einzunehmen? Vielleicht Maxim Lewandowski. Aber mußte es unbedingt wieder ein Mann sein?

Als sie ruhig zum runden Tisch ging und sich zu Präsident Armitage und Senator Raborn gesellte, die dort warteten, hörte sie, wie Ms. Oliphant gerade wieder irgend jemanden über irgend etwas belehrte. Die Mallorys unterhielten ihren Tisch mit einem Bericht über ihren letzten Abend in der Stadt.

Die Joghurtmaschine war wieder mal kaputt.

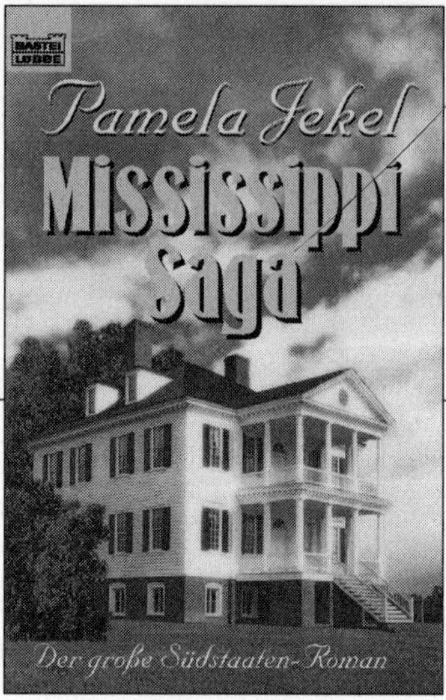

Ein monumentaler Roman über vier Generationen amerikanischer Siedler

Amerika im 18. Jahrhundert: Zusammen mit seiner Familie begibt sich Josiah Fleming auf den Treck ins fruchtbare Mississippibecken, um dort eigenes Land zu bewirtschaften. Doch noch bevor er Louisiana erreicht, raffen Krankheiten und ein Bootsunglück seine Frau und Kinder dahin.

Erst Jahre später gelingt es der verwitweten Nachbarin Jane, Josiah aus seiner selbstgewählten Einsamkeit zu reißen. Zusammen wagen sie einen Neuanfang und werden zu Begründern einer imposanten Plantagendynastie, die tapfere Männer und starke, eigenwillige Frauen hervorbringt. Doch dann beendet der Ausbruch des Bürgerkrieges die sorglose Romantik des alten Südens, und plötzlich beherrschen Angst und Schrecken den Tagesablauf ...

ISBN 3-404-12912-1

BASTEI LÜBBE